红旗谱

梁 斌

中国青年出版社

图书在版编目（CIP）数据

红旗谱 / 梁斌著. —2 版. —北京：中国青年出版社，2000
（2024.8 重印）
ISBN 978-7-5006-0158-6

Ⅰ. 红… Ⅱ. 梁… Ⅲ. 长篇小说—中国—当代 Ⅳ.I247.5

中国版本图书馆 CIP 数据核字（2000）第 33464 号

本版责任编辑：叶施水

出版发行：中国青年出版社
社　　址：北京市东城区东四十二条 21 号
网　　址：www.cyp.com.cn
电子邮箱：jdzz@cypg.cn
编辑中心：010-57350406
营销中心：010-57350370
经　　销：新华书店
印　　刷：山东新华印务有限公司
规　　格：850 mm×1168 mm　1/32
印　　张：15
插　　页：2
字　　数：350 千字
版　　次：1957 年 12 月北京第 1 版
　　　　　2000 年 7 月北京第 2 版
印　　次：2024 年 8 月山东第 67 次印刷
印　　数：2110091—2115090 册
定　　价：26.00 元

如有印装质量问题，请凭购书发票与质检部联系调换
联系电话：010-57350337

目　录

卷　一 ………… 001
卷　二 ………… 201
卷　三 ………… 341

卷 一

1

平地一声雷,震动锁井镇一带四十八村:"狠心的恶霸冯兰池,他要砸掉古钟了!"

那时小虎子才十五岁,听说镇上人们为这座古钟议论纷纷,从家里走出来。宅院后头,不远,有一条弯弯曲曲的长堤,是千里堤。堤上有座河神庙,庙台上有两棵古柏树。这座铜钟就在柏树底下,矗立在地上,有两人高。伸拳一敲,嗡嗡地响,伸直臂膀一撞,纹丝儿不动。

老人们传说:这座钟是一个有名的工匠铸造。钟上铸了满下子①细致的花纹:有狮子滚绣球,有二龙戏珠,有五凤朝阳,有捐钱人家的姓名、住址,还有一幅"大禹治水图"。村乡里人们,喜欢这座古钟,从大堤上走过,总爱站在钟前看看,伸手摸摸。年代久了,摸得多了,常摸的地方,锃明彻亮,如同一面铜镜,照得见人影。钟上映出向晚的霞光,早晨的雾露,雨后的霓虹,也能映出滹沱河上的四季景色。不常摸的地方,如同上了一层绿色的釉子,黑油油的。

小虎子听得说,要为这座古钟掀起惊天动地的大事变,一片好奇心,走上千里堤,看了一会子古钟。伸出指头蘸上唾沫,描绘钟上的花纹。他自小为生活忙碌,在这钟前走来走去,不知走过多少趟,也没留心过钟上的花纹。心里想:"怪不得,好大一座铜钟哩!也闹不清到底能卖多少钱,也值得这么大惊小怪?"

---
① 满的意思。

他看完了钟,一口气跑下大堤,走回家去。一进门,听得父亲响亮的喊声。

父亲说:"土豪霸道们,欺侮了咱几辈子啦!你想,堤董他们当着,堤款被他们吞使了。不把堤防打好,决了口,发了大水,淹得人们缴不起田赋银子,他又要损坏这座古钟!"

另一个人,是父亲的朋友,老祥大伯的声音:"又有什么办法?人家上排户商量定了,要砸钟卖铜顶赋税。也好,几年里连发几场大水,这个年月,一拿起田赋百税,还不是庄户房子乱动?"

听得两个人在小屋里暴躁,小虎子扒着窗格棂儿一望,父亲坐在炕沿上撅起小胡髭,瞪着眼睛发脾气。听得老祥大伯说,猫着腰,虎虎势势①跑前两步,手巴掌拍得呱呱地响,说:"我那大哥!我那大哥!这还不明白?那不是什么砸钟卖铜顶田赋,是要砸钟灭口,存心霸占河神庙前后那四十八亩官地!"

老祥大伯打嘴上拿下旱烟袋,扬起下巴,眨巴着眼睛,想了老半天,豁地明白过来,愣了半天,才说:"可也就是!自从他当上堤董,把官地南头栽上柳树,北头栽上芦苇。那林子柳树也多老高了。看起来,他是存心不善……"说到这里,沉下头去,下巴挂在胸脯上,翻来覆去思索了老半天,猛抬起头来说:"可谁又管得了?"

父亲脸庞忽地往下一拉,说:"谁又管得了?我朱老巩就要管管!"

老祥大伯张开两条胳膊,望天上一挥一扬说:"管什么?说说算了,打官司又打不过人家。冯兰池年轻轻就是有名的刀笔。咱庄稼脑袋瓜子,能碰过人家?"

父亲气呼呼,血充红了眼睛,跺脚连声:"咱不跟他打官司,

---

① 说人虎虎势势是形容粗壮有力。说举止虎势,是形容动作威武而略带粗莽。如:朱老忠长得虎虎势势的。他虎虎势势跳前两步。

把我这罐子血倒给他①!"

朱老巩,庄稼人出身,跳跶过拳脚,轰过脚车,扛了一辈子长工。这人正在壮年,个子不高,身子骨儿筋条②,怒恼起来,喊声像打雷。听得冯兰池要砸钟灭口,霸占官产,牙齿打着嘚嘚,成日里喊出喊进:"和狗日的们干!和狗日的们干!"不知不觉,传出一个口风:"朱老巩要为这座古钟,代表四十八村人们的愿望,出头拼命了!"

那天黄昏时候,朱老巩坐在河神庙台上,对着那座铜钟呆了老半天,心里想:"顶公款,就等于独吞,我不能叫冯兰池把四十八村的公产独吞了!"看看日头红了,落在西山上,夜暗像一匹灰色的轻纱,从天上抛下来。他一个人,连饭也没吃,走到小严村,去找严老祥。老祥大娘正点着灯做晚饭,看见朱老巩走进来,低头耷脑坐在台阶上。她说:"老巩!算了吧,忍了这个肚里疼吧③!咱小人家小主,不是咱自个儿事情,管的那么宽了干吗?"

朱老巩说:"一听到这件事情,我心气就不舒。冯兰池,他眼里没人呀!"

老祥大娘说:"算了吧,兄弟!一辈子这么过来了,还能怎么样了人家?"

朱老巩说:"不,到了这个节骨眼儿上,就得跟他弄清楚!"说着话儿,看看天黑了,严老祥还不回来,他拿起脚走出来。老祥大娘叫他吃了饭再回去,他也没听见,一股劲儿走回锁井镇。

一进村,朱全富在街口上站着,看见朱老巩从黑影里走出来,往前走了两步把他拉住。拽到门楼底下,把门掩上,说:"大侄子!

---

① 指同别人拼命。
② 这里是说人的身体结实。说东西"筋条"是有"韧"的性质。
③ 受了这份委屈吧。忍了这口气吧。

我有个话儿跟你说说。听呢,算着。不听,扔在脖子后头①算了。"

朱老巩说:"叔叔说的话,我能不听!"

朱全富摸下胡子说:"听说你要为河神庙上的铜钟,伸一下子大拇手指头,是真的?"

朱老巩点着下巴说:"唔!"

朱全富猫下腰,无声地合了一掌,说:"天爷!你捅那个马蜂窝儿干吗?我知道你爹、你爷爷,几辈子都窝着脖子活过来,躲还躲不及,能招是惹非?哪有按着脑袋望火坑里钻的?"

朱老巩说:"我知道他厉害,人活百岁也是死,左不过是这么回子事了!"

朱全富摇摇头说:"别,别呀!好汉子不吃眼前亏,那么一来,你就交上歹运了!"

朱老巩和朱全富,在黑影里说了一会子话。朱老巩说:"要说别的,我听你。说这个,我主意已定!"

说着,他放下朱全富,走出大门。回了家,也没吃饭,坐在炕沿上待了半天。等虎子和他姐姐吃完饭,睡了觉,他从门道口摘下把铡刀,在磨碌石上磨着。

夜里,小虎子睡着睡着,听得磨刀的声音。他睁开大眼睛,扒着炕沿一看,父亲眯缝起眼睛,在一盏小油灯底下,悄悄磨着那把铡刀,磨得刀锋雪亮。朱老巩看见虎子睁着大眼看他,鼓了鼓嘴唇,说:"唔!虎子!明儿早晨,你立在千里堤上看着。嗯!要是有人去砸钟,快来告诉我。嗯!"小虎子点着头听了父亲的话,眨巴眨巴眼睛,把脑袋缩进被窝里。

第二天早晨,他早早起了炕,抱着肩胛足了足劲,走上千里堤。他学着大人,把手倒背在脊梁后头,在杨树底下走来走去,走

---

① 丢开不管。与"置之脑后"意思相当。

了两趟又站住。

眼前这条河,是滹沱河。滹沱河打太行山上流下来,像一匹烈性的马。它在峡谷里,要腾空飞窜,到了平原上,就满地奔驰。夏秋季节,涌起吓人的浪头。到了冬天,在茸厚的积雪下,汨汨细流。

流着流着,由南往北,又由北往东,形成一带大河湾。老年间,在河湾上筑起一座堤,就是这千里堤。堤下的村庄,就是锁井镇。锁井镇以东,紧挨着小严村和大严村。锁井镇以西,是大刘庄和小刘庄。隔河对岸是李家屯。立在千里堤上一望,一片片树林,一簇簇村庄。

小虎子一个人在那里站着,听见林子北边芦苇索索地响,秋风起来了!

秋天了,可村庄里没有柴草,土地上没有谷捆。泛滥的河水,在原野上闪着光亮。西北风吹起,全家大小还没有遮冬的衣裳。他搂起双膝,坐在庙台上,想睡一刻。河风带着凉气吹过来,吹得大杨树上红了黄了的叶子,扑棱棱飘落下来。白色的芦花,随风飘上天空。

他看到堤坝上的枯草,在风前抖颤,身上更觉冷飕飕的。

正睡着,堤岸那头过来两个人,说着话儿走到跟前。他们把油锤和盛干粮的褡裢放在庙台上,每人抽起一袋烟,吧嗒着嘴唇围着铜钟转。小虎子一下从梦里跳起来,愣怔眼睛看了看,返身跑下堤,尥起蹶子①跑回家来,拍着窗格棂说:"爹!爹!砸钟的扛着榔头来了。"

朱老巩又在磨着一把大斧子,听得说,用手指头试试锋刃,放在一边,皱起眉头想了想,拿脚走上长堤去。他猫下腰,直着眼

---

① 原意指劣性牲口踢腿。这里是形容人吃惊后,连蹦带跳撒腿飞跑的样子。

睛，看着那两个人，压低嗓音问："你们想干什么？"

铜匠是两个小墩子个儿①，翘起下巴，看着朱老巩说："砸钟！"

朱老巩问："钟是你们的？"

铜匠说："花了钱就是俺的。"

朱老巩往前走了一步，又问："你钱花在谁手里？"

铜匠说："花在冯堤董手里。"

朱老巩怒气冲冲，大声喊叫："你钱花在冯堤董手里，去砸冯堤董。看谁敢动这座古钟！"登时红了脖子，气愤得鼓动着胸脯。

铜匠瞪了他两眼，不理他。两个人悄悄吃完干粮，脱下蓝布棉袄，提起油锤就要砸钟。朱老巩二话不说，又开巴掌，劈脖子盖脸打过去，说："去你娘的！"一巴掌把铜匠打了个大骨碌②，滚在地上。铜匠爬起来一看他这个架势，不敢跟他动手。转身跑下千里堤，去叫冯兰池。

当时，冯兰池才三十多岁，是锁井镇上村长，千里堤上堤董，是个长条个子，白净脸。这人自小儿是个吃饭黑心，放屁咬牙，拉屎攥拳头的家伙。他穿着蓝布长袍，青缎坎肩，正在大街上铺子门口站着，手里托着画眉笼子，画眉鸟在笼子里鸣啭。他正歪着头儿，眯缝着眼睛品鸟音。听说朱老巩阻拦卖钟，左手把衣襟一提，一阵风走上千里堤，打老远里就喊："谁敢阻拦卖钟，要他把全村的赋税银子都拿出来！"

朱老巩看见冯兰池骂骂咧咧走了来，把两条胳膊一绷，拍起胸膛说："我朱老巩就敢！"

冯兰池把画眉笼子往柳树上一挂，气势汹汹，扭起脖根轴子

---
① 身体粗短有力。
② 摔了一跤。

问:"谁他娘裤裆破了,露出你来?"

朱老巩听冯兰池口出不逊,鼓了鼓鼻头,摇着两条臂膀赶上去,伸手抓住冯兰池的手腕子,说:"姓冯的,你把话口儿说慢点!"他瞪起眼睛,鼓起胸膛,气得呼呼的。

这是人命事,四十八村的人们听得说,朱老巩和冯兰池为这座钟,要"白刀子进去,红刀子出来"!一群群,一伙伙,缕缕行行走了来。不凉不酸①的人,来瞧红花②,看热闹。心不平的人,来站脚助威。堤岸上,大柳树林子里,挤得乌压压人山人海。大家暗下里议论:"看他们霸道成什么样子?""想骑着穷人脖子拉屎?看不平了就上手呀!"

小虎子站在庙台上看着,心上敲起小鼓儿,害怕闹出大事来。听得人们谈论,觉得父亲干得好,心上一直助着劲。

朱老巩睖睁③眼睛,看了看四围热情的乡亲们,合起虎口,把冯兰池的手腕子一捏,说:"姓冯的,你来看……"他扯起冯兰池走到铜钟跟前,手指戳着钟上字文说:"钟上明明刻着:'……大明朝嘉靖丙午年,滹沱河下梢四十八村,为修桥补堤,集资购地四十八亩,空口无凭,铸钟为证……'你不能一人专权,出卖古钟!"他越说越快,直急得嘴上喷出唾沫星子。

一句话戳着冯兰池的心尖子。他倒竖起眉毛,抖擞起脸蛋子,麻沙④着嗓子说:"哒!住口!铜钟是我锁井镇上的庙产,并不关别村的事。你朱老巩为什么胳膊肘子往外扭⑤?好事的人们要在钟上

---

① 事情没有关系到自己的利害得失而采取的一种淡漠态度。
② 看热闹。
③ 吃惊发怔的眼神。
④ 沙哑着(嗓子)。
⑤ 和自己人不一心,甚至帮助别人,出卖自己人。

铸上字文,居心讹诈!"

他这么一说,气得朱老巩暴跳起来,摔过他的右手,又抓起他的左手,说:"呔!胡吣①,仗着你冯家大院财大气粗,要霸占官产……"他抡起右手,往大柳树林子上画了个圆圈。

冯兰池看朱老巩恼得像狮子一样,心里说:"他真格儿要想跟我动武?"镇定了精神,把辫子盘在帽盔上,把衣襟掖在腰带上,撇起嘴说:"不怕你满嘴胡吣,现有红契在我手里。"伸手从衣袋里掏出文书来。

朱老巩一见四十八亩官地的红契文书,眼里冒出火星子,咱地一手朝红契文书抓过去。冯兰池手疾眼快,胳膊一抽,把红契文书塞进怀里。朱老巩没抓住红契地文书,拍了拍胸膛,说:"河神庙前后四十八亩庙产,自从你当上堤董,凭仗刀笔行事,变成你冯氏的祖产。冯兰池呀冯兰池!今天咱姓朱的要跟你算清老账,要是算不清楚,我叫你活不过去。"

冯兰池一听,脸上腾地红起来,恼羞成怒,猛地一伸手,拃住朱老巩的领口子。他瞪起眼睛,唬人说:"朱老巩!你血口喷人,不讲道理。有小子骨头,来,试试!"冯兰池火起来,五官都挪了位置。把朱老巩从长堤上拽下来,拉到大柳树林子里。四十八村的人们,齐大伙儿跟到大柳树林子里。两个人,一递一句儿,冯兰池满口唇舌掩盖,搁不住朱老巩利嘴揭发,翻着冯家老账簿子,一条一理儿数落,羞得冯兰池满脸飞红。他又把朱老巩从柳树林子拉上千里堤,四十八村的人们,也拥拥挤挤跟上千里堤。冯兰池举起手,指挥铜匠说:"来!有我一面承当,开锤砸钟!"

这时,小虎子在一边看着,他气呀,急呀,两眼睁得滴溜圆。看

---

① 胡说八道。

着冯兰池,凶煞似的,拽得父亲流星拨拉①地。他眼角上揩着泪珠子,攥紧两只拳头,撑在腰上,左右不肯离开他爹。

四十八村的人们,对着这个令人不平的场面,掂着手可惜这座古钟的命运,替朱老巩捏着一把冷汗。铜匠刚刚举起油锤要砸钟,人群里闪出一个人来。这人宽肩膀,大身量,手粗脚长,手持一把劈柴的大斧子,横起腰膀走上去,张开大嘴说:"你砸不了!"

人们一看,正是严老祥。

这刻上,朱老巩慌忙跑回家去,扯出那个铡刀片。他一行跑着,大声喊叫:"老祥哥,不能让他们砸了这座古钟!"喊着,又跑上大堤。

铜匠脱了个"小打扮儿",重又举起油锤。朱老巩跑上去,把脑袋钻在油锤底下,张开两条臂膀,搂护着古钟说:"呸!要砸钟,得先砸死我!"小虎子一看,油锤就要击在父亲的脑壳上。他两步蹿上去,搂紧爹的脑袋,哭出来说:"要砸死我爹,得先砸死我!"

铜匠干睁着大眼,不敢落下油锤。

四十八村的人们,眼睁睁看着,偷偷落下泪来。朱全富说:"天爷!瞎了我的眼睛吧,不要叫我看见。"老祥大娘哭出来说:"咳!欺侮死人啦!"

小虎子两手抹着眼睛,他想不到父亲披星星戴月亮,做了半辈子苦活,走到这步田地上!

冯兰池还是坚持要砸钟,嘴上喷着白沫,说出很多节外生枝的话。他说:"官土打官墙,钟是全村的财产,砸钟卖铜顶公款,官司打到京城,告了御状我也不怕。"

朱老巩反问了一句说:"锁井镇上,大半个村子土地都是你冯家的,顶谁家公款?"这时,他横起眉棱下了决心。闪开衣裳,脱了

---

① 身子被拖拉得不平衡,摇摇摆摆,东来西去的样子。

个大光膀子。小辫子盘在头顶上,总了个搪扭儿①。他又开腿,把腰一横,举起铡刀,晃着冯兰池的眼睛。张开大嘴喊着:"大铜钟,是四十八村的,今天谁敢捅它一手指头,这片铡刀就是他的对头!"

老祥大伯也举起大斧子说:"谁敢捅这铜钟一手指头,日他娘,管保他的脑袋要分家!"

冯兰池睖睁眼一看,怔住了。朱老巩和严老祥,就像两只老虎在他眼前转。冯家大院,虽然人多势众,也不敢动手,只得打发人请来了严老尚。

严老尚,绰号严大善人。这人气魄大,手眼也大②。庚子年间,当过义和团的大师兄,放火烧了教堂,杀了外国的传教士。在这一方人口里还有些资望。乡村里传说,这人骨头挺硬。有一天,他正开着"宝",开到劲头儿上,用大拇指头捻上了一锅子烟,说:"嗨!递个火儿!"旁边一个人,用火筷子夹个红火球儿走进来,问:"搁在哪儿?"严老尚把裤脚往上一捋,拍着大腿说:"放在这儿!"那人咧起嘴角说:"嘿!我娘,那能行?"严老尚把眉毛一拧,仄起头儿,指头点着大腿说:"这,又有什么关系!"红火球在大腿上一搁,烧得大腿肉哧溜溜地响,他声色不动。

这个大高老头子,弓着肩,提条大烟袋,走上千里堤。看见朱老巩和严老祥逗着打架的式子,捋着他的长胡子,笑花了眼睛,说:"干吗?青天白日在这里耍把式,招来这么多人,不像玩狗熊?"

朱老巩气愤愤地说:"我看看谁敢损坏这座古钟?"

严老祥也说:"谁要损坏这座古钟,他就是千古的罪人!"

严老尚冷笑一声,说:"哼哼!狗咬狗,两嘴毛罢啦!"伸出右胳膊,挽住朱老巩的左手,伸出左胳膊,挽住严老祥的右手,说:"一

---

① 把辫子一圈圈盘起来,然后系个结。
② 办法多的意思。

个个膘膘楞楞,一戳四直溜①的五尺汉子,不嫌人家笑话?"说着,望严老祥瞪了一眼。严老祥给他扛过长工,见严老尚拿眼瞪他,垂下头不再说什么。他俩跟着严老尚走到大街上荤馆里。严老尚叫跑堂的端上酒菜。

小虎子还是一步不离,跟着他爹,心里扑通乱跳,又是害怕,又是激愤。

严老尚嘴唇上像摺上油儿②,比古说今,说着圆场的话儿。朱老巩坐在凳子上喝了两盅酒,听得漫天里当啷一声响,盯住哆哆嗦嗦地端着杯子的手,静静愣住。又听得连连响了好几声,好像油锤击在他的脑壳上。大睁了眼睛,痛苦地摇着头,像货郎鼓儿。冷不丁抬起头,抖擞着手儿说:"嗨!是油锤击在铜钟上?铜钟碎了?"

朱老巩明白过来,是调虎离山计。他一时气炸了肺,眼睁睁看着严老尚,吐了两口鲜血,倒在地上,脸上像蜡渣一般黄。

严老尚也一本正经拍桌子大骂道:"这他娘的是干什么?掘坟先埋了送殡的!给朱老巩使了调虎离山计,又掀大腿迈了我个过顶③!"说着,把大袖子一剪,就走开了。

这时,严老祥可慌了神,抱起朱老巩,说:"兄弟,兄弟,醒醒!留得青山在,不怕没柴烧啊!事儿摆着哩,三辈子下去也是仇恨,何必闹这么大气性!"

小虎子流着泪,忙给老爹捶腿,捏脖子。

朱老巩垂下头,鼻子里只有一丝凉气儿。严老祥看他一下子还醒不过来,两手一抄,把朱老巩挟回家去。

---

① 挺挺实实,身子结实。
② 意指嘴油滑善说的意思。
③ 这里是说被人利用了又受到玩弄的意思。

这场架直打了一天。太阳偏西了,四十八村的人们还在千里堤上愣着。眼看着铜钟被砸破,油锤钉着破钟,像砸他们的心一样疼痛,直到天黑下来,才漫散回家。

这天晚上,滹沱河里的水静静流着。锁井大街上死气沉沉,寂寞得厉害,早早没了一个人、一点声音。人们把门关得紧紧,点上灯,坐在屋子里沉默着,悄悄谈论,揣摩着事情的变化和发展。在这个时代里,朱老巩是人们眼里的英雄,他拼了一场命,并没有保护下这座古钟,争回这口气来。他们的希望破灭了,只有低下头去,唉声叹气,再不敢抬起头来了!

朱老巩躺在炕上,一下子病了半月……

炕上有病人,地下有愁人。那时,母亲早就死了,小虎子和姐姐成天价围着炕转。日子过得急窄,要汤没汤,要药没药,眼看病人越黄越瘦。那时姐姐才十八,正是青春的年岁,像一枝花。她看着父亲直勾勾的眼神,心里害起怕来。

朱老巩说:"闺女!娘死了,爹疼你们,舍不得你们。可是,我不行了!"他凝着眼神,上下左右看了看姐姐。又说:"闺女!你要扶持兄弟长大!"又摩挲着小虎子的头顶说:"儿啊!土豪霸道们,靠着银钱、土地,挖苦咱庄稼人。他们是在洋钱堆上长起来的,咱是脱掉毛的光屁股骨碌鸡①,势不两立。咱被他们欺侮了多少代,咳!我这一代又完了!要记着,你久后一日,只要有口气,就要为我报仇……"他说到这里,眼神发散,再也说不下去了。

小虎子和姐姐趴在炕沿上,哭得泪人儿一般。

朱老巩看孩子们哭得痛切,一时心疼,口里涌出血水来。一个支持不住,把脑袋咕咚地摔在炕沿上。他失血过多,一口气上不

---

① 人身体赤裸裸的,一丝儿不挂,叫光屁股骨碌鸡。这里是指穷的什么都没有的意思。

来,就把眼睛闭了!

姐弟两个,扑上父亲的尸身,放声大哭起来。这天晚上,严老祥一句话也没说,把脑袋垂在胸脯上,靠着槅扇门站着。到了这刻上,他两手搂住脑袋,慢吞吞走出来,坐在锅台上,无声地流着眼泪……听孩子们哭得实在悲切,又一步一步走进小屋,蹲在朱老巩头前,凄惨地说:"兄弟!你带我一块回去!我对不起你,后悔拦着你,没闯了关东……"

2

三十年以后的一个春天,从关东开进一一二次列车,直向保定驰来。列车通过一座长桥。轮声隆隆,车身震荡。汽笛一声吼叫,把朱老忠从梦里惊醒过来。猛地一起身,没站住脚,趔趄了两步,倒在座椅上。同车的人们,以为他得了什么症候,都扭过身来看。说:"他是怎么了……"

这时候,一个中年妇女急忙走过来,揉着朱老忠的肩膀说:"醒醒儿,你是怎么了?"见朱老忠满脸通红,睫毛上吊着泪珠子,忙递过一块花条子粗布手巾,说:"快擦擦,你看!"那妇女有三十六七岁年纪,高身干,大脚,微黑的脸色。满脑袋黑油油的头发。说话很是干脆、响亮,一腔外地口音。朱老忠摘下毛氆氆的山羊皮帽子,把老羊皮短袄的袖子翻卷过来。敞开怀襟,小褂没结着扣儿,露出胸脯来。他接过手巾,擦了一把汗,说:"啊呀!我做了一个梦。"又摇摇头说:"不,不是个梦。"

妇人伸手给他掩上怀襟,说:"看你,叫风吹着了!"

他合上眼睛,略歇一歇儿。又慢悠悠撩起眼皮,走到车窗跟前。探头窗外一看,黄色的平地,屋舍树林,土地河流,正落向车后。路旁柳树青青,阳光通过绿柳,射进车窗,将淡绿色的影子照在他们身上。他两手凭着窗,嘴上轻轻念着:"快呀,真是快呀!三十年时光,眨眼之间,在眼前溜过去了。如今,四十开外的人了,才回到家乡啦!"猛地,他又想起父亲逝世的时候,正和他现在的年岁差不多,也许正在这个年岁上。

一个黑黑实实的、十七八岁的小伙子,挨到他的跟前,问:"到了家?不是还有一两天的路程吗?"

另一个七八岁的男孩,听说到了还没见过的家乡,也挤过来,扒着窗户说:"哪里?还没有到嘛!"

大的,叫大贵。小的,叫二贵。中年妇人,是孩子的母亲。一说到了老家,孩子们都高兴。朱老忠也抖擞着精神说:"人,到了边远的地方,一见了直隶人,都是乡亲。回到保定,就像到了家乡一样,身上热烘烘的。"

真像到了家乡一样呀,他们心上兴奋得突突跳起来。朱老忠还是迷迷怔怔①,心里想:当他出外的时候,正比大贵小一点,比二贵大一点……他舒开两条胳膊,打了个呵欠,又低下头去。眯糊上眼睛,细细回味梦里的情节和人物。父亲朱老巩,那个刚强的老人,矫健的形象,永远留在他的心上,不会磨灭。又想起姐姐,三十年不通音讯,她……想着,他的思想,不知不觉又沉入过往的回忆里。

父亲过世了以后,剩下他和姐姐过日子。还和过去一样,他每天出去做活,回来姐姐做熟了饭,两人一块吃。年岁小,日子过得艰难。有天晚上,姐弟两个正插着门儿睡觉,有人从墙外咕咚咕咚跳过来。姐姐爬起身子,悄悄把他捅醒,说:"虎子!小虎子!你听墙

---
① 心神不清。

外头跳过人来!"

他睡得迷迷糊糊,扒着窗格棂往外一看,月亮地里,有人走近小屋。影影绰绰,看见那两个人,脸上都蒙着白布,露着两个眼儿。走过来扒着窗户说:"开门!开门!"

吓得姐姐浑身直打机灵。他说:"姐姐!甭怕甭怕!"话是这么说,外面敲门声,一阵紧似一阵,连他自己心里也打起嘌呻来。

两个强人,在窗棂外头,贼眉鼠眼地唬着:"开门不开?不开,我们就要砸!"

他蹑手蹑脚走到外屋,擒起一把禾叉,立在门道口锅台上。姐姐站在他的脊梁后头,浑身哆嗦圆了。那两个家伙果然要砸门,咣!咣!咣地几家伙,把门砸开。一个箭步,跳进屋子来。他举起禾叉一叉,也没叉住。强人捋着叉杆抓住他,搕窝儿①拧过胳膊,按在地上,把他捆起来,嘴里塞上棉花套子。姐姐嚷了两声,要往外跑,被强人拦腰搂住,拖到屋里……

听见姐姐惨叫,他心里气呀,急呀,年纪小,骨头嫩,又有什么办法?

等强人走了,姐姐踉踉跄跄走过来,脸色惨白得怕人。颤着手,解开绳子放了他,说:"虎子!走吧,走吧,逃活命吧!爹爹死了,霸道们不叫咱姐弟活下去呀!"

他眯瞪眯瞪眼睛,说:"一个人,孤孤零零,怎么走法?"

姐姐哭哭泣泣,包上几件破衣裳,捆上一条破棉被子,说:"去找老祥大伯,叫他送你。走吧!普天下,哪里黄土不生芽,非死在这儿?"

他问:"你呢?"

姐姐说:"我?"她说出一个字,又沉默住。瞪起眼睛,在黑暗

---

① 没动地方,马上、立刻的意思。

里盯着弟弟。老半天,才哭出来说:"兄弟,亲兄弟,甭管我了,我见不得人啦。你走吧,走吧!"

黑夜里,周围静寂得厉害,姐弟两个踏着月光,偷偷走出小院子。出了门,往西一扭,沿着房后头的水塘,走进大柳树林子,到了河神庙底下,小虎子又站住。父亲的形象,现在他的眼前。姐姐扯着他的手说:"快走!快走!"才沿着千里堤走出来。出村时引起一阵犬吠,离远听得千里堤外头,滹沱河里水流声,哗哗响着。走到小严村村东,下了大堤,走进老祥大伯家里。

老祥大伯,听说十几岁的孩子也要出外,心上皱起疙瘩,半天不说话。老祥大娘也暗里抽泣,看着朋友的孩子为难。实在难离难舍呀!等公鸡叫了一遍,天快亮了,老祥大伯杀了杀腰①,在房顶上摘下那杆红缨枪,扛在肩上。叫他儿子志和背上行李。穿过梨树林子,送虎子出村。走出梨树林子的时候,老祥大娘又把他叫回来,拍着他肩膀说:"虎儿!虎儿!不管走到哪里,莫忘了给我来封信。嗯!常言说:'儿行千里母担忧'啊!你娘虽死了,还有我,还有你姐姐,心上牵你。孩子!"她说着,又流下眼泪来。

路上走着,志和说:"虎儿哥,出去了,找到了落脚的地方,也给我来封信,我去找你。"

他回过头,盯着志和走了七八步,说:"不,兄弟!几年以后,我一定要回来!"说着,抬头一看,老祥大伯高大的身影,扛着长枪,在后头跟着。

走了十里路的样子,他们才分手了。

他一个人悄悄离开锁井镇,上了保定。那时候,这条铁路早就修上,没有钱,坐不上火车,沿着铁路旁的村庄,要着饭,到了北京。在北京,看见了很多拖长辫、戴花翎缨帽、坐着八抬大轿的

---

① 用力把腰带扎紧。

老爷们。他在那里当了半年小工,又到天津学织毯子。织着织着,爹爹的容貌就现在他的眼前。一想起爹的死,心上就烦躁不安。他想:这一条线一条线的,织到什么时候是个头儿呀?又背上铺盖卷,提起腿下了关东。

他一个人,在关东的草原上走来走去:在长白山上挖参,在黑河里打鱼,在海兰泡淘金。受了多少年的苦,落下几个钱,娶下媳妇,生了孩子,才像一家子人家。可是,他一想起家乡,心上就像辘轳一样,搅动不安。说:"回去!回到家乡去!他拿铜铡铡我三截,也得回去报这份血仇!"

车身颠荡,摇得身子巍巍颤颤。他眯糊着眼睛,回忆了一生的遭遇。想到这里,不知不觉出了一口长气,眼上掉出泪花来。放开铜嗓子,铜声响器地喊出来。同车的旅客们都停止了声音,你看着我,我看着你,笑着纳闷儿:"这人儿,是怎么了?"

火车还没有进站,徐徐慢下来。旅客们开始鼓捣①行李,准备下车。大贵他娘,也从座位上站起来,伸手打个舒展,才说取下行李,朱老忠说:"不忙,不忙,一忙就要失手。"

听得说,贵他娘停住手。又递过手巾说:"看你,再擦擦汗。"

朱老忠接过手巾,说:"在北满的时候,还冷着呢,一进关就热了。"

火车一进站,嘈杂的声音像潮水般涌上来。用旧道木夹起来的围墙上,有卖烧鸡的,卖甜酱的,卖"春不老"②的,一股劲儿乱喊。

火车进站了,脚夫推着手车走上来。检票员手里拿着钳子,开了栅门,等待收票。等不得火车停住,就有人从窗口扔出行李,又从窗口跳下车去。看人们着急,大贵和二贵也着了急,扛上包袱向

---

① 搬弄、拾掇、摆布、整治等意思。
② 北方一种菜。其叶腌了可吃,为保定特产。

外撞。朱老忠一把将大贵捞回来，又一把将二贵也捞回来，连连说："不慌，不慌，慌什么？"

抓回二贵，大贵又挣出去，伸直脖子望人群里钻。他把脑袋伸到人们胳肢窝底下，三扛两扛，像泥鳅钻沙，钻出人群去。

二贵见哥哥先出去，也挣脱了父亲的手，伸起脑袋向人群里碰。这边碰碰，那边碰碰，他哪里碰得动？又低头耷脑地走回来，红着脸，钻在娘胳肢窝里。

朱老忠背着褥套，看着他的两个儿子，摸着胡髭，笑模悠悠儿说："青年人，就是爱抢先儿！"

贵他娘说："哼！两头小犊儿！"又摩挲着二贵的头顶，说："看看，长出抵角芽儿不？"低头看了看二贵，笑了笑。二贵也笑了。

朱老忠带着一家大小下了车，人挤，一时走不出栅口去。在月台上停住脚，扬起头望着站上的房屋树木。他离开家乡的时候，这站房才修上，铁道两边的树才栽上。如今铁路旁的树木，遮住多老大的阴凉儿……

3

等旅客走完，月台上人稀了，朱老忠才带上一家大小走过栅口。

进了候车室，看见一个人，在售票处窗口背身站着，胳肢窝里夹着一把铁瓦刀，手里提着个小铺盖卷，铺盖卷上裹着块麻包片儿。朱老忠看他的长身腰，长脑瓜门儿，挺实的腰膀，心上一曲连①，急跳了几下，扪着心窝说："嗬！好面熟的人！"他停住脚，仔细瞧着，看那人端着烟袋抽烟的硬架子，完全像是练过拳脚的，完全

---

① 心上一曲连，就是心猛然颤动了一下。

像!看他满脸的连鬓胡髭,却又不像。

朱老忠抿着嘴儿暗笑一下,抬起脚,兴冲冲走过去。一下子,把被套角儿挂在那人的腿胳肢上,挂个侧不楞①,仄歪了两步又站住。那人慢搭搭回过头来,问:"你干吗碰我?"

这时,朱老忠已经走过去。又返回身来,睁圆了眼睛,泄出两道雪亮的光芒,射在那人的脸上。听语声,看相貌,心里肯定说:"是,一定是志和!"

一个警察,离老远看见这个阵势,颠着步儿跑过来。还没跑到跟前,朱老忠扔下被套,跨过两步,一把抄住那人的手腕子,说:"兄弟!你在这儿发什么愣?"

那人把手一甩,抽回胳膊,皱起浓厚的眉毛,抬起眼睫,弓起肩膀仔细打量朱老忠。又看看贵他娘,看看大贵和二贵。喑哑着嗓子,一个字一个字儿说:"你认错了人吧?"

朱老忠又赶上去,攥住他的手,哈哈大笑说:"没有,我没认错人!"

说到这里,那人睐睁眼睛,盯了朱老忠老半天。在朱老忠身上找不出什么特征,看到大贵、二贵的脸形、鼻子、嘴,又睁起两只大眼睛,盯了一会子。猛地,朱老忠幼时的相貌,在他内心唤起了久远的回忆。他"啊"了一声,扬起颏儿,扳着指头,暗暗算计。摇摇头,悄悄儿说:"三十年,三十年不见了啊!"迈开大步赶过来,抬起长胳膊搂住朱老忠。不提防胳肢窝里那片铁瓦刀,当啷一声掉在洋灰地上,惊动了周围的人们,一齐扭过头,睁起怀疑的眼睛看。

那人就是严老祥的儿子严志和。他和朱老忠,从小儿跟着老人们在一个拳房里跳跶过拳脚,在一块儿背柴火筐,大了在一起赶鹳颏鸟,打短工儿。朱老忠远走高飞的时候,他背上行李送出十里

---

① 差点摔倒的意思。

以外。想不到三十年以后,在这里会见了!严志和跟朱老忠站在一块儿,正比朱老忠高一头。严志和这时心上一闪,记起和父亲扛着长枪送朱老忠离开锁井镇的情景儿。

严志和抱起朱老忠,把大下巴墩在他的肩膀上,瞪圆眼珠子说:"虎子哥,你可回来啦!"两颗大泪珠子,从眼角里掉出来,落在朱老忠的脸颊上。

朱老忠反身,捧起严志和的脸,这么看看,那么看看,拍拍他的长脑瓜门,说:"兄弟!想啊!想啊!想你们呀,我回来了!"

那个警察,提着警棍转游了一溜遭,最后看到他俩的虎势子,总有些放心不下。旁边一个浑身风尘的老太太,插嘴说:"离乡背井,还不够受的?还你一拳我一脚的!"那个警察又提起警棍,颠起脚儿跑过来,把人们赶散一看,严志和正攥住朱老忠的手,说:"哥!你一去三十年,三十年音讯全无!"

朱老忠说:"甭说写信,一想起家乡啊,心上就一剜一剜的疼!"又扯住严志和的手说:"来吧!这是你嫂子,这是你两个侄子。"他摸着嘴巴上胡髭,笑眯眯儿站着。

严志和笑咧咧地说:"哎呀!出去的时候,嘴上还没有毛毛。回来,老婆孩子一大堆了!"

那个警察,看他们完全不像打架斗殴,是在异乡逢着亲人,就鼓突起嘴,嘟嘟囔囔说:"以为是他娘的干什么,也这么大惊小怪!"

朱老忠一听,扭过头横了他一眼,回头又对严志和说:"说了半天,还不知道你去干什么?"

朱老忠一问,严志和红了脸,怯生生愣了一下,吭吭哧哧说:"我要闯关东,离开这个愁根子!"

朱老忠说:"怎么,你也要下关东?"他也愣了一刻,心里想,他在关东三十年,多咱一想起家乡啊,想起老街旧邻,想起千里堤上的白杨树,想起滹沱河里的流水,心上就像蒙上一层愁网。这才一心一意要回老家。千里迢迢,好不容易赶回来,志和又要走。他又问:"到底是为了什么呀?"

严志和颤着嘴唇,低了一会儿头,才说:"要去找我那老人家。"

朱老忠眯了一下眼睛,说:"怎么,老祥大伯也下了关东?"

严志和说:"提起来,一句话说不完,咱先找个地方住下再说。"

严志和猫腰拾起瓦刀,就势双手一抡,把被套扛在脊梁上,就向城里走。朱老忠和孩子们背着行李,提着包袱,在后头跟着。

朱老忠进了城,大街上人来来往往,车马也多。一眼看去,完全不像从前的老样子,添了几处洋式楼房,玻璃门面。不知不觉走到万顺老店。店掌柜拿出一串钥匙,开了一间小房,问严志和:"没上得了车?"

严志和说:"碰上老熟人,给你招个买卖来。"又指着朱老忠,"他就是锁井镇上朱老巩的儿子,我们是生死之交。"说着,把被套往炕上一扔,听得咕咚一声响,又说:"好重的行李!"

店掌柜是个细高挑儿,听得说是朱老巩的儿子,搓着手走上来,上下打量着朱老忠。左瞧瞧右看看,笑着说:"朱老巩,好响亮的名儿呀!当年老人家在世的时候,每次上府都住我这儿。倒不是高攀,咱们还是世交,老巩叔和我爹相好了一辈子!"他攥起朱老忠两只手,抖了一抖,说:"真是,老子英雄儿好汉,你和你们老人家精神头儿一模一样。"

自从朱老巩死了以后,方圆百里出了名,一直流传到现在,人们还是忘不了他。有个说梨花大鼓的先生,给他编了个小书段,叫

"朱老巩大闹柳树林"。那个说书先生,自从编了这个小书段,也就出了名。人们戏上、庙上、送号还愿的,净爱打车摇铃请他去说书。白胡子老头们,只怕孩子们把朱老巩忘了,夏天拉着孩子们找个树荫凉,冬天坐在热炕头上,嗑瓜子儿,像讲《三国演义》一样,讲说朱老巩的家世和为人。直到把孩子们感动得流下眼泪来。如今一说起朱老巩,大人孩子都知道。要是有人看见朱老忠的身貌、长相、脾气和性格,就不难想起他的老爹朱老巩。

朱老忠听店掌柜说是世交,立时笑了,拱了拱手说:"那时节我还年轻,不记得了……"

店掌柜也说:"没说的,一家人。你这咱晚才打关东回来?带回多少银子钱?"

朱老忠说:"哪里来的钱?还不是光着屁股回家。"

掌柜的说:"下关东的老客们,有几个不带银钱回来的。不落钱,谁肯傻着脸回家。"

朱老忠说:"这倒是一句真话,一辈子剩不下钱,把身子骨儿扔在关东的多着呢!"

店掌柜拿了把笤帚来,扫着地问:"怎么样,东北有战事没有?"

朱老忠从柜房里拿出把缨掸①,挥着满身的尘土说:"眼下东北倒是没有战事……咳!民国以来,天天打仗。这年头,有枪杆子的人吃香!今天你打我,明天我打你,谁也打不着,光是过来过去揉搓老百姓。"一面说着,皱着眉心笑,似乎军阀混战的硝烟,还在他们鼻子上缭绕。

店掌柜:"各人扩充自个儿地盘呗!别的不用说,不管哪个新军头一来,先是要兵。要兵,人们就得花钱买。还叫人们种大

---

① 掸帚。

烟,又说什么'……谁敢种大烟一亩,定罚大洋六元。'你看看这个,不是捂着耳朵捅铃铛?"

严志和伸起脖子说:"你不种,他硬要派给你种。种,还得拿'种'钱,什么世道儿?他娘的快把人勒掯①死了!"他抽着烟,嘴上嘟嘟囔囔说个不休。

今天来了老朋友,店掌柜热情招待。说着话,搬了个炕桌来,又沏了壶好叶子,一包"大翠鸟"香烟。说是今天的饭由他准备。还说:"你们以后上府,一定住我这儿。如今没别的了,就剩下这几间破房子!"说着话,又忙着去张罗饭食。

贵他娘洗个手脸,说:"我上街看看。"带着孩子们出去了。

朱老忠斟上两碗茶,跨上炕沿问:"兄弟!你倒说说,怎么单身独马,一个人闯关东?"

严志和喝了口茶,低头坐在炕沿上,老半天,才伸直脖子咕嗒咽下去。摇了摇头,不说一句话。

朱老忠看他像有很沉重的心事,慢慢走过来,坐在一边。拍拍他的肩膀,问:"你可说呀!"

严志和还是低着头,连连摇晃,不说什么。

实在闷得朱老忠不行。他知道严志和自幼儿语迟,你越是问,他越是不说。问得紧了,他还打口吃。朱老忠说:"你还是这个老脾性,扎一锥子不冒血!"

严志和沉着头呆了一会子,才从嘴唇里一个字一个字儿蹦出一句话来,说:"甭提了,看咱还能活吗?"

朱老忠一听,话中有因,紧皱眉头问:"村乡里又出了什么大事?"

严志和慢吞吞地说:"可是出了大事情!"他说了这么一句话,又停住。摇晃着脑袋,老半天才说:"说起来话长呀……前三年,

---

① 故意为难的意思。

咱地方打过两次仗,闹过两次兵乱。锁井镇上,冯老兰和冯老洪,闹起民团来。他们拉着班丁壮丁打逃兵,打下骡子车和洋面来发洋财。不承望,逃兵们打保定捅来了一个团,架上大炮,要火洗锁井镇。冯老兰慌了神,上深县请来个黑旋风,从中调停。你想,黑旋风是个什么家伙,硬要锁井镇上拿出大洋五千块,这才罢兵。五千块洋钱摊到下牌户身上呀,咳!庄园地土乱打哆嗦……"

严志和说起话来,总是慢慢儿地。本来一句话说完的事情,他就得说半天。朱老忠一听,心窝里像有一股火气,向上拱了拱。抬起头,舒了一口长气,才忍住。待了一会儿,他问:"他们上牌户不出?"

严志和说:"我那大哥!你还不知道?上牌户哪里出过公款银子?回回都是下牌户包着。"

严志和说着,朱老忠心里那股火气,像火球一样在胸膛里乱滚。他攥紧拳头,在胸口上砸着,问:"谁是冯老兰?"

严志和说:"就是冯兰池呀!他儿孙们大了,长了胡子,村乡里好事的人们抱他粗腿,送了个大号,叫冯老兰。"

这时,朱老忠心里那个火球,一下子蹿上天灵盖,脸上腾地红起来。闪开怀襟,把茶碗在桌子上一蹾。伸手拍拍头顶,倒背了手儿走来走去。又停住脚看看窗外,闭住嘴缄默了老半天。盘脚坐上炕沿,问:"他还是这么霸道?"

严志和把两条胳膊一伸,放大嗓音说:"他霸道得更加厉害了!"

朱老忠一时气愤,浑身一颤,右大腿一簸,一下子碰着桌子档儿。哗啦一声,把茶壶茶碗颠了老高,桌子上汤水横流。这时,朱老忠猛醒了过来,伸开胳膊搂住茶壶,不叫滚落地上。嘴上打着响舌儿,说:"啧,啧,失手了,失手了!"又笑嘻嘻儿找了块擦桌子布来,擦干桌子上的茶水。

严志和并没有看出朱老忠心气不舒,心里想:"这人儿,倒是山南海北闯荡惯了，变得一点没有火性。"

朱老忠抽着烟，闭上眼睛待了一会儿。猛然间放开铜嗓子说："好！他更加厉害了。好，出水才看两腿泥！"一下子震得屋子里嗡嗡地响。一说到锁井镇上冯老兰，好像仇人见面，分外眼红。可是他不露声色，暗自思忖……

严志和直了直腰，看着朱老忠愣了一下，想："别看不动声色，脾气许是越发耿直了。"

朱老忠又问："你们也没跟他打官司？"

严志和说："看怎么打吧！锁井镇上出了个朱老明，串通了二十八家穷人告了状，我也参加啦。头场官司打到县，输到县。二场官司打到保定法院，输到保定法院。三场官司打到北京大理院，又输到大理院了！"

朱老忠猛地抿了一口茶，吧嗒吧嗒嘴头儿，用着沉重的语音说："好！朱老明是个硬汉子！"

严志和说："亏他是能干的人，领着人们上城下县打了三年官司，也把官司打输了。"

朱老忠问："输到底了？"

严志和说："都输得趴下了！不用说，朱老明是拿头份儿，我也饶上了一条牛，输了个稀里哗啦呀，过不成啦！"

朱老忠问："锁井镇上的事，碍着你什么？"

严志和说："那天，我到镇上去赶集，回来碰上朱老明，在他家串了个门儿。听他念叨打官司的事，我心里不平，就说：'我也算上一份！'一句话，输了一条牛。咳！完啦！走啊，在这地方咱算是直不起腰来。"

朱老忠看严志和是个义气人，够朋友。把眉尖一锁，说："那就该不打这官司！"他立起身来，在地上走了两遭，把头一摆说：

"不走!"

严志和问:"不走?"

朱老忠梗起脖子,摇摇头说:"不走。"

严志和又低下头去呆了一会子,说:"不走又怎么办?把我肚子快气崩了,我就是爱生闷气。那个土豪霸道,咱哪里惹得起?"

朱老忠红着脖子脸,把胸膛一拍,伸出一只手掌,举过头顶,说:"这天塌下来,我朱老忠接着。朱老忠穷了一辈子,可是志气了一辈子。没有别的,咱为老朋友两肋插刀!有朱老忠的脑袋,就有你的脑袋,行吗?"

严志和忽闪着长眼睫毛,看着朱老忠,愣了抽袋烟工夫。看朱老忠刚强的气色,像个有"转花儿"①的人,才有些回心转意。颤搭着长身腰,说:"听大哥的话。要不,咱就回去?"

朱老忠看说动了严志和,又鼓了鼓劲,说:"回去,跟他干!"

严志和慢慢儿抬起长眼睫毛,说:"我的大哥,干得过吗?"他说着,又连连摇头。

朱老忠看严志和又松了劲,走过去拍着他的肩膀,温声细气儿说:"拉长线儿,古语说得好,大丈夫报仇,十年不晚。"

听了这句话,严志和弯下腰,沉着头,"瓷"②着眼珠盯着地上。想起他爹严老祥离乡前后的情景。

严老祥和朱老巩是同年生人,比朱老巩大三个月。自从朱老巩大闹柳树林,又过了几年,一连发了两场大水,涝得籽粒不收。秋天又连连下起雨来。那天,天刚放晴,阳光在天空照着。严老祥不言声儿蹲在千里堤上,看着滹沱河里翻滚的水流。堤边上河蛙,咕儿哇儿乱叫唤。年景不好,使他上愁。忽地闻到身子后头有

---

① 有办法、有能力、有经验。

② 瞪眼的意思。

浓烈的烟味。回头一看,冯老兰正在他背后站着抽烟,瞪出一对网着血丝的大眼,直盯着他的脑袋。严老祥浑身寒颤了一下子,慑悄悄站起身来,走开了。他怕冯老兰抽个冷不防,把他推进大河里,被洪水卷走了。

严老祥走回来,圪蹴①腿儿蹲在门前小碌碡②上。独自一人,低头扬头抽了一袋烟,又抽一袋烟。总疑忌冯老兰的眼睛里有事,半天也忘不了那阴毒的眼光,想起来又后怕。

他又想起:朱老巩死了,他失去一条膀臂,单丝不成线,孤树不成林,只怕冯家对他不利。猛地想起要离开锁井镇,离开这仇气地方,走西口,下关东……

严老祥想到这里,从小碌碡上站起来。这时,千里堤大杨树上,老鸦呱啦呱啦乱叫唤。他一个人,拎着烟袋,走上千里堤,走走转转。想到,当他还在壮年的时候,那时他们还住在滹沱河的下梢③里。在连年荒涝的年月,把最后一间房子、一亩地,卖净吃光,推上一辆虎头小车,带上老婆孩子和全部家财——一条破棉被和一口破铁锅,沿着滹沱河的堤岸,走到大严村,投靠了严老尚。严老尚看他着实能做活,就收留下了。冬天,严家给几件破烂衣裳。青黄不接的季节,给点糠糠菜菜,给个一升半碗的粮食。一家人苦做活,过了多少穷愁日子,才在村前盖了三间小房。后来又在村南要了二亩地,好不容易安起家来。如今,看看年纪老下来,要离开可爱的家乡,闯到边远的关东去。他心上热火燎乱,像在沸水里煮着。咳呀!难呀,难呀,穷家难舍,熟地难离呀!

他站在堤坝高处,看着低矮的家屋,比河里的水浪还低。只

---

① 蜷缩,弯曲到一起。
② 北方轧地的石碌子。
③ 指河的下游。

要河水向外一溢，就要冲掉。他积攒了二十年的工钱，要的二亩地，就得淹进深深的河水……想着，泪满眼眶，禁不住夺眶而出，流到衣襟上……

咳！老朋友死了，他觉得孤独，觉得寂寞。眼看秋天快过去，田地里是水，街道上空空的，满目荒凉、空阔……一忽儿，觉得他的心，像是悬在缥缈的空中。于是，下定决心，要离开老婆孩子，离开他血汗建立起来的家园……

一想到离开家乡，他心上又热烘起来……

独自一人在那里站着。看看太阳，快晌午了，走回家去，跟老伴要了一双布袜子。走出来，坐在门前井池旁洗了洗脚，把袜子穿上。又把严志和跟孙子运涛叫到跟前，说："儿呀！我扛了二十年的长工，流了二十年血汗，盖上这几间土坯小房，要了这二亩地，算是给你们成家立业，对得起你们了。"说着，他流下眼泪来，说："你老巩叔叔死了，如今老霸道还是无事生非，动不动找咱的茬儿，欺侮咱。我要是不离开这块地方，怕是早晚落不了囫囵尸壳儿。我要闯关东，去受苦啊！"

严志和一听，觉得爹爹像是到了秋天树叶黄的年岁上，他还要受苦，走关东，眼泪刷地流下来，说："爹！甭走啊，你一辈子不是容易，咱也有了家屋住处，有了孩子们，这还不好吗？"

老祥大娘也说："你心里想的什么哟？今年年景不好，还有来年。田地上长不出东西，咱养梨树。梨树上长不出东西，咱学治渔……你想的是什么哟！"说着，挥泪大哭了一场。

运涛那时还不到十岁，一听爷爷要离开他闯到关东去，趴在爷爷腿上不起来。

严志和说不转严老祥，转身找了老驴头来。老驴头跺跶着两脚，气急败坏地说："老祥叔，你要下关东？不行！谁要叫我去，叫我离开这家,说什么我也不干。我老爷爷生长在这儿,叫我离开这儿,说什么也不行,打死我也不行。"他一面说,一面比画着,心上满带火气。

正说着,老套子背着筐走过来,在一边听着。听清严老祥要出外,笑眯糊糊说:"咳呀,出什么外呀,外头给你撂着金子哩,还是撂着银子哩?即便撂着金子银子,那金窝银窝不如咱自己的穷窝儿呀。大伯!别走啊,不看别人,看着咱孩子们面上,也不能扔下他们不管。"

老驴头嘴唇厚,也说不清个话,急得跺脚连声,说:"不能走,你就是不能走!"

会儿不多,集了一堆人。绵甜细语,你说一个理儿,他说一个理儿,谁也说不转严老祥。他觉得,这些年幼的人们,嘴上无毛,办事不牢,没有多少人生的经验。他们的话,听不听两可。

那天晚上,朱全富打了四两酒,把严老祥请到家里,叫老婆摊了两个鸡蛋,就着炕沿喝着。说来说去,严老祥还是要闯关东。

第二天,老祥大娘到邻家借了半斤面来,给他做了一顿好饭吃。为了使他回心转意,守着老婆孩子把日子过下去。

可是说什么也不灵,他下定决心,要闯关东。

严老祥吃过早饭,硬叫老伴给他打叠铺盖、衣服,对着一家人说:"好,我要走了!这二亩地,只许你们种着吃穿,不许去卖。久后一日我回来,要是闹好了,没有话说。闹不好,这还是个饭碗。你看,咱在下梢里时候,把土地卖净吃光,直到如今,回不去老家。咱穷人,土地就是根本,没有土地,就站不住脚跟呀!"听了老人的话,直到如今,不管手头上有多么急窄,严志和不肯舍弃这二亩地。这就是他家的"宝地",每年打不少粮食。

老人家说了一场话,不管老祥大娘哭得死去活来,背上铺盖卷就要走。严志和掉下两点眼泪说:"爹,甭走啊!"又指指运涛和运涛他娘,说:"也看着咱这大人孩子们!"老人家摆摆头说:"人多累多,我要闯关东!"一家大小送他上了千里堤,严志和背上铺盖卷儿,沿着大堤走到锁井镇南。严老祥在河神庙前头上了船,要坐船上天津,下关东去。那年雨水连天,河水挺大。严志和立在河神庙前大青石头上,望着那条小船飘飘悠悠去远了。一去十几年没有音讯。他一想起老人一辈子不是容易,心里就难受得不行。想着,不知不觉又说出口来:"我想下关东,把他老人家找回来。就是他不在人世了,把老人家骨殖找回来,心里也是痛快的!"慢慢讲着,还是不抬起头来,把头低到桌子底下,哭起来。

朱老忠说:"兄弟!我不怕你心里难受,告诉你吧!关东三省,地方大着哪,你知道他在哪一省?就是知道他在哪个省,你知道他在哪个县?哪个村?"

严志和猛地抬起头来问:"真的?像你这一说,我那老人……"说到这里,他转动眼珠看着房梁,老半天没有说出话来。屋子里的空气低沉下来,两个人互相听得见心跳。

朱老忠也想起那个慈悲的老人。看严志和沉着脸呆着,走过去拍拍他的肩膀说:"兄弟!你没出过远门,如今这个世道,我怕你一个人出去,把身子骨儿扔在关东。"停了一会儿,又说:"那年有河间府的一个乡亲,从东满到黑河,说有一个锁井镇上姓严的,在那里兴家立业了。咱写个信去问问,要是他的话,你再去。要不是他,你也就别去了。咳!我不知道他老人家也下了关东,要是知道,得找找他。现在说也晚了!"

严志和点点头说:"大哥说的倒是个高明理儿。"

朱老忠说:"我怕你蒙着头去了,人找不回来,你也回不到老家了。"说了这句话,抽着烟,在屋子里走动了几步。猛地想起一件事情，抬起颏儿问："我那老姐姐呢？"

严志和说："这会儿不跟你说。"

朱老忠说："你说说有什么关系！"

严志和把头一摆，说："不。"

两个人交谈了一会儿，屋子里的空气又沉寂下来，你看看我，我看看你，谁也不再说什么。

严志和一场话，引起朱老忠满腔愁绪。他想起北中国雪封冰冻的群山，山上的密林。他曾在那原始的森林中，伴着篝火度过严寒。如今离开广阔的原野走回来，一想到锁井镇上有个冯老兰在等着他，三十年的仇恨，在心中翻腾起来。心里说："从南闯到北，从北走到南，躲遍天下，也躲不开他们。"可是，他并不后悔，一心要回到祖祖辈辈居住的老家去。他想："我要回去，擦亮眼睛看着他，等着他。他发了家，我也看着。他败了家，我也看着。我等不上他，我儿子等得上他。我儿子等不上他，我孙子等得上他。总有看到他败家的那一天，出水才看两腿泥！"

4

第二天，一扑明儿①，严志和到南关雇了一辆骡车来，把被套、包袱，装到车上，贵他娘和孩子们也坐上去。严志和跨上外辕，朱老忠跨上里辕，赶车的把式拿起鞭子，哦吁了两声，车子向前移动了。

大车走过南大桥，出了南关，一直向大敌洼里走去。正是仲春

---

① 天似亮不亮的时候。类似"黎明"。

天气,柳树出芽,麦苗儿也长老高了。经冬的土地松泛起来,田野上有人轰着牛、赶着驴耕田。一伙伙人们,正在耕地。严志和一见了土地,土地上的河流,河流两岸洇湿的淀田,淀田上青枝绿叶的芦苇,心上就漾着喜气。心里说:"还是回到家乡好。"

朱老忠一踏上家乡的土地,就像投进母亲的怀抱,说不出身上的舒帖劲儿。他说:"在东北,季候晚,很晚很晚的才耩地呢!"

严志和说:"咱这里也比过去耩得早了。我记得咱小的时候,麦芽儿发,耩棉花。谷雨前后,才种高粱谷子。这咱晚,人们觉得庄稼还是耩早点好,都把高粱谷子提前耩了。常说:'秧儿秧女秧庄稼。'①就像你吧,早早儿有俩大小子,也就帮上生活。要是老得哼哼哗哗②才有孩子们,咱老了,孩子们还没长大呢!"

贵他娘瞅着志和说话,不紧不慢,像细水长流,不住地抿着嘴儿笑,说:"看志和会说的!"说完这句话,她的脸上忽拉巴儿③阴暗起来。她有一桩心事:说起回老家来,就觉得回到老家一辈子有了落脚之地,心才落实。可是到了家乡,连个站脚地方都没有!她问:"志和!俺回去就在你家里站脚?"

严志和说:"那有什么说的,回去,你们就住在我家里。今年粮食不多,托着掖着④也过得去。然后,我和运涛、江涛,帮上你们一家子,把房盖上。看样子你们也不能空着手儿回来,再把我种的你们那一亩地利,算给你们。合计合计,筹借筹借,也能要个三亩五亩吧,再打着个短工,日子也就过得去了。"

---

① 北方谚语,有早能得利的意思。儿女大,老年人能早受赡养,庄稼熟得早,便可早到口。
② 老年人(或病人)因身体虚弱而常有的舒气声。
③ 忽然。
④ 苦干熬煎,即想尽一切办法的意思。

朱老忠说:"常说'手眼为活',走遍天下是指着两只手闹饭吃。"严志和说:"可不是,用咱的两只手盖起房屋住处,再用两只手刨土种地。"

贵他娘也说:"咳!走遍天下,不过是为着端个碗哪!"

这辆大车,走在干涸的道路上,在春天的阳光下,慢慢悠悠,摇摇荡荡,向着南来的风走去。严志和身上像漾着酒意,晕得想要睡着,又想起他离家的情景:

在失败的日子里,朱老明拄上拐杖走到他的家里——朱老明在闹很严重的眼病,用破袖头子擦着眼泪说:"兄弟!官司输到底了,不能再翻案。我的庄园土地去卖一光,是朋友的,凑凑钱吧!"严志和看着朱老明愤慨的样子,点点头说:"放心吧,老明哥!输成房无一间,地无一垄,我严志和没有翻悔。"

等朱老明摸着路儿出去,他也送到门口,看走远了才回来。不言声儿,走到小棚子里,牵起牛来向外走。涛他娘问:"你下地吗?"严志和嘟嘟哝哝说:"我不耕地了!"他这么说,涛他娘可是没有听见。走到集上卖了耕田的牛,把钱给朱老明送去,剩下几块钱掖在腰里。严志和觉得没法回家,涛他娘要问"牛呢?"他没法答对。一个人在村边坐了半天,一时又想起他爹,年纪老了,独自一人待在关东,不由得眼上掉下泪来。

就在那天晚上,一家人都睡着觉的时候,他把心一硬,背上行李,拿上瓦刀,走出家门来。

他想:如今转游了一溜遭儿又回去,怎么板着脸见人呢?

第二天太阳平西,这辆车才走到锁井镇近郊。朱老忠老远望见千里堤上,大杨树的枝干在太阳下闪着白光。天气暖和和的,桃李树正是放花季节,映着夕阳放散香气。有的梨树嫩枝条上长出绿叶,生了茸细的白毛。黑色的棉花虫儿在树枝间飞舞。

朱老忠用手拍了拍身上的尘土，跳下车来。停了一刻，扬起颏儿，笑笑说："到家啦！到家啦！"一股热烘烘的劲头儿，在血管里荡动。

严志和也纵身跳下车辕，说："这才是真到家了哩！"他一看见自己的土地，就高兴起来。走进梨树行子，单腿跪下，把手伸在垄沟里，一刨一刨，用手指在潮黄土里轻轻描着，捏起一颗谷种，拿到眼前，眯着眼睛看了看。

朱老忠走过去，猫下腰问："出了芽儿？"

严志和说："刚扭嘴儿①，是我离家前一天才耩上的。"又把那一粒谷种，好好儿放进垄沟，芽儿朝下，插进土里。先拨上点湿土，再埋上潮黄土，然后拨上干土盖好。

自从那一年，严老祥下了关东，严志和也就离开严家，顶门立户，过起日子来了。

媳妇又在土坯小屋里生了江涛，当江涛一落草的时候，严志和听得说"又是个小子！"笑嘻嘻高兴得合不上嘴儿，骄傲地说："咱门里几代单传，到了我这一代，算是改换门户了！"其实，改换门户的，是他不愿祖祖辈辈土里刨食儿吃，春冬两闲，就学起手艺来。学了学木匠，觉得手指头挺粗。学了学铁匠，还是不行。最后学到泥瓦匠，觉得挺对路。从此半工半农，"一艺顶三工"，一家人才不吃糠咽菜了。这时，又在村边要了三亩沙土岗子。他们就在这沙地上栽起梨树来。

骡车走到九龙口，看见窑疙瘩上坐着两个人。一忽儿，那个小人儿从窑上跑下来，喊着："借光！你们看见一个大高个儿、连鬓胡子的人吗？"

严志和一看是江涛，急忙把脑袋躲在朱老忠身子后头，拍拍

---

① 将要发芽了。

朱老忠说:"看吧!这就是我跟前那个小的,江涛。"

朱老忠笑着说:"光问你爹,你爹是个什么样儿人?"

江涛走到跟前,说:"我爹呀!他是个连鬓胡子,长脑瓜门儿,大高个儿。他呀,你要是不跟他说话儿,他就一天不开口。你要是不叫他吃饭,他就低下头做一天活。我娘要是不说给他洗衣裳,他就一年到头穿着那个破褂儿。你们要是知道,就说给我吧!要是不知道,也给打听打听。自打他跑了,愁得我娘不行呀!"

听问得恳切,朱老忠对严志和说:"你听,把孩子想糊涂了!"又对江涛说:"你问的是浓眉大眼的那一个,是吧?"

江涛说:"是呀,你们一定知道。"

朱老忠说:"我只知道一个。"

江涛说:"一个就行啦,还要多少呢?"

说着,严志和一下子从朱老忠背后抬起头来,张开胡子嘴,呵呵笑着。江涛看见父亲,三步两步蹦上车去,搂住严志和的脖子,说:"你可回来啦,可把我娘牵坏了①!"他把头扎在严志和的怀里,笑着。眼上滚下两颗大泪珠子。

严志和抱起江涛,说:"回来了,回来了,我怎么能不回来呢!"

运涛离远看见江涛坐在大车上,走过来。心上一阵颤抖,提上水罐,也从窑疙瘩上跑下来。一眼看见父亲,脸上露出笑容,说:"我爹回来了!"当他看到几个陌生人,又合上嘴,不说什么。

严志和指点说:"这是你虎子大伯,那是你大娘,那是大贵、二贵。从今以后,你们在一块儿打短工做活,拾柴拾粪,有了帮手了。"

"虎子大伯?"运涛睁起大眼睛说,"光听得说过,可没见过面。"

---

① 想念苦了。

朱老忠走到运涛面前站住，歪起头儿，左看看，右看看。拍拍运涛，两手扳着他的肩膀，撼动了一下，提高了嗓门儿说："好孩子们！长了这么高！"

严志和"出走"以后，涛他娘打发运涛和江涛，找遍了亲戚朋友家，都异口同声说："没见个踪影！"每天夕阳趴在地皮上，弟兄俩才走回来。一进门，老奶奶还坐在门限上絮叨："没良心的，又走啦！又走啦！"

涛他娘在灶膛门口吹火做饭，看老婆婆想儿想得疯癫。抬起头来，眼里揾着泪花说："娘！甭说他了吧，你儿不是那没情没义的人哪，他能忘了咱们？"

老祥奶奶用拐杖戳着地说："小的时候，有情有义。人一长大了，翅膀管儿硬了，就没情没义了。唉！我这条老命也算活到头儿啦！"

一念叨起志和，涛他娘就心慌得不行。定了定心，才说："娘！什么事情是命里注定的，人死不了就有回来的日子。别上愁了吧，愁得好儿歹的，老人家又该受罪了。大长的天道，梨树也该收拾了，我又没个空闲伺候你老人家。"

停了一刻，老奶奶嘟嘟囔囔说："咳！为起个女人，连个男人也管不住……"说到这里，又停住。她本来想抢白涛他娘两句，责备她，为什么好好儿地叫志和走了。可是一想到自己也没有办法拦住自己的男人，就把话头缩回去。

涛他娘听话不顺耳，立时羞红脸，低下头去。心里说："俺也在年轻时候过来，俺也长得花枝呀似的，可是……"

运涛坐在台阶上，听祖母和母亲谈话，他觉得父亲出走，还有更重大的原因。抬起头，望着清凉的天空，抱起胳膊说："活阎王们,要赶尽杀绝呀?"江涛坐在运涛一边,他不哭,也不说什么,只是张着两只大眼睛,看着天边上一颗大明星,慢慢升起。这孩子年岁虽小,心灵上却已经担负着自从远祖以来的、深重的忧愁和不幸。

老奶奶受不住小院里的沉闷,拄起拐杖站起来,弯着腰出了一口长气。在门道口破斗子里抓了把土粮食,嘴里打着"咯咯",把鸡唤过来。看鸡群点着头儿再也看不见啄食,才一步一步走出去。

老奶奶走到门前小井台上,拿起拐棍磕磕那两棵杨树。这还是"老头子"在家的时候,在井台边栽下的两棵小杨树。"老头子"不管早晨晚上,端着水瓢浇灌,伸手摸摸,两眼盯着,盼它们长大。小杨树一房高,嫩枝上挑着几片明亮亮的大叶子的时候,把涛他娘娶了来,住在这小屋里。自从那时,她做活做饭,才算有了帮手。小杨树冒出房檐高,叶子遮成荫凉,风一吹叶子哗啦啦响的时候,媳妇生下运涛。她喜欢得什么儿似的,好容易当上奶奶了。她亲手在窗棂上拴上块红布儿,在小杨树上绑条绳儿,晾上运涛的红兜兜、绿褂褂。等到杨树长了两房高,风一吹,杨树的叶子像滹沱河里流水一样,豁啷啷响的时候,严老祥舍弃她,下了关东。她无时无刻不在想念,惹得她常说:"'老头子',没良心!没良心!"过了几年,又生下江涛。她亲手抱大了运涛,又抱大了江涛。可是,她觉得老了,脑袋上添了白发。后来,严志和学会泥瓦匠,弄得够吃够烧了,她又想,老运还不赖,就是"老头子"不在家!

运涛看老奶奶在井台上愣了半天,尽眺着北方,翘起嘴唇,不住声地骂:"死王八羔子们,活阎王们,把俺家人都欺侮跑了!"

运涛一听,心里酸酸的,甭提有多难受了。他想:"为什么人间的苦难都出在俺门里?"走过去,扶着奶奶的肩膀说:"奶奶!快家来吃饭吧!"

老奶奶抬头看了看天上星群,自言自语:"唔!你们娘儿们先吃吧,我不饥……"又对运涛说:"你给我堵上鸡窝门儿。"

运涛走回来,搬块大石头,把鸡窝门堵上。心里实在痛得不行,为了想念父亲,老奶奶有三天没有很好吃饭了。

涛他娘看着孩子们吃完饭,把家伙泡在锅里,盖上盖帘。她早早把门闩上,扶持老婆婆睡下,走出来坐在当院阶台上。几天来,只有看见青色的天空,她心上才是豁亮的。直到俩孩子躺在炕上响起鼾声,她还坐在院子里。左想想,右想想,她想不出,在什么时候,什么样的魔鬼,使她交下不幸的命运!

她做小姑娘的时候,就针头线脚不离手。过得门来,一年四季不离三台(锅台、碾台、磨台),一天到晚没个空闲。志和脾气倒是温顺,知道怎样爱她,体贴她。可是也爱闹庄稼性子,闹起来,像开春儿打闷雷。有时候翻脸不认人,睡着睡着,举起拳头就要打。到这刻上,她就把头伸过去说:"打吧,打吧,照脑袋打!打死了,看谁给你做鞋、做饭、伺候老人?"这时,严志和又悄悄把拳头缩回去,笑笑说:"嘿嘿!舍不得!"她斜起眼睛瞟着他,一窝笑意挂在脸上,说:"看你也是舍不得!"

那是年幼的时候。人一上了年岁,有了衣食的拖累,就缺少恩爱了。像古树上长了皴皮①,受不到雨露,干枯了。有时她也渴想年轻时候的情爱,可是天不由人,他们一天天老下来!

夜深了,天光像水一样凉下来。她把怀襟掩住,走进屋门。老婆婆正在佛堂里烧上三炷香,跪着磕头,祝祷:"志和!你扔下一家子,去周游四方吧!盼你身子骨儿结实!"她不只想念志和,更想念"老头子",用衣襟擦着泪。

---

① 老裂皮。

第二天，涛他娘起来抱柴火做饭的时候，坐在炕沿上看了看，运涛蹙着眉梢，枕着两只手睡得熟熟的。江涛脸朝天躺着，满脸上又是愁戚又是希望。她微微叹气说："累了，累了，孩子们都跑累了！"摇摇运涛的胳膊，说："起来，起来呀！"

轻轻摇着，运涛醒过来，伸直右手和左脚，打了个舒展，说："嗯，天亮啦？"

涛他娘说："早亮了呢，看你们一睡起来就没有头儿。"

运涛抬头看了看，太阳露了红。坐起来，又摇摇江涛，说："起来，太阳出来了！"

听得说，江涛还没睁开眼睛哩，就爬起来。用手掌揉揉眼睛，说："啊！我上学去？"

涛他娘说："先甭去上学，再去找找，看看能找到爹吗？要是找不到，日子怎么过呢？"她又掂起衣襟，擦着泪湿的眼睛。

运涛看母亲悲愁得厉害，就说："娘！甭发愁，爹顶多跑几年关东，他还要回来。要是不回来，江涛也别念书了。我忙时种庄稼，收拾梨树，闲时上机子织小布儿，还是够嚼用的。"

涛他娘禁不住插了一句，说："你爷去了十几年呢，总也不见回来！"说着，又抽抽搭搭哭起来。

听得涛他娘哭，老奶奶又喊起来说："甭说他甭说他，'老头子'坏了良心，他把家忘了！"

涛他娘说："娘，别说了吧！你不是小年纪儿了，老人家也不是小年纪儿了。老是念叨他，老人家在关东，会心惊肉跳的。"

老奶奶说："他是不跳啊，要跳，还会想到念叨他的人儿。咳！死王八羔子们，仗着有钱有势，把俺人们都欺侮跑了！"

运涛说："奶奶！甭说了，一辈子的仇啊！"

江涛紧接着说："一辈子，十辈子也忘不了。"

老奶奶拄上拐杖,走过来说:"好孩子,有这点心气儿就好。"

涛他娘说:"你们去吧!到九龙口上,九条道儿都打从那里经过,过路的人多。有过去过来的人,你们就问,'借光!看见我爹了没有?'问一问,也许能问着。你们提个水罐儿,拿着块饼子,坐在大窑疙瘩上看着,嗯?"

两个孩子听了母亲的吩咐,提上水罐儿走出来。春天的早晨还有些凉,踏着路旁的嫩草芽儿,走到九龙口大窑上。

小弟兄两个,说着话儿,翘起下巴,向北方望着。在深远的天边,有朵朵白云,擦过土地,飞驰过去……

过来个挑担的,他们跑过去问一问。过来个赶车的,他们跑过去问一问。一直等到太阳平西,从北方长远的道路上,来了这辆骡车。

5

老哥儿两个,说着话儿,走在车子前头。走到村头上,严志和为了少见到人,沿着村边走过去。朱老忠走到家门前一看,还是那座土坯门楼,还是那两扇白槎①小门,门外还是那片谷场,谷场上还是那个青石头小碌碡。离家的时候,这两棵小杨树才一丁点儿,这咱晚,冒天云高了。风不大,吹得树上紫色的花穗轻轻摆动。

朱老忠背叉着手,在小场上走来走去,摸着嘴上的胡子,连声说:"局势还是那么个老局势,大改了样子,大改了样子呀!"

---

① 原木料未上油漆也未上颜色。

朱老忠这里瞧瞧，那里看看，觉得什么都新鲜。一抬头，看见前边千里堤上，大杨树底下站着一个老太太。她手里拄着拐杖，翘起下巴向北眺望。日头落了，夕阳的红光映在她的身上，映着千里堤，映着大杨树。杨树上一大群老鸦，似有千千万万，来来回回飞着，越飞越多，上下左右团团飞舞，呱呱地叫个不停。朱老忠慢慢走过去，看那老太太花白了头发，脸上的皱纹都耷起来，看轮廓还认得是老祥大娘。他走上长堤，说："老人家还在这儿站着？太阳下去了，风是凉的，别叫晚风摸着了！"他想：说不定老人家多么想志和呢？

老奶奶早在千里堤拐角地方待了半天，掐指计算老伴走了几年，儿子走了几天。如今年老了，中年失掉丈夫，老年失掉儿子，给她带来了多大的愁苦啊……

当朱老忠走到跟前，她眯缝起眼睛看着，问："你是谁？"

朱老忠打起笑脸，走上去握住老人的手，把嘴头儿对在她耳朵边上，说："我是虎子！"

老奶奶睖睁起眼睛，愣了一会儿，才说："你是哪个虎子？"她又想起，几年以前有个人说过："朱虎子死在关东了！"她怕目前是在做梦。

朱老忠抖动她的两只手，跺起脚，笑着说："我是朱老巩的儿子，小虎子！"

老人听了这句话，抬头望着青天，两条腿颤颤巍巍，重复地说："虎子？虎子？"她凝着眼珠，极力想从脑筋里回忆起朱老忠幼时的相貌。有抽半袋烟工夫，她摇晃摇晃脑袋，颤着嘴唇，牵动得面皮抽搐起来。一时心酸，说不出话。又停了老半天，把拐杖往旁边一扔，两手放在朱老忠的肩膀上，皱着眉眼，仔细认了认，说："虎子，虎子，不认得了！不认得了！"眼泪像流泉，从眼窝里冒出来，说："苦命的孩子，你可回来了！你一去三十年，三十年连个书信也不捎来。你娘虽死了,你爹也不在了,可是,老亲近邻也还想念着你呀!也不来个信。说实在话,我以为朱家门里这就算绝了。你回来了,活该朱家不绝后。"

朱老忠听得说,扑通跪在她跟前,说:"大娘!大娘!你别说了,儿心里难受!"

老奶奶说:"你难受?这些年,不论黑间白日,一想起老巩兄弟,就像摘我的心!为了想念出外的人们呀,这些年来,像熬灯油一样,把我老婆子的心血都熬干了。"又放声大哭起来,说:"咳!孩子不是好走的!"

朱老忠眯缝起眼睛,不让眼泪流出来。拍着老奶奶膝盖说:"大娘!我回来了,还不好吗?你别哭了!"

老人撩起衣襟,擦着泪说:"哭哭好,哭哭好啊,哭哭心里静便些。"说着,弯下腰扶起朱老忠,两只眼睛尽盯着他。

朱老忠和老奶奶在堤上说着话,严志和在堤下头呆着。上前不是,不上前不是,心上麻搭搭的①。老奶奶看堤坡下立着个人,就问:"那是谁?"

朱老忠说:"是志和呀!"

一说是志和,她心上像有一缸眼泪,同时涌上来,撒开嗓子大骂:"志和!你回来干吗?自己个儿闯荡去吧!你就不想想,老的老,小的小,交攀②给谁呀?"

朱老忠也说:"你出门,就该跟老人家说一声儿。"

老奶奶说:"自小儿肉死③,成天价碌碡轧不出屁来!还跟我说呢?"

---

① 内心矛盾,忐忑不安,说不定怎么好的一种心理状况。
② 交结攀靠。
③ 性子很慢。

严志和红了脖子脸，走上千里堤，拾起拐杖说："我一时心上转不过遭来，抬起腿就走了。"说着，嘻嘻笑了。

老奶奶见严志和上了堤，连哭带喊："咳！我跌死在这里吧！"说着，斤斗趔趄，从堤坡上跑下来。朱老忠怕老人摔倒，连连说："志和，志和，快架着！快架着！"

朱老忠和严志和，一人架着老奶奶一条胳膊。老人愣着眼看了看志和，又扭头儿看了看朱老忠。走回来，一进门，贵他娘、大贵、二贵，在院里阶台上坐着。朱老忠说："快来，见见我大娘！"

老奶奶见了贵他娘，擦去眼泪转悲为喜。走前两步，仔细看了看，心里说："人儿倒长得干净，就是脚大点儿。"又看了看孩子们，连声说好。转过脸来对朱老忠说："好，孩子也好，大人也好！"

朱老忠点头，笑着说："你老人家看着好，我心里就高兴！"

老人说："一个个五大三粗①的。好，好啊！死王八羔子们，净想叫咱满门绝后，咱门里人更多了！"

小院里，还是那三间土坯小北屋。年代远了，屋檐上生了绿苔，经了冬，变成黑色。阶前一棵小香椿树。西边一间小棚子，棚子里盛着几件农器家具，和一些烂柴火什么的。

老奶奶亲手帮助涛他娘，在堂屋里搭置饭菜。叫运涛从西锁井打了酒来。上灯时分，饭菜搭置停当。涛他娘进里屋扫扫炕，搬上吃饭桌儿，点上个小油灯。老奶奶走出来，说："走！屋里吃饭去！"

朱老忠和贵他娘扶着老人走进来，老奶奶见贵他娘进屋子门的时候低了一下头儿，笑着说："咳！俺这家，着实茅草啊！"

朱老忠说："再茅草是自己的家，一进家门，就觉得浑身舒帖！"

---

① 膀阔腰圆，个子大，有力气。

走进屋里,朱老忠和贵他娘把老人扶到正上手儿①,他俩坐在两旁。涛他娘端上菜来:炒鸡蛋、腌鸡蛋、萝卜丝、萝卜片……大碗小碟摆了一桌子。

贵他娘说:"就够麻烦的了,还弄这么多菜干吗?"

老人在灯下笑花了眼睛,说:"也没什么好菜,庄稼百事,来吧,吃啊!"

严志和给朱老忠满上一盅酒,也给自己满上一盅。朱老忠端起酒盅说:"来,大娘,喝一盅吧!"

老人说:"呋!我可没喝过酒。嗯,虎子,吃啊!"她亲手把筷子递到朱老忠手里,又问:"他小弟兄们呢?"

一忽儿,四个小伙子一齐走进来。二贵爬到炕上,钻在娘怀里。江涛坐在奶奶一边。运涛叫大贵跨上炕沿,自己在炕沿底下站着。朱老忠瞧了瞧江涛,说:"这孩子长得俊气!"

贵他娘紧跟着说:"人家他弟兄们都长得瘦眉窄骨②儿的,完全不像大贵们一路孩子,粗粗拉拉的!"

朱老忠把江涛揽在怀里,拽起手掌看了看,说:"这孩子聪明,将来长大了,一定是个能干的手儿。"

老奶奶问:"怎么看得出来,还会看手相儿?"

朱老忠说:"不是我会看手相,我看这孩子眉清目秀,五官端正。叫他多念几年书吧!"

老奶奶说:"江涛念书可上心哩,珠算也学会九归架儿。"

老奶奶今天见到这么多儿孙,坐在她的炕头上,饭吃得多,人也清爽了。眯细起眼睛,歪起头儿问:"虎子!这些个年,你怎么闯过来的?"

---

① 上边,正座儿。
② 面孔清秀(与肥头大耳对之)。

朱老忠把离开锁井镇以后,三十年的遭遇说了一遍,说着直觉心酸。孩子们听了这凄惨的往事,也停住筷子愣着。

老奶奶说:"咳!受了苦啊!出去的时候还是个孩子,回来下巴上胡子老长了。吃呀!"她夹了一块鸡蛋,放在朱老忠碗上,又用筷子点点,说:"孩子,吃呀!"

朱老忠说:"在关东三十年,这心老是吊着。一回到家,坐在你老人家跟前,心上要多踏实有多踏实。"

老人说:"你走的时候不是好走的,多咱想起来,心酸得不行!"

一谈起他离家时的情景儿,朱老忠额上沁出汗珠,出气也粗了。解开怀襟,露出胸膛来,伸了伸胳膊,问:"大娘!我那老姐姐呢?"

老人停止了吃饭,眯缝了一会儿眼睛,掉出泪珠,说:"那咱晚,你前脚走了,后脚她跳在这滹沱河里自尽了!"说着,又哭起来。

听到这里,朱老忠"瓷"着眼珠,盯着灯苗儿晃动,半天不说一句话。姐姐那年轻的容貌,又现在他的眼前。

老奶奶说:"咳!真是虎狼世界呀,一个人活在世界上不容易着哪!"

江涛孩子虽小,却易受感动,瞪起两只大眼睛,攥住他的小拳头说:"这不是活欺侮人吗?那就不行!"

运涛悄悄儿斜了他一眼,说:"不行,又有什么办法儿,世界上都是人家的。"

严志和说:"叫他们闹得一家子人东逃西散,这笔账一辈子算不完!"

老奶奶翘起嘴唇,骂道:"天雷劈他们脏王八羔子!"

这件事情,涛他娘不知听严志和说过多少遍。今天,听到这里,也止不住地饮泣。老奶奶眽起眼睛,颤着嘴唇说:"苦命的孩子们,命苦啊!我不愿告诉你,那是个好闺女呀!"说着这句话的时候,她才想张嘴打问严老祥的消息。朱老忠忙抬起头来,换了个话题,说:"看起来,叫江涛多念几年书吧,咱就是缺少念书人哪!几辈子看个文书借帖都遭难,这就是咱受欺侮的根苗!"

朱老忠讲着,严志和在一边听,这些来派过节①他都知道,低着头儿不说什么,心里却翻绞得难受。他说:"运涛还说送他去城里念几年书。唉!官司打输了,日月困难,供给不起他。"

朱老忠说:"不要紧,志和!有个灾荒年头,大伯帮着。你院里巴结个念书的,我院里念不起书,将来我叫大贵当兵去,这就是一文一武。说知心话,兄弟!他们欺侮了咱多少代,到了咱这一代,咱不能受一辈子窝囊。可是没有拿枪杆子的人,哪能行?你看大财主们的孩子,不是上学堂,就是入军队。"

严志和说:"行,吃糠咽菜地闹呗!"

朱老忠摇摇头说:"不,咱有两条腿能跑踏,有两只手,能做活。有人说,吃糠咽菜是穷人的本分。依我来说,那是没出息!"

老奶奶呼扇着右手说:"是,孩子们,跟着你大伯走!"

严志和也说:"任凭大哥安排。"

当一家人都低下头吃饭的时候,老奶奶扬起头儿,停住筷子想,又眯眯着眼睛说:"老忠!我也问你个话儿。"

朱老忠笑着说:"你问我大爷的事,是呗?"

老奶奶噗地笑了,说:"你怎么知道?"

朱老忠说:"我猜你早就该问啦!"他又把听到的消息说了,最后说:"我还跟志和说,打个信去问问。"

---
① 事情的原委、过程。

老奶奶说:"敢情那么好,快写个信问问。"一行说着,不住地笑。

喝完酒,吃完菜,又端上玉蜀黍窝窝、杂面①汤,还有葱花儿炸辣椒。碗上冒着热气,杂面的香味蒸腾了满屋子,一家子都吃得饱饱的。后来,话题又转到严老祥身上。老奶奶立逼着运涛去买信封信纸,写信探问爷爷的消息。

朱老忠还乡的消息,传遍了东锁井镇。当天晚上,朱老星、朱全富……一些小时候的朋友,不等吃完饭,端着饭碗跑了来。抽烟、说话,直坐到半夜。朱老忠把带回来的关东烟叶、日本香皂送给他们,作为久别重逢的礼物。

6

夜深了,村落上烟霭散尽了,一个圆大的月亮,挂在树杈上。长堤,乔杨,构成了一幅美丽的图案。孩子们还在门前小场上玩儿,吵吵嚷嚷,说说笑笑。

当人们在屋子里说着话的时候,涛他娘在槅扇门外头锅台上坐着。朱老忠和他的孩子们回乡了,她心里似乎高兴,也似乎更加多了烦愁。她想到冯老兰,不一定肯让朱老忠安生服业地过下去。她的心情,更加忧惧不安起来。害怕有另一种更大的祸事,降临家门。等朋友们散去,她安排贵他娘一家子睡在婆婆屋里,叫运涛到小棚子里去睡觉。

运涛说:"家里人多,我想上老驴头大伯家去借个宿儿。"

---

① 几种杂粮混合磨出的面粉。有时"豆面"也称杂面。

涛他娘说:"不,孩子!家里睡,到人家去睡干吗?"

运涛说:"我不想在家里睡。"说着,扯起条被子就走了。

涛他娘眨动着眼睛,对严志和说:"忙把他赶回来,去!"

严志和说:"去他的吧!"

涛他娘说:"你看,和他家春兰,小小的人儿,一块儿呆熟了。"

严志和说:"孩子家!"

涛他娘说:"孩子家,你想想他们还小吗?"

严志和抬头想了一下,说:"论说,正是年纪儿。"

涛他娘说:"就是嘛,不经点心,闹出事儿来,光自惹人笑话。"

说着话儿,江涛在一边听着,他还悟不出是什么事儿。一会儿,眼睫毛打架,脱衣裳睡下。白天,严志和虽然有朱老忠伴着,心上还是怪不好意思。扔下老婆孩子走了几天又回来……他坐在炕沿上抽了袋烟,也就睡下。一家子谁也不说一句话。

涛他娘出了一口长气,自言自语:"咳!为起个女人哪,真是不容易!下辈子再托生的时候,先问问阎王爷,他要叫我托生个女人,我愿永远在阴间做鬼……"

严志和听涛他娘嘟嘟哝哝,捅了一下她的被窝口儿,说:"这几天,你们怎么着来?"

涛他娘把脖子一扭,说:"你甭理我,一个人飘流着去吧,回来干什么?说走,抬腿就走。上有老,下有小,谁给你服侍?"

严志和说:"你!"

涛他娘说:"我是你们使一辈子的丫头?早想了,你要是不回来,我就嫁人。爹走了娘嫁人,看他们怎么着?"

严志和说:"你忍心?"

涛他娘说:"你忍心?"

第二天早晨,涛他娘起来抱柴火做饭。贵他娘听得响动,腰里系上个白布围裙,走出来帮着做饭。

朱老忠和严志和也起炕了,大贵出来舀水洗脸。涛他娘听老婆婆咳嗽得厉害,嘟哝说:"老人家一夜不得睡,老是咳嗽!"顺手拿起个鸡蛋打在碗里,冲上开水端进去。

贵他娘说:"上了年纪的人,怎么受得了?"

话音没落,门外有人搭讪。是一个尖脆的少女的声音:"志和叔,运涛呢?"

严志和在门外头问:"清早立起,找他干吗?"

"有个事儿,问问他。"

严志和问:"昨儿后晌,他不是到机房里去睡觉吗?"

"是呀,今儿一早他就跑啦!"

严志和说:"许是下地了。"

那闺女笑了一声,说:"我来看看你们来的客人。"一溜说,一溜跑,小跑蹓丢儿跑进来。

贵他娘一看,是谁家的姑娘。细身腰,脸盘黑黑的,两只大眼睛,骨碌骨碌转着,就是脸庞长得长了一点儿。心上一喜,笑嘻嘻地问:"谁家这么好的大闺女?"

涛他娘低声说:"老驴头家春兰。"

说着,春兰到了眼前。她说:"看看你们来的客人。"

贵他娘闪开眼睛瞭着她,说:"看吧,这不是。你来干吗?"

春兰说:"找运涛。"

贵他娘问:"找他干吗?他下地了。"

春兰说:"找他问个字儿。"

贵他娘又问:"你倒是问字儿,还是来看客人?"

春兰看这人新来乍到,倒不怯生,就说:"都是。"

涛他娘嘟哝说:"问什么字?成天在一块儿,也问不够?"

春兰乜斜眼睛瞄了瞄,见涛他娘不高兴,也不说什么,只是咯咯地笑。

涛他娘说:"回来再问吧!"

春兰说:"我得上你们屋里看看去。"

贵他娘说:"看去吧,门上又没有绊脚绳!"

春兰一进屋,和老奶奶、朱老忠,又说又笑。她早就听得运涛说过"朱老巩大闹柳树林"的故事,老早想看看朱老巩的儿子是什么模样,今天一早就跑了来。朱老忠见来了老街坊的女儿,喜得拿出一个洋漆皂盒,那是日本产的,又鲜亮,又美丽,盒里盛着块鸭蛋肥皂。春兰拿在手里,翻来覆去看个不够。

外头屋里,贵他娘低声问涛他娘,说:"昨儿晚上,你念叨的就是她?"

涛他娘眼睛瞅着槅扇门,哑模悄声①说:"可不是。"

从那年运涛学会了织布,家里没有房,就在春兰家安了张织布机。赶上老奶奶闹病,家里人帮不上手儿,运涛常求春兰帮着浆个线、落个线的。日子长了,两人就好起来。运涛爱看闲书,春兰也跟着认字。他耐心教,她心眼儿透亮,钻着心儿学。不二年,就会看书了。这一来,两人更恋得分不开了!

涛他娘叹了口气说:"咳!我老是跟志和说,忙把院里小棚子支大点儿,把机子搬回来,他就是没这个空闲。为了这点事,我老是提心吊胆。"

贵他娘说:"提心吊胆什么?"

涛他娘说:"万一闹出个什么儿来,可不叫街坊四邻笑掉了大牙。"

---
① 轻轻地。

正说着,志和走进屋里,春兰一见志和就避出来。

贵他娘说:"玩儿吧!"

春兰说:"不,家去。"

涛他娘说:"这儿吃饭吧,请你陪客。"

春兰说:"不,快吃了饭,去点瓜。"

春兰走出去,贵他娘在后头问:"闺女,今儿多大了?"

春兰反回身儿说:"十七了。"

贵他娘瞟着她说:"快到年岁儿了!"

春兰问:"什么年岁儿?"

贵他娘说:"坐轿的年岁儿!"

春兰一下子笑出来,说:"跟俺开玩笑,俺走!"说着抬起腿,唧里呱哒跑出去。

贵他娘看着她的后影儿,笑着说:"好一条油亮亮的大辫子,耷拉到大腿上。人尖子,怪喜溜的个人儿①!"

严志和听贵他娘说话嘹亮,脾气性格干脆,走出来问:"你们说春兰?"

贵他娘看着志和,嘻嘻地说:"可不是,快使上好儿媳妇啦,还不打发媒人过去。"

严志和说:"俺不希罕②那个。"

贵他娘瞟他说:"多好的人儿。"

严志和说:"人儿好,吃她喝她?贴在墙上当画儿看着她?咱庄稼人,就是希罕个庄稼人儿。这,插门闭户也管不住。"

贵他娘说:"谁家不希罕个好看媳妇儿?"

严志和说:"我就不希罕。"

---

① "怪"有"挺""很"之意。"喜溜"是活泼,开朗,讨人喜欢。
② 这里是喜欢的意思。

贵他娘说:"那就给你们娶两房子麻疤丑怪。"

严志和说:"越是那样的人儿,她心里越憨实,才能好生跟你过一辈子。"

贵他娘说:"那,当初一日,你就别娶涛他娘。"又瞟了涛他娘一眼,说:"小小脚儿,细细的腿腕儿,一走一打颤儿。"

严志和笑着说:"她,我也不稀罕。说起话来,哝哝唧唧。走起道儿来,一步迈不了半尺。看你那两只大脚多好……"

不等志和说完,贵他娘张开大嘴,呱呱呱呱才笑呢!

朱老忠也在屋里答了腔:"志和说的尽是背晦理儿①。"

涛他娘唉声叹气说:"咳!女人呀,没个痛快时候。没孩子的时候,寞寞落落闷得慌。一到了该生养孩子的时候,挺着个大肚子累得不行。盼得孩子出来了,又累得慌。明年又是一个大肚子,孩子出来了,更是累死人!"

贵他娘说:"老了就好了。"

涛他娘说:"老了?老了把婆子丢在一边!"

贵他娘说:"多生养闺女。大闺女嫁个团长,二闺女嫁个营长,三闺女呢……嫁个法官。"

严志和笑着插了一嘴,说:"唔,好打官司!"

涛他娘:"好把老婆子押在监牢狱里!"

一句话,说得一家子笑个不停。

老奶奶听得人们念叨喜兴事,也笑咧咧地说:"等着吧,等给运涛、大贵、江涛、二贵,都娶上媳妇的时候,我也就老得动不得了。"

贵他娘说:"盼着吧,大娘!娶了孙媳妇儿,好伺候你老人家。"

---

① 古怪(理儿)。

春兰顺着房后头那条半明不暗的庄稼小道,走回家去。她家住在锁井镇后头,一座小土坯房里。一进门,先到运涛机房里看了看。那架使了几辈子的老织布机,不知用了多少麻绳头儿、布衬条儿绑架着。机子一边有条小炕,小炕上放着一个破枕头、一条破被子。炕沿上搁着油灯,灯里没有丁点①儿油了。许是昨儿晚上,他看书乏了,歪下就睡着,没顾得吹灯,把灯油熬干了。枕头边放着一套书,是《水浒传》。

她一脚跨进里院,一进二门就喊:"娘!告诉你个新鲜事儿!"手里拿着皂盒,在眼前晃了晃,藏进褂子大襟底下。

娘正在烧火做早饭,打灶旁探出头来,问:"什么新鲜事儿?"

春兰说:"虎子大叔回来了。"

娘皱紧眉头问:"哪个虎子?"

春兰说:"忘啦?就是那个'朱老巩大闹柳树林'的朱老巩爷爷跟前的。"她把皂盒递到娘手里。

娘接过皂盒,想了想,恍然说:"哟!人们都说这人儿早没了呢,怎么又回来了?老巩为那铜钟的事气死了,他下了关东。他姐姐,也跳河死了。那钟,人家也砸铜卖了。"

春兰说:"那是前年的事,运涛给我讲了'大闹柳树林'的故事,我一夜没睡着觉。莫非老财主们的霸道劲,一辈子也褪不了?真把人给气死!"

娘说:"我可先说给你,那么大闺女了,老是跟运涛在一块儿,不怕人家说闲话?"

她好像没听见,不等娘说完,紧接着说:"运涛说,大地方出了个什么'共产党',要什么'打倒土豪劣绅,反对封建'啦……"

娘白了她一眼,说:"甭听他红嘴白牙儿瞎叨叨,闺女家……"

---

① 一点点,极少的意思。

春兰抢着说："他说,我也不信。说说要什么紧哩?"

娘儿俩说着,老驴头提着筐走进院来。他长下巴上长着一大绺胡子,一路走,长脸子一颠颠一颠颠的。把筐放在院里,慢慢吞吞走进堂屋,坐在吃饭桌旁,抽着烟问春兰："听说朱虎子下关东回来。我在地头上掘地,是你又到运涛他们那儿去来?"

春兰本是偷偷走过去的,不提防又叫爹看见。她正正经经说:"我去问运涛个字儿,赶上虎子大叔带着媳妇孩子打关东回来,住在运涛他们家里。"

老驴头说:"又是去问他字儿!闺女家不做针线,老是看那闲书干吗?要是看慌了心……怎么,他还带回老婆孩子来?死不了就算便宜。别看出去了三十年,人们都说他要是回来,跟冯家大院里还有一场打不完的热闹官司。"

春兰说:"嗯,虎子大婶人儿还不错,就是两只大脚片儿!"

娘说:"哟!那可是个什么人,莫非自小儿没有娘?有几个孩子?"

春兰说:"两个小子。"

老驴头问:"嘀,干渣渣的两个大小子?有小子就好啊,像你吧,要是个小子呢,也就跟我帮上了。这个,就是不行!"

春兰问:"我做的活儿少?"

娘盛上饭,老驴头慢慢吃着说:"闺女家到底差多哩,出聘的时候,顶少赔上两个大板箱。"

春兰嘴儿一噘,说:"我就知道你怕花钱。"

老驴头说:"我倒是不怕,我打算一辈子不让你离开家。上无三兄,下无四弟,你走了,谁伺候俺俩?我早打算给你在家里招下个人儿,又是女婿又是儿,将来也有人继承我这份家业。再说,俺老两口子百年以后,烧钱挂纸,你也不用来回跑了。"

春兰一听,脸上红起来,端着饭碗靠在门扇上吃。她觉得心里烦乱,扬起头儿看看天上,看了老半天,忘了吃饭。

春兰娘又跟老驴头谈起种瓜的事。她家每年在房后头种上半亩瓜,倒是挺对春兰的脾气。夏天在园里搭上个小窝棚,她坐在窝棚上做针线,守着一只老母鸡在斗子里孵着一窝小鸡儿。鸡娃出来了,慢慢地长大了,有黑的、白的、黄的、芦花的①……满世界乱跑,吱吱叫着,在瓜秧里啄食瓜子儿、油虫儿……真是美气!

吃了饭,春兰挑上筲②,老驴头背上筐,端上一瓢瓜子儿,上房后头去点瓜。老驴头刨坑,春兰担水。把水点在坑里,等水渗完,再点上瓜子,埋上土。正点着瓜,看见朱老忠走过来,后头跟着严志和。春兰说:"爹爹你看,这打头儿的就是虎子大叔。"

老驴头猫着腰扬起头来,瞅了一眼,看见来了两个人,可是他不认得是朱虎子了。朱老忠走南闯北,路走得多了,走起路来,两条腿一跩一跩的,走得挺快,眨眼到了跟前。

春兰笑着问:"虎子叔,你们到哪儿去?"

老驴头手里拿着小镐刨着坑,笑了笑,说:"你就是那朱虎子吗?"

朱老忠笑笑说:"我就是朱虎子,朱老忠就是我。"

严志和说:"敢情你不认得他了?"

老驴头说:"好啊!咱弟兄三十年不见了,你走的时候,你们俩还没春兰高,天天后响在冯家大场里'打招'③。如今你回来了,我也成了老头儿。"

朱老忠摸了摸下巴,说:"可不是,胡子老长了。干什么?要点瓜吗?我还带来点金瓜籽儿。"

---

① 黑白毛色相间的鸡。
② 北方打水用的木桶(有的是铁制的)。
③ 乡村儿童的一种游戏。

老驴头说:"一听你就是有心计的人,打算回来好好种庄稼哩!"

朱老忠说:"咱是正南巴北①的老实庄稼人嘛。"

老驴头说:"那,敢情好。我是年年在这房后头点上几分瓜,有这闺女看着,收拾着,倒是不耽误我多少整工夫。卖了瓜,弄个零钱儿花,打个油,买个菜的。咳!死年头,要是不使账,干什么进个钱儿?"

严志和说:"今年种瓜,明年种瓜,这春兰也成了瓜小姐。一到夏天,看见她黑天白日坐在这小窝棚上看瓜园。"

老驴头说:"闺女家,可能干什么?……怎么,你们上街?"

朱老忠说:"我去看看老明哥……你看,我走的时候,还没有这条小道儿。"

老驴头说:"可是呢,这条小道儿本来是没有的。自从那年志和在我家里安上张织布机,运涛一天三晌来来去去,把土踩硬了,再也长不出庄稼来,净是长草。"

严志和说:"快别说了吧!你们春兰,一天不知道上俺家跑多少趟。眼不眨,扭搭扭搭跑来啦。领着一群姑娘,到我那小北屋里去听运涛讲书。"

老驴头说:"反正是他们俩的事儿,要不,生生的就把庄稼地踩成小道儿?这不是一日之功。"

严志和说:"当然不是一天踩成的。"

他们一说,春兰脸上腾地红起来,只是弯下腰点水,不敢抬起头来。点完那两筲水,又担起筲往井台上跑。她故意颤起担杖②,担杖钩磨得筲系儿吱咂乱响。那条扎着红绳子的辫梢儿,在

---

① 地地道道,确确实实的意思。
② 两端系着铁钩,挑水桶用的扁担。

脊梁后头不甩不甩①乱摆动。朱老忠暗自点头说:"嗬!活跳跳的人儿,身子骨儿有多么活泼,多么结实!"

7

朱老忠和严志和说着话,走进一条小胡同里。

胡同尽头有个砖门楼,大门关着。他俩推门进去,院子里没有一点声音,砖头瓦块,烂柴火叶子,撒了一院子。窗前有棵老榆树,榆钱儿正密,一串串在枝上垂着。有几只刚出巢的蜜蜂,围绕榆枝乱飞,不住地嗡嗡叫着。院里这么静,像是没有人住着。朱老忠故意咳嗽了一声,还是没有声音,就喊了一声:"老明哥在家吗?"

待了半天,朱老明在屋里答了腔:"谁呀?"

朱老忠说:"我呀!"

朱老明说:"进来吧,嗯?怎么声音这么生,好像多久不见了的。"

严志和说:"当然是久不见了。"

朱老忠推门进去,门转枢也不响一响。屋子墙被烟熏得漆黑,阴凉得不行。进了槅扇门一看,一个大高老头在炕上躺着,头发胡子都长了很长。

朱老忠问:"老明哥,你怎么了?"

听得人进来,朱老明从被窝里坐起。他还不能睁开眼睛,用手巾擦了脸上的泪,说:"我还听不出你是谁。"

严志和说:"你想不到。"

---

① 摇摆状。

朱老明摇摇头说:"想不到,反正不是这锁井镇上的,是外路口音里夹杂着锁井腔儿!"他的脸色焦黄,脸孤拐①向外凸着。眍䁖②着眼窝,眵目糊③把上下眼睫毛粘在一起了。他使劲翻了翻眼皮,怎么也睁不开,又紧紧合着。

朱老忠问:"你的眼怎么了?"

朱老明说:"闹眼呢。"

朱老忠说:"也不治一治?"

朱老明说:"可也治得起呀!"

朱老忠说:"这个好说。"

说到这里,朱老明不再说什么。扬起下巴动了神思,左思右想,想不出是谁的声音,他说:"志和!你告诉我,他是谁?老是叫我闷着!"

严志和说:"他是谁?你可记得三十年前,为了保护铜钟,大闹柳树林的事?"

朱老明呆了一刻,愣愣地说:"那还忘得了!"

严志和说:"他就是朱老巩大叔的儿子,现在叫朱老忠。"

朱老明一听,拍掌大笑。这一笑,两只眼睛也睁开了,露出血红的眼珠。可是他还是看不见,抬起两只枯瘦的手,向前摸着。朱老忠见他伸手摸人,向前凑了两步。朱老明先摸到他的胳膊,又摸到他的肩膀、耳朵。当摸到他胡子的时候,朱老明咧开嘴说:"啊呀!兄弟,你也老了!"

朱老忠说:"不老,长了胡髭罢啦!"

朱老明说:"不老,你今年怎么个岁数儿?"

---

① 颧骨。
② 眼窝深陷。
③ 眼垢。

朱老忠说:"四十五啦。"

朱老明说:"四十五,不老也是半截子人了。"

三个人一直在屋里说着话,也不见有人进来。炕上放着一把水壶,一个算盘,算盘上有两块干裂了的饽饽。也许,这就是他一天的口粮。

朱老忠问:"咱那一家子人们呢?"

朱老明说:"哪里还有人?你嫂子才没了,闺女们住不起家,都走了。咱老二扛着长活,晚上回来看看,给我做口吃的,就又走了。咳!家败人亡呀!"

严志和拿把笤帚,把小柜子扫了扫坐下。从褡包①上摘下烟袋,打火抽烟。问:"老明哥,你抽一袋不?"

朱老明说:"我闹火眼,不抽烟。"

朱老忠问:"这是怎么闹成个稀里哗啦?"

这句话不问也罢,这一问呀,朱老明拍着炕席说起来。从冯老兰和冯老洪拉着团丁打逃兵,说到五千块洋钿摊派到老百姓身上。他又张开大嘴哭了,说:"干也是倾家败产,不干也是败产倾家,我就决心和他打了这场官司。开头儿谁也不敢干,你想冯老兰那家伙,立在十字街上一跺脚,四条街乱颤,谁敢捋他的老虎须?再说家家种着冯家大院的地,使着冯家大院的账,谁也掰不开面皮儿。后来老星哥和伍老拔出来,才串通了二十八家,集合到一块儿商量了商量,谁拿得出钱?我说:'这么着吧,我拿头份,先去五亩地再说!'"

朱老忠说:"一打起官司来,五亩地可花到哪里?"

朱老明说:"可不是嘛,一个五亩,两个五亩,三个五亩也不

---

① 北方男子系在外面的宽大腰带。

够……我和朱老星、伍老拔,套上牛车,拉着半笆斗①小米,拉着秋秸穰,在城里找了人家个破碾棚,支锅做饭。晚上就在碾台上睡。就是这么着打起官司来!这个世道,没有钱在衙门里使用,怎么能打赢了官司呢?递字儿,催案子,都得花钱。哪里有那么多钱?衙役们有时候叫我请他们吃饭,我就请他们吃碗小米干饭熬菜汤。"

朱老忠问:"那,能行吗?"

朱老明说:"官司,就是这么着打输了。连告了三状,连输了三状。咱请律师要花很多钱,冯老兰是有名的刀笔,用不着花钱。再说他儿子冯贵堂,上过大学堂,念过'法科'。"

朱老忠拍着巴掌,叹口长气说:"那就该不打这官司!"

朱老明说:"骑上虎,下不来了呢!这一输啊,老星兄弟把房卖了,搬到冯老锡场屋里去,给人家看场。伍老拔,去了几亩地。我拿头份,把房屋土地卖完了,这就要搬家。我觉得不这么办,对不起伙计们。"

朱老忠问:"搬到哪儿去?"

朱老明说:"搬到咱老坟上,看坟去。"

朱老忠问:"咳!这就算输到底了?"

朱老明说:"这还不算输到底,只要我朱老明有口气,就得跟他干!"

他又捏着额角说:"咳,我的眼呀,要是好不了,可就苦了我。我的眼要是瞎了,趁个空儿,我也要拿斧子劈死他!咱满有理的事,这辈子翻不过案来,死的时候,也得拉他垫背,我就是这个脾气!"

又指着眼窝说:"唉呀!这辈子还能见着青天吗?"

朱老忠听到这儿,直着眼睛,愣了一刻,说:"不要着急,慢慢来,我就是为这个回来的。目前他在马上,咱在马下。早晚他有下

---
① 用荆条编的一种衡量用器。

马的一天,出水才看两腿泥!"

说着,朱老明又不住地咳嗽,咳嗽得弯下腰起不来。他说:"兄弟们,给我口水喝吧!"

严志和提了提壶,壶是凉的,连一点水也没有。忙去拉风箱,点火,趴在灶膛门口,打火镰。朱老明的火石,已经打成圆球,没有一点棱角了。他这么打打,那么打打,打了半天,才打出火星,点着柴火,烧了壶水来。

朱老忠在一边看着,他想:不回老家吧,想家乡。总觉得只要回到家乡,吃糠咽菜也比流落在外乡好。可是一回到家乡呢,见到幼年时候的老朋友们,过着"腌心"①的日子,又觉得挺难过。心里说:知道是这个样子,倒不如老死在关东,眼不见为净,也就算了!转念又想到:在关东有在关东的困难,天下老鸦一般黑!闯吧,出水才看两腿泥呢!他觉得肩头上更加沉重了,祖辈几代的新仇旧恨,压在他一个人身上。

朱老明喝完水,停止了咳嗽。

朱老忠说:"我还要到老拔兄弟家去看看,想叫他帮着我拾掇拾掇房子。你缺什么东西?"

朱老明说:"缺什么东西?没法说了,什么都缺。"

朱老忠见不得这么可怜的人,眼上闪着泪花说:"大哥!你甭发愁,好好养病吧,养好了再说。有朱老忠吃的,就有你吃的。有朱老忠穿的,就有你穿的。你虽是个庄稼人,可是有英雄气的!"说着,掏出十块钱,往炕上一扔,咣啷一响,说:"看看,够治眼病吗?"

朱老明一听,立时伸起脖子笑了,说:"什么呀,洋钱呀?"

朱老忠说:"你先治病,别的我打发孩子们送来。"说着,走出门来。

---

① 痛苦、难过。

朱老明又说:"你可常来看看我,我闷得慌!"

朱老忠临出大门时,又听得朱老明在屋里叹着:"咳!人们把土地卖了,没有土地,靠什么活着?"

朱老忠一听,他又站住,走回窗台底下,说:"大哥!别焦心了,好好养着吧。事儿在我心里盛着,冯老兰就是像一座石头山压在咱的身上,也得揭他两过子!"

严志和在一边看着,实在动心,由不得流下眼泪来。心里说:"出去闯荡了几十年,闯出个这样的硬汉子!"

朱老忠和严志和,从朱老明家里走出来,沿着村边走到锁井镇东,上了千里堤。千里堤上那一溜子大杨树,长得比过去高得多了。紫色的杨花,一条条挂在枝上。风吹过去,一条一条轻轻落下。堤上一条干硬的小路,在硬土裂缝里滋生出稷草的黄芽。大黑蚂蚁,在地缝里围绕草芽儿乱爬。

堤下边,是一排排的紫柳,柳尖上长出嫩叶。伍老拔的土坯小房,就在千里堤上。朱老忠和严志和走到小栅栏门口,有一只小狗打院子里跑出来,汪汪叫着。严志和吓唬它:"呆住!呆住!"他一猫腰,拾起块砖头,那只小狗,刺溜又跑了。严志和喊:"老拔哥在家吗?"

屋门一响,走出个中年妇人,一迈门限,见有个生人,又退回去。说:"他没在家,出去了。"

说着,有个十几岁的孩子,隔着伍老拔做木作活的小窗户看了看,也没说什么。

朱老忠在栅栏门口转游了一会儿。院子里放着几棵湿柳树,是才从地上刨下来的,受了春天阳光的滋润,又出了紫色的嫩芽。东风顺着河筒吹过来,带来一股经冬的腐草的气息。离远看过去,有人在河身地上弄地呢。

朱老忠和严志和离开伍老拔家庄户,沿着千里堤往西走。这时,太阳起来了,阳光晒起来。朱老忠觉得身上热得发痒,解下褡包,搭在身上。他顺着大堤向上一望,河水明亮亮的,打西山边上流下来。在明净的阳光下,远远看得见太行山起伏的峰峦。

朱老忠家当年就住在锁井镇南,千里堤下。他们走到河神庙前站住脚,庙前的老柏树没有了,那块大青石头还在。庙顶上的红绿琉璃瓦,还在闪烁着光亮。朱老忠对着庙台,对着大柳树林子,愣了老半天,过去的往事,重又在头脑中盘桓,鼓荡着他的心,眼圈儿酸起来。

严志和并没有看出他的心事,叫了他两声。他忍住沉重的心情,一同走下大堤。

他们穿过大柳树林子,大柳树都一搂粗了,树枝上长出绿芽。到处飞着白色的柳花,人们在林子里一过,就附着在头上、身上。

穿过柳林,是一个池塘。池塘北面,一片芦苇。一群孩子,在苇地上掰苇锥锥①,见大人们来了,斤斗骨碌跑开了。他们在池塘边上了坡,就是朱老忠家的宅基。

可以看得出来,当年靠河临街,是两间用砖头砌成的小屋。因为年年雨水的冲刷,小屋坍塌了,成了烂砖堆。每年在这烂砖堆上长出扫帚棵、苘苘菜、牵牛郎和一些不知名的杂花野草。坡沿上还长着几棵老柳树。

严志和说:"当年,你走了,我和泥用破砖把门砌上。后来小屋坍塌,我把木料拾到家去烧了,这个小门楼还立着。"

道边上孤零零一座小门楼,根脚快卤咸完了,没了门扇和门框。朱老忠向上一看,顶上露着明儿,漏水了。

严志和问:"这房再垒的时候,你打算怎么垒法?垒坯的还是垒砖的?"

---

① 苇笋。

朱老忠说:"垒坯的呗,哪有那么多钱垒砖的。"

严志和说:"那个好说,就在这水坑边上就水和泥,脱坯。刨几棵树,就够使木材了。用这烂砖打地脚,上头用坯垒,一个钱儿不花,三间土坯小房就住上了。"

朱老忠笑了说:"敢情那么好。"

严志和说:"这几天有什么活儿,咱趁早拾掇拾掇。然后,老拔刨树,我脱坯,齐大伙儿下手,管保你夏天住上新屋子。"

严志和用步子从南到北,抄了抄地基①,又从东到西抄了抄,说:"将来,日子过好了,还可盖上三间西房。这里是牛棚,这里是猪圈。再在墙外头栽上一溜柳树。等柳树长起来,看这小院,到了夏天,柳树遮着荫凉,连日头也见不着。"

朱老忠说:"那我可高兴,兄弟盼着吧!"

严志和说:"好!咱就先叫老拔帮咱弄这个,要不他就走了。"

朱老忠问:"干什么去?"

严志和说:"上河南里东张岗,张家木头厂子里去做活。他脊梁上太沉重了,压得喘不过气来!"

朱老忠问:"干什么那么沉重?"

严志和说:"叫账压的。"

两个人在柳树底下抽着烟,盘算了一会子盖房的事。朱老忠站在大柳树底下,往西一望,半里之遥,对岸坡上就是冯家的场院。周围黄土墙圈,墙圈里长满高的杨树,低的柳树。陈年草垛,有杨树尖儿高。雾罩罩的一座宅院。他站在坡沿上,愣了一刻,猛可里呼吸短促,胸膛里滚热起来。他看到老爹住过的地方,死过的地方,想起他出外的日子,仇恨如同潮水,在胸中汹涌起伏。

---

① 用步子大致量了量(地基)。

8

朱老忠还乡的消息,传到西锁井,立时刻传到冯家大院。

冯家大院,是一座古老的宅院。村乡里传说:冯家是明朝手里发家的财主,这座宅院也是在明朝时代,用又大又厚的古砖修造起来。经过几百年风雨的淋洒,门窗糟朽了,砖石却还结实。院子里青砖铺地,有瓦房,有过厅,有木厦。飞檐倾塌了,檐瓦也脱落下来,墙山挺厚,门窗挺笨,墙面上长出青色的霉苔。青苔经过腐蚀,贴在墙上,像一片片黑斑。一进冯家大院,你就闻着腐木和青苔的气息。据说,冯家大院里有像猫一样大的老鼠,有一扁担长的花蛇,把那座古老的房舍,钻成一个洞一个洞的。院里一棵老藤萝,缠在红荆树上,老藤长得挺旺盛,倒把红荆树给缠黄了。老藤的叶子,又密又浓,遮得满院子阴暗。大瓦房的窗格棂挺窄挺密,屋子里黑咕隆咚的。但是,这样的房子,冯老兰却住惯了。他就是成天价钻在这大瓦房里,晴天白日点起油灯,写账簿、打算盘。这天听得朱老忠还乡的消息,他不写账,也不打算盘,只是趴在桌子上发呆。眼前晃晃悠悠,闪着朱老巩的影子:举着手里的铡刀,张开大嘴喊着:"大铜钟是四十八村的,今天有谁敢捅它一手指头,这片铡刀就是他的对头!"虽然过去了几十年的事情,多咱一想起来,他就趴在桌子上,转着黄眼珠子,呼噜呼噜学猫叫。心里纳起闷来:"嗯,朱虎子,朱老忠,他不是死在关东了?"冯老兰没见过三十年后的朱老忠,根据幼时的相貌,会把他想象成朱老巩的样子。心里后悔说:"剪草不除根,又带回两只虎犊儿!唔!老虎,简直是三只老虎!"他心上异常不安,拉下枯黄的长脸,瞧着窗外。

三十年的时光,也在冯老兰身上留下显著的标记。他已经是六十开外的人了,肩膀弓起来,花白了头发,也花白了胡子。脸上瘦得凹下去,两只眼睛却很有神。

他提起长烟袋,把烟灰磕在地上,吊着眼珠,慢吞吞走出来。经过三层大院,走到场院里。在往日里,他会骄傲:锁井镇上,只有冯家大院配住这样的高房大屋。屋舍虽老朽,样式毕竟与别家不同!看见牛把式老套子牵牛套车,他又想:在锁井镇上,只有冯家大院才配使用这样的死头大车,才配喂养这么肥的牛!想着,他的骄傲心情又在心上蠢动起来,不住地伸出右手,捋着他的长胡子。

场院里有喂十几条牛的牛棚,有喂十几只猪的猪圈,有一棵高大的槐树,枝叶繁密,像伞盖一样遮住太阳。他走过牛车、井台、土粪堆,到了土围墙下,站在绿树荫中。往日,他爱站在这儿,回忆胜利的往事……

他的两只老眼掠过广阔的柳林,掠过苇丛上紫色的花穗,掠过池塘上清水波纹,看见对岸坡上站着两个人。一个是严志和,那个新拿败的对手,并不放在他眼里。当他看到另外一个像朱老巩模样的人,心里说:"也许,那就是未能剪草除根,而又死灰复燃了……"又撅起长胡子,自言自语:"唔!一只虎没杀绝,三只虎回来了!"登时他觉得办错了一件大事情,一时急躁,气喘起来,胸膛急骤地起伏,那颗心怎么也装不到肚子里,头脑晕眩起来。他提起大烟袋,慢慢走回来。走到大门口,门角上那对石狮子,龇着牙咧着嘴,瞪出大眼珠看着他。他愣了一刻,又走过三层宅院,走上高台砖阶,走回他的黑屋子,唉声叹气坐在大木椅上。这时他的二儿子冯贵堂走进来。

冯贵堂高高身材,穿着袍子马褂,白光脸儿,满脑袋油亮亮的长发。他上过大学法科,在军队上当过军法官。上司倒了台,他才跑回家来,帮助老爹管理村政,帮助弟兄们过日子。这几天,他有一件沉闷的心事。看见他的老爹一门儿唉声叹气,就问:"爹!又有什么不舒心的事情,惹你老人家烦恼?"

冯老兰说:"提起来话长呀!就是跟锁井朱老巩家那件事情。我费了多少年筹谋,费了多少心血,才把大铜钟毁掉,把四十八亩官地抠①在咱的手心里。这样一来,咱家宅基愿怎么升发就怎么升发。这还不算,最主要的是根据阴阳先生推断,有那座铜钟罩着,咱冯家大院要家败人亡。如今咱家日复一日,年复一年地升发起来,继承祖宗的事业,成了方圆百里以内的大财主。"

冯贵堂说:"这就好了,朱老巩死了,他儿子也没了音讯。"

冯老兰憋住一口气,把嘴唇一鼓,摇摇头说:"不,朱虎子昨儿又回到锁井镇上,还带回两个大小子。我估计他不会跟咱善罢甘休!"

冯贵堂听完父亲的谈话,噘起嘴,闷着头儿,在屋里走来走去。他倒背手儿考虑了老半天,才说:"我早就说过,对于受苦的,对于种田人,要叫他们吃得饱,穿得暖,要叫他们能过得下去。在乡村里,以少树敌为佳。像朱虎子一样,树起一个敌人,几辈子不得安稳呀!"

冯老兰听到这里,不等冯贵堂说完,把黄脸一耷拉,拍着桌子说:"你花的那洋钱,摞起来比你还高。白念了会子书,在外头混了会子洋事儿。又不想抓权,又讲'民主',又想升发,又不想得罪人。怎么才能不树立敌人?你说说!在过去,你老是说孙中山鼓吹革命好。自从孙大炮革起命来,把清朝的江山推倒,天无宁日!清朝手

---

① 霸占。

里是封了粮,自在王,如今天天打仗,月月拿公款,成什么世界?还鼓吹什么男女平等,婚姻自由,闺女小子们在一块儿念书。我听了你的话,把大庙拆了,盖上学堂。如今挨全村的骂,快该砌下席囤圈儿了……"

冯老兰这么一说,像揭着冯贵堂头上的秃疮疙疸。他不等老爹说完,抢上一句,说:"这就是因为村里没有'民主'的过,要从改良村政下手。村里要是有了议事会,凡事经过'民主'商量,就没有这种弊病了!咱既是掌政的,就该开放'民主'。再说,你又上了年纪,又是村政又是家政,你一个人出主意,怎么管得过来?怎么不落人的埋怨?就说那铜钟吧,本来是四十八村的,你不通过村议会讨论,一个人做主卖了。把好事办坏,惹出一场人命案,使你老人家一辈子不舒心,多么不上算……"冯贵堂说得累了,喘了一口气,停了一刻。见老爹只是低着头,不抬起来,又说:"听我的话吧,少收一点租,少要一点利息,叫受苦人过得去,日子就过得安稳了。从历史上说,多少次农民的叛乱,都是因为富贵不仁,土匪蜂起,引起来的。这就是说,要行'人道',多施小惠,世界就太平了……"

冯老兰耐着性子,想听完他的话。听到这里,再也听不下去,把桌子一拍,说:"你算了吧!又跟我鼓吹'民主'!那样一来,七嘴八舌头,龙多死靠①,什么也做不成!依着你,土地银钱不能生息,过日子要花钱,孩子们上学要花钱,打官司要花钱,日子还有什么升发。家不富,而国安在哉?"

冯贵堂看老头子又发起脾气来,打起笑脸,走到老爹跟前,装出缓和的神气,说:"这么着啊,咱用新的方法,银钱照样向咱手心里跑。根据科学推断,咱这地方适合植棉。咱把地里都打上水井,

---
① 北方谚语,比喻人多办事互相推脱责任。

保定新发明了一种水车，套上骡子，一天能浇二三亩地，比手拧辘轳快多了。多种棉花、芝麻……变钱的东西。这比放大利钱、收高租强得多了。少在受苦人身上打算盘，他们就越是肯出力气，说咱的好儿，不再骂咱们了！"

冯老兰把头一扭，说："那，不行！受苦人，生就了是卖力气的。照你说的做起来，他们不会说咱好儿，反倒骂咱们傻到底儿了。再说，土地使水一浇，就漏了风，要施很多的粪才行。光使水浇，不施粪，都把庄稼浇成黄蜡皮涨①，能长出什么好庄稼？要施粪哪有那么多粪施？"

冯贵堂听父亲不赞成他的主张，他想到：人，一上了年纪，就爱固执己见，偏重保守了！笑着油嘟噜的嘴头儿，缓和了一下精神，说："这，我都打算好了。咱有的是花生黑豆，就开个大油坊。开油坊还不使那大木榔头砸油槽，咱买个打油的机器，把地里长的花生、黑豆都打成油。再买几盘洋轧车，把棉花都轧了穰花，把棉籽也打成油。咱再喂上一圈猪，把棉籽饼喂牛，花生饼喂猪，黑豆饼当肥料施到地里。把豆油、花生油、棉籽油和轧的皮棉，运到天津去卖，都能赚到一倍的钱。这样也积得好猪粪、好牛粪、好骡马粪。有了这么多粪，地能不养肥？地肥了，能不多打粮食？这样赚钱法儿，比登门要账，上门收租，好得多了！"

冯老兰不等冯贵堂说完，从椅子上站起来，摇着一只手说："我不能那么办，我舍不得那么糟蹋粮食。好好的黑豆，都打成油？把棉籽饼都喂了牛，豆饼都喂了猪，那不可惜？你老辈爷爷都是勤俭治家，向来人能吃的东西不能喂牲口，直到如今，我记得结结实实。看，天冷时候，我穿的那件破棉袍子，穿了有十五年，补丁摞补丁，我还照样穿在身上。人们都说白面肉好吃，我光是爱吃糠

---

① 瘦弱的意思。

糠菜菜。我年幼的时候,也讲究过吃穿,可是人越上了年纪,越觉银钱值重。你不想,粮食在囤里囤着是粮食,你把它糟蹋了,就不是粮食了。古语说,'一粥一饭,当思来处不易,半丝半缕,恒念物力维艰'哪!过个财主不是容易!你的人道主义,就等于是炕上养虎,家中养盗。等养壮了,虎会回过头来张开大嘴吃你,盗会拿起刀来杀你!"

冯贵堂好像没听见老爹的话,笑笑说:"我还想,咱们有的是钱,少放点账,在街上开两座买卖,贩卖洋广杂货,真能赚钱!再说,到了麦前,麦子价儿大的时候,该把仓房里的麦子都卖了。过了麦熟,新麦登场,咱再向回买。秋前卖谷子,春天卖棉花,都能多卖一倍的钱。我研究过了,比在仓房里锁着,强得多了!"

冯老兰摇摇头说:"不行!不行!你要记住,用出奇百怪的法子赚来的钱,好比不是自己的肉,贴不到自己身上。来钱的正道是'地租'和'利息'。除此以外,得来的钱虽多,好像晒不干的萝卜片子,存在账上,阴天下雨会发霉的!"他又连连摇摆着脑袋,着急败打①地说:"像你这样下去,会败家的!"

冯贵堂的话,不知跟老头子说了多少遍,冯老兰总是没有回心转意。他这种思想,从远祖遗传下来,压在心上比磐石还沉重。就是有千百人的力量,使不齐劲,也难撼动他古老的心灵。

冯老兰看冯贵堂还是不注意朱老忠还乡的事情,搭拉下脖子不高兴。他的一生,继承了远祖的事业。一面,两只手捂住眼下的金钱,只怕别人夺了去,一面,向农民伸出手,攫取他们的"血"和"汗"。俗话说得好,生姜越是老来越是辣,他骨节崚嶒的大手,手指上的长甲,他贪得无厌的性子,随着年岁的增长,更加残忍了!

---

① 心中烦躁着急。"败打"无实际意义,仅作口语词用。

9

朱老忠一家四口从关东回来，严志和一家担负两家人的生活。他们下决心从劳动里求生活，用血汗建立家园，不管大人孩子，成日成夜种地盖房。严志和跟伍老拔帮助朱老忠刨树架梁，大贵、二贵、涛他娘、贵他娘，也跟着拾拾掇掇。江涛还到学校里去读书。直到麦子黄梢的时候，三间土坯小房盖好了，光剩下打院墙呀，垒门楼呀，一些零碎活。

那天，早饭还没吃完，涛他娘把草帽和锄头放在台阶上，挑起饭担，给忠大伯他们送饭去了。自从开始盖房，老是从家里把饭送去。他们黑天白日不停工，没有空隙回家吃饭。

运涛一面端着碗吃饭，一面摩挲着江涛的头顶说："江涛！今日个不去上学，跟我到'宝地'上耪地去，你看那满地尽长了草！"

江涛回过头儿，睁起明亮的眼睛，看了看哥哥，说："好！跟你耪地去！"说了这么一句话，就只是低下头吃饭。吃得热了，鼻子尖上挑着两颗大汗珠儿。

吃完饭，运涛拿起一顶大草帽，戴在江涛头上。一人背上一张锄，顺着房后头那条小路，到"宝地"上去。弟兄俩，走到东锁井小十字街上，向西一扭，路北里是大槐树冯老锡家的大四方梢门。向西一走，忠大伯和父亲在那里盖门楼，打院墙。哥儿俩看了一会儿，就沿着忠大伯家房西边的苇塘向南去，走过大水塘，走进大柳树林子。走啊，走啊，走了抽袋烟的工夫，过了河神庙，下了堤，小渡口上有只小木船，他们坐上小船，渡过河去。

到了"宝地"上，运涛也不说歇歇，抽个地头烟，拿起锄头就耪，一股劲儿耪。耪了多老远，回头一看，江涛两手拄着锄头，还蹲在地头上愣着。江涛爱看滹沱河上的风光：河身里开着各色的野花，过往的船只撑起白帆……他爱问，看见不明白的事情就问。问了就想，转着眼珠儿想。运涛拾起块土坷垃①，投了他一下，说："嘿！尽愣着干吗？"

江涛笑默默地问："哥！为什么老是这么急急忙忙的？"

运涛翘了一下嘴头儿，说："嗯，快吗？快一点，天晌午要把这二亩地耪完，下午咱还要做别的活儿。快耪吧！快耪吧！"全村的人，谁也知道运涛是个做活的"迷"，成天价放下叉笆拿扫帚，两手不闲。

江涛又在睁起圆大的眼睛，忽闪着又黑又长的眼睫毛，想着一桩事情。他想不出，为什么这么老远，离家二三里路，有这么一块"宝地"。耕个地，耪个地，都要隔河送饭。拉庄稼更不方便。想着，两只小手挥动锄头跟上去，问了运涛。

运涛说："这块'宝地'是爷爷留下来的。"接着，给江涛讲述了爷爷下关东的事情。讲到最后，他说："这点地，只许咱们种着吃穿，不许去卖。这些年来，不论怎样急窄，爹不舍弃这块土地，这是咱的'宝地'呀！"他又学着父亲口吻说："咱穷人家，没有了土地，就站不住脚跟呀！"他年纪不大，自从听了父亲说过这些话，根据生活的体会，早早明白了农民和土地的关系。

江涛也在想：没有土地……就站不住脚跟！

可是这块"宝地"，这些年来也有很多变故。起先，"宝地"在小严村南边，南堤根底下，倒是一块金不换的好地。这河流向南一滚，把"宝地"压在河底上，一家子就苦了。后来，这河流又向南一

---
① 土块。

滚,又把这块"宝地"滚在锁井镇东,落了淤,日子又返了韶①。过了一年,这河流又一滚,又把这"宝地"淤到锁井镇南里去了,又挂了淤。如今,这块地就像谷仓一样,一家子人凭它吃饭哩!

严志和常说:"啊,咱这块'宝地'呀,是挂脚的!"

哪里是什么挂脚的,是严老祥和严志和好脾气。大水过后,河流变化,人们争着要近处的地,把这块"宝地"越挤越远,一直挤到锁井镇南,南堤外头,那里地场儿宽。

"宝地"上的泥土,是黑色的。拿到鼻子上一嗅,有青苍的香味。这是长好庄稼的泥土,它从爷爷血液里生长出来。爷爷亲手耕种它,揉搓它,践踏着它。爷爷走了,把它留给孩子们。父亲耕种它,运涛耕种它,如今,江涛又在耕种它了。父亲常年在外头做泥瓦工,运涛耕地,江涛牵牛。运涛耩地,江涛拉砘子。运涛割谷的时候,江涛帮小镰儿。运涛耪地,江涛也跟着耪。但凡土地上的劳动,小哥儿俩老是在一块儿。

哥儿俩,耪呀!耪呀!四条小胳膊抡着大锄,把腰猫了个对头弯。小苗上的露珠沾在裤脚上,溅到腿上,沾在脚上,他们觉得多么舒坦!耪呀!耪呀!药葫芦苗,开着蓝色的小喇叭花,耪了去。水萍花,秀出紫色的花穗,耪了去。把野草都耪了去,光剩下紫根绿苗的大秫谷,长得肥肥的,壮壮的。耪呀,一股劲儿耪。

太阳起来了,在麦田上闪着金光。东北风,顺着河槽吹过来,吹起水上的浪头,吹动堤旁的柳子,吹干了河岸上的土地。

运涛回过头来,看江涛又在发呆,问他:"江涛!热不?"

江涛猛地抬起头来,笑着说:"不热。"

运涛问:"不热,可直流汗?"

江涛板上钉钉地说:"流汗也不热!"这孩子自小要强、好胜,

---

① 返回了过去的好光景(韶——好时光)。

不论受了什么样的委屈,对别人一字不提,只是结结实实地记在心里。

运涛停住手,掏出一拃长的小烟袋,先打火,再抽烟。叼在嘴上,吧嗒吧嗒才抽哪!等江涛耪上来,他又要讲故事。运涛很会讲故事,不论十冬腊月大雪天,新年正月的暇闲日子,老是有一群姑娘小子,挤在严志和的小北屋里,来听运涛讲故事。他指手画脚,摆划鲁智深拳打镇关西,讲说景阳冈上武松打虎。春兰姑娘一听起他讲故事来,就听迷喽!今天,他一说是讲故事,江涛就耪得快快的,跟上来。

运涛清了清嗓子,说:"在老年间,咱这地方发过一场大水……"他抬起头来,看着锁井镇前,千里堤上的大杨树,说:"有一天晚晌,像天狗般的一声吼叫,没等得娘打孩子嘴里把奶头抻出来,就给大水冲跑了。冲走了爹娘,冲走了妻子,把牛呀,粮食呀,都冲走了!这口子开得不东不西,正冲锁井大街。把大街冲成一条河,淹了锁井全镇,涝了这一带四十八村……耪呀!"

江涛听到这里,觉得身上寒森森的,说:"这一家伙可把人们涝坏了!"他为了听这故事,两手攥着锄头,一股劲地耪。

"剩下来的人们,搬到房顶上、树杈上过日子。老辈人们说:'那年头呀,大街上行船,屋顶上安锅,河蛙落在窗格棂上,咕儿哇儿乱叫唤'……耪啊!"

一开头儿,江涛就觉得有点玄乎。说到这地方,他又生了怀疑,问:"那河蛙不是鸡,又不是鸽子,哪能落在窗格棂上叫唤?"

运涛猫着腰,低下头,两眼盯着锄刃和谷苗,一步一步,经心用意耪着。听到江涛问,也不笑。他说:"那是咱爹说的,水发得过大,一直滚到窗户上。那些'花琉璃盆'、'花老包'、'柳条青'们,两只小爪儿扒着窗棂,咕儿哇儿的才叫得欢哪!"运涛说着,还是不笑。

江涛睁直了眼睛,说:"我娘!把咱家也涝坏了吧?不,那时还没有我呢!"

运涛说:"那时,咱家还在下梢里……那年头,碌碡不翻身,子粒不归家,一颗粮食粒儿不收!遍地一片汪洋大海。人们眼睁睁耩不上晚田,种不上麦子。靠着剩下点粮食,捞点鱼虾,把鱼虾晒干,混过了冬天。到了春天,人们拔野草,挖地梨,或担着地梨去换点粮食来吃。咱爹说:'那荒涝年月呀,任谁都难熬过呀!'……耪啊!"

"冬天断了水流。第二年春天,四十八村的人们才拼着死命打上险堤,因为用的人工过多,时日过长,起个名儿叫'千里堤'。这锁井以东,喷了满地细沙。锁井以西,在胶淤上漫过细沙,成了'蒙金沙'地。"运涛回过头来说:"你看,要不咱村满世界都是荒沙吗?……耪呀!"运涛很能体会老年人们受的苦楚,一说到苦难的年月,眼圈儿酸酸的,眼泪濡湿了睫毛。

江涛摇着锄头,紧耪。

"大水以后,冲成了东西二锁井。东锁井以东,大严村啦,小严村啦,人们不能依靠沙田过日子,就成帮结伙,拉起毛驴,架上牛车,带上媳妇孩子出门逃荒。这群饥饿的人们,在县里磕头下跪,起了讨饭的文书,就在这大平原上游动起来。今日个游到东,明日个又游到西。走到一个村庄,就在村外树林里挖锅做饭。到了冬天,在树上扒点子干柴木棒烧起火来,大人孩子们围着火,烤暖睡觉,烧点水饭润润肚肠。"

讲到这里,运涛觉得老辈人们的生活太苦了,眼泪流进肚子里,不忍再往下说。

江涛听到这里,偷偷抹着眼泪,唉声叹气说:"真是难呀!"这孩子很有正义感,听到不平的事,他会生气,听到愁苦的事,他会掉泪哩!有几次被忠大伯看到了,摸着胡子,笑呵呵地说:"这孩子,将来长大了,会打抱不平哩!"

运涛看江涛难受得不行,忙说:"留在家里的人们,丈量了土地。在堤旁栽植柳子,在沙田上种植桃梨。老辈人们说:'那年头呀,方圆二三十里,三四年里不见米谷。七八年后,才摘下桃李去换点粮食。十年以后,才有饭吃了!'有老辈人们付下的辛苦,流下了血汗,到这咱,咱这眼前才是一片丰裕的梨园哪!江涛!你看多么不容易呀……耪呀!"

江涛,孩子虽小,他也明白:看吧,春天开冻的时候,人们在园里用土把梨树培好,把土台拍得明光光的,好叫油虫①爬不上去。桃李花正开的时候,姑姑嫂子们在园里举起竿子打步蚰②。夏天,把刮风碰伤和虫子咬过的小梨掐去,好叫留在枝上的梨子,长得又圆又大。一年忙到秋,才有远地来的客商,坐地收庄。也有的打上柳包,载上滹沱河的船只,运到北京、天津去。再运回日用百货,时新花布和使手的家具。有了老辈人们的辛勤,才有后代人们的好日子过。这段故事,严志和不知道给孩子们念叨了多少遍。每次讲过,都会激动孩子们的心。今天运涛讲它,也是为了使江涛明白:土地是根本,辛勤劳动才是生活的源泉哩!

10

过了麦熟,忠大伯带着孩子们搬到新居。有了居住的地方,一家子人心上才落地了,贵他娘也挺高兴。过了八月节,收拾大秋的

---

① 蚜虫。
② 树木上寄生的一种状如小蚕的害虫。

时候到了,严志和到园里去下梨,运涛带着江涛到"宝地"上去,割那二亩"水里红"大秫谷。那年,谷子长得实在好,沉甸甸的大穗子,密密层层,一领席儿似的,这头一推,那头就动。弟兄俩从黎明割到小晌午才完。他们不走原路,顺着河岸向东去,蹚着河水走回来。蹚着河,江涛问运涛:

"哥!咱们为什么不在大堤前头过摆渡?"

运涛说:"自从忠大伯搬到新家,每每看见我在'宝地'上耪地,不言声儿,就拎着罐子送了饭来。要不,忠大娘就走了来,打打呱呱,叫我去她家吃饭。你想,这耕个地耪个地是日常的事,能老是糟销①他家!"

江涛想:这也是。

运涛又说:"要是过摆渡,少不了忠大伯又在大河神庙底下等着咱!"

蹚到河边,洗脚穿鞋。猛抬头,堤坡上大杨树底下站着个人,仔细一看,正是忠大伯。他搭拉下脸,两眼直瞪瞪,一句话也不说。运涛颤动着嘴唇,嘻嘻笑着走上去。不待开口说话,忠大伯镇起脸来,说:"运涛,你这就不对!"

运涛愣怔了一下,说:"什么事,大伯?"

忠大伯说:"到'宝地'上来做活,为什么不告诉我?"

运涛说:"是为这个?大伯!你想,这耕个地耪个地,还能……"反正,运涛不肯说出是故意躲着他。

忠大伯说:"我早看见'宝地'上有人割谷,估量就是你哥俩。你们沿着南河沿向东走,我也顺着千里堤跟过来。走,江涛!你大

---

① 北方,做客的人对主人家感激的客气话。意思是既麻烦了人家,又增加了人家的开支负担。

娘轧好了饸饹①,等你们去吃!"

忠大伯脸上始终没有笑模样。

运涛嘻嘻笑着,不说什么。那时,忠大伯还身强力壮,敦实个子,红脸庞,短胡子黑里带黄。走到门口,就喊:"贵他娘,端饭吧,他哥俩来了!"

贵他娘呱呱笑着,走出来说:"我想是你哥俩不再进你大伯这门了呢!"她接过江涛的锄头、草帽,挂在墙上。

那时,忠大伯院里只有三间小屋,新打了一圈土墙头。屋里热,就在南墙荫里摆下饭桌。院子扫得干干净净,用水洒过。

说话中间,忠大娘端上秋面饸饹,红面条里搁上黄豆芽儿。江涛吃了一碗又一碗,正吃着,听得鸟叫,看见墙上挂着个笼子,里面的鸟絮叫得挺好听。没等吃完饭,就想看看。这鸟儿叫白玉鸟,嘴和脚都是黄的,他还没有见过。忠大伯看江涛立在墙根底下,眼不动珠,抬着颏儿看鸟,伸手摘下笼子递给他。一个眼不眨,二贵重手重脚跑过去,瞅冷子把笼子擒在手里。江涛撒开手,愣怔地站着。

忠大伯说:"二贵!把玉鸟送给你江涛哥哥,我再给你逮只好的。嗯?"

二贵拧着身子不高兴。江涛睁着两只大眼,眨巴眨巴不说什么。

运涛也说:"江涛,不吧,我再给你逮只好的,把这只给二贵兄弟留着。"

忠大伯说:"运涛!现在正是过靛颏的时候,你去给兄弟俩逮只鸟儿吧。我就是不愿意叫孩子们不高兴。一个槽头上拴不住两头叫驴。一只玉鸟,给了江涛,二贵不高兴;给了二贵,江涛心里也

---

① 北方一种类似面条的饭食。

不舒坦。咳！人一上了年岁，就看孩子们值重了。不管怎么，把孩子们拉扯大了，就是老人们的落场！"

本地时令：每年春天，麦穗刚刚黄尖儿的时候，有蓝靛颏鸟儿由南往北去。每年秋季，棉花掉朵的时候，有红靛颏鸟儿由北往南去。运涛背上一合网，走出北街口。二贵、江涛、大贵，在后头跟着。一出街口，春兰在门口站着，见了运涛，笑着问："你干吗去？"

运涛说："我呀，去赶鸟儿。"

春兰说："我也去。"

运涛说："别去，又叫你爹说你。"

春兰瞭着运涛说："我不怕！"说着，跑了两步跟上来。

运涛说："那你就去。"又回过头，把胳膊搭在大贵肩膀上，说："咱打算今年秋天逮只好鸟儿，冬天再逮两只黄鼬，就能过个好年，明年春天，也就有零钱儿花了！"

大贵说："那，今年大正月里看戏的时候，咱在戏台底下茶桌子上一坐……"说着，他停住脚步，端出坐在茶桌前的姿势，把手在桌子上一拍，说："沏壶好叶子，来一盘大花生仁儿，再来一盘黑瓜子儿！"

春兰把大贵一拍，扭起嘴儿说："看看美得你们，还想坐轿子呢！"

大贵闹了个河蛙眼儿，瞧了瞧运涛，又瞧瞧春兰，说："我早就知道你们俩快该坐轿了！"

春兰腾的一个大红脸，迈开步子跑到前头去了，回过头儿说："跟小子们一块玩儿，烂脚丫儿！"

他们说着笑着，走到一块棉花地头，把网撒在地角上。运涛找来几根青秋秸，每人拿起两根。他又转着走到地那一头，轰起来。

运涛说："赶鸟儿，好像打仗，得摆开阵势……"

他一说，春兰就笑起来，说："会说的！"

运涛愣住，说："那你说！"

春兰笑了说："你说吧！你说吧！"

四个人摆开个雁翎阵，开始轰起来。

运涛说："我说紧就紧，我说慢就慢。哼！不能说话，鸟儿一听见人声，就要起翅。一起翅，就赶不到网兜里了。"

江涛和二贵，闭了嘴不说什么。春兰和大贵也不说话。一会儿，运涛和大贵把嘴唇卷个小圆筒儿，打着鸟音的口哨，呜哧得挺好听。春兰也学着。江涛学了学，也打起口哨来。棉花叶子红了，棉花在棵上开得白花花的。他们敞开手，用秫秸敲打着棉花叶子，"瞿瞿！""瞿瞿！"一步一步地在棉垄里走着。运涛不断地猫下腰，看着棉垄里。他看见一只鸟儿，两只小爪一蹦跶一蹦跶，顺着棉垄往前跳跃。他在后头紧随着。忽然，有一两只鸟儿从棉垄上飞起。他心上急得扑通扑通直跳，担心飞去的鸟儿正是一只出色的靛颏。快走到地头了，运涛悄悄儿对大家说："该包剿的时候，要包剿。该攻击的时候，要攻击！"他停住脚，叫大贵和二贵走前几步，把队形斜过去，对着网，形成个包围圈。运涛脸上显出紧张的神色，说："快！"他们撒开腿，快步走上去。运涛说："追！喊！"他们追着喊着，用秫秸敲打着棉花叶子跑上去，又拿秫秸在网上乱敲打。网兜里有几只鸟儿在扑棱，春兰赶上去两手乱扑，扑来扑去，逮住一只喳喳唧，一只黄山雀，一只树栅子，没有一只好鸟。二贵不要，江涛也不要。春兰张起攥着鸟的两只胳膊说："看吧！又遭了难了！"

他们连赶了第二网、第三网，运涛可攥住了一只出奇的鸟。他先看了看爪儿，两只爪子苍劲有力。又看了看脑袋，嘴尖又长，是一只靛颏。青毛梢，白肚皮。一看这只靛颏不平常，运涛脸上立时

充了血,红起来,心上跳动着。扳起下巴一看呀,嘿!那一片红毛呀,一直红到胸脯上。他兴奋得流出眼泪,打着哆嗦说:

"大贵!咱哥们说话,这是咱们的福呀!"

大贵问:"是一只好鸟?"

运涛说:"不是平常的鸟,是一只脯红呀!"他高兴得扳起鸟嘴,叫春兰看看,叫江涛看看。说:"这叫脯红!这叫脯红!这叫脯红!"

春兰跳起脚,拍着手心说:"真是一只好鸟,看那片红毛儿多大,多红!"

大贵把两个黑眼珠儿向鼻梁上一靠,粗声闷气说:"嘿!我娘,真好的鸟!"

江涛一看那片红毛儿,血红血红的,一直红到大腿根上,伸手要拿。看江涛伸手,二贵也伸过手去。运涛一手遮拦,把鸟儿举到头顶上,说:"兄弟们!要是别样的鸟儿,三只五只你们拿去,做哥哥的不能心疼。这是一只好鸟,我赶了几年的鸟儿,全村的人都说我成了鸟迷,也没见过这么好的脯红。这只鸟儿,叫我和大贵养着,将来上集卖了,咱两家合着买条牛使着。"又对春兰、江涛、二贵说:"给你们一人做一身新衣裳穿!"

春兰惊奇地瞟了运涛一眼,问:"这鸟儿能卖多少钱?"

运涛说:"能换一条牛,也能换一辆车。"

春兰说:"那可行!"

见江涛不说什么,二贵也不说什么,运涛把鸟拿回家去。大贵、春兰、江涛、二贵,在后头跟着。

到了家,运涛立刻吩咐春兰、江涛、二贵,去撅秫秸莛轩①儿,动手插了一只小巧的鸟笼。插好笼子,把鸟儿放进去。那鸟儿一离

---

① 高粱顶端长穗的一截。

开手心,毛单骨硬,棒槌尾巴,显得又肥又大。它瞪起眼睛,扑棱棱向外飞。运涛看这鸟儿气性大,拿起江涛的小褂把笼子捂上。说:"闷闷就好了,得先按按它的气性。"

运涛和大贵他们,得了这只出名的鸟,赶紧去找忠大伯。朱老忠拿起笼子一看,这鸟儿不是平常的鸟。他笑容满面,连声说:"好鸟!好鸟!这鸟儿的贵样就在这片红上!"

运涛说:"我想把鸟儿卖了,买辆车,或是买条牛,咱两家使着。"

朱老忠说:"那我可高兴。你看这才安上家,弄了几亩地种着,连辆车、连条牛也买不起。"随后又谈到靛颏上。他说:"我和你爹,小儿的时候,也爱赶靛颏儿。出名的靛颏是'脯红'、'粉叉'、'铃铛红'。这种'脯红',越脱毛,红片儿越大。老了,一直红到腿裆里,就成了'窜裆红'。按现在说,指着这只鸟买辆车或是买条牛,不费难。"

忠大伯一边说着,春兰心里暗笑:"真是可贵的鸟儿!"运涛他们得了这只鸟,她心里也说不出的高兴。看天道不早,她要家去。一出朱老忠家大门,先张望了一下,看街上没有老驴头,就溜湫①着步儿走回来。老驴头正在房后圪蹴着腿儿抽烟,一扭头,看见春兰溜湫回来。他悄悄地跟在后头,一进门,瞪起眼睛问春兰:"你去干什么来?"

春兰强打笑脸说:"我吗?我看了看棉花快该摘了不。"

老驴头噘起嘴来说:"胡说!你和运涛他们去赶鸟来。一个闺女家,十七大八,长天野地里去跑,不怕丢人?"

听得说,春兰一下子搭拉下脸来,说:"嘿嘿!怕丢人,就别下地做活。"

---
① 怕被别人看见,而前瞧瞧后看看,缩手缩脚的胆怯状态。

老驴头说:"下地做活,谁家闺女像你?"

春兰噘起小嘴说:"爹!快别那么说了吧,谁像你,叫闺女当牛当马,拉着耧子耕地哩?"

春兰一说,老驴头扑了一脸火,气得哼哼哧哧,跺跺脚又走了。春兰和父亲吵了一架,心上多了一桩心事,一个人蹲在门槛上,呆呆地想:自小儿和他一块儿,人一长大,就不能在一块儿了?想到这里,运涛的面容,两颗大眼睛,明灯儿一样照在她眼前。她拾起一截草棍,在地上画着字,不知不觉写着"运涛,运涛……"当她娘在身边走过的时候,她才发觉,连忙伸脚擦掉,噗嗤地笑了。心里说:"这是干什么?可笑的!"猛地,听得外院木机响,拍了拍身上的土走出来。看看没人,把临街的门关好,扒着机房窗户一看,运涛把那只鸟笼子挂在木机上,蹬几下机子,把嘴唇卷个小筒儿,打着口哨,头儿一举一扬,呼唤他的靛颏。她在窗台上趴了老半天,谁也没看见她。运涛一下子看见窗格棂上露出两只水汪汪的大眼睛,立刻停下机子,点着下颏,闪亮着眼睛,说:"春兰,来!"

春兰问:"干吗?"

运涛说:"来呀!有点事儿。"

春兰说:"什么事儿?快说吧!"

运涛说:"进来!"

春兰看了看没人,推门进去,去看那只脯红靛颏。运涛说:"我想求你缝个笼子罩儿。"

春兰说:"行,缝个笼子罩儿不费难,我好好给你缝一个。"

运涛从机子上撕下一块布,递给春兰。

春兰拿布在笼子上比了比,说:"看吧!我非把它缝得好好的。"

运涛问:"缝多好?还绣上花儿?"

春兰两手扯起那块布,遮住半个眼睛,笑吟吟说:"给你缝嘛,当然要绣上花儿。"

春兰背着母亲把这块布染成蓝色的,只要一有空闲,就偷偷缝着。先用"倒钩针"缝好,上沿绣了一溜子蓝"云头"。又从柜橱上端下箱子,解开包囊,包囊里盛着零零碎碎的各色绸子。她想:将来有了小孩儿,做个鞋儿袜儿什么的……翻着样册子①找了半天,也找不到称心的花样子。她想:把它罩在笼子上,人们怎能看见笼子里宝贵的鸟儿呢?又想把那只脯红靛颏绣上去。人们一看,就会知道里头盛着宝贵的鸟儿。为了这个心愿,她又偷偷跑去看了好几遍,把那只靛颏的骨架、神气,记在心里,再慢慢绣着。那天晚上,她绣着绣着,绣着的鸟儿一下子变成了个胖娃娃。鸟儿下巴底下那片红,就变成了胖娃娃的红兜肚。忽地,那个胖娃娃一下子又变成运涛的脸庞。鸟儿的两只眼睛,就像运涛的眼睛一样。嘿!黑红色的脸儿,大眼睛。啊!她可是高兴,心里颤悠悠的,抖着两只手儿遮住眼睛,歇了一忽儿。就像和运涛并肩坐着,像运涛两手扶着她的肩膀在摇撼。两个人在一起,摇摇转转……

她冷静了一下,摸摸头上的热退了。偷偷地,笑嘻嘻儿把布罩给运涛送了去。推门一看,运涛躺在炕上,小油灯底下看书哩!她说:"运涛,看!"她把这个精心绣制的布罩儿铺在炕席上,扳过运涛头来看。

运涛一看,笑得合不拢嘴儿。他看到春兰绣的这只鸟儿,骨架、水色、眉眼、下颏上的脯红,和那只真靛颏儿一模一样,活龙活现!他心里暗暗笑了,说:"真是一个心灵手巧的人儿!"

春兰问:"怎么不说话!拿什么谢我?"

---

① 妇女们做针线活的夹子,可折叠,里面多装些花样子、鞋样子、花线等一类东西。

运涛说:"等把这鸟儿卖了,给你做件大花棉袄穿上。"

春兰说:"真的吗?那我就等着!"

两个人又趴着炕沿,说说笑笑,谈了会子书上的故事。直等到春兰娘走来,扒着门框叫:"春兰!没晌没夜,干什么?还不家来睡觉,死丫头!"她才噘着小嘴走回去了。

11

等收完秋,打完场,运涛带上江涛,大贵带上二贵,提上那只鸟笼子,笼子上套着那个蓝布罩儿,下了坡,走过苇塘,摇摇摆摆穿过锁井大街,要顺大路进城。大十字街上,店铺门前扫得干干净净,门前有几棵老槐树,树上也挂着几只笼子,不知名的鸟儿在絮叫。冯老兰正站在板搭门口,左手拈着花白胡子,右手托着画眉笼子。离远看见运涛和大贵他们走过来,一看见笼子罩上绣的那只鸟儿,他问:"嘿!这是什么?"伸手接过笼子。

运涛站住脚说:"这是一只靛颏。"

冯老兰长成了个大高老头子,瘦瘦的坛子脑袋,两绺长胡子。薄嘴唇,说起话来,尖声辣气。穿着黑布大褂,蓝布坎肩。戴着大缎子帽盔,红疙瘩。他问:"去干什么?"

运涛说:"到城里集上去遛遛鸟儿。"

冯老兰问:"什么好鸟,也值得到城里集上去遛遛?"

运涛说:"谁知道,我也没见过这样的鸟儿。"

冯老兰拽过笼子,掀开布罩儿一看,大吃一惊。他把脖子往后一缩,睖睁着黄眼珠子说:"笼子不强,鸟儿不错。这么着,甭上集啦,闹半斗小米子吃吃。"当他看到布罩上绣的这只鸟儿,又问:

"谁绣的,这么手巧?"

运涛说:"春兰。"伸手去接笼子。又说:"半斗小米,俺不卖。"

冯老兰把笼子往后一闪,眯缝起眼睛说:"哼!着什么急?"

这时,冯贵堂走过来,顺手接过笼子,说:"我看!"他左看看,右看看,越看越迷,再也不想还给运涛。

去赶集的人们,也在十字大街上停住脚看着,担心要出什么事情。

大贵看冯老兰父子眼色不对,要出岔子。把褡裢往江涛怀里一扔,横巴起腰,抽个冷不防,一个箭步蹿上去,刺溜把笼子扯过来,撒腿就往西跑。运涛、江涛、二贵,也跟着刷地跑下去。冯贵堂愣怔着眼睛,也没说什么。转过身,拍着巴掌,哈哈大笑,说:"哈哈!小家小户,见过什么?逗着你们玩儿!"

运涛、大贵、江涛、二贵,气呼呼跑过锁井大街,出村走不多远,上了城里大路。顺着这条大路走了一气,就到河岸。河上有座小木桥,走到桥上,运涛叹声说:"咳!咱穷人家呀……"大贵呼呼咧咧说:"常说,金银还不露白呢,看来一定是只好鸟。我看他想抢了咱们的。"运涛说:"兄弟们还不知道呢,咱被那霸道们欺侮了几辈子。忠大伯十几岁上下关东,就是被他们欺侮跑的。我爹要是不碰上忠大伯,也就下了关东。兄弟们长长志气吧!"大贵喘着气,说:"你看,咱过个庄稼日子多难呀!"二贵顾不得说话,点了点头儿。江涛又忽闪着大眼睛在想什么。

运涛和大贵他们兄弟四人,带着这只宝贵的鸟儿进了城。一进城门,人多,买卖也多。不买什么东西,他们也没上热闹地方去。向西一拐,柴草市尽头有个小庙,庙台上就是鸟市。

河里没鱼市上看,一到鸟市上呀,你看吧,什么样的鸟笼,什么样的鸟儿都有。有用高粱秆插的转笼子,笼子里盛着白玉鸟。有人把这笼子挂在树上,要是有别的鸟儿来找白玉鸟一块儿玩玩,一蹬转盘,就落在笼子里,巧手人插的笼子真是精致。此外,有黄色的竹黄笼子,红色的雕漆笼子,黑色的乌木笼子。笼子里盛着画眉、百灵、八哥、蓝靛颏、红靛颏……还有一架苍鹰,脚上戴着小铁链,瞪出黄眼珠子,伛偻着弯嘴,这边看看,那边看看。它看着这些活跳的鸟儿,闻香不到口!

拎笼子的人们,尽是一些穿袍、戴帽、拿胡梳的老头儿。也有年幼的,那就戴着红疙瘩帽盔,穿着蓝布大褂子。运涛立在庙台上,左手叉在腰里,右手五指平伸,举起笼子。笼子上插个草标儿。把蓝布罩儿向上一打呀,那只精灵的鸟儿,瞪起两只眼睛,叉开两条小腿,立在鸟架上,昂着头儿,挺起胸膛,晃搭着身子絮叫起来。这一叫啊,就盖了鸟市。人们都挤上来看,不住地夸奖,连声说:"好鸟!好鸟!""嘀!百灵口!"

有个大高老头,穿着青缎马褂,提着大烟袋。用手遮着太阳,眯搭了眼儿看了看,捋着白胡子,伸手拿起这笼子。当他一看到这鸟胸脯上过大的一片红毛,吃了一惊。抖了一下手,悄悄地问:"卖吗?"

运涛说:"是卖的。"

老头慢悠悠说:"什么价儿?"

运涛说:"你给条牛钱!"

老头摇摇手说:"不值……老啦!"

运涛故意镇起脸,装起大模大样,说:"你看看那嘴,那爪儿,什么色道,哪里老?"

老头拿出眼镜盒,戴上老花眼镜一看,这鸟儿还是个雏鸟。伸出食指,点着说:"十吊钱……"

运涛说:"你算白看看!"

正在搭讪,走上一个大胖子老头来。白胡子,大脑袋,腰有两搂粗,穿着灰布大褂,一只手悄悄儿伸出肥袖子,来摸运涛的手。说:"这么着……这么着……怎么样?"

他一股劲赶着摸,运涛就躲,他不懂牲口市上的行话。老头又小声说:"十五吧?"

运涛问:"十五吊?"

没等到胖老头子答语,冯老兰猛地一下子从人群里闪出来,呼噜喊叫说:"十五吊吗?这鸟儿算我的啦,我出二十吊大钱!"

胖老头一看冯老兰来撑他的行市,气呼呼地把大拇指头一竖,说:"我出二十五吊!"

又从人群里蹦出一个人,醉倒马勺①走上来,说:"嗨!一辈子还没见过这么好玩意儿,我出三十吊!"

他这一喊,立时伸出十几只手,要抓这笼子。冯老兰首先扯住笼子系儿。运涛伸出一只手支架着,把笼子举得高高的。这时,江涛看架势不好,悄悄儿走近大贵说:"快去!快去!"大贵扭头一看,果然是!撒腿跑上去,喊叫一声:"闲人闪开!"拨开众人,向上一蹿,伸手抓过笼子,把布罩儿往下一拉,沉下脸来说:"不卖啦,俺自个儿养着。"

冯老兰见大贵要拿着笼子走,着急败打,用手指突着大贵说:"你一个庄稼人,养个白家雀什么的!养这么好鸟儿干吗?"他还是不肯撒手,连连说,"三十吊!三十吊!"

大贵把肩膀子一摇,使了一把劲,摔开冯老兰的手指头,鼓起大眼珠子说:"你要是这么说,俺扔到脏水坑里沤了粪,你管不着,庄稼人一样的养好鸟儿,你管得着吗?"他拎起笼子,大摇大摆往回走。

---

① 喝醉了酒,糊糊涂涂的样子。

运涛、江涛、二贵，在后头跟着。小哥儿四个围护着鸟笼，走出了人群。

走到城门洞里，运涛找了个凉快地方，坐下来抽烟，说："大贵！不管怎么的，咱卖了它吧！你看，咱天天下园下地，谁有空闲侍奉它……万一的……"运涛才说伸手拿过笼子来看看，大贵冷不丁把鸟笼子一躲，说："不！没人侍奉它，我侍奉它！"

当这鸟才逮住的时候，大贵知道是个好鸟儿，他还不知道这鸟儿名贵。一经市价，一致说这鸟儿有贵样。他把笼子握住，合紧虎口，不再撒手。运涛想着一下手儿也不行。

运涛说："你看，兄弟！它要吃鸡蛋，要吃牛肉干。咱这穷人家，养长了，哪里侍候得起？它要吃活食，谁给它去打？"

大贵把脸一扭，说："吃人脑子都行！"

运涛知道大贵是一根筋的脾气，低下头暗笑。江涛一边看着，也由不得笑了。运涛抽着烟，自言自语："看！你们才回来，为了盖上几间房，要了几亩地，连点棒子小米吃不起，光是吃点红高粱。俺们几行子梨树又赶上歇枝，一家子连衣裳也穿不上……咳！困难的年月！兄弟，咱把它卖了吧，过过艰年不好？"

自从大贵打关东回来，向来是这样：只要运涛一说话，大贵就仄起耳朵听。今天，一说到这鸟儿，大贵拧着脖子不吭声。沉默了半天，才耿直地说："我看着这脯红，三天不吃饭也不饥！"

运涛笑笑说："好！那咱就养着。"

12

冯老兰立在庙台上，眼看大贵拎着笼子下了鸟市。他没得到这只脯红靛颏，心上着实丧气。赶快叫老套子牵牛套车，他立时坐上牛车追下去。

说起老套子，冯老兰最是喜欢这样人儿。

老套子是出了名的牛把式，人们都说他懂牛性。甭看口，只看毛色，他能看出这牛的口齿年岁。只看骨架，能看出这牛出快出慢。病牛，他能治好。瘦牛，他能喂胖。自从老套子给冯老兰赶上大车，冯老兰花三十块钱买了这辆死头大车，拴上三条大杠子牛。辕里是一条大黑犍，四条高腿，身腰挺细，轭根挺高，两只犄角支绷着，大眼睛圆圆的，走起路来，跑得挺快，外号叫"气死马"。前边是两条黄㧟牛拉着梢，胖得尾巴插在屁股肉上。老套子每天把它们的毛儿刷得锃亮，特别给"气死马"头上戴上顶小凉帽，凉帽顶上一蒲笼红缨儿。路上走着，老套子说："人们都爱使大骡子大马，我就不，我就是爱使这牛。像那大骡子大马，一个㧈起蹶子来，要是㧈在人身上，就把人踢死。这牛温顺多了。"

冯老兰说："赶上使拱人的牛，也挺糟心。"

老套子说："拱人的牛，咱倒会摆弄。蹶人的马，咱就闹不了。"

冯老兰说："人有百人百性，牲口的牲道，也非摸索透了不行。"

这话是实情。比如老套子吧，就是最野性的牛，甚至拱人成了精，只要一着他的鞭儿，只有匍匐在地，眼角上滴着泪花儿，不敢吭声。可是他对大骡子大马，没有一点办法。对于牛，他知道怎样喂养，知道它们爱吃什么东西，完全和大骡子大马不一样。比如骡子马爱吃苜蓿、干草、黑豆、红高粱。这牛偏爱吃高粱叶子、麦秸、豆饼、棉花籽饼。就说这黑豆吧，骡子马，得煮熟了喂。喂牛时就得上碾子轧碎，使水泡过，用来拌豆秸子、豆叶子喂。老套子就是喜欢喂牛。每天晚上，他披上当家的那身破皮袄，守着灯，一边咳

嗽着,筛草喂牛。从夜到明,他都在槽道里转。今天,老套子见冯老兰坐在牛车上,看着他亲手喂胖了的大犍牛,嘻咧咧地说:

"年幼的人们就是爱摆阔,不喜欢牛,光喜欢大骡子大马。"

冯老兰说:"可不是,贵堂打早就劝我,把牛卖了,买大骡子大马呢!"

老套子一听,当家的要改换做派,他心里一急,说:"常说:'老牛破车现当伙'①哩!换一套牲口可不是玩的,要花多少钱哩!再说,你买的这辆车吧,不管怎么用绳子棍子绑着擩着,我都能使用,看样子还能使个十年八年。要是雇个使骡马的把式,有了好骡子好马,还得买辆新车。这年头,买辆新大车,少说得个一百多块钱。"

冯老兰说:"老人们都是节俭,才建了个家业。年幼的人们就不行,单说贵堂吧,尽想闹时兴。又是要做买卖当洋商,又是要打井买水车。"

冯老兰和老套子,两个喜欢养牛的人到了一块儿,坐在牛车上,一答一理儿说着。走到村边,老驴头正背着筐拾粪。冯老兰一看见老驴头,想起运涛笼子罩上的鸟儿,是春兰绣的。他问:"大哥!你拾粪哩?"

虽然说是同族当家,老驴头这辈子可没听过冯老兰喊他一声大哥。他真的不相信起来,站在原地转了个个儿,也找不见跟他说话的人。看见冯老兰和老套子坐着牛车走过来,就以为是老套子。他向老套子舒过脸儿,说:"唔!闲着没活儿,拾点粪。"

冯老兰说:"你可管着春兰点!"

老驴头一看不是老套子说话,是冯老兰。立刻打起笑脸,迎上去,口口吃吃说:"当然,闺女大了,要管着点儿。兄弟!有什么不好

---

① 顶大用。

看儿,说给我,我给你管她!"

冯老兰说:"别的倒不怕,别叫她丢了咱冯家老坟上的人。"

老驴头摆着长下巴说:"真的?看我给你打她!"

老驴头站住脚,让这辆火爆的牛车走过去。一直赶进冯家大院,冯老兰打车上跳下来,拍拍身上的土,走进家去。

冯贵堂站在场院里,等老爹下了车,才走近牛车去。老套子一看见冯贵堂,火气就上来,鼻子不是鼻子,脸不是脸,也不说什么。冯贵堂一看见那又大又破的车,慢搭搭的牛,心上就气不愤儿,暗暗说:"省着钱,在钱柜里锁着,使这么破的车。这么落后的交通工具,一年到头少做多少活?也不算算账!"想着,一时心血来潮,跟在冯老兰背后走进家去,把准备多时的,卖了慢牛,买骡马的改良计划说了一遍。针尖对麦芒,冯老兰正为了这件事对冯贵堂生气。他一听就蹦了,把老套子的话劈头带脸盖过来,呲打①得冯贵堂鼻子气儿不敢出。冯贵堂一时驳不倒冯老兰的守旧思想,只好暂时认输。蹑悄悄儿,一步一步走出上房。

冯贵堂一出门,冯老兰又把他叫回来,说:"我心里也有一桩心事!"

冯贵堂满肚子不高兴,听得老爹叫,只好转回来,问:"什么事?爹!"

冯老兰说:"我这一辈子了,没妄花过一个大钱,没有半点嗜好。就是抽一袋叶子烟,喜欢个鸟儿。小严村严运涛和朱老忠家朱大贵,逮住一只出奇的鸟儿,我出到三十吊钱,他们还不卖给我。"

冯贵堂又问:"什么样的鸟儿,也值那么多钱?"

冯老兰说:"鸟儿没有市价,看值,它值得还多!"

---

① 在气愤之下,对别人说话的口气很不好听。

冯贵堂愣了一下，抬起头想了想，又笑了说："那个好说，咱一个钱不花，白擒来。"

当天下午，冯贵堂打发账房先生李德才，上小严村去找严运涛，要这只脯红靛颏。李德才拿上一条大烟袋，蹒蹒跚跚走到小严村，见了运涛就说："运涛，咱有个事儿跟你谈谈。"

运涛一见李德才，心上早拿定了主意，说："什么事，大伯？"

李德才拍拍运涛，仄起脸儿问："你逮了一只鸟儿？"

运涛说："没有，是我兄弟他们逮的。"

李德才说："这只鸟儿，冯家大院里说要，拿来吧！"

运涛说："大伯，你不是说'君子勿夺人之所爱'吗？俺兄弟们稀罕，不肯撒手。"说着，点着下巴，挤巴着眼儿笑了笑。

李德才说："唉！孩子们，什么这个那个的，拿来送去吧！见了老头儿，我就说，'是严运涛送给你老人家的！'说不定，还有多少好处呢！"

运涛说："那个不行，大伯！你不是说'己所不欲，勿施于人'吗？人家不愿给就算啦！"

李德才说："古语云：'与人方便，自己方便。'要紧的地方不在这里。比方说，他一恼，你要种地，他不租给你。你要使钱，再大的利钱，他不放给你！"

说着，拔起腿就要往运涛家里走。运涛立在门口上，扎煞^①起手儿挡着，说："真的，鸟儿不在家，在大贵那里。"

李德才气愤地瞪出眼珠子待了一会儿，不言声，转过脸儿去找朱大贵。一进门，忠大伯在门上站着，见了李德才，说："李秀才轻易不到我家来，有什么事，说吧！"

李德才说："可就是，虽然是个邻居，你没到过我院，我也没

---

① 伸开来。

到过你院。今天来,倒是有一桩小事。"

忠大伯说:"什么事?"

李德才问:"你家小子逮了只鸟儿?"

听得门外有人说话,大贵拎着笼子走出来,问:"谁问我的鸟儿?"

李德才说:"来!我看看!"他把笼子拎在手里,翻过来看看,掉过去看看,絮絮叨叨说:"这算不了什么贵样。"

忠大伯说:"不算贵样,管保你没见过。"

李德才说:"冯家老头儿喜欢这鸟,你送给他吧!"

朱大贵把眼一瞪说:"嘿!那是怎么说的,说了个轻渺?"

李德才说:"他是锁井镇上的村长,千里堤上的堤董,没的要你只鸟儿还算欺生怎的?你们才从关东回乡,要顺情合理,别学那个拐棒子脾气!"

这件事,要是出在锁井镇上别人,送个人情也就算了。出在朱大贵身上,他可不。他把两只脚一跺,直声地说:"我就是不送给他,他不是俺坟上的祖宗,俺孝顺不着他!"

李德才听话不顺,镇起脸来说:"他不是你坟上的祖宗,他是一村之主!"

大贵红着脸,喷着唾沫说:"我看他是个土豪霸道!他霸道,他霸产、霸财、霸人,都行得了。"他又跺跶着脚,向前走了两步,气呼呼说:"还要霸到我的鸟儿身上呀?他霸道,他敢把我一嘴吃了?"

李德才一听就火了,拍打着屁股蛋子趋溜①上去,说:"嗯,他霸谁家产来?霸谁家人来?你嘴里甭砸姜磨蒜②,给不给鸟儿,你讲明白!"

---

① 凑近去。
② 嘴里不干净,说些不好听的话。

大贵说:"你欺侮别人行了,欺侮我朱大贵就不让!"

李德才说:"别满嘴喷粪,谁欺侮你来?"

大贵说:"你想拿势力压服我。我从关外走到关里,就是没怕过这个!"

李德才说:"甭说废话,这鸟儿你给不给吧?"

大贵咬着嘴唇说:"我不给,我不给,我定了!"

李德才说:"你们这庄稼人们真不讲理,一个个牲口势!不给好说,我就回去照实说。哼,别卖后悔,走着瞧吧!"说着,头也不回,下坡绕到苇坑里溜走了。

朱老忠瞪着眼看他走远,才说:"大贵对得好,看他生出什么法子来!"

大街上嚷动了,说冯家大院里要霸占人家宝贵的鸟儿。运涛、春兰、江涛,都赶了来。运涛说:"咱就是不给他,看他怎么着。"

江涛说:"就是不给他,咱还把它卖了,先给我买本书。"

二贵说:"忙卖了吧,过年的时候,做件大花袍子,买点爆竹什么的。"

春兰倒是什么也不说,她心上笼着忧愁:说不定,他们要生出一个什么计策,来害运涛。

朱老忠站在坡上,抽着烟,看着这群满腔心事的孩子们。想过来,想过去,深沉地琢磨了一会子。从嘴上拿下烟袋来,摸了摸胡子,说:"你们都看见了吧!一个个要拿心记,懂得吗?"

大贵低下头,混水不清地说:"知道。"运涛也说:"记着就是了,大伯别生气。"

朱老忠说:"从今以后,你们谁再上西锁井去,要跟大人一块儿。谁要是偷偷跑去,在冯家门口过一下,叫我知道了,就要拿棍子敲你们。去吧!"

当忠大伯说着话的时候,孩子们都低着头听着,等他说完,才各自散了。朱老忠扛上锄,到园里去找严志和。他说:"你别看事由小,可能引出一场大事来。"严志和也说:"许着,咱得经着心,抵挡他。"

看人们全走完,大贵回到家里,右手扛上辘轳、斗子,左手拎了笼子,去浇园。到了园里,把笼子挂在井台边小枣树上,泡上斗子,坐下抽了一袋烟,开始浇起园来。拧两下子辘轳,停下来,打着口哨看看他的靛颏。浇到天黑,把笼子拎回来,挂在梯子上就吃饭。吃完饭,和父亲商量了明天的活儿。他跑跶了一天,身上乏累了,躺在软床上就睡着了。齁啊齁的,一直睡到半夜。睡梦里,他听得窗外有鸟儿吱吱乱叫。他猛地打软床上跳起来,眼也没有睁一睁,愣愣怔怔跑到梯子跟前。伸手一摸,笼子不见了。立时觉得头上嗡地大起来,深一脚,浅一脚,跑到屋里去叫二贵:"二贵!二贵!忙起来,笼子不见了!"

二贵一下子从炕上爬起来,用手背擦擦眼,跳下炕来,这里寻寻,那里找找,噘起嘴来说:"八成,给猫吃了!"

这时,把贵他娘也吵起来,点个灯亮儿一看。笼子拆散了,滚在大门边,翎毛扑拉了满院子。大贵蔫着眼儿待了半天,觉得头晕晕的,身子摇摇转转,对二贵说:"唉!我睡着了,你也不说看看。"

二贵说:"不是说不叫俺养着吗?你和运涛两人养着。我也睡着啦!"

大贵坐在梯子上,拍着胸脯着急:"咳!苦啦!……"

朱老忠在梨园里高窝铺上睡觉,离远看见院子上空明灯火亮。心想,许是出了什么事了!走回家来一进门,一家人看着这只破笼子发呆。他沉静了一下,打发大贵走到小严村,砸开运涛家的小门。运涛开门就问:"大贵,出了什么事,黑更半夜来敲门!"

大贵说:"咳!甭提了,咱的脯红给猫吃了。快去看看吧!"

"给猫吃了?"运涛紧跟了一句,再不说下句,他举了举两只手,摩着天灵盖。沉思来,沉思去,鼓突着嘴不说什么。按一般人说,也许冒起火来,跺着脚发急。可是运涛是个绵长人,自来没发过火,没说过一句狂妄的话。就是有多大的事情,他也会忍住。他想:"既是给猫吃了,还有什么说的!"跟着大贵走回来。

江涛心里倒挺着急。这鸟儿,他连一下子也没玩过,亲着眼看的都不多,他没喜欢够。再说,这鸟儿名贵,这样一来,买不上车,也买不上牛,大花袍子更穿不上。满天的锦霞,都被大风吹散了。忠大伯、大娘,都在那里愣愣地立着。你看看我,我看看你,谁也不吭声,单等运涛张嘴说话。

大贵看运涛半天不言语,更摸不着头绪,眼里噙着泪珠说:"大哥!这可怎么办,困难年头,说什么俺也赔不起你呀!"

听了这句话,运涛缓缓地抬起头来,笑了说:"大贵!今天在大伯和大娘面前说话,你这就是外道了。甭说是只靛颏,就是一条牛,糟蹋了也就糟蹋了。什么赔不赔,咱弟兄,过去没半点不好,哪能说到这字眼儿上。"

他这么一说,贵他娘、二贵,脸上一下子显出笑模样。

忠大伯听了,也呵呵笑着说:"咱穷人们,没有三亲六故,就是朋友为重。"

大贵把胸脯一拍,说:"运涛!你要是这么说,从今以后,你向西走,我朱大贵不能向东走。你向南走,我不能向北走。若是有了急难,你家的事,就是我家的事儿。"

一句话激动了忠大伯,他向前走了两步,拍拍胸膛,攥住运涛和大贵的手,说:"好啊,好孩子们,你们的话,正对我的心思。从今以后,你小弟兄在一起,和亲弟兄一样,你们做朋友要做个义气!"

忠大伯吩咐大贵二贵搬出坐凳,叫运涛和江涛坐下。忠大伯也坐在阶台上,叫贵他娘点了根火绳,抽着烟。这时,就有后半夜了。天凉下来,星群在天上闪着光亮,鸡在窝里做着梦,咯咯叫着。忠大伯又说:"在北方,那风天雪地里,我老是想着老家近邻,想着小时候在一块儿的朋友们,才跑回家来。你父子们帮助我安家立业,我一辈子也忘不了……"

这时,严志和也走了来,立在一边看着。听到这里,闪出来说:"话又说回来,这一只鸟儿算了什么?孩子们,你们要记住,咱穷人把住了饭碗,可不是容易。你们要为咱受苦人争一口气,为咱穷人整家立业吧!"

运涛擦擦泪说:"咱小弟兄们都在这里,从今以后,把老人们的话记在心里,咱不能受一辈子窝囊。兄弟们要是有心计的,抱在一块,永久不分开。"

江涛受了哥哥的激动,两手抱住脑袋,趴在阶台上抽抽咽咽哭个不停。

忠大伯一看孩子们激动的神色,转忧为喜,说:"孩子们!这话我可得记住!"他又想到:鸟儿糟蹋了,打断了仇人的希望,可不一定能打断仇人的谋算!他说:"看你们小弟兄们以后怎么样吧!"

严志和也说:"看你们小弟兄们有没有这个志气!"

说着,鸡叫天明,忠大娘又给他们烧水做饭。

那时候,运涛二十一岁了,大贵才十八九岁,江涛比二贵大几岁,才十三岁。他们已经知道社会上的世故人情,经过这一场变故,会用不同的理解,不同的体会,把朱老忠和严志和的话记在心里。

经过这个变故,朱老忠觉得严志和为人厚道,严志和觉得朱老忠慷慨义气。两个家族的友情,更加亲密起来。

13

鸟儿的风波过去，又过了一阵子，果然一场祸事降落大贵头上。

新年正月，大集上唱戏，运涛叫了大贵上西锁井看戏去。一到戏台底下，看见戏棚上插着小白旗儿，茶桌子上坐着几个穿灰色军装的人。军阀混战的年月，人们最怕穿灰军装的大兵。运涛说："咱得离远点，那是招兵的旗。"大贵说："那怕什么？"运涛说："万一的……"

运涛一句话没说完，冯老兰从背后闪出来，指着大贵，高喉咙喊叫："就是他小狗日的，抓！"

灰色兵端起枪跑上来。运涛手疾眼快，撒腿就跑。跑了一截，回头一看，大贵睁着大眼睛，这边看看，那边看看，他还不知道是怎么回子事哩！运涛摆着手儿大喊："大贵！大贵！快跑……"

大贵猛地回头一看，果然是！二话不说，拿腿跑起来。才跑不过几步，砰砰两声枪，从头顶盖过来，枪弹吱吱响着飞过去。他震得头蒙了，浑身一愣征，被灰色兵抓住右胳膊，就势一拧，一下子背在脊梁上。大贵一时气红脸，瞪起大眼珠子，瓮声瓮气说："你想干吗？"

灰色兵说："俺不想干吗，冯村长说，该你出兵。"

大贵急得喷出唾沫星子，说："干吗该我出兵？"

冯老兰愤愤地走上来，说："定而不移地是该你出兵。"

灰色兵从腰里掏出绳子，绑上大贵胳膊。大贵跺着脚，左拧拧，右拧拧，挣扎了两下子，看挣不过，嘴里只是呼呼出着气。

戏台底下人见抓兵,都惊散回家。戏台上也停下锣鼓,台上台下成了清灯儿似的。灰色兵牵着绳子,跟着冯老兰,把大贵拉到学堂里,拴在马桩上。大贵脸上青筋直蹦。

运涛一溜烟跑回东锁井,把冯老兰抓兵的事跟忠大伯说了。一行说着,运涛想:忠大伯一定跳起脚来发雷霆。其实相反,忠大伯越是到了这个节骨眼儿上,越显得镇静。他把烟袋锅插进荷包里,泥旋①了老半天,才说:"估摸老霸道要给咱过不去。"

运涛急得跺脚,说:"可怎么办哩?快托个人去说吧!"

忠大伯说:"说也白说,老霸道见咱朱家门里更人多了,他气不愤,成心毁坏咱一家人的美满。"

说着话儿,严志和、朱老明、朱老星、伍老拔,朋友们都赶到了,一个个大睁着眼睛,为老朋友不幸的命运捏着一把汗。

伍老拔说:"快去吧,去托个人情,叫他们把人撂下,花钱多少,咱大家伙兜着。"

朱老明抬起下巴,急得嘴唇打哆嗦,说:"咳!急死人啦!可怎么办哩,冯家大院里有的是年幼人们,天大的祸事却落在咱朱家门里!"

严志和把烟袋叼在嘴里,吧嗒吧嗒一袋,吧嗒吧嗒一袋,不说什么。事情摆得明白,用不着再说。

运涛想:托人去说吧,跟冯贵堂不能说,跟冯老洪、冯老锡,也说不进去。只好去找李德才。李德才正在四合号里喝酒,运涛把求他说情的话一说。李德才醉醉醺醺,一手端起杯子,咧起嘴角说:"天爷!你用着我啦?我用着你的时候哩?"

运涛立在一边,眨巴眼睛不说什么。李德才又追问:"你可说呀!"

---

① 用手研磨。

运涛睁着大圆圆的眼睛，说："俺没说的，就是没应你那只鸟儿！"

李德才把手掌向下一按，说："咦！明白了？晚了！人，要不回来。他要在兵营里、在前线上过一辈子。白了胡子才能回家娶媳妇，一辈子再也生不出孩子来。"

运涛一听，浑身打了个寒战，说："俺多拿个钱儿，请你喝壶酒。"

李德才说："钱再多，是你家的，不是俺家的。"

李德才一口回绝说情的事，运涛垂头丧气走出来。

一出门，看见一个人，披着一件旧污的呢大衣，穿着一身旧军装、一双破皮鞋。他心上一机灵，以为又碰上抓兵的，仔细一看，是冯大狗。迎上去问："你什么时候也穿上这二尺半？"

冯大狗说："好几年哩，告诉你说吧，树挪死，人挪活，一离开锁井镇，就吃香的喝辣的。"他衣领上油乎乎，胡子长了满下巴。脖子上黑的，也说不清是胡子还是泥垢。

运涛问："你做了官儿？"

冯大狗伸出大拇指头，笑笑说："不敢说大话，当上一名小小的亲兵。俺旅长喝茶、吃饭、睡觉，都得叫我管着！"

运涛上下看了看，心上想起大贵的事。他说："咱弟兄们轻易地不见了，走吧。到俺那里去坐坐。"

冯大狗看准了运涛的意思，不言声儿跟着走回来。一过苇塘，忠大伯在门口站着，看见运涛后头跟着个当兵的，心里很是腻歪，心想：这年头！躲还躲不及，招惹这个干吗？运涛走近了介绍说是本村的熟人，才搓着手走上去说："咱好像还没见过面，家里坐坐吧！"

冯大狗弯了一下腰，所答非所问："老是做个庄稼活，成年价土土浆浆，一大家子人，饭都吃不饱，衣裳也穿不上。洋枪一背，什么都有了！"

冯大狗笑笑嘻嘻，走进忠大伯家里。一进门，忠大伯就喊："快擦擦桌子，烧壶茶！"朱老明、严志和，听来了生人，走到阶台上，把冯大狗迎进去。忠大伯用袖子掸了炕沿上的土，请冯大狗坐下。说了一会话儿，贵他娘拎上茶来。忠大伯用手巾擦了茶碗，给冯大狗斟上茶，说："一人高升，众人得济。你一个人挣钱，一家人不受急窄了。"

冯大狗听了，扬扬得意，说："我请假回家来看望，还想把家眷带出去享福，给我老爹老娘买身小羔皮袄穿上。听旅长话口，不久我就要下连当连长了。"

忠大伯上下打量了一下，看他不像那样人物。可是大火烧着眉毛，只好把死马当活马治，立刻请他喝酒吃饭。吃着饭，冯大狗见屋里大人、孩子这么多人，他问："你们出了什么事情？"

忠大伯跨上炕沿，让酒让茶，把大贵的事情说了。

冯大狗已经有了七八分酒意，醉醉醺醺，摇头摆脑说："这个好说，用不着上愁。"

忠大伯笑笑说："你还想伸一下子大拇手指头？"

运涛也向前说："忠大伯他们才打关东回来，大贵兄弟又碰上这倒霉的事，请你帮帮忙吧！"

冯大狗用筷子夹了一块熟肉放进嘴里，边嚼着伸脖子咽下去，说："这个好说，四指长的小帖儿，就办事！"伸手摸进衣袋，掏摸了半天，说，"嗯，片子没带着。"

忠大伯说："叫运涛上你家去拿。"

冯大狗又说没带回来。运涛跑到大街上去买了白片来，找了笔砚，开始写名片。运涛磨好了墨，蘸好了笔，问："写上'冯大狗'？"

冯大狗连忙摇摇手,说:"不,不,我有了官讳,叫'冯富贵'。"

运涛在白片上工工整整写上"冯富贵"三个字。端详端详,又问:"什么官衔?"

一问官衔,冯大狗愣了一下,然后张嘴就说:"四十八师,三十八旅,二十八团,第八营,上尉连长吧!"

运涛一边写着,就觉得奇怪:怎么都带着个"八"字?

冯大狗吃着饭,看见江涛睁着两只明亮亮的眼睛看着他,就问:"这个兄弟好精神,是……"运涛说:"是俺兄弟……"又说:"还得请你劳驾走一趟。"冯大狗把手掌向上一伸,说:"用不着!"

运涛拿上"冯富贵"的名片,走到学堂里。招兵的一听,是一位连长来说情,立刻去找冯老兰。运涛跟在后头听着。冯老兰把名片拿起来一看,睁开大眼睛瞪了运涛一眼,说:"什么冯富贵,是冯大狗,包上皮儿养不活的家伙!"啪地把片子抛在地上,拿脚踩住。

运涛看架势不好,慌慌急急走回来,把冯老兰的话跟冯大狗一说。冯大狗把筷子在桌上一放,说:"俺家族长的事,老天爷也管不了。"端起屁股往外走。

一家子人眼看着他走出去,江涛跟到门外看了看,回来说:"欠把他拉回来,吐出咱的酒饭!"一屋子人,大眼睛瞪着小眼睛,谁也想不出办法来。

朱老忠觉得这些人未免欺人太甚,一时气愤,心上急痒难耐,仇恨敲击着他的胸膛,走出走进,说什么也停不住脚。耳朵里像有老爹朱老巩的声音,在叫唤他。走到门道口,把手放在铡刀柄上,才说扯起来往外跑,他又犯了思量:"还是从长里想的好!"又走进屋里,坐在炕沿上,抽起烟来。抽了一袋,又一袋,沉思默想了老半天，把拳头一伸，说："好！咱就是这个脾气，人在矮檐下，怎敢不低头。逆来，顺受。去吧，去当兵吧，在他们认为是'祸'，在咱也许认为是'福'。我早想叫大贵去抒枪杆子，这正对付。"

他这么一说，朱老明、严志和，一屋子人都松了一口气。

忠大娘拍着两个巴掌，负气说："着啊！去吧，有什么愁的？"

忠大伯和忠大娘一席话，倒把人们说乐了。运涛走到招兵的那里，要求放大贵回家睡一晚上觉，第二天跟上走。招兵的说什么也不干。运涛说："跑了他，我去！"招兵的看运涛好身条，更聪明，才答应打个手印，把大贵保回来。忠大娘找了俩鸡蛋，动手给大贵包饺子。吃着饭，忠大伯说："大贵！谁叫你上西锁井去来？你不知道西锁井土豪霸道们厉害？就不经这个心！我孩子不多，也不是多嫌你，是为的咱穷人有个抒枪杆的，将来为咱穷人出力，你就安心去吧！"

大贵一听就哭了，说："谁承望的？打关东回到家来，受人欺生，谁叫你想回老家哩！"

忠大伯又说："常说，艺不压身。比方你志和叔吧，本来是个庄稼人，他经心用意学会了垒房，就成瓦匠了。你要是学会了抒枪杆儿，说不定将来就是个军官哩！"

忠大伯说了这句话，再不说什么，只是闷着头儿呆着。大贵剩下一碗饺子，忠大娘端在忠大伯跟前，他半天也不吃。

忠大娘把碗往忠大伯跟前挪挪，说："快吃饭吧，饺子凉啦！"

忠大伯说："你吃吧，我不想吃。"

听得说，忠大娘瞟他一眼，说："什么，又不吃了？"

忠大伯说："我心里愁闷得慌。"

忠大娘说："就是那么爱忧愁，像个孩子，芥子大的事儿也忧愁。家里也没什么好吃穿，年幼人们在外头闯荡闯荡，经经困难也好。"把碗在忠大伯跟前一蹾，说："给我吃！看看你，遇上一点小事就不好好吃饭。吃喽！"

忠大伯蔫着眼睛看了看她，不言声儿，端起碗来。

忠大娘见人们都看着她，脸上一红，说："你不知道他这个性道，就得管着点，不能光由着他。"

忠大伯吃完饭，天黑下来，说了会子话，人们才散了。一家人吹灯睡觉，明天大贵还得赶路呢！

大贵心眼憨实，虽然出了这么大事，他要离开家乡给军阀们去当兵了，把脑袋在枕上一搁，就呼呀呼地睡起来。朱老忠翻过来掉过去，睡不着觉。他自小里就是这个脾气，想干的事情一定要干成。想下关东，抬起腿来就下了关东。好不容易下了关东，受了千辛万苦，才安下家来，又想起家乡。本来贵他娘嫁他的时候，早就说好，不能离开她的家乡。他又舍不得她，死乞白赖，苦苦央求。贵他娘一时心思绵软，才折变了家产，跟他回乡。不管千难万难吧，总算回到家乡了。家乡无房也无地，又下手盖房。好不容易将房盖上，有了窝坎住处，大贵又被冯老兰抓了兵。一大溜子作难的事情赶在一个人身上。他抬起眼看了看满屋子黑暗，说："天呀！天呀！"他的心肝像要呲裂了，好不难受！心里又嘀咕起来："他好霸道，要压得我一辈子抬不起头来。"

一个人想想这个，想想那个，说什么也睡不着觉。只觉得心里焦渴，身上发热。抬起头来看了看，窗外黑乎乎，街上有敲木梆儿的声音，起更了。他又把脑袋放在枕头上，想到他再没别的亲人，就只有贵他娘和两个孩子。一时觉得贵他娘对他恩情比海还深，比山还重。

这话一点不假，朱老忠年幼的时候，光棍汉一条。今天走到南，明天又闯到北，像棵没根的蓬蒿，心上拴不住笼头儿。鞋鞋袜袜没人做，睡起觉来缺半边人儿。自打贵他娘坐在他的炕头上，冬穿棉，夏穿单，不管破的烂的，缝洗得干净利落，到什么季候，不用说话，就穿在身上。下地做活，黑灯瞎火走回来，一进门，有饭吃，一拎壶，有水喝。不管走了多远的路程，一进门，炕上有个舒心的人儿，就像减轻了身上的疲劳。两人搭了十几年的伙计，没拌过嘴，没吵过架。老夫妻总是睡在一条炕上，朱老忠常想：睡在她的身边呀，不穿棉袄过得了冬，不扇蒲扇过得了夏。忘了饥，忘了饿。夜深了睡不着觉的时候，两口子常上话，朱老忠要说："贵他娘！贵他娘！你就是咱的活神仙！有了你，我也扒住碗沿子了。"贵他娘就说："俺不是什么活神仙，就是会做两手苦活呀！"

朱老忠睡不着觉，贵他娘也失了困。孩子被抓了兵，明儿就要离开，娘呀，她的心，像在滚油里煎着。混战的年头去当兵，死着回，还是活着回来，还不一定。她的心，闪闪飘飘，跳个不停。由不得又想起死去的父亲和母亲，想起她的一生：

贵他娘一生下来，娘就死了。爹穷得不行，养不起她。十七岁上那年她就出了嫁。不承望生下一个孩子，那人儿又病死了。年轻的寡妇，孤零零一个。在关东那稀落的荒村野屯上，有的是吃人的狼。她一个人忍气吞声过日子，晴天白日插着门，夜晚把门闩结实才敢睡觉。可是，瓮里没有水，坛里没有面，小孩子没有奶吃，饿得黑间白日咕哇咕哇叫。孩子瘦得皮包骨头，不久，就饿死了。夜里，她把孩尸用席头裹起，抱起来跑到野地里，用手刨了个坑儿埋上。哭了两声，说："短命的孩子，你生得不遇时了，爹死了娘还年轻，没法儿把你拉扯大！"

孩子死后，又过了一年苦日子，她觉得守不住。越是在艰难的岁月里，越想亲人。她倒不像别人那样，要守寡一辈子，满心眼里愿找个靠山。

107

家族长是个白了尾巴梢的老狼，瞪着眼睛，看着她的身子骨儿结实又漂亮，黑夜里跳过墙来，要和她就伴儿。她死也不开门。那家伙恼羞成怒，逼着她往前走。使了她二百元钱彩礼，才答应她抱起被子，走到朱老忠家里。自此以后，碾有人推，水有人挑，头疼脑热有人看孩子，刮风下雨有人拾掇院子。两口儿操持了多少年，才像家子人家，朱老忠又要回家。她想：也好，离开老狼们远点儿，心里也好安静。今天她才知道：天下老鸹一般黑，老狼都是吃肉的，冯老兰早就白了尾巴梢！翻来覆去想着，难过得不行。

朱老忠见贵他娘睡不着觉，划个火，抬起半截身子，点着墙上那盏油灯。灯上冒起浑红的焰苗，在风前颤抖。看了看窗户还不亮，听不见鸡叫，他翻了个身，问："贵他娘！贵他娘！你身上不好？"

贵他娘说："不，孩子要走了，我心里难受。"

朱老忠说："谁不难受哩，又有什么办法？"

贵他娘说："孩子离开娘，瓜儿离开秧，这样年头去当兵……"

朱老忠听着，像铁棍敲他心，半天不说话。

贵他娘说："你想回乡，我就跟你回来，你看，这怎么过得了日子？冯老兰比俺家族长还厉害！"

朱老忠猛地说："我不服他这个，走着瞧，出水才看两腿泥哩！"他说了这句话，再也听不见贵他娘说什么，抬起头来看了看，她已睡着，就近给她盖好被子。看看贵他娘善良的面容，他的心上有说不出的感激。有了她，才有了孩子们。有了她，才像一家子人家儿。有了她，他才不孤单。她分担了生活的担子，她帮助他在生活中挣扎。要是没有她，甭说成不了人家儿，生活还很难过下去呢！

他又看了看大贵那孩子抱着脑袋睡得欢着哩！

当天晚上，运涛从大贵家里走回来，心想：要是不叫大贵去看戏,也抓不了兵。他心上冷冷落落,走到春兰家门口,一敲门,春兰走出来开门。运涛走到机房里点着灯,想看一会儿书。春兰立在炕边不走,她问:"大贵被抓兵了?"

运涛说:"唔!"

春兰又问:"你叫他去看戏来?"

运涛说:"唔!"

春兰噘起嘴唇说:"上西锁井去,也不经点心,那人们尽会放火打黑枪。去了也罢,也不看着点儿,活活叫人抓住。"

运涛说:"他生心要抓你,找你的茬儿,说什么也不行。谁又长着前后眼?"

两人愣在那里,为大贵的命运担心。两颗心同时突突地跳动。

第二天早晨,运涛一起身就去看大贵。忠大娘又给大贵做了顿好吃的。

朱大贵吃完了饭,忠大娘给他穿上一身新衣裳,把常穿的衣裳包了个小包袱,叫他拿着。大贵又挑了几件扔下,说:"当上兵,什么也有。"

忠大伯在一边看着,半天才说:"我先说给你,大贵!咱当兵不像人家,不能抢抢夺夺,不能伤害人家性命。"

严运涛、忠大伯、朱老明、朱老星、伍老拔,还有江涛和二贵,送大贵到招兵的那里去。边走着,运涛就着大贵耳朵说:"兄弟!哥哥对不起你,你去吧!干好了给我来个信,我也去找你。"大贵说:"好,就是吧!巴望我回来的时候,弟兄们能见到面!"运涛说:"怎么能见不到面哩?"一行说着,忠大娘从后头跟了来。走到苇坑边上,她伸手把大贵扯住,把几个熟鸡蛋搁进大贵口袋里,说:"孩子!想不到从关外躲到关里,也躲不开他们!你出去了,要保重身体。你离开娘,娘也照顾不了你了。夜晚把被子盖好,小心别着凉。到了吃饭的时候,吃好吃歹,你也吃打口子①。人是铁,饭是钢啊……"说着,掉下几点泪,她用袖子襟遮住。几年来,她还没有流过眼泪哩!

大贵眼珠子闪出晶亮的光,不等母亲说完,就说:"娘!哭什么?等你想我的时候,我踏脚儿就跑回来。"

忠大娘又笑了,说:"看你说得容易。到了军队上,就是人家的人了,人家愿打就打,愿骂就骂。"说着又想哭出来。

大贵说:"可不是,我长着腿哩!"

说着,忠大伯他们已经走上西坡,站在那里等着。

运涛在一边看着,见母子俩难离难舍。眼圈儿一阵发酸,也流出泪来,心里说:"谁知道!这是什么命运哩?"江涛眨巴着又黑又长的眼睫毛,默默的不说什么。二贵离不得哥哥,他们自小儿在一块儿长大,这一去,说不定什么时候才能回来,只是一门里哭。

大贵被冯老兰抓兵走了,运涛心上也犯嘀咕②。附近村庄上,又不断出放火打黑枪的事。他更变得少言寡语,净好闷着头想事儿。人们都说:"这人心里可有数儿!"他白天在梨园里做活,晚上插上门,在机房里点上小油灯看《水浒传》。春兰和江涛趴在一边,拿着笔写写画画。运涛给他们讲故事,教他们打算盘。不到一年,春兰故事顺口溜,江涛打得算盘珠夸夸响了,像大街上跑马。

14

到了第二年春天,运涛耪完家里地,背上小铺盖卷儿,出外做

---

① 就是吃一点儿(饭)。这是妇女常用的口语。
② 忐忑不安,踌躇的意思。

短工。往北出去十几里路,下了市①。他做了两天活,正赶上下雨,就找了个小梢门洞坐下看书。从早到晚,雨下个不停。

这个小梢门②,朝北开着,面对一片大敞洼。门外有棵香椿树,树下有个小井台,雨点儿在井台上淅淅沥沥滴了一天。眼看天快黑下来,运涛肚子也饿了,想吃点东西,又舍不得那两天工钱。正在犹豫,从梢门里走出个人来。

这人,三十多岁,弓着肩,黑脸皮,脸上有短短的黑胡髭茬儿。穿身白褂裤,尖皂鞋子,看起来和庄稼人一样。看天黑了,门下还坐着个人,他问:"你是哪里人?在这里坐一天!"

运涛仄起头,看了看他,说:"小严村的,出来打短工,碰上下雨。"

那人接过书看了看,说:"《水浒传》,你上过几年学?"

运涛说:"两年,是自己习会字的。"

那人点点头,又问:"你家里人都是干什么?"

运涛说:"父亲是个泥瓦匠。我除了做农活,还能织织布,打个短工。"

那人又点点头,默默地说:"乡村知识分子!"

运涛腼腆笑了,说:"咱算是什么知识……庄稼人认识几个字罢了。"

那人说:"庄稼人能读《水浒传》,就不错啦!"

运涛看他是个有知识的人,就和他谈起来。从读书谈到写字,谈到"国民革命"。那人也坐在门槛上,接过运涛的小烟袋抽烟。

---

① 这里的"市"字指"人市"。从前,北方在农闲季节里,打短工的贫苦农民,每天清晨集中到一个地点找雇主,这叫"上市"。由地主或富农(雇主)选上的短工,对短工来说叫"下了市"。

② 临街的大门,里边可以停车。一般富户人家才有。

不知不觉，夜黑下来，那人看他年轻，又老实本分，上下打量了一下，说："天黑了，你走不了了，睡在俺家吧！"

运涛说："敢情那么好！"又问了主家姓名。那个人叫贾湘农，是城里高小学堂的教员，来家看望。运涛一听，合不拢嘴儿地笑，他一生还没和有知识的人谈过话，怪不得谈得这么投洽！也把自己名字告诉他。

贾湘农把他引进门里，门洞里有个小门房，是个牛屋。一头老牛，正咯吱吱吃着草哩。屋西头有条小炕，炕边有个小草池，贾湘农叫他把行李放在炕上，休息下。仄起头，瞧着屋顶想了想，又温声细气儿问运涛："目前乡村里，农民生活越来越困难，尽是一些个什么原因？"

运涛坐着草池，把两只胳膊戳在膝盖上，挂着下巴，慢悠悠说："原因挺多呀！眼下农民种出来的东西都不值钱，日用百货，油啦、盐啦、布啦，都挺贵。买把锄头，就得花一两块钱⋯⋯大多数农民，缺吃，少烧。要使账，利钱挺大。要租种土地，地租又挺重。打短工，扛长活，都挣不来多少钱，人们一沥一沥都不行了。"

贾湘农看运涛说话，挺有根底，抬头思乎了思乎，搓着手儿点点头说："是呀！日用品贵，农产品贱，'租''利'奇重，庄稼人们一沥一沥的不行了！"又眨巴着黑眼睛问："还有什么原因？"

运涛文化不高，猜摸着也能听懂他的话，说："原因吗？租谷虽重，利息虽高，年内只有一次，如今这个捐那个税的太多了。地丁银预征到十年以后，此外还有学捐，团警捐⋯⋯咳！多到没有数儿呀！"

贾湘农不等运涛说完，把大手一按，撩起衣襟坐在运涛一边，亲切地笑着说："好，你看得一点不错！只知道你识几个字，人还聪明，不知道你懂这么多道理。好啊，好啊，目前在乡村里就是缺你这样的人，做些启蒙工作。来吧，咱们做个朋友，常来谈谈。"

运涛见他这么亲热起来，挺不好意思地躲开一些，又腼腆笑着说："这可算个什么，庄稼人，懂得什么深沉的道理？只把原样儿说说罢啦！"

贾湘农乐得搓搓手儿，说："对嘛，你亲身感受的痛苦，就是目前的农民问题嘛！"说完了，抬脚匆匆走进去。耽了一会儿，他端出一大碗菜饭，两个窝头，还有一小盘咸菜。他说："光顾跟你谈话，你还没吃饭哩！"

运涛忙站起来说："正饿了。"

贾湘农说："饿了，你就吃吧。吃得饱饱的，咱们再谈。"他点上一盏小油灯，挂在近处墙上照着。

运涛吃着饭，还听得院里雨响。心想："要是不遇上他，睡没处睡，吃也没吃处。"

吃完饭，贾湘农又问了他一会子家世和为人。第二天还下雨，运涛走不了，贾湘农也回不了城。贾湘农搬了个小炕桌来放在炕上，脱鞋上炕。屋顶上有个小秫秸箔①，他摸出笔墨纸张，放在桌上。两个人谈着，贾湘农就在纸上写。运涛迫切要知道怎样才能把国家治理好。贾湘农说："那就必须把帝国主义打跑，把封建势力打倒。"又讲了一些革命的道理。运涛心上豁然亮了，点点头说："就是，一点不错！"

贾湘农说："请你帮我做些事情吧！"他在纸上写了几个项目，说："比方说，捐税有多少种？具体到农民身上，他们要付出多少血汗？地租高的有多高？低的有多低？利息最高的几分，最低的几分？……嗯，能办得到吗？"又歪头瞅运涛，等他答复。

运涛是个明白人，听到这刻上，知道贾湘农不是个普通人。

---

① 用高粱秆并排结在一起而成。有的吊在房梁上用来养鸽子或放东西。

他听说大地方出了"共产党",也听说过"共产党"是"穷人党",可没见过。今天,他思乎着有八成是,可也说不定。他心惊了一会子,脸上腼腼腆腆热起来。笑笑说:"掂对①着办吧,巴不得我能来问你。"

贾湘农说:"好嘛,你常来嘛!我就是喜欢你这样人。常来谈谈你们的生活啦,困难啦,什么希望啦。我过去住在城市里,才来乡村不久,什么都感到生疏。"又说:"唔,咱们定下个关系吧,你在礼拜日下午,到我家来。你知道什么叫礼拜吗?就是星期日。七天,就是一个星期。今天正是星期日,再过六天,明儿个你就来。"他又歪起头儿,瞅着运涛,等他说话。

运涛心上一时焦灼,两手不由得摇动,心上颤得不行。他想:我今天可找到光明了。他笑了说:"那,好多了,要是能得到你经常开导,说不定,我就会明白起来。"

贾湘农说:"当然是!一个农民,他是纯洁的,善良的,一经接触革命,就没有不聪明的。你知道什么叫革命吗?"

运涛摇摇头:"不知道。"

贾湘农说:"就是腐朽的军阀政客们,不能推动社会前进,只能是社会的蟊贼。受苦的人们,工人,农民,就要起来打倒他们,自己起来管理自己的事情。知道吗?"

运涛听完这句话,心上更加亮起来。一时胸膛里发热,传到脸上,传到手上。他笑眯悠儿地说:"我得回去跟我爹商量商量。"一行说着,嘴唇和脸面颤抖得不行,好像自己再也管不住它们。

他这么一说,贾湘农着急起来,搓着手说:"好朋友,你自己知道就算了,可不能告诉别人!"停了一刻又说:"不过,要是有极可靠的人,也可以谈谈。"

---

① 计划、安排的意思。

贾湘农,是当时这县中国共产党的第一个县委书记。父亲是天津工厂的工人。他读了两年中学,也在工厂里做工。父亲介绍他入了党,成了共产党员。为了反对军阀混战,反对军阀统治,被捕过,受过电刑。直到如今,说起话来嘴唇打颤,做起事来两手打着哆嗦。去年冬天,从监狱出来,军阀们追捕得紧,在天津站不住脚,组织上派他回到家乡一带,开辟工作,在高小学堂里当教员。

运涛又在他家歇过一夜,第二天早晨,日出天晴,他背上小铺盖卷儿赶回家来。到了吃中午饭的时候,和父亲围着桌子吃着饭,他把这话儿说了。严志和用筷子夹了一根咸菜,搁进嘴里,吮着咸味儿,低下头半天不说一句话。涛他娘也不说什么。一家子吃着饭,沉默了老半天,严志和长叹了一声,说:"跟冯老兰打这三场官司,就教训到我骨头里去了。咱什么也别扑摸①,低着脑袋过日子吧!"

说了这句话,严志和老长时间不吭声。运涛说:"我看他不是平常的人……"

不等运涛说下去,严志和又说:"你还要经心,别学了大贵,那霸道们歹毒多多了。"

运涛看和他说不入套,心里想:"去找忠大伯吧,一定不和他一样!"吃完饭,把饭碗一推,踩着房后头那条小道,去找朱老忠。朱老忠吃完了饭,坐在门楼底下歇着,运涛把出去打短工,遇上贾湘农的话说了。

朱老忠听着听着,眉开眼笑,又低下头琢磨了一会子,连声说:"好,好,这人儿深沉,肚子里有穿花儿②!"

运涛说:"我也这么看,他老是问:'有多少捐?有多少税?地

---

① 试着闯一闯。
② 办法。有穿花儿,即有办法。

租高的多高,低的多低……'还说,穷苦人们要想'自由'就得打倒军阀政客,庄稼人们一轰起来,管理自己的事情。"

朱老忠听到这里,把手一拍,铜声响气说:"嗨!这就说对头了,这是一件好事情!"

运涛说:"他还叫我常去谈谈,大伯,我去吗?"

朱老忠拈着胡子,挪动板凳向运涛跟前凑了凑,绵言细语说:"去吧,孩子!去吧!扑摸扑摸,也许扑摸对了。老年间,离咱这里不远,蠡县边境,出了个李恕谷。李恕谷是个大儒,可是他不讲做官,净讲实际,不尚虚华。他还交往过白莲教,闹过反清复明哩……"

运涛伸起脖子,哑眯眯地问:"真的?大伯!"

朱老忠两只眼睛放出明亮的光芒,看着运涛说:"这都是你老巩爷爷亲口跟我说的。你老巩爷爷也想过参加义和团,打跑洋大人哩。你说的这人,一定有根柢儿!"

运涛把下巴拄在膝盖上,睁着大圆圆眼睛,想了半天,说:"这人一定是'共产党'!"

朱老忠畅亮地笑着说:"共产党?我在关东的时候,就听人讲到过,苏联列宁领导无产阶级掌政,打倒资本家和地主,穷苦人翻起身来……你要是扑到这个靠山,一辈子算是有前程了!"

运涛又眨着大眼睛沉默了一会子,慢慢抬起头来,问:"要不,我去?"

朱老忠扬起下巴,呵呵笑着说:"去吧!可是你去了,也要慢慢扑摸着看。"

从这天开始,运涛每逢星期的日子,就到贾湘农家去。贾湘农和运涛谈了几次,发现运涛是个阶级意识挺清楚的人。运涛觉得每次和他谈了话,身上都是热烘烘的,看书做活都上劲。

自此,严运涛觉得前面有希望了,好像有一种什么力量鼓励他往前走。他更爱给青年们讲故事,先讲一段故事,再讲"打倒帝国主义""打倒军阀统治""打倒贪官污吏、土豪劣绅"。

那时,乡村里豪绅地主们的统治,还没那么厉害,有的还睡在鼓里。人们只说他学得不着三不着两的,爱说疯话。年幼的人们都爱听他讲。今天讲,明天讲,讲得闺女小子们都不安起来。

这时,春兰才长成身个,细身腰、长脸盘儿、黑粹粹儿的①。听了运涛的宣传,像春天的苇笋注上大地的血浆,长出绿色小叶,精神旺盛,永不疲倦。又像春天的紫柳,才生出绿色的嫩叶,一经风吹就会摇摇摆摆,向人们显示:只有她是值得骄傲的!

这姑娘,坐在门槛上做活的时候,学会了把身子靠在门扇上,捋着针上那根线,左捋、右捋、捋半天,使人疑惑她忘记把针线穿在布上呢。有天晚上,她在机房里听了一会子运涛讲书,听得浑身热烘烘的。开门向外一走,觉得眼前迷迷离离,一进二门,她又愣住。仰起头来看看天上,满眼尽是星斗,交辉闪亮。

冬天,她穿一身黑色棉袄裤,夏天穿一身蓝布裤褂,没见过她穿过别色的衣裳。那时,她做了一件蓝布褂,去找运涛写两个字。运涛问:"写什么字儿?"春兰说:"革命。"运涛问:"写这字儿干吗?"春兰把嘴一扭,说:"你甭管。"她偷偷把这两个字,用白色的丝线绣到怀襟上。表示她一心向往革命,不怕困难。又表示她迎"新"反"旧"。正当药王庙大会上,她把这件新做的褂儿穿出去。

这一下子,把个大庙哄起来:人们认得出来,是运涛写的字。只要她一走到庙上,年幼小伙子们一群群跟着看,喊:"看革命呀!"睡不着觉的时候,就说:"你想革命了吧?"有时候,她在街上走过,小调皮鬼们,赖皮馋眼地看着她,喊:"革命!革命!"她冷不

---

① 口语。(面孔)微黑、发亮,具有健康美。

丁回过头去,说:"我革命,碍着你妈疼了?"

但运涛并不因此嫌弃她,他更加骄傲:只有我能培养出这样敢于向旧社会反抗的人儿!这事也不被村乡里掌事的先生们注意,他们认为:像老驴头这样人家的姑娘,被人玩弄是应该的。

15

药王庙大会过了,运涛和父亲在门前小井台上浇菜,严志和拧辘轳,运涛改畦口。浇着浇着,从正北来了一个人,戴着个旧礼帽,穿着蓝布长衫,胳肢窝里夹着个小包袱。运涛定睛一看,正是贾老师。他把小铁锨戳在畦垄上,迎上去问:"贾老师!你想找谁?"

贾湘农说:"我想找你。"

运涛笑了说:"那,你算是找到了。"

运涛头里走,贾湘农后头跟着。到了小井台上,运涛对贾湘农说:"这是我父亲。"

贾湘农点了点头,说:"这大年纪,拧辘轳吃力了吧?"

严志和见来了个穿长衫的先生,笑着停下辘轳,从小枣树上取下烟袋荷包,擦了擦烟嘴,捧上去说:"请你吸袋烟吧!"

贾湘农恭恭敬敬地说:"你先吸吧,大叔!"

严志和见贾湘农这么客气,这么谨慎,不由得两手打起抖,说:"稀客!稀客!你先吸!"又对运涛说:"去,叫你娘烧壶水,客人来了!"

贾湘农抽着烟,在菜畦上转游着。北瓜圆了颗,开着大黄花,长上小瓜了,韭菜才一拃高①,还有洋角葱、小茴香。他说:"庄稼

---

① 五指伸开,大拇指尖和中指尖间的距离叫一拃。

人辛苦，吃菜方便。"

严志和见他说起话来如情合理，说："庄稼人，左不过是在土里、粪里，钻来钻去呗！"说完了，撮着嘴唇笑。

贾湘农走到井台跟前，说："庄稼人，谁敢瞧不起？没有庄稼人，就没有粮食吃，没有衣裳穿，都得冻死、饿死！"

严志和一听，挺觉是味儿，笑笑说："我第一次听到你这么说。每次进城，净怕人家说：'你，满脑袋高粱花子！'"

贾湘农听着，由不得弯下腰，笑红了脸。严志和也龇开牙笑。见运涛不出来，严志和走进去，问运涛："那是个什么人儿？"运涛说："就是上次出去打短工，交的那个朋友。"严志和想：打短工也能交这样的朋友？他不相信。运涛拎了一壶水，拿着两只饭碗，摆在小井台上。贾湘农坐在井池上喝着茶，边喝边谈。

贾湘农问："庙会上，宣传工作搞得怎么样？群众对咱的主张有什么意见？"

运涛两腿圪蹴在井台下头，对着贾湘农说："说起反封建，反土豪恶霸，人们都赞成。这号人们，在乡村里为非作歹，鱼肉乡民，看得见、听得到。一谈起反对帝国主义，人们不关痛痒。他们不知道帝国主义藏在军阀身子后头，军阀割据，就是变相的帝国主义统治！我这么说，你看怎么样？"

贾湘农听了，抬头吧咂吧咂嘴儿，又点着头说："对！是这个问题，农民是最讲实际的。那就要讲明白，帝国主义，通过各种洋货，什么洋油、洋火、洋线、洋锁，等等，剥削中国农民。"

运涛谈了近来在乡村里工作的情况，谈到春兰怎样进步，怎样热心宣传工作，贾湘农喷地一下子笑出来，说："聪明的姑娘，多么热情！就是太特殊了，引起一些人的非难。要明白，我们的心是光明的，好比是一盏明灯，你端着这盏灯走过黑暗，就很难看清楚周围的事物,但是不要忘记,我们的周围还是黑暗的,我们的敌人还很多!"随后又谈了一些别处的工作情况。

运涛眼睛瞅着天上的游丝①,扑棱棱随风摆动,说:"就是!就是!"

贾湘农又说:"要和农民做亲切的谈话,一籽一瓣儿帮助他们。有的人专好讲些打破迷信哪,改革礼俗啊,放脚剪辫子的事,惹起农民的反对。不能只说些空泛大事,枯燥的理论,搔不着痒处。我到几个地方看了看,都是犯了这个毛病。要具体揭示农民受压迫受剥削的痛苦,告诉他们这些痛苦是哪里来的。"他又歪着头,眨巴着黑眼睛,笑着说:"你了解一下,农民怎样感受兵匪的痛苦,怎样感受官吏和劣绅的压迫,农民子弟为什么受不到教育,地里的出产为什么逐年减少……"

他喝完了茶,抽过烟,站起身来,在园子上眺望。一带长堤,堤上矗立着一棵棵杨树,土地上小苗儿长得绿绿的。后面,是一簇簇农民的家屋。他说:"好地方!好地方!"一时高兴,脱下长衫,搭在小枣树上,说:"运涛!来,咱俩浇浇园!"说着拧起辘轳来。

阳光照着,鸡群在谷场上草垛底下啄食。公鸡站在碌碡上,伸直脖子打着长鸣,引起谁家小屋里的娃子叫……他笑眯眯说:"乡村风物啊!"慢慢把斗子绞起,哗啦地把水倒进井池里。又撒开辘轳,咯啦咯啦放下去……

运涛笑了说:"看你还挺熟练。"

贾湘农喘着气说:"不,是才学会的。每礼拜回家,除了谈工作,还要学些农活。我在工厂里学了三年徒,才学会旋工,又被捕了。到了乡村里,就要学农活了。从劳动里求生活,是最好不过的!"

运涛说:"你教着个书,满可以照顾一家人的吃穿了。"

---

① 春秋两季,天空中飘的一种虫吐出的丝。

贾湘农说:"不,在乡村里不会农活,怎么领导工作呢?"

运涛点点头,改好畦口走过来,问:"我们还应该做些什么工作?"

贾湘农说:"看样子,你们可以做些组织工作了。要团结青年农民、青年妇女。像春兰姑娘,就可以培养成青年妇女里的积极分子。要宣传我们的主张,目前我们主张打倒帝国主义,铲除贪官污吏、土豪劣绅。还要具体宣传除三害:打倒吴佩孚、孙传芳、张作霖。打倒封建军阀,才能消灭战乱。这叫民主革命呀,明白吗?要一面宣传,一面组织,不能只宣传不组织呀!"一面拧辘轳,一面说着,还气喘咻咻的。

又谈了一会儿别的话,运涛有的听得懂,有的听不懂。他转着眼珠,看看这儿,又看看那儿。到了日中正午,严志和走出来说:"去吃了饭,再谈话吧!"

贾湘农抬头一看,正午了,拿起衣服就要走。严志和说:"哪里话,要是运涛到了你家里,能不管他吃一顿饭?"

他一说,贾湘农不好意思再走。跟着运涛父子走进家里,炕桌上摆好了饭,凉面条儿搁上干菜丝。碗上喷出醋蒜的香味,刺激着鼻子。

贾湘农说:"嘿呀!你们一年吃不上两顿面哩,叫我吃白面!"

吃着饭,江涛走进来。端着一碗小米饭,默默地吃。贾湘农叫他坐在炕沿上,把面条拨在江涛碗里,说:"吃吧,吃吧,小弟弟,你今年多大年岁?该上高小啦!"

运涛说:"论过当①,俺家里困难得不行,我爹愿叫他多念几年书,他还聪明。"

贾湘农笑了说:"唔!好嘛!愿念书好说,有时缺着短着的,我还可帮补点。"他端着碗停止吃饭,歪着头儿笑着,左瞅瞅,右瞅瞅。眼珠儿挺有神,一下不离江涛。

---

① 光景。家产。

运涛说:"要说牛头地垄的事,俺还通达。学堂里的事,俺一墨不摸,贾先生多看顾吧!"

贾湘农说:"好说,交给我吧。"

吃完了饭,他又在运涛家小院里转了一会儿,和运涛在小场上说了一会儿话,就回城了。

贾湘农来过之后,又过了一阵子,江涛要到城里去考学了。涛他娘叫江涛去找春兰,求她做一双鞋,缝缝衣裳。江涛一进门,春兰在阶台上坐着做针线。歪起头儿问:"江涛!晴天亮晌,不去上学,干什么呢?"

江涛说:"找你哩!"

春兰笑了说:"找我干什么?"

江涛说:"我要上城里去考学,求你缝缝衣裳,做双鞋。"

春兰说:"嘿!大学生了,为什么叫我给你做鞋?我又不是你家人。"

江涛愣了一会儿,笑默默地说:"嘿!为什么?嫂子!咱早晚不在一个锅里搅马勺①?"

江涛说完这句话,抬起腿就跑。春兰脸上腾地一下子红起来,起身就赶。一直赶到外头院里,围着碾子转了好几遭。春兰捉住江涛,拧过胳膊,抬手就是一拳:"说!还舌头不在嘴里不?"

江涛说:"不了,不了,饶了我吧!"

春兰捉着江涛衣领子走回来,说:"好好儿坐在阶台上!小人儿家,规规矩矩的。再瞎说白道,甭说不给你做鞋补衣裳,还要敲你脊梁哩!"

春兰给他缝了衣裳,答应好好做一双鞋。又说:"你好好念书,念好了,也是老人们的落场。"又到屋里拿出笤帚来,给他扫干

---

① 农村使用的一种木质勺子。

净身上，拍了拍。说："去吧！"

过了几天，涛他娘叫他们穿上新洗的衣裳、新鞋子，哥儿俩到城里去。一进城门，大街上行人车马来来去去，买卖家都是光堂门面。石牌楼往南，有个光亮大门。进了大门，都是粉墙屋子、玻璃窗。运涛领他走到贾老师屋里，贾湘农和气地招待他们，让他们坐在椅子上，倒出金黄的茶水让他们喝。运涛说："老人们说定了，想巴结兄弟念念书，可不知道怎么样。"贾湘农说："咳！庄稼人要想脱离'压迫'，脱离'剥削'，不是容易。除了豁出去斗争，还要学些文化知识。文化上的进步，和政治上的进步，是密切关联的。我还想在乡村里办些半日学堂呀，平民学校什么的，结合着讲些时事政治。"

运涛和江涛，在贾老师那里住了两天。学校一放榜，江涛录取了。

正是五月末梢，麦子黄了，柳叶正绿，天气渐渐热起来。回家的路上，哥儿俩说不出有多高兴。可是江涛觉得有些离奇：自根儿，没有这么一门子亲戚，也没有这么一门子朋友。见面不多，就不拿外人看待。他问运涛："哥！怎么他老是问那些'剥削'、'压迫'的？"

运涛说："他们关心咱穷苦人的生活！"

江涛又呆起两只大眼深追一步："他们又是谁？"

运涛瞅着江涛说："他们？他们是'共产党'，是给咱穷人撑腰的。从今以后，孙中山也要扶助农民，扶助工人，联合共产党了！"

可是，江涛这时还听不懂他的话。

16

那天，他们刚从城里回来，江涛高高兴兴跑回家去。运涛一个人唱着小曲走着,一过房后头那条小道,看见春兰一个人坐在瓜园里小窝铺上做活儿。运涛向四围里望了望,见没有老驴头,才抬脚走进去。春兰扬起手儿招他:"运涛,来!"

运涛走进去问:"干吗?"

春兰说:"想吃个瓜吗?"

运涛说:"早想呢!"

春兰跷脚打窝铺上跳下来,翻开一蒲笼密密的瓜秧,摘出个细溜儿长的、柳条青花皮小甜瓜。说:"早就熟了,你不来,我就不敢捅它,一捅就要掉下把儿。我用瓜秧把它盖上。"说着,啪唧打开,露出金黄金黄的瓤,红籽儿,真鲜!递给运涛手里。

春兰问:"吃着怎么样?"

运涛说:"好,细蜜蜜甜!怎么没叫别人吃了去?"

春兰笑了说:"嘿!除了你,谁配吃它。"

运涛问:"这是什么瓜?我没吃过。"

春兰说:"这叫金瓜,还是忠大叔打关东带回来的籽儿,给我爹的。"她又坐在窝铺上说:"上来,咱们说会儿话!"

运涛身子一耸,坐上窝铺,靠在被叠子上。

春兰问:"你又进城来?"

运涛说:"唔!"

春兰又问:"贾老师来了的时候,说什么来?"

运涛说:"他说,咱们不能老是宣传,还要组织。像你吧,就该秘密组织妇女协会。还批评了咱们。"

春兰问:"批评什么来?"

运涛说:"批评咱们太'特殊'。"

春兰说:"什么叫那个?"

运涛说:"像你吧,把字儿绣在大襟上。"

春兰撇起嘴儿说："嘿！这样宣传还不好吗？"

运涛说："好是好，贾老师说，不要忘记，咱们周围敌人是很多的！"说着，他把肩膀靠在春兰脊梁上。春兰睁起又黑又大的眼睛，静谧地看着运涛。青年少女到了这刻上，会感到人生无边的幸福。做起活儿，不再孤单。睡起觉来，像有个人儿伴随。她的眼睛，成天价笑啊，笑啊，合不拢嘴儿地笑。她的心情，像万里星空里，悬着一个圆大的月亮，窥视世界上一切都是美好的。当她一个人在小窝铺上做着活儿的时候，把身子靠在窝铺柱上想：革命成功，乡村里黑暗势力都打倒。那时，她和运涛成了一家人。那，他们就可自由自在的，在梨园里说着话儿剪枝、拿虫……黎明的时候，两人早早起来，趁着凉爽，听着树上鸟叫，弯下腰割麦子……不，那就得在夜晚，灯亮底下，把镰头磨快。她在一边撩着水儿，运涛噌噌磨着。还想到：像今天一样，在小门前头点上瓜，搭个小窝铺，看瓜园……她也想过，当他们生下第一个娃子的时候，两位老母亲和两位老父亲，一定高兴。不，还有忠大叔，他一定抱起胖娃娃，笑着亲个嘴儿。

运涛也有无限的希望：他倒不想和春兰的事。他觉得春兰应该就是他的人儿，别人一定娶不了她去。他想革命成功了，一家人……不，还有忠大伯，不再受人欺侮。在他的思想上，认为那些贪官污吏、土豪劣绅们，都该杀头，关监狱。不，在判罪以前，一定要算清村公所的账目，算清千里堤上多少年的老账。也想到，像贾湘农说的，工人、农民掌握了政权。那他，也许在村公所里走来走去，在区里、在县上做起工作来。他想：那时就要出现"一片光明"，农民们就可以光明磊落地打赢了官司……

运涛一面想着，心里快乐起来，说："春兰！我看看你的手。"

春兰问："你看俺手儿干吗？"

运涛说:"打早知道你的两只手,长着细溜儿长的手指,挺好看。就没敢捅过,连看也不敢正看一下。"

春兰抿着嘴儿笑,说:"俺晨挑菜,夜看瓜,春种谷,夏收麻。长着什么好手呢?给你,看个够!"一下子把手伸给他。

运涛攥起春兰手儿,两个人在小窝铺上,说话答理,说笑着玩儿……

冯老兰早就看上春兰。在乡村里,谁家姑娘一出了名儿的好看,他就像猪八戒,嗅着鼻子,闻着香味儿找了来。这老家伙,表面上看,是个"古板"的老头子,实际上是个老色鬼。这天,他看个空,假装买瓜寻了来。一出高粱地,看见运涛和春兰正在窝铺上响亮地说笑。用手指头碰了碰鼻子,又退回来。一拐墙角,看见春兰她大娘抱着孩子玩儿。他把嘴一绷,指了指小窝铺,抿着嘴笑着窜走了。春兰她大娘,是个呱呱嘴,心里盛不住事儿,是全村有了名的长舌妇。一拐墙角,看见运涛又跟春兰在一起,窝铺旁边并没有别的人,迈开两只大脚往家跑,扯开嗓子大喊:"老驴头啊!你家春兰可招了汉子啦!"喊得瘆人。

老驴头听得喊声,脑子里腾地想起冯老兰在村边上跟他说的话,平时就不愿让运涛在他家里来来往往。这时,他扯起个小铁锹追出来,骂着:"好狗日的!晴天白日欺侮到我家来!"运涛一愣怔,一时慌急,不知怎么好。又怕春兰受害,两手一舁①,把春兰扛在肩上,撒腿就朝堤上跑。老驴头就在后头追,骂。

运涛扛着春兰,跑了半里地。越跑,他觉得肩上越是沉重。实在跑不动了,累得满头汗珠直滚。可是老驴头还在后头追。春兰说:"运涛,放下我吧!"运涛呼呼哧哧说:"不,不能!"春兰说:"咱没做那伤天害理的事,咱什么也不怕。放下我,你快跑吧!"运

---

① 两手扛抬。

涛说:"不,他要砍你!"春兰说:"我不怕,你快跑吧!"眼看老驴头就要赶上。运涛使了一股劲,跑上大堤,耸身搿下支柳棍子。说:"你来……"

老驴头怒气冲了头,支绷起头发,红着眼睛跑上堤去。可是,运涛手里的棍子不忍落在他的头上。老驴头把铁锹一抡,砍过来。运涛一躲身儿,锹刃在眼前闪亮过去,落了个空。

春兰喊着:"运涛!你快跑吧,跑吧!"

喊着,老驴头的铁锹又劈过来,运涛只得跑下大堤来。老驴头不追运涛,一把抓住春兰满脑袋头发。这时,他满脸胡髭乍起来,脸上的皱纹像张开了嘴,浑身抖颤着。他不肯一下把春兰杀死,扬起锹柄,在她身上乱打,骂:"疯丫头!疯丫头!"运涛跑回去夺春兰,老驴头扬起铁锹,又要砍他。这时,看的人多了,谁也不敢走近劝他。一走近,他就张开大嘴骂,像要吃人。

春兰娘,一面哭着赶上来。老驴头拿锹柄敲着她的脊梁,说:"你养的好闺女!你养的好闺女!"她只有离得远远的,流着泪哭啼。

老驴头一个人,在大堤上折掇春兰。春兰说:"爹,家去打我吧!"他不肯,直打,直打。春兰咬着牙,闭住嘴,憋红了脸,鼻子气儿不出。她并不后悔。老驴头看看春兰没了气儿,才扯着一条腿,像拉小猪子一样拉回家去。刚拉回家,春兰又还醒过来。老驴头把锹刃放在春兰脖子上,才说往下切,春兰觉得脖子上凉凉的,睁眼一看,刷地黄了脸,说:"爹!亲爹!可别糟害我!百年以后,谁与你老人家烧钱挂纸呢?"

春兰娘也说:"留着她吧!留着她吧!你头疼脑热,有谁来伺候呢?"

只有这句话,打动老驴头的心。放下铁锹,搬了个板箱来。把春兰扔在板箱里,一把锁锁了。说:"看你还绕世界疯去!"

春兰在这板箱里睡着,一丝没两气,一直睡了一天一夜。第二天,她才醒来。衣服被血粘在箱子上,一动也不敢动。动一下,就像刀子割肉一样疼。屋里静静的,没有一点声音。一会儿,听得娘守着箱子哭泣。

春兰说:"娘!给我点水喝吧!"声音细微到只能听到一点点。

春兰娘一听,她还活着,走过来说:"可不行哩!他牲口一样,老是吓唬我,不叫我管你。让我想一想……"

春兰说:"那,不要紧,死不了就得活着。你老人家生养我一场,渴死、饿死我干吗?"

娘看了看,板箱上有条狭缝,从这条缝里灌下汤水,春兰伸起嘴接着。

老驴头在那条小道上挖了三道壕,压上枣棘针,断绝了行人。谁在那里一过,张开大嘴就骂。那天,他一个人在那里猫着腰鼓鼓捣捣,看见走过一个人,才说开腔骂,仔细一看,是李德才。他弯着腰走过来说:"来,咱老哥俩说个话儿。"

老驴头拍拍手上的土走过去,两人坐在房后头抽烟。说了一会子闲话,李德才就着老驴头耳根说:"老伙计,该你享福了!"说着,闹了个笑眯虎儿①。

老驴头大着声音问:"什么?"

李德才说:"冯家老头,愿跟你家姑娘相好。"

老驴头摇摇头,还是不相信自己耳朵,闹不清他是什么意思。

李德才看老驴头没听清他的话,又说:"冯家老头愿跟你姑娘交个朋友,一起玩玩。"

老驴头这才听明白李德才的意思:他看春兰和运涛闹了一场

---

① 同笑面虎。笑里藏刀的人。

纠纷,要给她说个婆家。摇晃了摇晃长脑袋,说:"那个不行,又不合辈数。"

李德才黄着个脸子说:"嘿!什么合辈数不合辈数,那又不是什么明媒正娶。"

老驴头气得吭吭哧哧,冯老兰在镇上有财有势,他又不敢骂,只是低下头不吭声。李德才见他不高兴,就走回去见冯老兰。冯老兰转着黄眼珠子,想了想,冷不丁地说:"豁出去,给他一顷地,一挂大车,连鞭儿递他。这就够他一辈子过了!"

李德才又去找老驴头。老驴头一听,眼里噙着泪花儿,看了看李德才,嘟嘟哝哝说:"他把俺看成什么样儿人?"他一时气愤,迈步跨过去,抡起胳膊,又开五指,噼噼啪啪,连在李德才脸上打了几个耳光子。打得李德才闹了个侧不楞,差一点没跌在地下,趔趔趄趄逃走了。

这件事,引得锁井镇上姑娘们议论纷纷,说:"那还不把人羞死!"后来也叫春兰知道了,她一想到,身上就发噤,打哆嗦。

从此,运涛再也看不见春兰。你想,这还不够一个年轻小伙子伤心的!可是那时候,在村乡里,哪里容得起呀?人们逗着性儿嚼舌根子,说他们的七长八短。运涛每天黏在园里地里,不再上街,不再给人们讲书、讲故事。不管白天晚上,一个人在千里堤上走来走去,听滹沱河的流水在响,嘎鸪鸟在大柳树林里叫。他愁闷,他觉得寂寞。一个男人,在乡村里有了这种名声,就再没有姑娘小子们跟他在一起。他一个人坐在小井台上哭,流着眼泪。涛他娘拍着他肩膀说:"运涛!你忘了她吧,凡事是命里注定的。"第二年夏天,他一个人住在园里看桃子。"五月鲜儿"桃子熟了,不断有小贩担筐来趸。有几天,他没向父亲交钱。

那天晚上,他一个人走到长堤东头,又走回来,踮起脚跟望着村里,看哪是春兰家房屋,哪是春兰家树木。他觉得看看春兰家房屋树木,心上也是豁亮的。他走回家去,拿了一条小褡包,把腰杀紧。又拿了一把斧头,插在褡包上。走到村后,围着春兰家宅院转了好几遭。走到春兰家门口,想迈步进去,又怕老驴头。转到房后头,有棵歪巴榆树,他攀树上房,蹬着春兰的屋顶走过去。在春兰睡着的地方敲了两下,又趴在屋檐上看着。春兰听房顶上有人,猛地翻身起来,才要喊出来,想到那一定是运涛,才蹑手蹑脚从屋子里走出来。把手遮在眉上,这边照照,那边瞄瞄。在黑影里瞧见运涛的影子,摇摇头,掉下泪花儿,说:"你又来干吗?"运涛说:"我要走了,到革命军去!"说了这句话,再也听不见他的声音了。春兰急了,说:"你等等!"说着,她抬起腿走出来,转到房后头一看,运涛才从树上爬下来。运涛看见春兰一个人偷偷跑出来,心上不住地突突跳着。两个人手牵手儿走到千里堤上,站了一刻。又走到堤下头柳子地里坐下。

　　运涛出了口长气说:"咳,咱俩要分手了!"

　　春兰冷不丁扭过头来,睁大眼睛,惊奇地问:"怎么?"

　　运涛说:"我要走了!"

　　春兰冷笑一声说:"哼哼!你胆小了,怕封建势力了。要一个人躲到干树身儿上去歇凉儿?"

　　运涛说:"不,贾老师调我到南方去,参加革命军。他说国共合作了,革命军要北伐。"

　　春兰说:"要是这么说,你去吧,去把封建势力、土豪恶霸们都打倒!"

　　晨风起了,吹得柳丛摇摇摆摆,像大海里波浪,一起一伏。两个人在柳子底下,说了一会子知情话,听得村上第一声鸡啼,运涛站起来说:"我要走了!"

春兰说:"怎么说了个走就这么急?你也不早说声儿,我好给你洗洗衣裳,做双鞋袜。"

运涛说:"不,前边村上还有人等着我。你回去吧,叫你爹知道了,又是一场好打。"

春兰说:"不,我要送你,左不过是这么回子事了,打死了也是个冤魂。别人说什么话,我也不管!"

两个人并肩走了两步,运涛又愣住,说:"我还有句话跟你说!"

春兰说:"你说吧!"

运涛说:"说了,你可不能恼我。"

春兰说:"我不恼你。"

运涛说:"我这一出去,就是万千里地,不知道什么时候,什么年月才能回来。要行兵打仗,不知……"说到这里,又停住,看春兰睁着两只大眼睛看他,嗫嚅说:"希望你另找一个体心的人儿……"

春兰听到这里,两眼发直,愣住身子一动也不动,脑筋里一时停止了思想,噗通倒在地上,两手捂住脸,痛哭起来。运涛急得直跺脚,想:不告诉她吧,要出远门了,不愿耽误她一辈子。告诉了她,就这样起来。弯腰抱起春兰肩膀,春兰打着滚不起来,好容易才扶起她来。春兰哭了半天,说:"我的日子过到头儿了!"

运涛急问:"什么?"

春兰说:"你走吧,不用管我!"这时,他想起母亲说过,忠大叔下关东,前脚走后,他姐姐就跳进这滹沱河里自尽了。

运涛问:"你愿等我?"

春兰说:"你革起命来,就有好光景了,还……"

运涛瞪起眼睛,说:"不管你等不等我,我要等着你!"

春兰脸上一下子笑了,说:"你有这个胆量,有这个决心,撑得过天,我还要活下去!"

两个人踩着河岸,向东走去。春兰看东方发亮,天快明了,说:"这,送多远也有个分手啊,你走吧!"运涛睁开明亮亮的大眼,眼瞳上闪着星群的光辉,看着春兰,握了握她的手,就走去了。

春兰立在高岗上,看着他的影子,在黎明的薄暗中不见了。晨风吹拂她的长辫,千里堤上大杨树的叶子在响,滹沱河里水在流……

她一个人走回来,在园里捭了菜,走回家去,放在阶台上,又担起筲来挑水。春兰娘扒着窗台问:"春兰!起这么早?"

春兰说:"我早起来哩,从园里捭了菜来,挑水哩!"

春兰娘说:"咳!多好的闺女,多么不怕付辛苦啊!"

那天早晨,严志和扛着锄,拎着篮子送饭去。园前园后喊了个遍,不见运涛的踪影。这时,他心上跳跶①起来,抬脚去找朱老忠。自从朱老忠从关东回来,他有什么作难的事情,就去找他。朱老忠遇着的事儿多,会出主意,出个理儿就对他有很大帮助。

朱老忠听得说,头上腾地冒起火来,才说抢白严志和几句,心里想:弟兄们,都不是小年岁了,算了吧!又忍住,把火头压下去。匆匆走到梨园,大清早起,把烟袋伸进荷包里,眯搭着眼睛,摸索荷包,呆了老半天,才说:"怎么……这孩子,他失踪了?"

严志和在井台上转游着说:"也许着……这孩子,他掉到井里去了?"

朱老忠点点头,连忙走到村里,叫了乡亲们来淘井。井淘干了,还是不见运涛。涛他娘坐在井台上,哭得死去活来。

---

① 蹦跳。

严志和说:"许是被土匪架走了?"

朱老忠摇摇头说:"不,咱不是那等人家。"

严志和说:"也许,被仇家杀害了?"

朱老忠问:"你想想,得罪过人吗?"

严志和说:"咱这门坎儿,向来没得罪过人。这孩子除了和老驴头家闹了那回子事,自小就安分守己。民国六年发大水,使了冯老兰的钱,还不起本息,和冯家大院里嚷过一顿账,差一点没把我治到衙门里。还有,和冯老兰打那三场官司……"

朱老忠点着下巴说:"哼!这号人家,惯会结交一些花狸脖子的人^①,也许……"

朱老忠沉思默想,也没想出个什么门道。反正,人在当时下是找不到了。垮下脸来,愣着眼儿说:"志和,这是咱哥俩说话。小子们大了,你不给他屋里寻下个系心的人儿,依我看,这孩子他一气下了关东!"

严志和两只手拍打着膝盖说:"可,我的大哥!你还不知道?人口多,地亩少,谁肯把姑娘给咱家,又有什么法子?"

朱老忠说:"和老驴头家那事……我看春兰那闺女就不错,为什么不早打发媒人过去?你还能找到这么好儿媳妇?"

严志和耸起长眉毛,摇摇手说:"甭提啦,你是不知道,人们念叨的对不牙儿^②呀!"

朱老忠把大腿一拍说:"哼!咱穷人家,不能讲那个老理儿,不管偷来的摸来的,坐在咱炕头上,就是咱的人儿。"

无论怎么说,当下是找不到了。自从运涛离开小严村,姑娘们对严志和有了意见。说,运涛正读书心切的那个时候,不该强他离

---

① 狡猾奸刁的人。
② 说得太难听,简直使人说不出口来。

开学堂。说,不该叫他独自一个人睡在园里,住在大村外。荒旱的年月里,会从山上下来吃人的狼。她们一想到运涛和春兰的事,就唉声叹气。再也听不到他清脆的卖梨声,看不到他的大眼睛了。他还会写一手好字,每年节下,一个人写完全村的春联。人们都说,咱村再也找不到写好字的人了!

17

　　运涛"出走"的那一天,江涛对贾老师说:"我想告假,家去看看。"

　　贾老师问:"回去干什么?"

　　江涛说:"运涛跑了。"

　　听得说,贾老师缄默着,抬起头来,转着眼睛想了一下,几个手指头在桌子上敲着。问:"他已经走了?"

　　江涛说:"唔!"看样子,贾老师像是知道,又像是不知道。他想:也许会知道。江涛知道运涛常到这里来接头。因为心急,也没深问,就回家了。

　　娘从园里回来,正坐在井台上哭哩,眼泪滴成一条线。

　　江涛说:"娘!他已经走了,别哭了吧!"

　　涛他娘说:"说不哭,由不得,心酸得不行哩!"

　　江涛说:"他想走,也不言声①儿。"

　　涛他娘说:"咳!言一声,春兰早把他的心摘去哩!"

　　江涛也想起春兰,自从春兰不到他家,老是觉得家里冷冷清

---

① 说话,搭腔。

清。运涛一走,像缺半家子人。心里想着,抬头看着前方,大堤上,杨树的叶子,呱啦呱啦响着,响得心上寒冷。心里想:春兰心上,不知多难受哩!走进屋里,老奶奶还在炕上坐着。她年幼时候劳动多了,一上年纪,头发全白了,不能再走动。整天围着被子,坐在炕上。听说运涛出走了,眼也不睁,只是流着泪悲痛。一见江涛,就叫住。

老奶奶说:"唉!又走啦,又走啦,没良心的!"

江涛说:"奶奶!甭生气,他会回来的。"

老奶奶叹声说:"咳!回来,他才不回来哩!这一踏脚儿①,'老头子'出去快二十年了,也不来个信。咳!完了!"

江涛又给奶奶抓痒,奶奶身上蓝布褂儿,洗得干干净净。

奶奶说:"看你,绵长得像姑娘!"

江涛说:"娘没空闲伺候你老人家哩!"

涛他娘说:"哪里有空闲,太阳出来,一出溜②就过去了。"说着,又烧水。叫江涛给奶奶洗手、洗脸、剪指甲。

江涛走到园里,严志和在那里愣着。运涛一走,就像缺了腿,他走不到那里,事情就没人做。往日,为着看个红白喜帖儿,写笔账都困难,才省吃俭用,巴结孩子们念念书,戴上个眼。才熬得能写会算,会种庄稼,顶大人的事了,又走了,合该他卖老力气!江涛也觉得像缺了一只手,没有商量的人,办事没有臂膀了。

江涛心上难过,一个人悄悄走回城里去。到了第二年夏季,他在贾老师领导下,第一次参加了群众运动,抵制英国货、日本货。进行罢工罢课,反对帝国主义屠杀工人领袖顾正红。贾老师叫他领导同学们写标语、散传单。到了开会的那一天,拿着小旗的人,在大街上来来往往。其中有农民、长工、小学教员、学生们……在

---

① 一气儿。
② 一滑,形容很快。"出"没有实在意义。

戏楼上开了大会，就开始游行了。江涛站在队伍前头，领导人们喊口号，喊声像雷鸣，震动全城。买卖家、市民们，都立在大街上看，拥拥挤挤，站满了一条街。他回头一看，举起的拳头就像树林一样多。他明白，受压迫的人们，不只他们和忠大伯两家。反对黑暗势力的人，不是孤单的。

他被群众的热情感动了，眼角上含着泪花，脑子里透出一线黎明的熹微的光亮。他想参加共产党，和贾老师更靠近一点。

开会回来，江涛觉得心神不安。坐也不是，立也不是。走到教室里，拿出一本书来读，又读不下去。回到宿舍里，想睡一觉，转着眼珠睡不着。看天黑下来，火烧云照满了天空，不知不觉走到贾老师屋子那里去。贾老师正在窗前读书、喝茶。

贾老师窗外有棵马樱花，正在开着。伞形的花朵上，发散出浓烈的香气，离远里就闻到。有几只大蜜蛾，吐出长须在粉色花朵上扑棱着。他几次想走近去，把心里的事情谈出来，又不好意思。看天上晚霞散了，星星快出来了，想回宿舍去。走了几步，又转回来。停了一下，下了个决心，低下头，硬着头皮走过去。

贾老师听得声音，猛一抬头，江涛走到跟前。放下书，摩挲着江涛的头顶，说："好！今天你干得不错！"

江涛笑默默，睁开大圆圆眼睛，看了看贾老师。才想说话，觉得口腔里发热，嗓子喑哑住了。他哑着嗓子说："好什么，学习着干呗！"几乎说不上话来。这时，他想开口谈，又腼腆地停住。脸上泛出笑意，只是笑。

贾老师也想到：他心上一定有什么事情！又让他喝茶。喝了一会儿茶，烫了烫嗓子，热也退了。他说："今天我才明白，运涛为什么参加革命，参加共产党！"

贾老师听了，抬起头停了片刻，又从上到下看了看江涛，说：

"受压迫的人们,参加了共产党,更好反对黑暗势力。"他觉得江涛主动提出这个问题,是一件可喜的事情。又拍拍江涛肩膀,亲切地说:"受苦的人们,要想改变苦难的命运,改变这条旧的道路,"说到这里,他举起拳头,"只有斗争,斗争,斗争……"又问江涛:"将来你想干什么职业?"

江涛说:"为了给祖爷爷争口气,我想参加革命……"他把朱老巩的死,爷爷下了关东,父亲和冯老兰打了三场官司的事,说了一遍。说着,说着,热血往上涌,举起拳头说:"我想举起红旗,带领千万人马,向罪恶的黑暗势力进攻!"

贾老师一下子笑出来,说:"好!人儿不大,口气不小,看你能干得出来干不出来!"

江涛抑制着感情说:"干得,干得出来!"

贾老师说:"想干革命吗?到农民里去,到工人里去,去当个矿工吧!真正能帮助他们觉悟过来,组织起来,那就是实际的革命经验……没有一个领袖,不是从群众里起来的!"

江涛觉着到了提出问题的时候,他说:"我想参加共产党!"

贾老师说:"好嘛!你是农民的儿子,不,你是一个手艺工人的儿子嘛,共产党就是欢迎你们来参加。"

江涛脸上一时笑得红了,像一朵粉红色的芍药花。狂热沿着血管鼓动着他,两只脚直想跳跃起来,像站在云彩上。张起两条胳膊问:"那,我应该怎么办?"他问的是,要否履行什么手续和仪式。他还不知道怎样才能成为一个共产党员。

贾老师抬头想了一想,在屋子里走来走去,说:"叫我……想一想,你年岁还小,参加团是可以的……"他从书架上取下一本书来,递给江涛说:"你的热情,你的要求,是很好的。再好好地读一读这本书吧!你要明白'社会',明白'阶级'和'阶级'的关系……"

从此,江涛开始读起书来。

到了第二年秋天,在一个中午,江涛抓紧一点时间读着书的时候,父亲走到他的眼前。一见江涛,笑花了眼睛,两手打着哆嗦。

江涛问:"爹!你来了?"

严志和说:"好啊!出了一件大喜事!"

江涛见父亲欢乐的样子,问:"什么事?叫你老人家这么高兴?"

严志和解开怀襟,掏出一封信来。两手捧给江涛,手还打着颤。江涛拿过一看,嘿!是运涛的家信!他心跳起来,手指头颤得几乎拆不开信口。心里一时兴奋,用力皱紧眉头,眯缝着眼睛,不让泪水流出来。严志和看他兴奋得不行,笑嘻嘻儿说:"孩子,慢着!不要慌!"

父亲、母亲:

敬启者,儿自远离膝下,即来南方参加革命军。在军队上过了半年,又到军官学校学习。学校是官费,连纸笔服装都发给。现下,刚从学校毕业,上级叫我当了见习连长。父亲!你们会为我高兴吧!从此以后,我要站在革命最前线,去打倒帝国主义,打倒军阀政客,铲除土豪劣绅!

南方不比北方,到处是欢欣鼓舞,到处看得出群众革命的热情,劳动人们直起腰来了。你们等着吧,革命军到了咱们家乡,一切封建势力,一切土豪恶霸们都可以打倒!

离家时,没告诉老人家们,请原谅!

我工作很忙,不多写了。问奶奶、忠大伯好!此祝

阖家均吉

儿

运涛谨上

1926年7月

看着信,他心里还在忽闪。严志和看他嘴上只是嘟嘟,也不念出来,就说:"嗯,我在这里听着哩,你可念出来呀!"江涛猛地抬起头来笑了。他忘记父亲在他的身旁,又念了一遍。

严志和眨搭①着长眼睫毛,拿过这封信来,用手摸着,翻过来看看,翻过去看看,实在不愿放下来。他说:"去吧!去给忠大伯,给你奶奶他们念念,叫他们高兴高兴吧!"

18

江涛跟父亲出城回家。沿着从城里到锁井的那条小道儿走回去,到了河边,在小摆渡口上过了河。

严志和说:"走,咱们先叫你忠大伯高兴高兴。"一进小门,忠大伯正坐在捶布石上喂牛,他的黄犉牛生了条小花犊,打了筐青草正喂着。那犊儿,见有人进来,扬起头,哞哞地叫,它还没见过生人。江涛把它抱在怀里,亲着它的嘴说:"可好哩!可好哩!"

严志和说:"大哥!告诉你点喜庆事儿。"

忠大伯问:"什么喜庆事?这么乐哈。"

严志和说:"运涛来信了。"

忠大伯猛地站起来,愣了半天才说:"他,他有了下落?"

贵他娘听得说,迈开大步,从屋里嗵嗵地走出,仄起头儿问:"运涛有下落了?"

严志和慢搭搭说:"他还干上了不平常的事情。"

忠大伯伸开两手,像翅膀一样扇着说:"好啊,好啊,自从他走

---

① 眨巴。

139

了,我黑天白天地结记他。我想,他要是下了关东,那里咱熟人多,也该有个音讯了。"

贵他娘笑他说:"嘿!看你乐的,要飞起来。"

忠大伯说:"我心上的人嘛,我不乐?"

江涛说:"南方是革命发源地,'革命军'已经北伐了!"忠大伯说:"来!坐下念念听。"叫江涛坐在捶布石上,忠大伯和严志和圪蹴腿儿蹲在两边,听念着这封信。念到"在军队上过了半年,又到军官学校学习……"的时候,忠大伯打断了江涛念信,说:"志和!你看怎么样!我说咱得有一文一武。这咱晚①,咱有一文两武了。大贵也来了信,他在军队上学会了各样的操法,还学会放机关枪。人家见他身子骨儿粗壮,叫他背机关枪,背着背着就学会放了。"又伸出右手,在空中一画一画说:"江涛!给我念,念下去!"当念到"现下,刚从学校毕业,上级叫我当了见习连长。"他又张开长胡子的大嘴,呵呵笑起来,瞪起眼睛说:"嗯!这'连长'可是军队上的官儿呀!咱门里,几辈子没有做官的,叫运涛'起'咧'祖'了!"

严志和说:"可说是,谁承望的?"

江涛说:"他还说,南方不比北方,到处看见群众革命的热情,工农群众站起来了!革命军到了咱这里,一切贪官污吏、土豪劣绅,一切黑暗势力都可以打倒!"一边说着,手舞足蹈,直想跳起来。

这时,忠大伯和严志和把耳朵贴在江涛嘴头儿上,直怕丢落几个字。听到最后一句话,忠大伯伸手拨弄拨弄耳朵,拍拍胸膛说:"嘿!革命军北伐成功,咱就要打倒冯老兰,报砸钟、连败三状之仇,咱门里算翻过身来了!"说着,挺起胸膛,在院里闹了个骑

---

① 口语。这时候儿。

马蹲裆式。两手连续着把两只脚一拍，扔地闹了一个旋风脚①，啪地戳在地上，两手又在腰里，红着脸呵呵笑着，说："看，我又年轻了，身子骨儿壮着呢！"

贵他娘说："看你哥儿俩，高兴的！江涛，忙念，我心里着急。"

严志和搓着两只手，对朱老忠说："哈哈！你还硬朗多哩！"又摸摸胸膛说："嗨！高兴，高兴，今日个可怎么过去呢？"说着，两只脚跺跶着，想跳起来。

江涛念完了运涛的信，又念完大贵的信。

忠大伯说："可说呢，我脑子里也蒙了。老了，老了，添了这么多喜事，可叫咱怎么活下去。"

贵他娘说："怎么活下去？叫运涛回来，接你们去当老太爷子。"

严志和说："那可不行，我一离开瓦刀，心上就空落落的。"

贵他娘说："那你去给他们盘锅台。"

忠大伯说："那可不行，哪有老太爷子盘锅台的？"

严志和说："说是说，笑是笑，咱庄稼人出身，他做他的官，咱垒咱的房，种咱的地。"

江涛看老人乐得疯儿癫的。他说："爹！他做的不是平常的官儿。"

严志和问："什么官儿？"

江涛说："革命的官儿。"

忠大伯走过来，拍着江涛说："你说说，革命的官儿，又有什么不同？"

江涛说："他们不是为的升官发财，是为了要打倒帝国主义，打倒军阀政客、土豪劣绅。"

严志和问："那些玩意儿是什么？"

---

① 拳术中的一个姿势。

江涛一时情急,不容细说:"就像冯老兰这样的人!"

忠大伯说:"那好嘛,早就该打倒,这个比做官挣钱还体人心①。"

贵他娘说:"嘿呀!你哥们儿把声嗓放小点,四邻民宅哩!"说着,忠大伯、严志和、江涛,一块儿走出来,到江涛家去。严志和说:"这么大的喜事,咱得庆贺庆贺,你们头里走,我去打点酒来,咱俩喝。"他又跑回去,跟贵他娘要了把锡壶。走下坡,过了苇塘,到西锁井去了。

江涛跟了忠大伯,走上房后头那条小道儿。老驴头正在地头上耪草,恍恍惚惚见有人走过来,才说张嘴骂,一抬头,是朱老忠,又笑了说:"是老忠兄弟,要是别人,我又要开腔了。"忠大伯说:"老了老了,要醒点儿人事!大晴日子里,成天价骂骂咧咧,不怕人笑话?"老驴头说:"这地踩硬了,就长不出庄稼。"忠大伯说:"你倒不如说,是不愿叫运涛做你的女婿。"忠大伯一说,老驴头脸上红起来,才说开腔,忠大伯紧接着说:"告诉你吧!严运涛做了官儿,当了连长啦!"

老驴头问:"真的?"忠大伯说:"一点不假。"老驴头拨楞②了下长脑袋,再不说什么。

忠大伯和老驴头有个小龃牙儿③,说到这里,看老驴头要恼,放快脚步走过去。老驴头又低下头,嘟嘟念念地掘深壕埝④,把人们蹚掉的枣棘针重又埋上。说:"谁也再不敢着边儿,就是他!"

江涛走到家里,一进屋就喊:"娘,快来,喜讯来了!"

---

① 让人喜欢。
② 摇晃。
③ 常开小玩笑。
④ 沟堤。

涛他娘打屋里探出头来,问:"什么事?江涛回来了?"一看忠大伯也来了,想,一定是出了什么事情。连忙走出来,笑了说:"什么事?"

江涛说:"哥哥来信了,问娘、问奶奶好儿。"

听得说,老奶奶打炕上喊出来:"江涛!你说什么?"嘴里喊,眼睛一下子睁开来,脸上笑眯眯的。

江涛走过去,把嘴头儿放在她耳朵边上说:"运涛来信啦!"

老奶奶合住眼睛笑了说:"我还不聋呀!"爬起来,掬起两手齐着眉,在炕沿上连磕几个响头。

忠大伯也说:"看,高兴得你们不行!"

涛他娘问:"江涛,真的吗?"

江涛笑笑说:"一点不假。"

不说运涛来了信,她心上还安静。为了运涛,她的眼睛哭干了,好像枯了的井,用手掏也掏不出泪来。一说起运涛有了音讯,心上猛的又扑通乱跳。她怕江涛哄她,江涛可会哄人乐哩!当她在江涛的表情上判定是真的时候,泪倒像雨点子落下来,扑簌簌落湿了衣襟。把头钻在墙角里,抽抽咽咽哭起来。

咳!一个母亲的心呀!当她还年轻,运涛还在她肚子里蠕动的时候,就偷偷为他打算。穿什么样的衣服呀,什么样的鞋袜呀……跷起手指头,把各样花色绣在红兜肚、绿裌袄上。那时,她还不知是男是女,但她的心上总是偷偷笑着。她忍受了几日夜的疼痛,不眠不睡。当运涛降生了,男孩子生得还漂亮,像爸爸一样,活眉大眼儿。她轻轻拍着运涛,笑着说:"咳!孩子,娘可是不容易哩!"冷天,把他放在暖地方。热天,把他放在凉地方。有个灾儿病儿,她会提着心,几天不吃饭,把孩子揣在怀里,拍着,叫着。孩子长大了,眨眼不见,她满世界去找,心上嘀咕:这孩子,他又到哪儿去了?天黑了,不见回来,就走到大堤上去望着。你想,运涛失踪了,怎不像割她的肉哩!她怎样忍过那长长的夜晚?盼一天比过一年还难。每天早晨,天不明就起了炕,早早把门儿打开。她想:也许,把门一开,运涛会走进来。一直早起了多少个早晨,早开了多少次门,十次、八次、一百次,也没这么一回。今儿,运涛来信了,在母亲心里,说不清是甜是苦。

看见母亲哭,江涛走过去,说:"娘!甭哭,甭哭,是真的!是真的!"

忠大伯也说:"涛他娘,这是个喜事呀!"

涛他娘也破涕为笑说:"好没出息,怎么哭起来?"

江涛说:"谁知道?"

涛他娘扬了一下头,说:"想的!"

忠大伯说:"他'革'上'命',也做上官了。咱给他写个信,叫他家来,给他娶媳妇。"

老祥奶奶也搭腔:"早该娶啦,鞋鞋脚脚,一家子的吃穿,谁管呢?把他娘忙死!"

涛他娘问:"娶人家谁?"

忠大伯说:"依我说,还把春兰娶过来。"

涛他娘说:"还不够叫人嚼舌头的?叫人家说是先嫁后娶!"忠大伯说:"先嫁后娶也不是跟别人……"

涛他娘插了一嘴,说:"跳到黄河里洗不清。"

忠大伯说:"甭认那个死理儿,这个主儿我做啦!我去办办这点好事。"

说着话儿,志和打了酒来,进门就说:"涛他娘!弄点菜,俺老哥俩庆贺庆贺!"

涛他娘问:"又喝酒?"

严志和说:"今日个不喝,什么时候喝?一辈子了,娶你的时候,也没这么欢乐过。"

说着,一家大小都笑了,笑了江涛个大红脸。涛他娘煮了两只老腌鸡蛋,叫老哥俩磕个小口儿①,用席篾筋儿挑着就酒吃。

说着笑着,朱老忠从严志和家里走出来,上北一拐,出了西街口,望朱家老坟上去。出了村,走着一条小路,到了朱老明的小屋跟前。天气热,朱老明正在大柏树底下歇息。朱老忠把运涛来信的话儿跟他说了。

朱老明从嘴里取下烟袋来,仰起脸,对着天上。停了老半天,才笑了,说:"没的咱们这就算是见着青天了?"他自从打官司失败,闹眼病,双目失明了。

朱老忠说:"运涛说,南方革命势力大,劳动人们翻起身,闹起来。"

朱老明沉了沉气,说:"敢情那么好!咱们也做做准备,革命军一来,运涛领兵到了咱的家乡,咱也就闹起来。先收拾冯老兰,把冯家大院打下马来。好小子,他枪毙了咱,也得叫他坐了监牢狱!"

朱老忠说:"咱一定是这个主意,对这些老封建疙瘩,'量小非君子,无毒不丈夫'!"

朱老明说:"那,当然是。可也得注意,要密而不知的②,不能声张。越是坏家伙们,他心儿越灵,会察言观色。听风声不好,把地契文书、金银细软,拿起来就走,上了北京、天津,在外国租界里一囚,不出来了。"

朱老忠由不得喘着气,说:"对呀!常说:'吃人的狮子,不露凶'呢!在革命军没过来以前,咱还是缩着脖子呆着,不叫他们看

---

① 碰个小口儿。
② 神不知鬼不晓的。

出咱的心事。"

朱老明一听就乐了,说:"对,大兄弟说得对!运涛领兵一到,那时就是咱的天下了。穷苦人们起来,在村里说一不二!"

老哥儿俩,抽着烟,说着话儿,说不出心眼儿里有多么滋润①。朱老忠猛地又想到一桩事情,脸向下沉了一会儿,自言自语:"可也别太高兴了,天有不测风云,人有旦夕祸福啊!万一的,中间出个什么事由,不苦了?"

朱老明说:"这种国家大事,咱也揣摸不清。果然落在那话口儿上:运涛领兵一到,老奶奶见着孙子了,老母亲见着心上的儿子,祖孙、父子团圆。土霸打倒,穷苦人见青天。不是两全其美!"

朱老忠瞪着两只眼睛,叉巴着腿儿站起来,说:"还有,运涛和春兰成亲。三全其美!"

朱老明愣了一刻,说:"还有,咱写封信,叫老祥叔赶快回来。四全其美!"

朱老忠呵呵笑着,说:"敢情那么好。走,咱叫江涛去写信。"

朱老忠搀起朱老明的拐棍,从大柏树林里走出来。迎头喜鹊在树上叫了好几声,老头子乐得合不上牙儿。一进严志和家小门,老明就喊:"老祥婶子,你有了这么大喜事,也不早告诉我!"

严志和、涛他娘、江涛听得说,忙走出来,接明大伯走进老奶奶屋里。江涛忙搬条板凳来,叫明大伯和忠大伯坐下。

老奶奶说:"谁知道是祸是福呢。吹个风儿,就乐得你们不行!"

朱老明说:"这是应当应分的嘛!咱不高兴,没的叫冯老兰去高兴?"

朱老忠说:"他才不高兴哩,他得啼哭。"

---

① 心里高兴。

严志和把巴掌一拍,说:"他娘的,他哭也不行!这算卡住狗日的脖喉儿了,掉不了蛋!"

朱老明说:"到了那时候,咱当然卡住他脖子不放。这么着吧,咱穷人家是有福同享,有祸同当。好事情来了,咱得设法子把老祥叔找回来。"

老奶奶一下子笑出来,哆嗦起两只手说:"那好多多了,快想个法儿吧!'老头子'一回来,可就高兴死人了!"

朱老忠说:"四全其美,能不高兴?"

朱老明说:"江涛,快去拿信封信纸来,写信!"

江涛拿了信封信纸,铺在槅扇门外头吃饭桌上,说:"写什么?奶奶!"

老奶奶说:"叫你忠大伯说,你忠大伯肚里词儿多。"

朱老忠说:"来吧,我念着,你写。"他抬起头,望着房梁,说:"写……这是你爹的口气,'父亲大人膝下,敬禀者……'写上了吗?"

江涛说:"写上了。"

朱老忠说:"二年前,曾奉上一信,不知收到没有?"说到这里,又说:"你再把运涛信里的话先写上。江涛比我新词儿多,别等我念了。"江涛写完了,又问:"老奶奶和娘还有什么话儿?"

老奶奶张着嘴儿说:"写上,问问他还有一点儿良心不?自幼儿,从多大上,我就扶持你,一年价,做了棉的做单的。到老了,扔下不管,这像话吗?"

涛他娘说:"给我写上,说涛他娘问老人家好儿。老人家快回来吧,我们还结实,孩子们都大了,包管饿不着你老人家!"

江涛写完信,明大伯说:"念念,叫你奶奶听听。"江涛捧起信纸念起来:"……去年,革命军北伐了,在南方开始打倒贪官污吏、土豪劣绅。等运涛带领军队到了北方,就要把封建势力冯老兰铲除……如今儿孙们大了,请你回来享福吧……母亲年老,也很想念你。涛他娘问你老人家好……"

江涛念完了,老奶奶还伸着耳朵听,问:"怎么听不见我的话儿?问问他,夫妻的恩情可在什么地方?"朱老明笑了说:"算啦,婶子!你们老夫老妻的,等他回来,一家子团圆了,你们打的愿打,挨的愿挨,放开手打上两天架,出出气!"

一句话,说得大家笑个不停,老奶奶也张开眼睛,拍着手儿笑。一家子商量停当,先叫贵他娘给春兰送个信儿。再叫忠大伯跟老驴头去说,把春兰娶过来,给运涛做媳妇。说好了,再叫运涛家来成亲。给老祥叔的信,还是寄往黑河朱老忠的朋友那里,再由那位朋友转往东满询交。

19

朱老忠回家,把这话儿对贵他娘说了。贵他娘也说:"敢情那么好,这才叫一家子大团圆。春兰早想着哩!"她拿簸箕端上点粮食,迈开稳实的大步,到春兰家去推碾。一出大门,朱老忠又赶上来说:"你可要婉转着点儿,不能像往常一样,直出直入的。人家是没出阁的黄花闺女。"贵他娘抿着嘴儿说:"我知道。"说着,抬腿朝街上走。

进了春兰家大门,春兰正在碾盘上罗面①,见了贵他娘,就说:"婶!推碾哪?"

---

① 筛面。

春兰说着,尽低了头,眼睛也不抬一抬,只是看着手罗面。

贵他娘看她怪不好意思。她个儿长得高了,身子骨儿瘦了,脸上黄白黄白的,完全不像过去的样子。心里说:看,把闺女折掇①的!瞭了春兰一眼,豁亮地说:"推点面。春兰!怎不见你出门?"

春兰一下子羞红了脸,细声弱气儿说:"婶!出不去门呀!"

贵他娘说:"快别那么着,咱穷人家,别在乎那个。"

春兰说:"你不在乎,人家可说哩!"她一时觉得脸上滚烫,眼圈也红起来。

自从闹了那回子事,她不轻易出门。一天到晚,钻在家里,懒得见人。一个人做活儿的时候,只是把针线拿在手上,静静地出神。吃饭的时候,端着碗摆来摆去,不见她把粥饭送进嘴里。常常一个人坐在阶台上,看着天上片片白云,向青空里飞去。她想念运涛,可是不能说出口来,只是一个人深思苦虑。时间长了,身上瘦了,脸上黄下来。

说着话儿,春兰把碾盘上的面扫起来,把贵他娘端来的粮食倒上,两人推。一边推着,贵他娘说:"我有个话儿,想跟你说说。"

春兰问:"什么话儿?"

贵他娘哑模悄声说:"运涛来信了!"

听得说,春兰浑身一冷怔,绷紧嘴,瞪得眼珠像锤子一样,盯着前面。贵他娘猜不透她是什么意思,探问:"嗯?"

春兰还是不说话。她不听这句话也罢,听了这句话,心里就像初春的潮水一样翻腾起来。觉得一时心慌,跳动不安,恍惚运涛的两只眼睛又在看着她。自从两人好起来,仿佛运涛的影子老是跟着她,形影不离。运涛走了,她也发过狠:硬着脑袋忘了他吧!可

---

① 折磨。

是，她不能。自从和运涛分手的那天晚上起，她一时一刻不能忘记他。说到这话上，她问又不是，不问又想问，她想知道运涛的下落。看了看院子里没有别的人，刺溜①过去问："有信？……"才想说下去，又抽身走回来，低下头说："咳！来不来的吧！"

贵他娘看了春兰的表情，心里想：咳！难煞孩子了！她说："谁家的人儿，谁不想呢？"

不料想，一句话把春兰说翻了。她噘起嘴，红起脸来，定住眼神，看着贵他娘。等碾子转了两遭，才说："婶，快别那么说吧！羞死人哩！"

自从那时候，春兰记着运涛的话，再不到人群里去。老驴头不再在房后头种瓜，她也不再到房后头看瓜园。有时她去割一点儿菜，就急忙回来。她不像过去那样爱说爱笑，不像过去那样活泼，再不敢和爹顶嘴。像叫败了的画眉，耷拉下头，垂着翅儿。要是有人在她面前说一句运涛的话，脸上就一阵绯红。

春兰看贵他娘呆住，不敢往下说，把头一低，又暗自噗地笑了。贵他娘看到春兰不高兴，就说："嗫！我怎么说起这个来，我老糊涂了！"心里又说：年轻人，性子变得快，谁知道她心里怎么着哩！

贵他娘一说，春兰心里想：咳！可屈煞老人了！倒觉得过意不去。她想再提起这件事儿，好叫贵他娘说个清楚，可是更没法张嘴。瓷着眼珠盯着碾子在眼前滴溜溜转，头上晕眩起来。贵他娘停住碾，扫起面来过罗。春兰才两手抵在碾盘上，低下头歇了一气。

贵他娘看她身子骨儿实在弱得不行，问："你身上不好？"

春兰说："唔！头旋。"只是低下头，不抬起来。心里想：问问就问问，死了也值得。到了这刻上，还怕得什么羞！她心上一横，抬起

---

① 象声词。意即很快地。

头,抖着头发,噗地笑了,说:"婶!你可说呀,运涛在哪儿?他受苦哩吧?"

听得问,贵他娘慢慢撩起眼皮儿,说:"我,看你不想他。"沉下头,只管罗面。

春兰红着脸,一下子笑出来说:"谁说不想哩!"

贵他娘说:"他在革命军里。"说到这里,她又停住,看春兰两手抵住碾盘,低着头仔细听着,才一籽一瓣儿地说:"他没受苦,他当了军官了,'革命军'要打到咱的脚下了。"

春兰一听,霍地笑了,说:"婶,会说的!"她又抬起头,看着远处树尖上的叶子,在急风中摇摇摆摆,忽忽晃晃,像她的心情一样。她问:"真的?"

贵他娘说:"没的,老婆子还跟你说瞎话不是?"

春兰脸上冷不丁绽出来笑模样,满脸绯红,像一朵醉了的芍药花。她慢慢抬起头来,看着天空,笑着。一连串美好的理想,重又映在她的脑子里。

贵他娘回去,把这话跟忠大伯说了。忠大伯为这事,又找到老驴头。老驴头想:生米做成熟饭了,还有什么说的?再说,运涛也是她心上的人儿。转念又一想:战乱之年,形势不定,说不定这军头儿站住站不住。就说:"左不过是这么回子事了,等等再说吧!"

严志和听说老驴头嘴上吐出活口儿,就开始安排盘炕糊屋子,等运涛家来,和春兰过门成亲。

20

革命军北伐了,封建势力就要打倒,运涛和春兰就要结婚……

这些好事情，集在一块儿。赶在别的孩子，一定会笑得打哈哈，合不拢嘴，说不完的吉庆话。可是江涛就不，这人自幼少言寡语，心眼儿里走事，用眼睛说话。听到运涛的消息，眼角上皱起鱼尾细纹，慢慢伸到白净的脸上，那就是他最大的欢笑了。除此以外，就是愉快的沉默。他认为沉默就是美，就是无上的乐趣。上课时，他睁着大圆圆眼睛，静默着听课。写大字时，他沉默着磨好了墨，再沉默着看字帖，把路数看清楚，闭住嘴，拿出全身的力气，一笔一画地写。这样，他能写出好字。上完了课，他一个人拿本书，跳过倾塌了的红沱泥的短墙，到古圣殿的石阶上去读。读一会儿书，就在野草地上静默着散步。他的心情沉默，眼睛可是爱说话，爱笑。当他最兴奋的时候，总是睁开大眼睛，噗嗒噗嗒眨着浓重的、又黑又长的眼睫毛，射出明亮的光芒。

　　这一天，江涛把一切事情都办妥当，独自一个人，默默悠悠唱着小曲儿，过了小渡口，循着到城里去的那条小路，回到城里去。路过邮政局的时候，把给爷爷的信投了，就回到学校里。

　　今天是礼拜六，大部分同学回家过礼拜了。他走到操场上，人很稀落，有几个小同学在那里打网球。操场边上，一簇簇西番莲在夕阳下静静站着。他又走到教室里，教室里没有一个人，阳光照在玻璃上，映在墙上，一方一方红晃晃的影子。他拿了一本书，想回到宿舍里，静静读它。可是兴奋的心情还没有过去，读也读不下去。眼不眨，天就黑下来，心里又在想着诱人的、美丽的远景。

　　正在想着，有人在外面敲窗户，他想一定是有人开玩笑，想吓他一下。走出来一看，天黑下来了，贾老师在黑影里向他招手。

　　他不言声儿，跟着走回去。走到贾老师屋里，他问："什么事？"

　　贾湘农冲他笑了笑，说："你，人儿不大，倒有大人心情。阶级觉悟提高了，进步得挺快，读书体会得也深，今天要给你举行个仪式。"

江涛一时对着贾老师愣住，忽地明白过来。贾老师跟他说过，可以入团了！由于过分喜悦，心在跳个不停。猛地又觉得呼吸短促。这时，满院子静静的，像一个人走进古圣殿。夏天的夜里，遥远的村落上传来一缕细细的笛音，他睁着眼睛听着。桌子上的灯，冒出袅袅的焰苗，映到墙壁上，黄澄澄的。

贾湘农从书橱里拿出一张红纸，铺在桌子上，拿剪刀剪了一面旗，画上镰刀斧头，贴在墙上。说："这鲜红的旗帜，是我们中国共产党的党旗。镰刀和斧头，象征着工农联盟，表示工人和农民团结的力量。从今天起，你就是一个共产主义青年团的团员。"又说："一个赤色的战士，要尽一切力量保卫党，保卫无产阶级的利益……"

江涛站在一边，睁着大眼睛缄默着。听着贾湘农浑厚的语声，看着他诚挚的样子，眼角上浸出泪滴来。是快乐的泪，感激的泪……

贾湘农握住江涛的手，说："来，孩子，举起你的拳头吧！"

江涛把手攥得紧紧，举到头顶上，随着贾湘农，一句句唱完了《国际歌》……

这时候，周围非常静寂，静得连心跳的声音都听得出来。他的心情，是那样激动，身上的血液，在激烈地奔腾……

江涛举着右手，对着党旗，对着贾老师，颤着嘴唇说出誓词。用坚决的语言，答复了党，答复了无产阶级以及灾难深重的中国人民。他说："我下定决心，为党，为工人阶级和中国人民的革命事业，战斗一生……"

举行了仪式，贾老师又跟他谈了党的历史上，在阶级敌人压迫之下，一些同志英勇牺牲的故事。他还说："在中国北方的客观条件下，青年团员就是年轻的党员啊！"他回到宿舍里，一时睡不着觉，失眠了，浑身热呀，热呀……他伸出滚烫的胳膊，像是对革命事业的招呼。心里想着，北伐战争，革命的洪流，激烈的人群，热火朝天的场景，就像在眼前。在梦境里，他向着斗争的图景奔跑……

江涛加入了共产主义青年团以后，好久没有接到运涛的来信。他连写几封信寄去，也没有回音。严志和也知道南方战事打得紧，一家人都为运涛挂着心，只怕有什么闪失。

第二年春天，江涛在高小学堂毕业的那一天，贾老师鼓励他回去，跟父亲商量升学的问题，说："保定有个第二师范，是官费，是个革命的学校。你到那里读几年书，也可以得到些政治上的锻炼。"

严志和正在大杨树底下浇园，看见江涛沿着堤岸上小路，远远走来。他住下辘轳，弯下腰掬起一捧冷水，浇在头上。头发、胡髭上挂满了水珠。洗完了脸，使布手巾擦着古铜色的脊梁，从树杈上取下烟袋，打火抽烟。江涛走到父亲跟前，笑嘻嘻地把文凭递给他。严志和接过文凭，蹲在梨树根上，把身子向后仰了仰，端详了半天，才说："嗬，还印着云头钩儿！这张文凭可不容易，白花花的六七十块大洋钱哪……"说着，抽起烟来。

江涛说："同学们都去考学了……"他把贾老师的意思，把他求学的愿望跟父亲说了，希望父亲表示支持。

严志和又搭拉下脑袋，沉思默想老半天，吐出一口长烟，喑哑着嗓子，慢搭搭地说："这年头，可有什么法子？爬一天高房架子，才挣个五毛钱。年头不好，哪里还有盖房的。这黑天白天拧辘轳，一担菜送上集去，卖不回半块钱。一口袋黄谷，才卖个四五块钱。地里长的东西就是不值钱了，又有什么法子……"严志和觉得生活的担子实在沉重。奶奶老了,运涛又不在家,光靠老两口操持一家人的生活,还供给江涛念书,觉得实在供给不起。他无可奈何地扭过头儿,抬起又黑又长的睫毛,看了看江涛,说:"分我一点辛苦吧,孩子!"他乞求似的说出这句话,又停住。皱了一下眉头,长眼睫毛又沉沉地垂下去。

江涛看见父亲踌躇不安的样子,心里着实难受。升学吧,升不起。不升学吧,又怎么办呢?立时,他的眼前出现一团黑云。他又想:失学失业可以,我不能离开革命……

在严志和的眼里,江涛不只是一个好学生。他和哥哥一样,自小里从土地上长大起来。在田野上,放牛割草,拾柴拾粪,收秋拔麦,样样活路拿得起来放得下。哥哥走了,父亲盼他长大,多个帮手。可是他又坚持要去读书。父亲看了看他那一对豁亮亮的大眼睛,两条黑眉毛。这孩子,他沉默着,无可奈何地看看天空。天上悬着几卷白云,一只云燕高高飞起……严志和叹口气说:"罪恶呀!好庄稼长不到好土上,难死当爹的了……"他不打算再叫江涛去上学,想叫他在家里帮他种地,过庄稼日子。

江涛看父亲沉默老半天不说话,只是抽烟,他红了眼窝,不好意思起来,拧起辘轳,替父亲浇水。一边绞着辘轳,他又想:这就要离开学校吗?一个青年人,他正求学心切,革命心盛的时候,一想到这里,鼻头儿发起酸来。想来想去,都是因为经济压迫,日月急窄。猛地,他又想起忠大伯。自从忠大伯从关东回来,在父亲面前说一不二,忠大伯说怎么,父亲就怎么办。

浇园到中午。吃饭的时候,江涛盛上一碗小米饭,拿起筷子,夹一箸子咸菜,放在饭顶上。也顾不得吃,端着饭碗走到东锁井。一进门,忠大伯在南房荫里吃饭。看见江涛,笑了说:"江涛回来了,听说你快毕业了?"忙叫二贵拿个小板凳来,让江涛围桌坐下,把菜盆挪得近一点,叫他吃。

江涛说:"毕了业,也就是失学失业。"

忠大伯停止了吃饭,瞪着眼睛问:"那是怎么说的?"

江涛说:"我爹觉得一家人吃累多,供给不起我,想叫我待在家里耪大地!"

忠大伯把大腿一拍,响亮地说:"他说的那个办不到,耪大地?咱有耪大地的材料儿。像二贵、庆儿、小囤,这是做庄稼活的材料儿。像小顺,是学木匠的材料儿。大贵,是当兵的材料儿。你呀,我一看就明白,是念书人的材料儿!"

贵他娘也在一边帮腔,说:"是呀!一看就是个斯文人儿。"

江涛说:"不行,我爹打定主意了。"

忠大伯说:"他打定主意不行,还有我呢。卖了裤子当了袄,也得叫你去读书!"他连忙吃完饭,告诉贵他娘,好好喂着牛,抽出烟袋,打火点着烟抽着,说:"走,江涛,咱找你爹去!"

一边说着,走出小门,上了小严村。一拐墙角,严志和在大杨树底下,小井台上歇凉儿。朱老忠离远就开腔说:"你怎么说,不叫江涛上学了?"

严志和一见朱老忠,立时笑出来说:"吃了饭,一个眼不眨,不见他了,我估摸他去搬你这老将。"站起来迎上两步,又说:"你看咱这日月。运涛回来,还得娶媳妇。他奶奶也那么大年纪了。他又要去上学。"

朱老忠说:"无论怎么说,不能耽误咱这一文两武。要只有武的,没有文的,又唱不成一台戏了。"

严志和说:"哎呀,困难年头呀!"朱老忠说:"再困难,有大哥我帮着。再说,运涛当上连长,北伐成功了,黑暗势力打倒了,到了那时候,这点上学的钱,用不着别人拿,运涛一个人就拿出来了。"

严志和屈着两条腿，向前错着步儿，说："我的大哥！咱当时下就过不去呀！上府学不比在咱这小地方，吃的是吃的，穿的是穿的，盖的是盖的……"

江涛不等父亲说完，就说："保定府有个第二师范，是官费，膳、宿、讲义，都供给。只买点书，穿点衣裳就行了。"

朱老忠说："这对咱穷苦人倒挺合适。"

这时，严志和又圪蹴腿儿蹲在井台上，低下头拿烟锅划着地上，半天不说话。看朱老忠一心一意要叫江涛去上学，他猛地急躁起来，说："咱这过当儿，你还不知道？哪里能供得起一个大师范生呢？"

朱老忠知道严志和是个认死理儿的脾气。一遇上事儿，严志和就恨不得一头碰南墙，老是认着自己的理儿。朱老忠说："咱不能黑影里点灯，只看脚下。当辈付下点辛苦，江涛要是念书念好了，运涛再做着革命的官儿，将来咱子子孙孙就永远过起好日子来，你不能戴着木头眼镜，只看一寸远。"严志和说："照你说的，为江涛上学，再叫你花点子钱，我怎么对得起大贵和二贵！"

朱老忠听了，气得拍着大腿说："你就老是在这上头纠缠不清！照你说来，那将来，运涛回来，江涛念好了书，就不能帮助大贵和二贵？将来大贵二贵有了孩子们，运涛和江涛能不巴结他们念念书？"

朱老忠一边说着，睁开两只眼睛，直瞪瞪看着严志和。

严志和在困苦的日子里磨过来，几十年不饥不饱的生活，把他的庄稼性子磨下去了。东奔西跑，操持了今天的说明天的，操持了今年的说明年的。他想，为了这挂不值钱的肠胃，要把人支拨死哩！如今江涛去考学，又要花钱，他心里实在没有主意。他咳嗽着，抽着烟，不忍伤害朱老忠和江涛的心。可是一年紧扒扯①，稍有个天灾人祸，就得使账。使了账，一时还不起，就要"暴鼓"②了。他叹口气说："咳!还是吃饭要紧呀!"当他想到，这孩子作文发在头里，写小字批甲，二年考了三个第一……他又长了长精神，站起来，拍着挺实的大腿，说："我豁出去了，再拔拔腰!起早挂晚，多辛苦几年。春冬两季，我上北京、天津去爬爬高房架子，也许能行!"又对朱老忠说："大哥!你看怎么样?"

朱老忠笑出来说："这还不是正理?我也回去，跟贵他娘盘算盘算，折变折变，尽可能地帮助。"

朱老忠临走的时候，又说："志和!听我的话，你还是让他去吧。咱这门户，有多少这个年月?运涛在革命军里，大贵又来了信，江涛再升了学，这还不好吗?"他笑眯悠悠说完这句话，抬起两条腿，踮着步儿③走回东锁井。

严志和说："好是好啊!"他答应了江涛："你使一把力吧!考上这学堂，有你求学的前途。考不上，找你自己的道儿吧!"他只答应每年拿出三四十块钱来。

江涛果然考上第二师范。贾老师说："全县只考上你一个，无论如何是凤毛麟角。"严志和又张开大嘴，笑咧咧地去找朱老忠。朱老忠说："志和!你看怎么样?出水才看两腿泥哩!有希望!"江涛考上第二师范，朱严两家没有不高兴的。就是涛他娘，听说江涛要到保定去读书，要离开她，心里直绞过子④。她又流下眼泪来，想："像鸟儿一样呀，他们翅膀管儿软的时候，伸起脖儿等娘喂养。等

---

① 特别用心用力的样子。这里是说光景过得很紧。
② 倾家荡产的意思。
③ 一摇一摆地走。
④ 想事。心里七上八下地直翻腾。

他们翅膀管儿长硬了，就一只只扑棱棱飞走了。他们一个个都要离开娘，没有一个是心疼娘的呀！……"眼泪流啊，流啊，难受啊，一个人悄悄坐在井台上，拿袖头子擦着眼睛。江涛看见娘难受，走过去把头扎在她怀里，说："娘！甭哭，甭哭。"

"啊……"涛他娘哭得更欢了，说："我后悔，没养个闺女。拾拾掇掇，缝缝洗洗没个人。碾米做饭，没个帮手。自小儿，我看你长得像个闺女，脾气绵长，会体贴人。打定主意不让你离开我，当小闺女使唤。你又要走了，怎不惹娘哭呢！"

正哭着，严志和走过来，吹胡子瞪眼睛说："又是哭什么？他去求学上进，又不是住监牢狱！"红着脸，吹着胡子，愣怔地站着。搭拉下脸来，摇动着下巴。

涛他娘把身子一扭，说："我不哭了，你甭又跟我闹牛性子脾气！"说着，扯起衣襟来，擦着脸上的泪。

江涛去上学的头一天，她悄悄捡了一床干净被子，拆洗。江涛忙去担水，淋灰水①，帮助母亲把被褥洗净，用米饭汤浆过。到了晚上，她就着小油灯儿缝被褥，直到半夜才缝起。躺在炕头里，说什么也睡不着。又爬起身来，坐在江涛头前。在夜暗里，看着孩子匀净的脸盘，静静睡着。又从灯龛里点出个灯来，仔细看了看。独自一个人，看看小窗上的月光，待了一会儿，推门出去。月亮被云彩遮住，从黑云缝里露出一点明晃晃的影子。树上没有风，乡村静静的。她立在井台上，呆了一刹，听得风声在大杨树上响，又走回来。看江涛还在睡着，伸手摸着他黑溜长的头发。偷偷捏他的长胳膊，嘴里嘟念着："多硬棒的胳臂！"揹②不住的眼泪，像断了线的珠儿，扑簌簌落在江涛脸上。江涛一睁眼，她又忙把灯吹灭。江涛见

---

① 用草木灰过滤的水。过滤后的水带碱性，可用来洗衣服。
② 含。

娘又在哭,伸出舌头,舐舐唇边咸咸的泪味。他实在想不出用什么话来安慰她,扑过去搂住娘的胳膊,睁开大眼睛,盯着她老半天,把他的脸挨在娘的脸上。

涛他娘说:"运涛不回来,也娶不了媳妇,你走了,剩下我一个人。想你,看不见你,想你哥哥,看不见你哥哥。孩子,你想想,叫我怎么过下去呢!"

江涛说:"叫春兰过来帮你,和你就伴儿。"

涛他娘说:"那怎么能行?一个没过门的媳妇。"

江涛扬起头来,眨着大眼睛想了又想,说:"别人不行,春兰可行。我跟她说去,她巴巴儿的。"

涛他娘说:"不吧,乡下比不了城里,你说,她也不敢来。还不叫人笑话死?"

说着,她躺在江涛的身边,睡着了。

第二天早晨,朱老忠早早起来,给黄牛筛上草,悄悄地打墙缝里掏出个破布包,哗啷啷拿出十块大洋钱来。手里不住地咣啷咣啷响着,踩着那条庄稼小道,走到严志和家里,进门就喊:"江涛!你要走了,要去上府学了。"说着走进屋里,把白花花的洋钱在桌子上一戳。

严志和瞪起两只大眼,说:"这是干什么?真是!"

朱老忠说:"怎么说就怎么办,等得收了好秋,我还得多拿点。"

他又猫下腰,眉开眼笑地看着他的洋钱说:"这是我经心用意将养的那条小牛犊。听说江涛要走,我把它牵到集上卖了十块钱,给江涛拿去上学吧!"

严志和一时高兴,颤动着下巴说:"这才叫我过意不去哩,我正困难着!"他本来想给江涛十五块钱,见朱老忠送了钱来,又偷偷撤回五块,他觉得日子过得实在急窄①。

江涛伸出颤抖的手,接过钱来的时候,眼里揹着泪花,濡湿了又黑又长的睫毛。他为母亲的爱,为父亲深厚的情感,为忠大伯的好心,受了深沉的感动。当他走出大门的时候,奶奶隔着窗棂喊:"江涛!来,我再看你一眼。要不,我怕见不着你了呢!"老奶奶又哭出来,说:"咳!见一回少一回了!"她又用袖子抹着老泪。江涛听得说,又跑回去,扒着奶奶的耳朵说:"奶奶,我忘不了你老人家,怎么能见不着你了呢?"奶奶听了,合着眼笑了,说:"可别那么说,活一天减一天了,一眨眼就过去啦。咳!你也要离开家了,大啦!"江涛出了村,他耳朵里还响着奶奶的声音,眼前还现着奶奶慈祥的面容。

天上飘起鱼鳞纹的红云彩。父亲担着行李,送他上保定。朱老忠送出梨树林子,伸出坚硬的手掌,攥住江涛的手,说:"你,上了府学。你,不能忘了咱这家乡、土地,不能忘了本!一旦升发了,你可要给咱受苦人当主心骨儿!"

江涛说:"是,大伯,听你的话。"

朱老忠说:"你不能忘了咱这锄头、镰柄,种庄稼的苦楚!"

江涛说:"是,大伯。"

朱老忠说:"你不能忘了咱这耕牛、地垄!"

"……"

"……"

说话中间,走出十多里路。严志和对朱老忠说:"你忙回去耪地吧,棉花尖儿也该掐了。"

朱老忠把烟锅伸进荷包里,摸索着,愣了老半天,才说:"我,是想嘱咐嘱咐他。"

---

① 紧。不富足,不宽绰。

江涛说:"大伯!你回去吧,我记住了!"

到了保定,父亲先送他到严知孝家里。严知孝是严老尚的大儿子。当时,他在第二师范当国文教员。严志和托他照看江涛,严知孝看这孩子少年老成,又聪明伶俐,答应下,说:"看像个聪明的孩子。我知道你们日子过得不宽绰,缺个十块八块钱的,你拿去花。"

从此,江涛在保定读起书来,认识了严知孝的女儿——严萍。

21

运涛好久不来信了,一家子盼了星星盼月亮。正当这个当儿,想不到一场飞灾横祸落在他们头上。

1928年秋天,运涛突然来了一封信,严志和好高兴。近边处找不到看信的人,他想进城去找贾老师。一上堤坡,李德才打南边弯着腰走过来,见了严志和,离大远里抬起手来打招呼。他捋着胡髭,客客气气地问:"志和兄弟!运涛侄子做了什么官儿?"他说话的口气也改变了。

严志和说:"连长!"

李德才一听,脸上皮笑肉不笑地说:"连长?官儿可不小啊,一个月能挣个一百多块钱,该你庄稼老头儿抖劲了!大院里冯老洪家小子,一当就是团长,比你们挣钱更多!"

严志和歪起脑袋瞪了他一眼,说:"他钱多是他的,挨着我什么?"

李德才看严志和颜色不对,踮着小俏步①走上来,连说带笑:

---

① 小碎步。步子不大,但很快。

"你去干什么?"

严志和说:"我上城里找个人看看信。"

李德才说:"这点小事,用得着上城里?来,我给你看看!"

严志和说:"你是冯家大院的账房,什么身子骨儿,我能劳动你?"他不想叫他看信。

李德才说:"嘿,哪里话?北伐成功,你就成了老太爷了。江涛又上了洋学堂,不用说是我,冯家老头再也不敢拿白眼看你们。"

两个人坐在堤坡上,大杨树底下。李德才打开信,绷着脸看下去。看着,一下子哈哈大笑,说:"你们这个官儿,谎啦①!"

严志和睁大了眼睛问:"什么?"

李德才说:"这算什么官儿,连个官毛毛也没啦。我给你念念这两句儿吧!"

"父亲大人膝下:敬启者,男已于去年四月被捕,身陷囹圄一载有余。目前由南京解来济南,监押在济南模范监狱。大人见信,务与涛弟前来。早来数日,父子兄弟能见到面。晚来数日,父子兄弟今生难谋面矣……"李德才把这个"矣"字,拉得又尖又长,翘起一条长长的尾巴。又哈哈大笑,说:"哈哈!完了,这信我看不是运涛的笔体。"

严志和还没有听完这封信,忽不啦儿的②,耳朵里嗡嗡怪叫起来。再也听不清底下说的是什么。好像抛下怀里的热火罐儿,身上凉了半截,脸上渗出冷汗珠来。只觉得心里发烧,身上滚烫,浑身火辣辣的。他也不知道什么时候离开李德才,惚惚恍恍走到朱老忠家里。没有进屋,站在窗户台根底下问了一声:"我哥哥在家里吗?"

---

① 破灭了。完了。
② 忽然间。

贵他娘在屋里答应："谁,志和吗?他下梨去了!"

严志和转身走到梨园里。

朱老忠正在树上下梨,离远望见严志和晃搭着身子走进梨园,沉着个头,摆动着两条胳膊往前赶,好像出了什么大事情。他扔蹦①跳下梨树,紧走了几步,赶上去说:"志和!什么大事?走得这么急?"看严志和低着个头,什么也不说,只管向前走,心里慌了,说:"志和!志和!你怎么了?"

严志和本来是条结实汉子,高个子,挺腰膀。多年的劳苦和辛酸,在他的长脑门上划下了几道竖纹,平时最硬气不过的。做了一辈子庄稼汉,成天价搬犁倒耙。当了多少年的泥瓦匠,老是登梯上高。一辈子灾病不着身,药物不进口。一听得新生的儿子为"共案"砸进监狱,就失去了定心骨。他迎着朱老忠紧走了几步,身不由主,头重脚轻,一个斤斗栽倒在梨树底下。眼里一阵昏黑,跳出火花来。朱老忠弯腰抱起严志和的脑袋,掐着他的鬓角,说:"兄弟,醒醒!"

严志和在昏迷中,听得朱老忠的声音,眼里渗出泪珠来,牙齿打着嘚嘚说:"大……大哥!我有了困难了!"

朱老忠一听,摇了摇头,把右手撑在腰里,说:"兄弟,说吧,有什么困难?这些个年来,穷弟兄们同生死共患难。到了这个节骨眼儿上,朱老忠不能躲到干树身上去。你门里的事,就是我门里的事。我朱老忠还是为朋友两肋插刀!"

严志和听得说,张开两只手,打着颤说:"运涛那孩子,他被问成'共案'了,陷在监狱里!"

朱老忠把眼珠一吊,呆了老半天,缓缓地说:"卡监入狱了?"

---

① 象声词。形容很快地去了。

头上立时像打了个轰雷,随着眼前一道亮闪,转转眼睛,愣然①地说:"我听得人家说,国民党大清党了,杀的人可多哪,咳!这年月……凶多吉少啊!"说到这里,又觉后悔,下意识地往回吞了一下,也没吞回一个字。

严志和听说"凶多吉少",身上颤栗起来,说:"大哥!你帮我这一步吧,跟我上趟济南,去看看这孩子!你走过京,闯过卫,下过关东,我可没离开过这块土,出不去门呀……"说着,不住地摇着头。

去年四月,国民党大清党,多少共产党员被捕了,入狱了。多少共产党员被杀死了。就在这节骨眼儿上,有一天夜晚,营长吹哨集合,点着名,从队伍里把运涛和几个排长叫出来,过堂问供。军法官问他:"你叫什么名字?""严运涛!"他说。又问:"什么地方人?"他答:"河北省××县人。"军法官又问:"多大岁数?"他答:"二十六岁!"最后,军法官问:"你是共产党员吗?"他说:"不错,是共产党员!"

供词就是这样简单,并没有多说一个字,因为他是以共产党员的身份,集体加入国民党的,谁也知道。运涛被扎上手铐脚镣,抛进阴暗的监狱里。

到了今年夏天,北伐军到了济南。部队里又出了"共案",牵连到他,才把他从南京解到济南。运涛立刻托人给父亲来了这封信,说他被捕了,叫严志和跟江涛去看看他。

朱老忠立刻答应了老朋友的要求,耸了耸肩膀,响亮地说:"志和!这码事儿好说,天塌了有地接着,有哥哥我呢!说什么时候去,咱抬腿就走,这有什么作难的?"

听了这句话,严志和心眼豁亮了。睁开眼来,挺了一下腰,想

---

① 冒冒失失,不管不顾。

挣扎着站住脚。一下子,又闹了个侧巴楞,趔趄了一步,要倒下去。朱老忠赶上去,把他搂住,问:"怎么样,志和?"

严志和说:"头,晕眩得不行!"

朱老忠背了他左胳臂,严志和的右手扒住他的肩膀,两人慢慢地一步一步走回家去。一进门,涛他娘见他耷拉着脑袋,满头是汗,眼睛也不睁一睁,一步一趔趄,骨架支不住身子,一下子慌了神,忙走上去问:"怎么啦?这是怎么啦?"

朱老忠说:"莫喊叫,先安放下他再说。"

两人把严志和抬到炕上,把枕头垫高点,叫他还息着。朱老忠挤巴了一下眼睛,两人走到外头屋里。朱老忠坐在锅台上,温声细气儿说:"涛他娘!有个事儿,又想跟你说,又不想跟你说。不跟你说吧,你是一家主事的人儿。要是跟你说了,无论如何,你可得支持住身子骨儿。"

涛他娘听朱老忠话口里有事,瞧见他手里攥着封信,心里有些嘀咕。她问:"是运涛的事儿?"

朱老忠一句句把运涛的事情告诉她,涛他娘低着头,眼泪刷地流下来。当时,一个农家妇女还不懂得阶级斗争的残酷,在说书唱戏上,可知道监狱的黑暗无情,于是哭得更加痛切。当他们细声细气儿说话的时候,老奶奶隔着灯龛看着,仄起耳朵听着,听得说"运涛入狱了",她脸向下一沉,张开嘴,惊诧地问:"什么,运涛入狱了?"

涛他娘听声音不对头,慌忙走进去。老奶奶两腿一蹬,抽搐了几下,挺在炕上,难过得摇着头,合紧了眼睛。年老的脸上急骤地颤动,嘴里嘟嘟念念,好像在说什么。涛他娘一迭连声叫:"娘!娘!你怎么啦?你怎么啦?"她慌里慌张,摸摸她的手,摸摸她的头,说:"娘!你合上眼睛了?你合上眼睛了?"

朱老忠走进来一看，把手掌放在老奶奶的鼻子上，鼻孔里只有一丝丝凉气儿了。他说："涛他娘，别喊了，先给她穿衣裳吧！"

一个年纪老了的人，生命就像风前的残烛，瓦上的霜雪，受不起风吹日晒，经不起意外的震撼了。运涛入狱的消息，像巨雷一样，震惊了她的神经中枢，截止了她的生命活动。她的嘴唇不住地颤抖，像在反复地说："老头子还不回来……人活在世上不容易着哪！"一会儿，眼窝渐渐塌下去了。

涛他娘顾不得哭，赶快开箱倒柜找出装裹①。贵他娘、顺儿他娘、朱老星家里的，都赶了来。给死去的人穿上新洗的褂儿，新拆洗的棉袄，箍上黑布头巾，头巾上缝上一块红色的假玉。

朱老忠站在院里，手里拿着烟袋，指挥朱老星他们抬了一张小板床，放在堂屋当中。把老奶奶尸首抬到板床上，蒙上一块黑色的蒙头被。床前放上张饭桌儿。又打发贵他娘煮了"倒头饭"，做了四碟供献，摆在桌子上。打发伍顺找了一匹白布来，叫娘儿们给严志和、涛他娘缝好孝衣。严志和带着病打炕上爬下来，和涛他娘跪在干草上哭。贵他娘、顺儿他娘、朱老星家里的，把该办的事情都办完了，也在灵前弯下腰哭起来。涛他娘哭得尤其悲痛。

黄昏时分，严志和家门楼上挂起"白钱"②。

一会儿，听得拐棍戳地的声音，朱老明拄着拐杖摸了来。进了门，哆哆嗦嗦站在灵前，弯下腰来哭着，泪水从眼洞里滚出来。朱老忠也含着泪花说："哥！人既咽气了，老哭也没用！"朱老明说："我觉得志和不是容易，为孩子们作难！"说着，又大哭起来。哭了一会儿，他用袖头子擦干了泪，问了什么病，什么时候断的气儿。朱老忠说："光运涛的事，就够他们载负的了，又添上办白事儿！"

---

① 供死人穿戴的衣物。
② 用白纸做成，挂在门口，表示这家死了人。

他把国民党大清党,运涛被关进监狱里的事情,对朱老明说了。

朱老明抬起头来,喘了几口气,才说:"也该叫江涛家来,商量商量运涛的事情怎么办。革命军失败,运涛入了狱,对咱穷苦大众来说,是一场天大的灾难呀!"

朱老忠自从老奶奶倒头,心上就架了火,时间不长,眼睛就红了,长出眵目糊来。他急得搓着手儿说:"谁承望的,咱一心一意等革命军过来,把冯老兰打倒,给运涛和春兰成亲。咳!这一来,竹篮打水一场空了!"

朱老明说:"兄弟,要经心呀!说不清狗日的们要出什么坏招儿!"他说着从怀里摸出一把小刀子,用手一摸刀锋,噌楞楞地响。他说:"听得风声不好,我就磨了一件武器,揣在怀里。碰上他们要害我,抽冷子抓住,先扎死他两个再说!"

说着话儿,街坊四邻都来"吊棺"①。晚上,人们散了,严志和还在草上睡着。已经是秋天,夜晚风凉了,阶沿下有两个虫子,唧唧叫着。小桌上放着一盏高脚油灯,冒着蓝色的焰苗,照得满屋子蓝蓝的。朱老忠把门关起,和朱老明坐在草上,三个人商量事儿。严志和同意派人去叫江涛。他哑着嗓子说:"把运涛的信也送去,叫他请严家去写个信,托个人情,好到济南去营救运涛。他奶奶的事可不告诉他,那孩子自小儿跟着老人长大,跟他奶奶感情可热哩……"说着,又哭起来。

朱老明眯瞪眯瞪眼睛,说:"兄弟!你甭哭啦。身子骨儿又不好,万一哭得好儿歹的,可是怎么着?这会儿,千斤的担子在你身上!"

朱老忠也说:"老明哥说得是,家有千口,主事一人,你要好不了,一家子可是怎么办?"又对涛他娘说:"你去做点吃的吧,一家

---

① 吊丧,吊孝。

子哭了半天,还没吃饭呢!"

咳!闺女是娘身上的肉啊!那天傍晚,春兰娘去"吊棺",听到运涛不幸的消息,慌慌忙忙回到家去,悄悄儿告诉春兰:"闺女闺女,不好了,运涛蹲了监牢狱!"

自从那咱①,贵他娘把运涛的消息告诉她,革命军的光芒,运涛的眼睛,就像两点萤明,在遥远的远方闪晃。隐隐显显,似有似无。就是这一丁点儿遥远的光亮,在她的心上就像太阳一样,温暖她的全身。她凭这丁点儿热力和光明来生活呀!当娘把这种不幸的事情告诉她的时候,她心上一惊,又强笑着镇静下来,只是冷笑说:"呋!说他干吗?扔到脖子后头算了!"这句话还没说完,她的心上就激烈地跳动起来。

真的,她倒一点也没有哭。她的眼泪已经哭干了,像干了底的深潭,就是投下一块大石头,也难溅起点滴波涟。这咱,她年岁大了,明白了一些革命与反革命的关系。她明白,就是哭瞎了眼睛,对于革命,对于运涛,也无济于事。黄昏来了,暮霭像一块灰色的布,盖在她的身上。她觉得,在这块布下过生活,更心安一些。天还没有完全黑下来,她就想躲进黑暗的角落里,让黑暗把她吞没。

饭后,天上落着雨,像滴不完的愁苦的眼泪。树上风声起了,树叶子索索地响。突然间,一丝意念涌上了她的心头:人活着,是为了愁苦,还是为着幸福呢?可是,她是没有幸福的。眼看一丁点儿幸福的光芒,就要在眼前逝灭,她的心情,像从千丈高崖跌下深渊,焦虑得难耐。她想,活在世界上,也是个多余的人,死了倒也落得干净!想到这里,像有什么东西在脑子里搅动。犹疑着待了一会儿,她又登上板凳,从柜橱上搬下箱子,把一身靠色的新裤褂穿在身上。拢了一下子头发,点上灯,拿镜子照了照脸上。当她看到

---

① 那时候。

自己美丽的脸庞,又摇摇头,心里想:我还这么年轻!想着,把镜子一扔,吹灭了灯,趴在炕上抽泣起来。她实在舍不得运涛。哭了一会儿,她抬起泪眼,在黑暗里蹑手蹑脚走到堂屋里案板旁,伸手扯起切菜的刀。在夜暗里,她看得见刀锋在闪亮。不提防,一点响动惊动了母亲,她打枕上抬起头来问:"春兰!案板上什么东西响哩!"春兰镇静了一下心情,装出远远的语音,说:"嗯,娘!你还没有睡着?是一只老鼠碰的吧。"

娘翻了个身,自言自语:"你还没睡?咳!闺女!你的事儿在我心里盛着哩!我能叫你老在家里一辈子吗?咳!天哪……运涛,忙回来救救我闺女吧!"

一句话打动春兰的心,她想:他还会回来的!我不能带着不明不白的伤痕死去。那样,将永远无法洗净身上的脏污。想到这里,她放下刀,走回来,坐在炕上。隔着窗棂,看得见天上的云彩散去,月亮出来了,天色蓝蓝的。她重又躺在炕上,盖上夹被,泪眼对着窗外的天空。月光透过窗格子,照着她的身上,照着她惨白的脸庞。

22

江涛接着这封信,合紧嘴不说什么。睁着黑白分明的大眼睛,忽闪着长长的睫毛,琢磨着事情的根源和发展。1927年秋天,中国共产党保属特委的负责同志到第二师范来,在党、团组织中正式宣布:"北伐军打到南京的时候,反革命为了独吞胜利果实,暴露出本来面目,叛变了革命,反回头来屠杀共产党,镇压了工农群众。从今以后,国共合作不能继续了……但是,我们并不悲观,中国革命的前途,是广阔的、远大的。同志们!我们要擦干眼泪,拿起刺刀,开始战斗……"从此以后,革命的高潮低落下来,北方沉入更加严重的白色恐怖里。

他到教务处请了假,走到严知孝家去,请他写封信托个门子,好上济南去营救运涛。

严知孝住在槐茂胡同路东一个瓦楼大门里。江涛走上高阶台,拉了一下门铃。随着叮叮的铃声,有人踏着轻巧的皮鞋声走出来,问:"是谁?"

江涛说:"我,江涛。"

听得说,门吱的一声开了。严萍立在门口。她看着江涛,说:"噢,稀客。请进来!"说着,不经意地笑了。

江涛问:"严先生在家吗?"

严萍见他神情急迫,扭头儿瞅着他,说:"星期嘛,不在家?"

这是一座小巧的院落,三合子青砖小房。当院摆着两盆夹竹桃,正开着花。红的,粉红。白的,雪白。一畦十样锦,畦畔围着芦苇插的小篱笆。茑萝爬到篱笆上,开着杂色的小花。葫芦蔓爬到花架上,爬上墙头。严萍登着门板爬到墙上,把麻绳钉在屋檐上。

江涛说:"留心掉下来!你想干什么?"

严萍说:"我吗?请你看看我的小花园吧。你没看见这房顶上,每年有一蓬蓬的瓜秧,结着红红的香炉瓜吗?我要叫香炉瓜爬着绳儿登上屋檐。"

江涛说:"我看出你在园艺上的天才,你为什么要学师范呢?"

严萍说:"我学师范,不像你学师范一样?"她正是女子第二师范的一年级学生。

北房三间小屋，挺干净。里屋是严知孝的卧室，外屋是他的书房。有几架书，几件木器家具。桌上有一小碟黄瓜菜，严知孝手里端着碗芝麻酱拌面，在吃着。

见江涛走进来，他问："才说叫萍儿去叫你和登龙来吃螃蟹，你来了正好。"

严萍在屋顶上说了话："白洋淀的朋友送了螃蟹来，在水瓮根底下蒲包里养着。单等他这好学生们来了才吃哪！"说着，哧哧地笑起来。

他们说的登龙，是锁井镇上大槐树冯老锡的第二个儿子。现在育德中学读书，是严知孝他母亲的侄子。自从来到保定，常和江涛、严萍在一块儿玩。日子长了，就成了青年朋友。

江涛走出来，对着严萍说："可惜，吃不上了，我要回家。"

严知孝打窗户里探出身子来，把漱口水吐在花畦上，说："怎么，要回家？"

江涛说："我父亲求人送了信来，运涛在济南，被押进监狱里。"

严知孝吃了一惊，呆了半晌，才问："为什么事？"

江涛说："他说，早去几天，可以见到面。晚去，就见不到面了！"

严知孝沉思了一会儿，说："这样厉害的事情？"说着，两手扣在胸前，鼓起嘴唇，撅起黑黑的短胡髭。脚尖磕着地，发出有节奏的声响，老长时间不说什么。

看样子，他有四十五六岁年纪，高身材，长四方脸，挺恬静。

严萍从墙头上跳下来，说："什么塌天大事？"说着走进来。

江涛并没注意到她，只是对严知孝说："我父亲还说，无论如何，请你给济南的朋友写个信。知道你朋友多，请你想方设法求点情……"

"求点情吗——"严知孝吧咂着嘴唇,像在深远地回忆,"咱不在政治舞台上,是朋友的,也该疏隔了……济南嘛,倒是有个人。"

他沉默了许久,摊开纸,拿笔蘸墨。但不就写,眼睛看着窗外,像有很多考虑,嘴里缓缓地说着:"动乱的时代呀!运涛是个有政治思想的人嘛,怀有伟大理想的人,才会为政治牺牲哪!我年幼的时候,也是这样。一说到为了民众,为了国家,心里的血就会涨起潮,身上热烘起来。五四运动,我也参加过,亲眼看见过打章宗祥,烧赵家楼。读过李大钊在《新青年》上发表的介绍马克思列宁主义的文章。可是潮流一过去,人们就都做了官了。我呢,找不到别的职业,才当起国文教员。像我那位老朋友,他在山东省政府,当起秘书长来。当然哪,他是学政治的,我学国文嘛。我教起书来,讲啊……讲啊……成天价讲!"铺好了纸,他写起信来。

严知孝是北京大学的学生。在北大国文系毕了业,一直在保定教书。除了在第二师范教国文,还在育德中学讲"国故"。对墨子哲学挺有研究。他从家里拿些钱来,买下这座小房,打算在这里守着他的独生女儿养老。他好清静,不喜欢像父亲一样,忙于应酬,奔波乡里之间的俗事。当然这些事情也短不了找到他头上。能推出去的,尽量推出去。他经过中国近百年史上战乱最多的年代,亲眼看到战争给与民众的疾苦。他对军阀、政客,疾恶如仇。每当给一个新的班次讲课,总是先讲《兵车行》,讲《吊古战场文》。每当一班学生毕业,都要讲墨子的哲学思想。

他写好信,仔细粘好信口,用大拇指甲把糨糊光一光。用两个指头捏起信角,摺在桌面上,说:"去吧!到了济南,你就去拜见他。这人是我的换帖①,能维持的,维持,不能维持的,也可以求

---

① 磕头兄弟,朋友。

他给个方便之处。"说完这句话,他又沉思,用手掌摁在信上,说:"可是现在换了当权,他们比封建官僚严格些,尤其在政治问题上,就越发的利己主义了。"

江涛立在严知孝面前,眨巴着长眼睫毛,听着。

严知孝又说:"自从国民党北伐成功,安起国民党部来,门上画了青天白日的党徽,墙上写了蓝色的标语,还是一本正经地喊着打倒帝国主义,铲除贪官污吏。可是不久,阎锡山和张作霖也挂起青天白日旗,贪官污吏和党国要人们书信往来,互相都称'同志'。人们今天盼'北伐军',明天盼'北伐军'。'北伐军'来了,只是多添了些新军阀,新政客。对于'平均地权'啦,'节制资本'啦,反倒连点消息也听不到了。'耕者有其田'的口号,连提也不敢提。咳!既不是那样颜色,也不是那个货物了!于是,在广大民众里,流露的一些革命热情,也就冷淡下来。人们都说,这是换汤不换药,也不过如此!"

江涛拿了信走出来。出门不远,背后一个清脆的声音在叫他:"江涛,你早点回来!给我打济南带点儿什么希罕东西来,嗯!"

江涛回头一看,两只俏丽的眼睛,从墙角上露出来。江涛又立住,愣了一刻,说:"嗯……好!"他点着头说:"我给你的书,你可要看完,啊!"

"唔!你就去吧!"那两颗黑亮的眼睛,从墙角上缩回去。

于是,严萍,一个穿着瘦瘦的黑绸旗袍的细高身影,又映在他的眼前。她直爽、活泼、热情,爱把头发剪得短短,蓬松着,穿一双黑色方口的平底皮鞋。细看起来,好像眼瞳有点斜,爱把两颗黑溜溜的眼珠儿,偷偷地靠在鼻梁上看人,靠得越紧,越显得妩媚。不注意的人,看不出来。注意的人,并不认为是什么缺陷,反觉得是种美丽的特点。

江涛经常把自己喜欢的书给她读,她也偷偷地对江涛说过:"我向你学习!"

23

江涛离开槐茂胡同,刮阵风似的往回跑,第二天黄昏,跑回家来。离门口不远,看见门上挂着白钱,眼泪一下子涌出来,说:"奶奶!你为运涛的事情合上眼了!"

他一进屋,见娘和爹在草上坐着,睁大眼睛看着他。他也不哭一声,往奶奶身上一扑,搂住奶奶摇晃摇晃,又握住奶奶的手,把脸挨在奶奶的脸上,头发索索打抖。不一会儿,全身抖颤起来,用哆嗦的手指摸着老人的眼睛说:"奶奶!你再睁开眼睛看看我!再睁开眼睛看看我!"涛他娘见江涛难过的样子,一时心酸,拉开长声哭起来。贵他娘、顺儿他娘,也哭起来。朱老忠、朱老明、严志和,也掉了几滴眼泪。大家又哭一场。

朱老忠把江涛拽起来,说:"人断了气,身上不干净,小心别弄病了。"

江涛说:"我想我奶奶,她老人家一辈子不是容易!"

朱老忠说:"你爹病了,单等你顶门立户呢,你要是再病了,可是怎么着?"

江涛擦干眼泪说:"不要紧!"

那天晚上,等人们散完了,严志和说:"江涛!你哥哥的事情,可是怎么着?"

江涛说:"这事,说去就去,赶早不赶迟哩!"

涛他娘哑巴着嗓子说:"该快去,不为死的为活的,孩子在监狱里……"

严志和说:"咳!去好去呀,我早想了,路费盘缠可是怎么弄法?"

说到路费盘缠上,一家人直了脖儿。严志和说:"使账吧,又有什么办法!要用多少钱?"

江涛说:"要是坐火车,光路费就得三四十块钱。再加上买礼求人,少不了得一百块钱。"

严志和说:"你奶奶一倒头也得花钱。"说到这里,他咂着嘴作起难来。

涛他娘说:"一使账就苦啦!"

自此,一家人沉默起来,半天无人说话。江涛想:上济南,自个儿一个人去,觉得年轻,不知怎么弄法。要是两个人去,到济南的路费,加上托人的礼情,运涛在狱里的花销,怎么也掉不下一百块钱来。家里封灵、破孝、埋殡,也掉不下五十块钱……严志和想:一百五十块钱,按三分利算,一年光利钱就得拿出四五十块。这四五十块钱,就得去一亩地。三年里不遇上歹年景还好说,一遇上年景不好,就打蛋了。要去地吧,得去三亩。涛他娘想:使账!又是使账!伍老拔就是使账使苦了。他在老年间,年头不好,使下了账。多少年来,越滚越多,再也还不清了,如今还驮在身上,一家人翻不过身来。

当天晚上,一家人为了筹措路费的问题,没有好好睡觉,只是唉声叹气。严志和一想到这节骨眼儿上,心上就打寒颤。他想到有老爹的时候,成家立业不是容易。如今要把家败在他这一代……左思右想,好不难受!

第二天,开灵送殡,三天里埋人。依严志和的意见,说什么也得放到七天。朱老忠说:"咱穷人家,多放一天,多一天糟销,抬出去吧!"朱老忠主持着:不要"棺罩"①,不要戏子喇叭。只要一副"灵杠"②,把人抬出去就算了。严志和说什么也不干,说:"老人家受苦一辈子,能那么着出去?"朱老忠说:"不为死的,为活的,一家子还要吃穿,江涛还得上学,济南还有一个在监狱里的!如今我们到了什么地步,还遵守他们那个老礼法?"说到这里,一家子又哭起来。朱老忠和贵他娘也跟着掉泪。

出殡的时候,严志和跟涛他娘穿着大孝,执幡摔瓦③。江涛在后头跟着。朱老忠、朱老星亲自抬灵,哭哭泣泣把人埋了。从坟上回来,朱老忠说:"志和,你筹办筹办吧!也该上济南去了,这事儿不能老是延误着。万一赶不上,一辈子多咱想起来也是个缺欠。我看,咱明天就走吧!"说完了,就一个人低着头,蹐蹐地走去。

当天下午,严志和找到李德才,说:"德才哥,我磨扇儿压住手了!"

李德才看严志和在他眼前,哭得两只眼睛像猴儿屁股,冷笑了一声,说:"哈哈!你也有今天了?'革命军快到咱这块地方了','土豪劣绅都打倒','黑暗变成光明',你的手就压不住了!奉天承运,皇帝诏曰:他倒不了!看你们捣蛋?"说完了,眯着眼睛只管抽烟,眼皮儿撩也不撩。见严志和低着头不爱听,又恨恨地追问了一句:"这不都是你们说的?"

严志和不理他,只说:"家里一倒人,运涛在济南……"

李德才不等他说完,就说:"运涛是共产党,如今国共分家,不要他们了,把他下监入狱了,是不?你们革命?满脑袋高粱花子,

---

① 棺材罩子。出殡时套在棺材外边,不随葬。
② 抬棺材的杠子。
③ 幡是用白纸做的丧旗。瓦这里是指瓦盆(或碗)。出殡时,由死者的财产继承人打着幡;棺材刚抬起时,由继承人把瓦盆(或碗)摔碎。

也革命?看冯家大少,那才是真革命哩!拆了大庙盖学堂,你们干得了?没点势派儿,干得了这个!老百姓不吃了你?你要使账上济南去打救运涛,是不?"

严志和说:"唔!"

待了半袋烟工夫,李德才说:"小人家小主儿,我不跟你们一样儿,去给你问问。"

李德才过了苇塘,上了西锁井,一进冯家大院,门上拴着两只大黄狗,呼呼地赶出来。他猫下腰,龇出大黄牙,抚摸了一下狗头,溜湫着步儿走进去。一直走过外院,到了内宅。正是秋天,老藤萝把院子遮得暗暗的。冯老兰正在屋子里抽烟,李德才把严志和要使账的话说了。

冯老兰听完了李德才的话,拉开嗓子笑了,说:"穷棍子们,也有今天了!那咱,他整天价喊,打倒封建啦,打倒帝国主义啦!人家帝国主义怎么他们啦?远在外洋,也打倒人家?嫌人家来做买卖,买卖不成仁义在,打倒人家干吗?真是!扭着鼻子不说理!"

李德才说:"穷人们,斗大的字不识半升,有什么正行①。"

冯老兰说:"他们说,革命来了要打倒我冯老兰。革命军已经到了北京、天津,对于有财有势的人们更好了。显出什么了?没见他们动我一根汗毛儿!"

正说着,冯贵堂走进来,见冯老兰和李德才在一块儿坐着,他也站在一边。听念叨革命军的事,也说:"幸亏蒋先生明白过来早,闹了个大清党,把他们拾掇了。要不然,到了咱的脚下呀,可是受不了!"

冯老兰瞪起眼睛说:"你还说哩,要是那样,还不闹咱个家破人亡呀!"父子两人一答一理儿说着,不知怎么,今天冯贵堂和老爹

---

① 正经的事儿,正经的行为。

谈得顺情合理起来。冯老兰一时高兴,说:"革命这股风儿过去了,这么着吧,我听了你的话,咱在大集上开花庄,开洋货铺。什么这个那个的,赚了钱才是正理儿。"

冯贵堂一听,瞪出黑眼珠儿,笑眯眯地说:"哈!咱也开轧花房,轧了棉花穰子①走天津,直接和外国洋商打交道,格外多赚钱!"

李德才坐在这里,听他父子念叨了会子生意经,也坐烦了,严志和还在等着他。他问:"严志和想使你点账,你看,周济他一下吧,他儿子运涛在济南押着。"

冯老兰眼一瞪,说:"他使账干别的行,干这个不行。严运涛就是个匪类,如今陷在济南。我要把钱放给他,不等于放虎归山?还不如扔到大河里溅了乒乓儿!"

李德才说:"不要紧,利钱大点。严运涛不过是个土孩子,能干得了什么?"

冯老兰说:"一天大,一天折八个斤斗儿,钱在家里堆着,我也不放给他。那小子!别看东西儿小,他是肉里的刺,酱里的蛆,好不仁义哩!要他个鸟儿,他就不给我。严志和去地②,我要。"

冯贵堂说:"东锁井那个地,不是坐碱就是沙洼,要那个干吗?"他对这一行没有什么兴趣,说完,就走出去了。

李德才说:"还是放账吧,得点利钱是正理儿。"

冯老兰把脖儿一缩,说:"嘿,'宝地'!"说着,满嘴上的胡髭都翘起来。

李德才笑了说:"你倒是记在心上了!"

冯老兰说:"人不说吗,中国是农业国。农业国,土地就是

---

① 除去棉籽的棉花,即皮棉。
② 卖地。去,出卖的意思。

根本。有了土地,子子孙孙受用呀!这全村有数儿的东西,我能忘得了?"

李德才顺原路走回来,严志和还在那里蔫头耷脑①待着。李德才说:"钱有,人家不放。"

严志和一听,碰了硬钉子,合上眼睛,头上忽忽悠悠晕眩起来。使不到钱,去不了济南,营救不了运涛。运涛那孩子在监狱里受罪哩!他闭着眼待了一会儿,才睁开,说:"你跟老人家说说,帮补俺这一步儿。"

李德才说:"你这人,真不看势头。你就不想想,你是欢迎革命军的,他是反对革命军的。那咱晚,你与他对敌,打过三年官司。"

严志和听得说,瞪起眼睛,张起嘴,不说什么。他想到冯老锡家去,冯老锡才和冯老兰打完官司,输了。冯老洪家门槛更高。想来想去,只有一条道儿——去"宝地"。他说:"别跟俺穷人一样,他的新房都是我垒的。"

李德才不等说完,插了一嘴,说:"你图了工钱。"

严志和死说活说,李德才又哈哈笑了,说:"你去地不行?"

严志和说:"哪!把我那梨树行子去给他吧!"

李德才咧起嘴说:"我那天爷!那老沙沱岗子,人家冯家大院里,荒着的地,也比你那个梨树行子强。"

严志和说:"那可怎么办?"

李德才说:"我知道?你到别人家看看去。"

严志和低下头想了老半天:这是个死年头,谁家手里不紧?他猫着腰立起来,才说往外走,又站住。当他一想起运涛在济南监狱里受罪,早去几天,父子兄弟有见面机会,晚去,就见不到面了,

---

① 耷拉着脑袋,非常没精神。

眼泪就流下来。

李德才用手向外摆他说："算啦!算啦!有什么难过的事情,回家去想吧,别叫旁人替你难受了。"

一句话刺着严志和的心,愣住一下,才伸起两条胳膊,看了看天上,说:"天呀……把我那'宝地'卖给他吧!"

李德才问:"你肯吗?"

严志和瞪直眼睛,抡起右手说:"卖,我不过了!"说着,他咬紧牙关,攥起拳头,想要打人。

李德才说:"你这是干什么?发什么狠?"

严志和低沉地说:"我不想干什么,我心里难受,像被老鼠咬着!"他瞪出眼珠子,牙齿锉得咯嘣嘣响。

严志和决意出卖"宝地",写下文书,拿回八十块钱来。进门把钱放在炕上,随势趴在炕沿上,再也起不来。

涛他娘问:"这是使来的钱?几分利钱?"

严志和头也不抬一抬,说:"不,去了'宝地'!"

一说卖了"宝地",涛他娘放声大哭起来,说:"不能去'宝地'!他爷爷要不依!"

严志和几天没睡好觉,也不知涛他娘哭得死去活来,哭到什么时分,就呼呼睡着了。梦见运涛在铁栅栏里,苍白的脸,睁着两只大眼睛向外望着………

送完了殡,朱老忠一个人走回去,坐在捶布石上抽了一袋烟。也不知怎么的,自从接着运涛入狱的消息,不几天,脸上瘦下来,眼窝也塌下去。连日连夜给严志和主持殡葬,心上像架着一团火,吃也吃不下,睡也睡不着。等把白事办完,身上又觉得疲软起来,浑身懒洋洋的。可是事情摆着,他还不能歇下来。运涛在狱里,等他们去营救……

朱老忠正仰着头看着天上,盘算这些事情,江涛走进来。到了他面前,也不说什么,只是眨着两只黑眼睛呆着。朱老忠抽完了一袋烟,才问:"上济南,是你去,还是你爹去?"

江涛说:"我爹身子骨儿不好,有八成是我去。"

朱老忠又低下头,沉思默想了半天,才说:"你也想一想,你哥打的是'共案',我可不知道你与他有什么关系不?"说完了抬起眼睛看着江涛。

江涛还是低着头,咕咕哝哝在想说什么。朱老忠不等他说话,又说:"我听人家说过,北伐军到了北京,逮捕了不少共产党员。那里出过这么回子事,先逮住了哥哥,押在监狱里,兄弟去探狱,也被逮住了,兄弟也是共产党员……"朱老忠说到这里,不再往下说。

江涛想:从这里走到山东地面,也不至于怎么样吧!而且年轻,还未出过什么风头……他倔强地说:"他们逮我,也得去看看哥哥!"

朱老忠说:"那可不能,这不是赌气的事情,不能感情用事。"

江涛把自己不至于被捕的道理讲出来,朱老忠才答应他去济南。还说:"虽然这样,我们也得经心,道上咱再细细盘算。"

贵他娘听得说两个人要上济南去,走出来问:"你们什么时候动身?也要带些鞋鞋脚脚,穿的戴的。"

朱老忠说:"我想明天就起程……"

贵他娘不等朱老忠说下去,就说:"忙活一年不是容易,大秋来了,家里……"

朱老忠说:"先甭说大秋,先说运涛在监狱里押着。你给我包上两身浆洗过的衣裳,两双鞋,还有大夹袄……咳!比不得咱进城打官司,这一去了,不知道什么时候回来,也不知道碰上什么意外的事由,能回来不能回来。"

贵他娘问："你还要替他打官司？"

朱老忠说："也不一定，去了再看……"说到这里，他又想起古书上说的：梁山泊的人马，还劫过法场……想着，站起身，扳着脚，在院里蹓了两趟腿，说："俺哥们还不老……"

江涛在一边看着，这位老人的精神深深感动了他，问："要带多少钱？"

朱老忠说："估计你们也没有多少钱带。多，就多带。少，就少带。没有，就不带。拿起脚就走，困了就睡，饿了沿村要口儿吃的。"

朱老忠一说，江涛流下泪来，说："忠大伯！你上了年岁，还能那样？咱还是坐火车去吧！"

朱老忠说："咱哪里有钱坐火车？我十五岁上，一个人下关东，一个钱儿没带，尽是步下走着。"说完了，又吩咐贵他娘："就是这么办，你和二贵把梨下了，收拾了庄稼，在家里等着我。还要告诉你们，在这个年月里，不要招人惹事，也不要起早挂晚的。"又叫贵他娘做两锅干粮带着。二贵不在家，叫江涛帮着。朱老忠拿起腿走出来，他要上小严村去，看看严志和好了没有。一出村，刚走上那条小路，看见春兰在园子里割菜，他又走回去，问春兰："明天，我要上济南去看运涛，你有什么话要捎去？"

春兰弯着腰割菜，一听，红了脸，不好意思抬起头来。眼里的泪，像条线儿流在地上，说："叔！你要去吗？"

朱老忠说："明天就走。"

春兰低下头，嗫嚅说："我也想去。"

朱老忠看着春兰难过的样子，怔了半天，说："你不能去，咱乡村里还没这么开通，你们还没过门成亲，不要太招风了。"

春兰红着脸立起来，也不看一看朱老忠，只是斜着脸儿看千里堤上。想起那天晚上，运涛走的时候，他们在那里谈过话，他顺着那条道儿走了……她说:"你告诉他,沉下心,住满了狱回来,我还在家里等着他……"说到这里,鼻子酸得再也说不下去,把两手捂着脸大哭起来,眼泪从手指缝里涌出来。

朱老忠由不得手心里出汗,把脸一僵,直着眼睛说:"春兰!你有这心劲就行,我要去替他打这场人命官司。只要你肯等着,我朱老忠割了脖子,丧了命,没有翻悔,说什么也得成全你们!"说到这里,血充红了脸。为了运涛受害,已往的仇恨,又升到心上,他心里难受,清醒了一下头脑,才忍过去。他说:"现在革命形势不好,你在家里,要少出头露面,少惹动人家注意。咱小人家小主儿,万一惹动了人家,咱又碰不过。在目前来说,是万般'忍'为高。你知道吗?"

春兰说:"我知道。"

朱老忠说:"你给运涛有什么捎的,也拿来吧!"说着,迈动脚步,走到严志和的小屋里。

这时严志和醒过来了,在炕上躺着,身上发起高烧。听得脚步声,他用一件破衣服把卖地的洋钱盖上,不想叫朱老忠知道。

朱老忠一进门,看严志和脸上红红的,伸手一摸天灵盖,说:"咳呀!这么热?"

严志和说:"烧得不行。"

朱老忠说:"既是这样,明天你就不要去了,我和江涛去。"

严志和说:"父子一场,我还是去看看他,我舍不得。"

朱老忠说:"这也不能感情用事,要是病在道上,有个好儿歹的,可是怎么办?"

严志和说:"看吧,明天我也许好了……"

朱老忠把涛他娘叫到跟前,说:"明天,我就要去济南打救运涛,你们在家里,要万事小心。早晨不要黑着下地,下晚早点儿关上门。要管着咱家的猪、狗、鸡、鸭,不要作害人家,免得口角。黑暗势力听说咱家遇上了灾难,他们一定要投井下石,祸害咱。在我没回来以前,你不要招惹他们,就是在咱门上骂三趟街,指着严志和的名字骂,你也不要吭声。等我回来,咱再和他们算账。兄弟!听我的话,你是我的好兄弟,不按我说的办,回来我要不依你。"

严志和探起半截身子,流下眼泪说:"哥说的是。"

朱老忠又对涛他娘说:"志和身子骨不好,你就是当家的人儿,千辛万苦,也要把庄稼拾掇回家来,咱自春到夏,耕种庄稼不是容易。一个人力气不够,就叫贵他娘、二贵、老星哥他们帮着。"

涛他娘说:"大哥说的,我一定记着。"

朱老忠说:"还有一点,想跟你说。运涛虽在狱里,春兰还是咱家人。她年轻,要多教导她,别寻短见。叫她少出门,因为人儿出挑得好①,街坊邻舍小伙子们有些风声。再说,冯家大院里老霸道也谋算过她,万一遇上个什么事儿,要三思而后行!要是她听我的话,我拿亲闺女看称她,她家的事情,就是我家的事情。要是她不听我的话,随她走自己的道儿就是了,咱也不多管。"

说着,涛他娘也流下泪来。她哭哑了嗓子,上了火气,再也说不出话来。

说着话儿,春兰走进来,手里拿着小包袱,走到槅扇门,站住脚不进来。涛他娘哑着嗓子说:"孩子,进来吧,坐在小柜上。拿的什么?"

春兰把小包袱放在炕沿上,说:"是一双软底儿鞋,他在家里时候,爱穿这样的鞋。还有两身小衣裳。"说着,乌亮的眼睛,看看严志和,又看看朱老忠。那是她做下等过门以后叫运涛穿的,她想叫朱老忠捎去。

朱老忠说:"春兰,我还要告诉你,运涛在狱里,江涛也要去

---

① 人长得漂亮。

济南,志和病着,这院里人儿少,你有空就过来帮着拾掇拾掇。你们虽没过门成亲,看着是老街旧邻,父一辈、子一辈的都不错。再说,你也在这院里长大的。"

春兰说:"大叔说了,就是吧。一早一晚儿我过来看看。"

一切安排停当,朱老忠抬脚走出来。严志和又要扎挣送他,朱老忠说:"不用,兄弟身子骨儿不好,甭动了。"就顺着那条小路走回去。走到村头,又走回来找朱老明,告诉他,明天要去济南,家里有什么风吹草动,要他多出主意,多照顾。

严志和听朱老忠说了会子话,有些累了,头晕晕的,懵里懵懂,又睡过去了。恍恍惚惚,听得门响,睁开眼一看,是江涛回来了。江涛说:"明天就上济南去,忠大伯说,坐火车花钱多,就脚下走着。忠大娘正在蒸干粮。"

严志和试着抬了抬身子,说:"咳!我还是想站起来。你们明天要走,扶我去看看我的'宝地'吧!"

"'宝地'卖了?"江涛才问这么一句,又停住。想:卖了就卖了吧!他又想起"宝地"。那是四平八稳的一块地,在滹沱河的岸上。土色好,旱涝都收……

严志和说:"这是你爷爷流着血汗留下的,咱们一家人凭它吃了多少年,像喝爷爷的血一样,像孩子吃奶一样呀!老人家走的时候说:'只许种着吃穿,不许去卖。'如今,我把它卖了,我把它卖了!今天不是平常日子,我再去看看它!"

涛他娘说:"天黑了,还去干吗?你身子骨儿又不结实。"

江涛见父亲摇摇晃晃走出去,也紧走两步,跟出来。出门向东去,走上千里堤。沿着堤岸向南走,这时,太阳落下西山,只留下一抹暗红。天边上黑起来,树上的叶子,只显出黑绿色的影子。滹沱河里的水,豁啷啷响得厉害。大杨树上的叶子哗啦啦地响着。归巢的乌鸦，落在杨树枝上，一阵阵哀鸣。走到小渡口，上了船，江涛拿起篙来，把船摆过渡。父亲扶着他的肩膀，走到"宝地"上。

"宝地"上收割过早黍子，翻耕了土地，等候种麦，墒垄上长出一卜卜的药葫芦苗，开着粉色的小花儿。脚走上去，就陷进一个很深的脚印。严志和一登上肥厚的土地，脚下像是有弹性的，发散出泥土的香味。走着，走着，眼里又流下泪来，一个趔趄，跪在地下。他匍匐下去，张开大嘴，啃着呢土，咬嚼着，伸长了脖子咽下去。江涛在黑暗中，也没看见他是在干什么，叫起来："爹，爹！你想干什么？干什么？"

严志和嘴里嚼着泥土，唔哝地说："孩子！吃点吧！吃点吧！明天就不是咱们的啦！从今以后，再也闻不到它的气味！"

江涛一时心里慌了，不知怎么好。冯老兰在父亲艰难困苦里，在磨扇压住手的时候①，夺去了"宝地"，他异常气愤，说："爹！甭难受！早晚我们要夺回它！"

严志和瞪出眼珠子，看着江涛问："真的？"冷不丁又趴在地上，啃了两口泥土。

江涛一时愣住，眼泪顺着鼻沿流下来。脊梁冷得难受，像有一盆冷水，哗啦啦劈头盖脸浇下来，浇在他的身上，前心后心都冷透了！

24

那天晚上，严志和病得更加厉害了。第二天早晨，朱老忠起个五更，去叫江涛。江涛把八十块钱带在身上，走着房后头的小道

---

① 困难得没法解决的时候。

儿,到忠大伯家里。朱老忠把他让到炕头上,吃完忠大娘送行的饺子。朱老忠又坐在炕沿上抽了袋烟,看看太阳露头,叫江涛背上两褡裢头子谷面窝窝。江涛把洋钱放在窝窝底下。朱老忠披上他的老毛蓝粗布大夹袄。走出门时,忠大娘送出来。送到村外,对江涛说:"江涛!吃饭睡觉的,你要照看他一下,他上了年纪!"

江涛回过头儿说:"就是吧,大娘,你回去吧!"

朱老忠迈开矫健的脚步,翘起胡子,一直向东走。江涛在后头跟着,两人走在外乡陌生的道路上,低下头,眼前晃着运涛的面影,抬起头,数着天空浮动的云朵。走着路儿,朱老忠说:"一出了门,不比在家里,心眼里学机灵点儿,要看眼色行事。到了大地方,人多手杂,要多个心眼儿。"江涛说:"是。"朱老忠说:"要看我的,我叫你行,你就行。我叫你止,你就止。"两人晓行夜宿,不知走了多少时日,到了济南,走进一家起火小店里。

一进店门,朱老忠说:"店掌柜,咱要住间房。"

掌柜的,是一个白了头发的老汉,听说有人住店,走出来说:"你们住店?好说,咱就是开店的。来,住吧。"他开了一间小房。那间小房只有半间屋子大,屋里一条小炕,一张小桌,问:"看!这间房怎么样?"

朱老忠说:"行,住一天要多少钱?"

掌柜的说:"官价,四毛钱,吃饭另算。老客,贵府在什么地方,做什么生意?"

朱老忠说:"不敢,是河北保定地面上人,来济南看看有什么赚钱的买卖。"

掌柜的说:"山东地面,好东西多得很哪!单说这乐陵的小枣儿吧,你别看个儿小,吃到嘴里,就像蜜一样甜,还没有核儿,是天下驰名的。再说,这里的驴,个儿大,毛色黑,把缰绳一抖,瞪开眼睛哇啦哇啦叫。"

朱老忠洗着脸，笑了说："真好的叫驴！"

掌柜的说："俺济南有的是宝物，黑虎泉、趵突泉、珍珠泉，你是没见过的。南北老客来了，没有不上大明湖、千佛山去逛逛的，大明湖又称半城湖……"他伸手画了个圆圈，又说："一城山色半城湖……真好的景致呀！"说着，走出去。

朱老忠看着江涛洗了脸，安顿好了，就走到柜房里去。柜房里没有别人，老掌柜在屋里做饭，见了朱老忠，说："老客，请坐。"

朱老忠坐在凳子上，说："听说，咱济南有个什么模范监狱？"

老掌柜说："有倒是有。"

朱老忠说："这个模范监狱，怎么个模范法儿？"

老掌柜浅笑了两声说："怎么模范法儿？大！人多！南派儿一来，抓了一些人，关在里头。"

朱老忠问："净抓的一些个什么人？"

掌柜听他问得详细，直起腰看了看，说："咱也不知道是些什么人，听说是些犯'政治'的。"

朱老忠问："这监狱在什么地方？"

掌柜说："离这儿远哩。在济南，你一打听'大监狱'，谁也知道，出了名儿了。"说到这里，他又抬起头看了看朱老忠，问："怎么，你是来看亲人的？"

朱老忠说："哪能随便看？"

掌柜说："那也得看犯的什么罪。偷鸡摸狗的，在咱外边是小偷，谁也不敢招他，可是到了监狱里，是罪过最轻的。最怕犯上'政治'，这年头儿，一着那个边，不是砍头，就是'无期'。是判了罪的，都能看。没判过罪的，想看也不行。"

朱老忠问:"为什么不行?"

掌柜说:"他怕你串通呀,要是拿不住你把柄,可怎么判你罪呢!"

朱老忠听到这里,摇摇头,心里说:"可不知怎么样?"

朱老忠向这个老头打听好了大监狱的坐落,带着江涛,走到大街上,买了一些礼物,拿着严知孝的信,上省政府去。到了省政府的红漆大门,门前有两排兵站着岗。朱老忠拍拍江涛身上的土,说:"孩子!我在门前等着,你进去,不要害怕,仗义一点儿。见了人,说话的时候,口齿要清楚,三言两句说到紧关节要上,不能唔哝半天说不出要说的事情……你去吧,咱不见不散。"

朱老忠在门前看着,江涛扬长走进去。等了吃顿饭的工夫,江涛才走出来。朱老忠笑着迎上去,拉着他的手儿,走到背角落里,问:"孩子!怎么样?见着了吗?"

江涛说:"正好见着了,晚来一会儿就不行。"

朱老忠笑了笑,问:"怎么样?跟我说说。"

江涛说:"他说这案子是军法处判的,不属他们管辖。看看可以,别的,他们没有这么大的权限。"

朱老忠又说:"他问什么来?"

江涛说:"他问严先生好,一家子尽有些什么人儿……"

朱老忠听着,倒像是个可靠的人。他们又在大街上买了火烧夹肉、点心、鸡子儿什么的,等明天一早,赶到大监狱去探望运涛。

第二天,是个阴湿的日子,灰色的云层,压得挺低,下着蒙蒙的牛毛细雨,石板路上湿滑滑的。朱老忠和江涛踩着满路的泥泞,到模范监狱去。走了好大工夫,到了监狱门口。江涛一看见高大的狱墙,森严的大门,寒森森的怕人,不觉两腿站住。朱老忠悄声说:

"走!"用手轻轻推了他一下,两人不慌不忙,走到门前。朱老忠说:"你等一等,拿信来,我先进去看看。"

江涛在门外头等着,朱老忠走进大门,到门房里投了信。一个油头滑脑的家伙,看了看那封信,拿进去。等了老半天,走出来嘻嘻哈哈说:"来,我帮你挂号,有几个人?"

朱老忠说:"两个人。"

那人带他领了一块竹板牌子,递给朱老忠。朱老忠看他回了门房,才走出来,拿下巴朝江涛点了一下,说:"来!"江涛跟着走进去。两个人弯着腰上了高台石阶,又走过一段阴暗的拱棚长廊。一过石门,那探监的人可真多呀!有白发老祖父来看孙子,年轻的媳妇来看丈夫,也有小孩子来看爸爸的……

他们顺着一排木栅子走进去。那是一排古旧的房廊,用木栅子隔开。他们立在第十个窗口下边待住。小窗户有一尺见方,窗上安着铁柱子,窗棂上只能伸过一只手。他们靠在木栅上,等和运涛见面。

每个窗口都有很多人,就是这个窗口人少,只江涛和朱老忠两个。人们见他俩醇醇实实①,庄稼百姓的样子,都扭过头来睁大眼睛看。

狱里的房屋破烂不堪。有的屋顶倾斜着,坍塌了,长了很多草。秋天,缺乏雨水,草都枯黄了,风一吹动,飒飒地响。屋里异常潮湿、黑暗,屋角上挂满了蛛丝。

江涛正在愣着,听得一阵铁链哗啷的声音,掉头一看,走出一个人来。浓厚的眉毛,圆大的眼睛。缓步走着,叮叮当当,一步一步迈上阶台。定睛一看,正是运涛。几年不见,他长得高高的个子,瘦瘦的脸庞。脸上黄黄的,带着伤痕。他怀里抱着铐,脚上拖

---

① 淳厚朴实的样子。

着镣,一步一蹽,走进门口。大圆圆眼睛,如同一潭清水,陷进幽暗的眼眶里,显得眉棱更高,眉毛更长。一眼看见江涛站在窗外,愣怔眼睛待了一会儿。当看见忠大伯也来了,站在江涛后面,他紫色的嘴唇,微微抖动了两下,似乎是在笑,沙哑着嗓子说:"江涛,忠大伯,你们来了!"

江涛静默着,站在窗前,睁着黑眼睛盯着运涛,说:"哥,我来了!"

朱老忠也走前几步,扒着小铁窗户说:"来了!我们来看你,孩子!"

"好!"运涛出了口长气,说:"见到你们,我心里也就安下了。奶奶可好?"

江涛迟疑了一刻,说:"老人家已经去世了!"

运涛仰起脸,望一望天上,沉重地说:"老人家去世了!爹和娘呢?"

忠大伯打起精神说:"你爹病了。要不,他还要亲自来看你。你娘可结实。"

运涛凝神看着江涛和忠大伯,有吃半顿饭工夫。他心里在想念故乡,想起奶奶慈祥的面容。不管什么时候,奶奶一见到他,就默默地笑。他始终不能忘记奶奶,那个可爱的老人。随后说:"告诉你们吧!"他用手摸索着磨光了的刑具,继续说:"江涛,忠大伯!我想,我完了……爹娘生养我一场,指望我为受苦人做主心骨儿……可惜,我还这么年轻轻的,就要在监狱里度过我的一生!"说着,连连摇头,眼上挂下泪来,像一颗颗晶亮的珠子,着实留恋他青春的年岁。又说:"哎!我并不难过,已经到了这刻上……江涛,今后的日子,只有依靠你了!你要知道,哥哥是为什么落狱的。"说到这里,乌亮的眼睛盯着忠大伯,老人直着脖子在看着他。他猛地抱起手铐,带动脚镣,踏步向前,好像坚决要走出铁窗,和亲人握别。老看守走上去,把他拦住,说:"到了,到了,时间快到了!"说着,拽起运涛向里走。运涛把脚一跺,生着气,抖动肩膀,摇脱了老看守的手,又仰起头来,瞪着眼睛要望穿青天,咬紧牙关说:"江涛!望你们为我报仇吧……春兰呢?"说到这里,他又呆住。

忠大伯说:"她在等你!我们都说好了,等你回去,给你成家。"

老看守说:"什么时候,还说这种话。"说着,连推带搡把运涛带走了。

江涛眼看哥哥拖着脚镣,头也不回,走回监狱,睖睁着眼睛愣住。

老看守腆着胖胖的大肚子,努着嘴,瞪着眼睛说:"走吧,走吧,走开吧!十五分钟过啦!"伸手要关那小窗户。

忠大伯急忙走上去,拦住他的手,说:"劳你驾,我们还给他带来点吃的东西。"

老看守噘起嘴,伸出手来,不耐烦地说:"拿来!"

忠大伯拿过东西,递上去。老看守把东西放在小桌上,打开纸包,歪起脖子,这么看看,那么看看。掏出根银钎子,这么插插,那么插插。然后,啪哒把小窗户一关,把东西带走了。

忠大伯愣愣地对着关上的铁窗,立了老半天。江涛说:"忠大伯,咱们回去吧!"忠大伯猛醒过来说:"嗯,走!"才低下头去,慢吞吞走出监狱。江涛扶着忠大伯走回小店。忠大伯迷迷怔怔,蹲在炕头上,不吃饭也不说话,抱着脑袋趴在膝头上,昏昏迷迷睡了一觉。

江涛心里七上八下,直绞过子。反革命要夺去运涛年轻的生命,他心里酸得难受,甭提有多么难过!他想这场官司打过去,说不定要失学失业。父亲要完全失去家产土地。于是,他心里想起贾老师的话:"……要想改变这个苦难的命运,只有斗争!斗争!斗争!"

哥哥从小跟父亲种庄稼。年岁大了,父亲给人家盖房,他成天价黏在园子里,拍土台、打步蛐、捉梨虫、上高凳,几行子梨树,不用母亲和祖母动手,钱就到家了。每天,天不明,就起身给母亲挑水,直挑得瓮满瓢平。天还没黑下来,就背起筐给牛上垫脚①。夜晚,让父亲好好睡到天明,哥哥把牛喂个饱……如今他陷进监狱里。

运涛自从那天晚上,和春兰离别,走到前边村上,和一个同志下了广东,交了党的介绍信,投效了革命军——自从国共合作,中共中央调了不少优秀的党团员,到广东参加革命军。

当时广东是革命发源地,运涛在革命军里受了很多革命的陶冶。一个青年,从乡村里走出来,投入革命的高潮,一接触到民主自由的生活,自然有惊人的进步。组织上看他操课都好,阶级意识又挺清楚,允许他以共产党员的身份参加了国民党。不久,革命军誓师北伐,他们开始和国民党员们并肩作战。时间不长,他当了上士,当了排长,又被保送到军官学校受短期训练。

当他开始做见习连长的时候,北伐战争正剧烈,他奋勇百倍地行军作战。在战争空隙里,也常常想起家乡:幼时,他在千里堤上玩,在白杨树底下捉迷藏游戏,在滹沱河浅滩上玩水,在水蓼中捉野雁。春天,那里是一眼望不到边的广阔的梨园。他在梨树上捉黑棉花虫儿,装在瓶瓶里,拿回家去喂鸡……一连串的儿时生活,从他脑子里掠过。他想:在那遥远的北方,可爱的家乡还被恶霸把持,被黑暗笼罩着!又想着,带领革命军到了家乡,怎样和忠大

① 给牛圈里垫土。

伯、明大伯，团结群众，起来打倒冯老兰，建立农民协会，建立起民主的乡政权……于是，他更加努力进行工作。除了行军作战，还要宣传政策，发动群众。

不久，他们打到一条长河上的桥梁。封建军队在桥梁上顽强抵抗。他们只好沿河构筑工事，决心攻下桥头堡垒，把军队运动到河流北岸去。革命军准备做攻坚战。风雨不休，一直在这条战线上攻击了五昼夜。在白天枪声稀落时，他趴着战壕，瞄准敌人射击的时候，还在想念着妈妈、父亲，想念着奶奶和忠大伯。一个个和蔼的面容，如在眼前。

野炮开始轰鸣，赤色的飞虹，像蝗群在头顶上飞过。那时，他还想念着春兰，那个黑粹脸儿，大眼睛的姑娘。

在战场的夜晚，月明星稀，天光凉冷，他怀里抱着一支枪，趴在战壕上，脑子里老是想着母亲，嘴里轻轻念着："妈呀!知道吗?你亲爱的儿子在和封建军阀作战。妈呀!知道吗?你亲爱的儿子，已经饿得快不行了。妈呀!你知道吗?你亲爱的儿子身上穿的衣服，挡不住夜晚的寒风呀……"

就在那天晚上，月亮很高，星星很稀，他们带领铁军健儿，冒着敌人的炮火，攻下了这座桥头堡垒……

一次次惊心动魄的战斗，一幕幕难忘的场景过去了。今天他们被砸上手铐脚镣，抛进阴湿的监狱里。

江涛想着哥哥，眼前晃着铁栏里那张苍白的脸。朱老忠醒来，看见江涛发呆，心疼得死去活来，站起身，咂着嘴走出走进，像手心里抓着花椒。吃饭的时候，亲手把面条拨在江涛的碗里，招呼他多吃点。睡觉的时候，睁着两只眼睛看着江涛睡着，他才睡下。晚上结记给江涛盖被子，怕他受了风寒。老年的心，放也放不平。

江涛又上省政府跑了一趟，结果，垂头丧气走回来。看是没有希望,忠大伯也不问他,只是合着嘴蹲在炕头上。不声不响,蹲了一天一夜。那天早晨,江涛说:"忠大伯!咱再去看看我哥哥,老远的走了来,弟兄一场,多见一次面……"

忠大伯说:"走!"还是合着嘴不说什么。

忠大伯带上江涛,走出小店,到了监狱门口。见有个穿黑制服的办公人,站在高台大门前。忠大伯用手捅了江涛一下,叫他停住。一个人走上去说:"借光,我们来看一个人。"

"看谁?"那人有一搭没一搭地问:"叫什么名字?"

忠大伯说:"严运涛。"

"严运涛,是个政治犯!"那人好像很熟悉运涛的名字。抬头想了想,嘟嘟哝哝说:"这是不许轻易接见的,除非有信。"他仄了一下脑袋,像忘了什么又记起来,又抬头思摸了一下。

听得说,朱老忠向江涛要过信来,向前走了两步,把信交给他。那人看完了信,领他们到里面去,领出牌子来。又通过那条黑暗的过道,走到小铁窗户前面。

吃顿饭的工夫,有两队兵,端着明晃晃的刺刀,凶煞似的,从里面跑出来。后头有人挟着运涛走出来。这次见面,和上次有很大的不同!

江涛看见哥哥戴着手铐脚镣,叮当地走出来,一步一步迈上阶石。运涛睁着大眼睛,一眼看见江涛和忠大伯,看见忠大伯眼里滚出泪珠来,眼圈也红了。他今天不同那天,脸上红红的,鬓角上青筋在跳动,头发蓬乱,披在脸上。也不知道他受了什么刺激,在监狱里起了什么变故!

江涛合着嘴,绷紧了脸走上去,忠大伯也跟着走到小窗户前面。探监的人们,看见运涛在小窗户里的样子,都走拢来看,一时把小木栅栏挤满。有几个士兵走过来,举起鞭子,在人们头上乱抽:"闲人闪开,闲人闪开!"等人们走开了,江涛走上去说:"哥哥!明天我们要回去了,你还有什么话说?"

运涛站在铁窗里,叉开两条腿,问:"你们要回去了?"

忠大伯说:"唔!我们要回去了,再来看看你!"

这时,运涛气呼呼,扬起头来看看前方,响亮地说:"回去告诉老乡亲们!我严运涛,一不是砸明火,二不是断道。我是中国共产党的党员,为劳苦大众打倒贪官污吏,铲除土豪劣绅的!我们在前方对封建军阀们冲锋打仗,一直打到长江,眼看就要冲过长江去,北伐就要成功,革命就要胜利。蒋该死,他叛变了!和帝国主义、和军阀官僚、和土豪劣绅们勾结起来,翻回头,张开血口,屠杀共产党和工农大众……"

他讲着,掀动浓厚的眉毛,睁开圆大的眼睛,射出犀利的光芒。讲到"蒋介石集团叛变中国革命,使革命遭到失败"的时候,从雪亮的眼睛里抛出几颗大泪珠子。

听得运涛讲话,朱老忠振起精神,暗下说:"好,好小伙子,有骨气!"

不等运涛再说,站出一个凶横的家伙,长着满脸横肉。伸出手,啪!啪!啪!连打几个嘴巴,直打得运涛顺嘴流血,说:"妈的!你疯了?你疯了?真是骂了一夜的街!"

看见大兵打运涛,江涛瞪着血红的眼睛,气愤极了。他想伸出拳头大喊几声。可是,伸头一看,两旁站的尽是带枪的兵……看着哥哥受罪,他心里痛啊,暗里直流泪。忠大伯惊诧地说:"咳呀!他疯了?他疯了?亲人们!看,不如不看,这比刀子剜心还疼!"

运涛到这份儿上,什么也不怕了。他更加愤怒,瞪着眼珠子大喊:

"打倒国民党!"

"中国共产党万岁!"

喊着,嘴上的血流到下巴上,滴满了衣襟。

这时,看的人越聚越多,不住地有人说:"真好样儿的!"暗里惋惜:"像个共产党员!"

士兵们搂住运涛,要把他拉出去。拉到门口,他瞪出血红的眼睛大声喊叫:"江涛!忠大伯!回去告诉我爹,告诉明大伯,告诉妈妈和春兰。叫春兰等着我,我一定要回去,回到锁井镇上去,报这不共戴天之仇!"

朱老忠正愣着眼睛看着运涛,劈劈啪啪落在头上几鞭子。他拽着江涛斤斗骨碌跑出来,一直跑出大门,还气喘喘的。江涛看见了哥哥愤怒的样子,攥紧拳头,气昂昂,挺起胸膛,迈开大步在街上走回来。回到小店里,蹲在炕上,低了头,用袖子捂上脸,不忍看见狼心狗肺们对哥哥凶横的摧残,他们要把他可爱的生命囚禁在黑暗里度过一生!

店掌柜见他们一天没吃饭,走进来招呼,说:"这街上嚷动了,说大监狱里囚着一个硬骨头的共产党员,好硬气的人物!"又同情地嘟嘟囔囔说:"他们这'革命'呀,可不如这好汉子刚强,他们欺软怕硬!"

朱老忠听话中有因,凑过去问:"店掌柜!怎么说他们是欺软怕硬?"

"我给你们说说吧!"店掌柜打火抽烟,和忠大伯坐在一起,说:"今年夏天'北伐军'打到济南城,日本鬼子不许他们进来——这地方早就住着许多日本兵——眼看就要跟他们开火。北伐军派外交官进城跟日本人交涉,你猜怎么样?按窝儿叫人家捆起来了。"

忠大伯缩了一下脖儿问:"干什么,要开火?"

店掌柜绷起脸,摇晃着手,气呼呼地说:"咳!把那外交官割了舌头,剜了眼了。"

忠大伯说:"八成,这仗得打起来!"

店掌柜虬了一下脖子,笑咧咧地说:"不,他们不行。这'北伐军'绕了个弯儿转过去了!"

朱老忠有点不相信,用怀疑的眼光看着江涛。江涛也说:"革命军打到武汉的时候,他们还和共产党合作哩,共产党发动工农群众,向帝国主义游行示威,强硬收回外国租界。后来,他们害怕了,镇压了工农群众,屠杀了共产党。这样一来,北伐军就缺乏了革命性,打到济南城的时候,他们的外交官就被日本鬼子割舌头剜眼睛了!"

说到这里,店掌柜拍了拍江涛的肩膀说:"好小伙子,你是个明白人,将来一定能行。"说着,缩起脖儿,唏唏笑着走了。

朱老忠这时觉得心慌意乱,念着亲友情分,还是不忍回去。他又坐下打火抽烟,想:运涛这孩子……他要长期过着监狱生活了……想着,目不转睛看着江涛。长圆的脸,大眼睛,和哥哥一样浓厚的眉毛,又黑又长的睫毛打着忽闪,叹口气说:"咳!多好的孩子,偏生在咱这人家。"

自从接到运涛的信,朱老忠老是替严志和父子着急,心上架着一团火。到这里,看运涛没有死的危险,心里才落实。现在,全身的骨架再也撑持不住,躺在炕上晕晕地睡着,做起梦来……

梦里,他正躺在打麦场上睡觉。运涛笑模悠悠儿①,远远跑来看他了,说:"忠大伯!院里下雨哩,屋里睡去。"说着,黑疙瘩云头上掉下铜钱大的雨点子,打得杨树的叶子啪啦乱响。

江涛看太阳下去,天空开始漫散着夜色,城郊有汽笛在吼鸣。

---

① 笑眯眯的,很悠闲自得的样子。

他想到祖父和父亲的一生,想到朱老巩和忠大伯的一生,想到社会上冷酷无情,心里说:阶级斗争,要流血的!你要是没有斗争的决心和魄力,你就不会得到最后胜利!想到这里,头顶上像亮出一个天窗,另见一层天地。

忠大伯睡醒一看,哪里有什么场院,还是在炕上睡着。抽着烟,向江涛叙述着他的梦境,说:"运涛一定能回去,能回到咱的锁井镇上!"江涛说:"哪里有这么巧的事,是想运涛想的。"

江涛在济南买了几张大明湖的碑帖,又买了二斤乐陵小枣,包了个小包袱,挂在裤腰带上。又在山东地面买了一匹小驴,叫忠大伯骑上,江涛折了根柳枝,在后头轰着走回来。路上,忠大伯还说:"按我这个梦境说,运涛这孩子一定要回来,共产党不算完!"

江涛说:"当然不算完!反革命在武汉大屠杀以后的日子,毛泽东带领革命的士兵、工人和农民,上了井冈山。朱德带领南昌起义的部队转战湖南。'朱''毛'在井冈山会师了,建设了苏维埃政权、建立了工农红军。今后要打土豪分田地,进行土地革命,使庄稼人们都有田种!"

卷 二

25

江涛从济南回来,秋天过了,父亲还在病着。他把运涛的事情一五一十对父亲说了。母亲割完谷,砍完玉蜀黍,正在场上碾场扬场。他又帮着砍了豆子,摘了棉花。做着活儿,母亲问他:"江涛!你哥哥可是怎么着哩?"他只说:"还在监狱里。"母亲天天想念着在狱里受苦的儿子。

收完了秋,江涛去找朱老忠,说:"忠大伯!家里出了这么大的变故,上不起学校了,我想退学。"朱老忠说:"莫呀,孩子!上济南剩下来的钱,你先拿去。家里,我再想法子弄钱,叫你爹吃药治病。咳!赶上这个年头儿,不管怎么,托着掖着闯过去。"江涛说:"那只够今年的,明年又怎么办呢?"朱老忠说:"不要紧呀,孩子!有大伯我呢,只要有口饭吃,脱了裤子扒了袄,也得叫你师范毕了业。"

江涛回到保定,第二天,洗了澡,理了发,换上身浆洗过的衣裳,去看严萍。一进严知孝的小院,北屋里上了灯,老伴俩正在灯下说闲话儿。严知孝见江涛进来,问他:"运涛怎么样?"

江涛把小包袱撂在桌子上,说:"他判了无期徒刑!"

一听得江涛的声音,严萍在她的小东屋里发了话:"江涛回来啦!"东屋门一响,踏着焦脆的脚步声走过来。她两手拄着膝盖,跟江涛脸对脸儿说:"你瘦啦,黑啦!"又伸出指头,指着江涛的鼻子尖儿说:"是在灯影儿里过的?"

妈妈看严萍这么亲近江涛,满心眼不高兴,噘起嘴说:"长天野地里去跑嘛,可不黑喽!"妈妈是个高身材的乡村妇人,脸上苍老,高鼻梁,下巴长一点。说着,走到桌旁,解开包袱看了看说:"看江涛带来什么好东西。嘿!通红的枣儿!"

严萍拈起一枚小枣,掏出手绢擦了擦,放在嘴里,咂着嘴儿说:"可甜哩,没有核儿。"她抓起几个枣儿,放在父亲手心里。又用手绢包起一些,藏下自个儿吃。

严知孝取出眼镜盒,戴上眼镜看碑帖,说:"小枣,别有风趣。大明湖的碑帖嘛,看来没有什么可贵之处。"

江涛说:"枣儿是全国有名的。碑帖,也许是没买着好的。"

严知孝摘下眼镜,捏起一枚小枣放进嘴里,说:"你没见过张秘书长?不能维持一下?"

江涛说:"他说案子属省党部直接处理,探望一下可以,别的,他们无权过问。已经定了'无期徒刑'。"

严知孝说:"咳!活跳跳的一个人儿,一辈子完啦!"

严萍斜起眼睛看着父亲,说:"哦,那将来还有出来的一天。"

严知孝冷淡地说:"什么时候出来?"说到这里,他又停了一下。

严萍说:"将来红军势力大了,统一全国的时候。"

江涛对严萍摇摇头,不再说什么。

严知孝抬手拢了一下长头发,说:"这话,也难说了。"他背叉起手儿,走来走去,捻着浓黑的短胡髭,又说:"昨天,还是被人捉住砍头的,他们就需要与别人合作。今天,他们把权柄抓在手里,就不需要合作,要砍别人的头了。过了河就拆桥。看来'权''势'两字,是毁人不过的!"

江涛说:"刀柄在他们手里攥着嘛!"

严知孝说:"他要防备刀柄攥在别人手里的时候。一个不久以前还是被人欢迎过的,昨天就在天华市场出现了'打倒'的传单!"

严萍说:"他反过来掉过去嘛!"

江涛说:"那就是他背叛了群众……"

严知孝说:"横征暴敛,苛捐杂税,你征我伐,到什么时候是个完哪?过来过去总是糟践老百姓!"

严萍说:"谁想当权,就把最大的官儿给他们做,不就完了。"

严知孝绷起脸说:"没有那么简单,他们都想做最大的官,有没有那么多?"说得一家人都笑了。

严萍坐在父亲的帆布躺椅上,转着眼珠儿想:"可就是,我就没有想到。"

"我看龙多不治水,鸡多不下蛋……国家民族还是强不了!"妈妈不凉不酸地说着,走出去。不过是插科打诨,取个笑儿。

严知孝说:"不管怎么的吧,咱是落伍了。政治舞台上的事情,咱算是门外汉。干脆,闭门不问天下事,心里倒也干净。"

严知孝又问了年景呀,庄稼呀,一些老家的事情,老家的人们。他不常回家,每次从老家来了人,他都关心地问长问短,而且问得挺详细。妈妈又煮了枣儿来,说是搁了糖的。吃了糖枣儿,严萍叫江涛到她的小屋子里去。

江涛走到严萍的小屋里,转着身儿看了看,见屋里没有什么新的变动,心上才安下来。坐在椅子上,转着黑眼珠呆着。

严萍看他老是不说话,问:"怎么,又在想什么心事?净好一个人静默,那不闷得慌。"

江涛说:"静默就是休息。"

严萍说:"你还不如说,静默就是幸福。"

江涛说:"能够静默下来,当然是幸福。一个人,坦坦然然,想个什么事儿,多好!不过有时,有一种力量,不让你静默下来。"

严萍说:"我不行,一个人孤孤单单的,多愁闷。什么力量不让你静默?"

江涛说:"命运!"

严萍说:"嘿,又说起命运来。什么命运?"

江涛说:"祖辈几代的。祖父的命运,父亲的命运,哥哥的命运,我的……"

严萍说:"嘿,你的又是什么样的命运?"

江涛说:"我也不知道。"说了这句话,他就再也不说什么,定着黑眼珠,静默起来。

严萍拿眼睛呼唤他几次,拿下巴点了他几次,他都没知觉。两个巴掌伸到他的耳朵上,一拍,说:"嗨!你发什么呆?"

江涛笑模悠悠地说:"想起运涛,一个人坐狱,几家子人担心!"

严萍说:"几家人?你家,我家……"

江涛说:"还有忠大伯家,春兰姑娘……"

严萍不等江涛说完,问:"春兰是谁?"

江涛说:"春兰是运涛相好的人儿,她聪明活泼,又进步。打算等运涛回来跟他结婚呢,这样一来……"说着话儿,他又沉默下来。

严萍听说运涛要长期住狱,那个钟情的姑娘还等着跟他结婚,对春兰产生了很大的同情心,屏气凝神,睁着眼睛听着。可是江涛睁着大圆圆眼睛,不再说下去。严萍急了,说:"你可说呀!"

江涛把运涛和春兰的交情说了一遍,说:"春兰帮着运涛织布,两个人对着脸儿掏缯①,睁着大圆圆眼儿,他看着她,她看着

---

① 缯是织布机上的一部分。掏缯是织布的一个过程。掏缯时,两个人隔着缯对坐,把经线一根一根地穿进缯里,用缯隔开。

他,掏着掏着,就上了感情……"

严萍听着,笑出来说:"两个人耳鬓厮磨嘛,当然要发生感情。"说着,腾的一片红潮升到耳根上。

江涛继续说:"有天晚上,我睡着睡着,听得大门一响,走进两个人来。我忽地从炕上爬起,隔着窗玻璃一看,月亮上来了,把树影筛在地上。两个人,一男一女,男的是运涛,女的是春兰……"

严萍问:"妈妈也不说他们?"

江涛又说:"看见他们走到小棚子里去,我翻身跳下炕来,要跑出去看。母亲伸手一把将我抓回来,问:'你去干什么?'我说:'去看看他们。'母亲说:'两人好好儿的,你甭去讨人嫌!'这时,父亲也坐起来,往窗外看了看,伸起耳朵听听,说:'你去吧!将来春兰不给你做鞋袜。'"

严萍听到这里,喷地笑了,说:"怪不得,你们有这样知心的老人。看起来,运涛和春兰挺好了。运涛一入狱,说不定春兰心里有多难受哩!"说着,直想掉出泪来。

两人正在屋里说着话儿,听得母亲在窗前走来走去。

江涛转个话题问:"我去了这些日子,你看什么书来?"

严萍坐在小床上,悠搭着腿儿,说:"我嘛,读了很多书。真的,《创造月刊》上那些革命小说,我看了还想看。数学什么的,再也听不到耳朵里去。"

江涛说:"按一个学生来说,功课弄好,书也多看,才算政治上进步哪!要多看一些社会科学的书,不能光看文艺小说。"每次,他都对严萍这样谈,希望她多读一些政治书籍。他觉得,从他跟严萍和严知孝的关系上来说,他有责任推动他们的思想走向革命。

听得妈妈老是在窗前蹭来蹭去,江涛才走出来。严萍也在后头跟着。出了大门,江涛悄悄地问:"登龙常来玩吗?"

严萍直爽地说:"差不多,他每个礼拜日都来玩。来了就咕咕叨叨,蘑菇一天才走。妈妈还给他做好东西吃。"

江涛说:"这人挺不喜欢读书。"

严萍说:"他正在学武术,可着迷哪!练什么铁砂掌呀,太极拳呀,还要学军事。他说将来绝对不向文科发展,要做些对国家民族有益的事……"说着,走到西城门。她又愣住,笑了说:"怎么办?送我回去吧。叫我一个人回去吗?大黑的天。"

江涛又把严萍送回门口。在黑影里,严萍拍拍江涛的胸脯,看了看他的脸,说:"好好儿的,运涛的事情,放开吧,不要过分悲伤。过去的事嘛,让它过去。前途要紧哩!"江涛站在门口,听她把门插上,才走出胡同。街上行人稀少,路灯半明半暗,呆呆地照着。路面不平,他一步一撅,穿过冷清清的街道,走回来。

26

大恐怖的年月过去,江涛眼睁睁看着哥哥被关进牢狱里,心头钉上苦难的荆棘。他寒假暑假回到家乡,一开学就回到保定。下了课,到校外工作。夜晚钻进储藏室,把小油灯点在破柜橱里看书。他读完瞿秋白手著的《社会科学讲义》,心上好像开了两扇门,照进太阳的光亮。

他从学校到工厂,从工厂到乡村,偷偷地把革命的种子撒在人们心上,单等时机一到,在平原上掀起风暴。

第二年秋天,上级派人到锁井镇一带四十八村视察工作。根据群众的要求,决定发动大规模农民运动。到了冬天,组织上派江涛回到锁井镇上,发动农民,组织反割头税、反百货税斗争。

动身的那天早晨,天上垂下白腾腾的云雾。马路上、屋顶上、树枝上,都披着霜雪。江涛走到严萍的门前,伸出手去,想拍打门环,又迟疑住,想:还是不告诉她吧!停了一刻,才抽回手,走出城来。

走不多远,天上卷起绞脖子风,推着他一股劲往前跑,想停一下脚步也难停住。又飘起雪来,急风绞起雪霰,望人脸上扑,浑身冷飕飕的。江涛脸冻僵了,鼻子也冻红了。一大群、一大群的雪花从天上旋卷下来,纷纷扬扬,像抖着棉花穰子。雪片洒在地上,刷哩哩地响。

一直跑到天黑,跑得满身大汗,两腿也酸软了。他想找个地方休憩休憩。稍停一会儿,就觉得身上冰凉。看那边像是几棵树的影子,他走了一截地,还是看不见村庄树林,又吭吭哧哧走回来。想蹲在道沟的土崖下避避风,可是两条腿硬挺挺回不过弯了。棉袍子冻上一层冰,像穿上冰凌铠甲,一弯腰,身上就咯咯吱吱地响。他搓着手,抬起头看了看天,灰色的云雾没有边际。浑身冷怔了一下,想:唉呀!这是走到什么地方?什么方向?歇了一会儿,并没有减轻身上的疲乏,觉得身上潮湿得厉害,索性咬起牙,一股劲儿往前跑。一直跑到深夜,在雪花里看见贾老师的村庄。去年春天他才来过,还记得小梢门前头那棵老香椿树,树下那口井,井台上那根石头井桩。门朝村外开着,对着一片田野。如今野外一片白,柳树上驮着满枝白雪。

他在小梢门底下停住脚步,拍打拍打门板,不见动静。又拍了两下,还是听不见动静。一天走了两天的路,浑身酸痛,很想坐在门槛上歇一下。抖动了一下肩膀,身上的雪像穰花,纷纷掉在地上。忽不拉儿,村西南传来了马蹄声,嚓、嚓、嚓地,越来越近,骑着马的黑衣警察,冒着风雪跑过去了。他身上一机灵,想:为什么在冬天的深夜,刮着风,下着大雪,会有骑马疾驰的警察呢?按一般习惯,他该马上走开。可是今天他不敢这么想,跑了一天路,身上太乏累了。一天水米不落肚,很想喝点汤水润润肚肠。他不假思索地连连拍打着门板,仄起耳朵一听,屋顶上有踏雪的声音。他想望望有什么人在屋顶上走动。才说移动脚步伸出头去,猛地,喀嚓一声,一把明亮的粪叉,从屋檐上飞下来。他机警地闪进梢门角里。紧接着,又嗡地一把禾叉飞到脚下,掘起地上的泥土,迸了满脸。他愣怔住,皮肤紧缩了一下,头发倒竖起来,尖声叫出:"是我!"

屋檐上有沙嗓子的老人,厉声喝着:"你是谁?老实说!不的话,看脑袋!"

江涛说:"是我……江涛!"他缩紧眉头,心上敲起战鼓。头上嗡地冒出汗珠子来。

静了一刻,夜黑天里,打屋檐上探出一个头来,问:"嗯,江涛?"

听得是贾老师的声音,江涛心上才松下来,说:"唔,是我。"

又等了一刻,门吱呀的一声开了。贾老师穿着白茬子老羊皮袄,戴着毛线猴儿帽,弓着肩膀走出来。摸住江涛冰凉的手,说:"你可来了!"又拍着他的肩膀,龇开牙无声地笑着。

贾老师揭起沉重的蒿荐^①,让江涛进门。房里,炕上放着个小饭桌,点着豆儿大的小灯,有几个人围桌坐着。见江涛进来,不住地抬起头来看。地上烧着一堆柴火,照得满屋子通亮,江涛坐下来烤火。一个老人抱着那杆粪叉走进来,穿着山羊皮背褡,满脸乍蓬胡子,凑近江涛看了看,说:"同志,你命大呀!"拍着江涛的肩膀,伸出手指,弹得明亮的叉齿嘚儿地响,又笑笑说:"我眼看有警察骑着马跑过去了,以为是他们偷偷藏在梢门底下,等着逮捕咱们

---

① 冬天用来挡风的草制门帘。

哩!"国民党在北方掌政以后,发现共产党在乡村里的活动,经常派马快班和警察队下乡搜捕。

贾老师介绍说:"这是我爷爷。"江涛连忙站起来,握老人的手。老人满脸笑着说:"冷啊,今天冷啊!"江涛拆开帽檐,取出介绍信。贾老师接过那张小纸条儿,走到灯下,蹙着眉梢看了看,扔在柴火里烧了。

小屋里挺暖和,充满着烟熏味、牛粪尿和牛槽里的豆腥味。江涛冰凉的肌肉,一烤到火上,浑身麻酥酥,耳朵也奇痒起来。伸手一摸,满把鼻涕样的东西,他咧起嘴,拿到眼前看了看。才说去摸左边的耳朵,贾湘农两步跨过去,拽着他的手,说:"唔!摸不得,耳朵冻流啦!"他怜惜地攥住江涛的手,皱起眉头说:"是呀,跑关东的人,有不少是冻掉鼻子耳朵的!甭动它,过几天就好了。一动就要掉下来。"

人们听得说,都耸起眉头,眯细着眼睛,不忍看见江涛被风雪吹打得红肿了的耳朵。贾湘农叫他脱下棉袍,烤在火上,冰冻化开了,冒出腾腾白气。贾湘农脱下自己的皮袄,给江涛披上。又跑进去,待了一会儿,端出一大碗绿豆杂面来,说:"江涛,吃了吧,吃下去就暖和了。"

江涛端起碗来喝着汤。背后过来一个人,抬手照准江涛脊梁上,哗啧①就是一拳,又伸手拧过他的右胳膊,背在脊梁上。江涛左手摇摇晃晃,差一点把面碗摔在地上。贾湘农伸手接过,说:"嘿嘿!别洒了面,别洒了面。"

江涛回头一看,这人,细高个,红脸膛,高鼻骨梁儿,是同班的同学张嘉庆。他今年秋季才在河南区领导了秋收运动,因为性格有点暴腾,人称"张飞同志",目前在县委机关里工作。

---

① 象声词。形容声音很响。

张嘉庆,也是在贾湘农教育之下加入共产主义青年团的。自从受了党的教育,开始阅读革命文学。一读了革命的诗歌和小说,饭都忘了吃,觉也忘了睡。从此,他衣服喜欢穿破的,饭喜欢吃粗的,一心信仰共产主义,同情穷苦人。夏天带着穷孩子们去打棉花尖儿,冬天坐在牲口棚里热炕头上,给长工们讲"朱""毛"上井冈山,讲当家的剥削做活的,讲地租和高利贷的剥削。有几次,他父亲碰上,觉得挺离奇,转着眼珠子想:嗯,这孩子,净爱和受苦人在一块打练①。问他干什么,他说在讲三国,要不就说是想拱拱"牛子牌"②。父亲觉得,他和穷棒子们常在一块儿,学不了出息,要想个法子绊住他。教他骑马打枪,行围打猎。买来了苍鹰、细狗、打兔子的鸟枪,请来了熬鹰③的把式,说:"这个玩意儿,又文明又大方。"

寒假、暑假、春冬两闲里,他带着木头厂子里的伙计伍老拔,带着长工和穷孩子们去打猎。学会了用快枪打兔子、打鸟儿。光费的那子弹,就有几筐头子。打住了也不跑去拾,任凭穷孩子们乱抢。打完猎,趴在塥沟里讲革命故事。从此,他学会了骑马打枪。

今年秋天,保属特委要在滹沱河与潴龙河两岸开展秋收运动。张嘉庆接受了党的任务,回到家乡一带,开展斗争。成天价在大树底下给人们讲"穷人是怎样穷的","富人是怎样富的"。伍老拔听得不耐烦了,故意刁难了他几句:"张飞,甭瞎摆划④!你家十亩园子百顷地,住的是青堂瓦舍,穿的是绫罗绸缎,成天价跟俺穷人念这个闲杂儿!你不过是快活快活嘴,拿俺穷人开心!"

---

① 这里指打交道。
② 玩玩牛子牌。牛子牌是一种竹制赌具。
③ 训练鹰。一般是在晚上不让鹰合眼。
④ 瞎吹,瞎指点。

张嘉庆说:"别着急呀!时刻一到……时刻一到,这庄园地土都是穷人的。"

伍老拔把脸一沉,说:"这话,准吗?"

张嘉庆急得摆着脑袋说:"准!你看着,时刻一到……"

伍老拔不等他说完,鼻子不是鼻子,脸不是脸地说:"什么叫时刻一到?我缸里没有米,坛里没有面,饿得大小耗子都吱吱叫。光听你白话这个,老婆孩子都快饿死了。真是开玩笑,我看你是个莽张飞。"

说着,伍老拔抬腿就走。

张嘉庆被他呲打了一脸火,人们在一边睁着两只大眼睛看着。他红了脖子粗了筋,赶上去说:"咱们得组织起来呀!"

伍老拔停住脚,愣着眼问:"组织什么?"

张嘉庆说:"组织农会、穷人会……"

伍老拔生气地把脚一跺,说:"组织个蛋,你得摆出来给俺穷人看看!"

张嘉庆碰了个硬钉子,打了几天闷工,反复思量:怪不得说,不是工农出身,就是不行,说话儿群众信不准。

过了几天,张嘉庆又到木头厂子里去找伍老拔,说:"给你们看看,抢我爹大井上那二十亩棉花吧!我领头儿。"

伍老拔看出张嘉庆是个实打实的赤诚人,是真心革命的,便辞退了木头厂子里的活,跟着他跑起革命来。组织起农会、穷人会、弟兄会。眼看到了黄秋九月,收拾棉花的时候。张嘉庆和农会里人们订下"日头正午,打鞭为号",要领导穷苦人们抢棉花。

到了那一天,来抢棉花的人挺多,打着包袱的,背着口袋的,好像看戏赶庙场。天刚乍午①,时间就到,人们一群群、一伙伙,黑

---

① 接近正午。

压压地涌上来，像暴风雨前的黑云头。张嘉庆头上籀块蓝布手巾，腰里束着一条褡包，把衣裳襟掖在褡包上，登上大车，两手举起轰车的大鞭，朝天空上啪，啪，啪，连打三鞭，抽得震天价响。人们听得鞭声，哇呀地呐喊了一声，拥上去，把一地白花花的棉花抢光了。他爹，那老头子听得说了，跟跟跄跄，喘着气奔了来，丧气败打地直骂街。张嘉庆说："骂什么街，秋天快过了，人们还没有过冬的衣裳！"

说着，又打三鞭，人们一拥，又抢了邻家财主的一块玉蜀黍。这一下子仗起人们的腰眼儿，个个摩拳擦掌，准备动手。张嘉庆又连打起鞭子，向西打，抢完了西财主家的。向东打，抢完了东财主家的。这一带的秋收运动，就顺势开展起来。

张嘉庆他父亲，直气得死去活来，说："人的禀性难移，这孩子也不知迷了哪一窍，一辈子也算完了。"从此，张嘉庆跟着贾湘农革起命来。

运动过去，人们异口同声："共产党不是说空话，是办真事的。"

江涛看见张嘉庆，说："张飞，乍什么刺①？"老人也连连摇手说："咳！青年人好久不见了，亲热得不行呀。"

贾湘农看着他两位得意的学生，笑着说："二位同窗，今天又碰到一块了。他去河南区，你去河北区，比比看，谁搞得更红火一点。"

江涛连忙握住张嘉庆的手，说了一会子久别重逢的话。

张嘉庆和那几个人办完了事，披起布袋要走。走到门口，贾湘农又拽回他们，说："等等，你们装扮装扮再走。"

张嘉庆问："怎么装扮？"

---

① 摆什么威风。充什么能。

贾湘农说:"脱下鞋,倒穿上。"

张嘉庆又问:"干吗?这是?"说着,脱下鞋子,倒登在鞋跟上。

贾湘农说:"这么一装扮呀,马快班就不知道你们从哪儿来,上哪儿去,不好跟踪你们。"他拿了几条麻绳来,给嘉庆他们把鞋绑上。把梢门开了个缝,送他们出去。张嘉庆试试走着,说:"还是你办法多。"

贾湘农看着他们走远,才走回来,对江涛说:"你来得晚了,会才开完。咱俩谈谈吧!"笑眯眯握起江涛的手问:"你说,你懂得乡村吗?"

江涛用木棍拨着火堆,火光在眼前闪亮,说:"我生在乡村,长在乡村,当然懂得乡村呀!"

贾湘农又问:"你懂得农民吗?"

江涛说:"我老爷爷是农民,爷爷是农民。父亲年幼里是农民,大了学会泥瓦匠,带上点工人性儿。怎能不懂得农民呢!"

贾湘农说:"好,你可不能吹!"

江涛烤了火,吃了饭,身上除了疲累,听贾老师说了句逗趣的话,兴劲儿起来了,说:"跟别人嘛,还可以吹吹,跟老师哪能瞎吹!"又向贾湘农凑了一步说:"来吧,请你分派工作。"

贾湘农斜起眼睛瞟着他说:"我还想先听你的汇报哩!"

江涛说:"你听我什么汇报?自从离开县,咱们又没有直接的关系。"

贾湘农说:"请你汇报锁井镇上封建势力的情况,还要你多加分析。"

江涛摸着颈项说:"这,我还没准备。"

贾湘农笑笑说:"看,说你甭吹嘛,非吹!"

江涛龇开牙,笑了说:"吹吹也没关系,不是外人。"两只大眼睛,慢慢悠悠转了转,说:"来,向你汇报。"

贾湘农又在火上加了几片柴,烧得毕剥乱响,火光照到人的脸上,照到墙上,亮澄澄的。江涛清了清嗓子说:"我年幼的时候,听得运涛说过,锁井镇上,在老年间发过几场大水,趁着荒涝的年月,出现了三大家⋯⋯

"论势派,数冯老洪。他大儿子冯阔轩,在保定军官学校毕业,到日本士官学校留过学,现在是晋军的骑兵团长。二儿子叫冯雅斋⋯⋯

"论财势,数冯老兰。有的是银钱放账。三四顷地,出租两顷多。剩下的地,雇三四个长工,还雇很多短工,自己耕种。大儿子冯月堂,在外边混点小事儿。二儿子冯贵堂,上过大学法科,当过军法官,现在回家赋闲。三儿子冯焕堂,是个不平凡的庄稼人⋯⋯"

贾湘农板起酱色的脸,斜起眼睛听着。听到这里,把巴掌一拍,打断江涛的话,说:"哎,我们的对头到了,冯老兰是今年割头税包商的首脑。"

江涛紧跟上说:"对,冯贵堂早就想做这类买卖。本来冯老兰是个老封建疙瘩,盘丝头,钢镐刨不开的家伙。冯贵堂在他面前,甜言蜜语,不知说了多少次。'四·一二'政变以后,冯老兰才把钥匙头儿撒给他⋯⋯

"第三家是冯老锡⋯⋯

"锁井镇上三大家,方圆百里出了名,一说'冯家大院',人们就知道是冯老兰家。一说'大槐树冯家',人们就知道是冯老锡家。"

听到这里,贾湘农又说:"好,好啊!谈情况的时候,一定要一籽一瓣儿谈。只有深入了解乡村,才能做好乡村工作。你还没有讲明白锁井镇上的剥削关系。"

贾湘农又在火上加了两片柴,把火笼欢,腾起满屋子烟气。老人拎了把水壶放在火上,嗞嗞地响着,想叫他们喝开水。

江涛说:"冯老兰的老代爷爷,经营土地,种庄稼,有的是陈粮陈仓。到了冯贵堂,开始在乡村里做买卖,开下聚源号杂货铺、聚源花庄。这些铺号,都经手银钱放账。冯老兰一看赚钱多,也就没什么话说。冯老洪这家伙,他爱吃,开下了鸿兴荤馆。各院姑娘媳妇积攒下体己,开下四合号茶酒馆。锁井镇上,自从有了座铺,成了有名的大镇子,掌握四乡经济流通。三大家趁着荒涝的年月,收买了很多土地,攥得种田人家无地可种⋯⋯

"他们赚了钱,放高利贷。锁井一带村庄,不是他们的债户,就是他们的佃户⋯⋯打下粮食,摘下棉花,吃不了,用不完,把多余的钱供给姑娘小子们念书,结交下少爷小姐们做朋友。做起亲事,讲门当户对,互相标榜着走动衙门。在这块肥美的土地上,撒下多财多势的网。在这网下,是常年受苦的庄稼人⋯⋯"说到这里,江涛缓了一口气,接着说:"马克思主义,客观存在决定人的意识,自从冯家大院做起买卖生意,冯老兰和冯贵堂的脾性上都有了变化。"

江涛两只手指画着,越说越快。贾湘农眯着眼睛,看着江涛的眼色、神气,听着他的声音,一个憋不住,喷地笑出来说:"好,从这地方看,你的社会科学算是学通了。"

夜深了,非常静寂。只有窗外的风声,雪花飘在地上的声音,牛嚼草的声音。老人还是走出走进,在房顶上放哨。贾湘农听完江涛的汇报,把手拍拍自己的头顶说:"在农民问题上,你比我强。我懂得工人,不懂得农民。组织上派我回来开辟工作的时候,可遭了老鼻子难了!运涛对我有很大帮助,可是现在他长期陷在监狱里。这次才去信把你调回来。"谈到这里,镇起脸孔,对运涛有深远的回忆。又说:"啊,几年河东几年河西,这才几年,你和过去大不相同了,分析问题这么细致,这么深刻。"又说:"老头子要迈开大步紧赶,才赶得上啊!"无声地笑着,抬起头来看着窗外,像有极深刻的考虑。

贾湘农很爱斜起眼睛来看人,还有个习惯动作,一到紧急关头,常是举起右手,颤抖着说:"……因此,要斗争!斗争!"表示他的决心。他在斗争中,确实是坚强的。在天津住狱的时候,上午出监门,下午就走上工作岗位。

贾湘农又说:"关于冯老兰本人的材料,再请你供给一些。"江涛把冯老兰陷害运涛,又要夺去春兰的话一说,贾湘农就火了,咬着牙齿,瞪着眼睛,恨恨地说:"这个材料,好深刻呀!一针见血,我们的死对头!"

他听完江涛的汇报,一直在笑着。伸直胳膊,在头顶上搓搓手,说:"你给我上了一课!这方面的东西我不再谈了,比方像你说的,封建势力用地租、高利贷,捆住农民的手。可还有一样,你没有说。"他两眼直瞪瞪地看着江涛。

江涛扬起脖儿想了一刻,也想不出什么。贾湘农盯着他,摇摇头说:"政权!同志!谈起封建势力,怎能不谈到政权问题?他们用政权勒住农民的脖子呀!"

江涛连连点头说:"是呀,我倒忘了。"

贾湘农说:"他们颁布了很多苛捐杂税,最近又搞什么验契验照、盐斤加价、强迫农民种大烟……他们要把农民最后的一点生活资料夺去,农民再也没有法子过下去了,要自己干起来呀!我们共产党的责任,就是帮助农民觉悟起来,组织起来,保护他们自己的利益。按季节,按目前农民的迫切要求,我们抓紧和农民经济利益最关切的一环——进行反割头税运动!

"你见过吗?杀过年猪也拿税,是自古以来没有的!这就是说,过年吃饺子也拿税,人们连吃饺子的自由都没有了。农民眼看一块肉搁进嘴里,有人硬要拽走。我们以反割头税为主,以包商冯老兰为目标,发动农民进行抗捐抗税。以后,还要发动抗租抗债,打倒土豪劣绅,铲除贪官污吏……老鼠拉木锨,热闹的戏还在后头哩!"说到这里,他弯下腰,斜起眼睛,转着眼珠儿想了老半天,又说:"贫农养猪,中农养猪,富农养猪,中小地主也养猪。在这个题目下,可以广泛深入地发动群众。可是要注意一点!"他攥紧两只拳头,用全身的力气,向下搋着说:"主要是发动贫农和中农。要是忽略这一点,将来我们就没有落脚之地。"说着,脸上冒出汗珠子,鼻子向上皱了皱,幽默地笑了,拍着江涛说:"考虑考虑,我谈的有错误吗?嗯,请你不客气地批评。"

江涛忽闪着长眼睫毛,看着房顶上的烟气待了半天,才说:"是呀,抓紧和农民经济利益有密切关系的一环!"

贾湘农说:"要细致、深入地发动群众。光是闹腾一下子,水过地皮湿,那还不行。我没有具体经验告诉你,农民运动,我们还是新学习。创造去吧!创造一套经验出来……"

还没说完,老人抱着粪叉跑进来说:"不行,不行,巡警又骑着马过去了!"贾湘农睁大眼睛问:"多少?"

老人说:"约摸七八匹马,在雪地上,扑尔啦地飞跑过去。"

贾湘农怀着沉重的心情,斩钉截铁地说:"爷,你再去看看!"自从他在这个地区开展了工作,黑暗势力的爪牙,就老是在身子后头追着他。统治阶级的军政机关,压在他的头上,觉得实在沉重。于是,他说:"干!一定要在他们的军政机关里发展党的组织,时机一到,我们就要揭狗日的过子!"

老人喘着气走出去，走到门口，又拿起粪叉，回过头来比画着，说："要是发现歹人，一家伙，我就叉死他！"

江涛看着老人雄赳赳的神态，很受感动。想起刚才梢门底下的情景，又有些后怕。

贾湘农向江涛布置了全部工作，最后说："时间很紧，来不及了，有什么困难你再来找我。哎，快来烤烤火。"他拿起江涛两只手在火上烤着，问："嗯，你那位女同志，她怎么样？"又扳起江涛的脸看了看。

一年不见了，今天见面，心上挺觉高兴。流露在他们中间的，不是平常的师生、朋友的关系，是同志的友爱。他几次想把嘴唇亲在江涛的脸上，见江涛的脸颊腼腆地红起来，才犹疑着放开，说："告诉我，严萍怎么样？"

江涛歪起头看了看他，说："她吗？还好。你怎么知道的？"

贾湘农笑着说："我有无线电，你的一举一动我都知道。"他和江涛并肩坐下，说："你说说，她现在怎么样？"

江涛把胳膊盘在膝盖上，把头枕在胳膊上，歪起脸儿看着火光，悄悄地说："她开始读些社会科学的书。我们不过只是朋友罢了，我把她培养成一个对象。"

贾湘农问："不是早就成对象了吗？"

江涛说："我说的是团员呀！"

贾湘农又问："她很漂亮？"

江涛说："漂亮什么，活泼点儿就是了。"

说话中间，老人又跑进来，说："不行呀，今儿晚上紧急呀！几个村庄上的狗都在吠，吠得不祥！"他停止说话，张开嘴抬起头来，叫贾湘农注意听。

贾湘农沉了一下心，仄起耳朵听了听，果然远处有狗吠声，说：

"不要紧,爷,你不要慌呀!"又对江涛说:"对不起,你也该离开这儿了。我这家,早就成了危险地带。前几天,马快班子才在前边村里传了人去。咳,还没有很好进行保密教育哪!"

江涛说:"好,我就走。"嘴里说走,心里实在不愿离开。身上才烤热,一说出门,就有冰冷的感觉。再说,他腿痛,脚也冻肿了。

贾湘农催他说:"不要犹豫,说离开,就得离开。这是下决心的问题。走,我也要进城。"他换上油鞋,跺跺①跺跺脚,戴上帽子,就要出门。

江涛脱下皮袄,换上棉袍,倒穿着鞋子走出来。走到门口,老人又说:"要是天亮了,土豪劣绅们看见咱门前这样多的脚印,可怎么办呢?"

贾湘农把脸凑到老人跟前,说:"天一亮,就扫雪。他们光知道今天晚上这村里有动静,不知道出在哪一家。"老人轻轻踏着步说:"他要硬盯呢?"

贾湘农说:"那也不怕,出了地边儿,就敢跟他见官儿。"老人听了,暗暗点头,笑了。

江涛推门出来。一出门,风在街上旋起雪花,向他身上刮着。他走着路,贾老师积极、坚决、苦干的形象,映现在眼前。

出了村,在风雪里,由不得两脚趱得飞快。走不一会儿,回头一看,后头有个人。他心里抖了一下,仔细一看,是老爷爷扛着粪叉在后头跟着哩。江涛站住脚等老人走上来,问:"老爷爷,你来干什么?"

老人说:"湘农叫我送你,他也进城了。"

江涛说:"老人家快回去吧,天冷,雪又这么大。"

老人笑笑,用手指头拨去胡子上的雪珠,说:"在紧急情况下,

---

① 在原地跳蹬。

我能放下你不管？"

江涛恳求了半天，老人才慢慢走回去。

27

江涛停住脚，看老爷爷走远了。不住脚地跑了一程，眼前雪花乱飞，直到看见门前两棵大杨树，像穿素的白胡子老人在等待他，才松下心来。穿过冷静的街巷，回到村前，停在小门楼底下。隔着门缝儿，看得见小窗上照满了灯光，映出娘扳动纺车的影子，老人坐在被窝头上纺线哩。

嗡嗡的、低沉的纺车声，传出家庭的温暖，母亲的抚爱。老人们，在故乡的土地上，从黑天到白日，从白日到黑天地劳动着。他拍着门上吊吊儿，看见母亲慢慢地停下纺锤，抬起手背擦了擦眼睛，扬起头喃喃地说："嗯，有人敲门。"

"这工夫儿有后半夜了。"是父亲的声音，他才打睡梦里醒过来，咕咚一声在炕坯上翻了个身，说："咳！风天雪地，有谁来叫门哪！"

沉静了一刻，江涛把嘴对在门缝儿上，又叫了一声："娘，是我。"

娘听得熟悉的声音，叫起来："是，有人叫门！像是运涛，那声音甜甜儿的！"

窗户上，显出母亲焦灼的影子。

一说起运涛，勾起父亲凄怆的情绪，叹着气说："咳，你做梦吧，别惹人难受了，他才回不来呢！"窗上映出父亲伸出两只瘦骨楞楞的大手，摸索着荷包，装上一锅烟，嘟嘟嚷嚷说："孩子是娘身上的肉啊!心连心,肉连肉啊!咳!……"烟气刺激着他,一迭连声咳嗽起来。

母亲还在扬起颏儿听着,说:"唔,孩子在监狱里一年啦!人们说,要是遇上大赦,就会出来的……"

哥哥判了无期徒刑,父亲怕母亲难过,不叫告诉她,只说判了十年监禁。有时,她问到,为什么也不来个信?也只好说,监狱里管得紧,不准许写信来。她就把平时积下的钱,买了布,做了衬衣、袜子,叫父亲寄去。多年不见运涛,牵碎了娘的心。在那悠长、黑暗的冬夜里,两个老人怀着不同的心情,想念着孩子。江涛想:父亲一定用被头遮住眼睛,偷偷在流泪。寒天冰夜,他不想再惊动老人们。可是站了一会儿,身上冷得辣辣打抖,吃不住劲儿,就又伸出手去,在门吊吊儿①上轻轻拍了两下,又转过墙角,喊:"娘,江涛回来了。"

"唔,是有人!"母亲才说伸出手在纺车上拉了一胚线,那胚线没拉完又停住,仄起耳朵,听出是江涛的声音,豁朗地笑了。门声一响,嚓嚓地踩着厚雪走出来。她还不相信自己的耳朵,又急着问:"是谁?"

江涛说:"是江涛,娘!"

门,吱呀地开了。涛他娘看见江涛站在她的眼前,尖声地叫起来:"嘿呀!我儿!你打哪儿来?深更半夜的!"伸手拉住江涛的手,拽进屋里,拿笤帚扫去他身上的雪。雪落在地上,老半天也没化掉。

见江涛回来,严志和翻了个身,趴在被窝口上,抬起头来,笑眯眯说:"呵!有后半夜了吧?天亮了吗?"又扭头看了看,雪光照亮小窗。

---

① 门环。

涛他娘暗自流下泪来,说:"看,这么冷的天!脱了衣裳睡下吧!"

江涛坐在炕沿上,母亲动手扒鞋子。鞋连袜子冻在一块,扔在地上,咕咚一声响。

涛他娘见孩子受了苦,心里又难受起来,说:"快年下了,你爹早就说,江涛快回来过年了。还给你留着好吃的哪!"

她又想起运涛:"那孩子,他也该来个信,嗯!"

江涛睡在娘的热被窝里。被上有娘的温暖,有娘血汗的香味。这时,他身子骨儿累得瘫软了,连翻个身,说句话的力气也没有。蜷伏着身子,呼鼾着,齁齁地睡着。严志和心里叨念:今年还没过"腊八儿"就回来了,似乎比往年早了几天,而且是在冰天雪地里赶回来。他想:"一定是有什么紧急的事情。"才说吐口儿问一问,又停住,想:"还是不要惹起她吧,又要想念运涛。"他把脑袋缩进被窝里,翻上倒下,想了一夜。

第二天早晨,母亲早早把饭做熟。坐在江涛头前,轻轻抚摸着他的两颊。看他匀正的脸盘,微闭的眼睛,不由得笑了。见他嘴唇的楞沿上有些苍白,悄悄地凑过去,想亲孩子一下。当她想到,这孩子大了,已长成大人,脸上又麻搭搭不好意思起来。正在犹豫,江涛一下子醒过来,伸开手打个舒展,笑着说:"娘!妈妈!"伸过两条茁壮的胳膊,把娘的手搂在怀里,说:"我可想你哩!"

娘笑着看了看江涛,说:"娘想儿,是真的。儿想娘,是假的。"她又走出去拿穰柴①,把江涛衣服烤上。嘴里念出一首儿歌:"麻野雀,尾巴长,娶了媳妇忘了娘。把娘背到山背后,把媳妇背到炕头儿上。'媳妇,媳妇,你吃吗?''我吃白面饼卷白糖。''娘

---

① 易燃的茅柴。

呀娘,你吃吗?''我吃秫面饼卷屎壳郎①。'孩子一有了媳妇,就把娘忘了啦!"

江涛说:"我可忘不了你。"

娘说:"你还没娶媳妇哩。起来吧,该吃饭啦。"又眯眯笑着说:"唉!当娘的,就是希罕不够你们,一个个长硬了腿,就跑啦……我先说给你,可不能再去跑那个'革命'。嗯,你哥哥在监狱里,多咱想起来就像割我的肉。唉,为你哥儿们担多大的心哪,咱不'革'那个'命'吧!谁要是愿意欺侮咱,只要不指着咱的名儿,不骂到咱的门上,就别管他。"

江涛说:"不啊,娘,咱不能受一辈子欺侮。"

娘说:"算了吧,别那么大气性。有杀死人的,哪有欺侮死人的?"

娘把饭端到炕桌上。江涛回来,特别搭置②了整齐的饭食:白高粱米饭搁上大黄豆,玉蜀面的饼子,蒸咸菜也搁上大豆芽。又端一碗蒸鸟肉,娘说:"这只鸽子,还是你爹在小雪那天打住的,舍不得吃。说:'给江涛留着吧!'我把它拿盐腌上,留到这咱。"又拍手笑着说:"谁也值不得吃,就是俺江涛值得。"

饭和菜在桌子上冒起腾腾热气,满屋子飞腾着蒸腌肉的香味。娘拿过袜子、鞋子、棉裤袄,烤得干干的。江涛刚穿好衣裳,严志和扫完雪,回来吃饭了。胡髭上挂着细小的冰珠,冰珠化了,顺着胡髭流下水来。

严志和用棉袖头子擦擦胡髭上的雪水,拍拍裤脚上的泥土,爬上炕去。涛他娘递过一个小木凳,严志和就在炕上戳着腿坐起来。年幼时节出了力气的人,一上了年纪,两条腿再也回不过弯儿

---

① 在粪里生活的一种昆虫。

② 做。

来，在地上不能蹲着，上炕不能盘腿。严志和一想起这点老毛病，就对人说："咳！人哪，可别上了年纪，一上了年纪，这不如人的事儿可就多了。"今天，他坐在炕上，一边拿起筷子，嘴里不住地哼哼唧唧。

江涛吃着饭，又在想着反割头税的事："这反割头税，要从生活最困难的、最穷苦的人家下手……"想着，推开饭碗走出去。

严志和把眼放在窗棂上，对着桃形的小玻璃看了看，说："江涛！才回来，不跟你娘说会儿话，什么事，腿这么快。这样大的雪，你上哪儿去？"他又抬起颔儿想："他一定是在跑蹬什么事情。"

江涛说："我去看看老套子大伯。"说着，走出去。

这样大的雪，一直下了一天一夜，还在下着。好像撕棉破絮一般，积在地上一尺多厚。脚一蹬下去，咯吱吱陷下老深。走雪如走沙，一抬脚，一迈步，都挺费劲。屋檐上、树枝上，雪像棉条，向下耷拉着。门前小场上有几只花野雀，找不到食儿吃，围着草垛叽叽喳喳乱叫唤。积雪的大地，一望无边，闪着刺眼的光芒。江涛深一脚浅一脚地向前走着，路上没遇见一个行人。

走到老套子家的门口，揭开蒿荐，低下头，弯腰走进小屋。老套子，驼了背，有点喘了。他扛了一辈子长工，还没有自己的土地家屋。住着人家一间土坯小屋，土窗上插着两根横棍，糊上一张烧纸，风一吹，呜呜地响。半截土炕上安着个锅，地上放着一个破席篓子，半截破水缸。炕上有个烂煎饼样的油被子。

满屋子白蒙蒙的烟气，老套子正趴在灶火门口，吹火做饭。听得有人推门进来，在烟雾底下抬起头来，睁开泪湿的眼睛，说："哦，我以为是谁呢，江涛！我可想不到你来。要知道，咱俩今日个得喝二两。你刚从府里来？"说着他掂着两只手，柴烟熏得流出泪来，眼珠子也红了，不住地咳嗽。

江涛说:"唔!我来看你,大伯。"

老套子弯着腰站起来,嘟嘟囔囔说:"咳!人贫志短,马瘦毛长呀!和你爹,俺们短不了说话儿,和你说的话可不多。你是读书人,俺是老庄稼汉嘛!"他用棉袖头子连连擦着眼。

老套子,酱色的脸,脸上蹙皱着大深的纹路。纹路挺宽,弯弯曲曲像一条条的小河。一身老毛蓝粗布棉裤袄,穿了有十几年,边沿上绽出棉花套子来。他佝偻着背,对着江涛站着。脚跟登在鞋后跟上,棉套鞋,鞋尖翘起老高,像是一对小楼子船。

江涛坐在炕沿上说:"大伯,你也该寻个人手儿,缺手缺脚,你又没个做饭吃的人儿。"

老套子冷笑两声,说:"哼哼!你看看咱这个家当,吃没吃的,住没住的,穿没穿的。人手儿不能像铺盖卷儿,打起来背着走。咱,快下世的人了,还寻什么人手儿?"

江涛说:"又没个孩子,谁给你做饭?再说,人一上了年纪,不闷得慌?"

老套子抹了一下鼻子,说:"看看你说的。没有人手儿,哪里来的孩子?说是做饭,也不过年前年后这么几天。咳!这一辈子,净吃现成饭了。"他说这句话的时候,似乎有很深沉的哀痛,不住地摇头晃脑。

江涛实在同情他,觉得这位老人的一生太苦了。他说:"你辛苦一年,在当家的院里吃几天饭算了,还回家来安锅立灶,你会捏饺子吗?看你这冷屋子冷炕的!"小屋里也实在不暖和,冬天的风,是尖利的,隔着蒿荐,隔着窗外的缝隙,探着头儿钻进来。只是一小股风,吹在脸上就冷得不行。

老套子盛上岗尖一碗山药粥,说:"大侄子,你先吃,我就是这一个碗。"

江涛两手捧着把碗递给他,说:"我吃过了。大伯,你吃。"

江涛拿起笤帚,扫扫地,又扫了扫炕。老套子冻得浑身打颤,两手捧着碗,蹲在灶火门前,拨出点火来烤着,一边烤,一边吃。他说:"常说,大年初一吃饺子,没外人儿。咱外族外姓的,怎么腆着脸去吃人家的过年饺子?"

江涛说:"你自个儿又不会捏。"

老套子吸吸溜溜喝着山药粥,边喝边说:"咳,手指头这么粗。我想,大年初一那天,和一斤面,擀个大饼,把肉馅摁窝儿扣上,捏个大饺子。盖上锅盖煮个半天,煮熟了,抱着就吃。嘿!一嘴咬出个小牛犊子来,真香呀!"说着,咧开大嘴,似乎吸哈着肉饺子的香味儿。又说:"反正新年正月的,也没有什么要紧的活儿做。"他龇开大黄牙笑着:"还有个好法儿,把油搁在锅里,搁上点葱花,炝炝锅儿。搁上肉和菜,拨上两碗面鱼儿,这和饺子一样。饺子,也不过是肉加菜,加作料。"他左手端碗喝着,右手拿着筷子,在地上走来走去。似乎对他多年体会到的这点人生的经验,很觉得意似的。

两个人说了半天话,江涛心里直发急。左说右说,就是说不到本题上。他又说:"你风吹日晒,辛苦一年,连个痛快年也过不上。受一辈子辛苦,挣不上个土地、家屋、老婆孩子……"不等说完,觉得鼻子尖上发酸,想流出泪来。

老套子说:"这扛长工,就是卖个穷身子骨儿,卖把子穷力气呗!能不受风吹日晒?今年扛不好活,来年谁还肯雇?常说,'人过留名,雁过留声'呀!穷人们,扒住个碗沿子,不容易着哪!自小儿,我一连给冯老兰扛了几十年的长工,后来他换了做派,把牛卖了,买了大骡大马。要不啊,我得给他干到老死。咳!咱也是老了,不行了,才给冯老锡轰这两个破牲口。"

江涛根据人愈穷,受的压迫愈大,革命性愈强的规律,今天越谈越摸不着门径。他这才明白,农民在封建势力的压迫下,几千年来的传统观念,不是一下子能撼动了的。说真的,他在这方面的经验,还非常缺乏。一时急躁得憋不住,索性开门见山,把抗捐抗税、抗租抗债、反对盐斤加价、反对验契验照的话,一股脑儿搬出来,看老套子有什么反应。

老套子一听,就不同意,喷着吐沫星子说起来:"看你说的!自古以来,就是这个则例①。不给利钱,算是借账?没有交情,人家还不借给你!私凭文书官凭印,文书上就得盖官家的印。盖印,就得拿印钱。地是人家苦称苦掖、少吃俭用,经心用意挣来的,不给人家租钱,行吗?人家不租给你!人家贩来的盐嘛,当然要加价呀,谁不想多赚个钱儿?车船脚价,越来越高,水涨船高呗!"他说着,不断抬起头来,想着他一生走过来的生活道路,认为那是一成不变的。没有什么理由,也没有什么力量能够改变它。总觉得,船走顺水比走逆水顺利得多,也犯不着去找那个麻烦。他唏唏哩哩喝完那碗山药粥,随手又盛上一大碗,说:"你是念书念醒了的人,要学明情察理,别学那个糊涂脾气。"

老套子有些火气,越说越紧,像急流冲过闸板一样。别看他嘴巴子笨,说起话来挺成理,别人想说句话儿也插不上嘴,江涛只是愣着眼睛看着。像两个人打架,江涛只有招架之功,没有还手之力了。

江涛眨巴着眼睫毛,叼着老套子大伯的烟袋,一袋一袋抽着。他实在也没有想到,一个普通农民会有这样深刻的正统观念。作为一个农村知识分子,说什么也摸不着老套子的心思。他放下烟袋,待了一会儿,蹑悄悄走出来。

老套子见他不声不响走出门去,掀开草蒿荐问:"啊,你走啦?"

江涛说:"我出来了半天,回去看看。"

---

① 老规矩。

老套子又说:"你常来玩儿。"

江涛回到家里,躺在母亲的热炕头上,闷着头想了好几天。白天拿本《三国演义》,躺在炕头里读着。夜晚睁着两只大眼珠子,看着黑暗的夜色,听风声在门外大杨树上嗡哨。这天夜里,他抬起头来,看小窗上明亮亮的,坐起来穿好衣裳。一下子把严志和惊醒,问他:"你想干什么?"

江涛说:"我想进城。"

严志和说:"什么时候了?"

江涛说:"大亮了。"

严志和说:"不亮吧,我刚睡了一忽儿。"

江涛坚持要进城,找了一根推碾的棍子,拄在手里,推门走出来。雪停了,天还阴着。他出门向北,顺街向西走,走上城里去的大道。走到千里堤上,看到开阔的河岸,一片大雪原,只有雪地上的树干,露出一条条黑色的影子。他拖着两条腿走过那座小土桥。越走天越明亮,抬头一看,月亮打云彩缝里钻出来。他又停住脚,想:嘿呀!这到底是什么时刻了?

走到城门底下,城门紧闭。伸出两只手推了推,纹丝儿不动。蹲下来,歇了一忽儿,听得有大车的声音走出来,城门开了,他才走进去。走到学校,贾老师正偎着炉子烤火。

江涛说:"怎么,你今天起得好早!"

贾湘农说:"我想下去看看,也不知道这两天工作进行得怎么样?"说完,他又弓着肩膀,斜起眼睛瞅着江涛,像是说:"这么早,你来干什么?"

江涛把老套子的事,一五一十说了。贾湘农拍着江涛的肩膀嘎嘎地笑,又拍拍自己的秃歇顶说:"同志!我说你甭吹不是,非愿吹!解决什么问题,组织什么队伍。抗租,发动佃户。抗债,发动债户。要反割头税,就得发动养猪的主儿。你想,文不对题,能做出好文章来?"说完了,又弯下腰,暗里发笑。

江涛愣怔了一会儿,忽地笑了说:"属窗户纸的,你这一点,我就透了。老套子大伯是个老雇工,既不使债又不养猪。他是吃现成饭的,不管盐价贵贱。他没有土地,税不着文书。抗捐抗税运动里解决不了他的问题,当然觉悟得慢。我体会得怎么样?"

贾湘农说:"哎!你只说对了一部分。在乡村工作里,雇工是我们本阶级队伍,要努力帮助他们觉悟起来。这个运动,虽然解决不了他们的问题,可是他们要反封建嘛!一经发动起来,就可能是最积极的……"他沏了壶茶,给江涛斟上一杯,说:"忙来,先喝一碗热茶吧。着那么大急干吗?"

江涛歪起头儿,两眼望着窗外说:"没的,是这么回子事儿?"

贾湘农又拍着秃歇顶发笑,说:"想想吧,你是爱用脑子的人哪!你学过辩证法,解决什么问题,抓住什么矛盾。"他两眼直瞪瞪看着地上,又沉默地点点头说:"领导工作,不容易做呀!要先找出问题,才谈得上解决。像劈干柴,先看好骨缝,插对楔,再下榔头。看不对骨缝,下不对楔,把榔头砸碎了,也劈不开干柴。"

没等说完,江涛扔地①想起来,冯老兰是锁井镇上的大土豪。他和农民的矛盾针锋相对,和父亲、明大伯他们打过三场官司……

28

贾湘农送走了江涛,刚走回来坐在椅子上,想起江涛对他有

---
① 猛然的意思。

很多启示。过去光说要闹反割头税、反百货税运动,这运动从什么地方开始?如何下手?只说明依靠穷苦群众,这还不够,究竟要依靠哪层群众,没有讲明白……想到这里,随手撕下一页日历,拿起铅笔,写着:一,要依靠雇、贫、中农,中、小地主愿跟着走的也可以。二,组织宣传队,开展集市及街头宣传。三,集合广大群众进行请愿,或大规模的游行示威……

他觉得问题重要,想赶快写个文件发下去。他在屋里走来走去,低着头,搔着脑袋,一会儿又扬起头,转着眼珠看着屋顶。想得胸有成竹了,方坐在桌旁,开始写:"各县委,各区委:目前反割头税、反百货税运动的关键,是进行广泛深入的宣传活动,唤起广大群众的觉悟……"写着,写着,抬起头看了看日历,明天是礼拜六,又该上作文课了。学生作业,他还没有改出来。他咬了一下牙,猛地把笔在桌子上一搁,说:"咳!时间这么快!又是一个礼拜过去了。"看了看,写的也不太成东西,把两张纸抓在手里,放在嘴里嚼着。从书架上搬下那一摞作文簿,两手掂了掂,有四五十本。心里想:又得一个整晚上。

他开始改作文,睁圆眼睛,聚精会神地修改。他教课虽忙,工作也忙,对学生的作业可一点没有马虎过。上每一堂课,都有个打算:这一课叫学生得到些什么东西。讲历史,结合社会进化史。为了这个目的,他曾熟读《社会进化史大纲》,读过一些现代史资料,什么太平天国啦,义和团啦,康梁变法啦,等等。讲地理,结合地区的民俗,发生过什么历史事变,出过什么杰出的英雄人物,尽可能叫学生多得到一些课外的知识。因为课本是在反动派统治之下编的。

贾湘农还想过,要把李恕谷的四存学说做个研究,可惜他没有这么多的时间。

正在静静工作，两个学生开门进来。两个人，一进门就粗了脖子红了脸地进行争论。大个儿说，中国农民所受的压迫有两个，一个是帝国主义，一个封建势力。小个儿说，不只有两个，有三个，是帝国主义、军阀政客、土豪劣绅。两人坚持自己的意见。贾湘农停了笔，歪起头儿问："你们有什么根据？"

大个儿说是贾老师在讲"公民"课的时候讲的。小个儿说，是贾老师讲历史课的时候讲的。

贾湘农说："你们说得都对。"

他这么一说，两个学生都睁大眼睛愣着。贾湘农笑了说："可不是吗？封建势力是军阀政客，土豪劣绅也是封建势力，背着抱着是一般重。"

小个儿对他的解释不满意，噘起嘴巴问："那，你为什么这一次这么讲，那一次又那么讲呢？"

贾湘农心上烦起来，纥纠起眉头子①，说："算了，算了，请你们包涵着点儿吧！我这里忙得不行，有了时间再给你们细细讲。"

小个儿说："这会儿给俺讲讲就不行？"

贾湘农把笔在桌子上一搁，说："不行，你们给我出去！工作夹着我的手，没有时间给你们聊天儿！"说着，伸开两只手把他们推出门去。两个学生又说又笑，斤斗骨碌②跑开了。他又觉得口渴，从茶壶里倒出一盅凉开水来，伸直脖子喝了，紧接着又喝了一盅，坐下来继续改作业。心思虽然烦乱，精神还好，舞动那支笔，脑、眼、手同时并用，加紧工作。

正在积极工作，校役推门进来，问："贾先生，昨儿你来了几个客人？"

---

① 皱起眉头。
② 这里是指连蹦带跳的意思。

贾湘农停下笔说:"就是一个客人呀!"

校役又问:"吃了几顿饭?"

贾湘农说:"就是一顿饭呀!"

校役连着又问:"前天来了几个……"

贾湘农把笔在桌上一搁,生起气来:"这又是出了什么事情?这么多的啰嗦事!"于是不再等他一个一个问下去,说:"前天来了两个,吃了两顿饭。大前天来了一个,吃了三顿饭……"

还没有说完,厨司走进来说:"贾先生,咱这厨房里的事情真的难办,你今天来三个人,明天来两个人,弄得我们没有法子算账。人们光嫌伙食不好,这怎么能吃得好呀!"

贾湘农说:"嗨!你着什么急?吃一顿拿一顿饭钱嘛,又来跟我吵!"

厨司说:"是呀,吃一顿拿一顿饭钱,俺可也得算得过账来呀!你的客人常来常往,今天保定来的,明天天津来,俺可得弄得清呀!到底算你多少钱?"

贾湘农一时冒火,站起身子说:"要多少钱,给你多少钱还不行?你是劳苦群众,我还能亏负你?去吧,账房里去支,借我下月的薪金。"

校役说:"你下月薪金早借光了。这个朋友走,借点路费。那个朋友走,借点路费。寅支卯粮,哪里还有薪金呢!"

贾湘农又发起火来,说:"反正不能叫你们劳苦群众赔钱,下月的不够,借下下月的。下下月的不够,再借下下下月的。去吧!去吧!我正改作业哩,明天还得发下去。你们也是工农出身,别老是跟我打吵子了。去,去,出去!"说着,张开胳膊,把他们推出去。咣当一声把门关上,上了插销。自言自语:"谁也不叫进来,真是岂有此理!"

他又坐在椅子上,可是再也批改不下去。这个活儿真难做,你越是着急,越是抓挠不到手里。心里又气又急,头又痛起来,一刻一刻地痛。他张开虎口卡住,把头抵在桌子上凉了凉,津出一些冷汗。可是又觉得头晕,他就躺在床上。

贾湘农回到家乡做了几年工作,真是费尽心血呀!学校教课忙,工作上的事情又多,上级下级都来找他,甚至街坊四邻、亲戚朋友的事情也来找他。虽然在学校教书,他还是常常和农民在一起,风吹日晒,脸变得又黑又瘦。如今年岁并不大,顶上的头发脱落了,脱得亮光光的,周围头发还很长。他一个人休息的时候,酱色的脸上老是铁板板的,和别人谈起话来,却是满面笑容。他虽然生在城市,倒有一套农民作风,你一接触他,就觉得挺和蔼,挺亲切。他有一对好思考的眼睛,看他眯着眼儿呆呆出神,眼角下伏着几条皱纹的时候,那正是在聚精会神思考问题。

这时,他觉得实在疲乏,愣着眼睛休息了一刻,摇晃摇晃脑袋,觉得困得厉害。昨儿晚上给省委写了一个关于反割头税情况的报告,又睡得迟了。一整天,头上总是晕晕的。他又走到澡堂里去洗澡。经常是这样,他身体疲劳过度,精神不好,或是失眠的时候,就到澡堂里去洗个澡,回来再干。

从澡堂里回来,天黑了,贾湘农浑身轻松下来,掌上灯,批改作文。一直到天亮,才全部改完。礼拜六上午没课,他蒙上被子睡到十一点。

上作文课的时候,他出了两个题目,一个是"农民的出路",一个是"怎样做个现时代的好学生"。

上完了课,又得回家,今天晚上是个接头的日子。如何开展宣传,如何组织队伍,如何开始这个广泛深入的群众运动,还要重新研究。

他封好炉火，关紧窗户，锁上门，就出城回家了。雪太厚，走起路来挺费劲，走到村头，已经黄昏。走了一身汗，摘下帽子一看，帽子上直冒白气。他把帽子在身上摔打了两下子，皱了皱眉头，沿着村边走回家去。一拐墙角，门上挤着一堆人，他机灵地一抽身退了回来，扒着墙角看着。他想：要是有巡警或是马快班，就撒腿跑开，无论如何，不能叫他们抓住。现在要是叫他们抓了去，这一大片地区的运动，当前就无人领导。年前反割头税运动搞不起来，年后无法发动"反对验契验照斗争"。听说统治者在明年要开始这种税收，那一笔勒索就比"割头税"严重多多了。要是听统治者按照他们的计划把这批税款收上去，农民生活就更加没法过下去。

他斜着眼睛看了一会子，并不是马快班，也不是警察，是老爷爷跟邻家胡二奶奶吵架哩。他知道爷爷有点庄稼性子，连忙走上去看。

老人嘴里喷着白气，两手拍打着大腿，说："你私入民宅，非奸即盗。你说，你说，你来俺院里晃搭①什么？"

胡二奶奶听不懂上半句话，看着老人的脸色不对，兴许是在骂街，就说："怎么？你家去不得，我要看看俺家大芦花公鸡到底跑到哪个贼窝子里去了！"说着，呼天喊地骂起街来，吆喝谁家偷了她的大芦花公鸡。

老人气愤愤地说："你骂谁，骂谁？谁家是贼窝子？"

胡二爷也走上来帮腔："谁家要是偷了俺家鸡，就是贼窝子。"

胡二奶奶翘起嘴唇，跺着脚跟说："谁家是贼窝子？黑更半夜，呱哒着风箱做饭吃，隔三过五儿有个生人来来往往，也说不清是干什么的！大清早，刮着冷风，起来扫雪，反正不是什么好……"

---

① 晃串。

贾湘农听到这里,不能再听下去。街上人很多,好像看玩猴儿。他一步一步走上去,笑眯眯地说:"二奶奶,二奶奶!你消消气儿,消消气儿。"

胡二奶奶一见贾湘农,立刻转个脸色,说:"小子,你听!你爷说的那像话吗?今儿一擦黑儿,我找不到俺家那大芦花公鸡,到你们院里看了看。你爷把眼一翻,说,'黑灯瞎火了,上俺家里巴睖①什么呀?'巴睖什么,难道我还给砸明火②的看'出水'③吗?你家去不得怎么的?"

贾湘农拍拍胡二奶奶说:"去得!甭说上俺院里看看,你上俺家炕头上坐个半天,跟俺娘叙叙家常,俺娘才高兴呢!"

他这么一说,胡二奶奶喷地笑了,说:"小子,你说的倒是一句话。"他又拍搭着手儿说起来:"老街旧坊,父儿,爷儿,有什么不好。可是你爷说的哪像话嘛!"

贾湘农说:"他上了几岁年纪,老年人了,你不要跟他一样儿,要看孩子我的面上。"

胡二爷把脚一跺,说:"湘农,你要是这么说,以后的事儿,你怎么说,咱怎么办,一辈子犯不着争竞④。"

贾湘农一手抓着胡二奶奶,一手抓着胡二爷爷,送到胡家门口,又用力往里一推,说:"忙家去⑤吧!坐在你那热炕头上,喝红山药稀粥去吧!你看这刮着白毛风,天有多冷!"

他走回来,看热闹的人都走散了。回到牛棚里一看,爷爷坐在

---

① 窥视,鬼鬼祟祟地偷看。
② 指公开持枪抢劫。
③ 土匪黑话,指道路的意思。
④ 吵嘴。
⑤ 催人"快"家去。

炕沿上，吭哧吭哧生气哩。他问："爷，那是怎么回子事？"他知道老人开通，向来不和别人打架斗气的。

老人一听，气得站起来，抬起一只手指画着，说："那天一早，她就站在街上白话，什么黑更半夜拉着风箱做夜饭吃啦，一定是出了什么事情！这个年头，粮米儿是贵的，谁又吃得起夜饭呢！"老人捋了捋胡子，跺着脚说："他妈的！俺家就吃得起，你管得着吗？那天胡老二又说：'成天价人来人往，是什么好亲戚哩！'他妈的！上俺家来的，净是好亲戚！"

贾湘农呆了一刻，说："他们说这个来？"

老人说："可不是。街上人们嚷明了，说你从天津回来，一定有什么不可告人的秘密……"

贾湘农听到这里，身上一机灵，才要说下去，娘又来叫他们吃饭了。吃着饭，他想：根据这种情况，这交通站该搬家了。要根据特委的指示，县委机关从城里搬到乡村，对于开展乡村工作更为有利些。

29

江涛从城里拖着两只泥鞋走回家。没进家，先去找他父亲。看了看老套子那里，没有。看了看梨窖里，也没有。回到屋里一看，父亲坐在小柜子上，闷着头儿抽烟哩。他就是这个老毛病，心里一挂点什么事儿，总是爱低下头抽烟，抽起烟来没有头儿。看见江涛回来，睒了一眼，问："今年这咱晚就回来，有什么要紧的事吗？"

江涛说："有点。内部里说，人们有个要求，要进行抗捐抗税。爷，你看怎么样？"

严志和听了,吊着眼珠儿停了半天,才说:"抗捐抗税?哼,早就该抗了。这年头,人们还能活吗?三天两头打仗,不是要这个捐,就是要那个税的。咱那'宝地'也丢了,剩下几亩沙土岗,打的粮食不够交公款。就靠着咱有这点手艺,要不还不撅了狗牙。怎么活下去呀!"

江涛一听父亲的话,想:"贾老师看得真不错。"又说:"内部里说,先在'反割头税'上开始。"

严志和问:"什么算是割头税,要杀人?"

江涛说:"杀一只猪,要一块七毛钱,还要猪鬃、猪毛、猪尾巴、大肠头。"

严志和说:"光抗这么一丁点儿,解个什么渴来,能救得多大急?"

江涛说:"这是个开头儿。群众动起来,抗捐抗税,抗租抗债,紧接着来。"

严志和说:"啊!要紧的是抗租抗债。你看人们有几家不租冯老兰的地,有几家不使冯老兰的账?捞住这一把,人们就能对付着过下去。"

江涛说:"首先是发动群众。只要人们动起来,搞什么,什么就胜利。"

严志和一听,精神劲儿就上来,说:"来吧!本来我后悔没下了关东,大灾荒年又该轮到我的头上。听说河南里张岗一带,今年秋天闹起了'抢秋','吃粮分大户',出了个叫'张飞'的共产党员,领导了秋收运动。"

江涛说:"咱也是共产党的领导!"

说到这里,严志和又问:"你不是说,革起命来,能夺回咱的'宝地'吗?"

江涛说:"当然呀,抗捐抗税,抗租抗债是经济斗争。由经济斗争转向政治斗争,就要武装工人,武装农民,夺取政权。到了那个时候,就要夺回咱的'宝地'!"

严志和听说要夺回"宝地",就好像事儿摆在眼前。他说:"听说共产党的事,上不传父母,下不传妻儿,怎么你跟我说起来?运涛都没跟我说过。"他眯睁眼睛看江涛,似乎对江涛的说法,有些怀疑。

江涛说:"运涛干工作的时候,你觉悟程度还不够。眼下我看你有了阶级觉悟,反正党的主张早晚要和群众见面,不的话,共产党怎么会越来越多呢?再说,你是我亲爹,打量你不会把我的风声嚷出去。"

严志和说:"当然,父子是骨肉之情嘛!"

他们在屋子里说话的时候,娘在槅扇门外头,隔着门帘听,听得他们又念叨"革命"的事儿——这事在她耳朵里并不新鲜了,过去运涛嘴头上就常挂着,后来江涛也常念叨。今天她一听得念叨这桩事,心上就打哆嗦。她一蹦跳进屋子里,说:"快别念叨那个吧!才过了几天平安日子?"

江涛说:"娘,那可要什么紧?"

娘说:"忍了这口气吧。几辈子了,平民小户儿,能干了什么呢?吞了这口气吧!"

严志和说:"我吞了一辈子气,值得了什么?运涛……"一说到运涛,他又变了一种口气,说:"运涛被反动派关进监牢,我们的'宝地'也丢了,我们指着什么活下去?咳!阎王叫你三更死,谁敢留你到五更呢?"

娘流下眼泪来,两手拍着膝盖说:"甭说吧,甭说那个吧!命里该着的!又有什么法子呀!"

严志和说:"咳!我差一点儿没病死。冯老兰拿那么一点钱,把我们一辈子的血汗搂过去①,把我们的谷仓抠在他的手心里,那就等于要了我的命根子……"他又恨恨地咬着牙关说:"我们一定要夺回'宝地'!"自从运涛住了狱,失去了"宝地",他闹了一场大病,直到今天他忘不了那一场灾难。只要一想起来,就好像有一只老鼠咬着他的心,而下身还打着不甩②。他气愤得难挨,只要一提起这桩事,心里就火呛呛的,压也压不下去。

江涛看父亲庄稼性子又上来,说:"我看咱们就闹起来,跟他狗日的干一场!"

严志和听了这一句话,又心思绵软起来。他想:"运涛为了革命,一辈子见不着天日。江涛又要为革命……"想着,他不再说什么,也不想伸头闹什么运动。

涛他娘又在堂屋里絮叨起来:"干,干什么?好好儿待着吧,熬得师范学堂毕了业,咱也当上个'教员儿'!"说到这里,她掀开门帘看了看,见江涛正在听着,放下门帘又说:"听说,那也能挣不少钱哩。到那时候,给你娶上一房媳妇,我早想抱上个大胖孙子呢!"停了一停,又说:"当然啊!我也不是一定要给你寻个庄稼媳妇,你自己要是能找个知文识字的更好……"

严志和听涛他娘说得也有理,就说:"吞了这口气吧!过个庄稼日子,什么也别扑忙③了。即便有点希望,又在哪个驴年马月④呢?"说着,提上鞋跟,又下窖鼓捣梨去了。

江涛看父亲这里不是个钥匙头儿,穿上娘亲手缝的粗布大

---

① 抢过去,抓在自己手里。
② 晃,摇摆。
③ 张罗。
④ 这里指:不知什么时候。

袄、白布袜子、单梁套鞋,就向外走。娘扭头儿问他:"你去干什么?"他说:"我去看看忠大伯。"说着,沿着房后头那条小道儿,踏着积雪到锁井镇上去找朱老忠。一进小门,看见有个穿灰布军装的人,扒着猪圈喂猪。他脑子里转着:这个人可是谁呢?走近了一看,是大贵。他脸上立刻笑出来,走向前去。

大贵有二十五六岁,自打被冯老兰撺掇军队抓了兵,一直在军队上。长了个大个子,身子骨儿挺结实。两条粗壮的胳膊,两条粗壮的腿。眉泉挺宽,两只眼睛离得挺远,嘴巴上肉头头没有胡髭。灰布棉裤袄穿旧了,头上箍着块蓝布手巾。说起话来,瓮声瓮气。一见江涛,放下泔水瓢呆住了,好半天,猛地拍打拍打手说:"兄弟,几年不见,怎么长得这么高了?"

江涛笑着说:"你呢,还不是一样。你请假过年来了?"

大贵说:"请什么假,我打前线上开小差儿跑回来。"

江涛问:"为什么开小差儿?你不是当了班长吗?"

大贵说:"还不是当一辈子班长!咱不卖那个,为什么给他们卖那个死儿?还回来干咱自个儿的。老给军阀们当爪牙干吗?"

江涛说:"大哥说得对,我也盼你回来。这几年在军队上怎么样?"

大贵说:"倒是不错,把身子骨儿摔打了摔打①……"说着,他绷起嘴,攥上拳头,把腿一叉,抖了一下身子,抖得浑身骨头节儿咯吱咯吱乱响,说:"除了学体操,认了几个字儿,还学会放机关枪。我看那玩意儿倒是有用……"

朱老忠在屋里,听得江涛的声音,捻着胡子走出来,立在阶台上笑眯悠儿说:"江涛回来了。忙来,在我这小屋里坐坐,跟大伯说个话儿。"他亲自迈下阶台,拽着江涛的手走回小屋,拿把笤

---

① 锻炼锻炼。

帚扫扫炕沿，让江涛坐下，问："你先给我说说，报纸上'朱''毛'怎么着呢?井冈山上又怎么着呢?"两人做伴上济南的时候，江涛给他念叨了全国革命形势，直到现在他还记着。

江涛说："提起红军，可成了大气候。去年，'朱''毛'率领工农红军打到江西，占领瑞金，建立了中央苏维埃革命根据地。在江西、福建一带打游击。眼看这一团烈火就要烧起来！"

朱老忠响着舌尖儿说："啧，啧，好！这个高兴的话儿，自从运涛蹲了狱，我的日子也过苦啦，好久没听到啦。闷呀，闷死人呀！这团火，烧吧，烧得越大越好，什么时候烧到咱的脚下?"

大贵闷声闷气说："那可不行，隔着长江黄河呢！"

朱老忠说："长江黄河隔不住这个，这是人心里的事儿。"

江涛说："大伯说得可真对。我大哥就不回去了?"

朱老忠说："自打运涛坐了狱，我心里也害怕了，去了个信叫他家来。成天价在枪子群里钻来钻去，枪子儿是没眼的。"他虽然上了几岁年纪，身子骨儿还挺结实，红岗脸儿，三绺小胡子，黑里带黄。小圆眼睛，目光炯炯。说起话来，语音很响亮，带着铜音。

江涛转了个话题，说："大伯，你的猪喂得可肥啊！"

朱老忠说："肥什么，人还没得吃，哪来的粮食喂猪?什么肥呀瘦呀，大节下，人家吃肉咱也吃肉，这就好。要是人家吃肉，孩子们瞪着两只大傻眼，叼着手指头看着，这就是缺欠。"

江涛说："说今年杀猪要拿税呀，不许私自安杀猪锅。"

朱老忠愣住一刻，才说："是吗?是打上头下来的?从南到北，从北京到关东，没见过杀过年猪也拿税的。"

江涛朝朱老忠凑了两步，伸出脖儿悄声哑气地说："就是冯老兰包了咱县的割头税。杀一只猪要一块七毛钱，一副猪鬃、猪毛，还要猪尾巴、大肠头。"

朱老忠把脸一镇，眈着眼睛呆了老半天，牙上吸着气，慢悠悠抬起头来说："是……他……"

江涛跳起脚儿说："是，没错儿。"

大贵把大巴掌一拍，说："倒霉透了，今年连过年猪也杀不上。"

朱老忠在关东学会杀猪，自备一套钩子、梃杖、杀猪的家具。乡亲当块儿办个红白喜事，杀猪宰羊不求人。他把这家具带回来，把这份手艺传给大贵。大贵今年才说要杀猪，又碰上禁宰杀猪锅，甭提心里有多别扭。朱老忠叹了一口气，说："又是他狗日的……"一说起冯老兰，他心里实在腻歪①。

江涛说："不管三七二十一，回去跟我爹说说，咱硬安杀猪锅，不图钱，不图肉，就是争这一口气！"

朱老忠两个拳头一碰，说："大侄子说得是。既是这么说，走，找你明大伯商量商量去。"

朱老忠迈开脚步头里走，江涛和大贵在后头跟着。走到村北大黑柏树坟里，坟前有三间砖头小屋，屋前有几棵大杨树。北风吹得树枝嗤嗤地响。一进小门，朱老明正合着眼捻经子②，准备打苇箔。朱老忠坐在门槛上，把反割头税的话说了说。朱老明变成个长脸孔，瘦得多了。多少年来，奔走劳累，身上只剩下一把骨头。他低下头去，眯瞪着失明的眼睛，说："思摸思摸吧！干是要干，看看怎么干法？"自从打输了那三场官司，他觉得凡事应该忍耐，应该谨慎。一时冒失，会使人们失去土地家屋。这不只是失算，而且是一生的苦恼。

朱老忠说："依我说，咱们就是干。冯老兰，他净想骑着穷人

----
① 讨厌。
② 用手搓麻绳。

脖子拉屎不行！"

朱大贵一只脚蹬在炕沿上，揎起袖子抢着小烟袋儿，说："左不过叫他们把咱拾掇成这个样子。江涛兄弟，你头里走，傻哥哥我后头跟着。"

朱老忠眨巴眨巴眼睛，说："一个耳朵的罐子，抢吧（把）！可得人多点。那场官司，联合了二十八家，还输塌了台呢！"

江涛说："打官司也打不赢……"看忠大伯和大贵响应了反割头税的号召，他一时高兴，头上沁出汗珠来，一股劲儿说下去，几乎忘了出气儿。"咱这么着吧，一传两，两传三，把养猪户和穷人们都串联起来。村连村，镇连镇，人多势力大，一齐拥上去，砸他个措手不及。拿税？拿个蛋！"

朱老明一听，这倒有理。他抬着下巴，眨着无光的眼睛，深思着。

朱大贵问："那能办得到吗？"

江涛叉开腿，横着腰，抡起两个拳头，兴冲冲地说："一个人挡不住老虎，五个人能打死老虎。十个人遮不住太阳，人多能遮黑了天。一哄而起，一哄而散，他逮不住领头人儿，看他有啥法子？"

朱老忠看见江涛这个架势，不由得肚子里笑起来，涨红了脸说："哈哈，好嘛！大侄子这法儿真新鲜，打官司还得花钱呢，这用不着花钱。砸了就散，他找不到正头香主。还是念书念醒了的人们，画个道儿也高明。俺这瞎老粗儿，干了点子笨事。要是有你，那三场官司也不会输给冯老兰吧！"

朱老明听到这里，脸上可带出笑模样，说："冯老兰那小子毒啊！立在十字街上一跺脚，四街乱颤，谁敢吱个声①？唉呀呀，过去

---

① 吭声。

就是迷糊,花了点子冤枉钱!来吧,咱听江涛的。看看怎么样?"

江涛一听,笑了说:"怎么样?管保越斗越胜利!"

朱老明有满肚子的辛酸,有多少年吐不完的苦水。他自从官司失败,半年不出门,有理无处诉,气蒙了眼,成了双眼瞎。把老伴气死,兄弟下了西口,闺女们住不起家,剩下孤零零一条单身汉。土地又没了,无法糊口,只靠打苇箔、卖烧饼过生活。从黑天到白日,眍睒着眼睛,摸摸索索,站在箔杆前边。不管冬天夏天,在那深更长夜里,背着那只油浑浑的柜子,走在十字大街上,尖声叫唤:"卖大果子……不……啊……"悠长的叫卖声,通过平原上的夜暗,传到七八里地以外。过路人,一听到这悠扬的声音,就留恋不舍,立地打坐,抽袋烟再走。不知不觉,引起肚子里咕噜乱叫,流出口水来,非赶上去买他的烧饼果子充饥不可。年代多了,倒成了夜黑天里指路的标志。

有人问他:"冰天雪地,还做那买卖干吗?能赚多少钱?"

他抬起头儿,睁开无光的眼睛,想看看天,也看不到。在黑洞洞的长夜里,不一定想做多少生意,他受不住长夜的幽闷,一夜夜睡不着觉,做着梦还嘟囔:"咳!好长的夜晚呀!"

在这艰难的岁月里,锁井镇上的烈火熬煎着灾难的生命。自从打输了官司,他就住在这三间小屋里。西间一间,盛着从白洋淀运来的芦苇白麻。东头一间,是他睡觉的土炕,门外是几百年来的老坟。每年夏天,坟地里长出半人深的蒿草,有各样的虫子在草里鸣叫。

晚上,他睡在土炕上。听夜风吹着大杨树叶子,哗哗地响。黎明,他趴在被窝头上,听树枝上鸟雀喊喊喳喳乱叫。冬天,听北风的嗯哨。他想,要是门前没有这几棵大杨树,说不定有多么孤寂呢!

江涛看这个失明的老人,心里实在同情他。他过了斗争的一生,可是他没有共产党的领导,没有组织群众、发动群众,失败了,穷到没有插针的地方。

当朱老明听得说又要反对冯老兰,也想到,为了反对冯老兰,使他跌进一辈子翻不过身的万丈深渊,身上立刻打着寒噤,抖颤起来。当他又听到,这个斗争,不用朱老巩光着膀子拼命的办法,也不用对簿公堂,不用花钱,只要组织、发动群众就行,他就咬紧牙根,恨恨地说:"干!割了脖子上了吊也得干!老了老了,走走这条道儿!"

江涛看明大伯转变了怀疑的情绪,又做了一些解释,说了一会子话儿,叫了朱大贵,两个人走出来。朱老明听他们脚步走远,问朱老忠:"大兄弟,你走南闯北的,看江涛说的怎么样?"

朱老忠说:"依我看,江涛是个老实人。再说这共产党,是有根有蔓的……"

朱老明不等说完,就问:"根在什么地方?"

朱老忠说:"在南方,在井冈山上。"

朱老明吧嗒吧嗒嘴唇说:"要从井冈山上把根蔓伸到咱这脚下,可就是不近呀!"

朱老忠说:"别看枝蔓伸得远,像山药北瓜一样,蔓儿虽长,它要就地扎根。比方说,运涛参加了共产党,江涛又参加了共产党,说不定还有多少人要加入。"

朱老明说:"按人说,都是正支正派,可也要问问,问问咱心里有底儿。"

朱老忠说:"不用问,问他也不说。从济南回来,我旁推侧引转着弯问了半天,他只说些革命的道理,不说出他们根柢儿在什么地方。反正他们办的是咱穷人的事。"

两个人靠在门扇上晒着太阳,说了一会子知心话,商量反割头税的事。朱老忠拍拍身上的土走出来,朱老明也拄上拐杖送出来。两人一路走着,朱老明说:"我看大贵这次回来不错,人聪明了,也能说会道了。我听他娘说,想给他粘补上个人儿。"

朱老忠说:"年岁儿可是到了时候,你看谁行喽?"

朱老明说:"我看春兰就行。"

朱老忠听说到春兰,抬起头什么也不说。他想起运涛来,那孩子还在监狱里。又想起铁窗里那张苍白的脸,掮着泪花的大眼睛,叹了口气说:"咳!为着运涛,我舍不得把春兰给大贵。"

说到这里,再不说什么。两人同时感到心酸,几乎掉下泪来。他们为运涛难受,也为春兰难受。朱老明闭上嘴,眨着眼睛沉默了半天,从眼洞里滚出两颗大泪珠子,说:"咳!运涛一辈子住在监狱里,春兰还能活下去吗?运涛回不来,春兰怎么办呢?真是难死老人们了!我看别耽误了春兰,把这事儿给大贵办吧!"

朱老忠听着,觉得也有理。这样下去,春兰可怎么活呢?

30

江涛和大贵,打朱老明家里走出来,天上云彩晃开了,太阳从云彩里显出个浑黄的圆球。檐前滴着雪水,水滴滴在檐沿下,笃笃响着。路上的雪有了融化的痕迹,有人把泥土踩上去,在洁白的雪地上留下褐色或苍色的斑痕。

两人一答一理说着话,走到朱老星家。自从官司失败,朱老星把几间房子卖掉,借了冯老锡场院里两间小西屋住着。场院东墙有个角门,通到冯老锡家外院,外院通街是个大四方梢门。可是这场院不走梢门,正南是个用柳条子架的木头栅栏,上面插着一些个枣树棘针,四围土墙头,西墙外头就是那个大苇坑。

江涛和大贵一进栅栏,朱老星和他儿子庆儿,正在场上拉着碌碡碾谷茬。他们把场上的厚雪扫起来,把谷茬摊上碾着,累得脸上冒出白沫汗。江涛一看就愣住,问:"这是干什么?"

大贵也瞪了眼儿:"可就是!"

朱老星见了江涛和大贵,也不停下。一步一步拉着碌碡,眯眯着眼睛笑,说:"你们猜不着。"庆儿闷着头儿不吭声,只是伸着膀子拉碌碡。这孩子有十二三岁了,脸上黑黑的,瘦得像个猴儿。

江涛抬起头想了想,说:"嗯,就是猜不着。"

朱老星歇下碌碡,从褡包上摘下烟袋来。先吹了一口,试试通气不通气。然后,装烟打火,抽起来。

江涛问他:"大伯,你这是想干什么?"

朱老星说:"为了冬天做个饭烧个炕的,我一家子,一秋天拾下这垛谷茬。堆在场院里,狗在上头溲尿,猫在上头拉屎,老草鸡还在上头孵窝,弄得满世界肮肮脏脏。我琢磨了个法儿,先把它碾烂,使些胶泥和起来,用板子拍得一方块一方块的。等晒干了,把它垒成院墙。做饭烧炕时,搬起来就烧。又当了院墙,又当了烧柴,一举两得。试了试,拉着风箱,好烧着哪!"

江涛合着嘴,心里暗笑,左想右想,想不出这是什么意思。把好好的谷茬碾烂,又使胶泥和起来,垒成院墙,再把院墙搬来烧。把谷茬抱来做饭,不就完了吗?他问:"大伯,冬天,你歇歇儿不好?"

朱老星说:"话有几说几解。你想这大好的天气,吃了饭能净歇着?好歹得摸索点活儿。再说,这冬天,有钱人家生上个小火炉儿,屋子里暖烘烘。咱穷苦人家,生不起火炉子,在屋里待着也是冷的。摸点活儿做,浑身上下热热火火,比升个小火炉儿还美气。"

他说着,厚厚的嘴唇也不张开,只看见短胡茬子一翘一翘的。两只细长的眼睛,在门楼头底下眯眯着。

江涛说:"你把这谷茬垛在院里,垛好点儿。多咱烧的时候,抱一抱进屋里去,不好吗?"

朱老星说:"那,反正不如这么着归结①。"

江涛问:"不省下点力气?"

朱老星说:"力气是随身带着的,好像泉眼一样,你只要用,它就向外冒。你要是不用,它也就不冒了。你看大贵这身子骨儿,当了几年兵,在操场上摔打得多发实,多粗派。你看他两条胳臂一伸,小檩条子似的。"

大贵说:"你说这个,我相信。"

朱老星说:"是呀!当兵对咱穷人固然没有好处,可是也落下个好身子骨儿。"

大贵说:"我还学会放机关枪哪!"

朱老星笑了说:"是呀,这放机关枪,对咱穷人本来没有好处。可是大姑娘裁尿布,做时不用,用时一拿就有。将来咱要是用着这机关枪了,拿起来就能放。话又说回来,这冬季,下雪天,本来可以虬在炕头上抽个烟,歇息歇息,总不如把这谷茬归结归结好。"

江涛说:"大伯!我看你费这把子力气,对于你的生活没有什么好处。"

朱老星说:"你虽说是生在乡村里,长在种地人家,总归是读书人,琢磨不出咱庄稼人的日子是怎么过的。"

正说话哩,庆儿的娘打屋里走出来,高喉咙大嗓子,说:"他,

---

① 整齐;或作动词整理、收拾用。

成天价是脱了裤子放屁!这么会打算,那么会打算,把个日子也鼓捣垮了,眼看就要撅狗牙!"她是个大块头,身子骨挺粗派,乍蓬着头发。两只脚也是有尖儿的,可是比男人的脚还长。说着话,跺着脚跟通通响,手指头剜着朱老星的脸门子。

她端出泔水来喂猪,一只半大猪,耷拉着大肚子,从谷茬堆里钻出来,哼哼吱吱跟她跑。

要是别人,听庆儿娘卷了一阵子,也许会冒起火来。朱老星就不,他眯眯笑着,听惯了。庆儿娘越是骂他,浑身越是觉得滋润。有时,日子长了,听不见这种声音,看不见这样颜色,他就觉过得清淡,没有意思了。真的,庆儿娘连说带嚷,朱老星一点也不恼,一年三百六十五天,都是这样过来的,并不认为是什么侮辱。相反,更觉得夫妻和睦。

朱老星把大石头烟袋嘴含在厚嘴唇里,笑眯悠悠地说:"大侄子,你算琢磨不出我的心思。"

大贵唔唔哝哝说:"牛长得比骆驼大了,拉一辈子车,也是被人杀肉吃,成不了马。"

朱老星听不透这句话,说:"你们在家里时候短,摸不清我的脾气。庄稼人,一年四季,到了什么时候有什么活儿。一年三百六十五晌,我哪里歇着过?人,吃了饭,就得做活儿。随随便便歇着,败家子儿才那么办呢!败家子儿不讲安生服业地做活儿,只讲吃好的、穿好的,歇着。人,越是歇着,身子骨儿越懒散,好比铁机子生了锈,再也织不出布来。"

朱老星一年到头,总会找到活儿做。"两手不闲"是他的目的。他常说:"人,吃不穷,穿不穷,打算不到就受穷。"他就是成天价打算。比方说,他家过去也种过二三十亩地,就成天设想耕种六七十亩的事,他说,"到了七八十亩地,就是财主。"又成天价盘算怎样过财主。本来他只养一头牛,为了做财主,买了辆四个牲口拉的死头大车。他想,目前买一辆小车,将来过到财主日子,牲口多了,还得买一辆大车,这辆小车就没用了。可是他这头牛,只驾得起一辆小车,架不起这一辆大车,他就只好拿一根缰绳拴在轴头儿上,弯下腰替牛拉帮套。后来,把四条牛腿也累坏了。没有办法,又把这辆大车卖了,换了一辆一个牲口拉的小车儿。思想上糊涂,使他过的日子,就像痨病鬼一样,苍白无力,甚至连个媳妇也娶不起。自从官司失败,把房卖了,地去得也不少。养不起牛,把这辆小车也卖了。他还有个打算:宁可卖了庄户,也要留下土地,房顶上长不出粮食来,粮食是土地上长出来的。可巧,这几年,年头不好,捐税又重。地里打的粮食,还不够按亩摊派捐税。盘算来,盘算去,今年冬天,连那几亩地也卖了,省得拿捐税。

江涛说:"大伯,我想不出,像你这样又俭省,又肯付辛苦的人,怎么肯和冯老兰打三年官司?"

朱老星把脖儿一挺,站起来说:"百人百性嘛!老母猪挤在墙角上,还哼哼三哼哼哩!干别的我舍不得,一说和冯老兰打官司,我鬻儿卖女也得干!"

江涛说:"我想不出是怎么回子事儿。"

朱老星又说:"咱庄稼人,就有点儿庄稼正义。运涛入狱的那一年,听说志和卖了'宝地',你又上不起学了,那天打短工才挣了一块多钱来,我家里不吃饭,忙给你爹送了去,好叫你不失学。百人百性嘛!"

说到这里,江涛受了感动。贾老师说过,如何帮助他们从阶级压迫下觉悟过来,是共产党员的责任。

朱老星领了江涛和大贵走到屋门口,揭起厚厚的蒿荐,叫他们进去。屋里黑黑的,像是夜晚。一到了冬天,他怕冷,把窗户纸糊上一层又一层,屋里遮得黑咕隆咚的。庆儿娘,正在炕上叠补衬[1],给朱老星补袍子。

江涛问:"这么破的袍子还补它干吗?"

朱老星说:"别看袍子破,可是个古董。那是我父亲的,他去世了,留给我。俺父子两代穿了不下四十年,年年补一次。虽然是葫芦片大的一块布,不管红的绿的,我也不肯扔了,都把它缝上去。反正身上多一层布,总暖和些。"如今缝了几十层,这件袍子已经有几十斤重了。

冬天,只要不做活,身上就凉下来。朱老星穿上他这件袍子,和江涛、大贵,坐在炕沿上说话儿。

江涛说:"大伯,我听得说,今年杀猪要拿割头税。"

朱老星问:"猪税?拿多少?"

江涛说:"一块七毛钱、一副猪鬃猪毛和猪尾巴大肠头。"

朱老星扳起指头算着:"一块七毛钱。一副猪鬃猪毛,也值个两块钱。再加上猪尾巴大肠头,按一斤肉算,也值个两三毛。"他噘起厚嘴唇,点搭着门楼头,说:"这税可不轻啊!"

江涛走到朱老星跟前,说:"你猜这猪税是谁包的?"

朱老星问:"是谁?"

江涛说:"就是咱那老对头。"

朱老星睁起两只大眼睛又问:"谁?"

江涛说:"老对头,还有谁?"

朱老星愣愣怔怔,问:"冯老兰?"

江涛说:"唔,就是他!我才和忠大伯商量了,咱们要反对割头税,打倒冯老兰,你说怎么样?"

当江涛和朱老星说着话的时候,庆儿娘在身子后头悄悄听

---

① 破旧布块。

着。听说又要打倒冯老兰,就瞪出眼珠子开了腔:"干吗?那是干吗?又要打官司?打官司打得成了光屁股鸡,又要打官司!"光说,她还不解气,伸出她手指头戳着朱老星的天灵盖。

大贵一看就笑了。

朱老星也笑花了眼睛,唔唔哝哝说:"她是这个脾气,三句话不对头就开腔,不兴小声点说话儿。"

庆儿娘说:"我叫你气的!天生的庄稼脑袋,窝着脖子活着吧,光想充光棍。还反对这个,反对那个的。谁也反对不了,返回来把自个儿反对了!"

朱老星支支吾吾:"那还不要紧,到后来才算老账。"

江涛说:"大伯说得对。忠大伯说:'出水才看两腿泥。'咱朱家门里穷倒是真的,可也志气几辈子。"

说到这儿,朱老星站起来,说:"狗日的欺侮了咱几辈子,咱可也不是什么好惹的!"停了一刻又问:"可不知是谁领导?"

大贵指了指说:"就是咱江涛兄弟。"

朱老星点着门楼头说:"行呀,咱跟着走吧,咱就是跟着走走!"

江涛和大贵,打朱老星家里走出来,又去找伍老拔,想问问河南里"秋收运动"是怎么闹起来的。出了东街口,走上千里堤。天气晴朗,没有云彩也没有风。乌鸦在大杨树上,啄着雪花,一块块掉下来,又成群飞着,呱呱地叫。他们顺着千里堤往东去。

伍老拔家庄户,老年间本来在河南里。由于河流滚动,宅院坍进河里。滹沱河往南一滚,他家的宅基,又滚到河北里,正好滚在千里堤上。伍老拔他爹,就在这河堤上盖起两间土坯小房。现在桃李树成了林子,大杨树也有一搂粗。在院子周围,栽上榆树和柳树,编起树枝当围墙,中间安个木栅栏。江涛和大贵一进木栅栏,有一只小狗从院子里跑出来,汪汪地叫。大贵连忙吓住它:"呆住!呆住!"

伍老拔听得有人进来,等不得放下家伙,右手拿着斧子,左手拿着凿子走出来。他的两个大小子也跟出来。大的叫小顺,十七岁了。二的叫小囤,也有十二三岁了。小囤走过去,用两腿把小狗脖子夹在腿裆里。

伍老拔问:"谁?"

朱大贵说:"你一看就认得,是运涛的兄弟,江涛来了。"

伍老拔愣住,仔细瞧了瞧,笑哈哈地说:"原来是江涛,几年不见,长成人了。过去人儿小,身上老是土土浆浆。这咱晚人儿大了,浑身上下没了个土尘儿。"

江涛笑了,问:"老拔叔,你回家过年来了?"

伍老拔说:"做长活,一年忙四季,就是盼个年呗。"

说着话儿,伍老拔把他们领到做木作活的小屋子里,拍拍手说:"哈哈!江涛,你上了洋学堂,也算咱老鸹群里出了凤凰啊!"又笑哈哈说:"忙来坐坐。"叫江涛和大贵坐在做木作的板凳上。又对小囤说:"去,烧壶水来,叫江涛喝。"

江涛看了看他的木作家具,问:"你这是做什么?"

伍老拔说:"咳,甭提了。自从那年官司打输了,我到河南里去做活。把地都去完了,只得指靠着手艺吃饭。年下才回来,做点小家具什么的,卖了求个过年的法儿呗。这日子怎么也得过呀!"

江涛说:"咱那场官司,输得惨哪!"

伍老拔说:"一直打了三年哪!上城下县,哪时也没离了我。"他抬头看了看大贵,又红了脸,哈哈笑了。

江涛看小顺用推刨刨着木棍,问:"做的是什么?"

伍老拔说:"他成天价没活儿做,我说十几岁的人了,又念不起书,跟我学了木匠吧,将来不是个饭碗?小囤,我叫他将来学种地。这才教他用湿柳木棍子,做小孩儿们拿着玩儿的刀啊枪的,用红绿颜色画画,卖个钱儿呗。"

说着话,小囤提了壶,拿了几个黑碗来,倒上水。江涛看那水土黄色,喝起来甜甜的,就是有一种青泥味儿。他问:"这是什么茶?"

伍老拔说:"哪有什么茶。他奶奶这几天头疼脑热的,叫小囤到河神庙后头苇坑里,刨了些苇根来,煮水喝。正赶上冯老兰在他家墙圈上趴着,开腔就骂,还指挥护院的赶了小囤个骨碌子。真他娘的,有钱的王八大三辈,咱算惹不了他。"

大贵喝着茶,吧嗒嘴儿说:"这玩意儿,败火着呢!"

伍老拔说:"喝不起茶,庄稼闹儿①呗!"他动手凿着一块小木头,斧头敲得凿把儿乒乓乱响。

江涛问:"你这是做什么?"

伍老拔说:"我正在琢磨黄鼬②铡。"又用手比画说:"这地方凿个槽儿,这地方安个柱儿,再用一截破轧车刀,一块竹板儿就行。把这玩意儿下在黄鼬洞口上,黄鼬一出洞,一蹬这块小板儿就铡住。这玩意儿,用料少,赚钱多。乡村里年幼的人们尽爱买,现在正是时候儿,一过小雪,黄鼬皮就值钱了。咳!没有本钱,大活做不起了。"

大贵说:"你尽爱弄一些个古镂雕钻儿,不做黄鼬铡,就做黄鼬洞子。不兴做个棺材什么的?"

伍老拔说:"这是穷逼的呀!"说着,他又嘻嘻哈哈,比画着做黄鼬洞子的计划。黄鼬怎样走进洞子,怎样一蹬那块小板,那块

---

① 土办法。

② 黄鼠狼。

砖向下一落，就把黄鼬堵在洞子里。比画完了，又嘻嘻哈哈地说："饿死人的年头，真是没有法子。"

大贵说："大叔，人们都跟你叫'乐天派'，可就是。无论有多大事故压在你的眉梢上，还是嘻嘻哈哈，嘻嘻哈哈，看起来没有发愁的事儿。"

伍老拔说："嘻嘻！虱子多了不痒，账多了不愁。人穷到什么时候还是一个穷字，能把两个穷字叠到一块儿？这年头，没有发愁的事，就是打不倒冯老兰，是个发愁的事儿。"话是这么说，他瘦削的面孔，高颧骨，尖鼻准，高鼻梁底下两只大眼睛，人从来没有胖过。无论有多紧急的事情，他的两条长腿，总是一迈一迈的，一步一步地走，没有着急的时候。

江涛问起了河南里"秋收运动"是怎么搞起来的。伍老拔说："谈起闹个运动什么的，咱倒成了内行。我们的少东家就是个共产党员，领导了秋收运动。他的外号叫张飞。"

紧接着，就谈了会子张嘉庆的事儿，说："那人年岁不大，名气可不小。一说起秋收运动，一说起张飞来，在这滹沱河岸上谁都知道。"

大贵说："你说的这个，我半信半疑。财主秧子们，为什么给咱穷人办事呢？"

伍老拔说："这事儿，可是我亲身经过的。"

大贵说："那，除非是中了共产迷。"

伍老拔说："没错儿，不信，你也跟着共产党走走。"

到这节骨眼儿上，江涛把反对割头税的事儿对伍老拔谈了。伍老拔把屁股蛋子一拍，说："对嘛，就是这么办，咱组织农会吧。反对割头税，打倒冯老兰。你不跟我说，我还想去找你们哩！"

江涛见伍老拔接受了反割头税的意见，心里高兴，说："好吧,晚上,你到我们那儿,咱商量商量,看看怎么办法。"

那天晚上,朱老忠、朱老明、朱老星、伍老拔、朱大贵,都到江涛家里,坐在严志和的热炕头上,念叨了一晚上。他们决心反对割头税,一起下水,报那连输三状的仇。定下:先秘密组织串连,再公开宣传活动。他们打算,从第二天开始,背上粪筐去走亲戚。像扯瓜蔓儿,亲戚串亲戚,朋友串朋友。串连了大严村、小严村、大刘庄、小刘庄……像一块石头投进古潭里,溅起无数波圈,一圈套一圈。联系得多了,就一天天联系得远了。

31

当天晚上,朱老明在严志和家里开会回来,睡在炕上,翻来覆去,怎么也睡不着。一年来就是这样,人们一说起运涛,他就几天心里放不下。他又想起春兰,那孩子一天天长大了,老是住在家里。她娘性子弱,老驴头又是糊里糊涂,他们不会给春兰安排一生的大事。第二天,他做了点饭吃,就去找朱老忠。朱老忠不在家,就跟贵他娘说:"我心上有一件事儿,想跟你说说。"

贵他娘问:"大哥,什么事儿?"

朱老明说:"我想,咱大贵今年也有个二十老几了,一直在外头跑了几年。这咱回来,连个屋子连个炕也没有,听说你要给他粘补个人儿?"

贵他娘睁圆眼睛,看着朱老明把这句话说完,笑了说:"可不是,我心里正叨念着这件事,可见你为咱大贵操心哩!"说着,又咯咯笑起来。

朱老明哑模悄声说:"小子家一到了年纪儿,你不给他屋里寻下个人儿,就会恨老人糊涂。"

贵他娘说:"大哥,咱给孩子安排安排,你看咱村谁行喽?"

朱老明说:"我看春兰就好人儿。"

朱老明说到这儿,贵他娘可就不往下说了。春兰和运涛,两人的事儿她完全明白。如今运涛陷在监狱里,涛他娘拿春兰比闺女还亲,怎么……

朱老明合着眼听贵他娘答话,老半天没有声音,他说:"你别听人们瞎念叨,我总认为春兰是个好闺女。"

贵他娘说:"人们念叨,是捕风捉影,到底是真是假,谁也不清楚。"

朱老明说:"谁准知道?磨牙①就是了。"

贵他娘说:"就怕大贵不干。"

朱老明说:"依我看,他巴不得的。"

贵他娘说:"你说的是春兰模样儿好?"

朱老明说:"模样儿好是一个,也聪明伶俐。再说,像咱这户人家,寻人家什么主儿?比咱强的,人家不寻咱,比咱不强的,人儿再长得不像个样子,大贵也不干。春兰,咱就是图个好人儿。"

贵他娘抬头,迟疑了半天,才说:"也行,商量商量再说吧!"

朱老明说:"我想保保这个媒。我跟涛他娘透透,他们要是可怜孩子们,也许一口答应下。"

贵他娘说:"不就说嘛,要是说不明白,春兰一过门,老婆子还发蒙哩!"

说到这里,朱老明站起来,抬头看着天上,长叹一声:"咳!都是为儿女操心哪!"

他从朱老忠家里走到村北,才说走回家去,又想上严志和家

---

① 瞎说,说闲话。

里去看看。摸对了道，走到小严村。一进严志和家小门，放开嗓子喊："志和在家吗?"涛他娘把眼眶对在桃形的小玻璃上，看是明大伯来了，问："明大伯你来吧!他没在家。"

朱老明听说志和不在家，就不想再进去。摸到窗前，说："他去干什么?"

涛他娘说："左不过是你们跑跶的那些事，你看他父子俩，也没了别的事儿。"

朱老明隔着窗户，一句一句的，转着弯，捡着柔和话，跟涛他娘把大贵和春兰的事说了说。

涛他娘笑了说："早该这么着。"话虽这么说，心里可想起运涛："咳!那孩子，他还在监狱里!"想说同意，怕将来对不起运涛。想说不同意，可叫春兰等到多咱?犹豫了半天，眼里一下子流下泪来，说："行啊，大贵也到年岁啦!"

朱老明听她犹豫不决，又不好断然地说，怕伤了涛他娘的心。可是一想到春兰年岁不小了，是大贵也罢，不是大贵也罢，也该给她操持个人儿。就说："我不过说说罢了，运涛还在监狱里，怎能把他心上的人儿给了别人。要是叫他知道了，还恨他这个不明白的大伯呢!"

涛他娘听了这句话，低头扬头想了半天，眼圈儿慢慢红起来，眯着眼睛说："十年……十年监牢，可也是个年月儿，当娘的能叫人家春兰老是等在屋里?"自从运涛入狱，只说是十年就可以回来，她还不知道是遥遥无期。又流泪说："咳!春兰，孩子年轻轻的，受的委屈可不小啊!"

朱老明也想："怎么世界上难堪的事情都出在她身上。"

两个人说了一会子话，唉声叹气了半天。涛他娘擦干眼泪，抬起头来说："咱不能耽误人家春兰呀，运涛在监狱里，咱拽也拽不出他来。春兰在家里,活活地等着,可为什么呢?"

其实,目前春兰出嫁不出嫁,不只在运涛。老驴头听到运涛的风声以后,也打算过这件事。要是寻个不如运涛的人儿,不用说春兰不如意,春兰娘也怕对不起她。想要找运涛这样人儿,可也百里不抽一。老驴头呢,想到老两口子上了年岁,离不开春兰,一定要寻个"倒装门儿"①。这门子亲事就难对付了。春兰一心要等着运涛,这人儿把情缘看得重,她看中了的人儿,一心一意,受多大折磨也得爱他。看不中的人儿,就是家里种着千顷园子万顷地,她也不干。这点脾性,乡村当块儿人们谁也知道。甚至连那个玩女人的老手冯老兰,也再不敢想着她。如今连她的亲爹亲娘也算在里头,没有一个人敢跟她提起这件事情。

朱老明说:"人们都说,春兰那孩子,长得高了、黄了,也瘦了。"

朱老明一说,涛他娘又流下泪来。她想运涛,又舍不得春兰。虽是两家,春兰就像在她家里长大的。她睁着两眼,看他们一块长大。又睁着两眼,看着春兰出秀②成一个好看的姑娘。自从打算把春兰娶过来,没有一天不盼运涛早一天回来,早一天怀里抱上个胖胖的孙子。如今运涛要住一辈子监狱,说不定,等运涛出来,春兰也就老了。运涛再也看不见春兰黑里泛红的脸庞。春兰也看不见运涛那一对饱含着青春的大眼睛了。

朱老明听涛他娘半天不说话,心上想:"咳!可怜人儿!涛他娘还以为运涛是十年监禁,不承望这一辈子娘见不到儿,春兰也见不到运涛了。可是早晚也少不了这一场剜心啊!涛他娘要是个明白人,这会儿不能光为运涛,也得替春兰想想。还不如把春兰给了大

---

① 一般指有女无儿的人家,把男方娶到女方本家里来,称倒装门儿。
② 长成。

贵,久后一日运涛要是有命出狱,再给他另粘补①。咳!难死老人们了!"一边想着,拿起拐棍走出来,叹了一声,说:"也够涛他娘操心的了!"

涛他娘说:"你走吗?不进来暖和暖和?"

朱老明说:"唔!我估摸天黑了,回去看看,该做点儿吃了。"

朱老明从严志和家走出来,才说往家走,又想:"要不,我再去找找老驴头。"他又迈开脚步,走到老驴头家。一进大门,朱老明喊:"老驴头在家吗?"进了二门,老驴头掀开门上蒿荐,探出半个身子,弯着腰,笑了说:"是朱老明,快屋里来吧!"

走到屋里,春兰忙拿笤帚扫了炕沿,叫朱老明坐下。她背过脸做活儿。

老驴头说:"老明兄弟,可轻易不到我门里来⋯⋯"

朱老明说:"我衣裳破,瞎眯糊眼的,进不来呀!"

老驴头说:"算了吧,你的眼皮子底下,哪里有老驴头。"

朱老明说:"今天来,有个好事儿跟你说说,你喜欢呢,咱管管,不喜欢,也别烦恼。"

老驴头龇出大牙说:"你说吧,咱老哥儿们有什么不能说的。"

朱老明说:"咱大贵回来了,我说给他粘补个人儿。说来说去,说到你这门里⋯⋯"

朱老明和老驴头说着话,他不知道春兰就在炕一头,做着活儿听着。她听来听去,听说到自己身上,心里一下子跳起来,一只手拿着活儿,一只手拿着针线,两只手抖颤圆了,那根针说什么也扎不到活计上。

朱老明继续说:"我左思右想,你两家也算是门当户对。老忠

---
① 这里是"找一个"的意思。

兄弟土地不多,你也只有那么几亩地……"

春兰听到这里,脸上红得像涂了胭脂,伸起脚咕咚跳在地上。嗵、嗵、嗵,三步两步迈到槅扇门外头,春兰娘也就跟出来。

老驴头哈哈笑着说:"行倒是行。俺俩做了亲家,先说有人给我撑腰眼儿,少受点儿欺侮。可是那孩子她跟运涛……运涛还在监狱里。"

朱老明说:"不能光为运涛,也得为春兰。你跟闺女说说,说对了,这门亲家就算做成了。"

老驴头说:"你看,俺老两口子守着她一个,她出门走了,俺俩要是有个灾儿病儿,连个做饭的人也没有。再说,这家里也冷冷清清的。"

老驴头这么一说,朱老明紧跟着问:"没的,叫春兰在你门里老一辈子?"

老驴头说:"我想寻个'倒装门儿',又是女婿又是儿。"说着,又嘻嘻笑了半天,说:"你要是说着老忠,把大贵给了我,将来我这门里有男有女,有大有小,也算成了一家子人家了。有二贵一个,也够他老两口子享福一辈子的。"

朱老明说:"这一来,你们老了,有一儿一女在跟前,倒是不错。街坊四邻也少结记你们。可是大贵也得干哪!"

老驴头说:"说说吧,咱乡亲当块儿,谁家人人口口,那厢屋子那厢炕都知道,也用不着隔村求人去打听。老忠和大贵同意了,我这几间房、几亩地,也就成了他们的事业。"

说到这里,春兰娘掀开门帘走进来,说:"老明哥!老忠舍得吗?那么大小伙子了。"

朱老明说:"反正是这么个两来理儿,大贵不上你家里来,春兰就上他家里去。"

一边说，几个人又哈哈笑了半天，朱老明才走了。

春兰正在灶膛门口烧火做饭，听到这刻上，就完全明白了。但当前占据她思想的不是大贵，是运涛。像有两只明亮亮的大眼睛，又在看着她。那个良善、淳厚的面容，很难使她一下子忘下。思想，就像静下来的春天的潮水，重又翻卷上来，鼓荡着，喧哗着，激动着她的心情，再也不能安静下去。她把饭做熟，也没吃，就走回屋里。灯也没点，一个人趴在炕席上，两只手抱起脑袋，呜呜咽咽哭起来。

老驴头和春兰娘摸着黑影喝稀饭，老驴头看不见春兰端碗，问："春兰又不吃饭了？"春兰娘说："可不是，又哭哩！"

自从运涛陷在监狱里，春兰不吃晚饭，半夜里一个人抽泣，已经不是希罕了。可是，当娘的又有什么办法呢？

老驴头吃完了饭，摸着黑影走到屋里，坐在小杌凳上，说："闺女！你也不小了。你上无三兄，下无四弟，你本身的事儿不跟你商量，可跟谁说去呢？大贵，你们小时常在一块，再说当兵回来，长得越发的壮实了，你看怎么样？"

老驴头一说，春兰哇地哭出来。老驴头拍打着大腿说："你看，这是跟你商量哩！你这是为什么？"

春兰一行哭着，说："什么也不是。你是嫌我吃的你饭多了，多嫌我。早晚我拉拉着一枝枣树棘针，端着个破瓢，要着饭吃，离开这家门……"

春兰这么一说，老驴头也火了，说："我就你这么一个闺女，谁又多嫌你来？"

春兰说："你，你，就是你！早先儿你就为冯家老头谋算我！"

春兰娘赶上去插嘴说："运涛要是十年不回来呢？"

春兰说："我等他十年。"

春兰娘又问:"他要一辈子不回来呢?"

春兰说:"我等他一辈子。"

老驴头一听,可不干了。找我后反账儿,一下子闪开怀襟,脱了个光膀子,拍着胸膛说:"你瞎说白道,当爹的穷了一辈子倒是情真,可没有鬻过儿卖过女!"

父女两个,闹得不可开交。春兰自从运涛坐狱,哭哭啼啼,天天想念。可是她不能明哭,只是偷偷饮泣。多少屈情郁积在心里,今天,像黄河决口一样,大声哭起来。一边哭着,心上想念着运涛。一想起运涛,心上就越发难受。猛地,把脑袋一扎,往外跑着说:"今日个,我活尽了命了!"一股劲跑向大门外头。

春兰娘看她要去跳井,抬起腿追出来。春兰一出门,碰上一个人从街上黑影里走过来,说:"谁?谁?是谁?跑什么?"春兰一听是忠大伯,停脚愣住。

春兰娘一五一十对朱老忠说了,说到春兰要跳井,就像撮住朱老忠的心一样,跺着脚对春兰娘说:"干什么,你们想干什么,又折掇她?春兰,你给我回去。"

春兰听得说,悄悄地走回来,也不哭了。朱老忠走进春兰家里,对老驴头说:"闺女是你的,我可比自己的还疼。你们再折掇她,我就不干!"

老驴头说:"我那天爷!谁折掇她来,谁家闺女不出阁呢!"

朱老忠说:"俺春兰就是等着运涛,看你们怎么办?大贵要是成亲,去找别人。运涛不在家,他钻弄①这个,看我回去拿棍子敲他。"

春兰娘说:"哟!可别委屈人家大贵,湿里没他,干里没他,又拿棍子敲人家干什么哩!"

---

① 钻空子。

春兰也不好意思起来,大贵好好儿的,又受起冤枉来。

老驴头说:"好,她不愿出聘,叫她在家里老一辈子,我再也不管了。"

朱老忠说:"管,你也得管好。这么大的闺女了,比不得小孩子,不能叫她老是哭哭啼啼。"

朱老忠看老驴头和春兰娘不再说什么,春兰也不哭了,就抬腿走出来。他还有更紧要的事情,为了组织农民宣传队,还要去找严志和。

婚姻事情,在春兰的一生中是件大事,可是在锁井镇上来讲,也实在算不了什么。目前家家户户,街头巷尾,人们谈论的是"反割头税运动"。

锁井镇上,逢五排十加二七①,五天两集。每逢集日,有成车的棉花,成车的粮食拉到集上。有推车的、担担的、卖葱的、卖蒜的、卖柴的、卖菜的。有木活铁活、农器家具、匹头苇席,要什么有什么。

那天早晨,老驴头还没有起炕,就叫春兰:"春兰,春兰,今日个,你跟我赶集去吧。"

春兰从被窝里伸出头来,问:"干什么?爹。"

老驴头说:"咱去赶个集,卖点菜什么的,好采办点年货过年。"说着,伸了伸胳膊,觉得挺冷,重又缩回去,佝偻着腰睡了一会儿。才说披上棉袄起炕,一阵风打墙缝里钻进来,吹在他身上。他又把棉袄向上一耸,盖住头温了温。穿上袖子,拿起烟袋来抽烟。吧嗒吧嗒一袋,吧嗒吧嗒一袋,抽了两袋烟,棉袄还是暖不过来,又盘着脚合了一会儿眼。他上了年纪,火气不足了。一到冬天,

---

① 每月的初五、初十和初二、初七是集市。

老是觉得身上冷。

春兰娘打蒿荐外头探进头来说:"忙起呀,不是去赶集吗?"

老驴头问:"今日个,是小集大集?"

春兰娘说:"大集。"

老驴头才穿上棉裤,他又想起来:这几天身上挺觉得痒,兴许是长了虱子。昨日晚上他就想叫春兰给他拿拿,可是又忘了。他又脱下棉裤来拿虱子,拿得不解气了,伸出牙齿,顺着衣缝咬得咯嘣乱响。

春兰娘又说:"饭熟啦,还不起。"

老驴头穿上裤子,再穿袜子。才穿上袜子,裤腰带又找不见了。翻着被窝找了半天,一欠身,原来在屁股底下坐着哩。

老驴头吃了饭,拿了两只筐,拾上几捆葱、几辫蒜,抱上两抱白菜。叫春兰挑上头里走,自己背了秤,在后头跟着。一过苇坑,就听得集上的闹声,集上早就人多起来。

春兰挑着担子在集上一过,看见昨日晚上有人把共产党的标语、农会的告农民书,贴在聚源号的门外头。她愣了一下,看了看,把筐放在聚源号对过,挤了个空儿摆上摊。不一会儿,聚源号门前挤了一堆人,都在那里看传单。

朱全富老头,看了会子传单,从人群里挤出来,捋了捋胡子,摇着头说:"咳!又出了一宗税。"

老驴头赶过去问:"什么,出了什么税?"

朱全富老头说:"割头税。"

老驴头问:"怎么叫割头税?"

朱全富老头把割头税的事,告诉了老驴头。

说一块七毛钱,老驴头还不惊,后头那一大堆零碎儿可值钱不少。他又问:"贴的那些红红绿绿的是什么?"

朱全富老头说:"那是出了农会,出了共产党,要反割头税。"

老驴头点了点长下巴,走回来,不自觉地,嘴里嘟念着:"咳!杀过年猪,也要拿税了。"他接过春兰的秤来,开始照顾买卖。

平时,都是他一个人赶集。年集上人多,一个人看不过来,才叫春兰在一边帮忙。有抽袋烟的工夫,朱老星那个矬①个子走过来,他头有点横长,满脸络腮胡子,眯细着细长的眼睛,蹒蹒跚跚地走着。听人们正吵吵杀过年猪拿税的事,他说:"种地要验契,吃盐要加价……杀过年猪也拿税钱,这玩意儿更是节外生枝。"

伍老拔拖着两条长腿,像长脚鹭鸶,一步一步迈过来,提高嗓子大喊:"这年头,兵荒马乱不用说,又要割头税。杀过年猪要拿税,不如说吃饺子也拿税,生孩子也拿税呗!真是万辈子出奇的事。"

你一言我一语,谁也不愿交割头税。这节骨眼儿上,朱老忠也走到人群里,说:"城里出了农会,要反割头税。冯家大院包了全县的割头税,刘二卯和李德才包了全村的。他们有衙门里的公事,我有这个……"说着,解开怀襟,掏出红绿纸印的传单标语,在人们眼面前一晃,又揣进怀里。

春兰在那里看着,忽啦巴儿,在人群里闪出一个人,长头发大眼睛,长得和运涛一个模样儿。嗯,怎么长得一样?就是个儿矮一点儿。她心上乱起来,脸上有些热。细一看,她才知道:"是江涛!"

江涛在一边看着,呲着嘴,不住地笑。这个小宣传队儿,真是不错。党的号召在人们心里生了根,发了芽了。正在得意寻思,冷不丁人群里闪过一个稔熟②的面影。他怀疑是闹"眼离",擦擦眼,定了定眼珠儿一看,一点儿不错,是严萍。她穿着绿绸旗袍,花呢靴

---

① 矮。
② 很熟悉。

子,拎个竹篮在买东西。江涛笑模悠悠走上去,扯住她的篮系儿,说:"你也回来了?"

严萍怔了一下,说:"回来了,你比我回来得更早。"噘起小嘴儿,低下头也不看他一眼。

江涛心里有点慌,脸上红起来。

严萍说:"一进腊月门,老奶奶就捎信:'叫萍儿回家过年。'爸爸说,奶奶年纪大了,想孩子们,就叫我回来。我找了你好几趟,老夏说你有病,去思罗医院了。我一个人跑到医院去看你,没有。又说你上北京天津去了……谁知道你上哪儿去了呢?近来,你的行踪,老是叫别人捉摸不定。"她生起气来,脸上白里透红。

江涛问:"你是和登龙一起回来的?"

严萍说:"那你就甭管了。"

江涛拎篮子,帮她在大集上买了猪肝、肉、黄芽韭、豆腐皮和灌肠什么的。他们在头里走,春兰在后头跟着。走到街口上,春兰好像从睡梦里醒过来,一下子站住。心里笑了笑说:"他们真是好。"由不得眼里掉出泪来。她看见严萍就想起自己,看见江涛,就想起运涛来……

太阳暖和和的,道沟里有融了的雪水。白色的雪堆,在旷地上闪着光亮。乡村在阳光下静静睡着。严萍打脖颈上拿下围巾,眨着眼睛问:"今天大街上像有什么动静。嗯,人们嚷着'要反割头税'!'要反割头税'!"她仄①起头儿,眨巴着眼睛瞅江涛,像是说:"你一定知道。"

江涛迟疑了一刻,想:不能再不对她讲明白。就说:"是的,要发动一个广泛的农民运动……"他对她讲了目前农村经济状况,讲到农村的剥削关系,又说:"农民负担太重,生活再也无法过下

---

① 仰。

去,要自发地闹起来呀!"

严萍说:"啊!可就是,乡村里太穷了,太苦了!到底是什么原因?"

江涛说:"军阀混战,苛捐杂税太多。工业品贵,农业品贱,谷贱伤农,农村经济一历历①破产了!"

严萍说:"不错!退回一年,你这么说,我还不懂。现在讲,我就明白了。城市住久了,忘了农村生活的苦相。苦啊,农民生活苦啊!吃不像吃的,穿没有穿的!"她低下头走着,看着两只花鞋尖,在地上带起土溜儿。

江涛说:"所以,我们要发动农民,保护他们自己的利益。"

严萍两眼不动窝瞅着江涛,心里说:"怎么,小嘴头儿这么会说,讲得那么连理②,那么有理。"她想笑出来,又不好意思,又说:"真的,我真是同情他们哩!"

走到小严村村头,严萍立住不走了,伸手拎篮子,说:"我要回去。"

江涛把篮子一躲,说:"到我家去。"

严萍坚持说:"不,到我家去。"

两人正在道口上争执,一伙赶集的人走过来,向他们投过希奇的眼光。江涛只得跟严萍抄着小路走过小严村。走到严萍村头上,村南有个小水塘,塘边长着几棵老柳树,塘里冻下黑色的冰,塘北里有个黄油小梢门。走到门口,江涛又站住,把篮子递过去。严萍歪起头看看他,问:"干什么?"

江涛犹豫说:"我想回去。"

严萍说:"为什么?"她猛地把篮子一推,径自走进去,江涛只

---

① 一个接着一个地。
② 顺畅,利落。

好紧跟着。走到二门,严萍又扭头看了看江涛,无声地笑了,红了脸,大声喊叫:"奶奶,来客啦!"

老奶奶在屋里答话:"呵!回来了,丫头!哪里的客人?"

严萍说:"我的朋友。"

"谁,哪里来的朋友?"老奶奶高身材,驼着背,很瘦弱,身子骨儿倒还硬朗,颤巍巍走出来,站在台阶上说:"我看看是谁。"当她看出是个亭亭秀秀的小伙子,站在严萍一边,不由得突出牙齿笑了,说:"傻闺女!不能那么说,哪有十七八大的闺女,跟半大小子交朋友的?"

严萍哧地笑了,两片红霞泛在脸庞上,三步两步抢过门槛,吃吃笑着说:"俺是这么说惯了。"

奶奶笑嘻嘻说:"你们住城,俺住乡嘛,十里还不同俗呢!这会儿,奶奶不怪罪你们。"又嘟嘟哝哝说:"城里时兴的是大脚片儿,剪头发……"

奶奶屋里放着红油橱子,生着煤火炉,炕上铺着羊毛毡。严萍请江涛坐在小柜上。老奶奶又走进来,眯缝了眼,笑眯眯地说:"我当是谁,那不是志和家的吗?"

江涛局促不安,立起身来道出自己的姓名。

奶奶把竹篮拎到外屋,说:"萍儿!你的朋友来了,叫老奶奶给你们做什么吃?江涛,说起来都不是外人。你爷爷在这院里待了一辈子。你爹年幼时节,也在这院里扛活。那时候,还有我们老头子,看他父子俩安分做活,帮他们安下庄宅。后来,你们才有了家业,成了一家子人家儿。志和老运不错呀,修下这么好小子……"奶奶说着,擦擦案板,试试刀锋,又说:"听人说,你哥哥被人家糟踏了。咳!年幼的人们,在外头别担那个凶险。光想割(革)人家的命,人家不想割(革)你的命吗?光自把个小命儿也割(革)了!自己的事还管不清,去管国家大事。人小,心大!"

老奶奶说着,严萍打断她的话,问:"奶奶,你给江涛做什么吃?"奶奶继续说:"朋友们到咱家,多咱也没怠慢过。黄芽韭猪肉饺子,四碟菜,一壶酒。有老头子的时候,是个为朋好友的人。四面八方,朋来客往,成天价车马不离门,壶里不断酒,灶下不离肉。老头子不在了,人客也稀少了。"她嘴不停地说着,又想起严家兴盛时代的情况。

她说的老头子,就是严知孝的父亲严老尚。

老奶奶把案板搬到炕上,揎①起衣袖,系上围裙,剁馅儿,和起面来。江涛和严萍盘腿跨上炕沿,帮奶奶捏饺子。奶奶洗碟、刷碗、炒菜,手等着就把饭做停当了。老奶奶跪上炕沿,跷腿磕了磕鞋底上的土,坐上炕头儿。严萍端上菜,奶奶要陪江涛喝酒。

江涛不喝酒,老奶奶自斟自饮。

江涛吃着饺子问:"奶奶!一个人在这院里,不闷得慌?"老奶奶说:"我嫌孩子们闹得慌,叫他二叔住西院。有老头子的时候,这院就不住人。朋友们来了住住,知孝父女回来,也住这院。别人另有他们自己的屋子。我老了怕麻烦。"

吃完饺子,江涛要严萍参加反割头税运动,严萍答应下。他俩说着话的时候,老奶奶在后头听见,问:"什么?反什么割头税?"

严萍说:"今年又出一种新税,杀一只猪要……"

不等严萍说完,老奶奶说:"自古以来,老百姓就是完粮纳税的,又值得反什么?"

严萍说:"咳!这税那税,农民们没法生活啦,都要起来闹腾呀!"

老奶奶说:"叫他们闹吧!闹闹也得拿。谁敢反上,就是杀头。"

---

① 揎,卷。

严萍一听,眼珠向江涛偷偷一斜,转了一下,噘起小嘴儿。

32

春兰站在街口上,看江涛和严萍走远,擦了擦眼睛,心里说:"他们有多好哩!我好像不是跟他们活在一个世界上。"等她走回来,老驴头问:"那起子①人们,是干什么的?"春兰说:"是反割头税的。"老驴头唔唔哝哝地说:"割头税,杀过年猪也拿税,这算什么年头儿?"

刚才朱全富老头说,老驴头还没有注意。这会儿他见到这么多人,吵吵嚷嚷,葫芦喊叫,嚷着反割头税的事,可就动了心。他打去年买了一只小猪娃,这猪娃离娘早,才买的时候只猫儿大。吃饭的时候,他少吃半碗,也得叫小猪娃吃。晚上,小猪娃冻得叫声惨人心,他又起来,披上棉袄,把它抱到热炕头上。大点了,才叫它吃青草瓜皮什么的。到了今年冬天,又喂了它好几布袋红山药,这才胖胖大大像只猪了,看看快到嘴头上,又……不,他倒没想到吃猪肉,他想把它杀了,只把那些红白下水什么的吃掉,把肉卖出去,得一笔钱。听说要拿割头税,他还闹不清是怎么回子事。心上乱嘀咕,说什么也安不住。卖了几斤白菜、几捆葱,就叫春兰拾掇上担子,挑回来。

老驴头走到家,也没进屋,走到猪圈跟前。那只猪正在窝里睡着,他拿个半截柳杆子,把它捅起来,慢搭搭走到食槽前,拱着要食儿吃。他伸手拍了拍猪脊梁,猪以为老驴头又要给它篦虱子,伸腿躺下来。他摸了摸那猪的鬃,有三四寸长,猪毛也有二寸多长,

---

① 那一伙。

油亮亮的,像黑缎子。猪抬起头,要老驴头箧脊梁,老驴头不箧,它就在木槽上蹭起来。

老驴头踩踏着脚儿,响着舌尖,实在舍不得这一身猪鬃猪毛。又捏了捏猪脊梁,看肉厚上来,也该杀了。

他又走回屋里去,对春兰说:"你合计合计,一只猪的税顶多少粮食?"

春兰转着眼睛思摸了一会儿,说:"也值个两三小斗粮食。"

老驴头说:"要买几口袋山药啊,我不能平白丢了这两三小斗粮食。"

春兰说:"那也没有法儿,人家要哩!"

老驴头的长脸上,立刻阴沉起来,胡子翘了老高,他舍不得这只猪。一年来,他和这猪有了感情。更舍不得这一身猪鬃猪毛。心里想着,走出大门,去找老套子。走到老套子门口,一掀蒿荐,老套子坐在地上烤火,见老驴头走进来,他说:"来,老伙计,烤烤火吧!"

老驴头说:"你这算是到了佛堂儿,冬天没有活做,还烧着个小火儿。"

老套子说:"咳!冷死人哩,拾把柴火都伸不出手!"

老驴头说:"腊月里花子赛如马嘛!"又说:"我心里有个难事儿,想跟你商量商量。"

老套子说:"商量商量吧!咱俩心思对心思,脾气对脾气。"真的,他俩自小儿就好得不行,好像秤杆不离秤锤,老头儿不离老婆儿。

老驴头说:"街上又出了一宗割头税,杀一只猪要一块七毛钱,还要猪鬃、猪毛、猪尾巴、大肠头。我那只猪呀,今冬才喂了两口袋山药,肉儿厚厚的,脊梁上的鬃,黑丢溜溜的[①],有三四寸长。

---

① 黑亮黑亮的。

哎呀!我舍不得。"

老套子说:"我也听到说了。哪,舍不得也不行,官法不容情呀!人家要嘛,咱就得给,不给人家行吗?"

老驴头说:"一只猪的税,值二三小斗粮食。我要是有这二三小斗粮食,再掺上点糠糠菜菜,一家子能活一冬天。眼看平白无故被他们拿去。不,这等于是他们砸明火,路劫!他们要抢我二三小斗粮食!"他火呛呛地说着,鼻涕眼泪顺着下巴流下来。

老套子同情地说:"可不是嘛,可有什么法子,这年头!"

老驴头气愤地伸出两个拳头,一碰一碰地说:"不,我不给他们。割了我的脖子,把我脑袋扔在地上当球踢,我也不给他们!"

老套子说:"行吗?不给人家行吗?大小是'官下'儿,那不是犯法?"

老驴头说:"我不管,我不能平白丢了这二三小斗粮食。"

他一边说着,拔脚走出来,抱着两条胳膊,趑着脑袋走回家。二话不说,打案板上扯起菜刀,就在石头上磨起来。磨一会子,使大拇指头试着刀刃儿。把刀磨快了,又叫春兰:"春兰!春兰!"

春兰问:"干什么?"

老驴头说:"来,绑猪。"

春兰问:"上集去卖吗?"

老驴头说:"什么上集去卖,杀它!"

春兰说:"不是说,今年不许私安杀猪锅吗?"

老驴头把长脑袋一拨愣,哼哼唧唧说:"……不管他!"拿了绳子,直向猪圈走过去。

春兰连忙赶上,把嘴头儿对住老驴头的耳朵,说:"听见叫声,人家要不干哩!"

老驴头猛地醒悟过来,看了春兰一眼,想:可也就是,猪是会叫的,叫得还很响。

他又走回来,拿出一条破棉被,向春兰打了个手势说:"这么一下子,把猪头整个儿捂上,你看怎么样?"

春兰也打了个手势说:"把猪嘴使被子堵上。"

老驴头笑了笑,说:"来!"他跳过猪圈墙,伸手在猪脊梁上挠着,那猪一伸腿儿倒在地上,眯眯个眼儿哼哼着。春兰也跳过去。老驴头挠挠猪脊梁,又挠挠猪胳肢窝里。猪正合着眼打痒痒劲儿,老驴头冷不丁把被子捂在猪身上。腿膝盖在猪脖子上使劲一跪,两只手卡住猪拱嘴。

那猪只是哼哼,连一声儿也叫不出来了,四条腿乱蹬打。老驴头说:"春兰!忙绑,绑!"

春兰两只手,又细又长。一上手儿,那猪伸腿一弹,到了一边去,弹得她斤斗趔趄。老驴头和猪支架着,着急地说:"春兰!上手!上手!"

春兰学着老驴头,两腿跪在猪脊梁上,攥住猪的腿,的零哆嗦^①强扭到一块,用绳子绑上,绑上后腿,又绑上前腿。那猪气性真大,它还使劲挣扎。春兰呼呼哧哧,喘不上气儿来。

老驴头问:"这怎么办?"

春兰问:"什么?"

老驴头说:"它要叫哩!"

春兰跑到屋里,找了一堆烂棉花套子来,塞进猪嘴里。又使小木棍向嗓子眼里挺了挺,直塞得满满的,再使绳子把猪拱嘴缯^②结实。老驴头把手一撒,那猪前后脚支撑了几下,哼哼着,再也叫不出来。

---

① 颤颤抖抖。
② 这里指捆、绑之意。

老驴头两手挑起那床破棉被,抖了抖一看,叫猪刨烂了好几大块,露出棉花套子来。他可惜得挤眉皱眼,哆弄着棉被,摇了半天脑袋。

刚把猪绑上,仄耳听得街上有人敲门。走到大门上,隔着门缝儿一看,是老套子。把门开了,让老套子走到屋里,坐在炕沿上。

天气冷,老套子抄着两只手,搂在怀里,把脖子缩在破皮帽子底下,说:"我听你的话口儿,是想逃猪税?"

老驴头说:"我想自己个儿偷偷地杀了,不叫他们知道。"

老套子说:"我怕你走了这条道,才找了你来。咱俩自小儿在一块拾柴拾粪,扛小活儿,有多少年的交情。我跟你说句实话,要知道'官法如炉'啊,烧炼不得!咱庄稼人以守法为本,不能办这越法的事。"

老驴头说:"不,我不能叫这二三小斗粮食插翅飞了。"

老套子说:"我听得人们说,包税的总头目是冯老兰,包咱镇上税的是刘二卯和李德才。这两个人就是冯家大院里的打手,你惹得起吗?"

说到这刻上,老驴头可就犯了思索,闭上嘴不说什么。

老套子说:"依我说,你忍了这个肚里疼吧!二三小斗粮食,要是他把你弄到'官店'里去,二三十斗还不止哩!"

老驴头抄着手,点了几下头,说:"咳!我喂这只猪可不容易呀,它吃了我几口袋山药才长胖。人家养猪,是为吃肉香香嘴。我是想把它卖了,明年过春荒。他们又想从这猪身上抽一腿肉走……"

老套子看他紧皱眉泉,心上实在难受,就说:"这么着吧!咱镇上,朱老忠和朱老明他们闹反割头税哩,闹得多凶!看他们闹好了,他们不拿,咱也别拿。他们要是拿呢,咱们赶快送过去,可别落在人家后头。"

说到这里,老驴头一下子笑出来,说:"那,咱看看再说。"

春兰家猪没杀掉,可是天天听到猪叫的声音。黎明的时候,有人把猪装在车上,叫牲口拉着车在院里跑,故意让它叫,而且叫得挺响。然后,老头老婆站在门口,喧嚷上集卖猪,被猪叫惊了车了。然后偷偷把猪藏起来,杀了。

离年傍近,过年的气氛更加浓厚起来。家家碾米磨面、扫房做豆腐。春兰正跟娘剁干菜,蒸大饺子。冷不丁,街上响起一阵锣声,想是为了割头税的事,她说:"娘!我到街上去看看,干什么敲锣呢?"娘说:"为了这只脏猪,也费这么大心,你去吧!"

春兰走到街上一看,刘二卯正在小十字街上敲锣,红着脖子粗着筋,敞开嗓子大喊:"我花钱包了镇上的割头税,不许私安杀猪锅。谁家要想杀猪,得弄到我家里来,给你们刮洗得干干净净。不要多,不要少,要你大洋一块零七毛,外带猪鬃、猪毛、猪尾巴、大肠头……"

春兰看了一下,忙跑回来。娘问她:"怎么的?"春兰说:"刘二卯在街上嚷人们,可幸咱没把猪杀了,哪里惹得起人家?你看,黑煞神呀似的!听说他家里安上个大杀猪锅,钩子梃杖①一边放着,就是没有人抬猪去。"

刘二卯在街上一敲锣,严志和、伍老拔、朱老星,上大严村、小严村、大刘庄、小刘庄,通知反割头税的人们:快安杀猪锅!

第二天,朱大贵也在门前安了杀猪锅。

朱老明拄上拐杖挨门串户,从这家走到那家,说:"要杀猪,上大贵那儿,不要大洋一块零七毛,不要猪鬃,不要猪毛,也不要猪尾巴、大肠头,光拿两捆烧水的秫秸就行了。"门串门,全村说了个遍。

---

① 铁棍,杀猪用具,长约五尺,粗如小手指。

走到老驴头门前,碰上春兰,说:"闺女!把你们那猪抬到大贵那里去吧,白给你们杀,连秫秸甭拿。"

春兰说:"唔!我去看看。"她跑到街口上一看,杀猪锅安在大贵家小槐树底下,忠大叔烧锅,大贵掌刀儿。伍老拔、朱老星,在一旁站着。

每年年前,杀猪宰羊是个喜兴事,二贵、伍顺、庆儿,都来帮手,一群孩子打打闹闹,在一边看热闹儿。

大贵穿着紧身短袄,腰里杀着条小褡包,把袖子揎到胳膊肘上,两只手一提,把猪放在条案上,左手攥住猪拱嘴,右手拍拍猪脖子上的土粪,把毛撮干净,手疾眼快,刀尖从猪脖子上对准心尖,噗嗤一攮,血水顺着刀子流下来,像条鲜红的带子,扑着盆底上的红秫黍面,溅起红色的泡沫。

看看血流尽了,大贵用刀在猪腿上拉个小口儿,用梃杖挺了挺,猫下腰,把猪吹得滚瓜儿圆。

猪泡在热水里,人们一齐下手,把毛儿刮净,把白猪吊在梯子上,用水冲洗得干干净净。

伍老拔笑咧咧说:"来,先开冯老兰的膛。"

大贵手里拿着刀子,比画着说:"先开狗日的膛!"从猪肚子上一刀拉下来,又描了一刀,心肝五脏,血糊淋淋流出来。

伍老拔说:"摘他的心,看看他的心是黑的还是红的?"

大贵把两只手伸膛里,摘下心来,一窝黑色的淤血顺着刀口流下来。他说:"嘿!是黑的。"

伍老拔笑了笑,说:"早知道狗日的心是黑的。放大利钱,收高租,不干一点人事儿!"

听得说,朱老星一步一步走过来,笑眯眯地说:"那可是真的!听说过去'大清律'上都有过,'放账的,放过三分当贼论'!如今,他们连这个都不管了,只是一门儿弄①,刮了人们的骨头,又抽人们的筋!"

伍老拔说:"甭说了,摘他的肝吧,看看有猪黄没有?"

朱老星笑了说:"嘿嘿!你算了吧,猪黄长在尿泡里,是一种贵重的药材。"

看大贵摘下肝,又摘肠胃。伍老拔说:"来!他不叫咱好受,咱捋他的肠子,看他肚子疼不疼!"

说着,朱老忠、朱老明、朱老星……一群人都呱呱笑了。

大贵把猪大肠、小肠、肚、肝等下水五脏,一样一样地用麻绳拴了,挂在墙上。

伍老拔笑笑说:"看!大贵多会给咱穷人办事!"

一会儿,江涛背着粪筐,溜达过来。他到各村检查工作,转游到大贵这口锅上一看,心里乐了,拍着大贵的肩膀说:"大哥!是这么办,多给咱穷人办点好事。"

大贵得意地把两只黑眼珠瞪得圆圆,滴溜溜在鼻梁上一靠,伸出大拇指头,说:"只要兄弟肯领头儿,咱满跟着,手艺和力气是随身带着的。"

一群姑娘,站在街口上看杀猪。春兰站在人群里看着大贵。背后看,像个大汉子。正面一看,是个大眼睛、红脸膛、宽肩膀、圆身腰的小伙子。身子骨儿,是铁打成的,是钢铸成的,又开腿儿一晃肩膀,浑身是力气。春兰看见这个小伙子在人前挺受尊重,心上深深受了感动,想:怪不得说……

伍老拔离远看见姑娘们咭咭呱呱,又说又笑,多么高兴。悄悄撅了个秫秸楚干,在血盆里挑起一大团血泡泡,跑过去说:"姑娘们!来,给你们戴上朵石榴花儿过年。"说着,就要插在个儿最高、

---

① 这里指一个劲地"剥削"。

脸儿黑黑的春兰头上,吓得姑娘们笑着散开了。

春兰一面笑着跑回家,碰面看见老驴头。她说:"爹!咱把猪抬起大贵他们那儿去杀吧!"

老驴头说:"嗯!人们都抬到他们那锅上去了?"

春兰说:"唔!抬到那里去的猪可多哩,直杀了一天一夜,还没杀完。"

老驴头说:"走,咱也抬去。"

两人重又把猪绑上,找了根杠子抬起来。一出门,老驴头想起大贵和春兰的事,虽然没定亲,可也有人提过了。要是成了亲的话,大贵将来还是自家门里的女婿。把猪抬了去,大贵就得和春兰见面。为了杀猪,或许他俩还要在一块儿待半天。他又想到春兰和运涛的事,心里想:"不好!不好!"他说:"不,咱不抬到大贵那口锅上去。"

春兰问:"抬到哪儿去?"

老驴头说:"咱抬到刘二卯那口锅上去。"

春兰说:"不,爹!刘二卯那里要猪鬃猪毛……一块七毛钱哩!再说,他和民众们为敌……"

她这么一说,老驴头又想起来,说:"回去,回去,咱先抬回去。"

两人重又把猪抬回院里。春兰问:"怎么,不杀了吗?"老驴头说:"杀是要杀,得叫我想一想,怎么杀法儿。"他在院子里走来走去,转游①了半天,才说:"唉!咱晚上偷偷把它杀了吧!"春兰说:"咱哪里会杀猪呢?又没有那带尖儿的刀子。"老驴头说:"切菜刀也杀得死猪!大杠子也打得死猪!"春兰看着老驴头那个认死理的样子暗笑,也没说什么。

---

① 徘徊,来回地走。

老驴头又去找老套子,老套子晃了半天脑袋,才同意偷偷把猪杀掉。他也要来帮忙。

那天晚上,吃过饭,老驴头叫春兰烧了一锅汤。等老套子来了,搬了个板凳放在堂屋里。板凳挺窄,猪一放上去,得有人扶着。不的话,一动就要掉下来。

老驴头嘴上叼着切菜刀,左脚把猪耳朵蹬在板凳上,左手攥住猪拱嘴,右手拿下菜刀,说:"哼!摁结实,我要开杀!"

老套子用右脚把猪尾巴蹬在板凳上,一手攥住前蹄,一手攥住后蹄,使劲往后拉着,说:"开杀吧!"当他一眼看见老驴头手上拿的是菜刀,就问:"那,行吗?"

老驴头说:"行!"

老套子见他很有自信,也没说什么。老驴头把切菜刀在猪脖子上比试了比试。他没亲眼看过杀猪,只见过杀羊、杀牛。杀羊、杀牛都是用刀子把脖项一抹,血就流出来。他憋足了劲,把刀放在猪脖子上向下一切。那猪一感觉到剧烈的疼痛,四只蹄子一蹬跶,浑身一曲连,冷不丁一家伙挣脱了老驴头和老套子的手。向上一蹿,一下子碰在老驴头的脸上,把他鼻子碰破,流出血来。向后一个仰巴跤①,咕咚摔在地上。老套子伸开两只手向前一扑,那猪见有人扑它,两条后腿向上一蹦,把老套子碰了个侧不愣②,蹿到房顶上。向下一落,一下子落在汤锅里,溅起满屋子汤水,溅了春兰娘一身。锅里水热,烫得猪吱喽地叫了一下子,跳出来,带着满身血水,在屋里跑来跑去,把家伙桌子碰翻了,把盆、罐、碗、碟,打了个一干二净。又纵身一跳,蹿上灶去,吓得春兰娘哇的一声倒在炕席上。那猪直向窗格棂碰过去,喀嚓一声,把窗棂碰断,跳下窗台去,

---

① 脸朝天的斤斗。

② 大歪身,将倒未倒。

趔趔趄趄，满院子乱窜。

老驴头带着满脸鼻血，从地上扶起老套子，两人又去赶那只猪。那猪带着血红的刀口，流着血水，睁着红眼睛，盯着老驴头。这会儿它明白过来，老驴头不再把它抱到炕头上，不再一瓢一瓢喂它山药，不再给它篦虱子，要拿刀杀它。只要一见到人，它就张开大嘴，露出獠牙，没命地乱碰，乱咬。见到老驴头和老套子赶上去，它照准了老驴头的腿裆，趔趄地蹿过去。老驴头两手扑了个空，一跤跌翻在地上。老套子左扑一下，右扑一下，也扑不住。那猪一直向街门蹿去，本来那街门关得不紧，留着一条小缝。那猪朝门缝一碰，呱哒一声把那扇门碰翻，掉在地上。那猪一出门口，就像出了笼子的鸟儿，吱喽怪叫着蹿跑了。老驴头和老套子，撒开腿赶上去。他们上了几岁年纪，腿脚不灵便了，再也赶不上那只带着创伤的猪。

两个老头找遍了苇塘、厕所，找遍村郊的坟茔，还是找不到。老套子回家吃饭去了，直到夜深，老驴头一个人才慢吞吞拐着腿子走回来，说："春兰！春兰！这可怎么办？咱的猪找不见了！"

春兰说："我说抬到大贵那里去，非你们自个儿杀，你可什么时候学会杀猪呢？"

老驴头说："说也晚了，想想办法吧！"他坐在炕沿上，喘着气，说不上话来。

猪把窗棂碰断，春兰娘把一堆破衣裳挡上去，挡也挡不严，腊月的风刮进来，屋里挺冷。老驴头身上直打寒战。

春兰说："那可怎么办呢？你去找个明白人请教请教，老套子大伯哪里是办事的人呢？"

老驴头说："找个明白人，可找谁呢？"

春兰说："你去找忠大叔，那人走南闯北，心明眼亮，办事干脆，能说能行。"

离年近了，家家准备过年的吃喝。老驴头找不到猪，也没钱过年。春兰噘起嘴，搬动伶俐的口齿，干嘣逗脆儿说："不会杀猪，强要自个儿杀。手指头有房梁粗，还会杀猪哩……"老驴头坐在炕沿上，把两只手掌抠在怀里，合着眼，闭着嘴，什么也不说，干挨春兰上落①。实在挨不过了，就说："甭说了吧！愿找朱老忠，你去找他吧！"

春兰一听，笑了笑，洗了个手脸，穿上个才洗过的褂儿，扭身往街上走。一进大贵家门，正碰上朱老忠。问她："闺女，你干什么来？"

春兰说："我爹的猪跑了，求求你，设个法儿找回来。"

两人说着，走到屋里。贵他娘一见春兰，满脸笑着，走上来问："春兰！今日个什么风儿把你吹到俺家来？"

春兰红了脸，笑着把老驴头和老套子杀猪，走失了猪的事说了。朱老忠和贵他娘一听，猫下腰笑了一会子。贵他娘说："那，你可不早说，隔晌隔夜，这猪要是跑出村，叫人家吃了去，可是怎么办？"

春兰一时着急，跺着脚尖说："那可怎么办呢？"

朱老忠又笑了说："咳！可怜的人们，我给你出个主意吧！"

朱老忠求人写了几个红帖儿："兹走失黑猪一只，脖子上带有刀口，诸亲好友知其下落者，通个信息，定有厚报。"叫二贵、伍顺、庆儿、大贵，到各村镇、各个地方张贴去找。寻了一天，还是寻不着踪影。天晚了，大贵才回来，他为这只猪，一直走了几个村子，把腿肚子都走痛了。

贵他娘噗地笑了，说："把腿肚子走痛了，也值得呀！"

---
① 奚落，数落。

大贵睁着大眼睛问:"怎么的?娘!"

贵他娘说:"早晚你就知道。"

朱老忠说:"好啊!大贵要是认可了,反割头税胜利,又过年又娶媳妇,三桩喜事一块过。"

大贵一听,猜乎到春兰身上,一下子从心上笑到脸上,热辣辣的起来,说:"哈哈!我可不行,先给二贵吧,二贵也快该娶媳妇。"

贵他娘说:"别说了,先给你娶。"

大贵说:"咱这三间土坯窝窝,把人家春兰娶在哪儿?"

朱老忠说:"那,不要紧。明年一开春,咱再脱坯盖上两间小西屋。"可是,一说到这"倒装门儿"上,大贵横竖不干。他说:"春兰!人家算是没有挑剔,咱就是不干这'倒装门儿'。听说得先给人家铺下文书,写上'小子无能,随妻改姓……'不干,她算是个天仙女儿,有千顷园子万顷地,咱也不干。"

二贵笑了说:"坏了,这可堵住我的嘴了,我要再说春兰好,算是我多嫌哥哥。"

朱老忠说:"咱这是一家子插着门儿说笑话,运涛还在狱里,咱哪能那么办?"说着,他又抬起头待了半天,沉思着:"咳呀!那孩子在监狱里,转眼一年多了!"当他一想到无期徒刑,又黯然落下泪来。

这时候,满屋子沉寂,一家四口,都不约而同地想起运涛。他们都和运涛一块待过,都知道那人的人品、行事儿。一想起他要在黑暗的监狱里度过一生,止不住热烘烘地难过起来。

大贵自小儿跟着朱老忠受苦惯了,在军队上当新兵,操课更紧。虽然是二十多岁的小伙子,还没有、也不敢想到娶媳妇的事。有时,他和姑娘们走个碰头儿,也只是把下巴朝天,或是扭着头儿走过去。因为穷困,他好像不愿看到红的花、绿的叶,不敢看见少女们摇摆的身姿,花朵一样的脸儿,闪光一样的眼珠。他像是埋在土里过日子。

今天一提到春兰的事,他的心,在土里再也埋不住了,像二月里第一次雷声,轰隆隆敲击他的胸膛。浑身脉搏跳动不安,像在呼唤:"你起来吧!别再沉睡了!"

那天晚上,大贵把脑袋搁在枕头上,反过来掉过去,说什么也睡不着。他又想那年抓了兵,临走的时候,还对运涛说过:"……希望我回来能见到你!"可是他回来了,运涛却住了监狱,朋友们再也见不到面了。一想起运涛,又想起春兰。她是个命运多么不济的人哟!为了想念运涛,他想应该替春兰把这只猪找到。要是找不到,她家怎么能过得去年,春兰心上不知多么样地难过哩!越想,心上越是烦躁起来。听人们都睡着,他又穿上衣服,开门走出来,再轻轻把门关上。

刚出门的时候,天还黑着。出了大门,向南一拐,通过大柳树林子,上了千里堤,月亮在云彩缝里闪出光来。辉煌的光带,像雨注在喷洒,照得明亮亮的。他想,围村什么地方都找遍了,就是这河滩上还没有找。他又踏着深雪迈下堤岸,沿着堤根走了一截路,再向南走,走在铺着雪的河滩上。河滩上的雪,被大风旋绞得一坨一坨的。有的地方,光光的没有一点雪,有的地方,雪却堆得挺高挺高。大贵踏上去,一下子就陷进大腿深,他又费力拔出腿来,深一脚浅一脚地走着,身上热得不行,出起汗来。在河滩上站了一刻,月亮照得像白天一样。他掏出小烟袋,划个火抽着烟,又想起运涛和春兰。

抽完那袋烟,刚立起来,想走到冰上去,看见一个黑家伙,踏着河坡和冰河连接的地方走过来。像是一只狼,可是走得挺慢,又像是一只狗。他蹲下去,想等这狗走过来的时候,吓它一下。那家伙走近了,嘴里直哼哼,拱着雪,咂着嘴儿吃东西,是一只猪。他想,一定是春兰家那只猪。他拍了下胸脯,高兴起来,喜得心上直跳。等那只猪走近了,他猛地纵起身,抽冷子一个箭步赶过去。那只猪一见有人扑它,瞪起红眼睛睖着,支绷起耳朵,翘起尾巴,张开嘴,露出大牙,哺呵哺地一动也不动。大贵看它的样子,怕它跑掉,也不敢立时下手。慢慢向前蹭了一步,那只猪四条腿向前一蹿,一下子碰得大贵趔趄了一下,跌在地上。大贵伸开两腿向上一拧,啪地,戳起身子就赶。

自从闹起反割头税运动,人们为避猪税,把猪藏在囤圈里,柴火棚子里。可是猪是活的,它会在黑夜里跑掉。雪地上跑着不少没有主儿的猪。这只猪自从离开老驴头,饿久了,瘦了,身腰儿灵便了,跑跳起来像只狗。猪在头里跑,大贵在后头追。这只猪,也许被别人追过了,有了经验。一碰上雪垄,后腿一蹦就过去,大贵得在深雪里踏好几步。可是它始终也拉不下大贵五步远。

大贵和这只猪,在大河滩里,从东到西,从南到北,竞赛了吃顿饭工夫。大贵喘起气来,觉得支持不住了。憋了一股劲,蹿了几步,向前抓了一把,抓滑了。又紧捞了一把,还是滑了,只捞住一条猪尾巴。那只猪吱吱叫起来。大贵伸手攥住猪的后腿,那猪用力一蹬跶,像要腾空飞跃。大贵向前一就,找了一片冰地,叉开腿,把猪抡起来,啪呀啪的,在地上摔了两过子,摔得那猪再也不蹬跶了。大贵伸手在猪脖子底下一摸,有刀口,正是春兰他们的。心里不由得笑起来,高兴极了,想:猪找到了,春兰他们可以过个安生年了。

大贵喘着气歇了一下,把猪扛在脊梁上,走到春兰家门前。敲了两下门,心上还突突直跳。也不知道是什么原因,叫门的声音并不大,就听得春兰家屋门一响,春兰踏着沉重的脚步走出来。到了门前,问:"是谁敲门?"大贵说:"是我。"春兰一听,像大贵瓮声瓮声的声音,就愣住了,焦急地问了一声:"是谁?大贵?"春兰不知说什么好,她害起怕来,心上战栗着说:"黑更半夜,你来干吗?"

大贵说:"开门吧!"

春兰说:"不能,说不明白不能开门。"

大贵说:"开门就知道了。"

春兰说:"不,不能,叫街坊……"后头她想说"叫街坊四邻知道,多不好",可说了一半,没有说出口来。

大贵一下子笑出来,说:"春兰!我给你找到猪了。"

春兰一听,啪啪地把门开开,说:"嘿嘿!这才过意不去哩!"

大贵伸开膀子,要把猪递给她。春兰一试,好重哩,直压得弯下腰起不来,着急说:"不行!不行!"大贵把猪放在地上,拍了拍身上的土说:"你搬回去吧!"

春兰笑了说:"救人救到底,送人送到家,你给俺搬进来吧!"

大贵挪动脚步说:"不,这黑更半夜的。"他说着,扭头就向回走。

春兰走上去拽住他,说:"俺爹娘老了,搬也搬不动,这有百八十斤。"

大贵待了一会儿,说:"好!"伸手又把猪扛在肩上,噇噇地走进去。

春兰先进屋,点个亮儿说:"大贵给咱把猪找到了!"

老驴头愣怔了一下,说:"什么?"他从被窝筒里伸出毛氄氄的头,看见大贵扛进猪来,放在柜橱上。张开胡子嘴,呵呵笑着。

春兰娘问:"是大贵找到的?"

老驴头说:"活该咱不破财,这才叫人落意哩!"急忙穿上棉袄,转个身,对大贵说:"咱就赞成你们这个反割头税!"

大贵说:"当然要反他们,房税地捐拿够了,又要割头税。他们吃肉,就不叫咱喝点汤儿!"

老驴头说:"那我可知道。就说冯老兰吧,他一天吃一顿饺子,吃咸菜还泡着半碗香油。"

大贵说:"天晚了,你们安歇吧!"他迈开大步走出来。老驴头说:"春兰!忙送你大哥。"春兰送大贵走到门口,才说搬动两扇门关上,又探出身儿说:"你走吗?俺就不谢谢你啦!"

大贵回头笑了笑,说:"谢什么,咱又不是外人。"

春兰笑吟吟说:"那倒是真的。"这句话还没说完,她看见前边墙根底下,黑乎乎地站着个人。又问:"大贵!你看那是个人?"

大贵趋着眼睛看了看,说:"许是个人。"又回过头:"春兰!你回去吧!"

春兰说:"天道黑,你慢走。"

大贵说:"好说,谢谢你!"

33

大贵顺着那条小街道往家走,走到街口,那个黑影儿又不见了。天晚了,风声在大柳树林子里响起来。走到门口,才说开门,里面有人开门出来。是朱老星。

大贵问:"天晚了,你干什么?"

朱老星说:"夜晚睡不着觉,我想,咱光这么闹,也不知道那头儿有什么动静没有,别不声不响告咱一状。我来跟你爹说了说。"

大贵说:"不要紧,他抓住咱什么把柄了?"

朱老星说:"嘿!他是刀笔,心里一琢磨就有把柄。"

大贵说:"哪,他能见得天了?"

朱老星龇牙笑了笑说:"不得不防备,是不?"

大贵说:"是呀!睡觉吧,天晚了。"

朱老星离开大贵,走到栅栏门口,影影绰绰,觉得身子后头有个人影儿。推开栅栏进去,又回转身把栅栏锁上。一返身时,觉得有个影儿跟着他。向左看看,看不到。向右看看,也看不到。看不到嘛,又像是有个影儿跟着。立在屋门口,抬起头儿想了想:多少年来,心上总是不干净,觉得身子后头老是有个影儿跟着,也就不多疑了。返回身,想上茅厕去。身子后头果然有个人影儿,贴着他的身儿站着。

朱老星一时心急,回身一抓,没有抓住。他不放过,攥紧拳头,瞪开眼睛盯着,一步一步撵过去。那人一步一步后退,后脑壳碰在茅厕墙上,咕咚一声响。朱老星一步跨过去,抓住那人的领口,拉到眼前一看,那人麻沙着嗓子笑了,是李德才。

朱老星心上还在蹦,问:"你想干什么?"

李德才说:"我找你,找来找去找不到,料着你在朱老忠家,我在门口上等着来。"他弯着腰,不住地哈喽哈喽喘着气儿。他年幼里得过风湿病,罗锅了腰,一到冬季就发起喘来。

朱老星问:"黑更半夜,你找我干什么?"

李德才说:"看你问的!吃了人家粮食,花了人家钱,趴在账上,你忘得了,人家也忘得了?"

朱老星听话里有话,说:"外边冷,屋里说话儿。"

两个人走到小屋里,老婆孩子们正睡着。朱老星打个火抽着烟,问:"我什么时候,吃了谁家粮食,花了谁家钱?你是来要账?"

李德才说:"那,当然是。你忘了,人家可忘不了!"

朱老星抬起头,想了老半天,也想不出来。摇晃摇晃脑袋说:"忘了。"

李德才轻轻冷笑一声,向前迈了一步,用烟袋指着庆儿和巧姑说:"这是什么?"

朱老星说:"我的孩子呀!"

李德才又问:"这是哪儿来的?"

朱老星说:"是我孩子他娘养活的。"

李德才又指着正睡着觉的庆儿的娘,说:"孩子他娘是哪儿来的?"

朱老星说:"我花钱娶来的。"

说到这里,李德才又麻沙着嗓子哈哈大笑,说:"这不就是了吗?你娶媳妇的钱是哪儿来的?"

李德才这么一说,朱老星才想起来。十几年前,他娶庆儿他娘的时候,借过冯老兰一口袋小麦、五块钱。他说:"啊,倒是有这么回子事。多少年里,我断不了在他院里拾拾掇掇的,也没要过他工钱。我娶孩子他娘的时候,在冯家大院拿了一口袋小麦、五块钱。老头说:'你缺着了,拿去吧,这丁点东西,也就别还我了。'"

李德才咧起嘴说:"我那亲娘!他什么时候有过那么大施舍?"

李德才一说,朱老星也就想过这个理儿来。他说:"那可怎么办?我误会住这个理儿了。要不,有这么两个五块钱,两口袋小麦,也早还清了。"

李德才说:"还他吧!他立时巴刻①跟你要,今日晚上叫我找了你这半夜。"

---

① 立刻,马上。

朱老星说："当下我没有。"

李德才问："你没有怎么办？"

朱老星噘起嘴来，唔唔哝哝说："我知道怎么办？"

李德才说："看你说的。这是人家跟你要账，你倒问起我来了。"随后，李德才又唠唠叨叨，说："也该咱倒霉，谁叫咱管这个闲事业？管闲事落闲事，你若还不了人家，就跟我去一趟，当面跟老头儿说说，也算给我摘了这个夹板儿。"

朱老星说："去呗！说什么咱也还不上。人吃的还没有，哪有钱还账？"

李德才说："咱就去？"

朱老星说："走！"

才说迈步走出来，庆儿娘打被窝筒里伸出头来，头发蓬乱，问："你去干什么？"

朱老星说："去见冯老兰。"

庆儿娘说："甭去！哪里有那么宗子事？陈谷烂芝麻，又来找后翻账儿！要命有命，要钱没钱！"

李德才一听，弯下腰，咧起大嘴说："我那亲娘，你敢这么说？"

庆儿娘，披上棉袄坐起来，朱老星说："算了，黑更半夜，你起来干吗？"

庆儿娘说："你等一等再去，冯家大院有黑屋子、木狗子、私立刑房，要夹就夹，要打就打。"

李德才说："你说的。那是对外村的，对咱乡亲当块儿，有什么过不去的事，那么歹毒？有我一面承当。"

庆儿娘说："我可先说给你，穷秀才！你们要是捅俺一手指头，管叫你们闺女小子折斤斗儿。"

李德才笑着说:"没有的事,当面一说就完啦!"

说着话儿,两人走出来。北风挺紧,街道又黑,两人一出门,放开脚步走到西锁井。到了冯家大院梢门口上,那个古式门楼,阴森得怕人。叫开门走进去。朱老星一进高房大屋,深宅深院,头发根子一机灵就立起来。三屋大院没有一点光亮,只冯老兰的屋子里还亮着。

走到窗台根底下,朱老星立着,问:"老兰大叔在屋吗?"

冯老兰一阵咳嗽过去,问:"谁呀?你是……"

李德才说:"我把朱老星叫来了。"

冯老兰说:"你把他带进来。"

李德才和朱老星走上高台阶,走进那黑暗的屋子。进了屋,也不叫他们坐下,就在地上站着。

冯老兰正看着账簿,戴上老花眼镜,把眼镜对在账簿上看了老半天,才问:"朱老星,你送了钱来?"

朱老星到这时又后悔了,他不该认这笔陈账。说:"没,我记得不欠你什么钱呀!"

冯老兰说:"你记得不行,有账管着。"

李德才也说:"是呀。账上不在嘛,没说的。账上在着……"

朱老星说:"就说那一口袋麦子、五块钱吧,那是十几年以前……"

不等说完,冯老兰挥了一下手,说:"是呀!十几年以前,就是二十几年以前,芝麻烂得了,糠烂得了,这账还能烂了?"

朱老星一时急躁,说:"当时你已经放了响炮啊!你说,'这么一丁点东西,你拿去吧,也别还我啦!'有你一句话,这些年来我也没搁在心上。再说,多少年来,俺给你大院里拾拾掇掇,没要过工钱呀!"

冯老兰问:"多少?你有账吗?"

朱老星说:"我没账。"

李德才走上一步,拍着屁股说:"对呀!没账你可瞎咧咧。"

冯老兰说:"是呀!多少年来,我也没打算跟你要过,这咱,你变了心,我才跟你要。"

朱老星一听,整个儿头上、脸上,涨红起来,头发根里都红了,口口吃吃地问:"我,我,我变了什么心?"

冯老兰说:"你和朱老明、伍老拔他们,跟我打了三场官司。今年又要反我的割头税。甭说是五块钱,一口袋小麦,就是一块钱,一颗麦子粒儿,我狼叼来的还能喂狗?"

当时下,朱老星无话可说,心里想:咱就是没留这个心眼儿,他欠咱的,咱没账。咱欠他的,他有账。这可有什么办法?他说:"你叫俺穷人们替你摊的兵款,比这五块钱、一口袋小麦还多得多!"

冯老兰把手在桌上一拍说:"甭说不好听的,你还钱吧!"

朱老星说:"咱几辈子都是老实人……你算算吧,算清了我还你。"

冯老兰拿起算盘,说:"咱也甭细算了,让着你点儿吧!"他念着:"五块钱,三年本利相停,不用利滚利儿,十几年也到一百块钱。这一口袋麦子,按怎么算?"

朱老星一听,就急了,口吃得说不上话来。他说:"你,你,你那么算不行!"

冯老兰把笔管在桌子上戳,眼一瞪,说:"怎么算?你红嘴白牙儿,吃了我的算拉倒?"

黑屋子里升着煤火,热得厉害。朱老星身上一股劲儿出汗,汗珠子顺着脸流下来。他一想到这笔钱拿不出来,浑身打起哆嗦,抖颤圆了,说:"你容我一个时候吧,我还你。你要是脚底下刨钱,我没有。"

冯老兰提高嗓门说:"你没有不行!"

李德才说:"杀人的偿命,欠账的还钱。这是上了古书的,你为什么不还?"

朱老星嘴唇打着哆嗦,说:"估了我的家①,我也还不起。"

李德才拿眼瞪着朱老星,点搭着下巴说:"你还不起不行!"

冯老兰说:"还反割头税不反?"

朱老星说:"这个不能一块说,棉花、线,是两市。"

冯老兰说:"你说是两市,我偏说是一回事。伍老拔还欠我一笔老账!"说着,他拿出一大串钥匙,开了大橱子,拿出几本账簿。每本都有半尺厚,蓝粗布面,上头贴着红签儿。他翻翻这本又翻翻那本,说:"那年滹沱河决口,河道向南一滚,他们在河南的宅子,滚到河底。两年,他借了我二斗荞麦种儿,后来他的宅子又滚到河堤上。他脱坯盖房没有饭吃,使了我十五吊钱的账,年年要,年年不给我。还和我打官司,反抗我的割头税。"

朱老星噘起大厚嘴唇,嘟嘟哝哝说:"反欢了,还得反哩!"

李德才瞪了朱老星一眼,说:"尽是你们这些刺儿头。人家包税,碍着你们蛋疼?走吧,今儿晚了,明儿再说。"

冯老兰说:"回到家去,躺在炕上,忽拉②着良心想想吧!"

两人走出那座黑屋子,屋里挺热,一出门可冷起来,肉皮子一紧,浑身毫毛都乍起来,刺痒得难忍。出了梢门,李德才说:"你走吧,我还有点事。"就又退回来,走回冯老兰的屋子里,他还没睡觉。李德才说:"我可碰上个新闻儿。"

---

① 把我家里全部财产计算上。
② 摸着。

冯老兰问:"什么新闻?"

李德才说:"大贵上春兰家去来。"

冯老兰扬起头儿,想了老半天,懒洋洋说:"那妞子,她硬僵筋。一顷地、一挂车,她还不干。"

李德才说:"甭着急,慢慢儿磨磨她。"

34

李德才出去了,冯老兰把他年轻的老伴叫过来睡觉。别看他年岁大,倒娶了个年轻的太太,还上过中学堂。说是年轻,现在也不年轻了。是续弦。

他睡在炕上,翻上倒下睡不着觉。朱老忠、朱老明他们反割头税的事,在他心里成了病疙瘩。

一进腊月门,反割头税的声浪,就飘过乡村树林,飘过田野,也飘进冯老兰的耳朵。他听到这个风声,还不相信。他的一生,还没有经验过,在这小小的僻乡村里,会有一种什么力量,能阻止他收取这笔割头税。

第二天一早,冯老兰在他黑暗的屋子里,点上灯,趴着炉台儿烤火,对着窗户喊了一声:"贵堂!贵堂!"

冯贵堂听得父亲叫他,手里拿着卷书,从西厢房走到父亲屋里,笑嘻嘻儿问:"什么事?爹!"

冯老兰想问问这割头税的事,可是不先从这上头开口。他问:"河套外头地上拉了多少粪?"

他这么一问,可把冯贵堂问愣了,昂起头来,转了半天眼珠,才说:"说是……我还不清楚,是咱三兄弟看着拉的。"冯贵堂不停脚儿跑出去找冯焕堂,一出二门碰上赶车的把式冯大有,就问:"咱河套外头拉了多少粪?"冯大有直了一会儿脖儿说不上来,说是"咱二把式赶车拉的"。冯大有又去找二把式,二把式说是拉了八十二车,才回来告诉冯贵堂。冯贵堂一进二门,冯老兰偷偷地撩着眼儿在门道口看着他。

冯老兰一见冯贵堂,他的老脸就搭拉下来,说:"别小看了过庄稼日子,不是容易。"他又问:"明年那块地耩^①什么庄稼,你有打算没有?"说着话儿,又走进他的屋子。

冯贵堂跟在父亲后头,支支吾吾说:"那,明年开春儿再说呗。"

冯老兰摇摇头说:"那,不行……今年一过秋天,你就该有个打算,明年哪块地耩高粱,哪块地耩谷子,哪块地耩棉花……打算好了,按着耩种的先后送粪。明年一开春铲儿,再按着先后碾地、耙地。咳!……"讲着,他又摇了会子头。他觉得像跟木头说话一样,你尽管说,他们就当成耳旁风。他想:"不行,不行,贵堂不是种地的材料儿,还得叫焕堂管事儿。"

冯老兰一袋一袋吸着烟,说:"咳!依我说,咱不做这个买卖,种庄稼才是正理。你硬要做买卖,咱才开了杂货铺子,开下花庄。赚钱多是多,可赚来的钱一点儿也不实着。就像那杨花柳絮,风一刮就飞了。"他后悔,不该把钥匙头儿撒给冯贵堂。

冯贵堂不服父亲的理儿,撇开嘴说:"哪里?哪里有那么轻渺的钱儿?"

冯老兰说:"你要包税,我就听你的话,包了这割头税。核算了咱今年能收到的地租、利息、红利,共是二千二百元。又从杂货铺和花庄上抽了一千八百资本,共是四千元投的标。要是这笔钱收

---

① 播种。

不上来,可不打了蛋?那一块一块的,又白又光的洋钱不像杨花柳絮叫风儿吹飞了?"

冯贵堂说:"你就不算算,只要能收到百分之六十,不,只要能收上一半儿,就能赚到八千到一万元。你在家里坐着,这一万块钱就窜到你手心里来了。"

自从吃"腊八粥"的那天,反割头税的人们,就从这个乡村,走到那个乡村,从这座土坯小屋,走到那座土坯小屋。那些穿着破袍子、破棉袄的人们,揭开门上的蒿荐,从这家走到那家,都是串通反割头税的事。可是,今天冯老兰一问,冯贵堂还不知道。冯老兰又摇摇头说:"你把什么事儿都看得容易。哼!"

不等冯老兰说完,冯贵堂拧起鼻子说:"你亲眼见来?还是别人在你耳朵底下瞎咕咕的?"

冯老兰说:"这比亲眼见的还灵,我一想就是这么回子事儿。你不要忘了,朱老忠、朱老明、严志和他们就在咱眼皮子底下。严运涛坐了狱,还有他兄弟严江涛。如今他们闹起什么赤色农会,还要到县政府里去请愿,要求撤销割头税。"

冯贵堂一听,就有点腻,嘟嘟囔囔说:"咳!咱当不了这个家,你叫老三当家吧!"

冯老兰说:"你甭闹气性。你念念书,会法条儿,未必会当家。你整天躺在屋子里看书,还不知道反抗割头税的事。"

冯贵堂说:"我从不把那起子庄稼百事的人们放在心上。"

冯老兰一听,就火了。气得胡子一翘一翘地说:"你说什么?咳,你初生的犊儿不怕虎啊!"

冯贵堂说:"爹!你别长他们的威风了吧!哪里有什么虎,谁是老虎?"

冯老兰说:"谁是老虎?朱老忠、朱老明、严志和、朱大贵,在我眼里比老虎还厉害!可你不认这个账儿,他们和咱打了三场官司,又反咱的割头税。"

冯贵堂说:"瞎字不识,他们掉不了蛋。"把身子一拧走出去。父子二人的谈话,算是最后决裂了。

冯老兰心上烦躁起来,像热锅上蚂蚁一样,瞪出黄眼珠子想:老祖宗给冯家大院挣下了无穷的富贵,造下多大的"势力",子孙们凭着这种"势力"度过一生。从村镇走到城里,从他睡觉的土炕,走到衙门口的大堂上,他没有遇上过有谁敢挡他的脚。他希望的是金钱、土地、放荡的生活和子孙万代的殷富。这些东西,在他眼里,遍地皆是,只要你吃着心地盘算,就能随手拈来。今年,硬是从天上掉下一种声音来,要挡住他的去路。他想,不得不注意了。

前几天,冯老兰一听得反割头税的消息,就打发伙计们到县政府,到各区公所去送些年礼,把求他们帮忙的话也说了说。他想,这些庄稼脑瓜子,也不过扬嚷扬嚷就算了。可是伙计一回来就说:"各区里都有人在闹腾,一致说,要反割头税,打倒冯老兰!"这老头子可着了慌,他嫌冯贵堂办事不牢靠,亲自坐上小轿车儿,今天走到这区,明天又走到那区,告诉他的伙计们,要怎样才能收好这笔割头税。

不几天,大小刘庄、大小严村,反割头税的人们动起手来。冯老兰要先发制人,吩咐立刻按锅收税。紧接着,反割头税的人们也赶前安上杀猪锅,抵抗收税。

锁井镇上,反割头税的人们,把杀猪锅安在朱大贵家门口。这好像在冯老兰眼里钉上一颗钉子。钉子虽小,却动摇着冯家大院的根基。冯家大院,在一百年来,这是第二次碰上——第一次是和朱老明打了三场官司。听李德才的话,反割头税的人们,好比是一团烈火。这团烈火,趁着腊月里的风,蔓延地烧起来。

冯老兰和冯贵堂谈完了话,穿上一件粗呢大氅,皱着焦黄的脸,耷拉着长长的两绺花白胡子,拎起他的大烟袋,走到聚源宝号,坐在柜房里,把脚跷在桌子上,黄眼珠子盯着屋顶,一袋一袋抽着。

刘二卯风是风、火是火地闯进来,一迭连声说:"这还行!这还行!朝廷爷没有王法了!"

冯老兰瞪着黄眼珠子站起来,问:"怎么样,还没有人去杀猪?"

刘二卯说:"都给朱大贵夺了去。他们大喊着,'不要猪鬃、猪毛,不要猪尾巴、大肠头,更不要一块七毛钱'!……"

不等刘二卯说完,冯老兰拿起大烟袋锅子,在桌上一敲,啪的一声,说:"他,非法!"喊声震得屋子里的铜器当当地响。

刘二卯咕咚坐在椅子上,说:"咳!看我这幅子买卖要赔账。"

冯老兰就势问:"你说什么?"

刘二卯说:"完了,我赔钱定了。"

一说要赔钱,像有锥子钻冯老兰的心。近几年来,他变成一种新的性格:只许成功,不能失败。只能赚大钱,不能赔小钱儿。刘二卯赔账只是十块钱的事情,他这十块钱,要是不遇上什么波折,可以杀几百只猪。冯老兰一赔账就是四千元。想到这里,他一下子把身子趴在桌子上,一只手拍着桌子说:"去!去!骂他们,骂他们六门到底!有一个人敢还言儿,钉碎他的踝子骨!"

可是,刘二卯不愿捅这个马蜂窝,他本来是个庄稼人,种着二十亩地,还过得去,从去年开始,才当起传达,管村里的事。今年包这镇上的税,也不过是有一搭没一搭的事。可没想到,一出门就碰上打杠子的①。

---

① 过去拦路劫掠的盗贼。这里指遇着了大障碍。

299

正说着,冯贵堂走进来,撅着小黑胡髭,滴溜着黑眼珠儿。见他的老父亲实在气得上不去下不来,慢悠悠地拍着两个巴掌说:"别生气,骂什么街?不显得咱冯家大院小气?咱先给他们宽仁厚义,吃小亏不吃大亏。不行,咱再上衙门口里去告他们,和他们再打三场官司。好像吃焦炸肉,蘸花椒盐儿,吃不完咱的炸肉,就把他们那几亩地蘸完了!"说着,故意显出得意的神色。肥嘟噜的脸上,亮光光的直发笑。

冯老兰说:"那是以后的事,今天出不了这口气,我连饭也吃不成。"一定要刘二卯去骂三趟街。他说:"非压压朱老忠和朱老明的威风不行。"

刘二卯有冯老兰撑着腰,心里一横,拿起杀猪刀,一出聚源号的板搭门,就跳脚大骂:"谁敢欺负我刘二卯,敢反对我的割头税,有小子骨头的站出来。"在十字大街上,骂过来,骂过去,骂得人们一街两巷看着。冯老兰立在聚源号门口上,拍着大腿喊:"你上东锁井骂去。"刘二卯偷偷放下杀猪刀,红头涨脸骂向东锁井:"妈的要造反,要上衙门里告你们一状。"骂着骂着,两脚走过苇塘,上了坡,到了大贵门口,直骂得嘴上喷白沫。

朱大贵气得直瞪眼,冷不丁解开小棉袄,脱了光膀子,拿起杀猪刀在条案上一拍,摆摆手儿,把刘二卯叫到跟前,手指头突着心窝说:"来,你拿起刀子,照我这儿捅一下!"

刘二卯一看,朱大贵要比他,他不敢拿刀子捅朱大贵,只是愣住。

朱大贵说:"不,你解开衣裳,我捅你一下!"他把刀在条案上一拍,就赶过去。看的人们,都吓黄了脸。春兰的心也在跳着。江涛走出来,想把朱大贵拽回去。

朱大贵说:"甭拦我,先捅了他狗日的再说!"把脑袋一扎,照刘二卯摔过去。江涛跑上去紧拦着，才把他拽回院里，慢言细语儿说："骂街的，顺嘴流血。吃肉的，顺嘴流油。咱不跟他单干，咱发动群众。"好说歹说，才把大贵的火头煞下去。大贵从小里，跟着朱老忠走南闯北。又到军队上闯荡了几年回来，心气更加硬了，成了有名的红脸汉子，就是脾气拐孤，碰上还有点暴腾。

朱老明见大贵气儿十足，哈哈大笑，说："好小伙子！杀猪杀红眼了，杀猪刀子可别攮到人脖子上。"

朱老明一说，大贵气儿更壮上来，拍着胸脯说："甭说是刘二卯，就是冯老兰来，也敲狗日的两颗门牙。"

伍老拔嘻嘻哈哈说："那也不值得，敲也得敲别人的，冯老兰老家伙，甭敲他自己会掉的。"

朱大贵说："好！那就不敲他的，冯贵堂来了，也不跟狗日的善罢甘休！"

贵他娘听大贵话说得厉害，瞪起眼睛，啐了他一句："嘿！说那么大话干吗？关着个门儿，在自己家里，敢情大风闪不了舌头。"

贵他娘一说，大贵又把才穿上的棉袄脱下来。江涛、朱老星、伍老拔一齐上去，才把他拦住。

这时，大街上人们站了满街衙子，关心着反割头税的事。朱全富的猪，还在锅里泡着半截，露出半截。一半黑的，一半白的。朱全富挺着急，水热，怕烫住毛了，刮不下来。刘二卯还立在杀猪锅一边骂骂咧咧。

朱全富说："刘二卯，这就是你的不对了，大贵家去了，你还堵着人家门骂。"

刘二卯把白瓜儿眼一翻，说："堵着他大门骂？还堵着他们门儿敲呢！"

朱全富把两撇小胡子一乍,说:"你这不是骑着人脖子尿尿?"

朱全富奶奶也走上去说:"你五尺男子,说的是什么话?叫大男小女的听着寒碜①不寒碜?"

刘二卯把脚一跺说:"我的嘴,我愿怎么说就怎么说!"

正在这刻上,贵他娘一出门,看见刘二卯还堵着门骂街,一下子跳起来说:"他跑到东锁井来数脏嘴。来!扯他的嘴!"她这么一说,二贵和庆儿跑上去就要撕他的嘴唇皮。

刘二卯大骂:"娘的,日你们东锁井的姥姥!"

他这一骂,全街衚子人都赶上去,说:"打他个囚攮的!"喊着,人们呜噜地挤上去。刘二卯在头里跑,人们在后头追。刘二卯跑过苇塘,立在西坡上,回头一看,把人们拉在后头,又大骂起来。贵他娘说:"赶他野鸡不下蛋!"贵他娘迈开大步往西一追,全街衚人跟着赶去。正是年根上,男人们赶集的赶集,杀猪的杀猪,尽是一些妇女、老婆儿、小孩子,一直赶到聚源号门口。刘二卯抱着脑袋钻进铺子里,不敢出来。

贵他娘说:"刘二卯!甭扯着老虎尾巴抖威风。你出来咱在大街上说说!"

春兰气不愤,也走上去说:"你们土豪霸道惯了,过年杀猪也要税。你们收了这样血汗钱去,老人花了掉牙,小子花了忘性强,念不了书,大闺女花了养活大胖小子。"

刘二卯在柜房里听着大街上骂骂嚷嚷,实在骂得对不上牙儿,开门走出来,红着脖子脸,说:"娘的,朝廷爷还有王法哩!你们在老虎嘴上跳跶什么?"

贵他娘一见,就说:"上去,扯他!"

---

① 被外人笑话。有时候指人的长相难看或办了丢脸的事。

朱全富奶奶说:"小伙子们,去撕掳他!"

庆儿他娘也说:"甭怕,来打他狗日的!"

人们齐大伙儿挤上去,春兰拧住他一只耳朵,庆儿他娘扯住他袍子大襟,小顺撮住头发,庆儿抱住胳膊,二贵抱住腿。乱乱腾腾,挤挤攘攘,要把刘二卯抬起来,闹得不可开交。

刘二卯开初还装大人吃瓜,挺着个脖儿不动。见姑娘媳妇们真的打起他来,打得鼻子上流出血来,急得不行,实在走不脱,猫腰把裤子向下一褪,脱了个大光屁股,说:"姑娘们!谁希罕?给你们拿着玩儿吧!"

春兰一看,忙捂上眼睛。姑娘媳妇们捂上脸,合眉攥眼往家跑,一下子把人们轰散了。二贵猫腰在车沟里剜起一块牛粪,啪唧甩在刘二卯屁股沟上。刘二卯又从屁股上把那块牛粪挖下来,甩在地上说:"看小孩子们,真是坏得出奇。"

冯贵堂在柜房里,听大街上人们吵吵嚷嚷,骂得不像话,不慌不忙,迈着方子步儿走出来,把手一摇,说:"老乡亲们!就是为了这么一点钱吗?是不?咱不要了,白送给老乡亲们过个年,看看好不好?"说着还不住地笑。人们把眼一愣,说:"他娘的!他这是干什么?"

大贵这么一震乎,人们一闹哄,冯贵堂撒口不要割头税了。反割头税的人们,一个个直起腰,抬起头来。可是,他们早就有了经验,和冯老兰做斗争不是容易。不能光看冯贵堂打了个花胡哨①,他的笑里藏刀!那天晚上,直到夜深,他们还在朱老忠的小屋里坐着,心上敲着小鼓儿,抽着烟,说着话,等着应付事故。

后来,他们又说到冯老兰逼账上,朱老星把冯老兰逼他还账的事说了说。伍老拔说:"甭理他,那老狼早白了尾巴尖儿,他留着

---

① 迷惑人的甜言蜜语或行动。

这个后手哩!"朱老忠说:"他要想扯住咱的尾巴算不行!"朱老星一听,慢搭搭地说:"他老是讲兔子不吃窝边草,可是到了霜后,别的草都吃完了,他才返回头来吃哩!"朱老忠笑眯眯地说:"他吃不了,咱跟他泡啦!"

35

冯老兰压不服朱老忠和朱老明,当天晚上,和冯贵堂商量定了对策。第二天一早,冯贵堂坐上红驼呢小轿车儿,红漆轱辘滴溜转着进了城。在大堂门口下了车,扬长走进衙门口。县长王楷第在会客室接见了他。

冯贵堂一进门,王县长在椅子上坐着。这是个五十多岁,中等身材,吊弓腰的黑胡子老头。穿着绿绸袍子,青缎马褂,缎子帽盔,红疙瘩儿。一见冯贵堂,立起身请他坐下。

王县长问:"冯先生,进衙门有什么公事?"

冯贵堂拱了手说:"我代表割头税包商来见县长。"

王县长听说是代表商人来见,他问:"关于割头税的事?"

冯贵堂把朱老忠以及四乡农民抗不交纳割头税的事,说了一遍。王县长问:"朱老忠是个什么人物?"

冯贵堂说:"是个庄稼人。"

王县长说:"一个庄稼人,也不过是为了过年吃口肉,没什么了不起,也来找我?"

冯贵堂说:"他背后有人哪!"

王县长问:"什么人?"

冯贵堂说:"严江涛,他是有了名的、保定第二师范的学生。"

王县长摇摇头说:"一个学生娃子,不过散散传单,喊喊口号,也不会有什么大的作为。"

冯贵堂看王县长不凉不酸的态度,有些着急,说:"不管作为大小吧,他是个共产党,是严运涛的兄弟。今年冬天,他从保定回来,在四乡串通反割头税,加上个不大不小的罪名,他是'集众滋事,惑乱税收'。不能置之不理!"说着,他态度有些急躁。

王县长说:"他是共产党,你有把柄?拿来!"伸手要证据。

冯贵堂拿不出证据,当下有些口吃,急红脸说:"我花四千块大洋包下割头税,县政府就得保证我收足这四千块大洋。否则,我无法交足包价。"

王楷第,可不比往日的县长。这县长根儿粗,他在保定老"军官"毕业,当过旧政府的议员,是北洋官僚张省长的老同学。放他这一任县长,就是因为他宦囊空虚,给他个饭碗。当下他看冯贵堂挺火饯,把黄脸一沉,两手扶了扶金边眼镜,说:"你交不足包价,有你交不足的办法。你是包商,我是县长。你为的是赚钱,我为了执行上峰的公事。你收税商人不去收税,跑到我衙门里来啰嗦什么?"

冯贵堂见王县长脸色不对,才想到,今天进衙门是空着手儿来的。脸上立时挂下笑来,谦虚地说:"在下有些唐突,对不起王县长。"他只好拱手暂时退下去,备办了隆重的年礼,送进衙门。

36

冬天的早晨,满天里雾气腾腾,出去五步就看不见人影,大杨树上乌鸦不叫,白色的树挂向下垂着。江涛踏着堤上的雪路,想进城去跟贾老师研究运动进展的情况。刚刚走过大渡口上的小木桥,一辆小轿车儿,滴溜咣啷走过来,离近了一看,是冯贵堂。江涛背过脸让他过去,一阵细雪飘过,车后头来了两个人。前头一个,穿着老羊皮袄,戴着毛线猴儿帽,是贾老师。后头跟着一个青年,身上背着个小包袱,是张嘉庆。张嘉庆在小桥头上站了一刻,等贾老师走过来。江涛抬手打个招呼,说:"我才说去呢,你们来了。"

贾湘农说:"咳呀,跑不过来呀!昨日个才从南乡回来,今日一早就来北乡。运动一起来,就像大海里的波涛,各处乱动。"

江涛一手握住贾老师的手,一手握住张嘉庆的手,三个人沿着千里堤走回去。一路走着,江涛向贾湘农谈了一些工作情况。贾湘农倒背着手儿,边走边听,愣着眼睛考虑。听了江涛的谈话,眼睛笑成一对月牙儿,连声说:"好!好!你创造了一套工作方法。"不绝口地称赞着,又问:"你是怎么掌握的?"

江涛说:"你不是说,解决什么问题,掌握什么矛盾吗?"

贾湘农又连连点头说:"是呀!从阶级观点出发嘛!除非真正在群众里树立起好的骨干,才能搞好一个运动。像你这个,面对人人进行工作,一个一个村地占领。按部就班,稳扎稳打,向外发展,那真是太好啦!"他说着,觉得浑身热了,摘下猴儿帽,头上冒起白气来。眉毛上、胡髭上,尽挂了霜花。

江涛瞪着眼珠一想,脸上忽然笑起来,说:"嘿!你要是不说,我还不知道是怎么弄好的。"他又哆嗦着两只手儿发笑。

贾湘农说:"去年嘉庆在河南搞秋收运动,是掌握了广大群众要求冬天有饭吃,有衣穿,不冻死饿死的要求,一哄而起。你呢,是先经过组织串联,然后形成运动。这两种方法,在新开辟区来说,是相辅相成的。你是先组织群众,再形成运动。他是一哄而起,再巩固组织。"说着笑了,看了看江涛,又看了看张嘉庆,说:

"两种不同方法,说明了两个不同性格的人。"说着,又笑了一会子,把张嘉庆笑得不好意思起来。

太阳在云端显了一下脸儿,又躲进去,雾露更加浓厚了,四面不见人影。树上的雪融化了,雪水顺着树干流下来。半融的雪水,像瞎马的眼泪一样,滴滴答答地落在堤上,落在他们身上,几乎把衣服打湿了。到了江涛家门前,走进小门,江涛把他们让到母亲的小屋里,叫母亲烧水给他们喝。

江涛说:"这完全是农民群众自己的力量,我不过是从中联系一下子。"

贾湘农说:"好!应该谦虚。今天你在群众里站住脚跟,将来一定可以成为一个好的干部。"说着,摘下猴儿帽,顺手擦去脸上的雪水。

江涛说:"闹腾了半天,我还不明白,这个运动的目的是什么?"

贾湘农扬了一下眉毛,笑了说:"在目前,是为了发动群众,组织群众嘛!组织起来向包商主,向封建势力进行斗争。将来要在运动里吸收一批农民积极分子,打好建党的基础。"

江涛又问:"落脚石呢?"

贾湘农伸出一只拳头,猛力向下一挥。他越说越上火气,拍着发亮的头顶,说:"还是一句老话,最终的目的,是起义,夺取政权哪!是不是这样?"他谈得热了,把老羊皮袄脱下来,放在炕上。里头穿着带大襟的粗布小棉袄,扎着裤脚,穿着老头套鞋。他说:"下乡的时候,把皮袄一穿就是老农民。回去了,把大褂一穿,就是教员。"说着又嘎嘎地笑了。

冬天,北风一吹,他黧黑的面皮上起了几片白色的癣,谈一会儿,伸出小手指甲搔一下。正在谈着党务上的问题,严志和掀门帘进来,说:"贾老师!你看,这么几年也不见你来了。"

这时,贾湘农为了保密,只好把说着的半句话停下,走前两步,搓着手儿说:"大叔!你这几年可结实?"

严志和说:"结实!"他擦了擦烟嘴,把烟袋递过去。

贾湘农接过烟袋来抽着烟,说:"大叔,你们闹得很不错。"

严志和说:"俺庄稼人,懂得什么,跟着你们瞎跑呗!"

贾湘农说:"能够打倒冯老兰就行啊!"

严志和说:"要说为了打倒冯老兰,没有说的,多么深的泥水咱也得趟。可是落在什么底上,咱还是摸不清。"

贾湘农说:"摸得清,只要你们做我们的后盾就行。"

当他们在屋里说着话的时候,严志和在小窗户外听着。听得说党的长党的短,他又想起运涛那孩子,开头也是这样,喜欢看书,喜欢讲故事,常跟人念叨国家大事、共产党的政策。后来,运涛跑到南方,革起命来,结果被反动派关在监狱里。他想:看起来,这革命是件风火事儿,要革(割)死人的!他心里又绞着过子,难受起来。今天江涛又走了这条路,自从打府里回来,这孩子变了,一举一动成了大人,张口大众利益,闭嘴群众生活,江涛脑筋开了!

当他走进屋里去的时候,见贾湘农顿住不说了,严志和心里纳闷:有什么机密大事,还瞒着我来!脸上由不得麻搭搭的。他又走出来,上东锁井去找朱老忠。他想:这共产党的事儿,咱赞成。反割头税的事儿,咱也积极干了,小严村的反割头税运动就是咱鼓捣①起来的,怎么……

他踩着房后头那条小路走到朱老忠家里,说:"湘农又来了。"

朱老忠问:"他说什么来?"

---

① 鼓动的意思。

朱老忠一问,严志和又火饻起来,冷言冷语地说:"那谁又知道呢?说来说去是一家人,你不进屋,他们喊喊嘎嘎,又说又笑。你一走进屋里去,他们都耷拉着脸,鼓着嘴,不说什么。"一面说着,脸和鼻子都打哆嗦。

朱老忠一听,笑了说:"志和!你还不知道?人家内部有内部的话,进门的时候,你就该咳嗽一声。看他们要商量什么事儿的时候,你就该躲出来。"

严志和摆了摆头说:"这闹来闹去,又成了外人了。"

朱老忠说:"咱还没进了门儿嘛!将来熬得成了里边人,咱也就可以和他们坐在一块说说笑笑了。"

严志和问:"大哥!咱得等到什么时候?"

朱老忠说:"等到他们看着咱够了资格。"

严志和撇了下嘴说:"还要什么资格?"

朱老忠说:"也得叫他们看咱们像个'人儿'似的。"

两个人正在屋里聚精会神谈着,贵他娘一进门,他们又顿住嘴,瞪着眼睛,你看着我,我看着你。贵他娘也莫名其妙,心里想:老头子们又咕咕什么事情了?

严志和跟朱老忠谈了会子内心里的话,又走回来。一进大门,院子里静悄悄的。走到屋门口听听,屋子里也没有人说话。

隔着门帘缝一看,贾湘农正在用冷水洗脸,洗了脸还洗脑袋。他一看,就觉得身上冒凉气,浑身冷颤。

严志和心里纳闷:怪不得!冷练"三九",热练"三伏",要练真功夫啊!他掀门帘走进去说:"大冷的天,不凉吗?"

贾湘农:"不凉,用脑过度,冷水一洗就好了。"

严志和说:"这也不用吃药?"

贾湘农说:"吃药不如这个来得快。"他洗完脸,用手巾擦干,又用两手搓起来，一直搓得脖子脸红红的。

严志和心里想："怪不得这人的性子这么硬，比钢铁还硬，都是这么练来的。"一会儿，江涛和嘉庆回来，看他们要开始商量事情，严志和就退出来。

看严志和走出来，贾湘农说："上级有指示，叫把机关从城市搬到乡村，还得找个安交通站的地方。我那家里色儿太红了，我想在这村找个秘密地方。我们的人，有从定县下车的，可经过安国、博野到这里，上高阳、安新方面去。有从保定来的，经过这里，上安平、深泽、饶阳方面去。可是需要有两个积极可靠的人。"

江涛想叫贾湘农跟父亲谈谈这个问题，又觉得不怎么太恰当。他说："这个好说，咱去跟忠大伯谈谈吧！"

三个人走出来，沿着村后头那条小道儿，去找朱老忠。正好朱老忠在家里，江涛给贾湘农介绍过了。贾湘农知道忠大伯不是一般人，表示十分信任。忠大伯忙叫贵他娘给他们烧水喝。贾湘农跟朱老忠一说，他抬着头想了一下，说："正好，咱有个机密的地方。"朱老忠领他们到朱老明那里，站在大柏树坟前，说："我们的人，要是从城里过来，经过大渡口或是小渡口，沿着千里堤，沿着村边走过来，一个人也见不着就走到大柏树坟里。从高阳、安新、保定，几方面来了人，在这里歇一下脚，再过河往南走，要多方便，有多方便。"

朱老忠又领他们走到伍老拔那里，站在大堤上往南一看，说："看！这个地势怎么样？有人从北边来，在这地方站站脚，再往南去。有人从南边来，要是懂点水性的，就从这地方凫过河来。"

贾湘农向南望了望，又向北望了望，觉得地方非常宽阔、机动，就一口答应下。他又低下头儿，斜起眼睛，深沉地思考了一下，觉得这位老人很有见识，又了解了他的出身和历史，决定把城里的机关和交通站搬到乡村来,随后又说:"这是个重要工作,要慎重呀!"

贾湘农一直在这里住了两天,和伍老拔、朱老星、朱大贵他们见了面。他们把他请到家去,坐在热炕头上,说工作上的话儿,拿过年的东西叫他吃。最后,他决定在这里建立个乡村支部。

贾湘农对锁井的党群关系的情况非常满意,说:"创造一套切实有用的工作经验,不是容易!"他分派江涛上安国、定县、深泽、安平一带去,传达锁井区组织串连、发动群众的经验。时间很紧,要在年二十五以前赶回来。他说在二十五大集那天,要举行一次扩大的游行示威,由江涛出头领导。

贾湘农穿起他的老羊皮袄回城了。留下张嘉庆,在锁井一带挑选一批农民积极分子,组织农民纠察队去警卫大会。江涛和张嘉庆送走贾老师,又去找朱老忠。

江涛说:"大伯!开会的那天,县委派我领导示威游行!你可保护着点,别叫老鹰把小鸡儿抓了去。"

朱老忠张开带胡子的嘴,呵呵笑着说:"不要紧,孩子!大伯保着你们的镖,万无一失。"

江涛说:"县委要组织纠察队,去警卫大会。你看哪些人可以参加呢?"他又指着嘉庆,说:"这就是咱的纠察队长。"

朱老忠说:"人有的是呀,咱有八十年的拳房底子。"那天晚上,他找了严志和、伍老拔、大贵、伍顺。又在大严村、小严村、大刘庄、小刘庄,几个村庄上找了些学过拳脚、老实可靠的小伙子。从破柜头里找出三节鞭和铁镖,找出长枪大棍,要去当纠察队。

第二天早晨,张嘉庆和江涛走到朱老明那里,参加纠察队的人们在大柏树林子里等着。张嘉庆一到,朱老忠说:"看看咱这阵势儿,怎么样?"

张嘉庆点个头儿说:"不错!可不知道你们尽练过什么武艺?"

伍老拔笑哈哈地说:"武艺嘛,几般武艺倒是练过,就是撂下手多年了。有老人朱老巩的时候,俺这儿就立了拳房。老人殁了,老忠大哥下了关东,拳房也散了。"

朱老忠说:"可不知道这手脚还灵不灵。"

他脱下大棉袄,只穿一个小褂儿。杀紧了褡包,向前走了两步。挺胸收肚,两腿并拢,两眼正视,闹了个骑马蹲裆式。两手把脚一拍,飞起两腿,楞蹦站定脚跟,耍了一套拳脚。不喘气,也不变色。

人们鼓掌大笑。朱老忠说:"不行了,老了。"

伍老拔笑哈哈地说:"老了也是老英雄!"

朱老忠说:"老英雄不老英雄,反正退回十几年去,有三个五个人,走不到咱跟前。"

伍老拔闹了一套猴儿拳,大贵耍了一套长棍,三三五五,刀对刀,枪对枪,在大柏树坟里练起来。朱老忠问张嘉庆:"你看,咱这纠察队怎么样?"张嘉庆点了点头儿说:"好!咱算有门儿了。"

朱老忠一看张嘉庆,不过是一个不满二十岁的娃子,嘴上只长了几根黄毛榷儿。他取个笑儿说:"小伙子!你有什么武艺,敢领导咱这农民纠察队?"

张嘉庆说:"眼下,我没别的武艺,就是依靠这个玩意儿。"他掀开衣襟,露出黝黑的枪把,叫朱老忠看了看,又盖上,说:"甭说别的,百步以内,说打他左眼不能打他右眼。一个大铜板扔到天上,伸枪穿个窟窿。行吗?"

伍老拔笑哈哈地说:"嘉庆!跟你在一块跑得不少了,没见过你有这大的本事,你可不能吹!"

朱老忠说:"张飞同志!你既这么说,得表演表演,叫咱开开眼……"

这句话没说完,天上飞过贵堂家一群鸽子,最后一只,带着风笛儿,呜呜地响着。张嘉庆伸枪要打,江涛走上去说:"嘉庆!你不能乱放枪。"严志和一手扳住他的胳膊,说:"不行呀,那是冯老兰的。"

朱老忠把严志和往旁一拉,说:"打的就是冯老兰的,开枪!"

张嘉庆手疾眼快,从腰里掏出枪,手儿一甩,"砰"的一声,鸽子扑啦啦地掉下来。朱老忠张开大嘴呵呵笑着,说:"算咧!算咧!我朱老忠算认识你了。哪里来了这么一位愣大爷!"说着,他又颤着眉毛呵呵笑着。

朱老明拄着拐杖摸过来,慢搭搭地说:"唉!四邻虽然没有民宅,晴天白日放枪可也得小心,咱这是个秘密地方。"

江涛也说:"你这人这么不加小心,净是不管不顾的。"

张嘉庆面不改色,笑嘻嘻把枪插回腰里,说:"来吧,怕什么,天塌了有地接着!"

伍老拔说:"哈哈!你这咱什么也不怕了,一个人吃了饭,算一家子都吃饱,把两只脚跟一提,算是搬了家了。俺们多少还有①两间土坯窝窝,还有老婆孩子。"

朱老忠把胸膛一拍,说:"看吧!舍着咱八十年的拳房底子,上城里去逛荡逛荡。"

张嘉庆送走了江涛,每天晚上,把人们集合在这里练习腿脚刀枪。讲解纠察队保卫大会,保卫领导人的办法。

---

① 两间土坯窝窝两间土坯房。这里意指一个简陋的家。

37

腊月二十四那天深夜里,有人骑着车子,把江涛从饶阳带回锁井。

二十五那天早晨,朱老忠套上一辆牛车,去赶城里大集。车上载着一个破躺柜,把纠察队的刀、枪、武器,装在里面,又装上几把子爆竹鞭炮。大贵拿着红缨枪坐在大柜上。纠察队的人们,三三两两在车后头跟着。

那天,青天黄地,万里无云。江涛吃过早饭,走到大严村去找严萍。严萍跟江涛悄悄儿溜出来,手里拎个小竹篮,篮里盛着传单标语,上头盖着个红包袱。过了水塘,江涛说:"不行,你得装扮装扮?"

严萍问:"怎么装扮。"

江涛上下打量严萍,说:"大年集上,也选不出你这么一个来。你看,穿着旗袍、皮鞋。"

严萍两手扯起衣襟,看看左边,看看右边,不言声儿又跑回去,换上棉布鞋,素蓝短袄,头上蒙了块粗布手巾,跑出来,呼哧着说:"看!怎么样?"

江涛说:"有点像农村姑娘,可是还不太像。"

"怎么还不太像?"严萍纳着闷盯着江涛,硬逼他说出还有什么地方不太像。

江涛说:"你脸儿太白,头发太黑、太长,放着蓝光。"摇摇头说:"不像个农村姑娘。"

严萍生气了,扬起拳头捶江涛的脊梁,说:"你得说出来,像个什么?"

江涛说:"像个小姐,女学生!"他抬脚就跑,严萍在后头追,追上了就扭住他的耳朵,问:"农民有什么记号?"江涛说:"农民爱劳动,朴素,性子直爽。成年价受不尽的风吹日晒,吃不尽的糠糠菜菜。脸上黑黑的,身子壮壮的,你呢?"江涛回头看看严萍,她脸上津出汗珠,哼哧哼哧紧跟着,噘起小嘴说:"我乐意!"江涛说:"乐意就行,快点走,同志!跟上革命队伍!"严萍听着,觉得这话挺费解,话里有音。

两个人一前一后,走上城里大道。赶年集的人们缕缕行行①。反割头税的人们见了江涛,三三两两走上来打招呼:"你也去赶年集咧?置年货去?"江涛点着头儿笑了笑,说:"今年不比往年,要多置点年货。"严萍在后头看着,肚里憋不住的一堆笑,偷偷捅了江涛一下,说:"看!美得你!"

进了城门一看,每年年集最热闹,今年比往年人更多。卖肉的,卖菜的,嘈嘈杂杂。卖年画的,压扁了嗓子,尖声唱着。江涛和严萍挤在人群里,左拥右拥,左挤右挤,挤到南城根广场的爆竹市里。大贵登在大车上,手里拿着红缨枪,指指画画,憋粗了嗓子吆喝着。伍老拔、二贵,放得大爆竹劈啪乱响,小鞭炮毕毕剥剥,还有黄烟炮、大灯炮,咏溜溜一个起花钻到天上。云山雾罩,正在热闹。赶集的人们密密匝匝,越集越多。江涛登上大车,哨子一吹,人们从牲口市里、棉花市里、菜市里走出来,从杂货铺里、饭馆里走出来。大贵站在江涛一边,举起粗胳膊大拳头说:

"反割头税大会开始!"

卖爆竹的,停止了买卖。你看着我,我看着你,谁也不知道这是出了什么事。大街小巷,飞出红红绿绿的传单标语来。严萍拎着竹篮儿,从这个胡同走到那个胡同,散发传单。她把一簇传单刷哩

---

① 络绎不绝。

哩甩到冒天云里①,又看着那些红绿纸张随着风飘悠悠落下来,赶集的人们伸手接住,高声念着。人们扬起红通通的脸,等待讲话。江涛提高了嗓音,喊:

"大家伙儿,老乡亲们!一年四季忙到头,杀猪过年也纳税……"

他讲了一会子反割头税的事,又接着说:"地租和高利贷是抽筋,地丁银附加税是拔骨,割头税比刮皮还疼……

"我们就像牛、像马,成天价在泥里、水里、风里、火里,滚来滚去……

"我们耪起地来,两手攥着锄钩,把腰一弯,像个罗圈儿,太阳晒得脊梁上冒出黑油儿。自春忙到秋,把租一交完蛋。寒衣节过去,身上还没有遮凉的衣裳。冬季里,寒天大雪,天黑了,灶筒里还冒不出烟来。使了账,三年本利停,'现出利'、'利滚利'、'驴打滚',利息越来越重!

"新年一到,要账的挤破了门框。起了五更,还没有下锅的饺子……

"一千斤的大铁枷,加在农民身上,我们种地人好苦啊!"

说到这里,他喘着气停住。贾湘农穿着白茬子老羊皮袄②,坐在大车上,把猴帽③拉下来,光露着两只眼儿,谁也认不出他。江涛弯下腰,问了他一句什么,他抱起江涛的脑袋,说了几句话。江涛站起来,说:

"军阀们,你打我,我打你,混战到什么时候……

"贪官污吏,光管发财致富,不管农民死活!搜刮民财,不怕

---

① 半天空里。很高很高的意思。
② 没上布面的羊皮袄。
③ 一种冬帽,戴上后很像猴子的头,因此得名。

入地三尺……"

江涛呼哧呼哧讲着,一眼瞥见严萍在小墙头底下,睁着闪亮的眼睛,不错眼珠①儿盯着他。他的心上一惊,一愣怔,眼睛一跳,一出神,冒出金色的火花,用着金属般的声音,高声喊叫:"穷苦同胞们!要想改变这种光景,我们怎么办?"

朱老忠睁圆了眼睛在人群里看着他,想:这孩子真的成了大人,说得有条有理。冷不丁伸起胳膊喊:"抱团体②,伸手干!"

江涛继续说:"对呀!譬如高粱谷子,耩得密密实实,刮风下雨倒不了,耩得稀了,大风一刮,就闹个嘴啃地。大家抱团体,人多势力大!现在我们提出,反对割头税,打倒冯老兰,大家同意不同意?"

严萍在台下看着,她觉得江涛平时像个姑娘。坐下来,端庄。走起来,安详。匀正的脸盘,浓厚的眉毛,一对乌油油的眼珠子,多么娴静。今天,他挺身立在千万人的前面,讲起话来,如同霹雳闪电,一句句劈进人的心腑。震动了人们的思想,吸住人们的视线。看他手儿一扬,系动千万人的眼神,滴溜滴溜乱转。嘴唇一动,牵连千万人的心,静心谛听。但她,还不能了解这是一种什么力量。

严萍猛地脸上一热,一抖颤,心儿一摇,一喜盈③。她的心上,羞怯怯的,偷偷地系念江涛。当她一想起他的时候,两片晕红泛满了脸颊。她明白,在中国历史上,自古以来,草野里出了多少英雄!立在她眼前的青年人,兴许是一个未来的、了不起的大人物。一时心上热烘烘,额角上沁出汗珠来,心不由主,随着人群伸出拳头,喊着:

---

① 眼珠不动,全神贯注。
② 紧紧地团结在一起。
③ 满心高兴。

"中国共产党万岁!"

几万只手在她眼前扬动,几万张旗子在她跟前摇摆,几万张嘴喊着,喊声像春天第一次雷鸣。

严志和在人群里,看这匹小犊儿①,简直成了人们眼里了不起的气候②,眼角上不由得津出泪珠,又想起运涛:"那孩子要在外头,只在江涛以上,不在以下。可惜他要在监狱里住一辈子。"见江涛在台上,眼儿一盼,手儿一摇,就有千万人举起手向他招呼。严志和噙着眼泪跳起来,喊:

"好小伙子,呱呱叫!"

朱老忠和严志和悄悄儿碰碰头,龇开牙齿暗笑。朱老忠说:"看吧!这孩子行啦!"

严志和说:"咱也不知道谁家坟里长大树③呀!"

大贵,那个宽鼻骨梁、厚嘴唇的小伙子,两腿一蹦三尺高,呱哒落在地上,喊:"反对割头税,反对土豪劣绅冯老兰!"在太阳的照耀下,人们张开大嘴一齐呐喊,如同大河里滚滚的翻花:"一定要和冯老兰算老账……一定要和冯老兰算老账……"一阵阵喊声,传到远方。

张嘉庆带着朱老忠、严志和、伍老拔、大贵他们,紧紧随护着江涛和贾湘农,气势雄壮,准备着战斗。他们枪尖上闪着光亮,想喝敌人的血,刀锋上明丢溜溜④,想吃敌人的肉。

江涛按照贾湘农的意图,指挥游行的队伍。做买卖的停止了生意,万人空巷,看着这雄壮的队伍在大街上走过。一群群农民

---

① 小牛叫犊。这里比喻孩子,有爱的意思。
② 成不了气候就是成不了大事。这里的"气候"是有出息的意思。
③ 意思是说族里出大人物。
④ 亮光闪闪。

迈着有力的步伐,学生们唱着《国际歌》,站满了一条街。排头到了税局子,排尾还没离开爆竹市。江涛呼呼哧哧,跑到排头上,严萍在后头紧跟着。他把哨子一吹,人们呼啦地挤了门子,砸了窗户,闯进税局子。吓得冯老兰的脸上变了色,跳过墙头逃跑了。冯贵堂也跳过墙,撒腿就跑,丢了鞋子、掉了帽子,穿过几条胡同,跑到县政府后门。小门关着,他爬过短墙,跑到县长室。王楷第问他:"你丢靴掉帽,干什么?"冯贵堂说:"共产党暴动啦,砸了税局子!"王楷第惊得两眼像只鳖鸡儿,问:"什么?"冯贵堂说:"反割头税的人们暴动了!"王楷第立刻站在门口大喊:"警察队,保安队,集合!出发!"

江涛爬到屋顶上,指挥队伍:"老乡亲们!土豪劣绅逃走了,怎么办!"

大贵伸出粗胳膊大拳头,瞪出大眼珠子,瓮声瓮气地说:"土豪劣绅打倒了,上县政府,去铲除贪官污吏!"

江涛说:"土豪劣绅还没打倒,还得狠狠地打!"

江涛又把哨子一吹,下了口令,大队人群噗噗噜噜地跑向县政府。张嘉庆带着纠察队,紧跟着江涛和贾湘农。大贵、二贵、庆儿、伍顺,那些年轻的小伙子们,今天在共产党的领导下,第一次说出内心的话,有说、有笑、有跑、有跳,乐得什么似的。严萍第一次看到这神圣的群众革命的图景,兴奋得眼上忍不住掉下泪珠来,用手巾擦着。江涛看她身子骨儿单薄,浮游在人群里,一会拥到这一边,一会又拥到那一边,被人们挤得歪歪趔趔,就偷偷地挽住她的胳膊。

别人没看见,张嘉庆可是看得清楚,把嘴唇突在江涛耳朵上,问:"这是谁?"江涛说:"是个同志。"张嘉庆眯缝着眼睛笑了笑,拍着江涛肩膀说:"这样的同志?"江涛拽住他的手说:"你可不能瞎说,嗯?"嘉庆说:"保护你行喽,我可不能保护她。"

江涛看今天群众情绪好,经过官盐店的时候,喊了一声:"官盐又涨价了,怎么办?"

朱老忠大喊一声:"抢他……"

一句话没说完,人们兴奋起来。贾湘农在大贵耳朵上说了个小话儿。大贵冷不丁把大胳膊一伸,喊出:"反对盐斤加价!"

随着喊声,人们如雷一声吼,一齐拥上去。大贵一跳,蹦上盐槽,拿起秤杆在柱子上一摔,咯嚓一声,折做两段,拿起簸箕说:"来吧!老伙里的东西,随便拿去。"人们抢了盐,用手巾、用褂子襟包着。重又整了队伍,上县政府去。走了一截路,前面停住。江涛跑到前头一看,骑着马、穿着黑衣裳的警察队走上来。穿黄军装的保安队,挺着胸,排着横队,挡在县政府门口。手里端着枪,枪上插着闪亮的刺刀,拉得枪栓劈啪乱响。像疯狗嘴上挂着血丝,逞着吃人的架子。人们有些恐慌,队伍走不过去。伍老拔用脑袋一拱,叫江涛骑在他的脖子上。江涛拍着胸膛大喊:"不要怕!不要怕!兵来了将挡,水来了土掩。有枪的阶级,你们照这儿打!"他拍得胸膛呱呱响。人们看警察和保安队不敢拿枪打他,一下子定住了心。

保安队不让步,队伍走不进去。江涛从伍老拔肩上跳下来,说:"同志们!跟我来!"说着把肩头一横,领着队伍向前走。忽不拉儿,有两把刺刀对准江涛的脸,不让他前进。江涛倒背着手儿,睁开两只雪亮的眼睛,盯着刺刀尖上的光芒向前撞,一点不露惊惶害怕的神色。人们看见江涛勇敢的神气,壮起胆来,更加不怕了。

朱老忠看那两把刺刀,在江涛眼前闪着光,眼看要戳着他的眼睛,把大棉袄一脱,擎着两条三节鞭闯上去,两手向上一腾,吭嘟嘟,把两把刺刀打落在地上。一下子又上来五六把刺刀,照准朱老忠冲过来。朱老忠气冲冲走上去,拿起三节鞭,劈劈啪啪打着,迎挡着。看眼前刺刀越来越多,他一个人堵挡不过了,伸开铜嗓子一声:"是刀子山也得闯,同志们!上呀!"大贵憋粗了脖子,把胳膊一伸,喊:"打退贪官污吏的爪牙!"人们一齐瞪出眼珠子喊,喊得天摇地动的。张嘉庆和朱大贵带着伍老拔、二贵、庆儿、伍顺等十几个年轻小伙子,拿着十几杆长枪冲上去。因为没有命令,保安队不敢伤害请愿的人们,被纠察队冲垮了,退到院子里。

朱老忠说:"同志们,向里闯!"

朱大贵、张嘉庆、伍老拔,带着大队的人们,哇呀一声,冲进院里。人们挤满大堂,挤满前后院,站满了屋顶上。

朱老忠站在队伍前头,举起拳头喊:"要求贪官污吏出来和民众们见面!"人们紧跟着喊起来。警察和保安队,还是逞着吃人的架子不散。朱老忠又喊:"同志们!他们要是伤害我们一个,我们怎么办?"人们喊着:"摁窝儿打死他们!"朱老忠喊:"那么,各人找寻各人的武器吧!"人们找了铁耙大镐、砖头石块,拿在手里,摆开阵势要打仗。

县长看请愿的人们人多势众,不敢出来。保安队和警察保护着县政府。人们等了半天,才传出话来:"可以暂时不交割头税。"江涛要求他明令取消。县长说不敢,要请示省政府。

江涛看人们从早到晚只吃了一顿饭,真的累极了,叫伍老拔把他拱到石碑上,站着说:

"同胞们,老乡亲们!看到咱们的力量了吧!吓得土豪劣绅屁滚尿流,贪官污吏浑身打颤。有人再来收缴割头税,怎么办?"

朱老忠跳起来,使出绝力喊:"当场打死!"

人们一齐喊:"打倒土豪劣绅冯老兰!"

江涛歪起脖子,学着贾湘农的手势,举起右手,打着哆嗦喊:

"反对验契验照!"

"反对盐斤加价!"

"反对高利贷!"

又说:"愿意打倒土豪劣绅、铲除贪官污吏的人们!你们加入农会吧!"人们不约而同地喊着:"我要加入农会!"

江涛说:"同志们!回去的时候,要三三五五地搭伴走。防备土豪劣绅们半道上暗害!防备巡警和马快班逮捕你们!"

散了会,朱老忠套上牛车,人们坐在车上。他跨上外辕,打着响鞭儿回家。江涛和严萍一块走着,路上,严萍对江涛说了知心话。她说:"我心里兴奋得不行,一股劲儿跳啊!"江涛送她走到大门口上,才独自个儿走回来。

自从开了大会,江涛白天吃不下饭,晚上睡不着觉,独自个儿坐在冬天的树林里,沉思默想。那天,他悄悄走进树林,靠在梨树上,眯缝着眼儿向着太阳。严萍从背后走过来,用细树枝扫了一下他的耳朵。他以为是一只什么虫儿爬进耳朵里,急摇摇头,回身一看,是严萍。严萍咯咯笑起来,江涛也无声地笑了,脸上有些红晕。

严萍问他:"你在想什么?"

江涛说:"我在想运动过去了,广大农民怎样对付冯老兰。"

严萍坐在江涛一边,江涛睁起黑亮的眼睛看着她,猛地张开臂膀,把严萍热烈地揽在怀里,用滚热的嘴唇,吻着她青春的眉峰……

他们在空旷的林子里,细细谈心。思想,如同一匹脱了缰的、刚扎牙的小马,伸开四蹄,奔驰在祖国的大地上。两人共同绘下了多少理想的图画。画上,又撕碎。撕碎了,又画上。年轻、旺盛的血液，在胸膛里鼓荡，开始感到革命给予青年人的自由和幸福。

38

开大会回来，人们到处扬嚷反割头税的胜利。老驴头慢搭搭走到朱老忠家里，朱老忠把他让到屋子里，坐在炕沿上。老驴头问："老忠兄弟！咱这亲家能不能做？"

朱老忠暗里笑了笑，说："能做不能做，单看你的。"

老驴头问："怎么单看我？"

朱老忠说："咱大贵说了，要想娶他过去，比登天还难。"

老驴头呵呵笑了，说："怎么这小子这么死羊眼，嫌我穷？"

朱老忠说："他说你有千顷园子万顷地，他也不干。"

老驴头一听，可就掉下精神来，搔了搔脑袋失望了，说："咳！那咱就沾不上你们的光了……咱老了……不行了……"他想到两口子都老得不行，家里没有顶门立户的汉子，只春兰一个，哪能过得了日子？再说春兰，闺女家，长得不平凡，又有个名儿，乡村里一些半大小子们，净想编着法儿欺侮……由不得眼里掉泪。

老驴头这点心事，不说出口来，朱老忠也明白。

贵他娘见老驴头精神发茶，走过来嘻嘻笑着说："还说俺死羊眼哩！从你那炕头走到俺这炕头，只有迈步远，没的把春兰娶在我这院里，将来你们老两口子要是有个灾儿病儿，早起后晌，我就不叫春兰家去瞧瞧看看？莫说咱成了亲家，就是街坊四邻，异姓外人，家里没有人手，缺手缺脚的，咱也不能看着他遭难。"

老驴头摆着长满了胡子的长下巴，说："这么一说，做了亲戚，又当你们的累赘了？"

贵他娘说:"亲戚朋友嘛!"

说到这会儿,老驴头心上可就活起来。他想:"当村当块儿,又是一条街上,春兰早起后响过去照看照看,也还可以。"他说:"咳!孩儿是在我身边长大的,我不忍叫她离开我。"

贵他娘说:"你也得知道孩儿的苦处,春兰年纪儿不小啦,你不知道吗?"

老驴头说:"知道啊!"

贵他娘说:"知道,你还拦着她。"

老驴头只是摇摆着下巴,不说什么,不住地叹着气说:"咳!天哪……难呀!难呀!人活着真是难呀!"

朱老忠看他心里实在难受,走过去伸出大拇指头问:"大哥!你不相信朱老忠吗?"

老驴头抬起脑袋说:"相信哪!"

朱老忠说:"你相信朱大贵不能冻死饿死你们,你就把春兰给了他。你要是不相信,咱就两便吧!"

老驴头一听就乐了,说:"你要是这么说,咱这门子亲戚算做成了。我知道大贵是个仁义孩子。"

朱老忠和贵他娘哈哈笑了,老驴头也在森森的长胡子上带出笑容。立起身出了口长气,拍了拍腰里褡包,高兴起来。朱老忠说:"说是说,笑是笑,运涛那孩子还在监狱里,如今要是这么办了,我觉得对不起他。再说,还有咱春兰,她和运涛心热,这么办了,恐怕她还不依。咱得慢慢来。"老驴头看朱老忠又犯了思量,摇摇头,抬动腿脚走回去。春兰和她娘正在黑影里坐着被窝头儿说闲话。老驴头坐在炕沿上,扬起颏儿待了一会儿,说:"闺女呀,你也别嫌羞得臊啦!我俩这么大年纪了,愿意看着你有个归宿,睡在土里也安心。"他慢吞吞把大贵的事儿说了。又说:"我就是你这么一个。你要愿意,就点个头儿,不愿意,就摇摇头儿。"

春兰一听,不知怎么好,热烘烘的浪头传遍全身,在暗影里连连摇着头儿。可是她不知道父亲看见了没有,就势把身子一歪,伏在被窝上,她的心在不停地颤动。好像有一股温突突的泉水,在心上流动。咳!天哪,她经过了多少灾难哪,今天又到了这个关节上,走到十字路口。

那天晚上,朱老忠摸着黑,踏着那条小道儿,上小严村去。路上的雪化了,又冻住,脚踩过去,疙疙瘩瘩。他奔奔坷坷走着。到了严志和家,敲门进去,和江涛、严志和、涛他娘念叨了一会子开大会的事。朱老忠说:"有个事儿,我得跟你们商量商量。"

严志和问:"你说春兰和大贵的事?"

朱老忠说:"唔!老驴头又答应把春兰给大贵。"

严志和看了看朱老忠说:"好,好啊!这么着好。在我这心上算是完了一件事情。再说,咱没儿不使妇,没过门的媳妇,常来常往也不好。"

涛他娘笑了说:"过来过去都是咱一家子人。"

严志和跟涛他娘话是这么说,心里还是不怎么同意把春兰嫁给大贵,他们舍不得。自从运涛坐狱的那年,春兰就常过来帮他们缝缝洗洗,头疼脑热的时候,也来服侍汤药。春兰好像一条红绳,把运涛和老爹老娘系在一起。他们一看见春兰,就会想起运涛,感到儿子的温暖。如今,一说起春兰要出嫁,孩子大了,他们说不出一个"不"字。可是春兰要是真的离开他们,却又像失去一件宝贝似的心疼。朱老忠呢,也不过是试探一下罢了。春兰嫁给大贵,他固然高兴,春兰和运涛结婚,他更高兴。可是这也只是一个幻想,谁知道运涛什么时候才能出狱?江涛看准了三位老人的心情,说:"春兰嫁给大贵,我当然乐意,可也得看春兰同意不同意。"

他这么一说,几个人同时沉默,不再说下去。真的!春兰这孩子,她要是一路子扑着心嫁给运涛,可怎么办呢?这个问题,谁也答复不上来。江涛猛地想起,他听到人们说过,监狱里允许家里妻子去探望,允许未婚妻去结婚,还可以同屋居住。他又想到,虽然如此,春兰到底不如和大贵结了婚好。

　　第二天,吃过早饭,江涛去找朱老忠、朱老明,商量应付锁井镇上恶霸地主的情况,黄昏才回来。走到北街口,春兰从小门里走出来,手里提着个小红包袱,见了江涛,停住脚步说:"江涛!来,我跟你说个话儿。"

　　江涛走过去说:"正想找你说个话儿,你这是去干什么?"

　　春兰说:"才说到咱院里去,这是给你做的一双鞋,怕的是老人上了年纪,在灯底下做活儿熬坏了眼,她身子骨儿弱,再累得好儿歹的。来,你穿穿,合适不合适?"

　　江涛坐在炕沿上试着鞋子。

　　春兰说:"有什么衣裳该缝了,该洗了,你就拿过来。你不在家的时候,剩下两个老人孤孤单单的,我常过去看看。你在家里,我就不过去了。"

　　春兰娘看江涛人长高了,白白致致,出秀成大人了。又想起运涛,扫了春兰一眼,就避出去。春兰说:"江涛!你喝水不?我给你烧壶水喝。"又拿起笤帚,说:"看你身上那土,来,我给你扫扫。"

　　江涛说:"才吃过饭,不想喝水。"他看着春兰脸色苍白,人也太瘦了,鼻梁骨儿尖尖的,问:"你,打算怎么办……"问到这里,不再往下说。他怕春兰害羞,不愿跟他谈出心里话。

　　春兰冷笑一声说:"你看,几个老人有多么瞎心眼!"说着脸上红起来,噘起嘴,眼上揹着泪花儿。春兰给江涛身前后都扫了个干净,见他胸前落了几个粥点儿,也拿笤帚疙瘩刮下来。她说:"我也有个话儿,想跟你说说。"停了一刻才说:"我想去看看运涛。"

江涛一听,紧闭着嘴不说话。要说不行,打她的兴头儿。要说行喽,那块"宝地"就是为上济南卖掉的。他睁起黑眼睛,问:"你想他了?"

江涛这么一问,春兰的眼泪就像雨点子,刷地落下来,舌尖舔着唇边上泪珠,出了口长气,看着窗外说:"唔!"

到这刻上,江涛实在同情春兰,恨不得和春兰一下子飞到济南去。

江涛说:"你愿意去,咱想个办法,让你去。"真的,要是还有一块"宝地"的话,他也心甘情愿把它去了,叫春兰见到运涛。

春兰眼泪流到脸上,说:"运涛走的那天晚上,给我撂下话儿,叫我等着他,他还要回来……"说着,又抽抽咽咽哭个不住。

江涛眼圈儿发酸,滴出泪来,说:"春兰!你年纪也不小了,我想告诉你,运涛判的是无期徒刑,出狱没有日子。咱老人们,不愿叫你把好年岁儿耽误过去,再说大贵从军队上回来,也出息多了。你看,在这次运动里,他真是一员战将。"

春兰一听,跳起来,连哭带喊:"不,俺不,俺就是不!不管是谁,就是他长得瓷人儿似的,俺也不。他家里使着金筷子银碗,俺也不。纺线的时候,给俺银纺车、金锭子、玉石葫芦片儿,俺也不。"她两片嘴唇不停地说了一溜子气话,又噘起嘴来,把泪止了,肚子里还不住地抽着气。

江涛说:"我是这么说说,拿主意还在你自己。"

春兰说:"我主意拿定,俺俩既是说下这个话儿,他一辈子不出狱,我就要等他一辈子。我要上济南去看他,我说去就去!"

江涛说:"那要花很多盘缠,咱往哪里去筹借?"

春兰说:"我纺线,积下钱来。"

江涛说:"你今天纺二两、明天纺三两,纺到哪一天才能积下这么多钱?"

春兰说:"我一天天地盼,铁打房梁磨绣针,功到自然成!"停了一刻又说:"我去找忠大伯、志和叔,叫他们给我备办。叫我去,我也得去,不叫我去,我也得去。我去定了!"停了一刻,又盯着江涛说:"看你也成大人了,学得油嘴儿滑舌的,跟着瞎心的老人们谋算我。"

江涛一下子气急了,说:"我哪里……我是设身处地为你着想。"

春兰鼓起嘴唇,瞟了江涛一眼,说:"去!"就再也不说什么。

这天晚上,春兰还是不吃饭,一个人黑暗里睡下。可是,她睡不着,只是把两只手枕在头底下,合着眼睛发呆。一合上眼睛,她又看见运涛。在那冬天的长夜里,她经常是模模糊糊,也不知道是醒是睡,混混沌沌待下去。夜深了,她正静静待着,猛然一声,千里堤外,冰河乍裂,像一种什么力量敲击她的胸膛。她一愣怔醒过来,睁开眼睛看了看窗户,还是满屋子黑暗。她想:"去了房子卖了地,我也要去看望运涛!"想着,运涛恬静的脸盘,从暗云里显现出来,那对大眼睛像一对明灯儿,照亮了她的心。

39

除夕那天早晨,二贵在门上贴上红对联,屋里贴上新年画,院子扫得干干净净,预备过年。

太阳压山,大贵叫了二贵,哥儿俩胳肢窝里夹着粟谷草,怀里揣着爆竹,到老坟上燎草儿。一擦黑,在坟头上燎起草火,火势蔓延,燃着坟地上的枯草,燎起"飘花"。夜暗降临的时候,平原上遍地飘起野火来,鞭炮声连连响起。猛地,空中一声爆响,震撼了云层,响声遥遥飘荡,一股光亮闪过蓝天。天上闪出星群,人们打坟上捎了满抱柏枝,走回来,又在门口点起草火。硝磺味在满街飘荡。

那天晚上,大贵二贵盘脚坐在炕上,跟娘说着话儿,捏完"初一"的饺子。

比往年不同,他们更早起了"五更"。大贵把两位老人搀扶到炕头上。二贵煮熟饺子,把碗端在炕桌上,冒起热腾腾的香油、白面的味道。大贵二贵跪在地上给爹和娘磕头,庆贺新年。

贵他娘心上激动得乐了,说:"孩子!忙起来,折煞人了!"

朱老忠看看大贵二贵,再看看他娘,两只眼睛笑成一朵花。虽然一家团圆,可是他并不快乐,只是回想一生尝到的苦味。祖辈几代的仇还没有报,他觉得心上太沉重了!

吃完饺子,大贵二贵提上铁丝灯笼去拜年。娘在灯笼上贴了剪纸花儿。

除夕晚上,严志和也在地上烧起柏枝,屋里充满柏汁的香味。他抱了一捆芝麻秸来,撒在地上。江涛问:"爹,这是什么意思?"严志和说:"这个嘛,让脚把它们踩碎。取个'踩岁'的吉利儿。"

涛他娘点着一把香,虔诚地举过头顶,又低头默念。把香一炷炷插在门环上、谷囤上、灶台上、牛槽上。提着灯笼,点上蜡碗儿,烧了纸箔,磕了头。

听得有人推门进来,江涛抬头一看,是严萍。她今天穿着黑绒旗袍,打着纱灯,进门就说:"乡村的大年夜,真是热闹!"

江涛接过灯笼,说:"萍妹子,怎么天黑了才来?"

严萍说:"大年夜,再黑,也是明亮的。"

涛他娘把严萍推到柏火旁边烤着,在地上放个小炕桌。严志和说:"萍姑娘!江涛到了你家里,好吃好喝儿。你到了我这茅草屋里,粗茶淡饭你也吃上一碗。"又对涛他娘说:"快给萍姑娘煮马齿菜馅饺子。"

涛他娘说:"请都请不到的。"她把血糕、猪头糕、灌肠、萝卜缨儿大饺子,摆在小桌上。江涛烫上一小砂壶酒,劝父亲喝着。

严萍说:"不用请,我自个儿会来的。"

涛他娘坐在灶膛门口烧着火,不住地回过头来看,柏火照亮严萍丰满的脸庞。涛他娘说:"他妹子,怎么这么好人儿?"

严萍正把一块猪血糕送进小嘴里,听得说,回个头儿,笑了笑,说:"好吗?磕个头,认你做干娘。"

涛他娘说:"可别折煞我!"心里想:当我的干闺女,还不足幸……

严萍吃完饺子,严志和喝完酒。一家人坐在炕上,看墙上的年画儿。一边看,江涛讲起《红鬃烈马》的故事,讲到薛平贵征西,十七年才回来,老王允还要苦害他,后来到底翻过身来。他一面说,严萍睁开大眼睛看着他。严志和说:"革命成功了,咱也出出这口气!"涛他娘说:"革命成功了,运涛也该出狱回来。"她又想起运涛,每逢过年过节,净爱想起运涛,年年除夕哭湿半截枕头。咳!像运涛这样的好孩子,一去几年不见回来,能不牵挂娘的心怀?今年却不同,她看见严萍和江涛在一起,心上不由人不生出新的希望。

深夜了,有一阵爆竹声,从远处响过来。啊!新年岁开始了!

严萍要回去,涛他娘说:"大黑的天,明了再回去。"

严萍说:"不行,奶奶操心。"

涛他娘说:"叫志和叔叔送你。"

严萍拿起灯笼向外走,说:"不用。"

见严萍要走,涛他娘着了慌,说:"不行!不行!荒乱年头儿!"

一句话没说完,严萍早出了大门。涛他娘走到门口,看了看黑暗的夜色,回来不见江涛,对严志和嘻地笑了一声。严志和说:"年头呀!革命革得开通啦,大地方时兴男女自由。"

涛他娘说:"看神色,他俩不错了。"

志和暗喜,说:"许着,咱得给他们助点劲,别学了运涛和春兰那个。"

江涛踩着纱灯上射出的影儿,走在苍茫的夜色里。乡村的黑色的轮廓像一堵墙,静静地站着。仰起头,看满天星星向他眨眼笑着,微弱的青光从梨树杈上钻下来。

严萍说:"我有一句话要对你说。"

在黑暗中,江涛瞅着严萍的模样说:"你说吧!"

严萍说:"我不敢说。"

江涛问:"怎么?"

严萍说:"怕你不答应。"

江涛说:"能答应的尽可能答应。"

严萍抖着胸脯笑着,说:"回答得真聪明,我说啦!"

江涛说:"你说吧!"

严萍迟疑着,走了五十步远,才说:"我嘛,想革命。"

江涛问:"为什么?"

严萍说:"因为你革命。"

说到这里,两人又沉默地走了一百步。沉默压得人的胸膛透不过气来。在夜暗里,严萍射出闪亮有力的眼光,逼着江涛问:"嗯?"

江涛说:"我介绍你参加革命救济会。"

严萍问:"和共产党一样?"

江涛说:"离着近点,是个赤色团体。你可以动员人力财力帮助革命,挽救被难的同志们。"

听着,严萍紧绷的胸脯松弛开来,说:"自从城里开会回来,浑身热呀!热呀!心里老是跳!"她语音愉快而响亮:"人,生在天地间,应当做一番有益于人类的事业!"

走到大严村,他们从冰雪上踏过,脚下发出焦脆的响声。严萍敲门进去,又回过头来,和江涛握了一下手。江涛在梢门底下呆呆立了片刻,才冒着夜暗走回来。

天明了,人们出来拜年。大贵二贵在街上撞见伍老拔,先拱手作揖,再趴下磕头,悄悄说:"恭喜大叔,反割头税胜利了!"伍老拔笑嘻嘻说:"胜利了,孩子们!再有这么个好年头,给你们一人娶个媳妇。"哥俩儿走进朱老星的小屋里,他正坐在炕沿上抽烟。大贵说:"大叔,斗争胜利了!夜里可安静?"朱老星说:"大年夜还安静,就是半夜里有狗叫,吠了几声又停住。"又龇牙笑笑说:"看吧,革命就要成功,孩子们享福吧!"街上,小顺、小囤、朱庆,一群小伙子们沿门磕头。到了朱老忠家里,进门跪在地上,说:"老忠大伯,给老人家磕个胜利头。"朱老忠说:"孩子们忙起来,地上脏呀!"说着,把花生掖在孩子们手里,端起一盅热酒,说:"来,小伙子们!喝个胜利酒吧!"

40

江涛到忠大伯、明大伯、朱老星、伍老拔家里拜过年,又到大刘庄、小刘庄、李家屯亲戚朋友家去拜年。拜着年,宣传反割头税的胜利。

正月十四,他到贾湘农家去。给乍蓬胡子老人磕了头,老人在牛屋里接待他。他向贾老师汇报了工作,贾老师批准他发展的党员。写了信,介绍他回保属特委。贾老师说,锁井区的工作比别区还好。又说:"你学会做工作啦,同志!说不出来我是多么喜欢,想调你回来工作,又正在读书的年纪。我好疲累呀,工作多,人少。请你告诉锁井那些同志:胜利中会蕴藏着灾难,要提高阶级警惕。灾难中也会孕育着胜利,要努力工作。同志!你也要注意:越是在幸福的生活里,越要准备迎接突然的不幸。这是我从事革命工作多少年来的经验,如果有用,希望你多加考虑!"听了贾老师的话,江涛转着大眼睛说:"是……"

灯节晚上,人们在街上耍着狮子,敲着锣鼓。朱老忠、朱老明、朱老星、大贵,走到江涛家里,盘脚坐在炕头上。涛他娘炒了花生来剥着。江涛讲了"共产党是谁们的党",讲了"一个共产党员的权利和义务",讲了"党的铁的纪律"。他学着贾老师,找了一张写年联的纸来,剪面红旗贴在墙上,举行了入党的仪式。从这一天起,朱老忠、朱老明、严志和、伍老拔、大贵,成了中国共产党的党员。

开完会,涛他娘又端上一条盘酒菜。老哥儿几个和大贵、江涛,喝了一会子酒。开门向外一走,是夜黑天,白色的大雪片,从看不见边际的黑夜里,慢悠悠飘落下来。锣鼓声还在叮叮当当地响着。

朱老忠说:"这是瑞雪呀,今年一定五谷丰收。"

朱老明说:"哼哼!那是自然。"

天明,张嘉庆来了,说:"冯贵堂告了状,马快班要抓捕反割头税的人们。'红色'的人们要躲躲。"说完了，连饭也没吃，踏着满地雪水，去下通知。江涛和严萍，坐上车赶回保定。

冯老兰一起子包税商赔了钱，说什么也不干。冯贵堂熟悉法律，走到保定，告到保定，走到天津，告到天津。贾湘农在滹沱河两岸实在站不住脚了。

到了那年夏季，一天晚上，贾湘农看完最后一次学生作业，吹熄了灯，坐在窗前歇凉。房后头，护城河里的蛙声咕咕的一片。张嘉庆骑着车子，从很远的地方赶回来，浑身是汗，掸了掸身上的尘土，拉开抽屉，有贾老师给他留下的菜和馒头。贾湘农看他吃完饭，拉把椅子，叫他坐下，一块喝茶，说："嘉庆！我要离开这里，你也要离开。"

张嘉庆问："怎么，你要调动工作，我也跟你去？"

贾湘农说："不，这是不得已的。反割头税以后，冯老兰抗缴税款，县政府不答应。冯贵堂到省政府告了咱们一状，连县长都告上，说他'镇压反割头税运动不力'。县长给省政府上了禀帖，说冯老兰'玩忽国法'。冯老兰收不到税，赔了本钱，就要设法抵赖包价。省政府勒令县政府押交，一下子把冯老兰扣在县政府。老家伙恼羞成怒，又告了咱们一状，这一状告在我、你和江涛头上。告的是'共产党煽惑民众，抗纳税款，造成国家财政上的损失'。这一来，问题就严重了……"

张嘉庆问："那可怎么办呢？"

贾湘农说："起先，县政府里的'同志'们把这件公文压了下来。教育局的'同志'们也设法疏通。由于农民运动高涨，省政府指令县政府追查，要'缉捕到案，严行法办'！我们只得避开了，我要到天津去。县政府里有你、我和江涛的红名单。"

张嘉庆问："我也跟你去吧。"

贾湘农说:"你不能跟我去。要是到别处工作,我还离不开你,到上级党委去,除了要调动的人,不能多去一个。"

张嘉庆听得说,立时眯着眼睛,说:"贾老师!我不能离开你。你知道,我没了家,没了父亲。母亲是一个花钱买来的姨太太,她疼我,爱我,同情我。可是她在家庭里没有一点地位,除了眼泪,什么也不能帮助我。张家已经把她赶出来,也不知上哪里去了。我跟你在一块,你就是我的父亲,我也不再想母亲。贾老师!你把我引上革命的道路,我就依靠你。我愿为党、为无产阶级事业革命到底。我决不犹豫、动摇,也没有第二条路走!你不相信我的话……"说着,他把纽扣哧地捋开,用手挖着心窝,说:"把我的心叫你看看!……"

贾湘农听到这里,慢慢从椅子上站起来,肃穆的脸上,射出亮晶晶的眼光。不等张嘉庆说完,他说:"嘉庆!我知道你的苦楚,别说了,再说就疼坏我了!你放心,你是党教育出来的孩子,党不能放开你不管!可是我要批评你,你是党的孩子,应该依靠党,依靠组织。离开家,党就是你的家。没了亲人,每一个党组织都有负责人,你要依靠他们,懂得吗?"贾湘农在政治生活里,一向是严谨的。若是看到哪个同志有一点不正确的思想,就毫不留情地进行批评。当他看到立在眼前的,还只是一个十八九的孩子,就不再批评下去。

张嘉庆说:"依靠党,依靠组织,我是知道的。当我每次下乡,在路上走着的时候,一想到这里有这样一座学校,两条腿就走得更快一点。一想到贾老师坐在这间屋子里,就像母亲在这里等待着我。我也想过,生我的是母亲,教养我成长起来的是党。依靠组织,服从组织,我明白。但是,这个原则要和母亲一样的人结合起来,我就能更好地进行工作。"一边说着,他的眼眶里涌现出泪花。

张嘉庆是个硬性的人,向来没哭过,为了这件事情,再也含不住眼泪了。

自从张嘉庆在河南区领导了秋收运动,他的父亲,直气得不行。一天早晨,趁着张嘉庆还没起炕,叫到左邻右舍,叫到家族长,搬了个铡刀来,放在台阶上,呐喊了一声,说:"嘉庆,你出来!"母亲走出来看了看,连忙走回去哭着把他拍醒,说:"儿!好儿!你快逃活命吧!"张嘉庆猛地醒过来,听说父亲要铡他,扔蹦跳上窗台,踩断窗棂,跳上屋顶逃走了。反割头税运动以后,冯老兰又撺掇①张嘉庆他爹,在衙门里告了张嘉庆一状,说他忤逆不孝,登报脱离了父子关系。这一来,张嘉庆就成了职业革命者,帮助湘农检查工作、指示工作,写钢板,跑交通,成了党委机关有力的助手。他白天出去工作,晚上回来,和贾湘农睡在一个屋里,冬天睡在一张床上,夏天睡在贾湘农的办公桌上。有时回村,也不过在同志们家里住几天,求人把母亲叫出来说个话儿。后来他跑工作,到了家乡一带,说起张飞同志,但凡穷人,到了哪家,哪家高兴。到了哪村,哪村欢迎。

贾湘农看得出来,张嘉庆自从离开家庭,把几件衣裳都穿得破破烂烂。出去工作的时候,不能按时吃饭,偷偷钻在农民的小屋子里,这个同志送块饼子,那个同志端碗稀粥。工作薄弱的地方,就一天吃不到饭。饥一顿饱一顿混过来。到了工作没有基础的地方,晚上不敢住在村里,宿在漫洼野地②,睡在秫秸③堆里。在家的时候,依靠同志们从伙房里偷几个馒头来吃。在饭铺里吃饭,他舍不得花钱,也只能吃个半饱。为了工作,他得骑着车子从潴龙河跑

---

① 怂恿。

② 原野上。

③ 指高粱茎。

到滹沱河,又从滹沱河跑到唐河。不久,瘦得眍着两只大眼睛。

这时夜快深了,屋里没有灯,人们都睡着,操场上静静的,全城没有一点声音。贾湘农睁开晶亮的眼睛,看着耸立在夜暗里的古圣殿的轮廓,看着重楼上飞檐斗拱的影子,拍着嘉庆的肩膀说:"嘉庆!不要哭,你还年轻,应当更好地锻炼……"他慢慢走过来,把手搭在张嘉庆的肩头上,喃喃地说:"要锻炼得能够独立思考问题、决定问题,能够独立工作,那才是一个坚强的干部。目前,我们党就是缺少这样的干部。"他又歪起头瞅着嘉庆的脸,说:"要知道,你应该勇敢地向前看,不应该是个用眼泪来洗脸的人。"

张嘉庆忙用袖子擦去眼泪,说:"是。"

贾湘农说:"我把你介绍给江涛,他和你一样,也是在党的教养下长大的。这人在工作上英勇、机智,性格也挺浑厚。你通过他接上关系,我要在介绍信上注明,等你年岁一到,立刻转为党员。江涛在去年已经转党了。他一定好好照顾你……哎!他有个女朋友,你见过吗?"

嘉庆立刻破涕为笑,说:"我见过,她参加过反割头税运动。长得细身腰,长身条,黑眼珠儿特别的黑,眼白特别的白……"

贾湘农又说:"是呀!我给你写个信,叫他们想法帮助你考上第二师范。你的生活问题、读书问题,就都解决了。"

张嘉庆说:"我知道江涛是个挺能干的人,和他们一块工作,一定是很愉快的。"

贾湘农说:"第二师范供给膳宿费,不够的话,可请求组织上帮助,这也在信上注明。你再好好读几年书。"最后,他说:"也许,省委派我到'保属'工作,我也想请求一下,因为我在这里人熟地熟。"

贾湘农站在张嘉庆背后,用手指抚摸着张嘉庆的下颏,嘴巴上几根胡子,已经硬起来了。他说:"记住,同志!光凭热情不行呀!一个好的革命干部,他需要文化知识——各方面的知识,需要通达事理,了解社会人情……"

张嘉庆听到这里,从椅子上站起来,背靠着窗台说:"我不同意江涛早早有了爱人。"

贾湘农直着眼睛问他:"嗯,为什么?"

张嘉庆说:"我觉得,这样对女同志并不好。再说,作为一个女人,多痛苦呀!她要管家,要生孩子,要……不,应该让她们独立,像男人一样地革命,在社会上做些事业。"

贾湘农说:"可是她们早晚要结婚的。当然,一个好的女同志,她不一定漂亮。内心的美丽,比长得漂亮更为可贵。"说着,又纳起闷来:他为什么这样同情女人?显然是受了一种什么刺激。

张嘉庆是张家独生儿子。母亲生下他的时候,唱了两台大戏,喜幛贺联挂满了半条街。酒席摆了一院子,送礼的人们,喝酒猜拳的声音,传到二三里外。他长大了,只许跟大娘叫娘,跟母亲叫"小娘"。生他时,母亲只有十七岁,父亲已经五十多岁了。母亲晚上和父亲在一块睡觉,白天和长工们下地做活,摘花割谷,和做饭的在磨房里碾米、磨面,给大娘洗衣服。

大娘不让母亲奶嘉庆,雇了个奶姆。说也奇怪,慢慢的,嘉庆就不像母亲了。母亲哭着说:"大娘使了魔法,把我的孩子脱形了!"人们抱起嘉庆来端详端详,说:"可就是,真也奇怪!"

张嘉庆长大了,大娘不叫他和母亲见面。有时母亲背着筐下园子拔菜,碰上他,就流下两行泪,抚摸着孩子的头顶说:"儿呀,儿呀,你快长大!长慢一点,娘就等不得你了!"说着,用破袖子擦着眼泪。

奶姆对嘉庆说:"穷娘嫁到财主家里。一下轿,大娘横着皮鞭立在天地神牌底下，装腔作势，在娘脊梁上抽了一百鞭子，立过家法。还说，别看大娘吃得强，穿着强，生身的母亲是穿破衣裳的。"

张嘉庆长大了，母亲的青春也过去了，父亲又娶了个小娘来。小娘长得更漂亮，把母亲忘在脖子后头。母亲再也见不到父亲的面，从此用泪洗脸，就泪吃饭。

母亲的脸上越瘦越黄，长上横纹。她不愿这样活下去，张嘉庆逃跑以后，也就离开张家，上北京去，帮人做活，当起用人来。

张嘉庆的家庭历史情况，贾湘农在他入团之前就知道，对他加强阶级教育，培养成一个赤色的战士。

夜深了，嘉庆骑了一天车子，身上累了。经过一度感情冲动，又慢慢平静下来。用眼泪洗净了心情，倒在床上睡着了。

贾湘农对着深夜，对着静寂的院落出神。他在这个地区工作了将近七年，走过不少乡村，接触了不少革命的农民，培养了干部，教育了青年一代。如今，他要离开——不得不离开，敌人要追捕他。他对家乡有很深的留恋，嘴里不住地念着："家乡啊，亲爱的家乡！什么时候才能回到你的脚下？"

为了送张嘉庆走，第二天贾湘农早起了床。点上灯，给江涛写了信。把张嘉庆的衣服包好，叫起他来说："棉衣和被褥，我告诉这里同志们，给你捎去。"

张嘉庆说："我要是考不上呢？"

贾湘农说："考不上也不要紧，我在经过保定的时候，告诉组织上，安排你的工作。"

张嘉庆点了一下头，"唔"了一声，带上自己的东西，走出了学校。出了门，他又回过头去看了看，不忍离开他的母校。

天刚薄明，他们趁着夜暗，沿城根走到西北角，爬过城去。贾湘农说:"路上渴了,喝壶茶,别可惜那么一点钱。出了门,一闹起病来,花钱更多。"张嘉庆说:"是!我记住了,你回去吧!"

张嘉庆走了一段路,回过头看了看他住了几年的城池。贾老师还独自一人站在土岗上,呆呆地愣着。他要亲眼看着年轻的同志走远。张嘉庆看着他严峻的形象,暗暗地说:"父亲……父亲……"

卷 三

41

保定市在小清河和京汉线交叉的地方,离北京三百七十里。

小清河缓缓的水流,流过丘岗,流过平原,流过古老城堡的脚下。流过白洋淀,和大清河汇流,流向天津,流入渤海。

这座小城市,在河北平原上,是政治文化的中心,当时有十五万人口。民国初年,在这里建下军官大学,为军阀混战种下了冤孽。狭窄的街道上,满铺着石块,街坊上大部分是上世纪留下的木板搭。有大车和帆船把粮食、兽皮、水果,运往京津,再把洋货——工业品运到乡村里去。

这里有十三所学校,一所大学。第二师范就在西城角下,一条小清河的支流,从旁边流过。江涛在这里受过四年师范教育,在保定市有了四年工作历史,是"保属"革命救济会的负责人,二师学生会的主任委员。暑假期间,江涛被选在学生公寓委员会里工作——沿着旧习,每年暑期招生,学生会筹办临时公寓,招待乡村里来投考的学生。

江涛得到支委负责人夏应图同志的同意,把嘉庆安排在养病室里。每天演算术、写小字,准备投考的功课。江涛安排厨工里的"同志",按时把病号饭送去。在这个期间,第二师范经常住着不花栈费的客人。

为了解决嘉庆的生活问题,江涛带他去找严萍,她是救济会的会员。一进门,严萍刚下课回来,看见嘉庆,问:"张先生来啦?少见。"

张嘉庆第一次听到这样的称呼,睁着大眼睛看她。

严萍回过头来笑着说:"我还不知道你是个神枪手哪!"开了门,在自己小屋子里招待他们。她洗了手,沏上茶,从父亲屋里拿了烟来。

张嘉庆一见到严萍,悄悄地把眼光避开。他住在小城市里,没接触过女人,今天遇到严萍,不敢正眼去看。视线一碰到严萍的眼睛,觉得她眼里射出来的光芒,像锥子一样尖锐,好像隔着胸膛,能看透别人心血的吞吐。张嘉庆像一只被苍鹰拿败了的百灵,把脑袋钻在翅膀底下,再也不敢鸣啭。像有千丈长绳缠在身上。其实是,严萍一见到江涛,就心神愉快,脸上泛出明媚逼人的光辉。

张嘉庆抬着颏儿看这间精致的小屋。小屋里只陈开一个书架、一张书桌、一只小床。小床上铺着大花被单,小窗上挂着花布窗幔。墙上挂着一个银色的镜架,是严萍的放大相。她学着电影明星的姿态,仄起脸儿在笑。嘉庆一看,挺不喜欢这种姿势。

江涛把贾老师的意见告诉她,她斯文礼貌地倒了两杯茶,一杯放在江涛面前,一杯放在嘉庆面前。撕开烟盒,递给江涛一支香烟,嘉庆摇了摇头,严萍就不再给他。顺手儿划根火柴,给江涛点着烟。嘉庆想,这是什么女人的做派?

严萍说:"我知道张先生好枪法。可是,我也听得说过,你的家庭……"她看嘉庆不像穷学生,知道他的家庭是个大财主。

嘉庆愣愣青青①说:"有家,就不遭这个难了。"他觉得被一个女人看过来看过去,浑身挺不自在,就净把眼睛看着屋角里。

江涛把嘉庆的经历告诉严萍,严萍轻轻笑着:"这就是了。近来在报纸上常看到,有的为了革命离开家庭。也有的家庭怕吃革命连累,抛弃自己的儿子。"看嘉庆有不耐烦的神色,紧跟上说:"革命就是家,让我们想想办法看,可以在内部进行募捐。"

---

① 鲁莽的样子。

江涛笑了说:"好!就请严小姐解决这个问题吧。"

商量完了事情,谈到文学上,严萍就侃侃地谈个不停。嘉庆也谈了很多革命文学上的意见,说:"我一念起革命的诗歌,心上就热烘烘的。"严萍说:"我很喜欢浪漫主义的作品,看了那些热情的小说,好像驾上云儿,飘飘忽忽走向革命。"

张嘉庆问:"你正在读什么书?"

严萍说:"《毁灭》。"

张嘉庆问:"你还读了些什么苏联小说?"

严萍说:"还读了《十月》,我很喜欢革命的热情。十月革命成功了,被压迫的人们站起来,得到了政权和土地。我也很喜欢诗歌。"说着,她扬起手儿朗诵了一首诗:

> 太阳没了,
> 在那西北的天郊。
> 满天的霾云,
> 正在暗地里狞笑。
> ………

严萍挥起两只手,用音乐的声音唱着,又孩子般地笑了。张嘉庆看她天真的举动,很是喜欢。文学把他们的感情联系起来,张嘉庆再也不感到拘束。

江涛拉开抽屉,拿出严萍的画报来看着。等他们谈完了,才说:"文学嘛,咱是门外汉。"

严萍说:"你是社会科学家,就不再喜欢文学了?"

说了一会子话儿,江涛和嘉庆走出来。一离开严萍的眼睛,就像割断了嘉庆身上缠的绳子,心上轻松起来,大拇指朝江涛一弹,打了个响榧儿①,挤巴挤巴眼睛说:"不错!"

江涛郑重其事地说:"那是一个好同志,别开玩笑。"

张嘉庆说:"是呀,那是首要条件,不过……不过……作为一个'同志',我给你提个意见:像你,应该有一个粗壮的爱人,她好像勇士,时时刻刻保卫着你,你就不致被捕了。老实说,老实说……"他咽下一口唾沫说:"美丽……对于一个革命者来说,是个沉重的负担……"

江涛拍了嘉庆一掌,说:"净瞎说白道,我情愿!"

张嘉庆睁开大眼睛,把右手在左掌上一拍,说:"唉!算啦!你们俩,两好碰一好儿,咱算白说。"

张嘉庆鼓着劲考上了头一榜,算是过了第一关。可是二百五十个人,离四十个人还差得远。江涛觉得张嘉庆为了工作,把功课耽误了,实在难保证他闯过第二关。为了完成党的任务,应该克服的困难,尽力克服,江涛又去请教夏应图。

经过老夏同志的指导,总结了历年共青团员在考学斗争上的经验。江涛又把嘉庆带到严萍家里,叫她拿出一身衣裳,把嘉庆的衣服换下来。江涛和严萍提着桶抬了水来,给他洗净。严萍扯起裤子看了看,脊梁上破了个三角口儿,小口袋扯破了,搭拉下来,放在盆里洗着,说:"这方面,你就得好好儿学习江涛。你看他,一天早晚身上衣服整整齐齐,一年到头儿,头上脚下不落灰尘。"

江涛也说:"你穿着这么脏的衣服,能考得上学校?"

张嘉庆嘻嘻笑着,拎起贾湘农给他的那件布衫一看,和擦桌子的布一样,发散着汗臭。他捏着鼻子放下,觉得叫严萍给洗这样的衣裳,挺过意不去,心里说:真是,丢人现眼!

严萍说:"在锁井见你的时候,还穿得漂漂亮亮的。这咱晚,

---

① 这是开玩笑时常用的一种姿势。拇指和中指接触,发出声响。

你学得邋邋遢遢。"

张嘉庆说:"那是什么时候?那时候还是少爷,这咱晚变成无产阶级了。"

江涛说:"你得改变这习惯。"

严萍把一盆洗浑了的水倒出去,说:"这有一车泥!"她在喘着气,洗衣板把她细长的手指磨得通红。打肥皂啊,搓呀,涮呀,一件衣服洗几盆水。她说:"别看我身子骨儿单薄,并不怕劳动。我就是胆小,爱害怕。那年秋天,有个同学把一条毛毛虫放在我的书桌上,吓得我一天不敢去上课。一想起来,毛毛虫就像在心里鼓弄①。我还怕炮声,一听到炮声呀,赶紧捂上耳朵。"

江涛说:"那我可不信。那年大年夜里,你一个人摸着挺远的黑路去找我。"

严萍斜起眼睛,瞟着江涛,说:"那天晚上,可不是平常的晚上。"

张嘉庆跟上说:"从那天晚上,你们就开始……"

不等他说完,严萍故意岔开话头说:"从那天晚上,我就开始走上革命……你看你,头发那么长了,也不梳洗。多好的衣裳,穿在你身上,蹩皱②得像牛口里嚼的。穿鞋露着脚指头,这是无产阶级的生活作风?口试的时候,当面一谈就蹭了③!"

一阵话搔着张嘉庆的痒处,不耐烦地说:"得啦,同志!咱俩算是没缘法,在你嘴里,我算是逃不出去,我哪里比得过江涛?"又指着江涛说:"你看他,两个肩膀儿一般高,两条胳膊肘儿一般粗,两条大腿一般长,两只眼睛一般大,两条眉毛……两只耳朵……"

---

① 蠕动。

② 皱纹很多很密。

③ 吹了。

他说话一快，就有些口吃。一股劲儿说下去，像放机关枪一样："像我吧，成天价不干不净，马马虎虎。不过，读书不读书吧，为了找个吃饭的地方，才考这'第二客栈'，好住着店开辟工作呀！"

一下子把严萍说了个大红脸，她怕张嘉庆批评她小资产阶级意识，再也不敢吱声。

严萍把衣服洗好，晾上。掏出两块钱，放在小床上，说："去，洗个澡，理个发，买双鞋来。"两人一出门，张嘉庆拍着江涛的肩膀说："同志！你算憋住宝啦①！"江涛摇摇头说："少说废话，你不是主张中国革命成功了，再找爱人吗？"张嘉庆说："当然哪，中国革命就要成功嘛！"两人洗了澡，理了发，到鞋店里试着买了双鞋子。新鞋子穿在脚上，那双旧鞋子，又破又有味儿，放在鞋店里玻璃门前的花砖地上，抬起腿就走了。

严萍把张嘉庆的衣裳折叠整齐，坐在椅子上压得平平正正。张嘉庆穿在身上，浑身上下干净利落。严萍拍拍他的肩膀，抻抻衣襟②，说："看，怎么样？小伙子漂亮了吧！明天口试的时候，一过眼就取上啦！"

江涛、严萍、嘉庆，在院里洗衣服的时候，严知孝和老伴在北屋里有一场小小的争论。妈妈说："闺女大了，也该有个安排。"又指着窗户外："看！这样下去，有好儿吗？"严知孝说："我看也没有什么不好。"妈妈把脖子一拧说："你看不见？大闺女大小子，成天价打成疙瘩炼成块③，好看吗？"严知孝说："也没有什么不好看。"妈妈说："我看，老奶奶说的那个，你还是答应了吧！"严知孝说："那是你的闺女，你答应了吧！也不跟孩子商量商量？"妈妈又

---

① 得到"宝贝"了。
② 舒展一下衣襟。
③ 死缠在一起。

说:"商量?要叫我是萍儿,巴不得的!登龙那孩子,长得白白儿,精精神神的,多好啊……"严知孝说:"咳!你净装些个糊涂,你要是萍儿,你要是个大姑娘,你不愿和大小子们在一块玩?孩子们自然会选择自己的道路,打着鸭子上架不行,强拧的瓜儿不甜!"

冯登龙看严萍和江涛的关系从去年开始,比跟他更亲密了,心里使了一股劲,撺掇冯老锡上大严村去了好几趟。请姑奶奶给登龙保亲,想把严萍娶过来做媳妇。冯登龙以为这样可以不显山不显水①地把事情办好,想不到,严知孝不做主,妈妈一个人同意也办不成。

两个老人翻来覆去,嘀咕了半天。严知孝嫌老伴絮烦,靸拉上鞋儿②走出来。在院里散着步,见严萍他们还在屋里说说笑笑,迈步走进去。江涛和张嘉庆忙站起来,说:"严先生请坐。"

严知孝上下打量了江涛和张嘉庆,说:"好啊!英雄出在年少。宝贵的青年时代呀,努力吧!"

严萍说:"爸爸,你还不老啊!"

严知孝指了指脑壳说:"脑筋老了!别看我会说,不能做,好像讲书一样……"他拿出在讲台上讲古文的架势,讲了很多人生的大道理。最后,他说:"当老师的责任,是把话讲下,看你们青年人们怎么做去。"说完,回到他的书斋。

说了一会子话,三个人同时走出来。严萍立在高台石阶上送他们。张嘉庆一眼看见严萍穿着一双光亮的新皮鞋,笑着问:"是你买的?"

严萍说:"怎么,不是我买的,是你买的?"

张嘉庆瞅了江涛一眼,说:"我买了,你也不穿。"

---

① 不露面。不露声色。
② 半穿上鞋。

江涛拍了他一巴掌,说:"净耍些个贫嘴!"

从严萍家里回来,江涛又给张嘉庆分析了学校的政治情况。还说,训育主任是个"蓝衫"儿,口试的时候,要他机灵点儿。不久,张嘉庆考上了保定二师,脱离了滹沱河两岸的白色恐怖,在保定读起书来。

42

冬去春来,日子过得好快。1931年秋天,日本关东驻军在古老的中国国土上点起战火。国民党反动派坚持不抵抗政策,要放弃东北,把东北军调往江南剿"共"。

一个星期六下午,严知孝夹着书包,从学校走回来。洗去手上的粉笔灰,立在窗前抽着烟,看蓝色的天上,有几片白云飞驰。他脸色苍白,反问自己:"这就算是亡国啦……这就算是亡国啦……"两颗大泪珠子落在地上。

妈妈正在厨房里做饭,听得严知孝一个人在屋子里自言自语,她说:"这么大的国家,这么多军队,怎么能一下子亡了国呢?"

严知孝说:"人多遮黑眼,兵多吃闲饭!自私自利的家伙们,只知巩固个人的'地盘',发展个人的'势力',谁是为国家民族的?咳!我想不教这书了,回家当老百姓,眼不见心不烦,等当亡国奴算了!"

妈妈听得严知孝大一声小一声说话,撩起围裙擦着手,打厨房里走出来,隔着窗户说:"又不是自个儿的事情,操那么大心干吗?做大官儿的,自然就有办法。不教书了,吃什么,喝什么呢?"

严知孝说:"你算想错了!越是官大,身子骨儿越是值重。敌人一来,他们跑得更快。"

严萍从学校下课回来,把车子放在廊檐下,从屋里拿出把缨摔子,掸着鞋上的土。看见爸爸悲戚的脸色,扬起颏儿想:"读书,读个什么劲儿?敌人一来什么都完了!"

说话中间,冯登龙走进来。这人长得身体魁梧、漂亮。严萍和他同时走进屋里。他看见一家人脸上都带着忧愁,也呆呆站住不说什么。严萍搬过张椅子说:"请坐。"

严知孝把头仰在帆布靠椅上,拍着膝盖说:"完了!完了!我看不见有哪一个是肯救国救民的。"他感慨很深,实在觉得过不下去。

冯登龙竖起眉毛,闪着锐利的眼光,看看严知孝,又看看严萍。掏出烟盒子,捏起一支烟,在盒子上戳着,说:"想救国救民的,大有人在。中华建国四千多年,出了不少英雄,挺身出来挽救国家民族的危亡。这就是国魂!只有唤醒国魂,才能挽救祖国!"他好像胸有成竹,晃搭①着身子,愣愣角角说着:"沈阳事变,没有什么可怕。相反,应该庆幸。这好比在睡狮身上刺了一剑,它才能惊醒。它这一醒呀,就要吃人!"

严知孝听他这个得意的学生大言不惭地说着,脸上的愁闷就散开了,打量一下登龙,说:"你说得很对!中国的衰亡,就是因为断了国魂,缺少了英雄。这一群卖国贼,能救得了国家?"

冯登龙说:"有了出色的英雄,自然就能打退异民族的侵略。"

严知孝用食指磕着烟灰,在屋子里踱来踱去,说:"从中国历史上看,凡是异民族入主中原,没有不失败的,没有不被同化的,也没有不残忍的。元世祖忽必烈入主中原,十家一个蒙古族人管

---

① 摇晃。

待,十家一把切菜刀。清世祖福临入主中原,光文字狱就搞了多少次,杀了多少有民族思想的人。结果,他们都失败了,我们的祖国还是岿然不动。可惜,到了这二十世纪的中叶,说什么也一蹶不振了。"

严知孝平素就注意政治问题,每逢政治舞台上出现一个新的事变,就约几个亲戚朋友到家里喝茶,谈论一番,消遣政治上的苦闷。今天,关于"沈阳事变",一直谈了两三个钟头。江涛走进来的时候,见他们正慷慨激昂地谈着,就悄悄坐在一边,眨着大眼睛听。

冯登龙一看见江涛来了,挺起胸膛,挥着拳头说:"我还是那个意见,要想国家强盛,只有全国皆兵,实行军国民主义。有了强大的军队,才能打败强敌,复兴祖国。"他一面说着,突出骨溜溜的眼珠子,目不转睛地睒着江涛。

江涛看了看冯登龙傲慢不逊的神色,笑了说:"我也坚持我的意见。中华民族,要想得到独立、自由、富强,只有发动群众,改造经济基础,树立民主制度。这里头有'英雄',也有'力量'!"

这是老问题。不久以前,为"国家前途"和"救国方针"的问题,引起两个人的争论,青年人儿好胜,就为这件事情伤害了感情。

严知孝拈起两撇黑胡子,睁开眼睛,听听这个说得有理,听听那个说得也有理,笑了笑,说:"都对,你们说得都对。"停了一刻,又说:"作为一个'人'来说,要爱祖国、爱人类、爱天地万物。"

冯登龙气昂昂地说:"我说的是真正挽救国家民族的危亡,并不是把国家的'权柄'从狼嘴里掏出来喂狗。"

江涛听他话里带刺儿,慢慢站起来,一步一步走到登龙跟前,拍拍他的肩膀,说:"聪明的先生!我说的是真正建立群众的祖国、群众的军队,难道这'权柄'还会落到国家主义者手里去?!"

第二师范和育德中学只隔一条马路,是错对门儿。冯登龙是一个国家主义派的得意门生,江涛是共产主义者,他们互相都了解。严知孝常趁着礼拜或是假日,叫他们来玩,共同消遣寂寞的日子。政治见解不同,裂痕越来越深。因为有严萍的关系,他们又舍不得不来,而且来得更多。

冯登龙听江涛讥诮他,冒起火来,哧地扯开衣襟,才说动手,严知孝哈哈笑着,伸出两手把他们隔开,说:"适可而止,都对,你们都对!只要能把国家从水深火热里救出来,他就是至高无上的英雄!"

冯登龙气得脸上红通通,冒出满头大汗,说:"光说空话顶屁的事,明天我就要上前线!"

严萍忙打盆水来,拧把手巾递给他,说:"何必呢,大家在一块儿谈谈嘛,也那么雷霆电闪的。"

冯登龙说:"我表叔在东北闹起义勇军来,要成立教导队,叫我去学军事。"

严知孝说:"还是等毕了业吧,你爹受了那么大的挫折,供给你上学不是容易,何必半途而废呢?"

江涛说:"不能妄想抗日前线上多一个膘膘愣愣①的家伙,就能把日本鬼子打出去!"

冯登龙说:"我也不相信成天价抠书本、翻纸篇子,吹吹拍拍的能救了国家。"他在屋里走来走去,说:"第一次世界大战的时候,希特勒不过是个二等兵,今天他是国家的元首……"

严知孝打断冯登龙的话,说:"好,这是青年人说的话。大英雄,要为祖国争城略地,把热血洒在疆场上。"

---

① 冒冒失失。

严萍插了一句,说:"我也赞成他去,失学失业的年头,毕了业也是失业。"

谈到这里,江涛见严萍走出来,回到自己的小屋子,他也跟过来。一进门看见桌子上多了一个小小的白铜镜框装着冯登龙的相片。两条挺硬的眼眉,伸到鬓角上,眉梢向上翘着。眼睛挺圆,射出尖锐的光芒。江涛翻来覆去,看了又看,也从胸袋里掏出一张小照片儿,悄悄放在桌子上。江涛走出去倒了杯茶回来,严萍用图钉把这张照片钉在了墙上。趁着严萍一转身,江涛又把照片抽回,掖进衣袋里。严萍转过身来一看,照片不见了。她耸起眉峰,这里瞧瞧,那里寻寻,最后看到江涛。两只黑眼珠倾在鼻梁上,一动也不动,她生气了。江涛被她尖锐的眼光逼着,不得不把照片悄悄地放回桌上,脸上怯生生的,像是说:"你没有地方搁放嘛。"严萍伸手把镜框劈啪一声扳倒在桌子上,拆出冯登龙的相片,扔在一边,又把江涛的照片装进去,啪地戳在桌子上,噘起嘴盯着江涛说:"这,你就如意了。"

江涛对严萍这种表情,并没说什么,耸了耸肩膀,笑了笑,脸颊上飞起了一片羞红。

于是,一张面貌朴素、清秀的肖像,骄傲地站在桌子上。正在这刻上,严萍一回头,爸爸迈步进来。严萍不好意思红了脸,拿起那张照片说:"爸爸!你看江涛这个相片照得怎么样?"

严知孝拿起照片,左瞧瞧,右瞧瞧,放远一点看看,又放近一点看看,噗地笑了说:"人,在二十左右岁儿的时候,相片怎么照怎么好看。一过了岁数,便怎么照怎么不好看了。"

严萍看老爸爸满有风趣起来,望着江涛笑了笑,江涛也笑着看了看严萍。

谈到这里,妈妈叫吃饭。吃着饭,冯登龙和江涛都鼓突着嘴,谁也不说什么。严知孝以为青年人一时翻脸，待待就好了。严萍感到跟这两个人在一块儿挺别扭。登龙说的话，能跟江涛说。江涛说的话，不能跟登龙说。近来，更不愿跟登龙多说话了，她讨厌那股膘膘愣愣的劲头儿。冯登龙看她与江涛之间有了秘密，还是舍不了这口气。倒不是放不开和严萍亲密的友情，他觉得是政治上的失败。严萍自小儿就和登龙要好，在一块跳房子、弹球儿，大了在一块读书。严萍好温情，还没有这种魄力，把和登龙的关系，一刀斩断。她也想过，果然斩断，心上多么轻快！显然，她感到那种幼稚的感情，早就成了"多余的"。她又不肯一下子斩断，藕断丝连地拖着。

吃完饭，江涛和登龙同时走出大门。下台阶的时候，江涛把一个小小纸卷儿抛给严萍，扬长走去。她立在高台石阶上，看他们走远，摇摇头儿，又觉得烦恼："怎样才能把这种情形结束？"但时间很短，在脑子里一闪就过去。

江涛和冯登龙，两个人踩着石板路并肩走着。天黑了，大远一盏街灯，半明不亮，呆滞地照着。他们依然闭着嘴，不吭一声。出了西门，走过小木桥，到了育德中学的门口，登龙也没有回看一眼，径直走进去。江涛也没有招呼他的意思，独自个儿走回来。天晚了，他爬墙回到学校，早打了熄灯钟，院子里静静的。沿着房荫走到宿舍门口，停了一刻，不想进去，向东一拐，走上养病室的台阶。

这早成了老习惯，情况一紧急，政治恐怖一来，他们就不在斋舍里睡觉。

他推开养病室的小门，拉开电灯。严萍给他新洗了桌布，瓶子里的花还香着，小屋里亮闪闪充满了愉快。他熄灭电灯，躺在床上，心在胸膛里突突跳着，眼睛合也合不上。又划个火儿点着一支烟，在夜暗里睁开圆大的眼睛，看着烟头上通红的火光。虽然一丁点儿光亮,一丁点儿鲜红的色彩,在黑暗里却是无比的鲜红。他心里兴奋,又翻身坐起来,隔着窗子,看河边上两排柳树遮荫了河岸。河水在柳枝下缓缓流动,月亮透过繁密的枝叶,在水面上闪出耀眼的金光,夜色多么幽静呀!心里又想起严萍:一个美丽的脸盘儿,静穆的眼神……

他为了爱严萍,产生一个愿望:尽一切能力帮助她进步,引她走向革命,锻炼成一个压轧不烂的革命者。于是,把革命的体验传授给她,把革命的心情倾吐给她,把新的心得描述给她。有哪一个礼拜不告诉她一点得意的事情,就觉得日记上多了一页空白。自从和严萍建立了这种友情,身边有了这样一个人儿伴随,他就战斗得更坚强。成天价精力充沛地去做好各种工作,使革命生活更加充实。他也想过:一旦失去她,他会……他不敢这样设想,自信不会失败。失败了的话,他也想过,那就只有斗争!斗争!斗争!斗争的目标,是冯登龙,一个没落地方的儿子,一个国家主义分子。到了那步田地,就等于说在政治上遭到了失败——他没有能力,没有本事,把她争取到进步的阵线上,却被冯登龙拉她倒退了。

他想着,歪在床上睡着了。不一会儿,又猛醒过来,伸头一看,东方发亮了。今天是礼拜日,他和严萍约定,今天早晨去共同完成一件宣传任务。他穿好衣服走出来,向南一拐,走过操场的花砖墙。趁着夜影,跳过围墙去。走着河岸上的小路向北去,到了城门口,城门还紧紧闭着。他又沿着河岸走回来,向南去,走过水磨旁边的小桥,到南关公园。公园老早没人管理了,是荒凉的。他想在八角楼的后面,很少被人看见的地方,爬过城去。爬城是一件苦事,他用脚尖抵住狭窄的城墙砖的楞缘①,一步一步往上爬,一滑脚就要跌下来。翻登城头的时候,要通过一丛枣棘。城头陡峭,不

---

① 棱角,边缘。

攀住枣棘更难登上城墙。他咬住嘴唇，把眼一合，伸手攀住枣树的枝条，硬着头皮钻过去。棘针扯破他的衣裳，扎住他的手，流出血来。

好不容易爬过城去，走过清静的街道，到了严萍家门口。街上没有行人，他在门前走来走去，看门还闭得紧紧。走上石阶，隔着门缝看了看，严萍的小屋里还静静的。只好坐在阶石上看着西方最后一颗星星落下。

正睃睃睁睁对着两扇关着的大门，听得小东屋门一响，一阵皮鞋声，门吱地开了，严萍出现在他的眼前。

严萍怔了一下，笑了笑，说："同志！你来得好早。"说着，伸出手来。

江涛握住她的手说："天黑着，就来等你了。"他也笑了。

街上冷冷清清，猛然刮过一阵新鲜的风，有两只早起的云燕，高高地在天空上飞旋。街口有个卖菜的小贩，拔起嗓子吆喝。两个人顺着胡同向北去，把传单塞到沉睡的大门里。走到城根向东一拐，江涛站在拐角的地方瞭望，严萍把传单贴在墙上。看见小胡同里有写下的标语，是严萍的笔迹。江涛问："为什么在近边处写这么多的标语？这等于说'此地无银三百两'！"

严萍说："别的地方还不是一样……我害怕，不敢到别处写嘛。"

在关东大部地区沦亡以后，中共保属特委，为了支持群众的爱国热情，反对不抵抗政策，发动了党团员及广大群众，进行抗日活动。抗日力量在这个市区，完全有这种魄力：一道命令下去，能动员千百人飞行集会，粉笔队画白保定市的墙壁。

江涛沉默了一刻，说："咳！为什么都写在这儿？写到乡村里去吧！没'人'去过的地方，还没有一个'人'。城市小，'人'倒挺多。"

走到一个红油大门,门前有两棵树,像是阔人的公馆。严萍在一边看着,江涛把亲手画的一张讽刺画贴在门上,是讽刺不抵抗政策的。两个人并步走着,江涛说:"要钻着心儿研究工作方法。大清早,老爷太太们是不起床的,把抗日的礼物送到他们门上,等他们睡足了觉,一开门就收到了。"他把两张传单,塞进一个黑油小门里,又说:"晚上,你到书店里,翻翻这本书,夹上两页传单。翻翻那本书,夹上两页传单……这样,党的主张,就和青年学生见面了。"

严萍不注意地笑了一下,说:"看你,倒挺熟练。"

江涛说:"这些办法,时间长了,也会给阶级敌人发觉。不要妄想。有哪个统治者是傻子……"他一个字一个字说着:"我们想到的,阶级敌人也会想到。我们的斗争艺术提高了,阶级敌人的统治本领也会提高。革命,就是在不断创造,不断斗争里前进。一刻的停止创造,一刻的停止斗争,就等于向阶级敌人缴械……"

严萍听江涛讲完一段,就表示由衷地接受,连连点头,说:"是的……是的……"

严萍像跟师傅学艺,仔细听着,一个字一个字印在心上,暗地里留心江涛的谈话,听他什么话儿怎样说法,什么口吻,什么态度。她问江涛:"为什么老是'斗争'、'斗争'的,说一连串的'斗争'呢?"江涛说:"在小学生的时候,学习贾老师说话,学会的。"可是贾湘农是因为坐狱,受电刑,神经受了过重的刺激,说起话来口吃,嘴唇打着哆嗦,一说到紧要关节的地方,越是着急越是说不出话来。江涛学了,是为加强语气。讲到紧要地方,就学着贾湘农,举起右手,说:"……斗争!斗争!斗争!"表示他的坚决,他的勇敢,他的决心。严萍看了,一股劲儿想笑,斜起眼睛说:"干吗老是斗争斗争的?"严萍一说,江涛脸上就红了。

散着传单,严萍有个性急的想法:"盼革命早点儿成功吧!"她想象一杆红旗插在高空,迎风飘动的姿态,想到自由幸福的远景,想到社会主义社会的可爱。

为了完成这个任务,严萍心上老是跳动不安。前天才有两个学生在墙上写标语被捕了。还有几个人,是在东郊做士兵工作,被十四旅逮捕的。被捕的人都押进公安局。一想到被捕,她心上就不住地跳。眼下,她又开始觉得恍惚不安。走到东南城角,传单撒完了,她的心才放下来。

两个人拍拍手,又说又笑走到大街。太阳老高了,阳光晒在街巷里和屋顶上。铺门都打开了,顾客还是稀少。两个人走进天华市场,到白云章包子铺去吃早点。

一进铺子门口,就闻到逗人食欲的香味,跑堂的伙计,撒开尖嗓子高声叫着。江涛拉着严萍,走上楼梯,坐在一间小房里。严萍看见伙计一条胳膊上摞着十几碟①包子,通、通、通地跑上楼来。又把几十个碟子摞在胳膊上,通、通、通地跑下楼梯,抿起嘴儿笑。

吃着早点,江涛悄悄问:"怎么样?不害怕了吧?"

严萍说:"只要有个人儿在我身边,就什么也不怕。"

江涛说:"锻炼锻炼就好了……这算是假设吧,假设有这么一天,你被捕了,又该怎么办?"严萍把两颗黑眼珠儿倾在鼻梁上,仄着脸想了半天,才说:"被捕了?听说那是很可怕的!"

江涛说:"对一个革命者来说,这是家常便饭。比如我吧,比如你吧,就时常有被捕的可能。只要思想上有准备,并不可怕。"

严萍两眼望着窗外,摇摇头说:"不可怕?"

江涛说:"比方说,你一旦被捕了,怎么办?人家要问你,江涛

---

① 重叠。

是共产党吗?"

严萍眼睛瞟着江涛,笑着说:"不是。"

"张嘉庆是吗?"

"不是。"

"人家要打你。要扎杠子!"

"我豁出来①……"

江涛说:"要记住,一个革命者,不能受反革命的审判,要以法庭做讲坛。"

43

江涛和严萍约定,下午去参加飞行集会,就回去了。

礼拜日,大街上人来来往往挺多,大部分是男女学生和乡下来的农民。严萍沿着马路走回来,躺在小床上睡了一觉。正在睡着,有脚步声走进小院来。仔细一听,是冯登龙走到北屋去了,和妈妈蘑蘑菇菇②说了半天话。妈妈挺喜欢他,常给他洗衣服,炒好菜吃。登龙转着脖儿看不见严萍,睁开大眼睛问:"萍妹子呢?"

妈妈说:"在东屋里,去吧,去看看她。"

严萍听登龙走过来,翻了个身,脸朝着墙,把手搭在眼上,打起鼾睡。冯登龙不管不顾,夸地坐在床沿上,伸手去拿严萍的手。严萍机灵地躲开,说:"年岁大了,还这么着,谁习惯?"伸胳膊打了个哈欠,翻身坐起来,说:"坐到椅子上去。"

冯登龙说:"我表叔说,目前是个时机,他们正在扩大队伍。

---

① 什么也不顾。拼了。
② 慢慢腾腾。

我觉得上中学总是个远道儿,不如干军队。像冯阔轩吧,他上了军官学校,到日本留了几年洋,回来就当了团长。上学呢,上来上去,顶多不过是个'教育界'。"

严萍说:"我早就同意你去哩。"

冯登龙说:"我决定要去了。"他又吸起烟来:"……当当排连长什么的,说不定不到一年就当上营长,我要是当了旅长啊,立刻把冯阔轩他爹押到监狱里去……"

严萍插了一句,问:"干吗?你要铲除土豪劣绅?"

冯登龙摇摇头说:"哎!咱不像江涛他们那样。"

严萍坐在小床上,瞪了他一眼,冷笑说:"你是为自个儿的事情,既想做官,又想发财。"

冯登龙把手掌一拍,说:"嗨!人不为己,天诛地灭。而且,而且,想读书,我父亲也供不起我。他和冯阔轩他爹打官司,把地都输了。当然啊,我们还雇着两个长工,养着两个大牲口,瘦死的骆驼比马大,在乡村里还是个财主。"

严萍笑着说:"嘿嘿!你真会说。"

严萍思想上,有个不可告人的秘密:登龙在小孩子的时候,人长得漂亮,性格也爽直。自打一二年来,越大越憨气,一点聪明劲也没有了。一看见江涛就立眉竖眼的。相反,江涛外表朴实,人也极热情。她又想起那一年,江涛在反割头税大会上讲演的时候,有时两手叉腰,有时挥动一条胳膊。两只大眼睛,黑黝黝的。她想:那时他背后就是缺少一面红旗。心里说:那面红旗要是叫我打着啊,说不出来那情景儿有多壮丽!

她又想到:要摆脱和登龙的感情,确实是个问题。她怕他,那家伙愣手愣脚,什么事儿都干得出来。于是,她一鼓劲儿鼓励他:"快去吧!去学军事吧,将来的职业问题也甭作难了!"她想,只要他离开保定，一切问题都解决了。

冯登龙又和严萍谈了一会子家庭琐事。他痛恨冯阆轩侵害他的家庭，他咒骂，怨恨。一说到冯阆轩的名字，把牙齿咬得咯嘣嘣响。为了这件事情，严萍也为他不平过，甚至是气愤。可是一想到这场官司，打来打去，不过是两家地主争风吃醋，不由得暗笑，说："狗咬狗，两嘴毛罢啦！"

冯登龙对严萍的小屋子很是留恋，走到北屋里倒了几次茶，拿了几次烟，不忍就走。他要求严萍："秋天了，咱到公园里去看红叶吧！"

严萍说："困，我没那个兴趣。"

他看严萍不耐烦的态度，还故作镇静，把右腿架在左腿上，打着哆嗦。眼睛眯缝得紧紧的，不让泪水流出来。严萍挺讨厌那种姿势，她觉得那是十足的市侩气。冯登龙到这刻上，不得不离开了。他还是眯缝着眼睛，把烟卷叼在嘴角上，右手插进大褂襟下，立起身来要去，又站住。瞟了一下墙上挂的严萍的相片，说了一声："愿你们永久幸福吧！"就走出来。

严萍一听，脸上腾地红起来，瞟了他一眼，心里说：何必呢！

冯登龙走下高台大门，又站了一下，背过脸把手伸出去。严萍像是没有看见，扭身走进大门，把门一关，踏着响脆的皮鞋声走进去了。

她走回来，躺在床上。心又突突地跳起来，像是怕丢失什么东西，又怕不能得到什么。盯着自己的相片，又想起照这张相片的情景。在一个夏天的傍晚，她和江涛、爸爸到公园里去散步。刚刚转过"别有洞天"，江涛指着天边上的月亮说："多明快的月亮啊！"严萍冷不丁转过头来，伸起两手，仄起头悄悄儿说："多么幽静啊！"爸爸也走上来说："新月呀，像金钩呀！"

过了几天，江涛谈到，在那一刹间，她那种姿势挺好看。她按江涛的意思，照了这张照片。照相的时候，江涛还要站在她身子后头衬个景儿，严萍说什么也不干。这张相片，一直挂在墙上，什么时候看见，都觉得清新。可是她现在一看到那种姿态，就觉得幼稚、娇气，一点不带革命劲儿，没有英雄气概。摘下它来！

她对于过去的生活，再也不感到满足，倔强地说："让旧的生活，随着时间的流水逝去吧！"

她看了看手表，到了指定的时间，匆匆走出西城，到第二师范去。一进传达室，老传达韩福正低头做他自己的事情。那是一个白面庞、黄胡子、镶着红眼边的老头儿。她立在门口，连叫了好几声，韩福还是不理不睬。她着急说："俺找一个人嘛，你没听见吗？"

韩福老头说："是，姑娘！我这就弄完了。"他抬起头来，瞅了瞅，又低下头说："你找江涛，上养病室。"

严萍喷地笑了说："俺还没说嘛！"

韩福老头说："用不着，我记性强着呢，早记熟了，去吧，上养病室。一个礼拜不知道来多少趟！"说完了，又去做他自己的事情。

第二师范有个高大的门楼，进了门是一条甬道，甬道两旁有两行小柏树。迎着门有两棵大杨树，树下是一圈花墙，风一吹，大杨树的叶子豁啷豁啷地响。横廊下放着一面大穿衣镜，她对镜端详了一下自己的身影，才走过斋舍，到养病室去。站在江涛的门口，敲了两下门走进去。小房里坐着一堆人，有江涛、老夏、老曹、老刘，还有青年团员小邵，一个活泼有风趣的小家伙。她一见人多，觉得怪不好意思，又想退出来。老夏看见她犹豫的神情，说："请坐吧！我们的会开了。"

严萍看见老夏，弯腰向他点了点头。她知道老夏是学生会的主席，中共二师支部的负责人。他比江涛高一点，脸上挺黄挺瘦，有一双黑而安谧的眼睛。严萍在那里站着，两只黑眼睛骨碌骨碌地转，看着江涛,舌尖儿舔着嘴唇边,一会儿舔一下,一会儿舔一下。他们见严萍进来,站起身要走。江涛说:"坐坐呀!干什么就走?"

老夏他们谁也不说什么,笑眯眯走出门来。小邵回转头推开门,龇出白牙来笑了笑,说:"难道我们还不应该走吗?"

江涛说:"少说废话。"抬起脚,呼的一声把门踢上。

严萍轻轻笑着说:"这号人儿①!"她立在窗前出神,清清河水从窗前流过,对岸满是新鲜的菜畦。

江涛从抽屉里拿出两卷宣传品,说:"请你带上好吗?"又扳过严萍手上的表,看了看,说:"五点十分到公园,五点半到南大桥,这是一路。不能错时间,不能乱走。请你在'别有洞天'等我吧!"又弯下腰,集中精神,拾掇抽屉里的书籍和文件。他在做着准备工作。

严萍把宣传品掖在腰带上,又放下黑裙看了看,问:"可以吗?"江涛瞅了她一眼,说:"走吧!"才说走出来,钟楼上响了几下钟。她又停了一刻,看太阳西斜,沿着东墙根走到大图书馆,再越过横廊走出来。老传达韩福在破藤椅上坐着,看见严萍走过来,问道:"走吗?"

严萍说:"走啦!"她又偷偷看了看,见韩福在对着她笑,脸上又红起来。

沿着灰土马路向南去,走过小桥。河水跳过闸板,淙淙地流着。四点半钟,走到"别有洞天"。她爬上土山,在树丛里坐下。天气很闷,心里跳得厉害,看河岸上有人三三两两地走过去,有工人也有学生。隔着叶隙,看见张嘉庆走过去,老夏、老曹都走过去,不用说就会明白。时间迫近了,她心里更加跳得厉害,江涛还不来。拿出宣传品看了看,一种是《为日寇侵占东北告民众书》,一种是《为发起抗日运动告各界父老书》。她看着,一时受了激烈词句

---

① 这样的人儿。

的感动,心头热烘烘的,像水波在荡漾。

她看了看表,时间就到了,江涛还不来,心上焦急起来:"怎么他还不来……能不来吗?……他不会不来的。"又踮起脚尖,向四周张望。她想:"不能……他一定要来的!"想着,想着,江涛来了。他一个人顺着河岸的小路悠闲地走着,手里拿着一根树枝,边走边抽得嗤嗤地响。走到土山前头,立在大树下,睁起眼睛向土山上望,用两个指头捏着嘴唇,打了个尖锐的口哨儿。严萍欣然走出去,笑着说:"你可来啦!"

江涛说:"等急了吗?又在害怕吧?"看她脸上,显然又在担心,他说:"我等在闸板那里,把人们指引过来,怕人们找不对路呢!"

严萍说:"心里可是急呢!"她踮了两步跟上去,紧贴江涛走着。两人放快了脚步,五点十五分走到大南门。看走向南大桥的路上,已经有不少人在游动。江涛又走进一家小铺,要买烟卷。掌柜的找给他钞票,他不要,一定要铜元。可是在那个年月,掌柜的不愿再把铜元花出去,咧起嘴角说:"重呀,先生!"江涛说:"别人怕重,我不怕。"他把铜元包了沉甸甸一手巾。严萍心里急死:"怎么这人平时好好儿的,今天这么啰嗦起来?"一直蘑菇到五点二十八分,才从小铺里走出来。那条街上,显得出来人是多了,在散步或是买什么东西。江涛抓了一把铜元,递给严萍。严萍拿眼睛盯着他说:"不怕重嘛,可叫别人给你拿着。"

说着走过南大街,听得一声口笛,夏应图站在土坡上,背后站着张嘉庆,手里忽地抖开一面大红旗,摇摆着。人们从四面八方,从各个角落里向红旗飞奔过来,集在一块开起会来。大个子老曹,拿着一条扁担。乍蓬头发[①]老刘,提着一根棍子,保护着老夏。

---

① 头发直而乱,并向外突出的样子。

老夏举起右手,开始讲话,宣布了不抵抗政策的罪状,号召人们起来抗日。讲着,讲着,张嘉庆伸开长胳膊大喊:

"打倒日本帝国主义!"

"反对不抵抗政策!"

"组织抗日武装,开赴前线!"

严萍张开嘴喊着,看见眼前举起无数的胳膊,无数小旗在人头上摇晃。她见有那么多的人,就停止了心跳,壮起胆来。老夏讲完了话,人散开了,召集过往的群众,宣传出来,江涛也召集乡下来的农民讲话。不一会儿,过路的人们都停下,大车小车拥挤到一块。严萍爬上大车,站在车厢上,学着江涛的口吻和姿态,说:

"亲爱的同胞们,老乡亲们!

"日本鬼子占领了东北大部,进攻华北,侵略全中国!可是国民党反动派采取不抵抗政策。国军节节撤退,要放弃东北……"一个爱国主义者,讲到这里,会受很深的感动。她一面讲着,觉得眼圈发酸,流出泪来,又举起拳头说:"我们号召工人罢工,学生罢课,商人罢市,一致反对不抵抗政策!我们要组织抗日游击队,把日本鬼子打出去!"

进城的农民,看见她激动的样子,感动得把袖子捂①上脸,抽抽搭搭哭个不停。大家睁起泪眼,摇晃着脑袋说:"咳!想不到,国家要亡在他们手里!"

严萍讲着话,江涛在周围梭巡,看有没有坏人来伤害。猛地看到南边有一队警察骑着马跑过来。江涛把口笛一吹,大喊:"同志们,散会吧!"

马队像一阵风,夸夸地跑过来,在会场上横冲直撞,举起马鞭子,照人们头上乱抽,又猛地跳下马,捆绑集会的人们。人们不

---

① 盖。

服绑,你搂着我的腰,我抱着你的胳膊,在马路上扭打起来。稠密的人群立时疏散,向四面八方跑去。江涛拽起严萍,按照规定的路线向北跑。严萍一时心急,跑在头里。刚跑到南门底下,江涛赶上去,一把抓回她来。才说扭转弯向西跑,门洞里跑出两个人来,吹起警笛,要逮捕他们。江涛掏出一把铜元,对准那个人的脸,刷地一家伙打过去。那人迎头开了满面花,流出血来。严萍见又有人赶上来,照样打过一把铜元,江涛紧接着把第二把铜元也打过去。好像是打酸了那个人的眼眶,再也没有人赶来了。两个人撒开腿,一股劲儿往西跑。严萍两条腿实在拖不动,软得像面条儿,心里发急,两脚却落在江涛后头,累得喘不上气来。恍惚之间,眼前晃着一张张的血脸。

江涛跑到树丛里,回头一看,不见了严萍,没有停住脚,又跑回去找她,攥住她的胳膊向前跑。这时,马队在河岸上、田野上,追逐人们到处乱跑。严萍喘着气,脸上像纸一样白,嘴唇发紫,索索抖颤,说什么也爬不上这座土山。正在焦急,不知哪里响了两声枪,有人从土山下边咕咚咚跑过去了。她的两条腿再也支持不住,哆嗦起来。江涛一时心急,两手一抄,把她挟上山顶,坐在树丛里,喘着气,朝周围望着,只怕有警察赶上来。严萍闭着眼睛喘息着,鼻孔里只一丝丝气息,脸色苍白得吓人,像断了气儿。江涛害起怕来,轻声叫着:"严萍!严萍!"叫了好久,还是不答应。他心上索索地抖颤个不停。

太阳落了,天空里映出霞光。情况缓和下来,周围静寂,没有一点声音。小河里的水,还在安谧地流着,凉风吹来,树枝摇动,秋黄的叶子刷刷地落下。严萍睡在江涛膝盖上,呼吸慢慢地均匀起来,脸庞恢复了红润,唇上像跳出血点儿。

又停了一刻,江涛紧张的心情也过去了。他两手撑着严萍,时间越长越觉得沉重,可是不愿把她放在地上,怕弄脏她的衣裙。这时,他感觉到这两颗心同时在跳动……

44

那一年的春天,一天的早晨,江涛和严萍,刚刚摸到爱情的边沿上,反动派把一场灾难降到他们头上。

飞行集会引起很大纠纷。第二师范两人被捕,学生们要求释放抗日青年,在公安局门口游行请愿。校长在纪念周上说,抗日是官家的事,读书才是学生的事,读书就是救国,要把被捕的学生开除学籍。江涛和老夏,领导了第三次学潮,驱逐压制抗日的校长。

二师学潮影响了保属学生界。保定市十三所学校同时罢课,要求当局停止剿共,一致抗日。当局见到各地学潮,摁倒葫芦瓢起来①,很伤脑筋。第二年春天,省政府给第二师范下令,提前放假,把学生和教职员驱逐出校。不出一个月,宣布解散学校,开除五十名"共产主义思想犯",公布三十六名"嫌疑分子"。空气异常紧张,保定市沉入恐怖里。护校委员会为了保卫"抗日堡垒",决定召回在乡同学,开展护校运动。

江涛背起铺盖,搬回学校去。一行走着,心上急遽地跳动,像是觉察到不祥的征兆。一进门,韩福老头扇着蒲扇赶上来,沙着嗓子问:"严先生,怎么又回来了?"

江涛把铺盖卷扔在地上,掏出手巾擦着脸上的汗,说:"又回来了。"

---

① 摁倒即按倒。这里比喻压下去又起来,压不服的意思。

韩福老头歪起头来说:"真是莫名其妙,没看见人家登报吗?又回来干吗?赶快跑吧!"

江涛说:"跑什么,又没偷人家,没摸人家的。"

韩福扇着蒲扇说:"年轻的先生!人家可不管你那个,大街上嚷动了,说咱这是共产党的学校。这话又说回来,我虽不是……可是我是同情这个的,你们赶快逃走吧!"

江涛看韩福有些急躁,说:"不要紧,怕什么呢?"

江涛把铺盖搬到北楼上。离开这里才一个月,蛛网封住窗角了。他登上床板上,开了后窗,让河风吹进来。通过柳树的枝叶,看得见离这里不远的城堡和城头上的天空。往日里,学生们爱在河岸上、大柳树底下,钓鱼读书。卖粽子、卖糖葫芦的小贩,在大柳树底下引逗学生们抽签。如今学校面临着灾难,墙里墙外一片肃静,没有一点声音。

他又从楼上走下来,北操场上几个篮球架子,陪着日影出神。不幸的时光里,再也听不到欢乐的打球声。几只麻雀子,飞在这个球架子上吱吱叫几声,飞到那个球架子上吱吱叫几声,像是受不住闷人的寂静。

走过大礼堂,在图书馆前,看见老夏从南斋走过来。江涛说:"老夏!我看快派人下去通知。"

老夏说:"对,赶早不赶迟,快组织起交通队。"

说着,相互看了看,各自怀着沉重的心情走过去了。

走过斋舍的时候,江涛探头一看,床板上有人放着铺盖。院子里几棵核桃树,长上不少核桃,像未成熟的梨子。厨子头老王见江涛走过来,从饭厅窗子里探出头,离老远里喊:"哈哈!咱这个学堂,三天打鱼两天晒网。灶筒上多少日子不冒烟了,今日个又冒起来。"老王四十多岁,是个黑胖子,一副愉快的脸。他不了解江涛的心情,老是在笑,不住地笑。

一过小门,南操场长满了星星草。塘里荷花盛开了,塘边上几棵白杨树,迎着风哗啦哗啦响着。花畦上,草比花高,扫帚棵、臭蒿子,长了满世界。药葫芦苗爬到美人蕉上,开着深蓝色的小花。畦径上长着乍蓬棵、马齿菜,还有野生的甜瓜。江涛看见深草里有个柳条青大西瓜,拔起两把草盖上,说:"等长熟了来吃。"

猛地有人在后头说话:"恐怕长不熟吧!"回过头一看,是张嘉庆,两手插在腰里,龇着牙笑着。他心上不安,不相信能吃到这西瓜。

江涛说:"下上地窖!"他在畦上挖了一个小窖,把西瓜埋进去。张嘉庆盖上草,压上土,又龇开牙笑着,说:"江涛!你知道,我知道,嗯!"

两个人一答一理儿说着,其实思想都不在这上边,他们在考虑今后的工作。这次学潮不比以往,形势这样紧张,成功失败是不能预见的。

第二天,附近同学们陆续赶回来,有五六十个人了。

到了第三天,天刚发亮,月亮还明着。江涛在睡梦里听得楼上喊喊喳喳乱成一片,说有军队包围了学校。有人从楼前楼后咕咚咚跑过去,不一会儿,老夏在北操场上放开嗓子大喊:"同学们!敌人来了,赶快起床,上岗哟!"

江涛一下子跳起来,连裤子顾不得穿,跑到楼栏边一看,人们乱乱纷纷,从斋舍里跑出来,手里拿着棍子、拿着长枪大刀,跑往大门口。他提上条裤衩子,把褂子在背上一搭,跑下楼梯,到钟楼上探身一看:墙外五步一岗,十步一哨,有穿黑衣裳的警察,穿黄衣裳的保安队,肩上扛着枪,枪头上着刺刀。见有人探出头来,一个个愣眉横眼,问:"喂!看什么?"江涛回过头来怔了一下,心里说:

"坏了!敌人真的要下毒手!"

江涛二话不说,挽紧绷索,敲起钟来。钟声一响,老校役从钟楼下小屋里走出来,懵懵懂懂地说:"谁?谁?是谁?还没有到时间呀,乱敲钟!"

江涛说:"我敲乱钟!"

老校役伸手遮着眯缝的眼睛,生气地说:"又敲乱钟干吗……"

当他看到敲钟的不是别人,是江涛,又不是平常打扮,就明白了。走上钟楼看了看,愣住了,说:"这是怎么回子事?这是!"

人们听得钟声,都起了床跑到大门前。江涛走到穿衣镜前面,看见老夏在门楼上站着。走上门楼一看,门前站的军警更多。有个挎武装带、带盒子枪的小军官,小敦实个子,黑脸,满下巴青胡碴子,戴着黑边眼镜,见门楼上有人,歪起脑袋望。江涛问他:"你们是干什么的?"

那个小军官说:"我们是十四旅的,奉上峰命令,把守你们的学校。甭着急,一会儿你们就会知道。"

江涛不理他。早晨天气还凉,他的心里,他的身上微微颤抖着。刚走下门楼,韩福在楼梯下头站着,睐睁两眼像只猫头鹰,伛偻着身子说:"严先生!这可怎么办?你看,大兵包围了,快走吧!你们快走吧!"绰号叫"古文学家"的老王,一把拉住江涛的手说:"怎么办?我看是想法走出去吧!"江涛一时说不出话来,表面上却很沉静,指着墙外说:"走?你看墙外是干什么的?再也走不出去了!"

韩福老头手忙脚乱,压低了嗓子说:"为什么不走?人家说你们是共产党,报纸上登了你们的名字,为什么不走?不走,为什么不走……"又搂起江涛的脑袋,咬着耳朵,恨恨地说:"扣上红帽子可厉害呀,忙走吧!"又伛偻着腰,呼哧呼哧喘着气说:"这'日',找咱抗,咱抗。不找咱抗,咱不抗。叫他们自个儿抗去,何必动这么大的交涉?"

这时,江涛没心跟他谈话,可是看到他的热情,又说:"他们不抗呢?"韩福老头拍打着膝盖说:"他不抗,拉他娘的倒!中国亡了,也不是咱自个儿的!"江涛看他恐怖的神色,拍拍他的肩膀说:"不要紧!怕什么,反动派狗血喷人,怕他那个!"韩福老头又焦躁地跺起脚来,说:"咳!先生!世界上有多少像你这样的好人?要是稀里糊涂的……"

江涛没心听他,想叫老夏,老夏还立在门楼上,人们围着他,跟他谈话。一个个睁大眼睛盯着他,像要从他身上探询出事变的究竟。江涛又跑上门楼,向外看了看,没有什么新的变化,拽起老夏的手走下来。走到教员休息室——历次学潮,他们都在这里指挥斗争——江涛问:"老夏!你看怎么样?"

老夏把两只手插进裤袋里,眼睛看着窗外,愣了老半天,才吐口儿说:"是……个问题!"他语迟,是个不爱多说话的人。"我觉得事情有些突然!"

江涛说:"不算突然,他们是有计划的行动。"

老夏看了他一眼,说:"大家想想看。"说完了,目不转睛地看着江涛。

江涛把头低下去,眼睛看着地上半天,才说:"哼哼!要动武的!"

老夏说:"问题非常明显,过去几次学潮,都是为了反对黑暗教育,驱逐贪污校长。而这次,是为了要求抗日,要求结束剿'共',一致对外,要求抗日自由。统治者恼羞成怒,这才解散了学校。我们要坚决护校,统治者又用重兵包围。"他摇摇头说:"包围的目的,我看有三个可能:一,要逮捕报纸上发表的'政治犯'。二,强迫我们离开学校。三,以重兵包围,不了了之。"

老夏讲到这里,又觉得当局不一定那样残忍,尤其对青年学生,总要好一点儿。他说:"问题决定于群众情绪。大敌压境,群众一致要求抗日,遭到压制。再说,学校解散,同学们被迫回乡,失学失业,又回来护校。激于义愤,胜利是没有问题!"

江涛低下头去,皱起眉泉深思苦虑,听到这里,他摇了摇手,说:"不能把敌人看得那样无能,我说应该再添上一个可能。他要逮捕,我们就要抵抗,双方会形成流血斗争。他要长期包围,断绝粮食柴菜的供给,强迫我们服从他的制裁,也要形成流血!"

讲到这里,老夏睁起黑眼睛望着他,说:"为什么过来过去,光是流血?"

江涛手里掂着个火柴盒子,说:"最后,他要逮捕、枪毙我们不是吗?"就势,把火柴盒子在桌子上一抛,出了口长气,把头垂在肩上,咚地坐下去。

两个人同时沉默了,不再说什么。钟摆咯哒咯哒响着,像磕在两个人的心上。

一会儿,护校委员会的宣传部长刘光宗、组织部长曹金月、检查部长杨鹤生,还有张嘉庆,都走了来,就这个议题反复讨论。把情况判明了,又研究对策。决定:一,普遍展开宣传工作,争取社会同情。二,搞好交通,和外界保持联系。三,开展士兵工作。最后一点,江涛说:"是斗争的特点。他要长期包围,粮食是主要的问题。打不破饥饿政策,斗争只有失败。"

在恐怖形势下,一谈到被捕,一谈到生死的矛盾,人们就想到墙外有敌人在包围,如临敌阵一般,恐怖情绪开始在他们心弦上弹动。

开完了会,江涛和老夏把工作全盘部署了一下。夏应图说:"总务部的工作,叫张嘉庆担任吧!这人忠实勇敢,不怕牺牲,斗争精神还很强哩!"江涛也说:"是个忠心耿耿的人,就是有点儿冒失。"武装部长,老夏叫江涛担任,总务部的工作还得他帮助。江涛把名单上所有的人编入学生武装纠察队,自己兼任大队长。找出耍武术的长枪大刀,作为战斗的武器。

江涛正在忙着,韩福老头又来叫他:"严先生!会客室里有人找。"走进会客室,老夏已先到了。两个客人,一个穿着灰色洋服,戴着黑礼帽,黑边眼睛,满脸黑麻子,是市党部主任刘麻子。另一个就是那个披武装带、挎盒子枪的小军官。江涛走进去,他们一动也不动,哭丧着脸坐在椅子上。

老夏问:"阁下来有什么事情?"

刘麻子瞅着老夏说:"我代表市党部来传达上峰的公事。"

老夏问:"什么公事?"

刘麻子沉下脸来说:"希望你们老老实实接受政府意见。市党部也有苦衷,解散第二师范,宣布政治犯,是委员长行营的主张,党政机关不得不照办。青年学生以学习为宗旨,不要做轨外行动,为政治牺牲。为了顾全大局,劝你们看清时势,离开学校吧!否则,一切后果当由你们完全负责,本部也难……"

江涛不等他说完,抢上去说:"这种意思,我们明白。叫我们离开学校可以,但要有一定的条件。"

刘麻子听了,仰天哈哈大笑,说:"还要条件呢!快回家榜地去吧!兄弟今天来,是为了保护青年。抗日是国家大事,当局一定是先剿'共'而后抗日,你们闹腾半天还能闹出什么来?再说,目前南方战线,中央要调集九十万大军,向赤区进行第四次围剿。北方战线,由于日寇的凶猛,国军不得不节节退却。国家正在危急存亡之秋,你们还在这里鼓动学潮,扰乱社会秩序,不是捣乱后方是干什么?"他放下眼皮,歇了一刻,又眨起眼来,问:"你们要求什么条件?"

江涛扳着手指,愤愤地说:"无故解散学校,开除学生,使广大青年失学失业。逮捕爱国青年,把热情抗日的学生当成'政治犯',都是反动派的阴谋!要想叫我们离开学校,那只有:第一,撤退军警。第二,收回解散学校的命令。第三,收回宣布的'政治犯'名单。第四,释放抗日青年,恢复被开除学生的学籍。这四个条件答应了,我们可以离开学校。再说,以军警包围手无寸铁的青年学生,无论如何是野蛮行为……"说着说着,一股热气从心中冲上来,充红了脸庞。

那家伙不等江涛说完,镇起黑脸蛋子说:"我看还是甭提条件,还提条件哩!"又气得呼扇着嘴唇说:"打开天窗说亮话,政治犯,请你们自行归案吧!"说着,取出一张名单,把手一搡,交给老夏。

老夏接过这张名单一看,第一名就是他自己。第二名是江涛。名单上的党团员,大部分都在校内,额上登时冒出汗珠子。他镇静了一下,说:"抗日是广大群众的要求,我们不过是站在最前列,这就要受逮捕了?"

刘麻子见老夏授下精神来,攥起拳头,一伸一伸地说:"青年人固然是国家的栋梁,但他们一经共产党的煽动,思想赤化了,就成了危害国家的祸根。国家一定要快刀斩乱麻!"

江涛急红脸说:"想逮捕我们可以,想叫我们去自首,做梦也办不到!"他气愤得脸上不由得频频抽搐,用手抚摸了一下,才停住。

第二师范五年闹了三次学潮,有充足的政治经验和突出的成绩。可是他们还没有经过这样严重的局面。江涛正呆着眼睛想临时对策,一低头看见刘麻子从背后伸出一支黑色的手枪,对准老夏的肋下。江涛腾地变了脸,伸出手攥住刘麻子的手腕,瞪出黑眼珠子问:"这是干什么?"

刘麻子弯腰站起来,觍出黑脸说:"你还不知道?这叫作逮捕,请二位到市党部去谈谈。"说着,使了个眼色,小军官抽出盒子枪来,对准江涛的脊梁。

这时,院里人越来越多,拿着长枪短棍,隔着窗子看着。在这个节骨眼上,谁也不知道落到什么结局,只是呆呆地出神。

江涛脑子里一闪,想起在反割头税游行示威大会上,也见过这种阵势。那时,他不怕危险,睁开眼睛迎着保安队的刺刀。忠大伯五十开外的人了,还带领纠察队,打退了反革命武装……那是鼓动人心的一幕场景。如今反动派来逮捕我们了!他向前走了一步,喊一声:"你们逮捕不了!"

他在屋里一喊,人们也在外头喊起来:"逮捕不了!"喊着,把刀、枪、木棍,撞破窗玻璃,伸进屋里来。

刘麻子听人们喊叫起来,回身一看,立刻黄了脸说:"干什么?想造反?"说着,伸手抄住江涛的胳膊。

小军官掳住①老夏的领口子,想要拿绳子捆。两个人用手枪突着江涛和老夏,从屋子里向外拥。

张嘉庆两手卡着腰,闭着嘴,憋了满肚子气,在门口等着。看他们一下台阶,一个箭步蹿上去,劈啪两脚,踢掉他们手里的枪,举起拳头大喊:"打倒反动派!"

当刘麻子和这小军官跑过去抢枪的时候,大家喊着:"打倒反动派!"一齐拥上去。刘光宗搂着刘麻子的腰。杨鹤生和曹金月,

---

① 这里是"抓住"的意思。

一个人架着小军官一条胳膊,呐喊着向外推。

刘麻子挣扎着,指挥小军官:"快,叫人来,捆他们送公安局!"

张嘉庆憋红了脖子脸,喊:"不许反动派逮捕我们的同学!"

他这么一喊,人们齐大伙儿把他们抬起来,向外一搡,一下子把那两个家伙推出大门外去,急忙抽回身,上了门闩,落了锁。这时小军官指挥大兵们,用枪把砸着大门直骂街,再也进不来了。

江涛又走到门楼上,看他们还变什么法儿。猛然一声枪响,子弹从脑瓜皮上窜过去。他把头一缩,藏进房墀里,说:"好歹毒的东西!真要下手了!"

45

张嘉庆自从考入第二师范,做过几次出色的斗争。去年冬天,当局为了统治学校,禁止抗日活动,派了一个老官僚来当训育主任。这人,矬个、大眼睛、大嘴、大鼻子,长了满脸红疙瘩,绰号叫"火神爷"。"火神爷"是地方上有名的士绅,当过曹锟贿选的议员。他到了学校,雷厉风行,每天带着训育员,早、午、晚三次查堂查斋,闹得学生们无法进行抗日活动了。

有天晚自修的时间,人们围着火炉有说有笑,谈论抗日前线的事情。张嘉庆偷偷把一簸箕煤灰架在门楣上。老"火神爷"隔窗子听着,像是开抗日的会,乍起胡子闯进去。把门一推,咔嚓一声,灰簸箕扣在他脑袋上,闹了个灰眉土眼。老"火神爷"拍着袖子大骂:"真是土匪!真是土匪!"又长叹了一声,说:"做官二十年,斗不了这班子穷学生,无颜见委座!"他辞职不干了。

张嘉庆驱逐封建官僚的故事,在保属学生群众里,像一个传奇的故事在传播。

今天,这一场风波过去,张嘉庆找不见江涛。他走到宿舍,走到教员休息室,都没有找到。最后又找到门楼上,江涛还在那里待着。张嘉庆伸手拽他走下来,气呼呼在他脊梁上擂了两拳,说:"看!差点没叫他们把你弄了去。"

军警换岗的时候,小魏骑着车子,带着十几个同学走进来。张嘉庆摇手大喊:"小魏!快!"指挥人们开了大门。小魏他们走进来,红头涨脸,满头大汗。刚把门关上,士兵们又把守了门口。张嘉庆从门楼上走下来,愣愣地在小魏的脊梁上擂了两拳,说:"你这家伙!差一点进不来。"才几天不见,一见面觉得格外亲热。

小魏说:"天气热得要命,道儿又不好走,乡村里下了大雨,积水成河,人们怎么能回得来?真是急得人心里冒火!"他是前几天带交通队下去送通知的。

张嘉庆又问:"怎么样?家庭生活怪温暖吧?"

小魏红着脸笑了两声,说:"嘿嘿!只在家里住了一夜。"

张嘉庆回头盯着他说:"可不说工作应该怎么办?"

小魏,是个白净脸、大眼睛,像个瘦猴儿。这人极聪明,几何代数一听就会,平时不用功,每次期考却都考在头里。他父亲当团长,母亲是女子高小的校长。有这种方便,他就娶了一个高小毕业的爱人。爱人儿娇娇滴滴,挺漂亮。他就时刻不愿离开她,离开一天就写信,成了有名的爱睡老婆的。每次假期,上午放假,下午就回家了,直到开课的那一天,才回来,从不浪费一晌半夜。今年放假的时候,人们正慌慌张张向外搬铺盖,张嘉庆看见门外停着一辆三套大车,认得是来接小魏的。连忙跑回去找他,图书馆里没有,操场上也没有,找来找去,找到游艺室,小魏正和人们打乒乓球。

张嘉庆说:"好清闲的日子呀,还不快去!"小魏愣住问:"出了什么事情呀?"张嘉庆说:"嘿!家里套大车来拉你了。"为了他和爱人好,母亲还吃了醋。有一次母亲看见爱人给他写的信上有"我的小魏!……"母亲恼了说:"什么?是你养活他的?还是我养活他的?"

小魏在三次学潮里,表现还挺积极,张嘉庆介绍他参加"反帝国主义大同盟"。两个人同桌同房,平时还挺亲密。这天小魏在非常匆促的情况下回来,两个人在一块说了会子话儿,张嘉庆就去找老夏。

老夏把张嘉庆的工作谈了谈,张嘉庆说:"你说具体点儿,别攥着拳头叫我猜。这会我脑子里乱,想不出来。"

老夏说:"这总务部长,具体说,就是经管钱财、筹划吃食、解决医药问题。叫小魏帮着你。"

张嘉庆说:"这个咱办得到。"也没顾得想一想,点了一下头答应下,就向外走。

老夏看不对头,赶了两步,又拽他回来,说:"怎么,你也不过一过脑子?大兵围得铁桶一般……"

张嘉庆不等老夏说完话,梗起脖子①笑了说:"咱干就是。"

说着,走出来先到会计科,跟站岗的要了钥匙,打开门开了铁柜,看洋钱票子还不少。又走到厨房里,找着厨子头儿老王,一起到仓库里,看了看木槽里的面粉,猫下腰抓起一把,在手里攥了攥,撒在木槽里。又在米瓮里抓起一把米,顺着手缝儿刷哩哩落下去,腾起一阵米屑冒出瓮口,生粮食的香味,扑在鼻子上。面是好面,米是好米,可惜不多了。

学校和外界被断绝联系。几天过去了,张嘉庆也没上厨房里去看一看。一清早,小魏就带着老王来找张嘉庆,说:"嘉庆!看怎

---
① 挺直脖子。

么办吧,菜一点也没有啦!"

张嘉庆看了看小魏,又看了看老王,呆住脸说:"没有菜吃有什么关系,不吃菜也能过日子。"

老王说:"你还不知道,平素里菜做得不好吃都不行,这咱没有一点菜,怎么下饭?"

小魏也说:"才三四天,都把人饿得又黄又瘦了。"

张嘉庆愣怔眼睛说:"有的是菜。"

老王没菜做饭,心里发烦,直想和张嘉庆闹脾气。领着张嘉庆到校园里看了看,说:"你看,西红柿、韭菜、黄瓜,能入口的东西都吃光啦,连扫帚苗、马齿菜都吃了,哪时还有菜?"

小魏补充说:"再吃,只有面条棵和蘑菇丁了。"

张嘉庆说:"那里有菜,走!"拉着老王走到大榆树底下,扒下鞋①,脱了袜子,说:"拿刀去。"

老王跑回厨房,拿了菜刀来。张嘉庆把刀把儿别在腰带上,跐跐溜溜,爬上树干去。刚爬到半截腰里,两只脚打起哆嗦,胳臂也觉得酸软了。几天没有吃到饱饭,有这种心劲,没这种力气了,体力大不如前。他两只手搂住树干,用脚卡紧,把头顶在树皮上,歇了一忽儿。倏然间,觉得耳朵里隐隐鸣叫。他摇摇头,哆楞哆楞耳朵②,又顶在树干上。老王在树底下抬头望着,哗哗笑了说:"哈哈!能说不能行,胆小了吧?"

小魏也摆着手说:"上呀!你上不去了吧?"

站岗的同学们,离远看见张嘉庆上树,要摘树叶,喊着:"总务部长!今天叫我们吃树叶吗?行啊,有树叶吃就能坚持抗日。"

听到讯消,他想:"目前,吃菜只有树叶,过几天树叶树皮还

---

① 脱下鞋。
② 摇晃摇晃耳朵。实际是摇晃头。

要做主粮。爬不上榆树,影响是件大事!"他使劲憋住一口气,一个猴儿爬竿,爬到树杈上,腿裆夹住树桄①,连喘了几口气,扬起刀砍下树枝来,一团团绿色的枝叶掉落在树底下。砍着树枝,向远处一望,初夏的阳光,晒着千家屋顶,万家院落,不由得心里喜起来。他看到围墙外头,十四旅的岗哨挺多挺密,像蛛网一样。猛然,一个士兵发现他站在树杈上,像是在窥探什么,举起枪照他瞄准,砰的就是一枪,子弹嗤的一家伙,从腋窝里穿过去,几乎把他打下来。这时他两手搂住树干,扣紧了手,刺溜滑下树来,蹲在地上,心里噗通直跳。低下头歇了一会儿,觉得天旋地转,忽忽悠悠,再也站不起来。一会儿,身上出了一阵冷汗,一步一拐地走回北楼。躺在床板上,扳起脚掌一看,脚底上掠去一层皮,翻出鲜红的嫩肉,疼得火烧火燎。身上纽扣蹭掉了,怀襟上也磨烂了。他沉下心,把两只手枕在头底下,齁啊齁地睡了一大觉。

小魏叫厨工们把树枝拉到厨房里,捋下几箩筐叶子。午饭,好歹搁上两把面蒸疙瘩,人们都说好吃。江涛端着两碗菜疙瘩,一碗是他的,一碗是张嘉庆的。走到北楼上,叫醒张嘉庆。他擦了擦眼上的眵目糊,坐起来说:"好像做了个梦。"

江涛说:"你累的!"

张嘉庆端起碗来,狼吞虎咽吃着,觉得又甜又香。手等着吃完了一碗,还不够半饱,睁开两只大眼睛看着江涛。江涛把菜疙瘩一块一块送到嘴头上,细嚼慢咽,品着滋味才吃哩。看见张嘉庆闲着筷子看着,就说:"嘉庆!来,我拨给你点儿。"

张嘉庆说:"不,你还没有吃嘛!"嘴里这么说,早就流出涎水来。

江涛尽尽让让把半碗菜疙瘩拨给张嘉庆,说:"你吃吧,今

---

① 树干分枝的地方。

日个你出了力气。"江涛立在一边,看着张嘉庆把半碗菜疙瘩吃完,心里才安下来。张嘉庆心里说:"还是老同志呀!同生死,共患难……"他感到平素吃馒头吃肉,并不感觉什么,到了这刻上,只是一点点树叶蒸疙瘩,却深沉地撼动了他的心。他歪起头问江涛:"外边有信吗?"江涛睁起大眼睛说:"没信哩!"

46

军警包围得更加严密,校内校外失掉联系,他们只好饿着肚子准备战斗。

没有什么东西可吃,张嘉庆把肚子压在楼栏上向远处望着。火车不停地轰鸣,汽车在街道上驶过,洋车上的铃子,叮叮响着。城市里到处热闹,就是这座学校沉在死寂里,没有欢笑,没有快乐。鸟儿有飞的自由,兽儿有跑的自由,他们却连一点自由也没有了。黄昏,家家烟囱上袅起炊烟,学校的烟囱上还是清冷的,离远看去,没有一点暖烘气儿。他摇摇头,想不出什么办法,又绝望地走到厨房里,告诉老王说,要多吃野菜树皮,少吃米面,细水长流呀!老王说,流什么?流不动啦!

老王又撇起嘴来,说:"张先生!油盐都吃光了,怎么办?"

张嘉庆一听,就发起火来,瞪直眼睛吹了他一顿:"一个个的,快把少爷肚子紧紧吧!这是什么时候呀?还咸呀淡的!"

老王又说:"光是我,一天吃两块锅疙疤就过去。他们一个个都是白白致致、写字儿的手,哪里吃得下去?都卧倒了。"

老王告诉他,把仅有的一点米面都吃光了,他又垂了头,无言无语走回北楼。心里想:"当家才知柴米贵,饿着肚子就是不好坚持。"他躺在床上,望着楼顶,望着远方静谧的城堡上的垛口。想来想去,心上揭不开盖,想不出巧妙的诀窍。解决不了这个问题,斗争就不能继续。看太阳西斜了,夕红照满了楼窗。这天晚上,没有饭吃,他没有下楼,也没有站岗,他不愿见到饥饿中的同伴们。一生来初次挨饿,头昏、眼花,心里空得难受,吸口气都嫌累得慌。身子骨像条山药蔓子,软洋洋站不起来。走道抬不起腰,使劲一抬,肠胃五脏都牵动得疼痛。他几次想下楼,蹭到楼梯,又蹭回来,躺在床上。没精打采,眼里冒出火星,饥饿在熬煎着他。没有饭吃,关系在校同学的生存,责任是重大的。困难临头,想睡也睡不着。他想去找老夏,可是这个困难解决不了,见了面也是相对着静默。清凉的月色,从窗外流泻进来,一方方铺在地板上。他趴着床铺,对着月光出神。月色好看不能吃,打不破饥饿政策,斗争只有认输。又想起贾老师介绍他入团……在贾湘农直接领导下,闹了秋收运动……父亲登报和他脱离了父子关系,干起革命来。党为了培养他,费了多少心血,才考上第二师范。斗争失败了,只有离开学校。学校解散了,政治犯要去住监……想来想去,最后还是要坚持斗争。斗争,斗争,斗争到底!他想着,斗争的火焰又在心上燃烧。他从床铺上站起来,摇了一下子肩膀,两只手抱着胸脯,觉得浑身是劲。

这时又想到,在他的一生里,没有怕过困难。他有过最富的父亲,也有过最穷的母亲。过过最富贵的生活,也过过最穷困的生活。他生长在富贵的门庭里,也做过流浪儿,无家可归的人。他吃过世界上最珍贵的东西,也吃过世界上最坏的东西。他住的屋子里曾有过无数金银,他的手里也穷到过没有分文。他当过地主的儿子,也革过地主的命……复杂的矛盾,集中在他身上,形成他的性格。他体会到,人生不是容易的,革命也有很多的困难,事在人为,努力干下去,总会看到胜利。他想着,一时兴奋,躺在床板上睡着了。

在睡梦里,不知不觉,通,通,通,跑下楼梯去。蹓过南操场,到花园里去找那个西瓜。在黑暗里,摸来摸去,摸了半天,连棵瓜秧也摸不到。肚子里的酸水,不停地往上涌。他用力朝那个畦头上挖下去,挖了半天,才在土地里刨出那个西瓜。连泥带水,咯嚓地打开一吃,又甜又凉,甭提有多好吃了!正吃着,闻到一股腥味,回头一看,有一条黑狗慢慢走过来,鼻子一股劲嗅着,嗅着,嗅着,嗅到他手里的西瓜,自动地张开嘴来,伸出长舌要吃。张嘉庆愣住,看狗的眼睛里射出饥饿的红光,心头一跳,想:"这狗……"才说再吃,又想到几十个同学,江涛也在饿着,实在不忍把那半块西瓜吃下去,抱起来走回北楼。在电灯光下,西瓜显出黑子红瓤,多么新鲜!他叫了几声,叫不醒江涛。偷偷地把西瓜放在江涛头前,他想:"等他一醒,说不定笑成什么样儿?"才说上床去睡,一个斤斗栽倒在床底下。醒过来一看,还在床上躺着。街道上的路灯,星星点点,还在亮着。他回想梦境,嘴里流出涎水来,实在饥饿,胸腔里烧燎得疼痛难忍。慢慢挨下楼梯,去找小魏。走进厨房院,小魏正摇着身子,躺在席子上吹死猪——长吁短叹。看见张嘉庆走进来,软绵绵地抬起头,又软绵绵地撂下去。眯糊着眼睛不说什么。

张嘉庆用脚拨拉了一下他的脚指头,说:"小魏!起来,想个法儿叫人们吃顿肉。"

小魏垂头丧气地说:"算了吧,老兄!你真大气性,什么时候儿,还开玩笑。娘的小猪崽子都吃完了!"

张嘉庆说:"有的是办法。你看把人们都饿坏了,软得身上连岗也站不住,不用说战斗,敌人一来,就把我们擒住。"

小魏说:"没有一星面、半粒米,两天只吃一把榆树叶,哪里能行?你家里也是地连千顷,骡马成群,非上这个破学堂不成?今日个'CP'明日个'CY',一连几年闹'学潮'。回家算啦,受这个洋罪!"

张嘉庆说:"别瞎絮叨了。起来,闹顿肉吃,叫人们长长精神,也能多坚持几天。"

厨工们见张嘉庆来了,也弓着腰,搂着小肚子摇着头诉苦。

张嘉庆下决心鼓励起他们的情绪,把脖子一缩,说:"嘿……狗!"他在夜暗里,闪起光溜溜的眼睛,龇开牙笑着。厨工们一下子都站起来,大眼对着小眼儿,笑着问:"狗肉?"张嘉庆说:"对嘛,去,把狗叫来!"他又对着老王的耳朵说:"许吃,不许说。"一提起狗肉,小魏笑嘻嘻,浑身也有了劲,说:"这叫作打着狗上阵。"张嘉庆说:"叫一切东西参加抗日,利用一切条件坚持到最后的胜利嘛!"

张嘉庆这么一鼓动,厨工们都上了劲。在那沉沉的夜晚,星光满天,没有一点声音,厨房院里一阵凄厉的狗叫。第二天早饭,人们吃上大碗炖肉。可惜没有干粮,肉里没有盐。张嘉庆一进饭厅,人们齐大伙儿高喉咙喊叫:"乌拉!第二师范母校万岁!""打倒日本帝国主义!"

时间过得很快,狗肉吃完了,反动派还是没有退兵的意思。眼看人们都瘦得像露着肋条的老马,腰细得像螳螂,脸上黄黄的,眍䁖着眼睛。张嘉庆又领着人们捉拿了塘里的鱼,挖吃了塘里的藕。人们在饭厅里吃着鱼和藕,还笑哈哈的,说:"张飞同学,真是有两下子!"

47

江涛反复考虑：怎么才能和外界取上联系？怎样才能取得外边的援助？

他用墨水写了信，拴在石头上，投到马路对过的河北大学去。河北大学的同学把这封信交到保定学联。

第二天，学联的人站到河北大学的土台上，江涛站在南操场的桌子上，见了面，互相用英文交换意见。江涛说："……打破饥饿政策，斗争就能胜利。"一面谈着，眨眼之间看见严萍，她代表保定市救济会来慰问了。严萍扬起手儿，打着招呼，说："同学们，努力吧！预祝你们在抗日阵线上得到新的胜利！"她瘦了，一看见江涛，眼睛像激荡的湖水上蒙着一层轻雾。

江涛想："是的，没有第二条路可走，斗争胜利了，才能得到自由！……"

苍茫的暮色，从四面八方，从各个角落里漫散开来。江涛考虑着这个问题，在迟暮中，走来走去。晚上，他对家乡的河流、树林，怀着深沉的眷恋，在北操场上站岗。饥饿把困盹神都赶跑了，仰起头，望着天上的星河，轻轻地说："天上的星星，都变成烧饼，斗争就胜利了！"倏忽间眼前闪过一溜通红的火光，走过去一看，是一个老兵，怀里搂着枪，趴着墙头在抽烟。见江涛走过去，也不躲闪，也不惊惶，瞪着眼睛看着他。看见江涛直吧咂嘴，就问："干吗？想抽袋烟？"

江涛说："倒是想抽一袋，可惜没有。"

老兵穿着一身破军装，有四十多岁，满脸络腮胡髭，脸皮黑里带肿,用袖子擦了一下烟袋嘴递过来,说:"抽吧!"

江涛说声:"谢谢!"当他伸出手去,隔着墙头接烟袋的时候,恍惚之间,他像是在什么地方见过这个人。皱起眉头寻思,一下子想起来说:"你是冯富贵?"

老兵睖睁眼睛,仔细看了看江涛,说:"是……你……"说了半天,他还想不起是谁。

江涛说:"我是运涛的兄弟,你忘了?"

老兵在黑影里,把巴掌一拍,说:"嘿!咱算是他乡遇故知,我就是冯大狗,论乡亲辈你还得叫我哥哥。来,亲不亲当乡人!我就是愿意听你们说个话儿,昨天晚上跟那位同学说得可入窍哩!"

江涛问:"他说什么来?"

冯大狗说:"讲的,讲的打日本救中国……"他咽下好几口唾沫,也没说上什么来。

江涛抽完这袋烟,向周围望了望,见没有别的人,说:"我还想抽一袋。"

冯大狗摸索着衣袋说:"我看你过来吧,咱俩坐在墙根底下说个话儿。"他从衣袋里捏出一撮烟叶,递给江涛。

江涛说:"还是你过来吧!"他想起八九年前,大贵被抓了兵,冯大狗吹五吹六,白吃了酒饭,直到如今还有印象。

冯大狗摇摇头说:"哎……这有什么关系,我是官差不得自由。"

江涛看这人还有几分义气,就跳墙过去,并膀坐在墙根下。抽着烟,冯大狗说:"我看你还是回家吧!这闹腾个什么劲儿?"

江涛说:"不呀,这师范学堂是官费,要是解散了,我一辈子再也上不起学!"江涛从爷爷推着一辆虎头小车离开家,说到老人家下关东,说到运涛坐狱。冯大狗非常同情地说:"运涛,他坐狱了?"又歪起头,眯缝起眼睛问:"你们算是什么教门?"

江涛说:"我们没有什么教门。"

冯大狗说:"没有教门,为什么死乞白赖闹共产?"

江涛说:"不是为共产,是为抗日。把日本鬼子打出去,我们的国家不被灭亡,就有自由平等的一天。"

冯大狗睁着眼睛想了想,看着天上,谈到国家的危难,他动了神思,摇摇头说:"唉!说不清的道理。"

江涛问:"你们为什么老是包围我们?"

冯大狗说:"谁知道哩!叫俺包围俺就包围。要是跑了一个,俺团长还得掉脑袋哩!这是委员长的命令。"

这时夜快深了,墙外有军队的岗哨,墙里是学生纠察队,枪对枪、刀对刀,双方怀着不同的心情。他们可以一块抽烟,一块谈话。有的也说不入套,就相打相骂闹一阵子。

冯大狗听了江涛的话,两手托着下巴,昂起头,翘起乍蓬胡子看着天上,像有极深沉的回忆,呆呆地说:"我呀,当了十八年的兵了!我还学会了一点手彩儿,外号叫'鬼头刀'!"说完了,噘起嘴唇笑,又像惭愧,又像得意。

江涛说:"嘿!真厉害,那你就该阔起来。"

冯大狗脑袋耷拉到胸脯上,咧起嘴说:"不行呀,我有罪啦,我砍的人太多了……"说着,张开大嘴,哆嗦着两条胳膊,左边看看,右边看看。意思是叫江涛看,他虽然杀了那么多人,目前还是当个穷兵,穷到这个家业。

听到这里,江涛身上不断地打起寒噤。

冯大狗说:"那时候,咱就是逞着年轻。砍一次人,吃一顿好饭,喝瓶子好酒,稀里糊涂也不知道杀了些什么样的人。昨天我听那位先生说,'共产党是真正给咱穷人谋幸福的!'我才知道,我有了大罪。在那个年月里,我也许杀过共产党!咳!我真是混蛋,我怎么这么混蛋呢?当时我就不问问他们是什么样儿人。我也修下过好上司。自从杀了那么多人,上司失势了。拔了毛的凤凰不如鸡!他倒了台,我也完蛋啦。人家换上新手儿,不要我了。自从那时节,我再也不愿耍大刀,扛起枪杆,当起兵来。"

江涛说:"那,你就该回家。"

冯大狗咧起嘴说:"咳!哪里回得去呀?你是知道的,我家里也有一堆老婆孩子。我骗过他们,写信说我当了连长,不久就要寄很多钱回去买地。我想再过几年,能不混上个连长当当?能不挣到很多钱?直到如今,我还是个大兵,穿着这样破的军衣,穷得回不去家了!保定离锁井这么近,我连锁井、连近边处的人不敢见,家里人还不知道我在保定。这话我只告诉你,兄弟!你可不能给我走漏风声,我嫌丢人。我还爱喝点酒,吃套烧饼果子,一年到头,连一个大丁①也省不下,甭说是回家。我想这一辈子不回家了,哪里黄土不埋人!"说着,眼泪顺着嘴角流下来。"兄弟!我看你也是个好心人。"他握紧江涛的手说:"你有困难,傻哥哥助你一臂之力!"

江涛身上一机灵,说:"我们可以做朋友吗?"

冯大狗说:"没错儿!我这人就是爱交朋友。咱们既是乡亲,祖祖辈辈没有不好儿,怎不能交朋友?前几年我还和朱大贵碰在一起,我们俩还不错。后来他开小差回家了,排长查问,我还替他遮掩了一番。要是抓回来呀,下半截子就打烂啦!那时我还当上士哩,这会我又当起兵来。"

冯大狗停了一下,看看周围还是静静的,他说:"我听说共产党肚子大,能盛开一个世界。我虽是有罪的人,想是会原谅我的。

---

① 一个大钱。

咱们见的面不多，跟你的老人们可都熟悉，都是老实巴交①的好庄稼人。"

江涛想：抓大贵当兵，兴许就是他，没有家鬼送不了家人，别人怎么知道那么清楚？就说："好汉子说话一言为定！"

冯大狗："快马一鞭！"

江涛说："请你帮助我们脱离这个险境吧！老是包围我们，早晚没有个好儿。"

说到这里，冯大狗犯了沉思，说："这咱不比过去，过去上司听我的话，如今当个穷兵，跟谁说去？你一个人行喽！"

江涛说："我一个人跑了，放下这么多人怎么办？"

冯大狗沉思了一刻，又说："依我说，你走吧！兄弟！这样下去，早晚是个不了的结局。"

江涛说："不，我不能只顾自己！"

48

江涛在北操场和冯大狗谈着话，张嘉庆正在南操场上站岗。他手里拿着一根军棍，脊梁靠在墙头上，抬起头看着蓝色的天上，数着一颗颗银色的星子。他在盘算全市有多少米面铺，哪个离得最近……猛地听得噗嚓一声响，从路西投过一卷东西来。在薄明中，伸手一摸是大饼，还温温儿的。可惜距离太远，还有一卷卷的大饼落在墙外头，墙外有大兵在把守。张嘉庆跑到指挥部，夏应图正在长椅子上睡着，把他摇醒说："吃食送来了……大饼！"他把

---
① 老老实实的人。

一块香喷喷的香油大饼掠到老夏嘴里。老夏嚼了两下咽下去,说:"好香!"立刻跟着张嘉庆走到南操场。

听说外面送来了吃食,同学们都跑来看。看一卷卷的大饼落在墙外,掂着两只手儿,说:"啧!啧!看!怎么办?怎么办?"

张嘉庆把脚一跺,说:"哎!看张飞的!"他把老夏拽到一边,研究了一个计划。

老夏叫人们拿红缨枪吓跑了岗兵,把绳子拴住张嘉庆的腰,放到墙外去,把一卷卷的大饼拾上来。还没拾完,那个青胡碴子小军官,带着一队兵赶过来。老夏连忙拉起绳子,把张嘉庆斤斗骨碌系上来。小军官扑了个空,向岗兵们脊梁上乱抽鞭子,愤愤地骂:"真他娘的没用!咱们又得多站几天岗!"

这几天,人们一顿饭能吃到一角饼。

吃光大饼,反动派还是不退兵。站岗的时候,人们只好眯细着眼睛,看着缥缈的天空。天上有白云朵朵,几只蜻蜓飞过去,忽有几只圆东西,像燕子从天上飞下来。

江涛跑上去一看,是烧饼。才说动手去拾,人们呜噜跑上去,抓起来放在嘴里。江涛不去抢烧饼,立在桌子上向西一看,是严萍和几个女伴站在土岗上,烧饼就是她们投过来的。严萍看见江涛,打了个手势,又连抛了几个。

保定市工会和学联,发动了工人、青年学生,给二师同学们送粮。几天里,人们靠着天上飞来的烧饼充饥。站岗的时候,仰着头望着天空,唱着:"喜哉,快哉,天上掉下烧饼来!"江涛一看见烧饼,就想起严萍,眼前闪着她美丽的影子。

人们吃不到东西,情绪有些低落。护校委员开会的时候,张嘉庆又发了大话:"看我的,有的是米面!"江涛说:"张飞!又发什么疯?人们吃不到东西,情绪更加低落。"张嘉庆说:"管保你们吃到东西!"经过夏应图的同意,张嘉庆把武装购粮的计划,在会议上谈了,张嘉庆要亲自领导同学们武装购面。谈着,他镇着脸,眨着眼睛,征求人们的同意。

晚上,老夏和张嘉庆,两人趴在床板上,仔细计划了这个行动。

第二天清晨,天晴得明朗朗的,岗兵们靠着墙,拄着枪打瞌睡。张嘉庆起了床,围着墙转了一溜遭①,查看了岗哨。把人们召集到指挥部,宣布了购面的计划,勾当不大,是个武装行动。这是第一次出马,人们都摩拳擦掌,心里突突跳着准备战斗。老夏把人们分成三队:他自己带两三个同学管开门闭门。老曹和老杨带下几个人,出门向北冲,堵住北街口。江涛和张嘉庆带着十几个人,出门向南冲,负责购面。分配好了,拿好了武器,在角门底下等着。老夏拿着一杆红缨枪登到桌子上,向白军讲话:

"士兵弟兄们!二师同学为了抗日,把日本鬼子赶出中国去!反动派抱定不抵抗主义,要把东北四省送给敌人……指挥你们包围学校,逮捕抗日青年……今天我们实在饿不过去,有愿和'抗日'交朋友的,请行个方便……"

士兵们瞪着两眼听老夏讲话,心里想:"原来是这么回子事!抗日嘛,咱是赞成的。"

这时,江涛指挥人们把大门哗啷啷打开了。大黑个子老曹带着人,拿着长枪短棍冲出去,大喊:"冲呀!冲呀!"一直向北冲,堵在北街口。

张嘉庆绑好了鞋子,杀紧了腰,手里拿着红缨枪,带着十个粗壮的小伙子,从门口冲出去。一出门口,叉开两条腿,瞪起黑眼睛,抖得那杆红缨枪滴溜溜转,枪尖上闪着明晃晃的刀光,张开嘴大声吼着:"士兵弟兄们闪开,抗日队伍出来了!"人们也在喊着,紧跟

---

① 一遍,一遭。

着冲出门去。张嘉庆在头里大声喊叫:"嗨!闲人让开!是抗日的朋友,走开吧!枪尖朝着反动派戳!嗨!大刀光砍反动派!嗨!是朋友的别害怕!"喊着,横起腰,端着长枪,一股劲往南冲。

江涛也在后头喊:"谁敢反对抗日,看枪……冲!冲!冲呀!"

岗兵一看这个阵势,向回蜷作一团。张嘉庆带着同学们朝岗兵冲过去,追得骨骨碌碌,一直向南跑。一个个咧起嘴瞪起眼睛,变了脸色。

小军官慌里慌张跑了来,他怕二师学生冲出市外聚众起义。立刻吹着哨子,把岗兵带到寡妇桥上,做下隐蔽工事,等候截击。

可是,他们走不到寡妇桥,走到下关街口就站住,路东有一家小面铺。张嘉庆把三十块洋钱向柜台上哗啷啷一扔,说:"掌柜的!看好,十袋面!"

说着,带着人跑上去,手疾眼快,每人背起面袋返身向回跑。掌柜的以为他们要集体行劫,吓得浑身打抖。张嘉庆向回里跑着,看见一个人失足,骨碌地倒在地上。他又跑回来,伸手抓起面袋背在脊梁上,拽起那人来就走。江涛做后卫,岗兵一赶上来,他就瞪起眼睛冲一阵。人们丢了刀他拾着,丢了枪他也拾着,拾了一抱刀枪跑回来。他们冒出满身大汗,个个像水里捞出来的,几乎喘不上气来。

张嘉庆憋住气,出了一身绝力。力气出过去,身上渗出凉汗来,他疲乏了,手里拎了褂子走回北楼。一上楼梯,小腿肚子软颤颤的,打起哆嗦,脚尖儿反射得像要跳起来。他又退下来,扶着栏杆,歇憩一下,小腿肚子抖得不行,头也发晕,天摇地转的。他低下头,使拳头砸着眼眶子,合了一会儿眼,才慢慢走上楼去,睡在铺板上。

老夏一步一步走上楼梯,坐在他的头前,摸着他的头发。他慢慢睁开眼来,看着老夏,半天不说一句话。

老夏问:"你累了,我还不知道你有这本事。"

张嘉庆猛地抬起头,说:"这就叫人急了造反!"

老夏把张嘉庆的手,搁在自己手上,一字字儿说:"英雄呀,同志!英雄呀!"说完了这句话,他低下头,再也不说什么。

49

十四旅旅长,保定卫戍司令陈贯群,听说二师学生冲出学校抢购面粉,亲自出马,带着卫队,奔到西下关街。打得马喷着鼻子,乍着鬃,眼看着学生把面粉抢回学校。他乍起胡子,鼓突着嘴,手里卷着鞭子愤愤大骂:"妈拉个巴子,都是通'共'!饿不服ＣＰ们,任务就葬送在你们手里!"

卫队举起鞭子,在岗兵脊梁上乱抽。

陈贯群下命令,把岗兵和米面铺的掌柜一齐捆起来,送到保定行营。立刻加强警戒,严密包围。

消息传到锁井镇。说:十四旅包围了第二师范。说:要拿住共产党砍头。冯老兰坐在聚源号里,大吹大擂,夸大其词说:"第二师范也闹暴动,这不是天子脚下造反?"风言风语传到大集上,好像出了什么大事情。严志和听得说,两拳攥着冷汗,没待赶完集,顺着十字街向东一蹓,走过苇塘去找朱老忠。看了看朱老忠不在家,返身走上千里堤。手搭凉棚,向堤外看看,向堤里看看,榜地的人挺多,认不出哪一个是朱老忠,倒是朱老忠先看见他,动作有些慌张,一定是出了什么岔子,提起锄头走回来。

朱老忠离远里问:"志和!有什么事,这么着急?"

严志和说:"大兵包围了第二师范,江涛和嘉庆他们还在里头。"

朱老忠两眼睁圆了,说:"包围了第二师范?唔,这事非同小可!"他知道第二师范是个机密地方。自从反了割头税,这里安下交通站,有不少同志从保定来,是在第二师范住过的。

两人走到大杨树底下,蹲下来打火抽烟。朱老忠说:"革命高涨的年头呀!去年阜平闹了起义,上半年又在五里岗闹了起义。这咱保定又闹起学潮,看样子革命要成功?"

严志和摇摇头说:"不一定怎么样。要不的话,江涛今年该毕业了。"

朱老忠说:"这一来,斗争胜利了才能毕业。"停了一刻,又说:"不过也不一定怎么样,出水才看两腿泥。"

严志和说:"为了革命嘛,没说的。可是一念叨起孩子来,我心里打颤。大哥!咱去看看他们吧!"

朱老忠说:"行!咱说去就去,看看能帮上手儿不。"

严志和说:"我还想去托托严知孝的门子。"

朱老忠说:"去吧!有病乱投医,多个门路没有不是。"

两人说定,严志和就慢腾腾走回来。一进小门,涛他娘把饭摆在桌子上,他搬了个小凳,坐在桌子旁边抽起烟来。慢腾腾一袋,慢腾腾一袋,抽一口烟,鼓突起嘴,憋口气喷出去,喷了满屋子烟雾。他不想吃饭,走到小棚子里给牛筛上草,就又坐在炕沿上,两眼不转睛地瞅着他的牛。

涛他娘扒着门框看了看,叫:"你吃饭呀!"

严志和说:"你吃吧!我不想吃了。"还是两眼直勾勾地望着,也不眨巴一下,慢搭搭地说:"我想明儿上保定去。"

听话头话尾,涛他娘就会明白:"可能是出了什么事情!"他既不说,涛他娘也不往那上去想。长时间不见江涛的面,她也没往不好事儿上想过。一只手支着门框,抻起衣襟来擦着眼,心里说:"这孩子,净哄我。早早答应寻个媳妇撂在屋里,还说给我生下个胖娃娃。哪有个影儿?"

严志和说:"甭念叨他们!我心上麻烦。"他心里一阵烦乱,下午没去浇园,也没去耪地,躺在炕上睡了半天。太阳偏西了,他才起来,饮了牛,上了垫脚,天就黑下来。听千里堤大杨树上,鸦群噪叫得烦人,他又坐在井台上抽起烟来。抽到晚霞散了,月亮显边儿,就顺着那条小道,去找朱老忠。

一进门,朱老忠正坐在搦布石上喂牛。贵他娘说:"你吃饭呀!"朱老忠说:"我不想吃。"严志和问:"做一天活儿,不吃饭哪里行?"朱老忠说:"听到江涛他们的事情,我心里不净便。"等他牵牛到大水坑里饮了水来,点上条火绳,两人又慢搭搭走到村北大黑柏树坟里,去找朱老明。

自从反割头税那年入了党,三个人就像秤杆不离秤锤,总在一块。那年月里,贾湘农不断来这里,晚上出去工作,白天睡在这小屋子里。给谈起革命的道理,他们就觉心里宽亮。自从贾湘农离开城里,轻的没有人来①。有时来个人,也不过按着姓名找人,晚晌在小屋里睡了觉,吃了饭,就又走了。这就是他们的党的生活。但是他们的心劲儿,他们的斗争,永远没有停止过。这天晚上,三个人蹲在大杨树底下,守着火绳头上那颗红滴溜的火球,抽烟、谈话,直到天明。

第二天,天一发亮,两人拎起烟荷包上了保定。进了南关,走进一家起火小店,想歇歇脚,垫补垫补肚子②。店伙计直睃着眼睛

---

① 轻易没有人来,经常没有人来。
② 多少吃点饭,抵抵饿。

瞧他们。

朱老忠笑哈哈走上去说："借光，伙计！我们想住下，吃点东西。"

店伙计说："住房也行，吃饭也行，先说你们是干什么的？"

严志和说："是来瞧学生的，他在第二师范，被包围了。"他一面说着，朱老忠直拿眼睛睖他。紧睖慢睖，还是把这句话说出去。严志和才说完，又后悔了。

店伙计把脑袋一拨愣，张开两只手向外推。

朱老忠说："你说话呀，推什么？"

店伙计喷着唾沫说："去吧！去吧！没有房间。"连推带搡，把他们轰出大门。

朱老忠气得脸上一白一红的，说："他娘的！还没见过这么不讲情理的买卖人！"

两个人立在梢门角上，愣了一会儿。闹不清店里为什么不留客，心里噗噗通通直跳，只好离开这家小店，到第二师范去。走过了公园，一过水磨，朱老忠见桥上有兵站着岗，就抢上两步，走到头里去。

岗兵见来了人，站住问："干什么的？"

朱老忠再不说是来瞧学生的，他说："俺是过路的。"

岗兵歪起脖子看着朱老忠说："过路的？我看是来瞧学生的。快接他们回去吧，闹共产有什么前途？"

朱老忠一听，不由得愣住，回头看了看。严志和见他过去，也硬着头皮走过岗位去。走到学校墙下，见把守的士兵很多。他们围着学校转了半周遭，看看没法进去，只好走到城里，去找严知孝。走到门口，朱老忠说："到了大地方，青天白日也插着门，得先拉门铃。"一拉门铃，从里边走出个细高挑儿，穿黑旗袍的姑娘，探出头来问：

"找谁?"开始还眨巴着眼睛呆着,一见严志和,轻轻笑着说:"是志和叔,进来吧!"说着领他们进去,喊:"爸爸,来客啦!"

严知孝从屋里走出来,说:"志和!我估量你快来了。"

严志和说:"我来托你这门子。"说着走进书斋,指着朱老忠说:"这是我的老朋友,锁井镇上朱老忠。"

朱老忠欠了欠身儿坐下。

严萍说:"是忠大伯,我还上你家去过。"说着,沏了水来给他们斟上茶。

严知孝说:"我就是希望家里来个人,今年年景怎么样?鱼呀,梨呀,都不错吧?"他取出两支香烟来,递给朱老忠一支、严志和一支。

严志和说:"梨挂得不少,河里鱼不多……我来看看江涛怎么着呢!"

严知孝说:"我想你是为这事来的。出事以前,他还天天黏在我家里,和萍儿一块玩。"

朱老忠插了一嘴,说:"我们来看看有没有危险。"

严知孝说:"这也很难说,五年闹了三次学潮,校长一定要开明的,教员一定要左倾的,把个教育厅也闹翻了。今天抗日,明天抗日,教员只好对着一排排空桌椅讲书。政府也是糊涂,日本鬼子打到关东,有人抗日还不好吗?又偏偏不让抗日。他们是'宁与外人,不与家奴'!'言抗日者,杀勿赦'。学生更不退让,一定要抗日!针尖儿对麦芒儿,斗、斗、斗,像猫对爪儿,一直斗到今春。当局为了剪草除根,下令解散学校,把学生和教职员一律轰出来。宣布了五十名政治犯,三十六名嫌疑分子,都开除学籍。学生还是坚持斗争,召回还乡同学,进行复校运动。当局令军警机关包围学校,断绝米面柴煤的供给。他们把米面吃完,把狗和塘里的藕都吃完了,又武装抢了一次面。这一来,第二师范可是出了名了!"

严志和低下头听完了,睁开大眼说:"那不坏了吗?我就剩下这一个!"

严知孝说:"严重了!当局登报说:'……共匪盘踞二师,严令军警督剿……'"

朱老忠不等说完,就说:"这两句话里就有杀机!"

严知孝也说:"谁不说呢!"

朱老忠说:"志和的意思,请你想个法子把他们弄出来。"

严知孝说:"我早跑了几趟,郝校长和黄校长那里也去过了。他们痛恨二师学生把'革命'偷偷输入他们的学校,说起话来,恨不得一手卡个死!我则不然。事出有因,各有社会基础。让他们都显显身手,谁能把这个千疮万孔的中国从热火里救出来,算谁有本领!"

朱老忠说:"你这倒好,各方面都占着点儿。"

严知孝招待他们吃饭。严萍皱起眉头,隔着门帘听着。吃完饭,严萍进来拾掇碗筷,严志和说:"萍姑娘!江涛,你可得结记着他点儿。"严萍笑了说:"早结记着哩!我们还发动募捐,送烧饼。"说着,脸上红了。

朱老忠对严知孝说:"请你费点心,跑跶跑跶①吧!"

严知孝说:"那是当然!是你的孩子,可是我这院里长大的。我能不管?"见他们起身要走,他又说:"没有地方住,你们就住在我这儿。别看房子少,可有住的。"

朱老忠说:"不,我们想住在万顺老店,那是个熟地方。"

他们从严知孝家里出来,走到万顺老店。一进门,店掌柜迎出来,笑着说:"嘿!我以为是谁呢?是你们二位老兄!这一踏脚,十年不见。老忠哥从关东回来,还是从我这儿过去的。怎么想起上府来?"

---

① 奔走奔走,想点办法。

见老朋友来了,让到柜房里,先打洗脸水,又是斟茶,又是点烟。

朱老忠说:"甭提了,志和跟前那个被包围在第二师范里。"

店掌柜一听,瞪起眼睛说:"嘿呀!是志和跟前的?坏了!坏了!卫戌司令部有命令:旅馆里、店房里,一律不许收留第二师范的学生,说那就是共产党!"

严志和头发根儿一机灵立起来,低下头长出气,也不说什么。

朱老忠生气说:"怪不得刚才俺俩走到一家小店里,他说什么也不留,直往外推!"

店掌柜说:"小买卖人,谁愿找那个麻烦?"

朱老忠说:"俺又不是第二师范的学生。"

店掌柜说:"碰上军、警、稽查,说'你不是第二师范的学生,你是第二师范学生的爹!'张嘴罚你钱,你有什么法儿?话又说回来,你为什么不上咱这儿来,吃饭喝水多方便,住房现摆着。光自碰了一鼻子灰。"

朱老忠说:"俺来了,又给你添麻烦。"

店掌柜说:"老朋友嘛,有什么说的。你们麻烦了我,我还高兴。你们要是不来,叫我知道了,我还要不干哩!"

朱老忠呵呵笑着说:"他们要说你窝藏共产党呢?"

店掌柜说:"他说,我也不怕。住监咱一块去,谁叫咱是老朋友呢!"

说着话儿,老朋友们嘻嘻哈哈笑了一阵子。严志和念叨了会子江涛的事情。店掌柜长吁短叹,为老朋友担心。他说:"你们尽管在我这儿住着吧!有什么灾灾难难,咱们一块帮着!"

朱老忠看他热情招待,心想:常言道,投亲不如访友。他说:"看吧,出水才看两腿泥!"

50

严萍拿了一本小说,想读下去,眼前老是晃着江涛的影子。这几天,看书他像在书上,写字他像在笔上,睡觉像有个人儿在身边陪伴。她伸手挥着,挥着,他又回来了,占住她的心。

为了援助二师学潮,她奔走各学校,发动革命的女伴募捐送粮,觉得很疲劳。可是二师告急的消息,不断地传出来,她在担着心。思想上产生了一种新的矛盾:功课,不弄不行,这学期的分数显然下降了,要留级。弄吧,又没有那种心情。一时精神恍惚,书上好像爬着一群蚂蚁。索性抛下书,用被单蒙住脸,想睡一会儿。还有别的事情等着她,睡也睡不着。听得脚步声,妈妈走进来,手里端着条大烟袋,坐在床沿上伸手抓起被单,看见严萍两眼睁得大圆圆的,骨碌骨碌转着。妈妈说:"萍儿!不想吃点什么?"严萍说:"不想吃。""病了吗?""夏天的过①……妈妈,给我盖上。"她又翻了个身,脸朝里。

妈妈又忧愁起来。年轻时生下这个孩子,是个姑娘也高兴,她说"一个姑娘顶半个儿子"。她不愿叫姑娘出去颠颠跑跑,怕野了心,叫亲戚朋友笑话。走到北屋里,严知孝正躺在靠椅上,戴着眼镜看着书。

妈妈说:"萍儿好像病了,又黄又瘦。"

严知孝说:"恐怕有她自己的心事吧!"

妈妈说:"你也该管管,姑娘家年岁不小了,也该有个靠身子的人儿。"

---

① 因为夏天的缘故。

严知孝说:"我早打定主意,萍儿的事情,叫她自己去管吧!"

妈妈说:"叫她自己去管!叫她自己去管!"她又急躁起来:"她是个女人,要是我,早给她寻上个人儿。你不想咱就是这一个,将来依靠谁?"说着,抻起衣襟,擦着眼泪抽泣起来。

严知孝猛地从靠椅上坐起来,说:"你也是个女人,你也从年轻时候过来,你不懂得一个女人的心情!"他生气地吐了口唾沫,又说:"儿孙自有儿孙福,何必爷娘置马牛?一个女人,她需要走自己的路!"严知孝是个绵长人①,向来不好动气,今天却发起火来,把长头发一甩,跺着一只脚说:"真是岂有此理!"

按一般习惯,两人拌嘴到这种程度,妈妈就低了头,再也不说什么,沉默下来,好像是说,"是你的事情,我再也不说"。可是今天沉默不久,她又说起来。严萍的婚事,在她心上是块病。

今天严知孝生气,也不只为严萍的事情。第二师范解散,要另起炉灶重新招生,重新招聘教职员,他还没有接到聘书。有时他也想:也许,我也被怀疑!随后又对自己说:"不管怎么,反正咱是无党无派的。"但是,聘书不送来,又不能去要,看样子要另找饭碗了。

严萍仄起耳朵,听着两个老人你一言我一语,拌起嘴来。撩起被单,坐在床沿上愣了一会儿。照着镜子梳了一下头发,眼窝陷下去,眼睛大了,下颏儿尖了。看了看表,到了指定的时间。她匆匆走出西城,在桥头上站了一刹。看小河里流水,岸上的柳树……离远望过去,有带着枪、穿着灰衣裳的士兵,在第二师范围墙外站着,江涛和嘉庆他们就在这围墙里。她用小手巾抹了抹鼻子尖上的汗,看见水面上有几片白色的鹅毛,随着水流,漂漂悠悠流过来,又流过去了。她眼睛盯着,直到看不见了,才走向车站去。是一片

---
① 软性人。不易发火的人。

工人住宅,她找对了胡同,看对了门牌号数,走进一家小院。房子很低,好像临时砌成。窗台上有两盆染指甲花,开得红上红。听得声音,有人弯着腰,从低矮的小屋子里走出来,亲切地握了严萍的手,说:"是你?"

严萍睁起眼睛看他,也不说什么。那人说:"你忘了?在反割头税的大会上见过的,我姓贾,一说你就知道。"

严萍笑了说:"你是贾老师,我也好像认识。"

贾湘农说:"认识我们的关系就行。"

严萍说:"有人介绍过了,你多时到这儿?"

贾湘农说:"不久。"

贾湘农拿起蒲扇,呼扇了一下桌子,拎起桌子上的破宜兴茶壶,倒茶给严萍喝。他说:"听说志和跟老忠叔来了,我也赶来看看。"显然,他并没有说完,就不再往下说了。他脸上黑了,颧骨高起,长了满下巴黑胡髭。

严萍向他谈了第二师范的情况,说明哪个单位投送了多少烧饼、大饼。贾湘农不断鼓励她:"努力吧,同志!要想各种办法保证饿不着他们。只要有得吃,就能坚持,现在是磨时间的问题。目前,二师学潮成了保属学生界政治生活的焦点。二师学潮的胜利,就是保属青年运动的胜利,抗日力量的胜利。保定周围二十多个县的青年学生,都一致声援第二师范!"

贾湘农谈起话来,挺严肃,简单干脆,很有煽动力。看得出来是受过锻炼的。他在黑暗的屋子里,闪起亮晶晶的眼光,又有力地攥起拳头,砸着桌子,压低了嗓音说:"敌人占据东四省,群众要求一致抗日,反动派要镇压抗日运动,进行剿'共'。我们为了保卫祖国,一定要发动群众起来抗日,一定!敌人打到了家门前啦!把日寇打出中国去,中国人民才有出路!"

严萍低下头,细心听着,琢磨每一句话的精神和力量。嘴里唔唔应着,表示她听明白了,而且忠心去执行。最后,贾湘农问她:"你的脸上为什么这样憔悴?"

严萍说:"不,不怎么样。"

贾湘农禁不住笑了,诚恳地拍着严萍说:"我是知道的。努力吧,同志!江涛是一个好同志,只有斗争胜利了,反动派才会把他还给你……"

猛地,严萍脸上绯红起来。她想:"怎么回事?他会知道我心里想的?要是斗争不能胜利呢?"她不敢往下想,这是一个不难答复的问题。

贾湘农郑重其事地说:"反动派对二师学潮,已经胸有成竹。可是我们要动员一切力量,展开宣传斗争,打击敌人!"他说着,点起一支烟,把洋火盒子啪地放在桌子上,踱着方步,考虑更重要的问题。又说:"一切,一切在于我们的努力!"

严萍说:"忠大伯和志和叔来了。"

贾湘农说:"嗯!他们来了,我还要给他们一些工作,叫他们把学生家属联系起来,进行斗争。"

一边说着,在椅子上坐了一下,又站起来。背叉着手,站在屋子当中,像是等待什么。听得胡同里有人跑过,他又走到门口探身看了看,看是两个孩子,才慢慢走回来。在天津北平的时候,他还不觉怎么样,那里城市大,人多,回旋区也大。一到了保定,就觉得军警机关压得抬不起头来。有时他也想:干!发动全体工人学生罢工罢课,揭他个过子!当他想到那就太暴露了,就又改换一个想法。

待不一会儿,一个穿蓝制服的工人走进来说:"我回家吃饭,听说你在这里。来!一块吃饭吧!"端进玉米窝窝头、炒青菜、秫米饭汤。贾湘农叫严萍一块吃,严萍看贾老师吃得挺香甜,自己也吃起来。她心里有事情,吃也吃不下。

贾湘农问:"唔!最近工人里对二师学潮有什么反应?"

穿蓝制服的工人说:"抗日嘛,是再好没有的事,当局不该把学生饿起来。我们子弟学校的学生,都自动送粮投烧饼,还捐了一些款,送到保定学联去了。"

贾湘农又问:"当局要屠杀二师学生的话,将在工人中引起什么反响?"

穿蓝制服的工人说:"引起什么反响呢?以我本人来说吧,我就要串连罢工,打击反动派!要知道,我们平汉工会是有战斗传统的,他们要是需要交通上的帮助,北至北平,南至汉口,一个钱儿甭花,我们管接管送!"

吃完了饭,贾湘农还想说什么,又停住。严萍说:"我要走了。"就走出来。听到贾湘农的谈话,她心上豁亮多了。从城市到乡村,不知有多少人正为抗日救亡运动努力。

严萍又到女二师去,和几个同志商量工作。到了那里,才知道有几个同学为给二师学生投烧饼被捕了。她皮肤紧缩了一下,心里说:"又有人被捕了!还得赶快设法营救。"走回来的时候,爸爸屋里电灯亮着。她走回自己的小屋子,待了一会儿。觉得江涛不来,小屋子里就没了快乐,小院里也缺少了光辉,只觉得愁苦、寂寞,闷气得不行。她觉得口渴,走到爸爸屋里去倒杯茶喝。严知孝见妈妈不在屋,把她叫住。问:"萍儿!你身体不好吗?"他睁大了眼睛看着她。

严萍嗫嚅地说:"没有什么不好。"

严知孝说:"孩子!你大人啦,心里要宽亮点儿。"

她低下头去,盯着茶杯里有根茶棍,在金黄色的茶水里浮沉。说:"是。"

严知孝说:"天下事难尽如人意呀,知道吗?"

严萍说:"知道。"

严知孝说:"江涛是个好孩子,有几天不来,就觉得寞寞落落。他有了灾难,就像你有了灾难一样。这个世道,又有什么法子呢?"

严萍说:"我也这样想。"她把两个眼珠靠拢在鼻梁上,偷偷看了看爸爸的神色。看得出老人为这件事情担忧。

严知孝问:"你爱他?"

严萍觉得挺不好出口,唔唔哝哝说:"你说呢?"

严知孝说:"孩子的事情,要孩子自己去考虑……"

当他一想到二师学潮还不知落个什么结果,又把这话迟疑下,不再说下去。严萍听着这句话,眼泪一下子流在眼边上,猛地跑过去,倒在爸爸的靠椅上,抖动着身子哭起来,像有多大的哀愁,呜噜呜噜地大哭。

严知孝抱起女儿,摇摇头说:"苦啊,苦啊,孩子!你心里苦啊!怎么就这样的不幸?你两个要好,他偏偏遇上这样大的事故!"

严萍拍着爸爸的肩膀,说:"爸爸!去,去,去拉黑旋风那帮人来,打他们!"

严知孝听得说,立刻掩上严萍的嘴,说:"胡说!还不给我闭上嘴……"他搂起严萍的脖颈,抬起头长叹一声,说:"咳呀!天哪!难呀,难呀,真是难呀!我不能走那一条路,我天生成软弱无能,没有本事。我敢走这条路的话,也落不到这个地步!"他两眼看看黑暗的天空,滴下泪珠来,扑簌簌落在地上。

黑旋风,是严老尚的好朋友,和严知孝年岁差不多。严老尚七十大寿的时候,到过他家。这人既无军衔,也无户口,带着几百号人,在津浦路两侧过着自由浪荡的生活。据说他那些人,能蹿房越脊,飞檐走壁,都是一些古楼雕钻①儿家伙。

---

① 奇奇怪怪的意思。

严萍一下子坐起来,摇晃着身子说:"不,我们不能再软弱下去!打他们,救出江涛来!"

严知孝说:"不能,孩子,我还不肯走那一条路。咳!卖国贼们,当他们需要'民众'的时候,就把'民主'当作武器。他们不再革命了,不需要'民众'了,就翻个过儿,拿起另一个武器来,开始武力镇压了。在保定,我还有点名望,还有几个老朋友。我舍出老脸见他们,要是他们不听我的话,就和他们拼!"

严萍睁开泪眼,望着爸爸,问:"爸爸!他们应该被逮捕?他们犯了什么罪?"

严知孝说:"不要问我,孩子!我是有民族观念的人,我有正义感,我明白抗日无罪!维护正义是没有罪过的!"

严萍跪在地上,两手拍着爸爸的膝盖,说:"爸爸!我对你说,我爱江涛,我不能眼看着反动派杀害他们!"一行说着,不住地摇着头,摇乱了满脑袋头发。

严知孝低头看了看严萍,那孩子倒在地上抽抽咽咽哭着。他跺跺脚,看看天上,说:"天啊!我们遭了什么罪呀!嗯,我们犯了什么样的国法呀!"他扶起严萍,说:"孩子!我下决心了,一定觍着老脸①见他们……"

51

第二天,严知孝吃过早饭,叫严萍帮他穿上皮鞋、丝罗大褂,拿起手杖,他想到北菜园去找陈贯群。一出大门,冯贵堂走到门前。

---

① 厚着脸皮。

冯贵堂,今天穿着袍子马褂,戴着缎子帽盔,新理了发,修成八字胡儿。严知孝、陈贯群、冯贵堂,三个人在北京读书的时候,见过面,一块玩过。今天他以同乡和表亲的关系,来看望严知孝。可是严知孝一看见冯贵堂,立时脑里唤起一个念头:当他的表兄冯老锡和冯老洪打官司的时候,冯贵堂是帮助冯老洪的。

那时,冯老锡也找过严知孝,严知孝不愿走衙门,多管诉讼上的事情。再说一宅儿院打官司,谁打输了不好,谁打赢了也不好。于是,他一口回绝不管。冯贵堂熟悉法律,衙门口里熟人多,冯老锡只得打下风官司了。

冯贵堂看见严知孝从门口里出来,把脚一站,笑出来问:"表兄!你要出门?"

严知孝也只好站住,说:"呵!是你来了,我想到贯群那里去。"他想:"贵堂一定是有什么事情。"

说着,两个人走回来,到严知孝的书斋里。严知孝问:"怎么,到保定打什么官司?"

他这么一问,冯贵堂搓着手儿笑了,说:"我倒是爱打官司,可是这一趟来,并没有什么官司可打。我想看看育德铁工厂的水车。"他坐在椅子上,伸手捏着帽盔疙瘩,捻了几个过儿,才放在桌子上,说:"嗯,育德中学虽然是私立的,还办得不错。这位校长也是个能人,能办好学校,也能办好工厂,都能赚不少钱。"

严知孝斟了一碗茶,放在冯贵堂面前,问:"听你说话,倒是挺注意种庄稼。乡村里兴开水车了?"

冯贵堂说:"哪里,乡村里人都是死脑筋,净想逮住兔子了才撒鹰①。你要是想对耕作方法有所改良,比登天还难呢!"

严知孝说:"恐怕和乡村经济破产有关系吧!"

---

① 意指没有十分把握决不轻举妄动。

冯贵堂说:"哪里,他有了钱在柜里锁着,都不肯拿出来叫它折个斤斗儿,那还不等于是死钱?光是在一些穷老百姓身上打算盘。如今乡村里人穷得不行,整着个儿煮煮,能撕出多少拆骨肉来?"

严知孝问:"听说你回家,日子过得不错,你的庄稼长得怎么样?梨呢?"

冯贵堂说:"老辈子人们都是听天由命,根据天时地利长成什么样子算什么样子。我却按新的方法管理梨树,教做活的按书上的方法剪枝、浇水、治虫。梨子长得又圆又大,可好吃哩!可是那些老百姓认死理,叫他们跟着学,他们还不肯。看起来国家不亡,实无天理!看人家外国,说改良什么,一下子就改过来,实业上发达得多快!"

严知孝听见这些事情,倒发生兴趣。他说:"恐怕和穷困有关系吧!人们没有钱,用不起那么多工,垫办不起。"

冯贵堂生气地说:"他们垫办起了也不垫办。咱倒想办办这点好事,叫人敲锣集合人们来看我剪枝,一个人也不来!"

严知孝说:"你得先告诉他们这种好处。"

冯贵堂说:"不行,你说个天花乱坠,他们也不肯信。"

两个人说起家常话。冯贵堂说了一会子他回家以后,如何改良家务,如何把牛换成骡马,如何养猪,如何开了油坊、粉房、轧花房,又如何开了杂货铺子、花庄什么的。他说:"在目前,我的努力方向,是把地里都打上水井,买上水车。要叫我的棉花地上长出花堆,玉米地上长出黄金塔来。"

严知孝一听,觉得冯贵堂谈得挺有道理,也跃跃欲试。他老早就想过田园生活。茅屋三椽,老枣数株,二亩园地,一口小井,一把辘轳,就足以娱晚年了。他说:"你说的倒是一个良好的方向。"

冯贵堂说："我还想开鸡场，在乡村里养鸡、养兔。据说法国有一种蛙，每只能长半斤重，可以肉食。要是把我那大水塘里都养上这样的河蛙，也能赚不少钱。"

冯贵堂健谈，一谈起来就没有头儿。严知孝因为心里有事，很觉烦躁，可是又不能不奉陪。冯贵堂和冯老锡不和，他怕引起冯贵堂多心。直到冯贵堂抬起手表看了看表，有十一点钟了，起身说："时间不早，我要回去。"冯知孝心上才松下来，问："你住在什么地方？"

冯贵堂说："我住在'第一春'。"

"第一春"饭店，当时是保定市最大的。一些冠盖往来，大商巨贾，上城下县都住那儿。

冯贵堂说："时间长了不见，我还想请你去吃点儿便饭。"

严知孝说："贯群初到保定，在那里吃过一次饭，好久不去了。你住在那里还行，你有钱。"

冯贵堂说："钱，就是花的。有了钱不花，那等于是没钱。人应该会去使钱，不能叫钱支使人。可是有的人，像我那老爹一样，成天价叫钱支使得不行！"

一面说着，严知孝提上手杖，跟冯贵堂走出来。走到胡同口上，冯贵堂又走进槐茂酱园买酱菜。据说酱园门口那棵老槐树，有二百多年的历史。乡下人进城，一定要买些酱菜带回去，送给亲友。冯贵堂买了十篓面酱、五篓糖蒜，还买什么紫萝、姜芽、螺丝萝卜，一大堆。弄得严知孝很觉心烦。才想自己走回去，冯贵堂又喊了洋车，也没问价钱，两个人就坐上去。

到育德铁工厂的门口，冯贵堂叫洋车停住，拉起严知孝走进工厂。大院里放着几座打铁炉，几个人拉着大风箱，扇着呼呼的火苗。并排放着十几辆大水车。冯贵堂走到水车跟前说："你看，这种水车,在目前就是最进步的了。要是套上大骡子,一天能浇个二三亩地。"

严知孝用手杖敲了敲水车的木轮,笑了说:"这比辘轳好多了,手拧辘轳,一天只能浇个一亩多地。"

正谈着,掌柜的走过来,招呼他们屋里喝茶。

冯贵堂说:"我们不喝茶了,要去吃饭。"他对严知孝说:"我还给他们建议过……"又瞅着工厂的掌柜说:"你们要想法把这枣木轮子换成铁的,这水车就灵便多了。"他弯下腰,用手摸了摸那个大木轮子,觉得挺笨,说:"这要是着了水,该有多么重!"弯腰拾起一根木棍,走过去敲着木斗子,像梆子一样,唧唧地响,说:"把这木斗子换成铁板的,这辆水车能轻便多少?"

掌柜的说:"那样一来成本就增加多了,乡下人哪个买得起。"

冯贵堂歪愣歪愣①脑袋,说:"我就买得起。宁多花钱,也要买顺手的家具呀!这么一改良,少说,一辆水车能浇五亩地。"

两个人看了一会子水车,才走出来,坐上洋车,到"第一春"去。

他们走过"第一春"两层大院,叫伙计打开正房的门。屋里摆着铜床、沙发、藤篾椅子。冯贵堂请严知孝坐在沙发上,递过纸烟吸着。

冯贵堂拿摔子掸着鞋上的土,叫了伙计来,拿过菜单,请严知孝点菜。

严知孝说:"你点吧!说起吃喝,我倒是外行。"

冯贵堂问:"喝点什么酒?"

严知孝说:"我也不想喝酒,我嫌辣得慌。"

---

① 歪了几歪,这里有得意的意思。

冯贵堂说:"嫌辣,喝甜酒,来瓶子'果子红'吧!"冯贵堂拿起铅笔,就着茶几写着。说:"吃香酥鸡吧?嗯,吃焦炸肉?我就是爱吃这个玩意儿,蘸上点花椒盐儿一吃,又香又脆。唔,来一个烧玉兰片,竹笋出在南方,北方人是不常吃的。再来一个糖醋大肠、青椒炒子鸡。来个素菜,清清口。再来一个三鲜汤——海参、鱿鱼、鱼肚。"

严知孝一边看着,直觉好笑。他想,一个人几年不见,就有这样大的变化!

冯贵堂写完了菜单,掏出手巾擦去嘴上的唾涎。一面点着菜,嘴上直想流出酸水来。

等不一刻工夫,伙计陆续端上菜来。冯贵堂尝了下"果子红"酒,觉得不够味,又要了半斤"二锅头"来。喝着酒,冯贵堂问:"听说,第二师范又闹起学潮来。"

严知孝说:"是呢!"

冯贵堂说:"听说这一次闹得还挺厉害。"

严知孝说:"厉害什么,拿着素有训练的军队,去包围手无寸铁的学生,算了什么……"

冯贵堂不等严知孝说完,停止吃菜,愣起眼睛,拿筷子一突一突地说:"不,你可不能么说,过去我就是这样想,其实错了。别看他们手无寸铁,共产党那副嘴巴子,比枪还厉害。那年我好容易把老人说转了,拿出四千块钱包了割头税,眼看一万块洋钱就赚到手里。谁知他们暗里使劲,串通四乡里穷得没有饭吃的人,起来抗税。闹得我四千块大洋赔了个精光。光看他们手无寸铁不行!"

严知孝说:"对穷得没有饭吃的人,应该……"

冯贵堂右手拿着一块炸鸡,蘸一下花椒盐,啃一口,喝一口酒,脸上红红的,满头是汗。他又扬起头来,歇了一口气说:"对这些人，不能'怀柔'！过去我也是这样想，老人家说我，我还不听。结果，共产党闹了个集体大请愿，把我跟老人家赶了个野鸡不下蛋，把税局子砸了个稀里哗啦。赔钱是小事，丢人是大事。"

严知孝笑眯眯看着冯贵堂，说："还能把你怎么样了？"

冯贵堂说："经一事，长一智，我对改良劳动农民的生活失去了信心。过去还想在村里办平民学堂，教他们改良农业技术，可是隔着皮辨不清瓢，那算是不行！"

说到这里，严知孝看看表，十二点快过了，他要到北菜园去，放下筷子走出来。冯贵堂手上拿着一块骨头，边走边啃，送出严知孝，看着他坐上洋车，才又跑回去，吃他的香酥鸡。

52

北菜园陈家公馆，有一副光亮大门，门前有对石狮子，张牙舞爪，在石座上蹲着。严知孝按了一下电铃，有仆人走出来。他说明了来意，在门房里坐了半点钟工夫，才有仆人带他进去。走了很长一段砖砌甬道，有一段花墙隔着。花墙外有一排木槿树，开着紫色的花朵。穿过一个贴金的圆门，院子里方砖墁地，老藤萝过了开花季节，垂着长荚。厅前的古式廊庑下，站着几个带枪的随从兵。他一上石阶，帘里有人轩然笑了："嗨！知孝老兄，请你进来！"

帘声一响，走出个人来。高大身材，白胖子，长四方脸，鬓角上的头发稀疏了，伸出宽大的手，握住严知孝的胳膊。这人就是十四旅旅长，保定卫戍司令陈贯群。

三间客厅，黄柏槅扇，雕镂着花鸟人物。一套乌木家具，五彩螺钿放着光彩，地上铺着花毛地毯。严知孝坐在沙发上，仆人敬上茶来，递上一支雪茄烟，严知孝伸手挡回去。

陈旅长说："知兄！无事不到我这儿，有什么动用之处？"他看了看墙上的时钟，又说："今天我还有事情。"

陈旅长的父亲，和严老尚曾有一面之交。陈旅长到保定接任卫戍司令，为了联络地方士绅名流，才拜访了严知孝，请他出头做些公益事业。两人无话不说，无事不谈。

严知孝抬起头来看着陈贯群说："没有什么大事……倒也有一点小事。"

陈旅长靠在沙发背上，跷起一条腿，语言轻渺地说："什么事情？谈谈吧！"

严知孝说："就是学校里的事情。"

陈旅长问："是关于你以后的……"

不等他说完，严知孝把手儿一摇，鼓突了嘴说："不！"

陈旅长响亮地笑了，说："知兄！还不失尚老遗风，扶危救困，爱国恤民。我想为你自己的事情，是不来找我的。"

严知孝摸着胡髭，清了嗓子，说："本着爱国家、爱人民、爱天地万物的精神，我想我应该出头说句话。日寇占据东北，进攻上海，试图进关……青年人愿意起来抗日，这是应当应分的事。你的部队包围了学校，把他们饿起来，这好像是说不许青年学生抗日？"

陈旅长一听，拍了个响掌，笑着说："嗨！原来为这件事情！这事情主管不在我这里，在委员长行营。行营里说，他们以抗日其名，而宣传共产主义之实！企图鼓动民众，颠覆国家。而且，他们也竟敢赤化我的部队，在本旅的士兵里，已经发现有共产分子活动……"说着，他生起气噘起嘴来，乍起两撇黑胡髭。

严知孝说："这倒不必多心，我是个无党无派的人，才敢这

413

样直言不讳。我觉得共产主义不是什么可怕的,不必把他们描绘得如狼似虎。都是些个活泼有生气的青年。也不要强把抗日说成共产。"

陈旅长说:"知兄,你要是这样说法,可就有些危险了。"

严知孝张开两只手,惊讶地说:"怎么?我不能这样说吗?我亲身接触过他们,教育过他们。他们为国家、为民族,要抗日……"

陈旅长打断他的话,说:"知兄!你不必这样激愤。你说,今天为什么而来吧?"

严知孝说:"我嘛,请你撤除包围二师的部队,给他们抗日的自由。"

陈旅长把精神涣散下来,又笑哈哈地说:"哈哈!我还没有这等权力。请你从中奔走一下吧,三天以内,要他们自行出首,我负责释放他们。三天以外,是委员长行营的权力,我也难说话了。军人以服从为天职!"他又伸出三个指头,说:"三天!三天!"这时,随从兵给他披上武装带,递过高筒皮靴,门外有汽车的喇叭在催着。他又说:"今天,是你来,要是别人,我还不能这样说。"

严知孝只得从沙发上站起来。

陈旅长看他要走,伸手把他拦住说:"论私情,咱们是世交。论公事,你是地方士绅。咱们说一句算一句。就请你做个中间人吧!三天以内,要他们自行到案,这样也只显得我脸上好看。"

严知孝说:"这还得我出马?"

陈旅长说:"你老兄伸一下子大拇手指头吧①!"

最后,严知孝把要求释放江涛的话也说了。陈旅长说:"看能有办法权变没有吧。"

两个人随说随走,一阵沉重的皮靴声,把严知孝送出大门。他

---

① 承担下来的意思。

眼看着陈旅长坐上汽车,伸手打了个招呼,汽车嗤地开走了。

汽车开到卫戍司令部,陈旅长一直走到办公室。看看时间快到,他喊了一声:"来人哪!"

随着喊声,随从兵走进来,他说:"问问白参谋长,通知一团了没有?"

随从兵走出去不久,有一个穿着散装便鞋的人走进来。这人脸儿挺白,矮胖子,眉毛挺稀。他弯了一下腰说:"通知了。"他看看时钟又说:"我再打个电话催一下,叫三个营长都来吗?一团长呢?"

陈旅长说:"一团长不是不在吗?"猛地,他又有所考虑:"这是什么时刻,他为什么不在?"好久了,他就有所怀疑:一团长年轻,好读现代书籍,言谈过激。他说:"也叫市党部刘主任来一下。"

白参谋长说:"好,我来办理吧!"说着,走到他的办公室去打电话。

时间不长,门外马蹄声一响,有三个拿马鞭子的军人走进来,行了军礼之后,端端正正站着。

陈旅长说:"坐下,今天有一件要紧的事情。"

市党部刘麻子来了,陈旅长叫他坐下,喊:"来人,冲茶呀!"

参谋长指挥随从兵冲上茶来。

陈旅长说:"今天,谈谈关于第二师范的警戒问题。刘主任,你谈一下内部情况。"

刘麻子说:"内部情况,我们知道的不多。我调查了一下,他们抢了十袋面粉进去,这是一种越轨行动。"

刘麻子一说,陈旅长火起来,问:"哪营的值勤?"

听得问,那个小个子营长,腾地从椅子上站起来,啪地一个立正,说:"职营的警戒。"脸上刷地黄起来,他预料这顿处分不会脱过。

陈旅长说:"妈的,睡觉来吗?里边是共产党,是政治犯,你知道不知道?走脱一个,我陈贯群要你的脑袋!"他说着,直气得吹胡髭,脖子脸都红起来,猛地又喊了一声:"来人!"

等参谋长进来,他说:"交军法处……这是委员长行营交代的任务,我旅长还担着干系。去!交军法处!"

小个子营长知道说也无益,但他还要哀求两句,说:"我是旅长的老袍泽……"

陈旅长把手一摇,说:"滚!妈拉巴子,怎么的?"他睁着大眼,看着那营长走出去,才说:"刘主任!你继续谈。"

刘麻子说:"不过,十袋面,并不能维持多长时间,饿得他们自行出首,还是有希望的。"

陈旅长问:"还有什么情况?"

刘麻子说:"有一部分学生家属来到保定,他们中间有些联系,也有些活动的迹象。现在我们开始做他们的工作,叫他们劝说自己的子弟,只要出首,就可减罪。"

陈旅长说:"那是你们的事情,我们管不到。白参谋长!谈谈你的计划。"

白参谋长拿出他的稿本说:"是这样计划的,陈旅长看不合适再……"

陈旅长看他动作迟缓,说起话来慢吞吞的,把眼一瞪说:"你快一点,老是嘴里含着个驴獠子①似的!"

陈旅长一说,白参谋长两手打起颤来,索索地说:"我计划,把二团一营放在寡妇桥上,二营放在西门,三营放在车站。任务

---

① 驴的阴茎。

是巡逻盘查行人。对二师的警戒，还由一团担任，不过岗哨要密一点。"

陈旅长问："只两层封锁线？"

白参谋长说："唔！"

陈旅长把桌子一拍，说："妈的！跑掉一个砍你的脑袋！"他一看，是对参谋长讲话，笑了一下，似乎是在道歉，又说："不过，跑脱一个，委座也要砍我的脑袋呀！到了那时候，这罪过是你担哪，还是我担？"

白参谋长蹙了一下眉头，笑了说："当然是我担。"

陈旅长扔给他一支烟，说："一言为定？"又撩起眼皮儿看着他。

白参谋长说："这还有错儿？"

陈旅长又叫二位营长谈二师内部情况。当他们说到二师学生在士兵中有活动，士兵也有了动摇，陈旅长又焦躁起来。他说："要增加第三道警戒线，放在五里以外的村庄上。"最后，他说："从明天开始，三日以内不要出错子。三日头上，午夜三时我们就要动手逮捕。"

刘麻子说："他们要是不出来呢？"

陈旅长说："不出来？好！架上机关枪，架上大炮，搜！委员长的主张：宁误杀一千，不能走漏一个！"

刘麻子说："用不着大炮，也用不着机关枪，我们就逮捕讯问他们。只有这样，才能掌握全部材料。"

陈旅长把二位营长送出去，又把刘麻子叫住，问了一下严江涛的情形。

刘麻子说："他是共产党里的骨干，我们那儿有他的名单，是要犯！"

陈旅人问:"这人怎么样?"

刘麻子说:"这人呀,精明强干,漂亮人物,个儿不高,社会科学不错。据说,他是国文教员严知孝的女婿。"

陈旅长一时笑了,说:"这就是了!"他连点了几下头,又说:"可以维持一下吗?"

刘麻子说:"不行,问题在行营调查课。前几天,黄校长、杨校长、张校长,到我那儿去过。他们对二师学潮颇有意见,责备本部不力。十三座学校同时罢课就是第二师范的主谋。第二师范复校运动主脑有五个,夏应图、严江涛、刘光宗、曹金月、杨鹤生。其中,严江涛是骨干分子,赤化甚深!"

陈旅长问:"这人激进?"

刘麻子说:"不一定激进,激进不一定可怕,主要是思想毒害极深,破坏能力极强,煽动性极大。他在知孝及严小姐庇护之下……"

陈旅长听了刘麻子的报告,把鼻子一拧,说:"那可怎么办?"

刘麻子说:"看吧!"

这时随从兵拿进信来,说是有一位"故交"在公馆等他,拆开信一看是冯贵堂。见刘麻子拿起帽子,他喊了一声:"送客!"亲自把刘麻子送出来,随后上了汽车回家。到了门口,冯贵堂弯着腰从门房里走出来,睁圆两只大眼睛,嘴上唏唏溜溜地说:"贯群老兄!几年不见,你……"

陈贯群扭头看了一下,说:"贵堂弟!光顾过财主了,也不来看看我。"

冯贵堂走上去抓住陈贯群的手,笑着说:"财主什么?不过是过个庄稼日子罢了。"

陈贯群说:"谁不知道,你是保南名门嘛,号称冯家大院。是不?"说着,又挺起大肚子笑。

冯贵堂说:"不过是享祖爷的福罢了,谁又挣了什么来?"

两个人手牵手儿走进客厅,陈贯群把冯贵堂让在沙发上,说:"祖爷治下,儿孙享受,这还不是老规矩?像咱这一辈人,谁又挣下什么来。"

冯贵堂从沙发上站起来,拱了拱手说:"像你老兄就不同了,一个卫戍区的司令,比道尹权力还不小,而且是拿枪杆的人,偌大地方的治安,偌多人口的生杀予夺之权,操在你手心里。"

陈贯群说:"权力大,遭难大。像你吧,不做官不为宦,不吃俸禄不担惊哩!今天做官,比往日大大不相同了。委员长又派了什么政训员来,今天政治,明天政治,咱军人只学会了打仗拿地盘儿,懂得什么政治。"

冯贵堂说:"有什么难的,越是大官越好当,你动动笔,下边人们就跑乱了腿。"

说着话儿,仆人敬茶敬烟。冯贵堂眉飞色舞,喝着茶,吸着烟,问:"目前治安上有什么大困难?"

陈贯群说:"甭说别的,光是这个第二师范,就闹不清了,委员长行营命令包围逮捕,地方士绅们,也有赞成的,也有反对的。"

冯贵堂问:"有谁是反对的?"

陈贯群说:"地方上,校长们都主张快刀斩乱麻,以迅雷不及掩耳的手段逮捕起来。知孝就反对。"

谈到这里,冯贵堂哈哈笑着弯下腰去,说:"他呀,甭听他的!你还不知道?他是书呆子一个,尚清谈。读书本子行了,懂得什么刑科大事。"

陈贯群一听,愣了一下,挺了挺脖儿问:"江涛是个什么人物头儿?"

冯贵堂扎煞起两手,笑着说:"哈哈!一个青年学生罢了。前几年俺县出了个贾湘农,在高小学堂里教了几年书,像老母猪一样,孪生了一窝子小猪儿,如今就成天价摇旗呐喊:'共产党万岁!'他哪里受过什么高深的教育,懂得什么社会科学,光是看些小册子,设法笼络青年学生和乡村里一些无知愚民,像集伙打劫一样。这江涛就是他教育出来的,他哥是个共产党员,'四一二'时候被捕了。他爹跟我们打过三场官司。他爹有个老朋友叫朱老忠,这人刚性子。几个人帮在一块,越发闹得欢了。"

冯贵堂一行说着,陈贯群在一边听,不住地噘起胡子,咧起嘴角。他明白这地方共产党确实有根基,势力非同小可。一想起委员长行营对他的嘱托,两只手扶着沙发背,连连摇颤着脑袋。

冯贵堂说:"迅雷不及掩耳,快刀斩乱嘛,一点不错!一切'怀柔'都是错误的,都是'炕上养虎'、'家中养盗',这完全是经验之谈!"

陈贯群把手在沙发背上一拍,说:"下决心!就是这么办!"

冯贵堂又说:"是呀!善而不能治者,恶而治之,亦一途也!"

说着,仆人摆上饭来,陈贯群留冯贵堂在家里吃便饭。吃着饭,又谈起严江涛和朱老忠的家世。陈贯群又问:"你县里县长是谁?"冯贵堂皱起眉棱说:"是王楷第呀!他就是上了几天老军官,武人治政,哪里能行呢?"陈贯群又连连点头说:"这个人我倒是知道。"

53

严知孝从北菜园回来,不落家,就到第二师范去。一下洋车,那个小军官就迎上来,愣眉横眼地问:"你是干么的?"

严知孝头也不抬,径直往前走。小军官又往前赶了一步,说:"站住,你是干什么的?"

严知孝说:"我是这校的教员,要到学校去看看学生们。"

小军官嗤地扯出盒子枪来,说:"站住!"

严知孝扭头看了看,想:怎么这个凶样子?他说:"那是什么态度?我要到学校去,你能不叫我去?"

小军官拿着盒子枪,一晃一晃地说:"当然不能随便叫你进去!"说着,粗着脖子出气。

严知孝一下子愣住,瞪着小军官看了半天,才说:"你疯疯势势,想干什么?"他觉得实在气愤,冷不丁伸出手打了小军官两个耳光。

小军官躲不迭,倒退了几步,连连喊着:"造反,捆起来,他通共!"

几个士兵赶上来,要捆严知孝。严知孝睒着眼睛,眼瞳网着血丝,拿起手杖,说:"来!打掉你们的狗牙!陈旅长都不敢怎么我,你们打电话问问!"这么一说,士兵们都呆住。他又说:"我叫严知孝,你问问,能不叫我去看学生?"

这时士兵中有懂事的,看他跟上司有瓜葛,忙走上来说:"老先生!忙去吧!我们不知道,也别生气了!"一面央恳严知孝,小军官忙去打电话报告,请示。

严知孝嘴里一股劲儿说着:"今天真是秽气!"走到门下敲门。等韩福叫了江涛来,才开门把他迎进去。江涛笑吟吟搀着严知孝走进会客室,请他坐下,叫韩福老头端了茶来。江涛问:"严先生!你来有事吗?"

严知孝说:"不是我的事,是你们的事。我想当个中间人儿,说合说合。事情总得有个结局呀!"他又盯着江涛说:"这两国交兵,也得有个完哪,学校总归是学校!"停了一刻,又像给学生上课一样,反问了一句:"这,在个学校里,动刀动枪的,总是不妥当吧!"

他看到大门里有学生站着岗,手里拿着枪刀,耍着练着,也有的蹲在墙下看书。他想要怎样说法,才能使江涛明白目前的环境。其实这已不是第一次了,一闹起学潮来,这个墙圈里就成了自由的国度。在这片国土上,用一种不同的思想体系组成了领导和军队(学生纠察队),建立下特殊的生活秩序,新的人与人的关系。以高度乐观主义的精神,克服饥饿、疾病和侵害,跟统治者做尖锐的斗争!

江涛还是不住地笑着,开门见山地说:"老师!不是市党部派来的……"说到这里,看严知孝脸色不像往日一样,又停下来。

严知孝说:"不是市党部,是卫戍司令部……我教一点钟的课,也是师生,不能眼看我的门生遭荼毒。还是看清时局,离开这里吧,要悬崖勒马!"一面说着,看了看窗外有人,用眼睛看着江涛示意。

江涛说:"哎!我们还没走到悬崖上呀!"嘴里这样说,抬起头来眨着大眼睛,体会到事情到了终结的时候。

严知孝紧插上一句,说:"事到适可而止,过则犹不及。年轻人儿心眼真是发死,'识时务者为俊杰',我看你们还是转移阵地吧,何必吊死在这一棵树上?"

江涛听话中有因,低下头忽闪着长眼睫毛,睽睁了一刻,也不说什么。他考虑,严先生来得正是时候,已经到了下决心的关键上。

严知孝说:"是时候了!我诚心诚意劝你们离开学校。你们有这个意思,我可以衔命奔走。不呢,你们还'斗'你们的'争',我也没拿蒋先生的津贴!"说完了又点着下巴,问:"懂得吗?"

严知孝比今说古,说了一阵,江涛也给了他个下台阶的话儿:

"老先生的意思,我可以给护校委员会传达一下,大家同意的话,再通知您。"说着,他想捎出个信去,又说:"不过,目前离开不离开,问题不在我们。当局解散了学校,又宣布我们是政治犯,不让我们离开,又有什么办法?"

严知孝觉得话说到这里,也就算完了,待久了还不知道出什么事故。"出首"的话不能从他嘴里说出去。就拿把手杖,走出会客室,在院里站了一刻,看了看他熟悉的房屋和树木,老松和侧柏,不禁兴叹一番,走出大门。

饥饿像猛虎的两只利爪,紧紧抓住人们的咽喉,揉搓着,动摇着斗争的意志。白色恐怖,像郁闷的沉雷一样,开始在空中震荡了。

严知孝的谈话,小魏隔着窗子都听到了。他再也沉不住心,一连十天吃不饱饭,站岗站不住,睡觉睡不着,心上老是突突乱跳。

几天来,小魏又想起家,一合眼就做梦,不是梦见爱人,就是梦见母亲。梦见了就想哭,茫茫地哭,一直哭湿了枕头。这事别人不知道,张嘉庆可是明白。

小魏站岗的时候,看见焦猴子和小王在门口,坐在墙根,把头顶在墙上看书。小魏问:"小焦!你看的是什么书?"

小焦说:"是《铁流》。"

小魏问:"头顶墙干吗?"

小焦说:"肚子里饿得轻点。看一场忘我的斗争,看见社会主义远景,肚子就不饿了。你读一读《士敏土》吧,把头顶在墙上,读不一会儿,眼里老是闪着红旗。嘿!这里一杆红旗!嘿!那里一杆红旗!心里燃起斗争的火焰,心口像架上一团火,一点也不饿了。"

小焦说着,小王读着书,嘴上还咯咯地笑着说:"这叫面饼充饥!"

"文学家"小赵走过来,说:"不,这是一种思想修养,说文学能治病哩!"

小焦说:"只能治思想病,革命情绪不好的时候,一看革命小说,心里就壮起来。"

小王说:"望梅止渴就是了,好比一说十四旅攻进来,就会腾地站起来干。"

看书解决不了小魏的思想问题,越发觉得心里空得难受。下了岗走到大门前,看见张嘉庆从厨房里背出几张狗皮,系在门楼旗杆顶上,大喊:"保定市工人阶级!同学们!反动派施行饥饿政策,饿坏了抗日的人们……"他在向校外开展宣传。狗皮在六月的阳光下,放散着饥饿的、血淋淋的红光。

张嘉庆慷慨激昂的演讲,不能感动小魏。他觉得越是这样,问题越是无法解决。一直叹气:"咳!学校成了什么了!"

小魏越看越觉伤心,他想:"还不如听母亲的话,早早离开这里,转学到北平去。"他走回来,想找个人谈谈这种心情。走到教员休息室,门前有缸藕,六月天气,藕花正开,花瓣儿红红白白,又鲜又嫩。他扯下几片花瓣,搁进嘴里嚼嚼咽下去,喷香。一面吃着,小焦、小王、小赵,也跑了来,一同吃藕花。

正吃着,小赵望上一耸,挦起袖子,伸胳膊在缸底里拽出一尺长的又白又嫩的藕,连泥带水,张嘴就吃。小王一看,袖子也待不得挦,也拽出一根。小魏和小焦也伸手去,抬手一看,两人攥住一根,用力一拽,小魏只拽到一截截。他抬脚就赶。赶一会子小焦,又去赶小赵,赶来赶去,人们都吃完了,他又哭丧着脸去找张嘉庆。走上楼梯一看,张嘉庆手不停笔,正在写宣传品,眼睛看着小魏,说:"怎么样?有什么事情啊?"说着,摁了摁饿瘪的肚子,用拳头砸着腰。

小魏说:"饿得心口里直痛,肚子里热乎乎的。我们应该转变斗争方式,回到乡村去。"

张嘉庆说:"你愿回乡村,我也愿回乡村,就是去不成!"

小魏说:"乡村里也可以发动抗日,暑假里学生们都回来歇伏,先和他们进行谈话,再介绍进步书籍改变他们的思想,叫他们回到城市去宣传,不是一样?乡村里没有警察,没有宪兵,没有被捕的危险。即便有,在高粱地里一钻,在瓜园里一藏,万事大吉。"

张嘉庆笑了说:"嘿嘿!你的理论很好!这样你就可以逃避现实斗争,把危险的绳子套在别人脖子上。"张嘉庆咧起嘴说着,满带讥讽的口吻。

小魏说:"不要发生误会,我是从工作出发。你看!我们成了瓮里的鳖、网里的鱼,人家想什么时候一伸手就能捉出去。"

张嘉庆一听就火起来,把右脚一跺,说:"他?不敢!他怕社会舆论,他敢这样对付抗日青年,我们就敢在工人、农民中,动员舆论打击他!"

小魏看张嘉庆态度不冷静,愣起眼睛问:"没有饭吃,怎么坚持?你说,明天叫我们吃什么吧?共产党我是拥护的。"

张嘉庆不等小魏说完,把左脚一跺,说:"叫你吃屎!"

看小魏还想说话,没等张开嘴,张嘉庆说:"我要到操场上站岗去了。"说完了,噔噔噔走下楼梯。

小魏从背后翻了张嘉庆一眼,把垂在脸上的头发拢起,瞅着窗外出神。蝉在树上叫得烦躁,他的心上忐忑不安,走到窗前一看,墙外的小河并不宽,河水淙淙流着……当他的思想一跳到这个问题,心上立刻笼着喜气,像是真的摸到办法了。一看到河岸上不远就有一个拿枪的岗哨,他的心又软下来:"还是不吧!"

他又走回寝室,路上人们来来往往,正为工作忙碌,他也没有看见。一看见在墙下站岗的人们,就把脸掉开,他认为那是"苦刑"。站一次岗,等于受一次"苦刑",心里烦得要命。

当他睡着的时候,就又做起梦来,回到家乡去了。他带了一本《诗经》,走到瓜园里,躺在高窝铺上。把席子支起,让四面八方的风儿都刮进来。太阳照着瓜园,瓜地上闪着油绿的叶子,一个个圆圆的西瓜,在眼前闪亮。啊!多么幽美的乡村生活呀……

当他醒来,还是睡在硬硬的床板上。吧咂吧咂嘴唇,嘴里很苦,胃气很臭。睁圆眼睛,瞅着屋顶,有一刻钟工夫,自言自语:"唉呀!士兵们已经透露了消息呀,当局决心用武力解决二师学潮。早走,走得脱。晚走,就走不脱了!"还没说完,眼前又闪出张嘉庆的影子。张嘉庆拿眼睛翻着他说:"革命不怕死,怕死别革命!"他出了口长气,把心一横,说:"走!"

翻身打开箱子,把爱人给他绣的花领衬衫穿在身上,穿上那双新皮鞋,匆匆走出斋舍。走过甬道的时候,有人在背后喊了他一声,他也装作没有听见,一直走到钟楼上。围墙就在他的脚下,只要伸腿一跳,就跳过去。小河在眼前缓缓流动,站岗的兵士在墙下走来走去……

这时,他脑子很乱,热烘烘的,简直没有思索的余地。回头看了看,没有别的人,周围静悄悄。猛地一下子,跳上墙,伸脚跳了下去。岗兵听得夸的一声响,急忙折转身来。他扔地跳进河水,在水上浮沉了一下,手忙脚乱,两手乱扒。水是软的,扒不动也抓不住。冷不丁听到枪声,枪弹在水上溅起波花。他更加恐怖起来,把头沉进水底里。一连喝了两口河水,再也沉不住气了,两腿在河底上一蹬,想一下蹿上河岸,跑进园子里逃走。不料想,他的头露出水面,半截身子探上河岸的时候,一响枪声,像有巨石击中他的头,猛然推了一下他的膀子,倒下去了。鲜血染红了河岸,血星溅到河水上。

54

几天来,市党部动员学生家属,哭着鼻子流着泪,站在学校墙外,要见亲人一面。说尽了温柔的话,撼动同学们的心。敌人的政治攻势发生了作用,有人通过士兵关系开了小差。

斗争中的人们,好像松树当着风,吹得树叶响,树身摇不动。几年来,一连串学潮斗争的胜利,兴奋着他们。由于他们的努力,他们的英勇,克服了饥饿,把斗争坚持下来,传为奇迹。这种奇迹,鼓舞了群众,也鼓舞着他们自己。革命的狂热,像一杯醇酒陶醉着他们。可是他们还不确切明白,这革命的堡垒,这青年人的乐园还处在荒山上。墙外的野草里,奔走着吃人的虎和吃人的狼!

严知孝的启示,这几天群众思想的变化,引起老夏的不安。吃饭落不到肚里,睡觉好发惊怔……夜间他走到楼上去找江涛,江涛和张嘉庆都不在。他一个人在楼廊上走来走去,两手扶着栏杆停住步。这时市声已经落了,城市静下来,他仰起头看了看天上的繁星。眼前万家灯火,飘飘闪闪,闪闪飘飘。天上星子和地上灯火互相辉照,像是红色的旗帜,插满天空,插满地上……

老夏在楼廊上站着,想到他在第二师范几年中,曾付出不少血汗。为了革命,为了争取自由,不少同志为革命牺牲了学业,才有了今天的学校。第二师范在革命中写下了辉煌的一页,如今陷在灾难里。他们将要离开它,丢失它,过起铁窗生活。想着,两只黑眼睛呆呆的,有些伤神。

他正孤零零倒背手儿站着,觉得背后有人握住他的手,他感到那只手的温凉。回过头一看,是江涛把一只胳膊搭在他的肩头上。

当老夏回过头来的时候,江涛在夜暗中,看见他的脸上浮起一抹惨淡的笑容,更加黄了,瘦了。他问:"你觉得身上不好?"

老夏摇摇头说:"没有什么。"

江涛抬头看了看天上星河,对着眼前的城市的夜晚,不禁动了恋慕的心情,说:"咳!也许我们要离开这可爱的学校了!"一个青年人,尤其在学生时代,学校抚育、教养了他,他对学校的房屋、树木、水塘和井台,就有了故乡一样的恋情。一说要离开它,心上会发生热烘烘的感觉。不管过去多少年以后,还会回味出多少有意思的事情。

老夏慢悠悠地说:"我还不忍这样想,我不愿离开。"

江涛说:"为了革命啊……可是我们斗争的方向,应该再明确一些。"

老夏一听,惊诧地说:"很明确,武装自卫,等待谈判。"

江涛问:"等待谈判?是不是有些机会主义?"

老夏一时愣住,安谧的眼睛,连连眨动,好半天,才点点头说:"也许有一些,但我还没有觉察。保定市是交通要道,是保属革命的中心。第二师范是保定市革命的堡垒,学生运动的支点。我们不能叫敌人轻易地攻破它。我们英勇的行动,已经影响了平津,影响了华北!"老夏微妙的语音,表示了领导的坚决。说到这里,心上升起一股火气,他背叉着手,来回走着,眼珠闪着宁静的光辉。

江涛刚刚伸出思想的触角,碰了一下,又缩回来,说:"是呀!在抗日的要求上,应该表现得更坚强些!"他盯着老夏,听他的口风,揣摸他的表情。

江涛思想上更加明确起来:"保属青年界,一致拥护这个行动,而且扩大了它的影响。可是,斗争形势发展到今天,就不能再等待,是积极行动的问题。"他说:"全国革命形势在高涨,中华苏维埃共和国的建立,苏区的扩大,都足以鼓舞人心。可是……"他皱起眉头,思索了一下,说:"我们不和工人结合,不和农民结合,孤军作战,暴露力量,对革命是不是会有损害?"

说着,紧跟上老夏,攥住他的手一同踱着。

老夏听了一阵话,脸庞立时沉下来,说:"你问题提得很尖锐!"他的眼珠凝视着,一点也不转动,沉默了很长时间,才说:"是的,也许有些机会主义……"话到嘴头又停住。在目前来说,这好比是一个鼓,怕一经戳破就敲不响了。他们对敌人的残酷估计不足,敌人已经宣布了政治犯的名字,他们不逃走,反而集中起来等待逮捕。对于这个思想的实质,还不肯说明。他说:"目前要防止革命队伍中的右倾情绪,坚决勇敢地坚持下去!一经摇动,就会招致侵害。一离开这座墙圈,立刻会有人逮捕。"他说着,缓缓抬起头来看着江涛。

当前敌人,在南方正准备集中力量向苏区进攻,在北方积极镇压抗日运动,逮捕抗日青年。二师护校运动坚持了十天,校外的同学在天津北平招待了新闻记者,争取社会同情,当局并没有表示解决的诚意。在谈话中间,江涛不断回过头来看着老夏,说到要紧的关节,就伸出手拍着老夏的肩膀。

老夏认为多少年来,就是这样坚持过来。学生运动就是罢课、游行请愿、扩大宣传。统治者为了要面子,就会来谈判的,可是今天的情况变了。他说:"我明白你的意思,怎样突围出去,研究过吗?敌人是正规部队,要是打出去,我们手无寸铁,没有外援,就等于冒险。"

江涛说:"依我看,冲,比等待强。等待只有死亡。"

老夏说:"等待,是机会主义。冲,是冒险主义。"停了一刻,又说:"你要是同意这个逻辑,那就是说:等待是'死',冲也是

'死'。那就没有希望了!"说着,他又幽默地笑了笑,拉起江涛走下楼梯去。

两人携起手,站在地图前面。

在这个年代里,成了老习惯,一谈到革命问题,就会把地图上,红军占领的地方勾上红线,放弃的地方勾上蓝线。从井冈山到瑞金,到中央苏区,豫鄂皖、湘鄂赣……红色的线条,画了又画,画得殷红殷红的。有些地方,红线条和蓝线条相互交错,星星点点,曲曲弯弯。红色的线条,画了又画,点了又点,蓝色的线条,画上又擦了,擦了又画上,最后又擦了。再看地图上部,沈阳、哈尔滨、长春相继失去,都画上了蓝线,蓝线画得很快,一下子就到了长城沿线。去年"一·二八"敌人又在上海登陆,也画上了蓝线。

江涛朝老夏瞧了一眼,心上生出异常矛盾的心情。对老夏的为人,江涛一向是尊重的。他是井陉人,父亲和哥哥都是矿工,是共产党员。老夏自小儿受着朴素阶级教育,入了党以后,才考上第二师范读书。这人成天价不言不语,净爱考虑问题。一年到头穿着母亲亲手制成的家做鞋、家做袜子。穿着一件退了色的老毛蓝粗布大褂子。他为人朴素、热情,对党负责。第二师范几次学潮斗争的胜利,是和他的领导分不开的。由于他掌握了灵活的策略,第二次学潮从开始到结束,只三天时间,教育厅调走了腐败的校长,得到空前的胜利。可是到了目前,敌人在策略上有了新的变化,他还是停留在旧的路线上,不能往前跃进一步。想起路线问题,江涛又后悔,在反对"左倾盲动"的时候,他们并没有领会新的精神,没有清除那种急于求成的急躁的思想。直到如今,新的思想并没有和同志们的智慧结合起来,使斗争走到目前的困境!

想到这里,江涛不愿再想下去,说:"我要上岗去。"就走出来。

老夏站在门口,看着江涛的影子完全隐没在黑暗里,才走回来,坐在床板上休息。他眨巴起黑眼睛考虑问题,一想到要离开学校,把学校交给敌人,他想:不用说群众不同意,即便在他自己也不忍这样做。

他正在呆着,岗上同学送了信来,外边把信拴在石头上,隔墙投过来。老夏拆开一看,倒退几步,靠在墙上,拿着信的手,索索抖着,用手掌捂上眼睛停了一刻,才开始看下去。

学联决定:"在河北平原上,在滹沱河与潴龙河两岸,开展抗日救亡运动,不能死守学校。决定抽调二师学潮主力转入乡村,去开辟广大农村的抗日活动。"老夏是个性子强的人,是个好党员,他伸了一口长气,下定决心说:"执行决议!"

江涛和老夏谈话以后,还在考虑:这是不是右倾思想?是不是动摇?又进一步分析这种思想的根源和前途,心里还噗噗通通跳了一会子。看到学联的决定,立刻肯定说:"一点不错,正确的。"紧皱的眉泉,骤然间舒展开,脸上开朗了。他拿着这封信走上北楼,去找张嘉庆。张嘉庆正在睡着,他笑微微把这封信放在他的手里。

不等张嘉庆看完,江涛说:"我十分拥护学联这个措施!"眼瞳闪着光亮,一面踱着步,说:"学校事小,国家事大。被困在学校的墙圈里,就不如到广阔的乡村去开展抗日救亡运动。"

张嘉庆看完特委的指示信,听说要放弃护校斗争回到乡村去,腾地坐起来,瞅了一眼说:"要防止为失败情绪走私吧!坚决保卫抗日堡垒,保护青年学生的利益……"他又伸起长胳膊,一劈一劈地说:"反动派要想饿死我们?只要剩下一个人,我们就去冲公安局!"他气呼呼地说着,急躁得眼里流出泪来。

江涛看见嘉庆激愤的样子,他明白:旧路线的时代虽然过去,旧思想一时还转不过来。可是这种革命的热情多么可贵呀!他说:"我们应该从大处着眼,操场上长不出粮食来。"

张嘉庆一听到相反的意见,暴跳起来,拍着床板说:"脑袋都挂在腰里了,慢说是饥饿!没饭吃跟我张飞说!"他大言不惭,把裤脚子往大腿上一捋,两只手拍得胸膛和大腿呱呱地响。他不愿离开学校,把学校比作"母亲",婴儿离开母亲就会死亡!

江涛听张嘉庆谈话带着气愤,悄悄地走到窗下,呆呆站了一刻。窗外的柳树,翠绿的、荫暗的影子映在他的脸上。他伸出手,在窗玻璃上敲出铜鼓的音律。这种节奏,表示一种复杂的心情。他想不出,用一种什么样的语言,才能把这种心情说出来,才能打动张嘉庆的心。他转过身来,一字一句儿,说:

"新的路线!我们应该按照新的精神考虑问题嘛!为了保存革命种子,积蓄力量,我认为革命有进攻也有退守,有迂回也有曲折。敌人从表面上看,也许认为我们是退却了,失败了,可是这把种子,即便撒在干土上,一经春雨的浇淋,就会滋生出千百棵幼芽。开花打子,经过风吹日晒,就会收获到胜利的粮食。相反,我们要是失去这把种子……"他反复说明保存抗日力量,保存革命种子的重要。

不等江涛说完,张嘉庆从床板上站起来,撇起嘴说:"我那天爷!又是迂回,又是曲折,那我们为什么不照直走呢?怕流血吗?怕死?我什么都不怕,更不怕黑暗势力给我一具枷锁!"说着,他又想:你这么走,他说那么对,你那么走,他又说这么对。不是"左"倾就是右倾,革命好难呀!

江涛意味深长地说:"斗争是为加深革命的基础,并不需要廉价大甩卖,不能压'孤丁'[①]!"说完,他又退了几步坐下来,说:

[①] 压宝。这里有孤注一掷的意思。

"你豁出去冲公安局,豁出来去坐监,那只能使革命队伍里缺少了一个革命的同志!"

江涛和张嘉庆交换意见的结果,只有等待会议上决定。

55

大会上经过激烈的辩论,决定执行学联的决议:全体同学,冲出市区,到乡村去开展抗日救亡运动。

开完会,人们散了,江涛兴冲冲回到寝室里。天气还是热,蚊群在窗外柳树上叫着。城堡上垛口的影子在呆呆出神,小河在静静低语,青蛙在城郊的田野上兴奋地叫着。

哥哥的影子又现在他的眼前,铁栏里那一双深陷的眼睛,黄瘦的脸……

运涛长期在监狱里,年老的母亲在想念着他,青年朋友们在想念着他……

一想起运涛,他身上的血就沸腾起来,再也歇不下去,抬起腿走下楼梯去找老夏,说:"时间要紧,我们应该及早派人出去向学联请示。"

老夏闪着安谧的眼睛,眨巴了一刻,舌尖舔着嘴唇说:"还得有一批粮食,养养身体,才能跑路,不然一出门就叫敌人捉住。"又问:"你看谁能出去?"

江涛说:"我去。"

老夏摇摇头说:"你离不开队伍啊!"

江涛说:"张嘉庆去。"

老夏说:"他冒冒失失的,有点莽撞。"停了一刻又说:"那……

还是你去好。"

江涛说:"那就我去。"两个人做了简短的谈话,江涛就又回到北楼,坐在床板上,左右盘算。他在绞尽脑汁考虑一条妥善的道路,使自己安全地出去,又安全地回来。

晚间天上下了一阵瓢泼大雨,又蒙蒙地下起牛毛细雨来,天气闷热还是不减。等雨稍停了,江涛走到指挥部里,在护校委员会上研究了第二次购粮的计划,研究了要向学联请示的问题。

开完会,看人们都走出去,张嘉庆腾地站起来,拍拍江涛说:"这件工作,本来应该我张飞去,为了照顾你,我张飞就不跟你争了。"

江涛拿黑眼睛盯着张嘉庆,拍着胸脯,笑眯眯说:"好!张飞,你歇一下,看咱红脸儿的走一趟单刀会!"

张嘉庆叫了厨子头老王来,叫他扫扫木槽,实实惠惠给江涛做了顿饭吃,送江涛走到北操场。江涛扒着墙头拍了三下巴掌。

冯大狗悄悄走过来问:"是哪里来的?"江涛说:"是从锁井来的。"冯大狗走到跟前,一看是江涛,他说:"还得等一会儿,换岗的才来呢!"

江涛拉着张嘉庆的手,走到平台底下,两人一块蹲下去,划火抽烟。江涛说:"我出去了,你凡事压住性儿。路得一步一步走,正在紧急的时候,不要闹出事来。"

张嘉庆唏溜着嘴唇说:"唔!是的!过去我净是火性子暴溜的,想一嘴吞下个馒头。"

江涛说:"我不行,得细嚼慢咽!"他抬头看了看黑暗的天空,想:"要离开了!"一想到要离开这革命的学校、革命的队伍,心上就热烘烘地难过起来。他下定决心:完不成任务,不回来见同志们!

两人吐噬吐噬说着话①,听墙角上拍了三下巴掌。江涛走过去问:"你是哪里来的?"

冯大狗说:"是锁井来的。"

张嘉庆蹲在墙角下,让江涛把脚蹬在他肩膀上。江涛说:"要蹬一身泥哩!"张嘉庆说:"命都不要了,泥怕什么?你上吧!"江涛跳过墙,钻在冯大狗雨衣里。冯大狗说:"兄弟!你还得屈尊一下。"江涛说:"自己人,没说的。"等了一会儿,换岗的还不来,天又下起一个点儿的雨。江涛在雨衣里,听得楼檐下雨滴淅沥响着。抽根烟的工夫,冯大狗见离远来了一个人,他喊:"干什么的?"

那头儿说:"老冯吗?等麻烦了吧?劳你多站一会儿,道实在难走,满街筒子净是泥水!"水哗哗响着,有人走过来。

不等对方走到跟前,冯大狗带着江涛离开岗位,说:"对不起,那我就走了。"两人向东一拐,走到河边,踏着河岸向北走去。不留心,跐溜一下子,两人同时滑下去,刚刚滑到水边,又一跤跌倒。江涛两手紧扒,差一点没滑到水里去。天黑得很,不能说话,不能喊叫,好容易爬上岸来,沾了浑身污泥。冯大狗还在河里挣扎,挣扎了半天也爬不上来。江涛解下腰带,想拉他上来,天道黑,对面不见人影,那条皮带拉上来又扔下去,反复了多少次,才把他拽上来。两人踏着泥泞,走到小木桥上。这时街上静得不行,只听见下雨的声音。

冯大狗问:"怎么办?你上哪儿去?"他抬头看看乌黑的天,替江涛发愁。

江涛迟疑说:"黑夜里,上哪儿去呢?"

冯大狗说:"真难死人了。"

江涛说:"你回去吧,人家要找你呢。"

---

① 急促地说话。吐噬,是象声词。

冯大狗回头看了看,说:"咳!看起来……咱们再见吧。"就走开了。

江涛站在桥头上发呆,天上还下着雨,脚下雨水哗哗地流。时间快到半夜,走到城墙下,城门关着,上哪里去呢?猛地一声汽笛叫,他灵机一动,冒着雨向车站走去。车站上冷冷清清,只几个人在长椅上坐着。他在阴影里走进候车室,偷偷地睡在长椅上。身上潮湿,肚里饥饿,心上凄惶不安,一夜里满耳朵机车响。挨到天刚薄明,墙角里还挂着黑纱,站房里来了一屋子人,挤挤攘攘,等候上车。他一个人懵懵懂懂走到公园,爬城过去。到严萍家门前,走上阶台敲着门环。他想:也许她还没起床。想着,门吱呀一声开了,严萍露出脸来。见有人在门下站着,睁圆了眼睛,大吃一惊。当她看清是江涛,冷不丁跑下来,把江涛的手搂在怀里,又拿到自己脸上,亲热地吻着,说:"你可回来啦!"

江涛笑了说:"我回来了。"

严萍把江涛拉到自己小屋子里,江涛上下看了看浑身泥水还没有干,不愿坐在严萍的小床上。严萍说:"坐下吧!怕什么?"

江涛坐在椅子上说:"我以为你还没有起床。"

严萍说:"自从你们被围,外头也紧啦。三天两头,黑更半夜里抽查。每天不到天明,我就起来,站在院里听着动静。"说着,打了水来,叫江涛洗脸。又踮起脚儿跑到父亲房里,说:"爸爸!爸爸!江涛回来啦!"

严知孝听说江涛回来,翻身起床,问:"他回来了?"又仰头叹了一声,说:"天呀!天可怜我父女俩!"

严萍看妈妈起来,连忙跑到厨房里,说:"妈妈!妈妈!江涛回来啦!先笼着火①,沏壶茶!"见妈妈顾不得理她,又踮着脚儿跑回

---

① 生着火。

来。今天江涛回来,小院里阳光充沛,麻雀也在屋檐上叽叽喳喳叫个不停。人也增了精神,乐得严萍什么儿似的!

严知孝没待穿上衣服,披上褂子,拖着鞋儿走过来。江涛一见严知孝,立刻站起来。严知孝见他穿着泥衣裳,愣了一下,说:"这不行呀!一旦遇上抽查,可是怎么办?"又走到自己屋里,打开箱子,找出年幼时候的衣裳,拿去给江涛换上。

严萍看江涛穿上严知孝的小褂,戴上小帽,又套上一件蓝布大褂子,不由得笑了,说:"活像一个土豪劣绅了。"

严知孝说:"这倒好,不惹眼。"

严知孝叫严萍上街买菜。她拎了个篮儿,买回来猪肉、青韭、肚儿,还有新上市的南瓜。她想给江涛包猪肉瓜馅饺子吃。向回走着,又想起忠大伯他们,还不知道江涛回来,要是知道,真不知怎么样的欢乐哩!回来把篮子放下,跑到万顺老店,把忠大伯和严志和叫了来。

严志和一进小屋,看见江涛睡在严萍的床上,眼里立刻涌出泪来,举起两只手,说:"天呀!还是不该严家门里绝户呀!"睁着泪水婆婆的眼睛看着严萍,抖着两只手,说不出心里的感激。

忠大伯一手抓住江涛问:"你,你,你怎么出来的?"

江涛把出来的经过告诉他。

忠大伯说:"好!足见你们士兵工作做得不错,我们早听说了。"严志和伸起脖子问:"嗯,张嘉庆他们呢?"

忠大伯也问:"咱那人们怎么着呢?"

江涛说:"他们还饿着!"

朱老忠打了一愣,说:"饿着?"

江涛说:"十几天,我们都没吃过一顿饱饭!"

严萍看江涛脸上瘦得不行,他这次出来,还不知道是为了什么任务。老夏他们怎么着呢?想着,心上又蒙上忧愁,去给江涛端了饭来。

江涛吃着饭,问:"忠大伯!你们怎么也来了?"

朱老忠说:"唉!甭提了,听说你们被围,这颗心老是吊着。这几年呀,老同志们不是这个落难,就是那个被捕,我心里怕了,跑来看看能帮上手儿不?"

严志和说:"那天我两顿饭没吃,慌里慌张跑了来。架火①呀,心上真是架火!"

江涛说:"帮手儿?就在这吃食上盘算吧!"

朱老忠说:"那我们就帮你解决这吃食问题。"

吃完了饭,江涛叫严萍到西关去,传达江涛的意见,请示问题。忠大伯说:"你也歇歇吧!"和严志和两个人走出去。

严萍洗了一把脸,对江涛说:"你昨儿没睡好觉吧?来!"不由分说,把江涛按在床上,放下蚊帐,说:"你好好儿睡,一会儿我就回来。"说着匆匆走出去。

江涛睡了一大觉醒来,严萍回来了。领江涛到第二中学,去找贾湘农。

贾湘农一手抓住江涛,拍着他脊梁,笑了说:"你,你,你可出来了!"口吃地说着、笑着,头顶上发亮。

说着话,贾老师把江涛领进一间物理实验室,外屋放着很多木架子,架子上净是仪器。屋角上有一个小套间,窗上用黑布蒙着。屋子又小又暗,一张小床,一张上桌,没有什么别的东西,这就是贾湘农的住室。他掏出一包香烟,扯过凳子坐下,问:"怎么样?"

江涛坐在床上,向他汇报学校内部的情况。

———————
① 形容因着急而上火。

贾湘农一手扶着桌角,弯下腰去,眼睛看着江涛,有半袋烟工夫,笑吟吟地问:"你们到底有多少人?"

江涛说:"六十多个人!"

贾湘农沉默了很久很久,又抬起头看着屋梁说:"咳呀,同志!是这样子的……"说到这里,他又停住,脑子里在反复考虑用一种什么方法,才能把这些人运动出去,不受敌人摧残。心里说:干!破釜沉舟也得干,尽一切力量把他们运动出来!才说吐口儿和江涛商量这件事情,又想到:力量就是那么多,看来还得从长计议!

江涛说:"需要研究吧?"

两个人谈着话儿抽烟,时间不长,把一包烟抽完了。小屋子里早就盛不开这么多烟气,呛得贾湘农一个劲儿咳嗽,倒背了手儿,在屋子里走来走去。他看江涛睡着,轻轻披上大褂子,戴上个小帽盔,化好装轻轻走出来。他下定决心,要进行军事行动,营救这些人。一个人走出西城,到思罗医院去。

走到医院门口,站岗的让他进去,径直走到连长室。屋子里陈设很简单,看得出来,是临时借房居住。他在凳子上坐了一会儿,外面有个人,先探头看了看才进来。不等对方开口,他就迎上去,在门口看了看,问:"黄连长!吴营长呢?"

黄连长睁大眼睛,说:"被陈旅长扣起来了!"

贾湘农说:"扣起来了?张团长呢?"

黄连长说:"请假到北平去了,看他也不敢回来,旅长对他也有怀疑!"

贾湘农听到这里,心上吃了一惊,把满肚子希望打消干净,立刻转了个话头说:"听说你们搬到这里来,我来看看你们,近来情况怎样?"

黄连长说:"近来空气很紧张,请假控制得更严格了,我已经叫同志们多加小心。"

贾湘农说:"对!要多加小心。在发展工作上更要谨慎,思想成熟是一个,最要紧的是防止奸细混入。要是混进一个来,一切都完了!"他说完这句话,才说迈腿要走,又说:"要注意,不论哪个同志,绝对不能发生横的关系!"

黄连长点头说:"是!"

贾湘农抓住黄连长的手,用力握了一下,才走出来。走不多远,回头朝黄连长打了个招呼,叫他回去。一个人从西关走到东关,到特委机关去商量这件事情。心情紧张,好像有什么事情,老是委决不下。

江涛一觉睡到下午,醒来的时候,贾湘农已经回来,一个人坐在椅子上静静歇着。贾湘农看见江涛打了个舒展醒了,走过来说:"好了!好了!亚克同志批准动用一些力量,营救你们出来。但是只准备用思罗医院那一点点。"

江涛一下子笑了,说:"那,我们就可以活命了!"

贾湘农说:"活命是一个问题,高蠡游击战争,还等待你们这批人哩。我们决心在河北平原上建立红军,迎击日寇的进攻,我就是司令员兼政治委员。"

江涛笑了说:"还没有兵呢,先有了官儿。"

贾湘农说:"兵有的是,官儿也不少。亚克同志说,叫你做政治主任,老夏、刘光完、杨鹤生、曹金月,都做支队政治主任。支队司令员从十四旅里调,他们懂军事嘛,咱们不懂军事,只懂政治。"

说着话的时候,贾湘农思想上完全轻松愉快起来,不住地压低声音呵呵笑着。从亚克同志处走回来的路上,他已经想好,司令部怎么安排,战争怎么部署。他想,只要这支红军一拉起来,封建势力、汉奸卖国贼,一切反动势力也就挡不住了。

这时江涛从床上起来，也在地上走来走去。他想，果然在滹沱河与潴龙河两岸建立起一股红军来，就比在这里搞学生运动好得多了。想着，立时有一幅红旗招展、军马嘶鸣的图景呈在他的眼前。他问贾湘农："亚克同志叫我们怎么出来？"

贾湘农坐下来，把一张小图铺在床上，说："你看吧！到那刻，你们出门向西，再向北，通过大街，在思罗医院门前跑过，越过铁路，进入青纱帐。一入青纱帐，就算保险了。"

江涛说："向南去，接近野外不更快一点吗？"

贾湘农说："不，不行。敌人有一个营驻守寡妇桥，小清河两岸都有岗哨。西门外也有一个营，在城北角一带布防。车站上还有一个营……你们勇猛地冲破第一道警戒线，冲到思罗医院，我们那个连，就可以掩护你们过路。入了庄稼地，一直往西跑，八十里外就是山林。"

一谈到山林，江涛眼里立时涌出泪来，说："好，好啊！"脸上禁不住笑着，两手互相扭结，说不出心情有多激动。他心里在想着山林的空阔。

贾湘农说："我们研究过了，只这一条路，再也没路可走。还有一点，一定要在后天黎明行动，夜长梦多。"江涛说："好！我们一定遵守时间！"贾湘农把学联捐款给了江涛，又派朱老忠和严志和帮他运送粮食，说："叫他们吃得饱饱的，好跑路。回去告诉同志们，斗争到了热火头儿上，不能再发展下去，把人调到高蠡地区，领导农民开展抗日救亡运动。刻不容缓，没有犹豫的余地……"说着，拍拍江涛，镇着脸也不笑一笑。

江涛从贾湘农那里走出来，天快黑了。大街上，店铺里开始上灯，他好像离开这个城市几年了，看见什么东西都觉得亲切。他又走到严萍门口，才说敲门，门开着，一个人悄悄走进严萍的小屋子,严萍不在。小屋子与往日不同,打扫得干干净净,窗上挂了新洗的窗幔,瓶子里插了一枝夜来香。也不知严萍去干什么,等得不耐烦了,就躺在严萍的小床上睡着了,睡得很熟。睡着睡着,听到旁边有呼吸的声音,睁眼一看,严萍坐在床边,睁着大圆圆眼睛盯着他,见他醒来,微微笑了说:"醒了!醒了!"用手巾给他擦了眼睛,又说:"你睡得挺好!"

江涛问:"什么时候了?"

严萍轰了蚊子,把蚊帐放了下来,说:"时间不晚,你睡得这么好!"她不住地笑着。江涛来了,她心上说不出是怎么样的愉快。

江涛问:"刚才你干什么去来?忘了关门!"

严萍说:"你回来了,我去买点吃的,顺便去送了东西。"她拉开抽屉叫江涛看,抽屉里有蜜饯、核桃、糖……她说:"看!愿意吃点什么?"她拿起一块点心送给江涛。

两个人说着话儿,街上木梆儿响,深夜了。江涛说:"你去睡吧,我也要睡。"

严萍说:"你好好睡。"说完这句话,心上又想起什么,问:"你怎么办?"

江涛说:"明天回去。"

严萍问:"怎么又回去?"

江涛说:"回去把人们带出来。"

严萍盯着眼睛看着江涛,半天才说:"还回去!"

江涛看她脸上阴暗下来,握起她的手说:"不回去又怎么办?人们都被大兵围着。等把人带出来,咱们就离开这个恐怖的城市,回到家乡去了。"

严萍两只眼睛,一动不动地看着江涛,问:"回到家乡去?"

江涛说:"家乡有更重要的工作,在等着咱们!"说着,又想起家乡:长堤、绿柳、乔杨……他又想起母亲,说:"家乡的人们多么热情呀!"

严萍说:"是!你喜欢家乡,我就跟你回到家乡去。老奶奶老是来信,'叫萍儿回家看望我!'老人家老是想我。"

第二天,天刚黎明,好像有个什么东西在耳朵上跑过,江涛一愣怔醒过来。撩开蚊帐,墙角里还有黑影。窗外亮了,云层闪开,露出蓝天来。严萍手上拿本书,在院子里散着步,读着。江涛咳嗽一声,严萍轻轻走进来,满脸笑着问:"你醒啦?"

江涛说:"醒了,你在外头站了一夜?"

严萍说:"在给你站岗。我在夹道里放上两个凳子,一听得动静,就送你逃走。你还不知道,外面可紧哩!我想,你第一次在我这里睡,要是碰上个好儿歹的,不是我一生的遗憾?"说着,眼窝儿红了。

江涛笑了说:"不,不会!"说着,握住严萍的手,拉她过来坐在床沿上。

56

江涛打发严萍把父亲和忠大伯叫了来,嘱托他们到南关去买米面、雇骡车。江涛又叫严萍到大街上买来两个烧饼,塞了满下子熟肉,装在裤袋里。才说抬脚走出来,严萍攥住他的手,觉得像有人摘她的心肝一样难受。如今的形势,一个革命者,早晨出门,就不知道晚上能不能回来!

江涛说:"别难过,等一天就回来了。"

严萍说:"不难过,难过什么呢?你去吧,好好儿闹,盼你们早点回来。"

江涛走到南关，朱老忠和严志和买了面粉、油、盐，在那儿等着。

赶车的拿起鞭子来问："朱掌柜！咱这道儿怎么走法？"

朱老忠装起商人样子，摇头摆脑，学着清苑口音说："过花园儿，向北去，过了西关有个小王庄儿。"顺手要过鞭子说："看我给你轰两步儿！"两腿一纵，跳上车辕，磕了磕鞋上的泥巴，说："志和！说不定，今天咱还得练练手脚。"

严志和说："也许，谁知道老胳膊笨腿的还行不……"他坐上车后尾巴，江涛在后头跟着。

朱老忠吆喝牲口，车子慢慢走过曹锟花园，经过水磨，望二师门口走去。街上来往行人稀少，岗兵们盯着这辆骡车在墙根下不急不慌走着。朱老忠抬头一看，门楼上站着一堆人，拿着闪亮的枪刀。为首的一个是张嘉庆，他手搭眉梢看着这辆车子走过去。一群士兵在二师门前驻守着。

车子在灰土马路上走着，车轮咕咚咚簸起满街泥浆。岗兵们见泥浆溅过来，眯缝上眼睛，背过脸去。朱老忠把鞭梢儿晃了两晃，看看天上云层稀薄，筛下日光来。他说："看样子，天算晴了。"

严志和说："说不定，还闷热哩！"

车子走到二师门口，猛地，张嘉庆在门楼上大喊："十四旅的弟兄们！抗日力量和你们无冤无仇。今天我们要运点粮食吃，请闪开吧！刀枪无情！"又拉长声音喊："开门……冲！"

喊声未落，夏应图和小焦一人扳着一扇大门，嚓啦地敞开。

曹金月领着一股人，手里拿着长枪大刀冲出来，瞪着大眼睛，虎虎势势向前一闯，举着枪向守卫的士兵刺过去，张开大嘴喊："同学们！冲！冲！冲呀！"人们紧跟着喊，喊得摇动天地。

刘光宗披散着长头发，咬着牙，说："士兵弟兄们！是同情抗日的，闪个道儿吧……"说着，人们一齐向前冲。

曹金月带一股人向北冲，堵住北口。刘光宗带一股人向南冲，堵住南街口。张嘉庆带着人们三步两步跳出来，扔蹦跳上大车，搬起一袋面，向小赵肩膀上一扔，又搬起一袋向小王肩膀上一扔……呼呼哧哧地说："快！快！快……"

朱老忠怕把那些油盐家伙碰翻了，说："志和！快给他们送进去！"严志和拎起那罐子油，朱老忠提着那包袱盐，送到大门底下。夏应图说："大伯！谢谢你们！"朱老忠说："甭谢，孩子们闹吧！"夏应图说："你们喝口水吧！"朱老忠说："哪里有喝水的空儿？"两人连忙走出来。

岗兵们在一边看着，上峰既没有命令开打，就斤斗骨碌乱跑。

天气闷热，心里更热。时间紧，心里慌，身上扔地冒出汗珠子。一群小伙子，扑尔啦地把一车面袋抢进学校，紧闭大门。朱老忠看架势不好，吐了吐舌头，笑了笑，说："万事俱毕，走吧！"拉起严志和撒腿就跑。

赶车的伙计吓得浑身打颤，说："老爷！这是干什么？这是干什么？这是！"正在絮叨，后头来了一队兵，那个小军官儿，赶上去揪着车夫的领口，大骂："真他娘的！整着个儿是共产党，整着个儿都是共产党！"

打着骂着，把车夫倒剪了胳膊，五花大绑送到行营去。时间不长，陈贯群带着骑兵飞跑过来，吹胡子瞪眼睛大骂："共匪……捣乱……砍脑袋！"他指着门楼大骂了一通："甭闹，到不了明天，叫你们见个好看儿！"又气愤愤地骑着马跑了。

江涛一进大门，老夏一下子抓起他的手来，说："闹得好！"他这一说,人们都扭过头儿看。曹金月跑过来拍着他脊梁说:"你就是闹海的哪吒,龙王爷都不能怎么你!"

人们嗡地笑了,跑过来,你拽住手,他拽住腿,把江涛一家伙扔上去,又落下来接住。刘光宗把嘴唇亲在张嘉庆脸上,说:"同志!我可怎么亲亲你呢?"老曹死攥住张嘉庆的手,说:"咳呀!我们又饿不着啦!"

老夏看人们兴奋得不行,笑笑说:"圣徒们!不要闹了吧,敌人还在外头围着!"又对张嘉庆说:"忙带江涛到楼上去歇歇儿。"伸开脖子喊:"各归各位!快去上岗!"

两人走上楼梯,张嘉庆打了洗脸水,又拎一壶开水来。江涛洗着脸,说:"嘉庆!你摸摸我的口袋。"

张嘉庆问:"摸什么?"

江涛伸出腿,哆嗦着说:"你摸摸看。"

张嘉庆纳着闷问:"口袋里有什么玩意,摸个什么劲儿?"

江涛跳起来,笑着说:"你摸呀!你忙摸呀!"

张嘉庆走过去,伸手向他裤袋里一摸,摸出那两个夹肉的大烧饼,冷不丁两腿一跳,夸地戳在地上,说:"呀……呀……好呀!"他心上兴奋,摁窝儿吃了一个。才说吃那个,刚咬了一口:又想起老夏。他说:"给老夏留着吧!"

江涛跟老夏传达了学联的意见,决定:在半天半夜的时间里,饱吃饱睡,养养精神,准备好鞋脚。明日午夜三时开始行动!

两次购粮的斗争,从这座小城市传开去,传到工厂,传到乡村。把斗争传说成奇侠风度:来无影,去无踪,蹿房越脊,出奇制胜……

这天夜里,天还闷得厉害,黑云笼罩了城市、乡村、树林和土地,笼罩了整个世界。在这黑暗的世界上,人们在做着各种不同的梦:朱老忠和严志和,走在秋日的田垄上,掂着沉甸甸的谷穗儿微笑。涛他娘,像失去孩子的母亲,还把乳头塞进孩子嘴里。衙门口里没出息的狗,摇着尾巴,流着口涎,盯着主人筷子上的骨头。刽子手,穿着韧鞋、灯笼裤子,咧着嘴耍起大刀,对观众的喝彩颇为满意。被围困的人们,在黑暗的恐怖中,止不住地愤怒和惊悸……各式各样的梦,不同的梦。

午夜以后,十四旅的骑兵,开始从东郊兵营出发了,人闭着嘴,马衔着嚼口,没有一点声音。像一条黑色的链条,从东郊拉向西郊,向第二师范前进。

江涛睡了长长的一觉,因为过度兴奋,心上还不断跳动。爬起身来,打了个舒展,抖动了下身子又站住。在夜暗中,走到楼栏前看了看。眼前漆黑,听得有猫头鹰在对过育德中学的枯树上狰狞地叫。叫声刺激他,打了一场寒噤,头发都竖起来。

操场上,篮球架子底下,有两个人影,对立着抽烟,烟头上闪着通红的光亮。走下楼梯一看,是老刘和老曹。老刘手里拿着红缨枪,老曹腰里插着一把刀。他们在等待着突围时刻的到来。

夜暗里,看得见岗位上有人在巡逻。抬头看看天上,像漆染过,看不见一点光亮,低头,还是黑暗,像是闷得出不来气儿。一时心上不安起来,仄耳听听城外的村落上还没有鸡啼,心里感到异常烦躁起来。

老夏早就起来,听江涛下楼,也从寝室里走出来,在背后攥住他的手问:"天有什么时候了?"

江涛迟疑说:"过半夜了吧?"当他讲这句话的时候,下意识想到:"我们想到的,敌人也会想到……"

老夏问:"饭该做好了吧?"

江涛说:"昨天晚上,嘉庆一切安排好了。"又打个呵欠,说:"啊!斗争真是熬人啊!"

老夏说:"我也只是困,放倒脑袋睡,又睡不着。"

老刘走过来说:"白天睡不着,我就站着岗看小说,看了《铁流》、《夏伯阳》和《母》。斗争再闹一个月,我还要看更多书哩!"

江涛说:"你倒有这种心情,我总是看不下书去,心上老是觉得有什么事情没有做完。"

老夏说:"斗争就像读书,参加一场斗争,就像读一本书。斗争得多了,就有了经验!"他又走过来,问江涛:"准备好了没有?"

江涛说:"我们去问问。"两个人走到北墙角上,见没有人,主动喊了一声:"从哪里来的?"冯大狗走过来说:"从锁井来的。"江涛问:"怎么样?"冯大狗说:"没有什么变化,该怎么办就怎么办吧!"他们谈话的声音很低,几乎听不出来。

两人挪动脚步,同时向南走。江涛说:"下了这样的大雨,天还这么闷!"老夏说:"好像有更大的暴风雨!"

天黑,对面不见人影。江涛一脚深,一脚浅,奔奔坷坷走着。过了穿衣镜,看了看标准钟,十二点早过了,他心里又急起来。走到斋舍里一看,人们起了床,整衣服的整衣服,绑鞋子的绑鞋子。

江涛走到窗前问:"都起来了?"

小王说:"早起来啦,哪里睡得着?老是觉得心上压得慌!"

江涛说:"不睡还行,身上没有力气。"

小王说:"昨儿下午就睡下半辈子的。"

江涛问:"那边是干什么?"

小王说:"他们磨枪哩,把枪磨快了,好上阵。"

江涛走到厨房里,张嘉庆在那里看着煮面。他又走回来,说是走,其实撒开腿跑起来。走到北操场,他又站着,心里冷不丁曲连了两下,觉得心慌,像有什么意外的事情。

　　黎明很静,远远地鸣了第一声鸡啼。一阵驼铃声,叮叮响着,从墙边走过。是驼队背负着人们的希望走向远方?走向没有边际的沙漠?他停住呼吸,静听这尖脆的音响走远。猛地一阵脚步声,从街道远处嚓嚓地走过来,漫散在围墙外头。在夜影里,看见老夏机警地走过去看,岗上的人们,不约而同举起刀枪,走到墙根张望。老夏刚走到墙根,猛地有一个人影,从墙外爬上来,举起刺刀向老夏刺过来,仿佛还看到敌人凶恶的样子。老夏向后退了两步,看敌人要跳墙过来,他大喊了一声:"看刀!"一下子砍下半个脑袋来。

　　这时,吓得敌人忽地向后闪了一下,退回去。敌军官立时喊起来:"真妈的巴子孬种……上!"喊声划破了寂静的天空。

　　江涛头上一机灵,心里说:"咳呀!一定是敌人来了!"又下意识地想到:"不,也许有人来接我们,不要发生误会。"

　　这时墙外敌军官又唬起来:"妈的巴子!怕什么?后退的要砍头!"

　　恐怖的声音,冲破了午夜的安静,喊得瘆人。江涛跑去问:"怎么回子事?"老夏急促地说:"快!敌人来了!"听得夸夸的声音,一阵马蹄声响过来。接着,墙外响起凄厉的军号声。

　　"呀!呀!嘿!"很多人一齐叫着号子,喊了三声,墙外探过十几把挠钩,把墙头扑通地拉倒了一个豁口。

　　老夏急喊:"江涛同志!敌人冲进来了,快快集合人!"这时,江涛已经跑到南斋,高亢地喊着:"啊!同学们!敌人来了,快快集合!"

　　白军咧着大嘴,端着刺刀从豁口上冲进来。老夏伸直了嗓子大喊:"敌人攻进来了,同学们快来哟!"

　　江涛也在南斋喊:"同学们!北操场敌人冲进来了……拿起武

器，战斗啰！"喊着，人们拿起长枪长刀，咕咚咕咚跑过来，在黑暗中跑上战场，你一枪我一刀，和敌人扭绞在操场上。

江涛把人们带过来，和敌人冲杀。眼看小邵一刀砍过去，敌军用枪杆遮拦住，砰的一枪打中他的胸膛。小邵趔趄着身子冲过去，想夺取敌人大枪，也许他意识到这把刀不能在战场上取得胜利。敌军返回身来，连补了两枪，小邵丢下刀，躺在血泊里了。老夏又赶上去，和打死小邵的敌人搏斗，仇恨使他不放松敌人。江涛才说冲上去，冷不丁一把闪亮的刺刀，照他刺过来。江涛机灵地闪过了敌人，又冲上去。老曹看敌人决心要刺江涛，丢下红缨枪，一个箭步跑过来，瞅冷子搂住敌人的腰，啪地一跤，摔在地上，把敌兵胸口摁在地上，再也施展不开他的刺刀了。老曹骑住敌人脊梁，用拳头捶他的头，捶着，捶着，那家伙再也不能动弹。老夏看见有敌人照老曹刺过去，他也从背后照敌人刺去……江涛看同学们在操场上和敌人交了手，一组组打得厉害，心上正急得不行，张嘉庆拿着枪跑过来，大喊："同学们！这边来，集合！"听得喊，人们跑过来。张嘉庆带着十几根红缨枪冲上去。有几个人连续倒下。张嘉庆瞪出血红的眼珠子，咬着牙齿喊："杀！杀！冲呀！"十几个人来回冲着。江涛看自己人越来越少，敌人越来越多，战不过敌人的威势，他喊："老夏同志，我们撤退吧！"老夏说："撤吧！"随即喊着："同学们！撤退！把守第二道防线！"

人们按着命令撤退到预定的防线，敌人端着刺刀冲上来。江涛在烟云里看见敌人要追上他，实在找不到什么应手的武器，返回身去夺刺过来的枪。没想到那支枪又急速地缩回去，一把抓在刺刀上，鲜血顺着手指流下来。他攥紧手，当下并不觉疼痛。张嘉庆带着几个人，挺着红缨枪从后面闯上来，瞪出红眼珠子骂着："你娘，看枪！"一枪一个，连刺了几个。登时，四五把刺刀照他刺上来，他只好连退几步，闪开敌人的刃锋。江涛看人们在战场上实在压不住敌人的威势，又把人们喊到第三道防线。老夏拿着长枪躲在穿堂门口，摆出刺枪的姿势，恨恨地说："娘的！我死了，也不能让敌人冲过这道门！"立时心里有一团怒火烧着，看有人冲过来，一枪刺中敌人的胸口，对方退了两步，靠在墙上，没命地挣扎，两手乱刨，两脚乱踢。老夏不放松，咬紧牙关，瞪起眼睛使劲刺。不提防，从背后射来一颗子弹，打中老夏。他趔趄了两步，又站住，咬紧牙齿说："反正我不能让你冲过这道门！"又愤愤大骂："反动派的看家狗！你们镇压了抗日……屠杀了抗日干部……"他举起枪，又照敌人刺过去，敌人又恨恨打了他一枪。他瞪出眼珠子，咧起嘴来说："唉呀！我完啦！"翻身倒下去，鲜血染红了甬道，脸上惨白下来。他又挣扎起来，两手爬着冲向敌人，想扯起敌人的腿拼个死活。他想："我要死个够本！"敌人又用刺刀戳住他的胸膛，说："看你还有多大气性！"说着，又连戳了几下。

夏应图挣扎着伸起胳膊大喊："共产党万岁！打倒日本帝国主义！"他倒下去了，一个年轻的共产党员，一个积极抗日的、矿工的儿子，为了革命，最后闭上了眼睛！

不设防的战线上，没有工事，没有武器，很快被敌人攻破了。

江涛看没有办法挡住敌人的冲锋，想把各路的人们喊到指挥部，重新部署战斗。他一喊，敌人发觉了他的企图，举起刺刀追过来。他头里跑，敌人在后头追，绕图书馆转了几遭。也不知是怎么回子事，猛地一声枪响，追着他的敌人倒下一个，别的也呆住。他抽空转身往教员休息室里跑，两手一拄，跳过窗去。不一会儿，敌人从窗外伸进刺刀，骂着："滚出来……摁窝儿打死你们……"老曹才想伸枪去刺，江涛摇了一下头，叫他停住，自己开始向士兵讲话："士兵弟兄！咱们无冤无仇，俺是抗日的……"还没说完，刘麻子从窗口闪出来,说:"胡说!名是抗日,实是共产!"他看了看手里的小相片,又看了看江涛,说:"你是锁井镇的?是严运涛的兄弟,捆他!"几个敌人跳进窗来,要捆江涛。江涛抖着肩膀大骂:"甭捆!老子不怕这个!你们以武力镇压抗日,抗日的勇士们洒完了热血也不后悔!"他瞪出眼珠子,看见小焦左手拄着地爬进屋来,右手搂住肚子,提着他的肠子,血从肠上滴在地下。见了江涛,小焦流下泪来,颤抖着嘴唇说:"江涛!我完了!"大喊共产主义万岁、打倒日本帝国主义不止。一跤跌下去。嘴啃着土地,浑身停止了抖动,断气了。

江涛心里一热,像烈火冲上头顶,汗水顺着额角流下来。怒火烧着他的心,破口骂着:"娘的!知道有这么一天。卖国贼!你们决心出卖祖国,出卖中华民族了!"他跺起脚,咬紧牙齿,恨恨地骂。骂什么也没用了,敌人在他手上绑了绳索。一个个五花大绑捆起来。

当时,天还有点黑乎乎,张嘉庆在混乱中,抽空儿双手一拄跳出窗户。顺着墙根往西一蹓,向南一拐,走进储藏室,随手把门关上。走进几步,又返回身来把门开了。走了几步,又走回来,再把门关上。返身又把门开开。在慌急中,他心中犹豫不定,实在拿不住主意,怎样才算安全!

在一堆破烂家具的后头,墙角里有个破风箱,风箱上放着一张破帘子,他伛偻着身子蜷伏在破风箱的后面,把帘子遮在头上。隔着竹帘,看见敌人三番五次走进来,用刺刀戳戳这里,挑挑那里,细心翻捡值钱的东西。猛然咯嚓一声,一把刺刀戳进风箱来,刹那间,他的头皮麻木,差点失去知觉。敌人听风箱是空的,嘴里又絮絮叨叨走开了。

细碎的脚步声,来来去去,去去来来,不知反复了多少次。张嘉庆闭气凝神，目瞪口呆，不知挨过了多少时辰，心里还扑通跳着，耳朵里，嗡嗡地直响。他努力克制自己，沉住气，想："不被发觉则已，一旦被发现了，先扎死两个……"他手里着着实实攥着个铁枪头儿，不时用手指试着枪锋。不知死的家伙们，始终也没人敢揭开这张秘密的帘子。

枪声停止了，挨过很长的时间，直到下午，情况缓和下来，他才停止了心跳。

一天没得吃喝，心里空得厉害，实在受不住。慢慢试着直起腰来，走动两步，腰和腿酸痛难忍，踩得玻璃和铁片子嚓嚓地响。从窗后看过去，敌人撤了，夕阳照在屋檐下，黄昏又来了。

他悄悄走出房门，向西一蹓，悄步走过西夹道，翻身爬上小瓦房。正爬着，从北面走过人来，喊："站住！干什么的？"听得喊，可是并没有赶来。他紧爬了几步，翻过屋脊，放身一滚，骨碌碌滚到屋檐上，伸腿跳下大街。不巧，从背后走过两个人来，他担着心往背后看了看，是朱老忠和严志和。张嘉庆走了两步停下脚来，缩着脖儿往后看着，等他们走上来。

朱老忠走过来一看，张嘉庆满身灰尘，头发蓬松，蒙着蛛网。白布衫皱得像牛口里嚼过，两只眼睛呆呆地噙着泪，也不吭一声。

朱老忠脸上刷地黄下来，两只眼睛睁得圆圆，上下打量着，问："你不是嘉庆？"

张嘉庆说："是我！大伯！"

朱老忠说："唉呀！成了这个样子，可是怎么办？忙走吧，万一的……"

时间紧促，张嘉庆也顾不得细说，转身向南走。朱老忠和严志和，在后头瞪着眼睛跟着，闹不清他想干什么。猛地，张嘉庆想起那里有岗，过不了水磨，过不了寡妇桥。又折转身，跟着朱老忠和严志和向北走。

朱老忠问:"江涛呢?"

张嘉庆说:"他被捕了!"

严志和把大腿一拍,急红了脸,说:"哎!又被捕了!"直气得胡髭眉毛一乍一乍的①,打着呼扇。

走到师范门口,张嘉庆想往西去,再向北,走过思罗医院那道警戒线。那里有个岗兵,在看着尸首,问他们是干什么的。朱老忠说:"俺是找学生的,能进去看看不?"岗兵说,"进去吧!修下这样的好儿子,也够你们糟心一辈子了!"岗兵唠叨不休,又问张嘉庆:"你是干什么的?"

岗兵盯了他一眼,似乎是认识他,一句话没说完,顺过大枪来,说时迟,那时快,张嘉庆撒腿就跑。还没跑上五十步,"砰!"的一枪打过来,张嘉庆随着枪声,一个斤斗倒在地上,鲜血渗透殷红的土地。

朱老忠一看,手脚战栗个不停,心里抖啊,抖得厉害。不敢去救张嘉庆,偷偷站在一边看着。吃顿饭工夫,有人把他抬走了。两人踩着敌人拉倒的豁口墙走进去,北操场上一洼一洼的鲜血里躺着尸首。听得有人喊:"大伯!救救我!"朱老忠看是一个学生,身上带着血,颤着抬起半个身子,想爬起来。朱老忠说:"好!我……"正说着,士兵走过来,愣眉横眼说:"滚开吧!管这干吗?"朱老忠嘴唇打着颤,说不出话来。严志和实在不忍离开,心里说:"人,见死能不救……"话是这么说,他不敢走近,一走近了,就有人吓唬他。严志和一个个人看过,十七八个尸首里没有江涛,心上更加焦躁起来。

他们走过大礼堂,走过图书馆,甬道上血迹淋漓,洒了一道。

---

① 发火时气得胡子一翘一翘的。

一过穿堂门口,老夏在那里躺着,还没把日本鬼子打倒,他倒先被阶级敌人打死了,眼睛都闭不上!朱老忠和他见过一面,不由得鼻子发酸,泪珠滚进肚子里去,暗自抽泣。他想:"老夏同志!父子几个都是共产党员,如今他为革命牺牲。死去的是死了,活在世界上的父兄,不知有多么难受哩!"他心里急痒,胸中升起满腔火气。

到了上灯的时候,他们走到南操场,还是找不到江涛的影子。朱老忠说:"完了,他是被捕了!"严志和摆了摆头说:"八成又是关进监狱里去了。"

谈着,一幅悲惨的图景又现在严志和眼前。小小的铁窗,阴暗的牢房,运涛那孩子年纪轻轻,把黄金似的岁月献给革命。今天江涛又把宝贵的青春葬送在反动派手里!想着,眼前显出两个铁窗,两个惨白的面容,四只大眼睛,忽闪着长眼睫毛看着他。他叹口气说:"我好命苦呀!"

来找学生的人们,渐渐稀少,两个老人带着沉重的心情走出学校。有几个穿灰色军装的士兵,手里掂着几件血衣,咧开大嘴喊:"买几件贱褂子吧!风琴、书,给钱就卖!"又有一个士兵,拿着几个化学用的大肚子烧瓶,说:"买两个瓶瓶儿吧!盛个油儿醋儿的!"

朱老忠着实气愤,心里冷得战栗,睖着眼睛看了一眼,迈开脚步走过去。

57

严志和的心,像铅块一样,又凉又硬,在胸膛里坠着,几乎要掉出来。一时觉得头脑沉重,伸长胳膊搂着小肚,低下头,合紧嘴,眼睛看不见什么,耳朵也听不见什么,一股劲儿向前走。朱老忠在后头喊了他两声,也没听见。走到小木桥上,桥头站着一堆人,大睁着眼,向第二师范那边望着。严志和倒背了手,不言声不言语站了一刻。岗兵见集的人太多了,晃着枪走过来,说:"走吧!走吧!有什么看头儿?没见过死人的?"

严志和斜了他一眼,心里骂着:"好像疯狗,吃人吃红了眼了!"

他又低下头,背叉着手往前走,不知不觉走过万顺老店,停住脚抬头看了看,街灯亮了。他不想回到店房去,觉得那屋子又潮湿又热,闷得人慌。就又迈开脚步,一步一步走过去。一个人在马路边黑影里走着,走到城墙根,又往南去。那一带挺荒凉,草地上长着很多小树。有几家房子下雨下塌了。大雨之后,门前积成河水,不知趣的河蛙乱叫。在黑影里碰上一个人,他问:"大监狱在什么地方?"那人说:"前边哩!黑下了,找监狱干吗?"严志和看了看,也没说什么,又低下头走过去。

走着走着,看见一带高墙,像城墙一样高,有一个古式瓦楼大门。才说低下头往里走,门前站着两个兵,见他要进门,瞪起眼睛问:"干什么的?"严志和眈着眼睛说:"想看看我的儿子,他被捕了。"岗兵不细问他,说:"也不看什么时刻,明儿再来!"吓得严志和退了两步,溜湫步儿①走过去。昂起头看了看天,又看看狱墙,叹口气说:"咳!墙比天高啊……"心里一时挠痒,酸溜溜难过起来。停住步站了一会儿,抖了抖肩膀,使足了劲,猛地跑过去,横起膀子,照狱墙一扛,他想:"把墙扛倒,兴许能见到江涛。"抬头一看,狱墙纹丝不动,一下子碰了他个仰巴跤,倒在地上,气得长眉

---

① 小碎步儿。

毛一乍一乍地扇动。他又爬起来，伸长脊梁，照狱墙咚咚地撞了几下。觉得脊梁上酸痛，黏渍渍的，鼻子上也闻到腥血的味道。眼眶上噙着泪水，愣着眼睛离开狱墙。沿着城墙根走到大南门，不知不觉出了城，在南大桥上站了一刻，又沿河边向西走。那里没有灯，黑黑的。在一棵柳树底下站住脚，解开钮扣，敞开怀，让河风吹着他滚热的胸膛。

他蹲下身去，从腰带上摘下荷包，打火抽烟。把胳膊肘挂着膝盖，抬起颏儿望着黑暗的天空，摇晃摇晃脑袋，说："天哪！我再没有活路啦！"泪滴顺着鼻骨梁流下来。

仄耳听着，河水冲击桥梁，哗哗地响。

对岸有两盏路灯，像鬼眼睛在看着他。觉得身上热，肚子里焦渴，走下河岸，掬起一捧水，咕咕地喝下去。又掬起水撩在头上，撩在身上，撩得浑身是水，湿了衣服，才一步一步走上河坡。他想："算了，也算活到头儿！跳吧……"

可是他又觉得，这一生活得实在不容易，如今身上更是沉重，死了倒也干净！他心里气闷，伸起脖子吐了口长气，拍拍胸脯，叹声说："唉！我严志和也该轻松轻松了！"对着黑暗的天空笑了两声，把小褂子脱下来，拎在手里看了看，放在地上。他想："也许有一个没有衣裳穿的人，会拾了去。"

往天上伸了伸手，慢搭搭迈下河坡，他想就向下跳，又想到他会游水，怕一下子淹不死。背过身子，想倒仰跤下去。停了一刻，他又走上坡来，解下裤带，把手绑上。一步一步走下河岸去，才说背过脸向下仰，两个年轻轻的、惨白的人脸，四只大眼睛，忽闪着长眼睫毛在看着他。他又觉得舍不得孩子们，运涛和江涛为革命关在监狱里，他想，也许他们不会死去。自己死在水里，涛他娘性子软，也活不下去，谁给孩子们上监狱送衣服、送饭呢？他思想上解决不了这个问题,又走上河坡来,解开手腕上的腰带,摘下烟袋抽烟。

停了一刻,听得河里水流声,水面上映着遥远的灯光,闪着一缕缕亮闪闪的影子。一合眼睛,看见槐花开了,大公鸡在井桩上啼。江涛笑嘻嘻儿从堤岸上走下来,说:"爹!我跟你割麦子。"严志和说:"好,你回来过麦熟,助我一点辛苦吧!"

江涛脱下紫花小褂,说:"好,看我拔两下子!"小伙子伸开腰拔麦,拔得飞快。涛他娘走出来,站在门台上说:"看你,把孩子使坏了呢!"老两口子对着眼睛看着,同时笑了。

睁开眼一看,是个梦境,从背后走过一个人来,一下子把他拦腰搂住,说:"志和!你想怎么着?"

他摇了一下子脑袋,在黑影里仔细一看,是朱老忠。朱老忠拍了拍严志和的胸脯,责备说:"咳!兄弟,叫我好找啊!"

严志和猛地愣住,半天说不出话,心上糊涂起来,呆呆的。

朱老忠心里的焦躁还没过去,一伸手,合住虎口攥住严志和的手腕子,说:"兄弟!你心里想的什么?活还活不够的,你……"老头子挥起泪来,又说:"你就不想想,两个孩子在监狱里,有谁去照管,你就忍心吗?"说着,连跺着脚蹲在地上,两条胳膊抱着脑袋大哭起来。

严志和看朱老忠难过的样子,猛地照胸口擂了两拳,说:"我混蛋!我傻死了!这是做的什么梦?"

朱老忠又站起身,说:"你头里走,我后头紧追,追到店门口,进去一看,屋子黑咕隆咚的。返身走出来,只差几步,就赶不上你了。找来找去,说什么也找不到你。在大桥头呆愣了一会子,才无可奈何顺着河边走过来……咳!你想想吧,这么办对不对呀?"他拉起严志和的手向回走。

河边柳树上有"伏凉儿"①在叫,朱老忠摇摇头说:"唉!急死我,急了我一身汗哪!"一面说着,上了坡走在马路上,路灯依然亮着。

两个人回到店里,朱老忠亲自拿灯去添了油来,点上,说:"来!快坐下来歇歇吧!我就是松了那么一下子心。唉!"他抬起胳膊,擦了额上的汗,汗珠子凉下来。

朱老忠鼓突起嘴,翘起小胡子。严志和愣着,不说什么,两只小眼睛,发出惨淡的目光。

严志和直瞪看着那盏小油灯,灯光黑红,焰苗上升起黑色的烟缕,一点也不光亮。两个人坐着,谁也不说一句话。小屋子里闷得不行,周围静静的,没有声音。朱老忠走出房门,在院子里歇了一下。自从闹起二师事件,客人稀少了,几间破房子里都黑着,店掌柜在厨房里点起灯做晚饭。

严志和叹着气,哑了嗓子说:"咳!我心里真是难受!"拿起烟袋,把烟锅插进荷包里,泥旋着装上烟,打着火镰取火。

朱老忠走进去,翘了翘小胡髭,说:"你难受,别人呢?"见严志和打不着火,走过去替他点上。

严志和说:"关起我的运涛,拿了我的'宝地',如今又要关起我的江涛……"他又站起身,张开两只大手,拍着他的长脑瓜门,说:"他们不叫我活啦!"

朱老忠说:"我们为什么不活?常说'手眼为活'。有嘴,能说。有手,能打。有腿,能走。就能扎挣,就能活下去。"

严志和搓着手说:"咳!我们没有路儿走啦!"

朱老忠说:"有路儿走!"

严志和又摇摇头说:"没,没路可走!"又站起身,张开胳膊,

---

① 虫名,蝉类。比蝉稍小,夏天常爬在树上鸣叫。

睁着大眼睛看看前面,说:"没路可走,我要……"还没说完,一下子倒下去,斜在炕沿上。

朱老忠急忙走过去,说:"兄弟!你想干什么?几十岁的人了,怎么撑不住骨头?"又把嘴对在严志和耳朵上说:"兄弟!咱不是白人儿呀!你想想吧!"

严志和一听,伸起长胳膊在空中一画一画地说:"我……我要……"

"杀"字没说出口,朱老忠走过去捂上他的嘴。严志和愤气鼓动胸脯索索打抖,埋藏了几十年的郁积的心情,在肚子里翻腾起来,弯下腰,两只手拄着膝盖,摇了摇胸膛,说:"咳!我们活得好苦呀!"

正在这刻上,店掌柜推门进来,看看朱老忠,又看看严志和。

严志和凝着眼神一步一步迈动,说:"老朋友!我,我,我活不成啦!"一下子扑在店掌柜身上,跪倒下去。

朱老忠走过去拍着他说:"志和!志和!你这是干什么?"

店掌柜说:"志和!静静儿,沉沉气!"他搂起严志和,抱到炕沿上,轻轻拍着肩膀,说:"不要太难过了,事情还摆着哩,看看怎么办吧!"

严志和抬起长脑门,忽闪着长眼睫毛,老半天才说:"咳呀!怎么办?"又摇摇头,反复说:"失败了!失败了!"

朱老忠猛地沉下脸来,说:"政治斗争,有胜就有败,敞开儿干吧!"又说:"志和!你定定心,静一静!"

严志和慢慢儿直起脖子,挺起胸来,看看店掌柜,再看看朱老忠。

店掌柜摇头叹气,直为老朋友痛心,不摸底细,也插不上嘴。端进两碗面来,给朱老忠面前放上一碗,给严志和面前放上一碗。

三个人说着话,严志和只顾抽烟,忘了吃面。朱老忠说:"志和!你可吃呀!"

严志和猛地打了个冷战,才想起面前放着那碗面。懵懵懂懂端起碗,拿起烟锅子就往嘴里拨。朱老忠把大腿一拍,说:"志和,那是烟袋!"

严志和顾不得说话,皱紧眉头,张开大嘴,连烟带火吞进肚里。

急得朱老忠跺起脚来,拍着他的脊梁说:"那是烟,你不呛得嗓子慌吗?我那傻兄弟!"

58

夜晚,响枪的时候,贾湘农就从床上起来,在小屋子里转游,听着远处动静。他开始还没有肯定是十四旅进攻二师。枪声越来越密,夹杂着喊杀声,喊得瘆人。他才收拾了文件,打叠了东西,走出来在教室里散步,听着四周围的声音。不一会儿,学校里人们都起了床,立在门口,听着这惊人的事故,为二师同学捏着一把冷汗。他又走进学校,沿着大街往西走。

这是一件大事,买卖家、市民们,都披上衣服站在胡同口张望。街灯还亮着,有无数的小虫子,围绕灯光乱飞。走到西城门,城门也开了,有人走出走进,其中有士兵,也有市民。他也走出门去,到西关把这个消息告诉几个人,就走回来。不落脚,又走到东关去。他心上苦恼,一天没吃饭,也忘记喝水,直到天黑了才走回来。

他觉得心上异常沉重，想赶快搬家。经过这场事变，这地方不能再住下去了。又走到槐茂胡同去找严萍，想和她商量一下救济工作。他知道那条胡同里只有一个高台大门，走上门阶看对了门牌号数，拉了一下铃子。院里有人蹑手蹑脚走出来，悄声问："谁？"贾湘农说："是我。""你找谁？"贾湘农听那声音有些颤，像是严萍。他说："我是老贾。"

小院里没有一点声音，屋子里灯光亮着。书本子和报纸撒了一床一地，贾湘农问她："你在做准备？"严萍说："唔！"贾湘农说："还要快一点。把书皮上画着红旗的，书里印着共产主义字样的，都要烧掉！"说着话，严萍把手捂上脸，哭起来，又趴在床上抽泣了一会子。贾湘农眼上也噙着几点泪花，挣扎说："别哭了，净哭什么？"

严萍面色苍白，有一绺头发披在前脑门上，蔫着两只眼睛，叫贾湘农坐在椅子上。自己把书推了一下，坐在床沿上，问："我们怎么办？"

贾湘农问："牺牲了多少人？"

严萍说："今天早晨，枪声一响，我就跑出去，在桥头上看着。听说死了十七八个人，五六个受了伤，抬到思罗医院去了。有三十多个人被捕了……"还没说完，眼圈儿发酸，就又哭起来。

贾湘农愤愤地说："要记住，'是狗改不了吃屎'！'是狼改不了吃肉'！统治阶级忘不了杀人！他们虽然没有避开敌人的屠杀，是英勇的！他们要永远作为青年人的模范！"

严萍摇着头说："惨呀！真是惨呀！"

贾湘农说："敌人嘛，总归是敌人，不能有半点儿含糊！"好像认定了这句话，两个人又相对着沉默，有抽根烟的工夫，他才问："惨案以后，你们打算怎么办？"

严萍慢慢撩起眼皮儿,看着老贾说:"听你们的。"

贾湘农立起身来,右手扶在桌角上,歪起头想了一下,说:"斗争虽然失败,我们要做最后努力,下最大力量进行营救。"

严萍说:"怎么营救法儿?"

贾湘农说:"通过被捕人的家属,动员一切社会力量。"

严萍说:"希望你及时指导吧!"

贾湘农说:"不,为了打击反动派镇压抗日的凶焰,我要到高蠡地区,发动农民,开展抗日救亡运动。这里的工作还有别人负责。"

严萍说:"对,我也要去!"

贾湘农说:"不,你要在这里坚持下去。要注意给他们送吃的,送穿的。有生病的人,要设法通过关系,给他们治病。同志们在监狱里困苦啊,要好好照顾他们。"

严萍眇着眼睛,说:"你就要走?"

贾湘农说:"你也要注意,找个别的地方住住吧!一直到住不下去了,你再回到家乡,我在那里等着你。"

严萍听老贾要走,心里着急,低下头,不说什么。

贾湘农说:"目前,你的任务是一方面保存自己,一方面营救他们。"

说话中间,窗外有人走动,贾湘农问:"是谁?"

严萍说:"是我母亲。"

贾湘农说:"我要走了。"他立刻挪动脚步,走出门来。

严萍送出老贾,立在台阶上,向南望了望,又向北望了望。街头上冷清清、黑漆漆的。她闩上大门走回来,继续整理那些书报。觉得心思烦乱,停下手,捂上眼睛待了一会儿。那一场悲壮的场景,又映在她的眼前:老曹、老刘、江涛……他们身上捆着绳子,脸上带着伤痕,迈着大步走上小桥的时候,还张开大嘴喊着:"一定要打倒日本帝国主义!"看的人们,没有不掉泪的。

江涛走到严萍面前的时候,大睁着眼睛看着她。她的视线一碰到江涛的眼光,泪水立刻积满了眼眶,暗暗点下头,又把头低下去,用手扪住心口,说:"望你珍重!"擦干了眼泪抬起头来,江涛已经走过去了。她又后悔,不该低下头,说不定这是最后一次会面呢!

她在床边站了一刻,实在按捺不下烦躁的心情,就走出来在院子里散散步。隔着玻璃,看见父亲还在靠椅上躺着,一动也不动。母亲到房里铺床睡觉了。

她开门进去,在窗前站了一刻,说:"爸爸!你要想法儿营救他们!"

严知孝看了她一眼,摇摇头说:"营救,怎么救法?军阀们总觉得杀人是乐事!"

严萍一时激动起来,说:"不,不能叫他们杀,不能!"说到这里,她心里焦躁,慌乱得跳动。

严知孝看见女儿难过的样子,走过来拍着严萍说:"孩子!你年岁不小了,也要明白。尽管你心里难过得如同刀割,叫我这做爸爸的又该怎么办呢?他们手上戴了铐,脚上钉了镣,关在监狱里,拉也拉不出来,扯也扯不出来。等天明了,我还去见陈贯群……"

严萍低着头说:"他们要是一定要杀呢?"

说到这里,严知孝猛地甩乱了头发,咬着牙关,把手在大腿上一拍,说:"不,不能让他们杀!要是他们一定要杀,那就让他们先杀了我!"

妈妈睡在床上,听得父女两个又哭又闹,从床上抬起身来,说:"什么金的玉的呢?比他好的人儿多着呢!过了这个村,还有这个店儿……"

严知孝听老伴絮叨得不像话,走过几步,冲着房屋说:"你说的是什么?简直不通情理!"

严知孝一说,严萍身上摇颤着,趔趄两步,倒在靠椅上,抽泣起来。严知孝说:"不哭,不哭,孩子!我就你这一个……我知道你爱江涛。既然有此一来,就要有始有终。只要他在人间,你就该为了他努力!"

妈妈一听,掩上怀襟走出来,说:"什么话?你说的是什么话?嗯!"

严知孝不理她,只说:"你打叠几件衣服被褥,给他们送进去。"

妈妈斜了严知孝一眼,说:"当成什么好女婿呢?那算是什么,还送衣服,也不怕叫人笑话?"

严知孝说:"要送衣服!要送衣服!我严知孝是无党无派的人,叫他们杀我吧!叫他们把我关在监狱里,那我才有了饭碗。"

严萍伏下身子,哭着说:"走的时候,他还说,过两天就回来。可惜,他再也回不来了!"

严知孝两手拍着严萍,摇摇头说:"回不来了!回不来了!"眼泪婆婆娑娑滴下来。

59

惨案的血迹还没有干,美国思罗医院里,小礼拜堂的铜钟焦脆地敲过。低沉的风琴声咿唔响着,修女们低音唱着圣诗,歌声飘进病室里。

张嘉庆从圣歌中醒来,睁眼一看,躺在病床上。头上一处伤,腿上一处伤,头上缠满了绷带,鼻子枯焦难受,嘴唇皮裂开了,津出血珠来。

他觉得身子轻身像鸟在云雾中飞,在暴风雨里折斤斗。两脚朝天,头顶触地,滴溜溜旋转,又觉得头脑晕眩,两腿麻木,硬挺挺像失去了知觉。

那是一间精致的小屋,粉白墙,红油地板,天花板上雕镂着花纹。门前是小礼堂,屋子后面是一片墓地,荒坟上长满了枣棘和红荆。有个穿灰军装的士兵,扛着枪站在门口,探头探脑向屋里窥望。他看那个士兵,瘪皱的脸嘴,油污的枪,破军装被汗水浸透了,发着臭气。整个说起来,他站在医院里,和这气氛很不相称。

张嘉庆愣着眼睛骂:"你妈的!看什么?"

岗兵见他凶煞似的,战战兢兢地说:"连长叫我给你站岗。"

张嘉庆冷笑一声,说:"嘿嘿!给我站岗?我没这么大牌子!"他瞪着眼睛,头发也想乍起来。

岗兵以为他疯狂了,浑身起了鸡皮,抖颤着。

不一会儿,一个穿着白衣白裙、戴着白帽的女医生带着护士走进来。走到病床前停住步,看着护士试了体温,换了药,打了针。她凝神看着天花板,在怀里画着十字,默默祝祷:"耶稣基督……"就走开了。

张嘉庆一闻到女人的气息,就皱起眉棱来,闭起眼睛。说不出是一种什么气味,说是香水,不像香水,说是肥皂,又不像肥皂。他晕晕眩眩地又睡了一觉,做了几个破碎的梦——散传单、飞行集会、街头演说、警察追袭……说不清做了多少梦,经过多少次的心惊胆裂。

到了黄昏时候,他第二次醒来,觉得头脑清醒了一些。翻过身,看太阳压住西山,像一只番茄。夕阳照着,从洋槐树的夹隙里,看见有人在墓地上送殡。一辆骡车载来十几口棺材,两个人抬起,一口口扔到墓坑里。棺木入葬了,没有爱人和孩子们,也没有友人送葬。没有仪式,没有音乐,没有花圈。黄昏伴着暮影……

他看着,泪水充满了眼眶。他又想起,那是一时意念之差——他只以为是意念之差——失去了多少战友,他们为自由解放的事业流尽了血,倒下去了。他摇着头,悔恨自己:为什么不早早把战友们分散到乡村里、农民的小屋里,把革命的种子,撒在广阔的土地上。等待时机一到,各人带了战友们走了来,同志们久不见了,握着手儿说说笑笑。斗争胜利,乡村里有了政权,抗日工作成了合法的……如今,尽管战斗是英勇的,也没躲过敌人的屠刀。战友们再也不能见面了,黑暗的日子在等待着……

低沉的风琴声响起来,唱诗班又在小礼堂里开始歌唱。

泪向心里流着,说不尽的悲痛。江涛的面影又到他的眼前,浓眉、大眼,怒着眼睛看着他。他觉得惭愧,很难判断,当时是一种什么思想支持他,讲出和江涛对立的话。只是勇往向前,却不认识环境。没有恰当的对策,就没有斗争的胜利!如今一场惨案,把影响传给后来的人,一代、两代、三代……无数青年学生们,永远追随烈士的血迹前进。青年人永远记住:他们有坚定的意志,崇高的灵魂,勇敢不怕牺牲。他们站在自由解放的最前列,奋不顾身地和阶级敌人搏斗了,可是,他们失败了,倒下去了……

他想着,泪花溅在枕头上,泡湿了脸颊。在睡梦里,觉得有一只温凉的手掌,放在额上。睁眼一看,是年轻的女医生,就忙把眼睛闭上。女医生屏着气不说不笑,闭着嘴唇,谨慎执行她的职务。见张嘉庆脸上有泪,轻轻问:"好好儿的!哭什么?"

张嘉庆擦干了泪,说:"痛得不行,哎!活不成啦!"

女医生在怀里画着十字,说:"好好儿的!没伤筋,没动骨,养息几天就好了。"

说着话,牧师挺着大肚子走过来。这人五十来岁,胖胖的,两抹短胡髭。隔着窗子,用阴森森的眼睛看着,见女医生安慰他,斜起白眼睛,说:"哭什么?有闹ＣＰ的劲头儿,这算个啥?卸下半拉膀子也不能吭声。看你们有多么硬的骨头!"

女医生退了一步,低下头,暗暗画着十字,向耶稣默祷。

牧师又撇起嘴说:"不信耶稣的家伙们,无神论者!"说着,仄起脑袋匆匆走过去了。

女医生缄默着,用眼睛送牧师走远,又走过来照顾换药,摸摸索索鼓捣了半天。在她眼里,这个长挑儿青年,是怪喜人的。高鼻子、乌黑的眼睛,好硬气的身子骨儿!她心里偷偷跳动几下,一股热烘烘的浪头儿从心上涌到手上,面庞上泛起一抹晕红。

张嘉庆在女人眼里,是一只雄狮,他有坚强的体魄,容光焕发的脸颊。那犷悍的性格,想用女人的爱情、用鬼神的魅力去驯服,是不可能的。他的斗争历史注定:他不能皈依女人,不能皈依神。他是一个共产主义者,一个勇于战斗、勇于牺牲的共产党员,他要为无产阶级事业奋斗一生!

女医生正愣着,朱老忠一步一步走进来,手里拎着一兜篓鸡蛋和挂面,好像串亲戚瞧病人。张嘉庆一看见他,眼角上浸出泪滴来,睉睁着眼睛,想爬起来,颤着嘴唇说:"爹,你可来了!"

朱老忠使劲眨巴眨巴眼睛,忍住泪说:"来了,孩子!我来看你了!"又猛然提高了嗓门说:"那门房,好可恶东西!麻烦了半天,说什么也不让进来。又是什么找熟人,又是什么打铺保,这么多的啰嗦事!真是欺侮我乡下人哪,拿枪打了俺的人,还不叫家里人见面?天底下有这么讲理的不?"

朱老忠唠唠叨叨说个不停,使粗布手巾擦着眼泪。

女医生见朱老忠和张嘉庆动了深沉的感情,摇摇手儿喃喃地说:"好好儿的!平静点儿,动那么大火气干吗?对身体不好啊……耶稣!基督!"又在怀里画着十字,微微点头。

朱老忠走过来,扑在张嘉庆身上,说:"我儿!你的伤可怎么样?"说着,动手翻开被子,要看张嘉庆的伤。

女医生忙走过去,伸手按住,笑笑说:"不!不能看哩!"

张嘉庆把上身向后仰说:"爹!我可活不成啦!脑子震坏啦!"说着,眼泪又像麻线一样落下来。

朱老忠听得张嘉庆说"活不成了",立时心血上涌,冲红了脸颊,心尖儿打起哆嗦,流下泪来。

女医生看他们难过得不行,就说:"哪里……不要紧!好好儿的!"说着,也由不得鼻子尖儿微微一酸。

正在这刻上,牧师又走过来,丧气地说:"哼!都说ＣＰ骨头硬,一点也看不出来!蝎螫蚁咬也成了伤身大症!"保定行营把看守任务交给他们,他只怕有个一差二错,不是好玩的。一会儿走过来看看,一会儿走过来看看,唯恐有什么闪失。

张嘉庆急躁地拍着床板说:"你这一说,枪子儿打在你身上不疼?"

牧师也不理他,还是嘟囔着:"红脑袋瓜子,没有一个是信服耶稣的!"

女医生低下头去,看着牧师走远,呢喃说:"医院总比监狱好吧?好好儿的!嗯?"她淡淡一笑,又跳跃起乌亮的眼瞳呼唤他,拿起医具,扭动身子走出去了。

张嘉庆瞄她走远,伸开长胳膊把袖子一捋说:"去你个蛋!老子比你明白得多!"

朱老忠一看，大睁着眼睛问："嗯，怎么的？你好了？"

张嘉庆说："不瞒大伯说，肉皮上的事。"

朱老忠把手拄在床沿上，翘起小胡子看着他，问："老是有人看守？"

张嘉庆指着窗上的铁丝网说："好像防贼！"

说话的工夫，又换了一个岗兵，盯着那个兵走远了，转游过来，把手在朱老忠身上一拍，说："朱老忠，是你来了。"

朱老忠一听，这个声音怎么这么熟？浑身一机灵，问："你是谁？"

那个士兵说："我是冯大狗。"

朱老忠歪起头看了看，不知说什么好，扬起下巴颏思摸思摸，才说："咳！日子没法过呀！在这里没有什么营生儿，只好拉洋车，挣个盘缠脚给，挣碗饭吃。我想，每天在这门口等座儿！嗯？"他合上嘴，点着下巴暗示嘉庆，又仄起头儿响亮地笑了，走过来说："要是知道你在这儿，早来找你了！"

两个人才说念叨家长里短儿，牧师听得笑声，又走过来，隔着窗户看了看，说："笑什么？这里重病房，要保持安静。乡下人，一点不懂得耶稣的规矩！"说着又走过去了。

冯大狗瞪他走远，才说："哼！整个儿是外国的奸细！"

朱老忠说："大狗！你要好好照顾点儿，这是我的亲戚……"

冯大狗点了一下子下巴，笑了说："他也是我的亲戚。"

张嘉庆又问他："我在什么地方见过你？"

冯大狗说："八成，是那天晚上和江涛……"

张嘉庆笑得拍着床铺说："这就是了。看起来，咱也是一家人。"

冯大狗说："当然是！这算无巧不成书。"

张嘉庆为了母亲的不幸,特别同情贫穷妇女。一看见妖冶的女人,起心眼里不高兴。他想:"守着这号人儿养病,一点没有好处。越养越病得厉害。"

过了几天,女医生又来看他。这一次,不像从前,门儿一响,踩着细碎的脚步声走进来。到了床边,微微笑着,先在怀里画了十字,揭开被单问:"怎么样?好了吧?"又仄起头儿,瞟起白眼仁儿说:"按日子,该好了。"张嘉庆摇摇头说:"还是不好!腰酸,腿痛,脑袋沉重,浑身软洋洋的。"

女医生合上嘴,忸怩笑着说:"那就该运动运动,嗯?你又瘦了。"看张嘉庆实在痛苦,对冯大狗说:"他可以拄上拐杖,出去散散步,蹓跶蹓跶窝坏了呢!"

冯大狗说:"去蹓跶蹓跶吧,没什么关系。"

听得说,牧师又走过来,抬高声嗓说:"小心着点儿,这是'平头'。有个一差二错,我负不起责任!"

女医生说:"他的关节动着了一点儿,长时间不运动,怕出毛病呢!"

张嘉庆听牧师说话,心上一下子长了茅草,说:"平头?我是学生头……妈的,净说些个胡话!咳!实在立不起身子来,骨头还没长好,别光看表皮。"

也许,一颗眼泪,两声哀唤,会打动一个宗教徒的心。女医生偷偷看他美丽的眼睛,放散出痛苦的光芒。长头发黑黑的,飘着青春的幸福……一缕怜惜的念头,荡漾在心怀里。可是,她不敢表示什么,觉得越分,又合上眼睛,画着十字说:"耶稣……基督!"慢慢抬起眼睑,一丝笑容重又挂在脸上,连忙给张嘉庆盖好了被单,说:"阔少爷,担不起一点沉重!"说着,迈起轻巧的步子,一步一步走出去了。

张嘉庆故意蒙眬了眼睛,通过眼睑看她走远,耸耸肩膀倚在床栏上,挺觉好笑,想不出从什么地方,跑出这样一个人物儿。掏出烟来吸着,见冯大狗戳着枪,靠在门框上,捏起一根烟说:"喂!看烟!"

　　冯大狗接住烟,笑了笑,凑近来对了个火儿,说:"你的伤怎么样?"

　　张嘉庆说:"咳,不好呀,身子酸得不行,饭也懒得吃。"他又抬头盯着,说:"怎么样?再拉咱一把儿吧!"

　　冯大狗吸着烟,刚刚蹲在门槛上,又站起来说:"嗯,自己人,好嘛!"一步迈过来说:"你是老朋友!"

　　张嘉庆攥住他的两只手,愣了老半天,才说:"帮我出去吧!"

　　冯大狗说:"不要慌,慢慢来。"

　　张嘉庆把大腿一拍说:"嘿!真是……"到这刻上,他像觉得身上完全复原了,茁壮起来。

　　冯大狗走过去关上门,压低声音问:"伤到底怎么样?"

　　张嘉庆说:"还不太好!"

　　冯大狗说:"唉呀!有本事的人们!可惜江涛被捕了。他被捕了非同小可,他名声儿大,那天进攻的时候,上头指名儿要他。"又摇摇头说:"那天夜里进攻的时候,我就打死好几个反动家伙。我看见几个人追着江涛跑,伸枪撂倒他们!"

　　张嘉庆问:"这里还有谁?"

　　冯大狗说:"那边还有姓边的,姓陈的。"

　　张嘉庆说:"大哥!你得给我想法儿!"

　　冯大狗说:"行,傻哥哥助你一臂之力!医生既允许你蹓跶蹓跶,你就蹓跶蹓跶吧,身上不壮实些?"说着,挤了挤眼睛,又笑了。

张嘉庆说:"我走不动,还得有个人扶着。"说着话儿,他投给冯大狗第二根烟,说:"换换!"

冯大狗吸着烟,张嘉庆又说:"刚才忠大伯送了挂面、鸡蛋来,想吃也没法儿做,你拿去吃了吧!"

冯大狗走过去,把挂面一把一把儿看了又看,咂着嘴儿说:"家乡人送来的东西,还是留着你自个儿吃吧!"

张嘉庆摇头说:"甭客气,拿去吧!咱一遭生两遭熟,在一块久了就是老朋友。"

冯大狗说:"当个穷兵,这话也没法说了,连个鞋啦袜子的也弄不上。老早就闹胃病,吃也是小米干饭,不吃也是干饭小米。这可有什么法子?"他说着,像有无限的悲痛。

张嘉庆说:"是吗?你拿去,养息养息。"

冯大狗说:"看你也是个直性子人,好朋友!既有这个意思,就没什么说的了。"他用褂子襟把挂面、鸡子兜好,又笑着说:"也享享福。"说着话儿走出去,像得了宝物似的。出了门,又停住步,走回来说:"不当兵不行,开了小差抓回来打个死。当兵,家里大人孩子也是饿着。咳!混到什么时候是个头儿呀?"

张嘉庆就势说:"那咱就不干这个了!"

冯大狗和张嘉庆两人在一块混熟了,盼得是他的岗,在一块说说笑笑,吸着烟拉家常。那天,张嘉庆看天上晴得干净,阵风吹过,洋槐树的叶子轻轻摇动。他说:"我想往外边蹓跶蹓跶。"

他拄起拐杖头里走,冯大狗在后头背着枪扶着。

张嘉庆说:"这才对不起你哩!"

冯大狗:"没关系,谁叫咱做了朋友哩,没什么说的。"

张嘉庆说:"在一块待久了,咱就像亲兄弟一样,我看咱磕了头吧!嗯?"

冯大狗笑咧咧地说："那个不行，俺是什么身子骨儿？你们都是洋学生，阔少爷们。"

张嘉庆说："那是一点不假！把我父亲的洋钱摞起来，就有礼拜堂上尖顶那么高，成天价花也花不完，扔在墙角里像粪土，一堆堆地堆着。"他说着，抬头望着礼拜堂上圆顶和圆顶上的十字架。

冯大狗咧起嘴说："你家有那么些个洋钱？"

张嘉庆说："这还不是跟你吹，我父亲花一百块钱买过一只鹰，花五十块钱买过一条狗，花一百二十块钱雇过熬鹰的把式。"说完了，又怕他不信，反复叮咛："是呀，真的呀！"他想："是当兵的，都喜欢洋钱。"

两个人迈下大理石的石阶，院子里像花园一般，白色的玉簪、红色的美人蕉、爬山虎儿爬到高墙上，院子里开着各色各样的花。几个老人，穿着白布衣服，打扫院子。洋灰地上，没有一丝尘土。走到大门上，向外一望，一条大甬道直通门口，甬道两边，两行洋槐树。一看多老远，好像"西洋景"。日影通过槐树的枝叶，晒在地上，亮晃晃的。

冯大狗说："嘿！真是美气，外边多么敞亮！"

张嘉庆说："要是没有病，住在这地方多好！可惜咱的腿坏了，这辈子放下拐杖再也走不动路了。"

冯大狗说："快回去吧，叫牧师看见了有些不便。"

张嘉庆说："怕什么？这地方有多凉快。"

冯大狗说："可，这话也难说。"

张嘉庆说："咱是朋友嘛，我能叫你坐蜡？我有了灾难，你能抄着手儿看着？"

冯大狗笑了笑，说："当然不能。"

张嘉庆说："我想……"一句话没说出口，又停住。冯大狗跟了一句,问:"你想什么?"张嘉庆本来想把这意思告诉他,深思了一下,心里说:还是不,社会人情是复杂的。他说:"我想搬个靠椅在这儿躺躺。"冯大狗说:"那可办不到。"

他们两人在槐树底下站了一刻,从那头走过一个老头儿,五十来岁数,光着脊梁,穿着短裤子。走近了一看,正是忠大伯。朱老忠笑开长胡子的嘴,使着天津口音说:"车子吧!上哪儿?别看我上了年纪,还能跑两步儿。"

冯大狗看了他一眼,笑了说:"去你的吧!快入土的人了,还拉车!"仔细一看,又问:"怎么,你在这儿落了户?"

朱老忠说:"落什么户,挣碗饭吃呗,咱家乡涝得不行!"又拍拍大腿说:"别看不上我,跑不上两步儿,敢卖?"

冯大狗左看右看,看了看朱老忠,又看了看张嘉庆,像是肚子里憋着一堆笑。

朱老忠问:"你们不坐车?"

张嘉庆说:"你等着吧,早晚有坐你车的时候。"

朱老忠说:"好吧!几时没人坐,我就不动窝儿,老是在这儿等着,这年头,连棒子面也吃不上了。"

冯大狗睖着眼睛,看了看朱老忠,又看看张嘉庆,说:"看你俩像打番语。"

张嘉庆笑笑说:"哪里,你还是外人?"

冯大狗咬着张嘉庆的耳朵说:"也难说,你们共产党里有能人。"

冯大狗把张嘉庆搀回来,张嘉庆坐在床上说:"呀,腿好痛呀,可坏啦!"冯大狗嘟嘟囔囔说:"腿还不好嘛,非上外头去蹓跶!"张嘉庆伸手拉过冯大狗,对着他耳朵说:"大哥!你帮我出去!"冯大狗笑着摇摇着手说:"慢慢儿想办法。"这句话刚脱口,又说:"兄弟,你可不能叫我坐蜡!"张嘉庆说:"当然是。"

第二天,午睡的时候,蜜蜂在槐树上嗡嗡叫着,院里很静。张嘉庆看空儿拿起拐杖蹓出来。礼拜堂的尖顶,浴在七月的阳光里,嘎鸹鸟在槐荫里叫着。他急步走下台阶,站在甬道边一看,洋槐树底下还有那辆洋车。朱老忠在车上睡着,鼾声像打雷。张嘉庆瞅着近边没人,一溜烟儿蹓出去,用拐杖磕着车杠,说:"喂,老伙计!"

朱老忠睁眼一看,向四围逡巡了一下,说:"甭问价钱,上车吧!"他翻身抄起车杠,等张嘉庆上车。

张嘉庆跳上洋车,伸手抓下绷带,箍上块洋肚手巾。朱老忠匐下腰,撒腿就跑。张嘉庆坐在车上,只听得耳旁呼呼风响。顺着大道往南跑,拐弯抹角经过曹锟花园,出了南关,直跑得朱老忠满头大汗。张嘉庆说:"大伯!你坐上来,我给你跑两步看看。"

朱老忠问:"你跑得了?"

张嘉庆说:"早就跑得了!"

张嘉庆像出了笼的鸟儿,两手握着车杠,伸开长腿跑得飞快。朱老忠坐在洋车上,看路旁的黄谷穗儿蹦跳,红高粱穗儿欢笑,心里着实高兴。更高兴的,是党给他的任务,已经克服一切困难,坚决完成了。

正当夏日时节,平原上庄稼长得绿油油的。张嘉庆拉着这辆洋车,在田野上跑,像撑着一只自由的船,冲破千层巨浪,浮游在绿色的海洋上,飘摇前进!……

跑到一棵大树底下,才放下车,想休息一会儿,后面有人扛着枪赶上来。张嘉庆才说拉起忠大伯钻进青纱帐逃走,定睛一看,是冯大狗。等他走到跟前,伸开嗓子问:"怎么你也跑了来?"冯大狗说:"我一看没了你,能等着住军法处?抬起腿跑出来,一出城就看见你们,你们在头里跑,我殿着后,要是有人追上来,管保叫他嘴啃地!"说着,拿下枪来,拉了一下枪栓,得意地笑了。

朱老忠说:"好,回去咱有的使了。"

这时,朱老忠抬起头来,看着空中,辽阔的天上,涌起一疙瘩一疙瘩的浓云,风云变幻,心里在憧憬着一个伟大的理想,笑着说:"天爷!像是放虎归山呀!"

这句话预示,在冀中平原上,将要掀起壮阔的风暴啊!